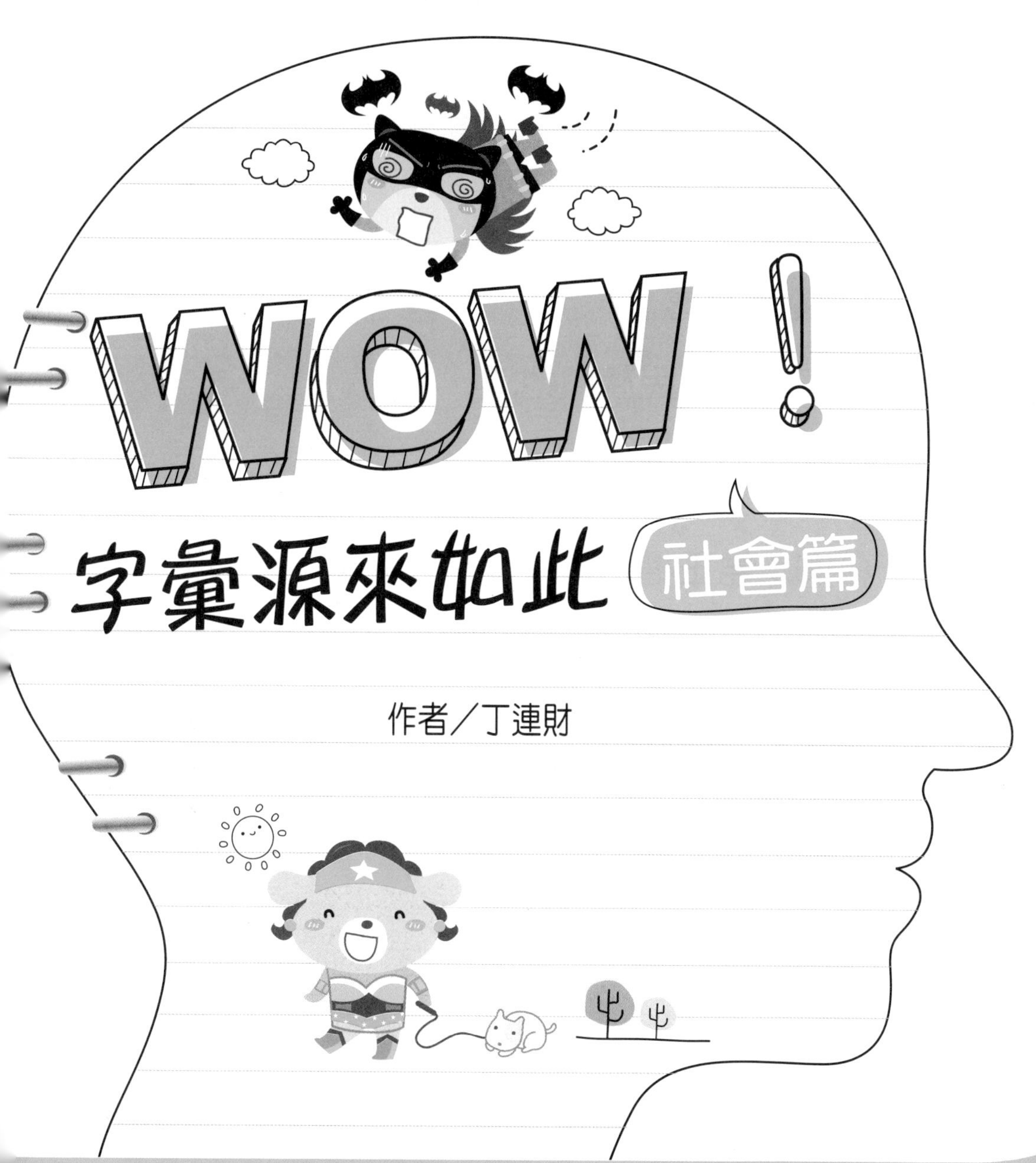

字彙源來如此 社會篇

作者／丁連財

書泉出版社 印行

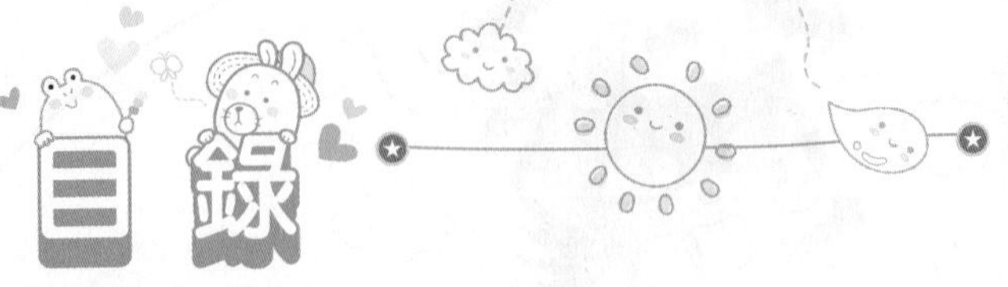

目錄

基本概念 001

01 國家民族與地域 001

02 州邦省與城市鎮 041

03 君王權貴與人民 089

04 政治與外交之一 123

05 政治與外交之二 155

06 戰爭與軍事之一 187

07 戰爭與軍事之二 217

08 法律與犯罪刑罰 251

09 經濟商業與理財 287

分類詞綴祕笈 329

索引 334

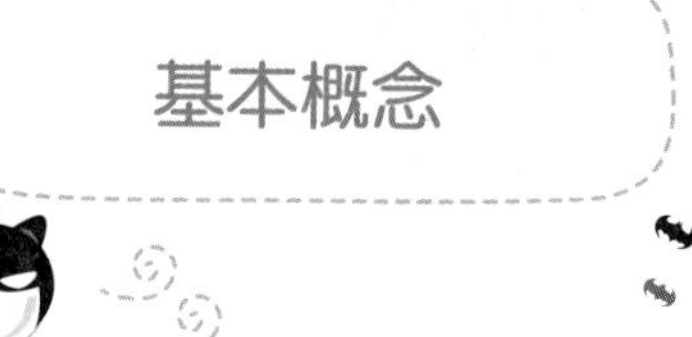

01. 學習英語和學習漢語相比較，孰難孰易？

面對此一大哉問，立刻想到社群網站Facebook關係選項中的「一言難盡」(it's complicated)，還有大明星梅莉史翠普(Meryl Streep)、亞歷鮑德溫(Alec Baldwin)和史提夫馬丁(Steve Martin)主演的名片《愛找麻煩》(It's Complicated)。

這個問題很複雜(complicated)，可能需要用一本書來解釋，但礙於時間與篇幅，只能設法扼要說明。

不少國人喜愛前往日本旅遊，除了其先進、整潔與禮貌之外，到處可見的漢字尤其令人有親切感。但是，如果以為日語與漢語相近而易學，可就誤會大了，因為發音不同、語序有異，而且動詞有「未然形、連用形、終止形、假定形、連體形、命令形」等的活用變化，都與漢語截然不同。

語言學家(linguist=lingu:tongue, speech, language舌頭、言詞、語言 + ist: expert at something具某事務專長者)研究諸多語言，將各種特質進行交叉比對而找出語言共性(language universal)，然後發展出語言學(linguistics)的「類型學」(typology=typ(e):mark, form, kind標記、形式、類別 + ology: study, science研究、學問)知識概念。語言的分類方式有多種，有的根據語序(word order)，譬如基本語序是：主詞＋動詞＋受詞(Subject + Verb + Object，漢語、英語)、主詞＋受詞＋動詞(SOV，日語、韓語)、動詞＋主詞＋受詞(VSO，阿拉伯語、希伯來語)等；有的根據音韻系統(phonological system)，譬如比較母音(vowel)和子音(consonant)的比例，對照有聲(濁音voiced)與無聲(清音voiceless)的多寡，區別聲調(tone，漢語、越語)或語調(intonation，英語、法語)等；不過，以「屈折變化」(inflection, inflexion)

的有無，以及其繁複程度來進行分類，是比較常見的方式。

有些語言的動詞必須依據不同的人稱(person第一、第二、第三)、數(number單數、複數)、時態(tense過去、現在、未來)、體態或狀態(aspect簡單、進行、完成、完成進行)、語氣或語式(mood直述、祈使、命令、假設)、語態(voice主動、被動)，而進行「詞形變化」(conjugation=con:with, together 一起、共同+jug:yoke, neck, join軛、頸、接合+at(e):suffix for verb動詞字尾+ ion:suffix for noun名詞字尾)；其名詞、代名詞、形容詞、冠詞，則必須按照性(gender陽性、陰性、中性)、格(case主格、受格、所有格)、人稱、數，而產生「詞尾變化」(declension=de:from離開+clen:bend, lean彎曲、偏斜 + sion:suffix for noun名詞字尾)。

不論是詞形變化或詞尾變化，都是「語法學」(syntax)所稱的「屈折變化」(inflection=in:within 內部、裡面+ flec(t):bend彎曲、轉彎+ tion:suffix for noun名詞字尾)，而具備這類特質的語言被歸類為「屈折語」(inflectional language)或「溶合語」(fusional language)。身為很多歐洲語文字彙來源的希臘語與拉丁語，是典型的屈折語，而德語、法語、西班牙語、義大利語、英語，乃至絕大多數的歐洲語言都可列入此一類別。

然而，拿拉丁語與德語和英語做比較，屈折變化的程度相差很大。因此，有些語言學家反對把屈折語與「非屈折語」做截然劃分，而是把語言從高度屈折(highly inflected)到低度屈折(weakly inflected)看成是個連續體(continuum)。如果用圖示，部分歐洲語言的屈折程度大致如下：

高度屈折					低度屈折
拉丁語 希臘語 俄語	德語	法語	西班牙語	義大利語	英語

部分國人嫌棄英語難學，不過，如果接觸過其他的歐語，應該就會理解英語是相對簡單的，因為英語已經把屈折變化降到很低的程度。英語的名詞沒有「性」，因而冠詞、形容詞不必配合而產生詞尾變化；英語的定冠詞不需配合「性」、「格」、「數」而變化，只有一個the就行遍天下，但德語的定冠詞在配合變化後，竟然多達十六種；至於動詞的詞形變化，只要把拉丁語、德語、法語、英語辭典末尾所附的動詞變化表，或語法書中與動詞相關的部分拿來比較，就可知道英語的動詞實在簡單到難以想像。如果不是相對來說簡單易學，單靠英美的強勢文化，英語也不容易成為世界通行語言。

沒有前述屈折變化的語言，稱為「孤立語」(isolating language)或「分析型語言」(analytic language)，漢語就是最典型代表，而有高度孤立(highly isolating)之稱。漢語的語法功能不需要借助於「詞形變化」或「詞尾變化」，而是用語序、虛詞、助詞、搭配關係等來表現。漢語的「去」，不管是誰、不論是單數或複數、不論時態，永遠是「去」，而可以呈現為：我去過了、你正要去、他打算去、我們一起去、別去、去吧、不想去。但是在英語就有go、goes、went、have gone、has gone、am going、are going、is going、will go、do not go、does not go、did not go諸多變化。

語言從高度孤立到低度孤立(weakly isolating)也可看成是個連續體，從完全沒有屈折變化到有一些屈折變化，再到有愈來愈多屈折變化。因此，相較

於屈折變化非常繁複的希臘語、拉丁語、俄語而言，德語和法語就呈現為相對孤立，英語則是高度孤立，至於漢語則是絕對孤立。

絕對孤立	高度孤立	中度孤立	低度孤立	絕對非孤立
漢語 泰語 越語	英語	義大利語 西班牙語	法語 德語	拉丁語 希臘語 俄語

除了上述的區別之外，語言的書寫系統(writing system)差異，常使洋人對漢字望而生畏。英文和大半歐語的文字屬於表音文字(phonogram=phono: sound, voice聲音、語音+gram:draw, write描繪、書寫)當中的拼音文字(alphabetic)，日文則是這個類屬中的音節文字(syllabic)；漢字是表語文字(logogram=logo:word, speech字詞、言詞、話語+gram，亦稱為語素文字)，也有人認為是表意文字(ideogram=ideo:idea意念、觀念+gram)；漢字的六書(liushu, six writings)包括了象形(pictogram=picto:paint塗彩、繪圖+gram)、指事(simple ideogram, point-thing character)、會意(compound ideogram, assemble-thought character)、形聲(phono-semantic compound)、轉注(transformed cognate)、假借(rebus, phonetic loan character)；古埃及則是聖書體文字(hieroglyph=hiero:divine, holy, sacred, priest神聖、屬於神、祭司+ glyph:carve雕刻、切刻)。

不同語言彼此的差異，既是我們學習的困難所在，也是趣味由生之處。不少洋人認為漢字書寫方式仿如繪圖，學習費時耗神，極度辛苦而且難以記憶；再說，除了少數的形聲字之外，其字形與字音之間的關聯性高度薄弱，對腦力又構成另一重大負荷。不過，他們也清楚漢語語法相對簡易，沒有任何屈折變化。

漢語與漢字被某些學者稱為入門門檻很高的語文系統，很難跨進去，但一旦入門就平順很多。有一些比較文化的學者甚至以漢語文的此一特性進行推衍，而來描述華人的社會特質與民族性：入學考試很難，但進去後就可隨便混文憑；科舉考試非常辛苦，但通過後就可輕鬆在權錢色的利益圈中打滾；小學到中學拚得很兇，學生素質優秀，常在諸多世界知識競賽中得大獎，但是到了大學與研究所就愈來愈爛，可達國際一流水準的優秀學者與知識份子的比例，按其人口而言非常低。

絕大多數洋人為了迴避漢語文的高門檻，而改以中國推出而通行世界的漢語拼音(Hanyu Pinyin)來學習。臺灣盛行的注音符號，由於必須另學一套標記(ㄅㄆㄇㄈ)，而非像拼音一樣採用拉丁字母(羅馬字母a b a d)，已經大為失勢。

有位學過一點漢語的洋人到中國出差，想趁機多多練習漢語，他向一位中國女同事借筆使用時，不說May I borrow your pen?而說Ni de bi jie wo hao ma?他挨了一巴掌，原因是把關鍵字的三聲誤發為一聲。你說英語和漢語孰難孰易呢？

02. 若對前述的語言比較和分類有興趣，要如何入門？有哪些書可以參考呢？

最先要閱讀的是語言學概論或導論，然後把其中的語法學、語音學(phonetics)、音系學(phonology)、語源學(etymology)的基本觀念搞懂；再把自己最強的兩種語言以及有學習經驗的其他語言(不見得很強，但是具有一定基礎)，拿來做比較。

以下列舉的書籍，可能有一部份可以透過代理書商或網路書店買到，若是

英文書籍，應該有幾本已經有漢字簡體或繁體的譯本，但必須留意其翻譯品質。

漢語語言學　盧國屏
簡明實用漢語語法教程　馬真
現代漢語語法新探　何永清
現代漢語語序研究　周麗穎
現代漢語　卜玉平
現代漢語　程祥徽、田小琳
(漢語)語法學習　呂叔湘
(漢語)語法初階　上海師範大學

An Introduction to Language　by Victoria Fromkin
A Concise Introduction to Linguistics　by Bruce M. Rowe
Linguistics for Everyone: An Introduction　by Kristin Denham
How English Works: A Linguistic Introduction　by Anne Curzan

Language Files: Materials for an Introduction to Language and Linguistics　by Department of Linguistics, the Ohio State University

The Atlas of Languages: The Origin and Development of Languages throughout the World　by Facts on File Library of Language and Literature

History of Language　by Steven Roger Fischer
History of Writing　by Steven Roger Fischer
Empires of the Word: A Language History of the World　by Nicholas Ostler
The World of Words　by Margaret Ann Richek

Words of the World: The Global Language System　by Abram De Swaan
Historical Linguistics: An Introduction　by Lyle Campbell
Introducing Language Typology　by Edith A. Moravcsik
Introduction to Typology: The Unity and Diversity of Language　by Lindsay J. Whaley

03. 現在不是科學與技術掛帥的時代嗎？為何還要學習社會科的知識？社會科的知識或學門包括哪些學科？

華人世界一般對science(科學)的意涵解釋有嚴重的錯誤，以至於貶低了人文與社會領域知識的價值。就字源來說：

science=sci:know, discern, distinguish認識、知道、分辨、區別+ence:suffix for noun名詞字尾，就是泛指知識與學問，並沒有專指理工或技術或醫學。

conscience=con:with, together一起、共同+science，字面解釋為共同認識、共通分辨，其實就是漢語所稱的良心、良知，亦即不論古今中外、膚色性別、宗教國籍、貧富貴賤，大家都具有的區別是非善惡的能力。

omniscient=omni:all全部+ sci + ent:suffix for adjective形容詞字尾，全知的、無所不知的，西方一神論宗教之上帝的屬性之一。

我們常聽到的種種學術分類，譬如：自然科學(natural sciences)、物理科學(physical sciences)、太空科學(space sciences)、地球科學(Earth sciences)、生命科學(life sciences)、社會科學(social sciences)、應用科學(applied sciences)、行為科學(behavioral sciences)、形式科學(formal sciences)，都稱

為科學。每項科學都包含了諸多的學科(subject)或學門(discipline)，而且有些學科隨著時代的發展與進步，而有跨領域的特性，就會被含括在一個以上的科學類別。以心理學(psychology)為例，在應用科學和行為科學都有含括。

科學指的是運用觀察、推理、假設、檢證等系統性的過程，而得到的普遍性、公信度、效力性相對較高或很高的知識，與之相對的就是假科學(pseudo-sciences)。醫學是科學，喝香灰或符水治病是假科學；天文學(astronomy)是科學，占星術(astrology)是假科學；佛學研究是科學，神通法術是假科學；心理學與精神醫學有關個性的研究是科學，算命是假科學。

學者對社會科學的認定範圍並非完全一致，有些認為下列諸學科屬於這門科學：

政治學(political science)、國際關係(international relations)、外交研究(diplomacy studies)、軍事學(military science)、公共行政(public administration)、法學(law)、犯罪學(criminology)、社會學(sociology)、教育學(education)、倫理學(ethics)、心理學(psychology)、人口學(demography)、經濟學(economics)、勞資關係(industrial relations)、新聞學(journalism)、資訊科學(information science)、圖書館學(library science)、地理學(geography)、歷史學(history)、人類學(anthropology)、考古學(archaeology)、語言學(linguistics)、區域研究(area studies)、商業研究(business studies)、傳播研究(communication studies)、文化研究(cultural studies)、發展研究(development studies)、媒體研究(media studies)。

不過，有些學者認為，歷史學、人類學、考古學、語言學、區域研究、

傳播研究、文化研究，應該和文學(literature)、哲學(philosophy)、神學(theology)、宗教學(religion)、表演藝術(performing arts)、視覺藝術(visual arts)一起列入人文學科(humanities)或人文科學(humanity sciences)。

人類社會廣袤複雜、包羅萬象，諸多學科互相參照並延伸，以至於要截然劃分社會科學與人文科學的界域，就十分困難。有學者主張，人文科學研究的是人類的觀念、精神、情感和價值，主旨在使我們得以安身立命，對人類的生存意義提出種種的開示、闡明與詮釋，而社會科學則研究現實的社會生活，目的在提出一整套安排社會生活的理論和實踐的方法，以及管理的模式。

筆者手邊一套英國pfp Publishing Limited出版的小學公民教材系列，可以凸顯先進國家如何使人民得以成為現代國民與世界公民，其五冊主題分別為：Government and Democracy(政府與民主)、Human Rights(人權)、Crime and Legal Awareness(犯罪與法律意識)、The Significance of the Media in Society(媒體在社會的重要性)、Britain-A Diverse Society?(不列顛——多樣化的社會？)

這不就是上述所謂社會科學的「安排社會生活的理論和實踐的方法，以及管理的模式」嗎？

如果有個國家依然用前現代的方式，灌輸學生禮義廉恥和忠孝仁愛信義和平，還有溫良恭儉讓等倫理道德，卻眼睜睜看著這個社會中，不少校長收取營養午餐回扣、很多官員貪汙腐化、一缸子奸商詐欺、逞凶鬥狠者占盡便宜，結果就會教育出一群偽善者、一群知識與行為完全顛倒者、一群口說仁義理智而濫為惡行者，而致陷入惡性循環。用嘴巴是教不來倫理道德的，若沒有好榜樣讓人跟隨其善美腳蹤，根本沒有用。如果時間已在

二十一世紀，但是人的腦袋還是十八或十九世紀，這個社會如何現代化？

人——包括一般人、公務員、高官、各行各業低中高層——的素質與觀念落後，依然停留在前現代時期，就會使國家與社會呈現徇私、自利、失序、骯髒、混亂、廢敗。前現代的氛圍大抵如下：以道德說教希冀大家安分守己、以偽善義理包裹權力與利益、明定的冠冕堂皇規則只是包裝與修飾、實際操作的是方便謀取私利的潛規則、人情壓過法治、靠關係強過講實力、一人得道雞犬升天而至阿貓阿狗都可進入權力場、以私利換公權也以公權謀私利、逞私慾爭私利而毀公益、務求自己方便而無視他人不便、法律之前並非人人平等、與豪強權貴富賈結合就可無所不為、執法者尋租(警察、建管與海關找外快收賄賂)而司法者可收買(檢察官與法官起訴與量刑以錢為準)、白痴才守法。

猙獰的事實就是：原本必須得到許可才可使用的公共空間，卻被理解為不須許可就可任意使用，而執法機構基於怠惰或無油水，也不過問，然後就是積非成是，造成髒醜臭吵雜亂甚至危及公共安全的環境毒瘤，直到爆發衝突或災難，才想要處理，但是卻已經到管治不了(ungovernable)的地步。水源區的胡亂開發、地下水的嚴重超抽、山坡地的過度使用、行水區濫蓋旅館房舍、違法攤販小店家盤據騎樓巷口巷道乃至道路兩旁、巷道違規停車阻礙消防車與救護車通行、頂樓陽臺處處醜陋違建，只是其中顯著幾項。

原本主旨在促進公共利益或保障公共安全的公共工程，卻因為胡亂規劃、官商勾結、偷工減料、設計不當，而成為豆腐渣工程與蚊子館。投入龐大經費的排水、堤防、防坡堤、擋土牆設施，就是年年災難、年年毀損、年年發包、年年汙錢而不見成效。一大堆空無一人的鄉鎮停車場、垃圾焚化廠、文物展示館、觀光碼頭、觀光市場，是臺灣卑劣政治的遺跡與證據。

標榜提供消費者多樣優質產品的商家，卻多有詐欺甚至危害健康之行徑：添加化學色素卻主打天然廣告的麵包，誇稱有機卻是無機的食品，在本地鄉下小工廠生產卻包裝為法國進口的化妝品，摻混了三四成比例劣質米的所謂純高等米，貼著抗UV(ultraviolet紫外線)卻根本不是的陽傘，成分與效果有嚴重問題的能量水與生髮劑，還有連奈米(nanometer=nano:十億分之一、十的負九次方+meter公尺)是什麼意思都不懂，卻直接打上奈米當成宣傳口號的產品，而這些偽劣產品都大幅抬高售價來坑殺消費者。更扯的是，在臺灣農地上以建蓋農舍為申請，卻出現上萬棟豪華別墅；而詐騙集團猖獗，善良百姓慘受其害，累計金額已達近一兆臺幣，臺灣簡直變成一個詐騙王國，臭名滿天下。

沒有是非、沒有羞恥已經糟糕，但更可怕的是法治不彰，以至於危害公共利益、公共安全、公共衛生，甚至侵奪人民健康與財產的個人與機構，卻可以規避與其危害程度相稱的懲罰，而使得犯法犯罪的收益很划算，以致於政府失去「除暴安良」、「秉公執義」、「維護秩序」的基本功能。如此一來，就陷入惡性循環，而致國家社會與人民一次又一次向下沉淪，而使文明廢敗，讓所謂屬於生物學上智屬人種(智人，Homo sapiens)的人類，步步墮落而成為野蠻人(Homo barabrius)。

在公開、透明、誠實、廉潔、專業，而最終以法治為依歸的環境中，權力才不會被濫用、資源才不會被虛擲、金錢才不會被盜挪。當資源可以確實投入各式有形無形的建設，不管學術、技術、藝術就有充分滋長空間，而使社會出現向上提升的力量，而欣欣向榮。

因此，先進國家重視法律教育多於道德教育，使人民清楚其與國家和政府之間的權利與義務關係，使人民了解自己與他人的利害界線，使人民知道不法行為在經過一定的審判程序之後會受到一定程度的懲罰，使人民明白

社會如何組成與運作，還有媒體如何擔任各層機構與諸多群體之間的聯繫和傳達角色，以監督政府和反映民意，並爆料諸多不法行徑，提高輿論壓力。

04. 為何連社會科學的英語文都要學？

現代教育是引領或配合現代社會的，而現代化的概念是源自西方的；現今除了四書五經、漢語、漢文、國史、國樂、中醫、符讖、風水、算命、中國料理、中式庭園等之外，絕大多數的知識與學科都是來自西方，而且大多從英文原著譯介而來。即使是中國的漢語研究，也引進不少西方語言學的理論來擴充；四書五經也被放在現代社會的宏觀視野中，以判定儒家思想(Confucianism)的忠君愛國與三綱五常等觀念，是否與現代世界的自由、人權、平等、民主、法治、公開、透明等普世原則相容(compatible)；即便是國人引以為傲的中醫，儘管在科學或不科學的爭議中歷經波折，但已有愈來愈多的人士，以現代方式進行實驗與研究，來說明藥理與藥效。

現代知識既然大多是譯介而來，我們絕對有必要核對英文，因為有部分的譯介是失準或誤解的(有關翻譯的基本原則，以及臺灣常見的翻譯錯誤問題，請參見丁連財著《白癡翻譯》，書泉出版社)。我們如果能夠把語文能力和知識結合，就可進入更高的層次，更加理解現代社會的要素，更深發覺我們個人社會與國家所面臨的轉型問題。

臺灣學生的政治、法律、財經、傳媒等知識，大多是大學相關科系才具備，如果非其本科系就幾乎完全不知，更甭談關鍵概念與詞彙的英文是什麼了？臺灣有太多大學生連總統制、雙首長制、內閣制的涵義都搞不清楚，更不會知道其英文分別是presidential government、semi-presidential government、parliamentary government。但是，這在先進國家是小學公民

課的常識，與我們是否就讀政治系一點都不相干。若具備現代公民的基本政治常識，我們在面對統獨問題的討論時，就可以針對單一制(unitary state)、聯邦制(federacy)、邦聯制(confederacy)、自決(self-determination)、自治(autonomy)、公投(referendum)、分離(secession)、獨立(independence)等概念侃侃而談。再說，我們也不需要就讀法律系，就可以早早知道刑法、民法的涵義，也可以明白其英文分別是criminal law、civil law；而且在面對社會重大案件時，也可以就立法(legislation)、執法(enforcement)、司法 (judiciary)、貪腐(corruption)、起訴(prosecution)、訴訟(litigation)、定罪(convict)、判決(sentence)等問題，提出諸多疑點。

本書擷擇與社會科學領域相關諸多學科的字彙，確認其字源由來，還有其字綴和字根的組合，再分類為國家民族與地域、邦州省與城市鎮、君王權貴與人民、政治與外交、戰爭與軍事、法律與犯罪刑罰、經濟商業與理財等單元，期盼讀者可以用這種方式快速記憶字彙，並同時吸收社會科學各類常識與知識，以躋身現代化與國際化的進步團隊，給臺灣帶來更大的向上提升力量，帶來國際競爭力，足以爭一時，也可以爭千秋。

05. 何謂「字根」、「字首」、「字尾」、「前綴」、「後綴」、「字綴」、「詞綴」、「組合形式」？

英文有其造字原則，每個英文字都由字根來蘊涵該字的基本意義；

「字根」(root)又稱為「基礎形式」(base form)，譬如polylingual的字根是lingu(舌頭、語言，源自拉丁文Latin，L)；

「前綴」=prefix=pre(先、前，源自L)+fix(貼、繫牢、固定，源自L)=黏貼或繫牢在前面，亦稱「字首」，譬如polylingual的poly(許多、眾多，源自

希臘文Greek，G)；

「後綴」=suffix=suf(低、下、底、次、末，源自L)+fix=黏貼或繫牢在後面，亦稱「字尾」，譬如polylingual的al(具某特性的，源自L)；

把「字首」+「字根」+「字尾」就得知polylingual意思為：多語的、使用多種語言的。因此，不管是「字根」、「字首」、「字尾」、「前綴」、「後綴」，有時被統稱為「字綴」或「詞綴」或「組合形式」(combining form)。

我們可以把polylingual的各部分拆解，然後進行代換組合。如果把字首改為multi(許多、眾多，源自L)，就得出multilingual：多語的、使用多種語言的；

如果把字首改為mono(一、單一，源自G)或bi(二、兩個，源自L)或tri(三、三個，源自G&L)，就分別得出：monolingual：單語的、使用單一語言的；bilingual：雙語的、使用兩種語言的；trilingual：三語的、使用三種語言的。

如果把polylingual的前綴與後綴除去，只剩下字根lingu，然後在後面接上ist(名詞字尾：專家、專業人員，源自G&L)，就得出linguist：語言專家、語言學者；如果linguist+ics(名詞字尾：學術，源自G&L)，就得出linguistics：語言學。

從這種變換接龍的方式，我們可以獲悉記憶大量字彙的祕訣，而輕鬆記住或猜到很多單字，就可以破解一缸子的字彙。例：

字首a(不、非、無)、pan(泛、普遍)、mono、bi、poly；
字根the(神)、gam(婚姻、交合)；
字尾y(制度、性質、狀態、結果)、ism(思想、論述、主張、主義、作為)、ist；

可得出：
atheism無神論，atheist無神論者，monotheism一神論，monotheist一神論者，bitheism 二神論，bitheist二神論者，polytheism多神論，polytheist多神論者，pantheism泛神論，pantheist泛神論者；

agamy無婚姻制、沒有交配、無性生殖，agamist無婚姻者、未婚者、不要婚姻者，monogamy單偶制、一夫一妻制，monogamist信守單偶制者、實行一夫一妻制的人，bigamy重婚、重婚行為、重婚罪，bigamist重婚者，polygamy多偶婚姻制，polygamist多偶婚者。

如果知道andr(雄、男人、男性)、gyn(雌、女人、女性)，就可把polygamy再細分為polygyny(一夫)多妻制、polyandry(一妻)多夫制(藏族的傳統婚俗)；

如果把andr和gyn拿來與數字接合，可以得出triandrous=tri+andr+ous(具某特性的、呈某種樣子的，源自G)=三雄蕊的，pentagynous五雌蕊的，polyandrous多雄蕊的，octogynous八雌蕊的。

如果字首再加以變化，還可以衍生出heterogynous=hetero(別異、不同，源自G)+gynous=異雌性的，同一種動植物中的雌性分為可生殖和不可生殖兩類的；gymnogynous=gymno(裸體、裸露，源自G)+gynous=裸露女性生殖器的、裸子房的(植物)，protogynous=proto(首位、原初，源自G)+gynous=

雌蕊先熟的。

如果andr和gyn結合，也可以衍生好幾個有趣的字彙：androgynous具男女兩性的、半男半女的、男性女化的、雌雄同體的、雄花雌花同一個花序的；gynandrous雌雄蕊合體的、雌雄二蕊合生的、女性男化的。

06. 英文常見的「字首」、「前綴」有哪些？

「前綴」或「字首」所明示或暗示或延伸的意思，大半與下列有關：

數目、數量、前、後（空間）、先、後（時間）、內、外、遠、近、快、慢、上、下、正、反、新、舊、直、歪、經、緯、左、右、好、壞、善、惡（邪惡）、優、劣、好（喜愛）、惡(厭惡)、是、否、真、偽、立、毀、去、回、增、減、主、從、同、異、大、小、多、寡、無、再度、過多、不足、完整、破碎、完全、一半、部分、相等、一起、散開、分割、支持、反對、中間、周遭、近旁、環繞、主體、邊陲、彼此之間、超越、次於、橫跨、穿透、逼近、離去、分開、轉換、對抗、抵擋、針對。

下面幾個字當中的ex、dis、com、con、inter、a、anti都是前綴、字首：

exodus=ex(外面、出去，源自L)+odus(道路、途徑，源自G)=走出去、離開、移居、遷出；
Exodus《出埃及記》(舊約聖經第二卷書，天主教譯為《出谷紀》)；
exit=ex+it(走動、行動、路線，源自G&L)=出口處、向出口處移動；
disjoint=dis(拉開、分離、分裂、散離，源自L)+joint(接合處、結合點、關節，源自L)=拆開、拆卸、肢解；
distract=dis+tract(拖拉、牽引、吸引，源自L)=使人分心、拉開注意力；

compassion=com(同在、一起、伴隨、整體，源自L)+passion(受苦受難、痛苦，源自L)=同苦同悲、同情、同情心；
conjugal=con(同在、一起、伴隨、整體，源自L)+jug(軛、肩頸套具，源自L)+al=同負一軛的、共同負擔的、夫妻的、婚姻生活的；
intermural=inter(之間、之中，源自L)+mur(牆壁、隔體結構，源自L)+al=機構與機構之間的、單位與單位之間的；
agnosticism=a+gnos(認識、知道，源自G)+tic(相關的，源自G)+ism=不可知論、認為人類無法確知上帝是否存在；
antibiotic=anti(反對、反抗、悖反，源自G)+bio(生命、生物，源自G)+tic(相關藥劑、相關物品，源自G)=抗生素。

請詳見本書姊妹作《WOW！字彙源來如此——生活篇》書末所附的字首詞綴祕笈，有依字母序的總整理。

07. 英文常見的「字尾」、「後綴」有哪些？

字尾的功能之一在提示該字的詞類，使我們簡單就可辨別出該字是：

動詞(ise、ize、ate、en、fy等)；
名詞(ist、ism、ness、ion、tion、ation、ment等)；
形容詞(ous、ful、tive、able、ible、oid等)；
副詞(ly、ably、ibly、wise、wards等)。

如果字尾是名詞，還可從其字源得知其意思可能代表：

人者物、國家土地、場地處所、工具技術制度、狀態病徵疾患、身分地位行業、方向位置、動植物分類、礦物、藥物、化學物品、知識學科、思想

信仰主義等。

如果某些字尾是自其他語言吸納的，還有提示該字是單數、複數或陽性、陰性、中性的功能。

以下幾個字當中的ion、ary、ian、al、ate、orium都是字尾：
benediction=bene(優良、美善，源自L)+dict(言、說，源自L)+ion(名詞字尾：行為、狀態、情況，源自L)=祝福；
malediction=male(敗壞、邪惡，源自L)+dict+ion=咒詛、毀謗；
dictionary=dict+ion+ary(名詞字尾：匯聚處，源自L)=匯集措辭用語的地方、字典；
library=libr(書，源自L)+ary=圖書館；
librarian=libr+ar(y)+ian(名詞字尾：人員，源自L)=圖書館員；
naval=nav(舟艇、船艦，源自L)+al(形容詞字尾：具某特性的，源自L)=船艦的、海軍的；
navigate=nav+ig(驅策、啟動，源自G)+ate(動詞字尾：進行、動作，源自L)=行船、走船、航行；
aviate=avi(鳥、禽，源自L)+ate=飛行；
aviary=avi+ary=鴿舍、動物園的鳥館；
reptiliary=reptil(e)(爬蟲動物，源自L)+ary=蛇窩、爬蟲動物館；
ovary=ov(卵、蛋，源自L)+ary=卵巢；
auditorium=audit(聽，源自L)+orium(名詞字尾：場所、地點，源自L)=演講廳、會堂；
sanatorium=sanat(健康，源自L)+orium=療養院、養生館。

請詳見本書姊妹作《WOW！字彙源來如此——健康篇》書末所附的字尾詞綴祕笈，有依字母序的總整理。

08. 一定要「字首＋字根＋字尾」的型態才是正確的英文造字法嗎？

不一定。有些字根自身並不單獨存在為一個完整的字，譬如dict；這時就一定要搭配其他的「語素」(morpheme：語言中有意義的最小單位)，才能成為一個完整的字。但是，搭配方式有各種可能：

predict=pre(先、前，源自L)+dict(說、言，源自L)=預言、預測，屬於「字首＋字根」；
predictor=pre+dict+or(名詞字尾：人、者，源自L)=預言家，屬於「字首＋字根＋字尾」；
diction=dict+ion=措辭、用語，屬於「字根＋字尾」；
dictionary=dict+ion+ary=匯集措辭用語的地方、字典，屬於「字根＋字尾＋字尾」；

有些字根自身就是一個完整的字，可以單獨存在，譬如script(劇本、手稿、筆跡、書寫的結果，源自L)；還可以衍生出下列的相關字：

playscript=play(戲劇，源自古英語Old English)+script=劇本、戲劇稿本，屬於「字根＋字根」；
manuscript=manu(手，源自L)+script=手抄本、手寫稿、原本，屬於「字根＋字根」；
postscript=post(後面、之後，源自L)+script=P.S.=附筆、補述，屬於「字首＋字根」；
scriptorium=script+orium(處所、場地，源自L)=繕寫房、文書室，屬於「字根＋字尾」。
scriptory=script+ory(與某事物有關的、具某性質的，源自L)=書寫的、書寫方式的，屬於「字根＋字尾」。

字首或字尾與字根連結，不限於只有一個。以下的例子說明這點：

inefficiency=in(字首：不、非、無)+ef(字首：出來、外面)+fici(字根：做事、從事)+ency(字尾：性質、狀態)=做事表現不出來、無效率、無能，屬於「字首＋字首＋字根＋字尾」；

indispensable=in(字首：不、非、無)+ dis(字首：分離、除去)+pens(字根：衡量、考量、稱重)+able(形容詞字尾：可以……的、適宜……的)=衡量之後不可除去的、不可或缺的、必不可少的，屬於「字首＋字首＋字根＋字尾」；

nonrecurrent=non(字首：非、否)+re(字首：反覆、返回、再次)+curr(字根：跑動、流動、移動)+ent(形容詞字尾：具某種性質的)=不會復發的、不會再出現的、非反覆發生的，屬於「字首＋字首＋字根＋字尾」；

unprecedented=un(字首：不、非、無)+pre(字首：先、前)+ced(字根：行、走)+ent(名詞字尾：動作者、行為者、人、者、物)+ed(形容詞字尾：具某種性質的、有某種特徵的、有某種狀況的)=先前無人走過的、沒有先行者的、史無前例的、前所未有的，屬於「字首＋字首＋字根＋字尾＋字尾」；

emancipation=e(字首：出來、外面)+man(u)(字根：手)+cip(字根：抓取)+at(e)(動詞字尾：進行、動作)+ion(名詞字尾：行為、狀態、情況) =用手(把受困者)抓取出來、解放、解放黑奴，屬於「字首＋字根＋字根＋字尾＋字尾」。

09. 由上面的例子可知字首字根字尾的定義不是以出現的位置來判定，這不就很難記憶嗎？非要記住什麼是字首、何者是字根嗎？

不會難以記憶，而且甚至不需要去判讀在英文字中先出現的「語素」、「字綴」、「詞綴」或「組合形式」是字首或字根，也不用去判讀在英文字末尾出現的是字根或字尾。我們在記憶字彙時，有時候會搞不清楚哪個是字首或哪個是字根，沒有關係，因為比較重要的是記住可以當成組合單位的各個「語素」的意思，進行排列組合即可。例：

manuscript=manu+script=手抄本、手寫稿、原本；
manual=manu+al=隨手帶著之物、手冊；手的、手工的(al可當成名詞與形容詞兩種字尾)；
manufacture=manu+fact(製作)+ure(過程、狀態、結果)=手工製作、製造；

只要能夠這麼記，就達到學習成果，不需要去記憶或在乎其搭配方式屬於「字根＋字根」或「字首＋字根」或「字根＋字尾」，「字首＋字根＋字尾」或「字首＋字首＋字根」或「字根＋字根＋字尾」何種型態。

再舉例說明：

chronic=chron(時間、年代、時代，源自G)+ic(具某性質的、具某特徵的、與某事務相關的，源自G)=長期的、積習的、慢性病的、時間拖久的；
chronicity=chron+ic+ity(狀態、特質、程度，源自L)=長期性、慢性特質；
chronicle=chron+icle(小東西、小事物、簡單處裡的事務，源自L)=某時間發生之事務的記載、記事、敘述、編年史、年代記、報紙；
Chronicles《歷代志上下》(舊約聖經的兩卷與歷史相關的記事，天主教譯為《編年紀上下》)；

以上的字都有chron，而且出現在前頭，但不用去管它是字首或字根；我們可以簡單說chron是一個英文造字的「組合形式」(combining form)，而且由於chron在這幾個字都擺在前頭，可以說這種情形是chron-這個「組合形式」被當成「字首」、「前綴」在使用。

在比較大而且精準的英文字辭典，或是Dictionary of Word Combining Forms當中，會一起收納chron-、chrono-、chron：

chron-代表這個「組合形式」被當成「字首」、「前綴」在使用，其他的語素必須接在其後面；

chrono-代表這個「組合形式」被當成「字首」、「前綴」在使用，其他的語素必須接在其後面；好的字詞典會告知讀者，chron-接的是母音開頭的語素；而chrono-接的是子音開頭的語素，譬如：chronology=chrono+logy年代學、年表，chronometer=chrono+meter=時間度量器、精密的時鐘；

chron代表這個「組合形式」被當成「字根」使用，其他的語素接在其前面或後面皆可；譬如：anachronism=ana+chron+ism=違反時間或年代的作為、時空倒錯(譬如：在清宮古裝連續劇出現冷氣機、在古羅馬戰場出現坦克)；synchronize=syn+chron+ize=把時間調整為一致、對時、舞蹈動作整齊劃一。

再舉例如下：

astrology=astro(星星，源自G)+logy(學問、研究，源自G)=星象學；astronomy=astro+nomy(法則、定律、治理，源自G)=星星的規律、天文學；

astronaut=astro+naut(航行者，源自G)=航向星星的人、太空人；

在大字典上除了astro之外也會列出astro-，這提醒我們astro-這個「組合形式」被當成「字首」、「前綴」在使用，其他的語素必須接在其後面；

至於logy、nomy與naut，在大字典上常會標示為-logy、-nomy與-naut，表示這三個「組合形式」被當成「字尾」、「後綴」使用，其他的連接語素要擺在其前面而非後面。

譬如：
sociology=socio社會+logy=社會學；
anthropology=anthropo人類+logy=人類學；
psychology=psycho心靈+logy=心理學、心靈研究；
autonomy=auto自己+nomy=自治；
gastronomy=gastro胃部+nomy=美食法則、烹飪法；
agronomy=agro農田+nomy=農政、農業管理。
cosmonaut=cosmo宇宙+naut=宇航員、太空人；
aquanaut=aqua水+naut=潛水夫、水下工作人員。

10.必須記住某個特定的「字根」、「字首」、「字尾」、「前綴」、「後綴」源自希臘文、拉丁文、古德語、中古法語等等嗎？

能夠把常見的字首、字根、字尾的形音義記熟，使字彙的質與量大幅提高，是最根本的目標，不必刻意去記是源自於何種語文。不過，如果要把學習層次再提高，去比較與學習英文以外的語文，則記牢「字源」會使我們得到意想不到的收穫。

字源學、語源學、詞源學(etymology)是語言學的一個分支，對字詞的來源、歷史、形音義的轉變進行研究，並比較與識別其他相關語言的「同源字」(cognate)，而強化記憶。

英語屬於西日耳曼(West Germanic)語系，有相當數量的字彙源自於古日耳曼語(Proto-Germanic)，也有一些用語源自現代德語文(Modern Germanic)；英格蘭在西元一到五世紀間受到羅馬帝國統治，因而有一些字彙源自拉丁語文(Latin)；英格蘭王哈洛德(Harold)在西元1066年遭到來自英吉利海峽對岸的征服者威廉(William the Conqueror)擊殺，英格蘭因而在十一到十二世紀期間受到來自法國諾曼第(Normandy)的貴族統治，以致有部分的英語文的字彙源自古諾曼語(Old Norman)和法語文。

羅馬大公教會(Roman Catholic Church, 天主教)在中古時期歐洲的勢力極為龐大，西羅馬帝國於西元476年亡於蠻族之後，教會是西歐唯一的大一統組織，教士使用拉丁語文，而且各地學人的「書寫通用語」(Literary Lingua Franca)也是拉丁語文，而致英格蘭語文受到拉丁語文進一步影響。

文藝復興(Renaissance)時期，歐洲大量汲取古希臘與古羅馬的文化、文學、藝術，而致希臘語文和拉丁語文又大舉滲入英格蘭語文當中，尤其是學術用語。西方啟蒙運動(Enlightenment)、工業革命(Industrial Revolution)、科技與醫學勃興之後，又大量採借希臘語文與拉丁語文來創造新字與新詞。另外，由於國際文化的交流、大英帝國全盛期統治各洲各民族、二十世紀強國美國勢力遍及世界各地，很多國家民族的語言也或多或少被吸納進入英語的體系內。

根據Thomas Finkenstaedt 與 Dieter Wolff兩位學者的研究，英語約有26%的字詞源自日耳曼語，遍及生活、飲食、軍事等領域；約有29%源自法語，

在政治、外交、法律、食品、肉品各領域都有；約有29%源自拉丁語，在法律、科學、工技、醫學、宗教等方面影響重大；約有6%源自希臘語，在科學、醫學、哲學、神學等學科上處處可見；剩餘的10%若非源自其他語言，就是字源不清楚。義大利語占英語文字源的比例雖然不高，但是影響極為明確，集中於音樂領域。

同源字：armistice(英)=armistice(法)=armistizio(義)=armisticio(西葡)=armistițiu(羅馬尼亞)=停戰；(armistice=armi武器+stice停止=停戰；solstice=sol太陽+stice停止=夏至；源自拉丁文)。

同源字：amicus(拉丁)=ami(法)=amico(義)=amigo(西葡)=amic(羅馬尼亞)=朋友(陽性)、男的朋友；(ami源自拉丁文，意思是喜歡、友善、喜愛)。

法、義、西、葡、羅馬尼亞五國的「停戰」與「男的朋友」的拼字與發音為何大同小異？因為它們都屬於拉丁語系Latin languages；如果多背一些源自於拉丁語的字首字根字尾，其實在學習同屬拉丁語系的其他語言時，就會發出驚歎聲「WOW！源來如此」，可以觸類旁通，而省下不少時間。

英語明明不屬於拉丁語系，為何英文的armistice和法文一樣，而且還可以和其他的拉丁語系的語文扯上關係？答案就在前述的法國諾曼第貴族統治英格蘭時期，引進了大量的「統治階級」的用字與用語。

同源字：Waffenstillstand(德)=wapenstilstand(荷)=vapenhvile(挪威)=vapenstillestand(瑞典)=停戰；

德、荷、挪威、瑞典四國語文同屬日耳曼語系，而致彼此之間的拼音有類

似之處，但與拉丁語系大不相同；如果把上面的德文拆解，得出waffen(武器、武力)+still不動、平靜+stand杵著、站著=停戰，是蠻容易了解的，而英文的weapon(武器)與德文waffen相近，原因是有共同的古日爾曼語的字源，甚至可以再回溯到古印歐語。

同源字：win(英)=winnen(荷)=gewinnen(德)=vinne(挪)=vinna(瑞典)=vind(丹麥)=vinco(拉丁)=vincere(義)=vencer(葡)=vaincre(法)=得勝；

就日耳曼語系而言，英、荷、德同屬於西日耳曼語系，而挪威、瑞典、丹麥同屬於北日耳曼語系；但是日耳曼語系和拉丁語系又同屬於更上一層的印歐語系(Indo-European languages)，因此，還是有關係。

11. 希臘語文不是用拉丁字母(羅馬字)來表記，當我們說anthropo(人、人類)、demo(人民)源自於希臘文時，是如何確定的？

能夠深入懂得很多國家語文的人，若非天才就是下過苦工夫；但是在語文的學習上，有一種簡易方法可以幫助我們這些凡夫俗子，就是transliteration：把某一語文字詞的發音按另一語文的書寫方式寫出來、語音轉譯。例：

希臘文：Άνθρωπο=anthropo(語音轉譯)=human(義譯)；
希臘文：δήμου=demo(語音轉譯)=people(義譯)；參見本書的「政治與外交之二」；
俄文：город=gorod(語音轉譯)=city(義譯)；參見本書的「州邦省與城市鎮」；
日文：男友達(漢字)=おとこともだち(假名)=otokotomodachi(語音轉譯)=

boyfriend, male friend(義譯)；
中文：港口=gangkou(語音轉譯)=port(義譯)；參見本書的「州邦省與城市鎮」；
泰文：แม่น้ำ= maenam(語音轉譯)=river(義譯)；參見本書的「州邦省與城市鎮」；
阿拉伯文：أمير=amiir, amir, emir(語音轉譯)=prince, commander(義譯)；參見本書的「君王權貴與人民」；

不少洋人選擇用漢語拼音的方式來學中文，用羅馬拼音的方式學日文，就是要節省時間，不願意在基礎學習時遭受「圖畫般」或「鬼畫符」般的書寫系統和另一套發音符號的折磨。

Google網站，還有維基百科的Wiktionary，都可以找到transliteration的功能，宜多加利用。不過，如果能夠在英語文之外多涉獵一些其他的國家民族語文，也許就能夠發現不少書籍上的訛誤，也能夠增進跨文化的交流與理解，甚至可能會有新的發現而獲致樂趣，進而在字源學和比較語言學(comparative linguistics)的學習與研究上，更上一層樓，而走上專業之途。

12. 有哪些相關書籍與工具書可以幫助大家把英文字彙學好？

以一般字彙和英文的學習而言，下列六本國際名牌字典最好至少擁有其二或三，臺灣有出版公司代理進口，可上網查詢。若無法閱讀英文版，建議優先添購英漢版，而且要找最新版本。這些王牌字典對一個字在不同脈絡中有不同意思的解釋簡單明瞭，有助大家打好基礎。然而，其收納的字彙量不足以應付大學以上的需求，而且沒有附上字源的說明：

Macmillan English Dictionary for Advanced Learners(麥克米倫)

Longman Dictionary of Contemporary English(朗文)
Oxford Advanced Learner's Dictionary(牛津)
Cambridge Advanced Learner's Dictionary(劍橋)
Collins COBUILD Advanced Learner's English Dictionary(柯伯)
Merriam-Webster's Advanced Learner's English Dictionary(韋氏)

隨著學習層次提高，必須添購更大的字典，以下五本辭書所收納的字彙量豐富，而且附有字源的說明，有助大家把較長較難的字彙拆解為字首字根字尾，方便記憶與學習。網路上的Wiktionary是免費的，收納的字彙很多，而且附有字源的說明。如果無法閱讀英文本，建議優先購置英漢大辭典(繁體字版，臺北東華書局)(簡體字版，上海譯文出版社)，而且要大字聖經紙版，以免字體過小：

英漢大辭典(東華)
Merriam-Webster's Collegiate Dictionary(韋氏)
The American Heritage College Dictionary(美國文粹)
Random House Webster's Unabridged Dictionary(蘭登)
Oxford English Dictionary(大部套書，牛津)

以下六本是增進字彙量的書籍，對於字首字根字尾有做基本介紹，臺灣有出版公司或網路書店代理進口其中幾本，可上網查詢。如果擔心分量太重，建議從第一本開始：

The Least You Should Know about Vocabulary Building
The Joy of Vocabulary
Building Vocabulary for College
Programed College Vocabulary 3600

Quick Vocabulary Power
Word Power Made Easy

以下五本可供查閱英文字源，臺灣有出版公司或網路書店代理進口其中幾本，可上網查詢：

The Oxford Dictionary of English Etymology
Dictionary of Word Origins
Dictionary of Word Roots and Combining Forms
Word Origins and How We Know Them: Etymology for Everyone
English Etymologies

以下五本可供查閱英文外來語，臺灣有出版公司或網路書店代理進口其中幾本，可上網查詢：

English Words from Latin and Greek Elements
Latin for the Illiterate
Latin Dictionary Plus Grammar
Dictionary of Foreign Words and Phrases
Dictionary of Foreign Terms and Phrases

13. 什麼是學科內涵知識(Content Area)的英文，有那麼重要嗎？

臺灣學子在面對國際英語文測驗的困難很多，首先就是字彙量太低，而且在學科內涵知識的字彙方面尤其不足，以致於在TOEFL、GRE、IELTS，乃至於美國高中學測SAT的平均成績，幾乎都是亞洲的後段班。字彙的量與質不佳，一定影響閱讀與寫作，再加上文法程度偏低，破解不了稍微複

雜的句型結構，只能似懂非懂而瞎猜，成績就不理想。

所謂的學科內涵知識英文，就是與社會(歷史、地理、公民與社會、政治法律、商業財經)、健康(身體功能與疾病、醫療與護理、運動與體育)、自然(生物、物理、化學、地球科學)、藝術(音樂、美術、藝術生活)、生活(家政、生活科技、資訊科技)等相關的英文，可以簡稱為知識英文。

我們不可能像古希臘的亞里斯多德或文藝復興時期的達文西，在很多領域既通博又精深，但是我們可以具備很多學科的基礎知識，得以涉獵人類社會的豐富與複雜，而使人生多采多姿。

以下字彙是英語系國家、香港、新加坡的小學到中學，以及北京、上海、東京、首爾的前段班中學，都會接觸到的字彙。我們可能要到特定學院科系的大學部甚至研究所，才知道這些字彙，而且只要是非特定科系者，可能幾乎都不會知道。臺灣的高中課本當中，有部分學科在書末附有部分用語的英漢對照，這是一項進步；但是如果和北京與上海幾家前段班的中學相比較，臺灣還是落後了，因為他們早已經採用英國牛津大學出版社出版的中學科學、生物、物理、化學、數學、商務等教材，而且在2000-2001年間就雙語化了。當然，並非每一個學生都必須接受這種國際化、全球化的教育，但是臺灣資質優秀的菁英學生，若因為教育當局的缺乏見識，而失去與世界比高下的機會，就很可惜了。

photosynthesis=photo(光)+syn(共同、一起)+the(擺放)+sis(變化、過程)=光合作用(自然、生物)；
noctiflorous=nocti(夜晚)+flor(花)+ous(具某種特性的)=夜間開花的((自然、生物)；
tetragynous=tetra(四)+gyn (女、雌性)+ous(具某種特性的)=四雌蕊的；

pentaphyllous=penta(五)+phyll(葉子)+ous(具某種特性的)=五葉的；
arthropod=arthro((關節)+pod(腳、足)=節肢動物(自然、生物)；
carnivorous=carni(肉)+vor(食、吃)+ous(具某種特性的)=肉食的(自然、生物)；

antidepressant=anti(對抗、抵擋)+de(往下)+press(壓)+ant(人或物、藥劑)=抗憂鬱症藥物(健康教育、衛生教育)；參見《WOW！字彙源來如此——健康篇》；
depression=de(往下)+press(壓)+ion(現象、結果)=抑鬱、憂鬱(健康教育、衛生教育)，窪地(社會、地理)，低氣壓(自然、地球科學)，蕭條、大衰退(社會、經濟)；參見《WOW！字彙源來如此——健康篇》；
dyspepsia=dys(困難、障礙)+peps(消化)+ia(狀態、病癥、疾病)=消化不良(健康教育、衛生教育)；參見《WOW！字彙源來如此——健康篇》；
tachycardia=tachy(快速)+card(心臟)+ia(狀態、病癥、疾病)=心搏太快(健康教育、衛生教育)；參見《WOW！字彙源來如此——健康篇》；

hyperbole=hyper(過度)+bole(拋擲)=誇張表達法(語文、作文、演講)；
euphemism=eu(美善、優良)+phem(言說)+ism(信仰、主張、思想、主義、作為、語言特質)=委婉表達法、委婉語(語文、作文、演講)；
prefix=pre(先、前)+fix(黏貼、固定)=字首、前綴(語文、造字)；
multilingual=multi(多)+(舌頭、語言)lingu + al(具某種特性的)=會講多種語言的(語文、口說)；
anthology=antho(花、精華)+logy(集合)=精選集、文選(語文、閱讀)；

semi-presidential government=半總統制政府、雙首長制(社會、公民、政治)；參見本書「政治與外交之一」；
segregation=se(分開)+ greg(群)+ate(產生、形成)+ion(現象、結果)=種族隔離(社會、公民、政治)；參見本書「政治與外交之一」；

litigation=lit(法律)+ig(進行、動起來)+ate(產生、形成)+ion(現象、結果)=打官司、訴訟(社會、公民、法律)；參見本書「法律與犯罪刑罰」；
monopsony=mon(o)(單一、一)+opsony(買)=獨買、買方獨家壟斷(社會、公民、經濟)；參見本書「經濟商業與理財」；

millennium=mill(千)+enn(年)+ium(時期、期間)=千年(社會、歷史)；參見《WOW！字彙源來如此——生活篇》；
paleolithic=paleo(古代、老舊)+ lith(石頭)+ic(具某種特徵的、與某種事務有關的)=舊石器的(社會、歷史)；
contiguous=con(一起、共同)+tig(接觸、碰觸)+uous(具某種特性的)=毗鄰的、共有國界的(社會、地理)；
assimilation=as(針對)+simil(類似、趨同)+ate(產生、形成)+ion(現象、結果)=同化(社會、文化)；
omniscient=omni(完全、普遍)+sci(知道)+ ent(具某種性質的、有某種動作的)=全知的、無所不知的(社會、宗教)；

kilogram=kilo(千)+gram(公克)=千克=公斤(數學、度量單位)；參見《WOW！字彙源來如此——生活篇》；
milliliter=milli(千分之一)+liter(公升)=毫升(數學、度量單位)；參見《WOW！字彙源來如此——生活篇》；
nanometer=nano(十億分之一)+meter(公尺)=奈米(數學、度量單位)；參見《WOW！字彙源來如此——生活篇》；
trigonometry=tri(三)+gono(角)+metry(度量、測量)=三角函數(數學、幾何)；參見《WOW！字彙源來如此——生活篇》；
equilateral=equi(相等、平均)+later(邊)+al(具有某種特性的，具有某種特性之物)=等邊的、等邊形(數學、幾何)；參見《WOW！字彙源來如此——生活篇》。

14. 除了字首字根字尾的基本功之外，還有更進一步的訣竅嗎？

英文和其它的歐洲語文都是拼音文字，字形與發音之間有基本的關聯與規則，學習者最好能達到「記得聲音就寫得出，而且寫得出就會發音」的「形音結合」基礎能力；即使無法完全拼對，也要達到近似，以便電腦文書軟體的字典檢查功能可以協助找出正確的字。

「形音結合」之外，加上字源的理解以及字首字根字尾的破解與排列組合功夫，則有助「形音義結合」與記憶，達到更高段的字彙能力。不過，就像電腦檔案要分類一樣，人腦中要記憶思考的材料也要分類，才可以方便搜尋、增進效率。因此，在字源結合字首字根字尾這種「聰明記憶法」，取代傳統徒勞亂背硬記的「白痴記憶法」之後，還可以再升級成為「智慧記憶法」，這就是除了把單字拆解出字首字根字尾之外，還要把字彙分類，進行「群組記憶法」。

字彙分類的群組可以按學科，譬如：醫學、生物、化學、物理、資訊、政治、外交、國際關係、法律、經濟、金融、商業、文學、史學、人類學、考古學、哲學、神學、宗教、音樂、美術、工藝、影視娛樂、休閒旅遊、體育運動等。

只有字首字根字尾，卻沒有字彙分類，還是太繁雜；只有字彙分類，卻無法帶入字首字根字尾的破解與組合，還是難以記憶；唯有兩者結合，才是最有效的，也就是「聰明記憶法」+「群組記憶法」=「智慧記憶法」。

書泉出版社的「WOW！字彙源來如此」系列，都是依「智慧記憶法」的原則撰述，以便使讀者在學習之後，字彙功力達到國際一流的水準。

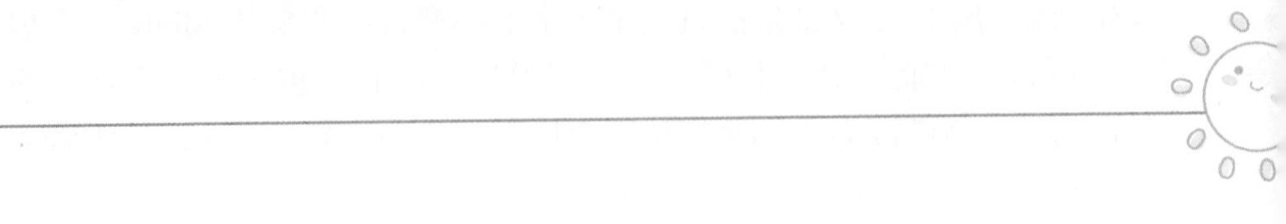

暈。

得意。
Help...

01
國家民族與地域

英文	中文	字綴與組合形式
world	世界、地球	mond；monde；mund；munde；mundi；mundus
state；nation；country	國家、邦國、民族	dom；ia；land；stan
territory；turf；region	疆域、地盤、區域	dom；ia；land；stan
condition；status；realm	狀況、身分、管轄領域	dom
center	中央、中心	centr；centri；centro
south；southern	南方、南方的	jugo；jugu；yugo(古斯拉夫語字源)
south；southern	南方、南方的	auster；austr；austral；austro(拉丁字源)
east；eastern	東方、東方的	austr；austro(古高地德語字源)
area of influence；domain	勢力範圍、影響範圍	sphere
Asia；Asian	亞洲(的、人、語)	Asia；Asianensis；Asiat；Asiato
Taiwan	臺灣(的、人、語)	Formosa；Formosana；Formosensis
Taiwan	臺灣(的、人、語)	Taiwan；Taiwania；Taiwaniana；Taiwano
Tibet；Tibetan	西藏(的、人、語)	Tibet；Tibetensis；Tibeto
Tibet；Tibetan	西藏(的、人、語)	Thibetanus

英文	中文	字綴與組合形式
Mongolia ; Mongolian	蒙古(的、人、語)	Mongol ; Mogolica ; Mogolicus
Mongolia ; Mongolian	蒙古(的、人、語)	Mongoliensis ; Mongolo
Uighur ; Uigur	維吾爾(的、人、語)	Ughur ; Ughuri ; Uighur ; Uighuri
China ; Chinese	漢、中國(的、人、語)	Chin ; Chinensis
China ; Chinese	漢、中國(的、人、語)	Sina ; Sinensis ; Sinic ; Sinica ; Sino
Japan ; Japanese	日本(的、人、語)	Japan ; Japanic ; Japano
Japan ; Japanese	日本(的、人、語)	Japonais ; Japonica ; Japonicus
Japan ; Japanese	日本(的、人、語)	Nihon ; Nippon ; Nippono
Japan ; Japanese	日本(的、人、語)	Nipponensis ; Nipponica ; Nipponicus
Korea ; Korean	韓、高麗、朝鮮(的、人、語)	Corea ; Coreana ; Coreanus
Korea ; Korean	韓、高麗、朝鮮(的、人、語)	Koraiensis ; Korea ; Koreana
Korea ; Korean	高麗(的、人、語)	Goryeo ; Koryŏ
Korea ; Korean	朝鮮(的、人、語)	Chosen ; Chosenica ; Chosenicus
Korea ; Korea	朝鮮(的、人、語)	Choson ; Chosun ; Joseon

英文	中文	字綴與組合形式
Thailand ; Thai	泰國、暹羅(的、人、語)	Siam ; Siamensis ; Siamo
Malay	馬來(的、人、語)	Malay ; Malaya ; Malayanus ; Malayensis ; Malayo
India ; Indian	印度(的、人、語、宗教)	Hindi ; Hindo ; Hindu
India ; Indian	印度(的、人、語、宗教)	Ind ; Indi ; Indica ; Indicum ; Indicus
Indo ; Pakistan ; Pakistani	巴基斯坦(的、人、語)	Paki ; Pakistan ; Pakistani
Afghanstan ; Afghanistani	阿富汗(的、人、語)	Afghan ; Afghani
Tajikistan ; Tajikistani	塔吉克(的、人、語)	Tajik ; Tajikistani
Kazakhstan ; Kazakhstani	哈薩克(的、人、語)	Kazakh ; Kazakhstani
Iran ; Iranian	伊朗(的、人、語)	Iran ; Irano
Persia ; Persian	波斯(的、人、語)	Pers ; Perso
Syria ; Syrian	敘利亞(的、人、語)	Syr ; Syro
Turkey ; Turkish	土耳其、突厥(的、人、語)	Turc ; Turco
Turkey ; Turkish	土耳其、突厥(的、人、語)	Turcica ; Turcicum ; Turcicus

英文	中文	字綴與組合形式
Turkey ; Turkish	土耳其、突厥(的、人、語)	Turk ; Turki ; Turkic ; Turko
Tartar ; Tartarian	韃靼、韃靼(的、人、語)	Tartar ; Tartarica ; Tartaricus
Qatar ; Qatari	卡達(的、人)	Qatari
Arab ; Arabic	阿拉伯(的、人、語)	Arab ; Arabic ; Arabicus ; Arabo
Jew ; Jewish	猶太(的、人、宗教)	Juda ; Judaeo
Africa ; African	非洲(的、人、語)	Afric ; Afro
Egypt ; Egyptian	埃及(的、人、語)	Coptic ; Egypto
Europe ; European	歐洲(的、人、語)	Euro
Balkans ; Balkan	巴爾幹半島(的、人、語)	Balkan ; Bakano
Greece ; Greek	希臘(的、人、語)	Graeco ; Greco ; Helleno
Bulgaria ; Bulgarian	保加利亞(的、人、語)	Bulgar ; Bulgaro
Slav ; Slavic	斯拉夫(的、人、語)	Slav ; Slavic ; Slavo ; Slavon
Soviet Union ; Soviet	蘇聯(的、人)	Soviet ; Soviteo
Russia ; Russian	俄羅斯(的、人、語)	Russ ; Russo

英文	中文	字綴與組合形式
Poland ; Polish	波蘭(的、人、語)	Polon ; Polono
Serbia ; Serbian	塞爾維亞(的、人、語)	Serb ; Serbo
Baltic	波羅的海(的、人、語)	Balto
Scandinavia ; Scandinavian	斯堪地那維亞(的、人、語)	Scand ; Scando
Finland ; Finnish	芬蘭(的、人、語)	Fenn ; Fenno ; Finn ; Finno
Norway ; Norwegian	挪威(的、人、語)	Norweg ; Norwego
Sweden ; Swedsih	瑞典(的、人、語)	Swed ; Swedo
Latin	拉丁(的、人、語)	Latin ; Latino
Rome ; Roman	羅馬(的、人)	Roma ; Romana
Italy ; Italian	義大利(的、人、語)	Ital ; Italic ; Italica
Italy ; Italian	義大利(的、人、語)	Italicum ; Italicus ; Italo
France ; French	法國(的、人、語)	Franc ; Franco
Romani ; Gypsies	吉普賽(的、人、語)	Romano
Iberia ; Iberian	伊比利半島(的、人、語)	Ibero

英文	中文	字綴與組合形式
Spain ; Spanish	西班牙(的、人、語)	Hispan ; Hispanica ; Hispanicus ; Hispano
Spain ; Spanish	西班牙(的、人、語)	Espan ; Span ; Spain
Portugal ; Portuguese	葡萄牙(的、人、語)	Lus ; Lusi ; Luso ; Portug
Cyprus ; Cypriot	塞浦路斯(的、人、語)	Cypro
Germany ; German	日耳曼(的、人、語)	German ; Germanica ; Germano
Germany ; German	德國(的、人、語)	German ; Germanica ; Germano
Germany ; German	德國、德意志(的、人、語)	Deutsch ; Deutsche
Netherlands ; Netherlander ; Netherlandish	荷蘭(的、人、語)	Dutch
Switzerland ; Swiss	瑞士(的、人)	Helvet ; Schweiz ; Suisse ; Swiss
Austria ; Austrian	奧地利(的、人)	Austr ; Austro
Czech Republic ; Czech	捷克(的、人、語)	Czech ; Czecho
UK ; Britain ; British	英國(的、人、語)	Britannia ; Britannic ; Britannica

英文	中文	字綴與組合形式
UK ; Britain ; British	不列顛(的、人、語)	Brit ; Britic ; British ; Briton
England ; English	英格蘭(的、人、語)	Angli ; Anglic ; Anglo ; Angolensis
Scotland ; Scottish	蘇格蘭(的、人、語)	Scot ; Scoto
Ireland ; Irish	愛爾蘭(的、人、語)	Hiberno
America	美洲(的、人)	Americ ; America ; Americano ; Americo
America	美洲(的、人)	Amer ; Ameri ; Amero
USA ; American	美國(的、人)	Americ ; America ; Americano ; Americo
USA ; American	美國(的、人)	Amer ; Ameri ; Amero
Mexico ; Mexican	墨西哥(的、人)	Mexic ; Mexica ; Mexicano ; Mexico
Mexico ; Mexican	墨西哥(的、人)	Mexicanus ; Mexicensis
Quebec ; Quebec(k)er	魁北克(的、人)	Quebecois ; Quebecoise
Oceania ; Oceanian	大洋洲(的、人、語)	Ocean ; Oceanic ; Oceano
Australia ; Australian	澳洲(的、人)	Austral ; Australo ; Austro

英文	中文	字綴與組合形式
New Zealand ; New Zealander	紐西蘭(的、人)	Kiwi
Australia and New Zealand	澳紐(的、人)	ANZ
Antartica ; Antacrtic	南極洲(的)	Antarctic ; Antarctican
view ; sight	觀、覽	orama
resembling ; likeness ; appearance	相像、狀、樣子	oid
sound ; speech ; language	聲音、說話、語言	fon ; phon ; phono
lizard ; dragon	蜥蜴、龍	saur ; sauro ; saurus
word ; study ; discourse ; collection	言說、研究、蒐集	log
like ; love ; desire	喜歡、喜愛、欲求	phil
dislike ; fear	厭惡、畏懼	phob
mind ; mentality	心神、神智	man
craziness ; insanity ; madness ; compulsion	狂、狂躁、瘋狂、強迫症	mania
crazy ; insane ; mad	狂的、狂躁的、瘋狂的	man(ia)+ic=manic

英文	中文	字綴與組合形式
sickness ; disease ; symptom ; status	生病、疾病、症狀、狀態	ia
patient	病人、患者	iac
relating to sickness	與病相關的	iacal
someone ; something	某人、某者、某物	e
something ; some species	某物、某個動植物物種	us
kingdom ; class ; order in biology	生物的界、綱、目	ia
relating to ; characterized by	具有某種特性的、與某事物相關的	ic
relating to ; characterized by	具有某種特性的、與某事物相關的	ous
in the manner of ; resembling	某種樣式的、似某種風貌的	esque
doctrine ; principle ; action ; behavior	主義、原則、行動、作為	ism
doctrine follower ; action doer	主義奉行者、行為進行者	ist
resident ; offspring ; member	居民、後代、成員	ite

英文	中文	字綴與組合形式
cause to be ; become like	成為、變成	ize ; ise
cause to do ; act ; make	進行、從事、製作	fy
inhabitant ; language ; literay style	居民、語言、文字、文體	ese
relating to the origin	與某種來源相關的	ese
of or from somewhere	屬於或源出於某地的	ensis(拉丁文)
relating to	與(某地某國某時期某特質)相關的	n ; an ; ian
a person belonging to	屬於(某地某國某時期某特質的)人	n ; an ; ian
belonging to a nationality or group	隸屬(某地某國某特質)的	i ; ish
people or language associated with a place	某地的人或語言	i ; ish
action ; process ; result	行動、過程、結果	ation
collection of objects or information	物品或資訊的彙編	ana

①	Anglophone	________________	操英語者
②	Sinocentrism	________________	以中國為中心的思想與主張
③	Sinicization	________________	中國化
④	Mesopotamia	________________	兩河流域
⑤	Americana	________________	美國或美洲文物
⑥	Asiatosaurus	________________	亞洲龍
⑦	Japanorama	________________	觀覽日本
⑧	Russosphere	________________	俄羅斯勢力範圍
⑨	Sovietology	________________	蘇聯學
⑩	Mongoloid	________________	蒙古人種
⑪	Austroslavism	________________	奧地利的斯拉夫主義
⑫	Australia	________________	澳洲
⑬	Arabesque	________________	阿拉伯式花飾
⑭	Deutschland	________________	德意志國
⑮	mundicide	________________	毀滅世界

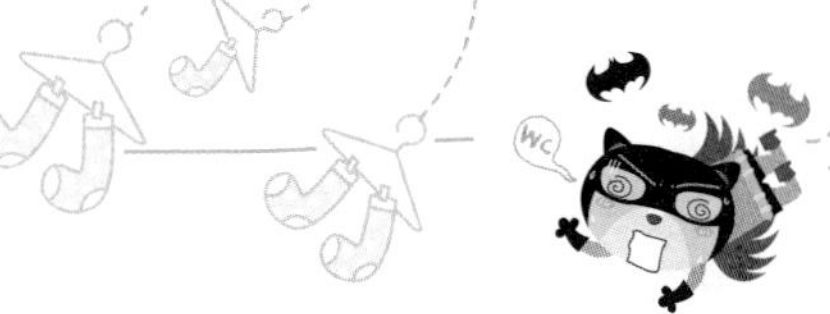

1. **Anglophone=Anglo+phon+e(名詞字尾)人、者、物=英格蘭聲音、英格蘭聲音相關的裝置或儀器、英格蘭語音、英格蘭語音者=操英語的人、使用英語者**

Anglocentric以英格蘭為中心的、以英國為中心的，Anglomania英國狂、英國痴，Anglophobic嫌惡英國的、仇視英國的，Anglo-French英法兩國的、英式法語，Anglo-American英美兩國的、英裔美籍者；Anglicize=Anglicise=Anglify英格蘭化、英國化、英語化、英式化，Anglicism英國特徵、英國習俗、英式作風，Anglican英國的、英國特性的、英國教會的，Anglican Church英國國家教會、基督新教英國國教派、基督新教聖公會；Anglophonic說英語的，Francophone操法語的人、使用法語者，Germanophone操德語的人、使用德語者，Turkophone操土耳其語的人、使用土耳其語者，Ukrainophone操烏克蘭語的人、使用烏克蘭語者，earphone耳機，otophone助聽器，microphone麥克風、megaphone擴音器、telephone遠方的聲音、電話，cellphone=cellular phone=cellular telephone手機，mobile phone=mobile telephone手機、行動電話，I-phone=Information phone=Information telephone資訊電話、提供各種訊息的手機，smartphone智慧型手機，saxophone薩克斯風，xylophone木琴，phonic發音的，phonics自然發音法，phonate發音；phonogram音符，phonograph留聲機；Anglophile親英國者、喜歡英國的人，pedophile戀童者，acrophobe懼高者，Anglophobe怕英國者、嫌惡英國的人，lipophage噬脂細胞，misanthrope討厭人類者

Anglo-Chinese Wars英中戰爭：1839-1842年的第一次鴉片戰爭First Opium War，以及1856-1860年的第二次鴉片戰爭Second Opium War。後者的進行年份較長，有史家不稱為第二次鴉片戰爭，而是細分為清朝與英法聯軍的兩次戰爭。

saxophone：十九世紀的比利時樂器製作專家Adolphe Sax發明一種樂器，以其姓氏Sax+輔助發音的母音o+聲音裝置phone=saxophone，創出新字。

2. **Sinocentrism＝Sino中國+centr+ism＝以中國為中心的思想與主張、大漢沙文主義 潑灑**

延伸記憶 Sinology漢學，Sinologist漢學家、漢學研究者，Sinological漢學的，Sinophobia中國恐懼症、對中國嫌惡或排拒的心態、懼中、排中，Sinophobe恐懼中國者、排斥中國者，Sinophobic恐懼中國的、排斥中國的，Sinophilia親中國、喜歡中國，Sinophile親中國者、喜歡中國者，Sinophilic=Sinophilous親中國的、喜歡中國的，Sinomania痴迷中國、著魔中國，Sinomaniac痴迷中國者、著魔中國者，Sinomanic痴迷中國的、著魔中國的，Sino-Tibetan漢藏的、漢藏之間的，Sino-Tibetan language family漢藏語系，Sino-Japanese中日的，Sino-American中美的，Sino-American relations中美關係，Sino-British中英的，Sino-French中法的，Sino-German中德的，Sino-Russian中俄的；Afrocentrism非洲中心主義，Eurocentrism歐洲中心主義，Arabocentrism 阿拉伯中心主義，Germanocentrism德國中心主義，Francocentrism法國中心主義，Americocentrism美國中心主義，Anglocentrism英國中心主義；ecocentric生態為中心的，ethnocentric民族為中心的，concentric共同中心的、同心圓的，eccentric離開中心的、怪異的、不正常的；socialism社會主義，capitalism資本主義，romanticism浪漫主義、浪漫作風，Platonism柏拉圖主義、柏拉圖思想，impressionism 印象主義、印象派作畫風格

Sino-Japanese War中日戰爭：First Sino-Japanese War 第一次中日戰爭，1894-1895年清國戰敗割讓臺灣予日本的甲午之戰；Second Sino-Japanese War第二次中日戰爭，1937-1945年自蘆溝橋事變起到二次世界大戰亞洲戰場結束，中華民國與日本之戰。其實中日之間的大戰還有：唐朝支援新羅而日本支援百濟，663年在朝鮮半島白江口的大戰，結果唐新聯軍大勝；元朝要把日本納入以中國為中心的世界體系，但日本拒不臣服，1274年與1281年元朝兩度發動大軍渡海，但遇神風(颱風)受創慘重而無功；明朝於1598年支援李氏朝鮮抵抗日本入侵之戰，日本因豐臣秀吉病歿而罷兵。

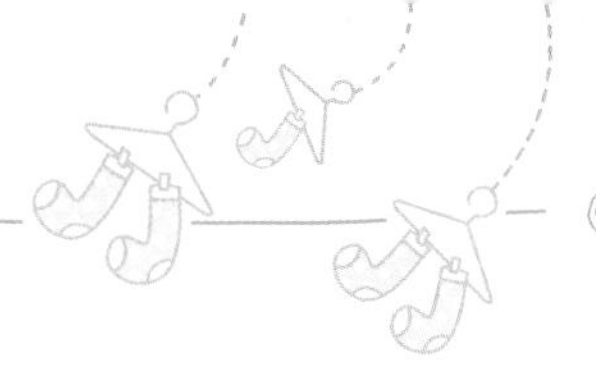

報馬仔

Sino-Xiongnu War漢匈奴戰爭，133BC-89AD中國大漢帝國與匈奴之間的大小征戰；Sino-French War中法戰爭，1884-1885年清國與法國的戰爭，結果越南與中南半島成為法國殖民地；Sino-Indian War中印戰爭，1962年中印為了邊界問題進行的戰爭，又稱為Sino-Indian Border Conflict中印邊界戰爭、中印邊界衝突；Sino–Vietnamese War中越戰爭，1979年中國為壓制越南而進行的戰爭，越南當時為中南半島霸主，氣焰囂張；Sino-Soviet split中蘇分裂，中國與蘇聯為了國際共黨路線與國家利益及邊界糾紛而分道揚鑣；Sino-British Joint Declaration中英聯合聲明，1984年針對香港問題發表的聲明。

3. Sinicization＝Sinic中國+iz(e)+ation＝中國化、中文化，漢化、漢語化、變成中國模式

延伸記憶

Sinicisation(英式拼法)=Sinicization(美式拼法)，Sinicize=Sinicise漢化、漢語化、中國化，Sinicized=Sinicised漢化了的、中國化了的，Sinicism中國風格、中國習性；Academia Sinica(拉丁文)=Chinese Academy(英文)中國的研究學院(在南港的「中央研究院」的正式名稱)，Pax Sinica=Chinese Peace中國的和平、中國國勢強盛時得以維持的東亞與西域地區的和平，Manglietia sinica中國木蘭(植物學名)，Rana sinica中國林蛙(動物學名)；Americanize美國化，Germanize德國化，Islamize伊斯蘭化，colonize殖民化；Romanization羅馬化、學習羅馬帝國、皈依羅馬梵諦岡的天主教會、文字改用羅馬字母(拉丁字母)拼音，organization使有組織、組織化、組織機構，liberalization使得自由、自由化、解放，modernization現代化，maximization極大化

報馬仔

建立「金朝」而滅掉北宋的民族是東北女真族，而清朝太祖高皇帝努爾哈赤於1616年建國時國號也是「金」，史稱「後金」，因為他們也是女真族；後金於1636年由皇太極更號為「大清」，1644年入關取代大明而控制中國。中國第一個統一的中央集權帝國為「秦」(Qin, Chin)，最後一個則為「清」(Qing, Ching)，因此，Qin、Chin以及在拉丁文和其他語文轉音的Sin、Cin，都成為中國的代名。

報馬仔 中國著名網站新浪網取名Sina，該字在拉丁文就是「中國」。

報馬仔 生物名稱儘管「俗名」(common name，各國各族各地在一定人群中使用的「習稱名」)有很多，但是「學名」(scientific name，科學名)是全世界統一的，由拉丁文來表示；學名採「雙名法」(Binomial nomenclature)，以「屬」(genus)＋「種」(species)來呈現，第一個字大寫，代表「屬」，第二個字小寫，代表「種」：茶樹(學名Camellia sinensis，山茶屬中國種)；茶花、山茶花(學名Camellia japonica，山茶屬日本種)；智人(學名Homo sapiens，人屬智種、有智慧的人)；直立人(學名Homo erectus，人屬直立種、直立走路的人)。如果還要進一步分類，動物學就會用到亞種(subspecies)：北京人、北京猿人(學名Homo erectus pekinensis，人屬直立種北京亞種、北京直立人)；植物學則更複雜，在「種」的下面，還有「亞種」、「變種」、「變形」。

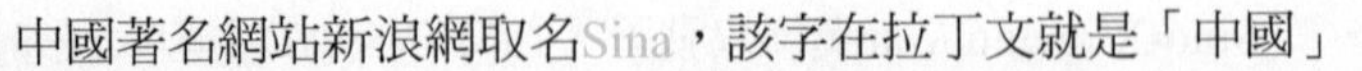

4. Mesopotamia＝Meso中間+potam河流+ia＝河流之間的區域、兩河流域、(音譯)美索不達米亞

延伸記憶 Mesoamerica=Central America中美洲，Mesolithic Period=Middle Stone Age中石器時代，mesosphere中氣層；potamic河流的，Potamilus capax大河蚌，Potamon fluviatile溪蟹，hippopotamus=hippo馬+potam+us物種=河馬；potamophobia河流恐懼症，potamology河流學，potamometer測流計，potamodromous在河流中迴游的；India=Ind(o)+ia=印度，Mongolia蒙古，Arabia阿拉伯地區、阿拉伯國家，Syria敘利亞，Tunisia突尼西亞，Russia俄羅斯，Armenia亞美尼亞，Slovakia斯洛伐克，Slovenia斯洛維尼亞，Croatia克羅埃西亞，Bosnia波士尼亞，Serbia塞爾維亞，Macedonia馬其頓，Bulgaria保加利亞，Romania羅馬尼亞，Albania阿爾巴尼亞，Latvia拉脫維亞，Gambia甘比亞，Zambia尚比亞，Namibia那密比亞，Tanzania坦尚尼亞，Mauritania茅利塔尼亞，Ethiopia衣索匹亞，Somalia索馬利亞

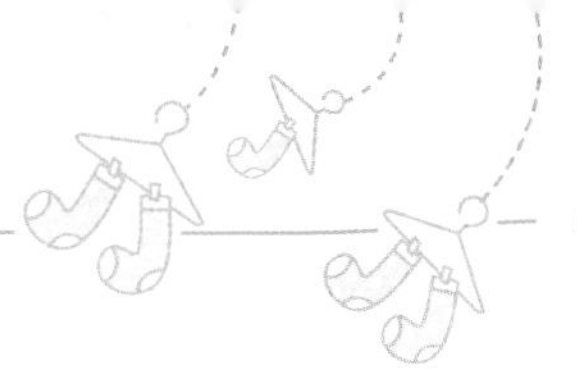

報馬仔 Bolivia=Boliv(ar)帶領南美洲推翻西班牙殖民統治的英雄玻利瓦+ia=玻利瓦的國家、(音譯)玻利維亞；Nigeria=Niger黑人+ia=黑人國、(臺灣音譯)奈及利亞、(中國音譯)尼日利亞；Liberia=Liber自由、解放+ia=自由國、解放國，(音譯)賴比瑞亞，美國協助或解放之黑奴在非洲建立的國家；Nova Scotia(拉丁文)=New Scotland新蘇格蘭、(音譯)諾瓦斯科細亞、(音義混譯)新斯科細亞，加拿大東南一角的省份，相對於美國東北部各州所在的New England新英格蘭。

5. Americana＝Americ(a)+ana物品或資訊的彙編＝美國或美洲文物、美國或美洲工藝、美國或美洲文粹選輯

延伸記憶 American=America+(a)n具某性質的、具某特性的人者物=美國人、美國的、美洲人、美洲的，Americanism美式作風、美國特質、美國習俗，Anti-Americanism反美思想、反美作風，Americanize美國化、美式處理化，Amercanization美國化，Americanus=America+(an)+us=美洲種(動植物)，Ursus americanus=North American Black Bear美洲黑熊；Americanology=American Studies美國學、美國研究，Americanologist研究美國的專家學，Caffè Americano美式咖啡，Americanophobia=Americophobia畏懼美國，Americanophila=Americophilia喜愛美國，Americanomania=Americomania美國痴狂；Amerindian=Amer(ican)+Indian=美洲印第安人，AmerEnglish=Amer(ican)+English=美式英語；Americentrism=Ameri(can)+centrism=美國中心主義、美國為主思想、大美沙文主義；AmeroEnglish=Amer(ican)+o(輔助發音的母音)+English=美式英語；Canadiana加拿大文物工藝文粹，Australiana澳洲文物工藝文粹，Kiwiana紐西蘭文物工藝文粹

6. Asiatosaurus＝Asiato+saurus龍、蜥蜴＝亞洲龍(恐龍的一個「屬」)

延伸記憶 Asiatosaurus mongolensis蒙古亞洲龍、亞洲龍屬蒙古種，Asiatosaurus kwangshiensis廣西亞洲龍、亞洲龍屬廣西種；Rana asiatica=Asian Frog亞洲林蛙，Asiaticism亞洲風格、亞洲特質，Asiatic studies=Asian studies亞

洲研究，Asiatic flu=Asian flu亞洲型流感，Asiaphile喜歡亞洲者、喜愛東方女子的白種男人；Siamosaurus暹羅龍，Austrosaurus澳洲南方龍、澳洲龍，Indosaurus印度龍，Mongolosaurus蒙古龍，Sinosaurus中國龍，Nipponosaurus日本龍，Tyrannosaurus暴龍、霸王龍，Ankylosaurus甲龍，Stegosaurus劍龍，Ceratosaurus角鼻龍、角鼻龍屬角；Dinosauria=dino恐怖、嚇人+saur+ia動物分類的「綱」(class)或「目」(order)=恐龍、恐龍總目，Ceratosauria角鼻龍下目，Ceratosauridae角鼻龍科，Saurischia蜥臀目，saurian蜥蜴形動物；saurophagous吃蜥蜴維生的，sauropod蜥腳類動物，Sinosauropteryx中華龍鳥、中國有翼恐龍、中國的有翼蜥蜴

7. Japanorama＝Japan(o)+orama＝觀覽日本、看日本、日本文化導覽

Japanology日本研究、日本學，Japanologist研究日本的專家，Japonophilia哈日心理、喜愛日本、熱衷日本文化，Japanophile哈日者、親日派，Japanomania日本狂熱、瘋日本，Japanophobia日本恐懼症、害怕日本，Japanophobe懼日者；Japan Railways=JR日本鐵道，Japanese日本人、日文、日語、日本的，Japanese cuisine日本料理，Japanglish=Japan(ese)+(En)glish=日式英文，Japlish=Jap(anese)+(Eng)lish=日式英文；Rana japonica日本林蛙，Hyla japonica日本樹蟾，Cryptotaenia japonica野蜀葵、鴨兒芹、三葉芹、三葉(日文漢字，原產日本的山芹菜)，Lancer japonica忍冬、金銀花，Sedirea japonica名護蘭、(音譯)賽迪雷蘭(原產日本)，Wasabia japonica山葵、山嵛菜，Eurya japonica柃木、海岸柃；Percis japonicus日本隆背八角魚，Andrias japonicus日本大鯢、大山椒魚，Ursus thibetanus japonicus日本黑熊、亞洲黑熊日本亞種，Leonurus japonicus益母草、坤草；Sinorama=Sin(o)+orama=觀覽中國、看中國、中國文化導覽，Russorama觀覽俄羅斯、看俄羅斯、俄羅斯文化導覽，Italorama觀覽義大利、看義大利，義大利文化導覽，panorama全覽、總覽，georama=geo+(pano)rama=地球狀全景圖，cyclorama=cyclo+(pano)rama=環形全景畫作、圓環式連續圖景，cosmorama=cosmo+(pano)roma=世界各國景物圖，diorama=di(a)+orama透視畫、孔窺式西洋景畫片

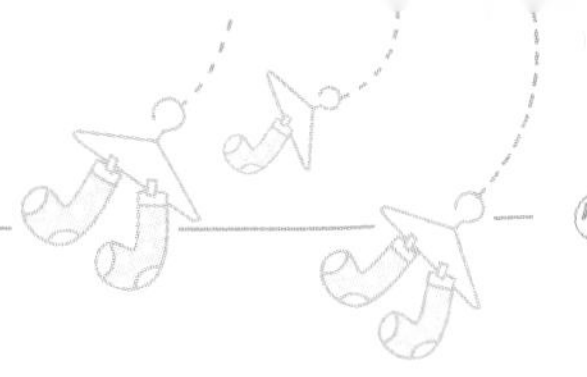

臺灣官方發行的《光華雜誌》原來的英文名稱是Sinorama，後來改稱Taiwan Panoroma；英國名人Jonathan Stephen Ross主持的系列紀錄片探討日本的流行趨勢與文化，片名取為Japanorama；加拿大導演Philippe Falardeau一部與剛果有關的電影，取名為Congorama(字義：剛果觀覽、看剛果)；歐洲一家網路金融服務機構取名為Boursorama(字義：交易所觀覽、看錢包)。

8. Russosphere＝Russo+sphere圈子、範圍、領域＝俄羅斯勢力範圍、俄羅斯語文化圈

Russophone操俄語者、說俄語的人，Russophonism主張說俄語、說俄語至上，Russophilic喜歡俄羅斯的，Russomanic為俄羅斯瘋狂的，Russophobic懼俄的、害怕俄羅斯的，Russo-American俄美兩國的，Russo-Japanese俄日之間的，Russo-Chinese俄中的，Russo-British俄英的，Russo-Turkish俄羅斯與土耳其的；Russia=Russland俄羅斯、俄羅斯國，Russian俄語、俄文、俄羅斯人、俄羅斯的，Russian cuisine俄羅斯料理，Russianize=Russianise=Russify俄羅斯化；Sinosphere漢字文化圈，Anglosphere英國勢力範圍、英語文化圈，Francosphere法國勢力範圍、法語文化圈，Germanosphere德國勢力範圍、德語文化圈，Hispanosphere西班牙勢力範圍、德語文化圈

Russosphere：包括俄羅斯還有原屬蘇聯後來獨立的其他十四個共和國都屬於此勢力範圍，因為俄羅斯語為蘇聯時期的通行語，而且俄羅斯裔大量移民到各地，有些是駐軍，有些是擔任經建開發工作。Francosphere：包括法國和比利時與瑞士的部分地區，還有加拿大的魁北克省(Quebec)，和以前的法屬中西非諸國。Germanosphere：包括德國、奧地利兩國，還有瑞士的德語區和比利時與捷克小部分的德語地區。

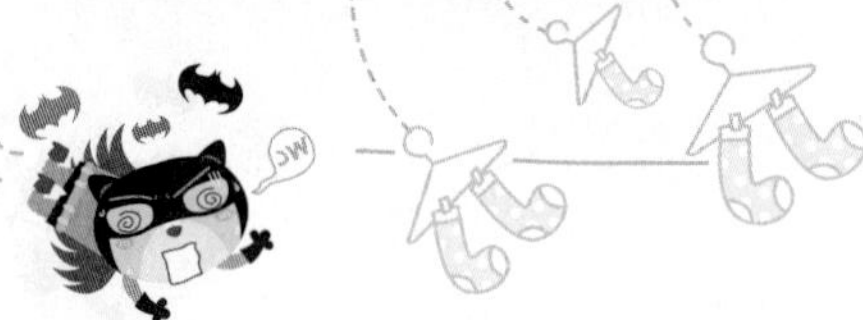

報馬仔

Russo-Japanese War：俄日兩國為了爭奪朝鮮半島與滿洲控制權，於1904–1905年間進行的海陸大戰，結果俄羅斯大敗投降。Russian Revolution：1917年俄羅斯帝國由君主專制走向君主立憲，而後卻走向共黨專制的兩次革命，尤其是指後面的共黨革命。Russian Soup：俄羅斯湯，在華人世界以諧音而昔稱「羅宋湯」。Russian Bread：俄羅斯麵包、羅宋麵包。Russian Hat：俄羅斯帽、羅宋帽、風雪帽(有遮耳設計)。

9. Sovietology＝Sovieto+logy＝蘇聯學、蘇聯研究、對蘇聯政經社會文化各方面的研究

延伸記憶

Sovietologist研究蘇聯事務的學者專家，Sovietologic蘇聯學的、蘇聯研究的，Sovietophere蘇聯勢力範圍；Soviet Union=Union of Soviet Socialist Republics=USSR蘇聯、蘇維埃社會主義共和國聯邦，Soviet Russia蘇俄、加入蘇聯的俄羅斯共和國，Sovietism蘇聯體制、蘇維埃體制、工農兵議會治國體制，Sovietize=Sovietise蘇聯化、蘇維埃化，Sovietization蘇聯化、蘇維埃化，Soviet Zone蘇聯軍占領區，Soviet Anthem蘇聯國歌，Soviet Allies蘇聯盟國；Africology=African Studies非洲研究，Germanology德國研究，Turkology突厥族研究，Assyriology亞述帝國研究，Egyptology埃及研究、埃及學，Flamencology佛朗明哥藝術研究，anthropology人類學，psychology心理學，sociology社會學，dermatology皮膚研究、皮膚學、皮膚科，neurology神經研究、神經學、神經科

報馬仔

蘇聯：存在於1922-1991年，是在冷戰(Cold War)期間與美國對峙的社會主義強國大國。

10. Mongoloid＝Mongol+oid形狀、樣子、類似、相像＝蒙古人種、黃種人、蒙古人種的、蒙古人樣子的，喜憨兒、唐氏症罹患者、喜憨兒樣子的

延伸記憶

Mongol蒙古人、蒙古族、蒙古種、蒙古語、蒙古人種的、喜憨兒、喜憨兒的，Mongol Empire蒙古帝國，Mongolia蒙古、蒙古國、蒙古族的土地，Inner Mongolia內蒙古(中國的自治區)，Mongolian蒙古

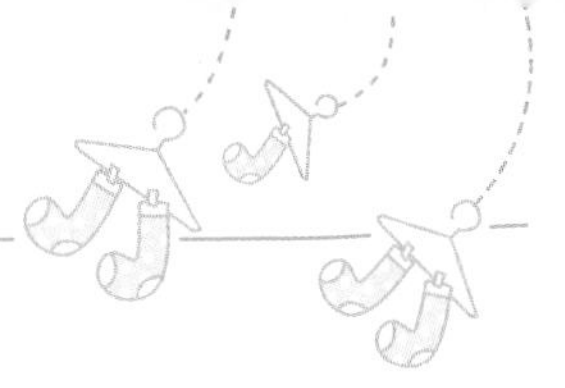

人、蒙古族、蒙古種、蒙古語、蒙古人種的、喜憨兒、喜憨兒的，Mongolism=Mongolianism喜憨兒現象的表現，Mongolian race蒙古人種，Mongolic蒙古族語、蒙古語的；Mongolology蒙古研究、蒙古學，Mongolosphere蒙古勢力範圍、蒙語文化圈，Mongolophilia喜愛蒙古，Mongolophobia畏懼蒙古；Thymus mongolicus百里香、麝香草，Microtus mongolicus蒙古田鼠，Culter mongolicus蒙古鮊魚；Quercus mongolica蒙古櫟，Viola mongolica蒙古堇菜，Melanocorypha mongolica蒙古百靈鳥，Rhodopechys mongolica蒙古沙雀；anthropoid人狀物、人猿、人樣的，thyroid盾甲樣子、甲狀腺、甲狀的，steroid=ster(ol)固醇+oid類似=類固醇，lipoid脂肪狀物、脂肪樣子的、像脂肪的，mastoid乳房狀物、乳突狀物、乳房狀的，sarcoid肉狀物、像肉的，arachnoid蜘蛛樣子的東西，貌似蜘蛛的，fungoid蕈狀物、蕈狀的

西方在描述喜憨兒時，依其臉較寬扁、鼻較塌平、眼尾上翹，覺得樣子像極了蒙古人，故用Mongol和其衍生字敘述；此一用語隱含種族歧視，所以後來多半改稱Down Syndrome 或Down's Syndrome「唐氏症」，源出十九世紀英國醫師John Langdon Haydon Down。

Mongol Empire蒙古帝國：成吉思汗Genghis Khan西征建立的歐亞大帝國。Mogul Empire(另一拼法Mughul Empire)：蒙古帝國分封在中亞與西亞汗國後代與突厥和波斯人混血的後裔，轉戰阿富汗、喀什米爾、巴基斯坦、印度等地，後來在印度建立的帝國，Mogul或Mughul是Mongol在波斯語的轉音變體或訛誤，意思還是指「蒙古」，但是為了區別，在印度的該帝國在中文一般音譯為「莫兀兒帝國」。

Mongolian(形容詞)蒙古的，在拉丁文中有各種變形：與主格單數陽性名詞連用時是Mongolicus，與主格單數陰性名詞連用時是Mongolica，與主格單數中性名詞連用時是Mongolicum，這幾個字常見於生物學名。

11. Austroslavism＝Austro奧地利+slav+ism＝奧地利的斯拉夫主義、十九世紀奧地利帝國中的斯拉夫特質(與不分國別的Pan-Slavism泛斯拉夫主義區別)

延伸記憶 Austrofascism奧地利的法西斯思想、奧地利極右派國族至上論，Austro-marxism奧地利馬克思主義、奧地利派馬克思思想，Austro-German奧地利與德國之間的、奧德兩國的，Austro-German Alliance奧德同盟，Austro-Hungarian奧地利與匈牙利的、奧匈帝國的，Austro-Hungarian Empire奧匈帝國(1867-1918)，Austro-Turkish奧地利與土耳其的，Austro-Turkish War奧土戰爭；Austria=Austr東方+ia=日耳曼族的東部之國、奧地利，Austria-Hungary=Austro-Hungarian Empire奧匈帝國，Austrian奧地利人、奧地利的；Democratic Federal Yugoslavia南斯拉夫聯邦(1943-2003)，Slavism=Slavicism斯拉夫主義、斯拉夫特性；Slavic斯拉夫語、斯拉夫語的、斯拉夫人的，Slavicize=Slavicise斯拉夫化；Slavophobe嫌惡或敵視或仇恨斯拉夫人或文化者，Slavophile對斯拉夫人親善者；Slavonize斯拉夫化

報馬仔 Austr, Austro在古高地德語是Oster, Ostar，現代德語是Osten，意思是「東方」，Austria=the country in the East奧地利，指日耳曼民族中位置偏東的國家。

12. Australia＝Austral南方+ia＝南方之國、南方土地、澳大利亞、澳洲

延伸記憶 Austral signs南方星座，Australian澳洲人、澳洲的，Australian sloth澳洲樹獺(戲稱)=koala無尾熊，Australianize澳洲化，Australiana澳洲文粹選集、澳洲文物集、澳洲史料集，Australianism=Australianess澳洲特性、澳洲習俗，Australite澳洲玻璃隕石、澳洲黑曜岩，Australoid澳大利亞土著人種，澳洲原狀的人、澳洲原住民族，Australorp=Austral+orp(ington)澳洲原產的黑雞；Australophilia喜愛澳洲，Australophobia嫌惡澳洲，Australopithecus=Australo+pithecus猿、猴子=南方古猿(在非洲南部的靈長類化石考古發現)，Australopithecine南方古猿的，Austromancy以南風來占卜；Austronesia=Austro+nes+ia南島地區(臺灣往東南亞而西到印度洋馬達加斯加，往東到夏威夷，往南經印尼到紐西蘭，這一大片地區泛稱Austronesia)，Austronesian南島人民、南島語、南島的，Austronesian peoples南島

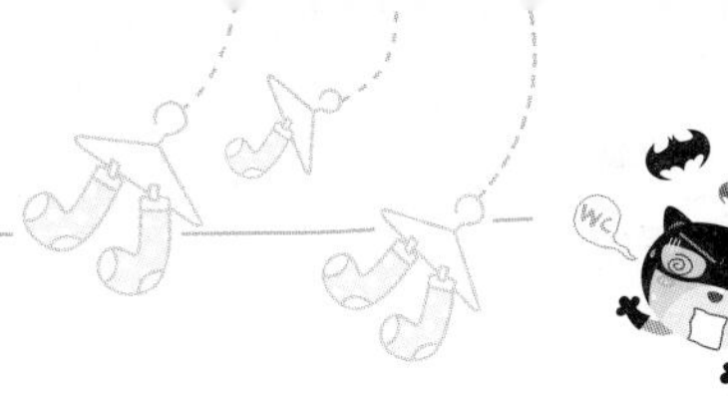

民族，Austronesian languages南島語言；Armenia亞美尼亞(高加索地區國家)，Estonia愛沙尼亞，Lithuania立陶宛，Colombia哥倫比亞，Sardinia薩丁尼亞(地中海大島)，Andalusia安達盧西亞(西班牙南部一省)

Austral, Australo, Austro, Auster源自拉丁文，意思是「南方」、「南風」；Australia澳大利亞、Austria奧地利，兩者易混淆，但字源不同。

若澳洲與紐西蘭合稱，也就是Australia and New Zealand，常會簡寫為ANZ：譬如在臺灣有分行的The Australia and New Zealand Banking Group Limited，就是簡稱ANZ，中文登記為澳盛銀行；第一次世界大戰，為殖民主子大英帝國貢獻兵力的澳紐聯合軍團Australian and New Zealand Army Corps，簡稱為ANZac；澳洲紐西蘭美國Australia, New Zealand, and the United States太平洋共同防衛組織，簡稱為ANZUS。

13. Arabesque＝Arab+esque樣子、款式＝阿拉伯式花飾、阿拉伯式繪筆、藤蔓花紋書法圖飾、精緻圖飾、阿拉貝斯克(芭蕾舞曼妙舞姿的一種)，阿拉伯式花飾的、藤蔓花紋書法圖飾的、阿拉貝斯克的

延伸記憶 Arab阿拉伯人、阿拉伯的，Arabism阿拉伯特性、阿拉伯習俗、阿拉伯主義，Arabist阿拉伯文化學者、阿拉伯主義倡導者，Arabdom阿拉伯人的身分、阿拉伯世界，Arabia阿拉伯人土地、阿拉伯人國家，Arabian阿拉伯人、阿拉伯的，Arabian Nights《天方夜譚－1001夜》；Arabic阿拉伯語、阿拉伯文、阿拉伯語文的，Arabic numerals阿拉伯數字，Arabicise=Arabicize阿拉伯化、阿拉伯語化，Arabica阿拉比卡咖啡豆；Barbus arabicus阿拉伯鮋，Diaphus arabicus阿拉伯眶燈魚，Scarus arabicus阿拉伯鸚嘴魚；Gagaesque卡卡女士風格、卡卡唱法的、卡卡打扮樣子的，Beatlesesque披頭合唱團風格、披頭式唱法的，Picassoesque畢卡索畫風、畢卡索繪畫式的，Raphaelesque拉斐爾畫風、拉斐爾風格的，Disneyesque迪士尼風格、迪士尼式的，Kafkaesque卡夫卡風格、卡夫卡寫作方式的，Zolaesque(法國作家)左拉風格、左拉文筆風貌的，Japonesque=Japanesque日本風格、日本樣貌的，Romanesque羅馬風格建

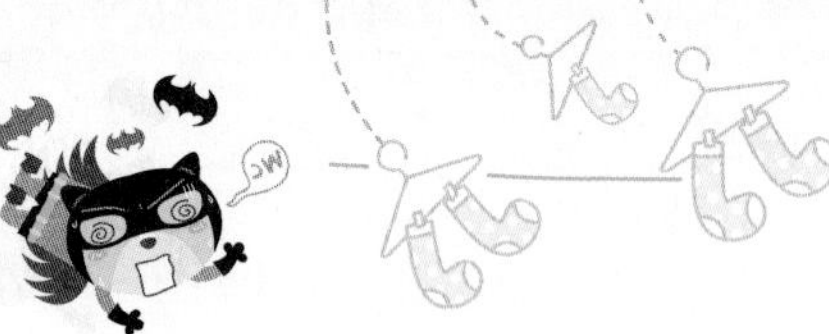

築或藝術、羅馬樣式的，Londonesque倫敦風格、倫敦樣貌，grotesque怪誕風格、奇異手法、怪人、怪東西、搞怪的、荒誕的，humoresque幽默曲(音樂用語)，picturesque如畫一般的作品、生動之物、細緻藝術、歷歷如繪的故事、如畫的、別緻的、栩栩如生的，statuesque雕像般的、雕像樣子的、體態優雅的、莊重的，arboresque樹狀物品、樹狀的，barbaresque粗野樣子的、胡搞瞎搞般的，Châteauesque城堡式建築、城堡風格的

Saudi Arabia=Saud紹德、建國王室家族的姓氏+i(所有格)+Arabia=紹德家族建立的阿拉伯國家，(音譯)沙烏地阿拉伯、沙特阿拉伯。

Arabica：植物茜草科(Rubiaceae)、咖啡屬(Coffea)之下的阿拉比卡種(Arabica)，學名為Coffea arabica；字面意思就是阿拉伯咖啡，專業稱為「小果(粒)咖啡」，原產於東非的衣索匹亞(Ethiopia)，但中古時期大半由阿拉伯商家提供，而冠上Arabica之名。「中果(粒)咖啡」的學名為Coffea canephora，原意指「形狀像頭上頂著籃子少女的咖啡」，產於中西非洲並傳至印尼爪哇，其咖啡因含量為阿拉比卡種的兩倍，味道濃烈苦澀，故又名Coffea robusta濃烈咖啡，音譯則是羅布斯塔種(Robusta)；拉丁文robusta和英文robust的意思就是濃烈、粗壯、厚重。另外，原產於賴比瑞亞(Liberia)的咖啡品種，學名是Coffea liberica，中文稱為「大果(粒)咖啡」或賴比瑞亞種咖啡(Liberica)。

14. Deutschland＝Deutsch+land＝德意志國、德國

Deutsch德語、德文，Deutsch德意志的、德國的、德語的，Deutschtum德國特性、德國僑民、德國文化，Deutschlehrer德語教師，Deutschmark德國馬克(使用歐元之前的貨幣)，Deutsch-Chinesische Gesellschaft德中協會，Deutsch Japanische Gesellschaft德日協會，Deutsch-Englische Gesellschaft德英協會，Deutsch-Baltische Gesellschaft德國與波羅的海國家協會，Deutsch-Französische Hochschule德法聯合大學，Deutsch Amerikanisch德美兩國的、德裔美籍的，Deutsch Amerikanischer德裔美國人；Deutsche德國人，Deutsche Telekom德意志電訊公司，Deutsche Bank德意志銀行，

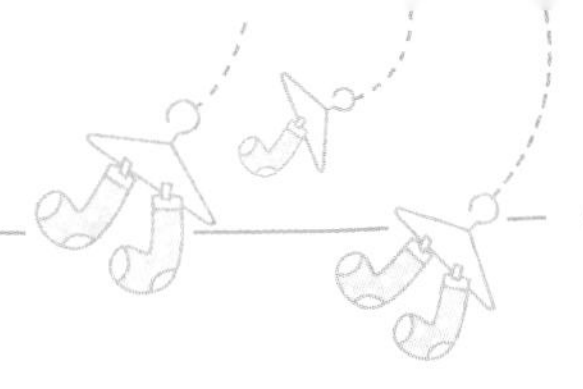

Deutsche Bahn德國鐵路；Switzerland瑞士，England英格蘭，Scotland蘇格蘭，Ireland愛爾蘭，Greenland格陵蘭，Iceland冰島，Finnland芬蘭，New Zealand紐西蘭，Thailand泰國

德文的單字拼法要依照數(單、複數)、性(陽、陰、中)、格(主格、直接受格、間接受格、所有格)等因素約制而變來變去：Deutsch有Deutsche、Deutschen等變化型；Deutscher有Deutsche、Deutsches、Deutschen、Deutschem等變化型；總之，英文簡單多了。

15. mundicide＝mundi+cide殺死、毀滅＝毀滅世界

Anima mundi=soul of world世界靈魂、宇宙精神(哲學、神學)、世界動畫影展(巴西)，Caput mundi=head of world世界的頭部、世界之首、世界最重要的國家，Lux mundi=light of world世界之光，Salus mundi=welfare of world世界福祉；beau monde=beautiful world漂亮世界、時尚世界、時尚模特兒圈，haut monde=high world上流社會、高檔世界，demimonde正邪交界的社會、黑白交會的圈子、大官富商與黑道的情婦組成的世界、風流社會，Le Monde世界日報(巴黎)，tout le monde全世界、大家；mundane世界的、宇宙的、塵世的、世俗的，premundane=antemundane創世之前，inframundane世界之下、宇宙之內，extramundane=transmundane超越世界、塵世之外；genocide種族滅絕，ethnocide某一特色文化族群的滅絕，omnicide全滅、整個毀滅、人類滅亡，populicide殺害人民、屠滅百姓，linguicide語言滅亡(經過刻意作為或自然演進而造成某種語言消失)，suicide自殺，medicide=medi(cal)+(sui)cide=physician assisted suicide醫學性自殺、醫生協助下達成死亡意願

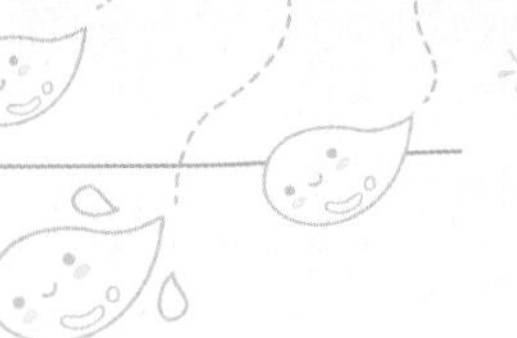

⑯	Koreaphilia	______________	哈韓癖、喜愛韓國
⑰	Formosan	______________	臺灣的
⑱	Siamensis	______________	暹羅原生(泰國)的
⑲	Nipponized	______________	日本化的
⑳	Taiwanese	______________	臺灣(的、人、語)
㉑	Chosenicus	______________	朝鮮的
㉒	Indomania	______________	瘋印度
㉓	Hindustan	______________	印度斯坦
㉔	Turkish	______________	土耳其(的、人、語)
㉕	Lusofonia	______________	葡萄牙語系國家共同體
㉖	Tartarphobia	______________	恐懼韃靼國
㉗	Italodance	______________	義大利舞曲
㉘	kiwifruit	______________	紐西蘭特產奇異果
㉙	Afghani	______________	阿富汗(的、人、語、貨幣)
㉚	Hispanoamerica	______________	西班牙語系的美洲國家與地區的總稱

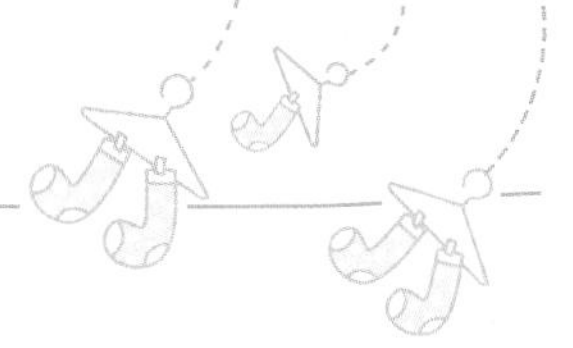

16. Koreaphilia＝Korea+philia喜愛=Hallyu=Korean Wave＝喜愛韓國、哈韓潮流、韓流(對韓劇、韓國青春歌舞團體、韓式料理、韓國手機與電器等的喜愛與著迷)

South Korea=Republic of Korea南韓、大韓民國，North Korea=Democratic People's Republic of Korea北韓、北朝鮮、朝鮮民主主義人民共和國，Korea Strait朝鮮海峽(北韓稱呼)、大韓海峽(南韓稱呼)、對馬海峽(日本稱呼)，Korean War(1950-1953)韓戰、朝鮮半島戰爭、南北韓戰爭、韓朝戰爭，Korean Peninsula朝鮮半島、韓半島，Korean Air大韓航空，Korean American韓裔美國人，Korean Japanese韓裔日本人，Korean Chinese韓裔中國人，Koreanize韓國化、韓語化、韓式化；Abies koreana朝鮮冷杉，Pimpinella koreana朝鮮茴芹，Raja koreana朝鮮鰩；Thuja koraiensis朝鮮崖柏，Pinus koraiensis朝鮮松、韓松、紅松，Picea koraiensis紅皮雲杉；Kingdom of Goryeo(Koryo)高麗王國、高麗王朝(高麗太祖王建所創立而存在於918–1392年之間)，Goryeo(Koryo)-Khitan Wars高麗王國與中國北方契丹(遼國)的長年攻戰；Cornus coreana朝鮮棶木，Trigonotis coreana朝鮮附地菜；Lepus coreanus韓國野兔，Drassyllus coreanus朝鮮近狂蛛，Squalidus japonicus coreanus朝日銀鮈；Sinophilia喜愛中國，Francophilia喜愛法國，Italophilia喜愛義大利，Lusophilia喜愛葡萄牙，Siamophilia喜愛泰國

Goryeo(Koryo)-Khitan Wars：Khitan指契丹，在中國魏晉南北朝後期崛起，雄踞中國北部與東北而與北宋對峙，建國名為「大契丹國」或「契丹國」，後來改稱「大遼」，但又改回「契丹」，立國年代為西元916-1125年，亡於女真族建立的「金」。Khitan這個字其實有留下一個世界常用的英文字，但是大部分人不知其來源：在國際和族際之間的商業與文化交流時，語言會有轉音訛誤，Khitan此字到了西域的維吾爾語轉為Khitai，到了突厥語的國家(如土耳其)轉為Khitay，再轉到當時歐洲流通的拉丁文，變成Cataya，轉到英語則變成Cathay；儘管Cathay是契丹，但是由於契丹入主中國後漢化很深，部分文化藝術甚至勝過宋朝，所以Cathay在異國眼中指的就是「中國」。總部設在香港的Cathay Pacific Airways登記的中文為「國泰航空公司」，但其原意是「中國太平洋航空」或是「華夏太平洋航空」。

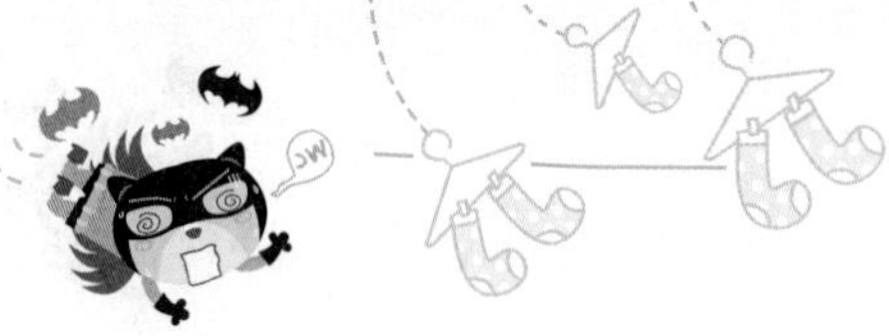

17. Formosan＝Formosa+n某地方(的、人、語)＝福爾摩沙的、福爾摩沙人、福爾摩沙語，臺灣的、臺灣人、臺灣語

延伸記憶 Formosa Plastics臺塑(王永慶成立的臺灣大企業)，Formosa TV=FTV民間全民電視公司、民視，Formosan Mountain Dog(簡稱Formosan)臺灣犬、臺灣土狗，Formosan Clouded Leopard(學名：Neofelis nebulosa brachyuran)臺灣雲豹，Republic of Formosa臺灣民主國(1895年5月23日至10月21日短暫存在的國家，清朝戰敗割讓臺灣予日本，不願意接受者臨時起意成立)，Formosan Alder(學名：Alnus formosana)臺灣榿木，Formosan Blue Magpie(學名：Urocissa caerulea)臺灣藍鵲，Formosan Black Bear (學名：Ursus thibetanus formosanus)臺灣黑熊，Formosan macaque臺灣獼猴；Musa formosana臺灣芭蕉，Amentotaxus formosana臺灣穗花杉，Pasania formosana臺灣石櫟，Clematis formosana臺灣鐵線蓮，Loligo formosana臺灣鎗烏賊；Oncorhynchus formosanus櫻花鉤吻鮭、臺灣鮭魚、臺灣鱒，Hynobius formosanus臺灣山椒魚、臺灣小鯢，Centrocestus formosanus臺灣異形吸蟲；Hypericum formosanum臺灣金絲桃，Hemimyzon formosanum臺灣間爬岩鰍；Chamaecyparis formosensis=Formosan Cypress臺灣紅檜，Nageia formosensis臺灣竹柏，Uca formosensis臺灣招潮蟹，Scincella formosensis臺灣滑蜥；American美國(的、人)，Libyan利比亞(的、人、語)，Rwandan盧安達(的、人、語)，Sri Lankan斯里蘭卡(的、人、語)，Siberian西伯利亞(的、人)，Prussian普魯士(的、人)，Asian亞洲(的、人)，Virginian維吉尼亞(的、人)，Georgian喬治亞(的、人)

報馬仔 Ilha(island島)Formosa(beautiful美麗的)=Beautiful Island：大航海時代葡萄牙人途經臺灣時對該島的稱呼，簡稱Formosa；葡萄牙文的Formosa源自拉丁文Formosus=form(a)型態、形體、款式+osus充滿某特質的=有型有款的、漂亮的、美麗的，Formosus與主格單數陽性名詞連用，若與主格單數陰性名詞連用時變化為Formosa，若與主格單數中性名詞連用時變化為Formosum；葡萄牙文的Ilha為陰性單數名詞，故搭配的形容詞為Formosa。

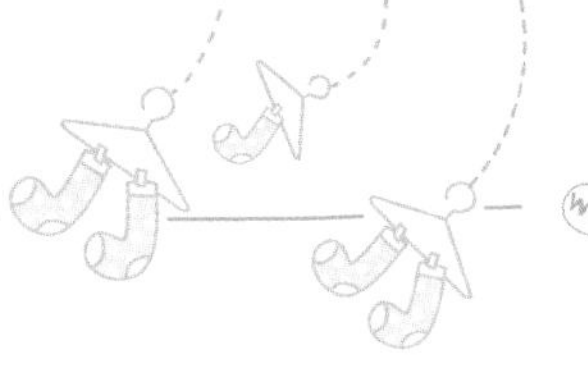

報馬仔

Formosan(形容詞)福爾摩沙的、臺灣的，在拉丁文中有各種變形：與主格單數陽性名詞連用時是Formosanus，與主格單數陰性名詞連用時是Formosana，與主格單數中性名詞連用時是Formosanum，這幾個字常見於生物學名；至於Formosensis=Formos(a)+ensis屬於某地、來自某地=來自福爾摩沙的、屬於臺灣的。

報馬仔

出自葡萄牙文的地名還有Sierra Leone獅子山共和國、São Paulo(巴西)聖保羅。

18. Siamensis＝Siam+ensis屬於或源出於某地的＝暹羅原生(泰國)的

延伸記憶

Crocodylus siamensis=Siamese crocodile暹羅鱷、泰國鱷，atlocarpio siamensis=Siamese giant carp巨暹羅鯉魚，Siraitia siamensis暹羅羅漢果、翅子羅漢果，Cycas siamensis暹羅蘇鐵、雲南蘇鐵(產於雲南與泰國一帶)，Presbytis siamensis=white-thighed surili白腿葉猴，Knema austrosiamensis南暹羅紅光樹；Siamese cat暹羅貓，Siamese fighting fish(學名：Betta splendens)泰國鬥魚，Siamese algae eater(學名：Crossocheilus oblongus)暹羅食藻魚，Siamese twins=conjoined twins連體嬰、連體雙胞胎(依出生於暹羅一對稱為Chang and Eng的連體嬰命名)；Siamosaurus暹羅龍，Siamotyrannus暹羅暴龍；Taiwanensis(屬於或源出於)臺灣，Canadensis(屬於或源出於)加拿大，Bengalensis(屬於或源出於)孟加拉，Liberiensis(屬於或源出於)賴比瑞亞，Genevensis(屬於或源出於)日內瓦，Yunanensis(屬於或源出於)雲南，Sinensis(屬於或源出於)中國，Chinensis(屬於或源出於)中國

19. Nipponized＝Nippon+ized變化了的、改變了的＝日本化的、日語化的、日式化的

延伸記憶

Nipponized English日本化的英語、日式英文(包括gairaigo外來語、wasei-eigo和製英語等等)，Nipponization=Nipponisation=Nihonization日本化、日語化、日式化，All Nippon Airways=ANA全日本空輸株式會社、全日空航

空公司，Nippon Hōsō Kyōkai=NHK=Japan Broadcasting Corporation日本放送協會，Nippon Budokan日本武道館，Nipponbashi日本橋，Nipponese日本人、日本語文；Nipponosaurus日本龍，Nipponophile喜愛日本者，Nip-ponomaniac日本痴狂；Potentilla nipponica日本翻白草，Fragaria nipponica日本屋久草莓，Monumenta Nipponica《日本文化志叢》，Encyclopedia Nipponica《日本大百科全書》；Bathygadus nipponicus 日本底尾鱈，Mo-diolus nipponicus日本殼菜蛤，Discotectonica nipponicus鑲珠車輪螺；Tes-tudovolva nipponensis日本海兔螺，Scapharca satowi nipponensis日本大毛蚶，Galeus nipponensis日本鋸尾鯊，Casmaria ponderosa nipponensis日本笨甲冑螺；Nihongo日語，Nihon-koku日本國，Nihon Shoki《日本書紀》(日本編年史書)，Nihon Ki-in日本棋院，Nihon ryōri=Japanese cuisine日本料理、和食，Nihon gunkoku shugi=Japanese militarism日本軍國主義；Sinicized漢化的、中國化的，Anglicized英國化的、英式化的、變成英格蘭樣式的，Germanized德國化的、德語化的、德式化的，Americanized美國化的、美式化的，Russianized俄羅斯化的、俄語化的、變成俄羅斯樣式的，criminalized刑事化的、定罪化的，Colonized殖民化的，federalized聯邦化的

20. Taiwanese＝Taiwan+ese居民、語言、文字、文體、與某種來源相關的＝臺灣(的、人、語)

Taiwanorama觀覽臺灣，Taiwan High Speed Rail (THSR)臺灣高鐵，Taiwan issue臺灣問題(有關臺灣的國際地位、統獨、中美日對臺灣看法等問題)，Taiwan's identity crisis臺灣認同危機，Taiwan Strait臺灣海峽，Taiwan Strait Crisis臺海危機，Taiwanese aborigines臺灣原住民，Taiwanese hot springs臺灣溫泉，Taiwanese cuisine臺灣料理，Taiwanese puppetry臺灣木偶戲、布袋戲，Taiwanese opera臺灣歌劇、歌仔戲，Taiwanese American臺裔美籍者；Taiwanophobia畏懼臺灣，Taiwanophilia喜愛臺灣，Taiwanomania痴狂臺灣；Taiwania cryptomerioides臺灣杉、亞杉，Taiwania flousiana禿杉；Rana taiwaniana臺灣林蛙，Cycas taiwaniana臺灣蘇鐵，Begonia taiwani

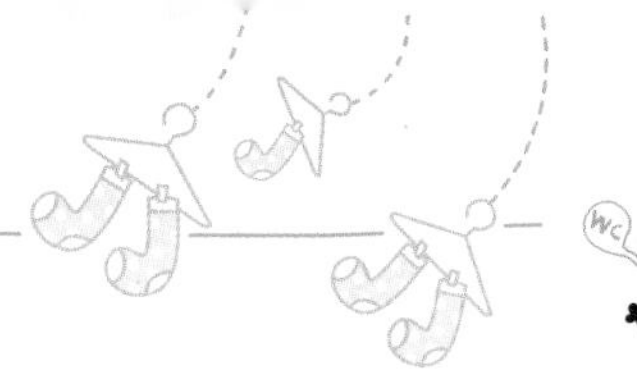

ana Hayata臺灣秋海棠，Prunus taiwaniana Hayata霧社山櫻花，Indigofera taiwaniana臺灣木藍，Barbarea taiwaniana臺灣山芥菜；Myotis taiwanensis臺灣鼠耳蝠，Gorgasia taiwanensis臺灣園鰻，Pinus taiwanensis臺灣二葉松，Aster taiwanensis臺灣紫菀，Isoetes taiwanensis臺灣水韭；Vietnamese越南(人、語、的)，Bhutanese不丹(人、語、的)，Nepalese尼泊爾(人、語、語、的)，Sudanese蘇丹(人、語、的)，Portuguese葡萄牙(人、語、的)，Maltese馬爾他(人、語、的)、馬爾他犬、(音譯)馬爾濟斯犬，Javanese爪哇(人、語、的)，Shanghainese上海(人、語、的)，Bolognese波隆那(人、語、的)

21. Chosenicus＝Chosen+icus(拉丁文)接主格陽性單名詞時的形容詞字尾＝朝鮮的、朝鮮半島的、高麗的、韓國的

延伸記憶. Pelophylax chosenicus=Seoul Frog首爾蛙、朝鮮池蛙，Chōsenjin朝鮮人、北韓人，Bank of Chosen朝鮮銀行(日據時代朝鮮地方的中央銀行)，Stephanodrilus chosen朝鮮冠蛭蚓，Chosenia朝鮮柳屬、鑽天柳屬(金虎尾目、黃褥花目Malpighiales之下楊柳科Salicaceae之下的一個屬Genus)，Chosenia arbutifoli朝鮮柳、鑽天柳；Rana plancyi chosenica朝鮮金線蛙、金線蛙朝鮮雅亞種、頃欟獏，Chlamys chosenica韓國錦海扇蛤，Rana chosenica朝鮮赤蛙；Choson Minhang朝鮮民航(北韓航空機構，後來改稱Air Koryo高麗航空)；Chosun Ilbo朝鮮日報；Kingdom of Joseon(Chosŏn, Choson, Chosun)朝鮮王國(由太祖李成桂開國，存在於1392-1897年的朝鮮王國)，Joseon Era朝鮮王國統治朝鮮半島的時代，Joseon Sanggosa朝鮮上古史；Tartaricus韃靼的，Indicus印度的，Mongolicus蒙古的，Germanicus德國的、日耳曼的，Hispanicus西班牙的，Japonicus日本的，Anglicus英國的、英格蘭的，Arabicus阿拉伯的，ecologicus生態的，oceanicus大洋的

22. Indomania＝Indo+mania痴狂＝瘋印度、痴迷印度

延伸記憶. Indology印度學、印度研究，Indologist印度學專家、研究印度的學者，

Indological印度學的，Indophobia畏懼印度、嫌惡印度，Indophilia喜愛印度，Indo-European印歐語系(的、人、語)，Indo-European Languages印歐語系諸語言，Indo-Iranian印度伊朗語系(的、人、語)，Indo-Aryan印度雅利安(的、人、語)，Indo-China印度支那半島、中南半島，Indo-China Wars印度支那戰爭、中南半島戰爭(1947-1979年間，越南共黨先後與法國、美國、柬埔寨、中國進行的戰爭)，Indo-Chinese印度支那(的、人、語)，Indo-Chinese war=Sino-Indian War中印邊界戰爭(1962)，Indo-Pakistani Wars and Conflicts印度巴基斯坦戰爭與衝突(除了1971年原因是東巴基斯坦欲獨立建國為孟加拉之外，其餘戰爭與衝突都是為了喀什米爾Kashmir的主權歸屬)，Indo-American印度與美國的、印裔美國人，Indo-British印度與英國的、印度裔英國人；India=Ind(us)印度河+ia=印度河流域一帶的土地、印度，Indian=Indic印度(的、人、語)，Indian Ocean印度洋，Indianism印度特質、印度至上主張，Indianess印度特徵、印度習性，Indianize印度化，East Indies東印度(包括印度次大陸、中南半島、馬來西亞、印尼)；Bathophilus indicus印度深巨口魚，Bolinichthys indicus印度虹燈魚，Platycephalus indicus印度鯒、印度牛尾魚，Tapirus indicus亞洲貘、印度貘、馬來貘；Cannabis indica印度大麻，Canis indica印度狼、亞洲狼，Viverricula indica香狸、七間狸、小靈貓、麝香貓；Sesamum indicum胡麻、芝麻、脂麻、油麻，Chiloscyllium indicum印度斑竹鯊，Taraxacum indicum印度蒲公英

Indomania：西方人曾對印度宗教文化嚮往與投入，包括梵文、吠陀、瑜伽、房中術、占星術的研究很熱門，最明顯的就是1960-1970年代有大批西方人士前往印度拉達克Ladakh，以嗑大麻與兩性雙修等方式修練，形成嬉皮村。

Indicus與主格單數陽性名詞連用，若與主格單數陰性名詞連用時變化為Indica，若與主格單數中性名詞連用時變化為Indicum。

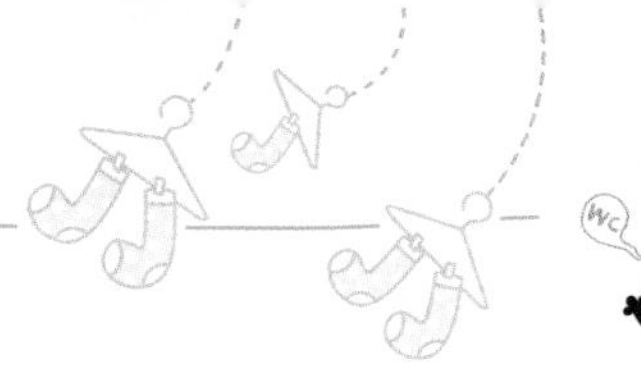

哥倫布長久航行後發現陸地時，誤以為到了印度，故誤稱當地原住民為印度人Indian，後來西方世界為了區分，就把加勒比海一帶稱為West Indies西印度群島，有別於East Indies地區。美洲的原住民也叫Indian，但依說話的前後文可以判斷是指哪裡人，中文把美洲Indian音譯「印第安人」。美國的Indian Agency是「印第安人事務局」，Indiana是「印第安那州」(原意是：印第安人的家邦)，Indianapolis「印第安那波里斯」(原意是：印第安人的城市)。

23. Hindustan＝Hindu+stan國家、家邦、地域、土地、立足之地＝印度、印度斯坦、興都斯坦(廣義指南亞次大陸、狹義指印度)

Hindu印度(的、人、語、教)，Hinduize=Hinduise印度(教)化，Hinduism印度教、興都教，Hinduist印度教徒、興都教徒，Hindu Kush興都庫什山，Hindustani印度、印度斯坦、興都斯坦(的、人、語、教)，Hindu temple印度教寺廟(又稱Devalayam、Devasthanam、Mandir)，Hindu cosmology印度教宇宙論，Hindu eschatology印度教末世論，Hindu Epics印度史詩，Hindu scriptures=Hindu texs印度教經典；Hindi印地(的、人、語)、北印度通行語，Hindism=Hinduism印度教，Hindi film industry=Indian film industry印度電影業(習稱Bo(mbay)孟買+(Ho)llywood好萊塢=Bollywood寶萊塢)，Hindi Pop=Indian Pop印度流行音樂；Pakistan巴基斯坦，Arabistan阿拉伯斯坦、阿拉伯國、阿拉伯土地，Kurdistan庫德族的家邦，Turkestan突厥斯坦、突厥族土地、土耳其斯坦(中亞地區)，Uyghuristan維吾爾斯坦(部分維吾爾族提議的名稱，以取代漢字的新疆Xinjiang)，Turkmanistan土庫曼，Kyrgyzstan=Kirghizstan=Kirgizia吉爾吉斯，Tajikstan塔吉克，Uzbekistan烏茲別克，Afghanistan阿富汗，Kazakhstan哈薩克

Hindu Kush：位於印度西北、巴基斯坦北、阿富汗東北，是一處高聳崎嶇難以攀越的山脈，Hindu Kush原意是「印度人殺手、搞死印度人的地方」；臺灣音譯為興都庫什山。

Hindustani：興都斯坦語，通行於印度北部，而非全印度。

印度兩大史詩：Ramayana《羅摩衍那》——羅摩(Rama)王子歷險記；Mahabharata《摩訶婆羅多》——羅多王室後裔的偉大故事。

Pakistan：巴基斯坦，取名來源是本來寄望興都斯坦這個南亞次大陸，在英國放棄殖民之後，以穆斯林為主的Punjab旁遮普+Afghanistan阿富汗+Kashmir喀什米爾，三大地區合建一國為Pakistan。

24. Turkish＝Turk+ish隸屬某地某國某特質的、某地的人或語言＝土耳其(的、人、語)、突厥語系(的、人、語)

Turk土耳其人、操突厥語者、突厥、兇悍者，Turkey(英文)=Turquie(法文)=Turcia(拉丁文)土耳其，Turkey red土耳其紅、紅色染料顏料，Turkism土耳其特色、土耳其風尚，Turki突厥語系(的、人、語)，Turkistan=Turkestan土耳其斯坦、突厥斯坦(包括土耳其、高加索、中亞、新疆維吾爾等屬於突厥語系民族的地域)，Turkish Empire土耳其帝國(存在於西元1299-1922年間的大帝國，就是習稱的Ottoman Empire奧圖曼帝國；東羅馬帝國在1453年就是遭到土耳其帝國攻滅)，Turkish American土耳其與美國的、土耳其裔美國人，Turkish Cypriot土耳其裔塞浦路斯人，Turkish cuisine土耳其料理，Turkish bath土耳其浴，Turkish carpet土耳其地毯；Turkic土耳其(的、人、語)、突厥語系(的、人、語)，Turkic speaking說突厥語的，Turkic Languages突厥語系，Turkic migrations突厥遷徙(突厥被唐朝打敗後向西進入中亞、西亞、小亞細亞各地的搬遷)；Turkology=Turcology土耳其研究，Turkologist=Turcologist研究土耳其的學者，Turkomania=Turcomania痴狂土耳其，Turkophobia=Turcophobia畏懼土耳其，Turkophilia=Turcophilia喜愛土耳其，Turko Greek Conflict土耳其與希臘紛爭(因為塞浦路斯的土裔和希裔分裂而生)，Turko German Alliance土德聯盟(一次世界大戰時，土耳其加入德國陣營的結盟)，Turko Russian Wars=Russo Turkish Wars土俄戰爭(1568-1918數百年間，兩大帝

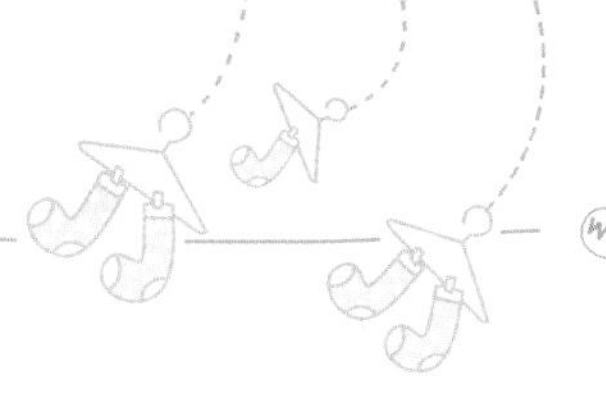

國之間斷斷續續大大小小的十多次戰爭，俄羅斯的目標是取得黑海港口並進一步取得地中海港口)；Spanish西班牙(的、人、語)，English英格蘭(的、人、語)，Scotlish蘇格蘭(的、人、語)，Irish愛爾蘭(的、人、語)，Polish波蘭(的、人、語)，Danish丹麥(的、人、語)，Swedish瑞典(的、人、語)，Gaulish高盧(的、人、語)，Kurdish庫德(的、語)

Kurds庫德族：居住於伊拉克北部、土耳其東南部、伊朗西北部，沒有自己的國家，其地域稱為Kurdistan。

在生物物種的學名中，Turcicus與主格單數陽性名詞連用，Turcica與主格單數陰性名詞連用，Turcicum與主格單數中性名詞連用，代表源出土耳其。

25. Lusofonia＝Luso+fon聲音、語言、音樂+ia國家、家邦、地域、共同體、社區、社群＝葡萄牙語系國家共同體

Lusofonia Games=Jogos da Lusofonia=Lusophony Games葡語系國家運動會，Lusophilia喜愛葡萄牙，Lusomania痴狂葡萄牙，Lusophobia嫌惡葡萄牙，Luso American葡美兩國的、葡裔美國人，Lusophone literature=Portuguese language literature 葡語文學，Lusotitan葡萄牙巨龍；Lusitania露西坦尼亞、葡萄牙，Lusitanian露西坦尼亞(的、人、語)、葡萄牙(的、人、語)，Lusitano葡萄牙特有馬種，Lusitanosaurus葡萄牙恐龍；Lusofono=male Lusophone說葡語的男性，Lusofona=female Lusophone說葡語的女性；Homofonia同性戀之音(波蘭第一個以同性戀為主題的電視談話節目)，Sinfonia=Symphony交響樂、交響樂團，City of London Sinfonia倫敦市立小交響樂團，Southbank Sinfonia，倫敦南岸室內管弦樂團，Suffolk Sinfonia英國索夫克交響樂團；Portugal葡萄牙，Portuguese葡萄牙(的、人、語)

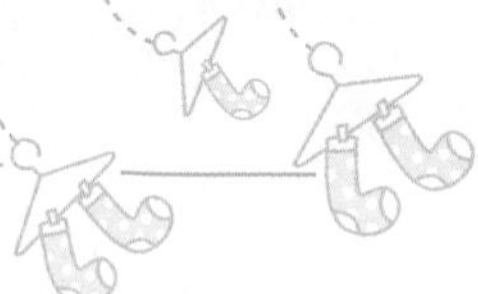

Lusitania：羅馬帝國統治伊比利半島時取的地名，約略等於現在葡萄牙的地域；據說字源Lusi指一個名為Lucis的民族，tan則是古語，指一個特定地區。

26. Tartarphobia＝Tartar+phobia恐懼症、嫌惡心態＝恐懼韃靼國、害怕韃靼族、嫌惡與韃靼有關的人事物

Tartarphobic恐懼韃靼的、嫌惡韃靼的，Tartarphobe恐懼韃靼者、嫌惡韃靼者，Tartarphilia喜愛韃靼，Tartarmania痴迷韃靼，Tartarstan韃靼斯坦，Tartarian韃靼(的、人、語)，Tartarus地獄、凶神惡煞地區，Tartary=Tartaria韃靼統治區、蒙古歐亞帝國，tartarly凶暴的、可怕的、恐怖的、窮凶惡極的，tartarean地獄的、陰府的，Tartarize=Tartarise韃靼化，Tartarized=Taratarised韃靼化了的，Strait of Tartary=Tartar Strait=Strait of Tartar韃靼海峽(位於俄羅斯本土與庫頁島之間)，catch a Tartar好不容易擒獲凶暴之徒、辛苦處理好一件很棘手的事情；Tartarology韃靼學、韃靼研究，Tartarologist韃靼事務專家、韃靼研究人士；Araneus tartaricus韃靼園蛛、園蛛屬韃靼種蜘蛛(列在Arachnida蛛形綱之下的Araneae蜘蛛目之下的Araneidae園蛛科)；Langona tartarica跗榔蛛、榔蛛屬韃靼種蜘蛛

Tartar：語音來源確定來自波斯語，轉到拉丁文則為Tartarus。在西方世界的概念中，「韃靼」泛指成吉思汗統治的蒙古歐亞帝國中的蒙古族，以及隨蒙古人西遷做為統治力量的諸草原部族，甚至與蒙古通婚的突厥族也一併列入；俄羅斯與中亞諸國都有韃靼族，中國新疆所稱的塔塔爾族，也是韃靼。有關語意的來源則混淆不清，一說「韃靼」本來就是蒙古一個地域部族的自稱，譬如中國明朝時期北方的蒙古就分為西部蒙古「瓦剌」和東部蒙古「韃靼」；另一說指Tartarus在拉丁文的意思是「地獄」，涵義指蒙古人所到之處的殺戮如同地獄，蒙古人就是「地獄來的凶煞」，再延伸為兇悍、粗暴、野蠻、濫殺的民族。

Tartarstan韃靼斯坦：俄羅斯聯邦中的一個邦(共和國)，首府位於喀山(Kazan)。

27. Italodance=Italo+dance=義大利舞曲

Italodisco義大利迪斯可舞曲，Italology義大利研究，Italophone操義大利語者，Italophile喜愛義大利者，Italomaniac痴迷義大利者，Italophobe嫌惡義大利者，Italo-German義德兩國的、義裔德國人，Italo-American義美兩國的、義裔美國人，Italo-Messicano=Italian-Mexican義裔墨西哥人，Italo-Greek War=Greco-Italian War義希戰爭(1940-1941)，Italo-Turkish War=Turco-Italian War義土戰爭(1911-1912)；Italia=Italy義大利，Italian義大利(的、人、語)，Italianate義大利特色的、義大利風格的，Italianism義大利風格、義大利習俗，Italianize=Italianise義大利化；Italic義大利印刷體字、斜體字，Italicize=Italicise斜體排列，Italicism義大利詞語、義大利風格；Canis lupus italicus義大利狼，Askeptosaurus italicus義大利阿氏開普吐龍；Setaria italica小米、粟、稷、粱，Orchis italica義大利紅門蘭，Anchusa italica牛舌草；Belonozoum italicum義大利針蟲；Eurodance歐陸舞曲，war dance戰舞，tap dance踢踏舞，topless dance上空舞，square dance方塊舞，belly dance=Middle Eastern dance=Arabic dance肚皮舞、中東舞、阿拉伯舞，folk dance土風舞，jazz dance爵士舞，street dance街舞，Bollywood dance寶萊塢舞

28. kiwifruit=kiwi+fruit=紐西蘭特產奇異果、獼猴桃

kiwi=kiwi fruit=kiwifruit奇異果，Kiwi奇異鳥、幾維鳥、無翼鳥，kiwi-sized奇異果大小的，Kiwi=New Zealander紐西蘭人，Kiwistan=New Zealand奇異斯坦(紐西蘭的戲稱)，Kiwiana紐西蘭文物、紐西蘭工藝、紐西蘭文粹選輯，Kiwiburger奇異堡(麥當勞在紐西蘭推出的產品)，Kiwisaver紐西蘭的養老儲蓄方案，Kiwi Politics=Politics of New Zealand紐西蘭政治，Indo Kiwi印度裔紐西蘭人

報馬仔 kiwifruit：採其發音譯稱奇異果；其學名為Actinia chinesis中華獼猴桃，表示其原產地在中國。

報馬仔 kiwi：是紐西蘭特有的無翼鳥，是紐西蘭的象徵且是國鳥，故被用以代表紐西蘭；該鳥稱為kiwi的原因是其叫聲就是近似該發音。該動物的中文名為「鷸鴕」，也音譯為奇異鳥、奇威鳥，幾維鳥，是列在Apterygidae幾維科、無翼科下的鳥(Apterygidae；字首a=without無、沒有；字根pter=wing翼、翅)，該科底下只有一個屬，稱為幾維屬、無翼屬(Apteryx)。

29. Afghani＝Afghan+i＝阿富汗(的、人、語、貨幣)

延伸記憶 Afghan阿富汗人、阿富汗語，阿富汗披肩、阿富汗毛毯，Afghan=Afghan hound阿富汗犬、阿富汗獵犬；Afghani music阿富汗音樂，Afghani naan=Afghan bread=Nan-e Afghani阿富汗麵包，Afghani cuisine阿富汗料理，Afghani indica=Cannabis indica大麻的一個品種，Afghani-Soviet War=Soviet War in Afghanistan阿富汗與蘇聯戰爭(1979-1989)，War in Afghanistan阿富汗戰爭、美國出兵在阿富汗追剿恐怖組織的戰爭(2001-2013)，Afghanistan阿富汗國、阿富汗族土地、阿富汗，Afghanistani阿富汗(的、人、語)；Nepali尼泊爾(的、人、語)，Omani阿曼(的、人、語)，Pakistani巴基斯坦(的、人、語)，Somali索馬利亞(的、人、語)，Azerbaijani亞塞拜然(的、人、語)，Israeli以色列(的、人、語)

30. Hispanoamerica＝Hispano+America=Hispanic America=Spanish America＝西班牙語系的美洲國家與地區的總稱

延伸記憶 Hispano住在美國西南各州的西班牙語系國家後裔，Hispanophone操西班牙語者，Hispanophilia喜愛西班牙或西語系國家，Hispanophile西班牙或西語系國家的喜愛者，Hispanophobia嫌惡西班牙或西語系國家，Hispanophobe西班牙或西語系國家的厭惡者，Hispanofilipino與西班牙在菲律賓殖

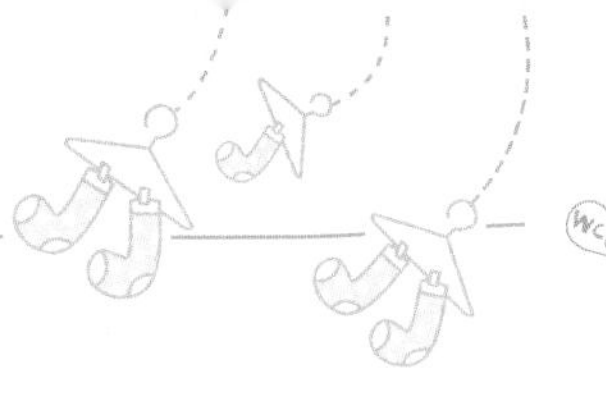

民統治相關的、在菲律賓出生的西班牙殖民統治後裔；Hispaniola=La Isla Española=the Spanish Island西班牙島(在加勒比海，有海地與多明尼加共和國)，Hispania西班牙(羅馬帝國統治時代對伊比利半島的稱呼)；Cervus elaphu hispanicus西班牙馬鹿；Pax Hispanica=La Paz Hispánica西班牙強盛時期在其維持之下的國際和平局面(1598-1621)；Espana=Espanya=Spain西班牙；Espanol=Espaniol=Espanhol=Spanish西班牙(的、人、語)，Spaniard西班牙人；Angloamerica英語系的美洲(指美國和魁北克省以外的加拿大)，British North America英國在殖民時代所擁有的北美地區，Central America=Mesoamerica中美洲，Ibero-America伊比利的美洲、西葡兩個伊比利半島國家以前殖民的地區總稱、脫離西葡兩國獨立的美洲國家總稱，South America=Sudamerica=América del Sur=América do Sul南美洲，Latin America拉丁美洲、以前被拉丁語系的西葡法三國殖民而後來獨立的國家與地區的總稱，Pan-America泛美、整個美洲，Transamerica跨越美洲、橫跨美國，Voice of America(VOA)美國之音，United states of America美利堅合眾國、美利堅聯邦國、美國，Confederate States of America美利堅邦聯國(美國南北戰爭時，脫離聯邦的南方十一州建立的國家名稱)

除了上述的Pax Hispanica之外，歷史學與國際關係研究上還有諸多類似用語：Pax Romana羅馬帝國強盛時期在其維持之下的國際和平局面，Pax Ottomana鄂圖曼土耳其帝國和平，Pax Europeana二次大戰後歐洲享有的和平，Pax Britannica英國霸權下的和平，Pax Germanica德國霸權下的和平(1871-1914)，Pax Americana美國霸權下的和平，Pax Mongolica蒙古霸權下的和平，Pax Sinica中國霸權下的和平(漢武帝、唐太宗與高宗、清朝初期盛世時代)。

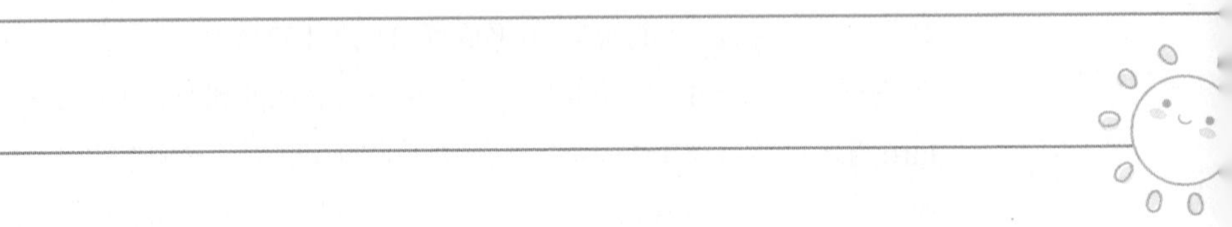

暈。

得意。
Help...

02
州邦省與城市鎮

英文	中文	字綴與組合形式
state ; nation ; country	國家、邦國、民族	a ; ate ; dom ; ia ; land ; stan
territory ; turf ; region	疆域、地盤、區域	a ; ate ; dom ; ia ; land ; stan
state ; province ; region	省、邦、州、地區	a ; ate ; dom ; ia ; land ; state
province ; region ; division	省、邦、州、分區	department ; oblast ; pradesh
county ; corner	郡、縣、行政區、地方角落	canton ; county ; shire
region ; area ; place ; position	區域、地方、地區、位置	loc ; top
condition ; status ; realm	狀況、身分、管轄領域	ate ; dom
border ; boundary ; between ; along with	邊界、居間、連帶	bound ; meta
mount ; mountain ; hill	山、丘、隆起之地	berg ; bühel ; bühl ; gorsk
mount ; mountain ; hill	山、丘、隆起之地	mons ; mont ; monte ; mount
river ; stream	江、川、河、溪	rio ; rip ; ripa ; ripar ; riv
river ; stream	江、川、河、溪	fluvi ; fluvio ; potam ; potamo
river ; stream	江、川、河、溪	ach ; au ; aue ; bach ; bek

英文	中文	字綴與組合形式
river ; stream	江、川、河、溪	maenam ; menam
lake ; pool	湖泊、水池	lac ; lacu ; lacun ; lag ; lago ; lagu ; lagoon
hole ; cavity ; pool	凹陷、空隙、池、湖	limn ; limno
ocean	海洋	ocean ; oceanic ; oceano
coast	海岸、沿岸、濱海地	cost ; costa ; costi ; costo ; côte
island	島、島嶼	insel ; insul ; insula ; insulin ; insulino ; insulo
island	島、島嶼	ilha ; isla ; isle ; isola
island	島、島嶼	gor ; ko ; koh ; nes ; neso ; pulau ; shima
stone ; rock	石頭、磐石	peter ; petr ; petri ; petro
flower ; blossom	花、精華、花朵盛開、繁華	flor ; flora ; flori ; florid ; flos
flower ; blossom	花、精華、花朵盛開、繁華	fleur ; flour ; flower
wind ; air	風、空氣	vent ; venti ; vento ; ventus ; viento
walled city ; castle	圍牆保護之城、城堡、營壘	borg ; bourg ; borough
walled city ; castle	圍牆保護之城、城堡、營壘	burg ; burgh ; burh

英文	中文	字綴與組合形式
walled city ; castle	圍牆保護之城、城堡、營壘	bur ; buri ; bury ; pur ; puri
walled city ; castle	圍牆保護之城、城堡、營壘	gard ; gart ; gorod ; grad
fort ; castle	要塞、碉堡、城堡	acropolis ; burg ; château ; château-fort
fort ; castle	要塞、碉堡、城堡	festung ; fort ; fortress ; kale ; kreml
castle ; camp ; station	城堡、營壘、駐地	caster ; castra ; castrum
castle ; camp ; station	城堡、營壘、駐地	ceaster ; cester ; chester
castle ; camp ; station	城堡、營壘、駐地	castel ; chastel ; château ; citadel
city	城市	cit ; civ ; civi ; civis ; urb ; urba ; urban
city	城市	ple ; pol ; pole ; poli ; polis ; polit
city	城市	beul ; blus ; bul ; bulus
city	城市	urb ; urba ; urban
city	城市	gard ; gart ; gord ; gorod ; grad ; grade
city	城市	stad ; stadt ; stätt ; stedt ; stetten
city	城市	bur ; buri ; bury ; pur ; puri

英文	中文	字綴與組合形式
city	城市	abad ; kota ; ville
city	城市	madina ; madinah ; medina ; nagar
town	市鎮	bur ; burg ; burgh ; buri ; bury ; pur ; puri
town	市鎮	gard ; gart ; gorod ; grad ; grade
town	市鎮	madina ; madinah ; medina
town	市鎮	stad ; stadt ; stätt ; stedt ; stetten
town	市鎮	abad ; kota ; vila ; vile ; ville
town	市鎮	commune ; ton ; town
village ; farm ; settlement	村落、農莊、定居處	don ; dorf ; ton ; torf
village ; farm ; settlement	村落、農莊、定居處	vila ; vile ; ville
port ; gate ; door ; entrance	港口、門戶	port ; porto ; purta ; purto
crossing ; shallow area	渡口、渡津、水淺處	ford ; furt
narrow inlet	峽灣、河口灣	fiord ; firth ; fjord ; frith
bridge	橋、橋梁	bruck ; brücke ; brücken ; brug
bridge	橋、橋梁	pons ; pont ; ponte ; ponti
the	定冠詞	das ; der ; die ; el ; il ; illa ; ille
the	定冠詞	le ; la ; las ; les ; los

英文	中文	字綴與組合形式
new	新	ne ; nea ; neo ; neu ; nouveau ; nouvel ; nouvelle ; nueva ; nuevo
new	新	nov ; nova ; novi ; novo ; novus ; novy ; novyj ; yeni
old	老、舊	ald ; alde ; alt ; antigo ; antiguo ; oud ; stary ; staryj
old	老、舊	vecchio ; vechi ; velho ; vetulus ; vetus ; viejo
low ; lower	下方、低處	baixo ; bajo ; bas ; basso ; bassus
low ; lower	下方、低處	niski ; nizky ; nízkij
great ; big	大、浩大	grand ; grande ; grandioso ; groß ; groot ; gross
great ; big	大、浩大	velik ; velíkij ; veliky ; velýkyj
small ; little	小	maly ; malyj ; paula ; paulum ; paulus
small ; little	小	petit ; petite ; petty
small ; little	小	pequena ; pequeña ; pequeno ; pequeño ; piccola ; piccolo
many ; a lot	眾多	mult ; multi ; poly
few	少、寡	olig ; oligo
small ; tiny	微小	micr ; micro
black ; dark	黑、暗	mela ; melan ; melano ; melen

英文	中文	字綴與組合形式
black ; color black	黑、黑色	negr ; negro ; niger ; nigri
white ; pale	白、蒼白	alb ; albify ; albo ; albus
white	白	albumi ; albumin ; albumini ; albu-mino ; albumo
white ; light	白、亮、光	leuc ; leuco ; leuk ; leuko
white ; bright ; colorless	白、亮、無色	bianca ; bianco ; blanc ; blanche
white ; bright ; colorless	白、亮、無色	blank ; branc ; branco
light ; shine	光亮、閃耀	luc ; luci ; luco ; lux
light ; shine	光亮、閃耀	lum ; lumen ; lumin
gold ; golden	黃金、金亮	aur ; auri ; auro ; or ; oro
gold color ; gold-coated	金色、鍍金	dorada ; dorado ; dorata ; dorato
silver	銀、銀亮	argent ; argenti ; argento
silver color ; silver-coated	銀色、鍍銀	argentina ; argentine ; argentino
holy ; sacred	神聖	saint ; sainte ; san ; sancta ; sancti ; sanctus ; st
sacred ; blessed	神聖、蒙福	san ; sant ; santa ; santo ; santus ; são
save ; safe	拯救、安全	salv ; salva ; save

英文	中文	字綴與組合形式
peace	和平、平安	mir ; myr ; pac ; paci ; paix ; pax ; paz ; peac ; peas
august ; reverenced ; great	莊嚴、崇敬、偉大	sebasto ; sevasto
good ; well	優良、美善	ben ; bene ; beni ; bon ; bonne ; bonus
good ; well	優良、美善	buena ; bueno ; buona ; buono
blessed	蒙福、受祝福	benedict ; benedicta ; benedictum ; benedictus
rich	富裕、富庶	reich ; ric ; rica ; ricca ; ricco ; riche ; rico
beautiful	美麗、漂亮	cali ; calli ; callo ; calo ; galli
beautiful	美麗、漂亮	kali ; kalli ; kalo ; kaleido
beautiful	美麗、漂亮	beau ; bela ; belle ; bello ; belo
valor ; courage ; strength	英勇、健壯、有力	vail ; vaill ; val ; vale ; valid
valor ; courage ; strength	英勇、健壯、有力	valenc ; valence ; valent
valor ; courage ; strength	英勇、健壯、有力	valens ; valenz
cross	十字、十字架	croce ; croix ; crux ; cruz ; kreuz
lord ; master	主、上主、天主、主人	dom ; domin ; domini ; domino ; don

英文	中文	字綴與組合形式
lord ; master	主、上主、天主、主人	dominum ; dominus
pertaining to lord	屬於天主、與天主有關	dominica ; dominicum ; dominicus
pertaining to lord	屬於天主	domingo ; dominic ; dominican ; dominik
maîtresse ; lady-master	女主人、天母、聖母	dame ; domina ; dona ; donna
French	法蘭西人	Francis ; Franciscan ; Francisco ; Franciscus ; François
French	法蘭西人	Franca ; Franco ; Francum ; Francus ; Frank
Peter	彼得、伯多祿	Pedro ; Pete ; Petros ; Petrus
Peter	彼得、伯多祿	Pier ; Pierre ; Pieter ; Pietro ; Pyotr
Paul	保羅、保祿	Pablo ; Paolino ; Paolo ; Pavel ; Pavol ; Pavlos
Paul	保羅、保祿	Paulino ; Paulinus ; Paulo ; Paulos ; Paulus
Jacob	雅各、雅各伯	Diego ; Giacobbe ; Iacobus ; Iago ; Jago ; Tiago
Jacob	雅各、雅各伯	Jaco ; Jacobus ; Jacobo ; Jakob
Joseph	約瑟、若瑟	Giuseppe ; Iosephus ; Jose ; Josef ; Yusuf
John	約翰、若望	Giovanni ; Iōannēs ; Ivan ; Jean ; Johann ; Juan

英文	中文	字綴與組合形式
Matthew	馬太、瑪竇	Matthias ; Matthieu ; Matteo ; Mateo
Mark	馬可、馬爾谷	Marc ; Marco ; Marcos ; Marcus ; Markus
Luke	路加	Luc ; Luca ; Lucas ; Lukas
Thomas	多馬、多默	Thoma ; Toma ; Tomas ; Tommaso ; Tome ; Tomo
Michael	米迦勒、彌額爾	Micheal ; Michel ; Michele
Michael	米迦勒、彌額爾	Mick ; Mickey ; Micky
Michael	米迦勒、彌額爾	Miguel ; Miguelito ; Mike ; Mikhail ; Misha
Elizabeth	以利沙白、伊莉莎白、依撒伯爾	Elisabeth ; Elisa ; Eliza ; Lisa
Elizabeth	以利沙白、伊莉莎白、依撒伯爾	Eisabel ; Isabella ; Isabelle
Mary	馬利亞、瑪利亞	Maria ; Marie

1. Saint Petersburg ________________ 聖彼得堡
2. Heidelberg ________________ 海德堡
3. Stalingrad ________________ 史達林格勒
4. Montenegro ________________ 蒙特內哥羅
5. Florida ________________ 佛羅里達
6. Yorkshire ________________ 約克夏
7. Canterbury ________________ 坎特伯雷
8. Jaipur ________________ 齋浦爾
9. Islamabad ________________ 伊斯蘭阿巴德
10. La Paz ________________ 拉巴斯
11. Valencia ________________ 瓦倫西亞
12. Queensland ________________ 昆士蘭
13. Princeton ________________ 普林斯頓
14. Innsbruck ________________ 因斯布魯克
15. Manchester ________________ 曼徹斯特

1. **Saint Petersburg＝Saint+Peter+s造字時代替's以表示所有格+burg＝Saint Petersburg聖彼得堡、聖彼得城、聖彼得市**

延伸記憶 Hamburg港灣的城堡、漢堡(德國北部濱海大城)，Augsburg奧格斯堡(德國南部城市)，Freiburg自由堡、自由城、自由鎮、福來堡、富來堡(德國西北部市鎮)，Brandenburg布蘭登堡(德國東部一個邦，首府在Potsdam波茨坦)，Brandenburg=Brandenbourg布蘭登堡(盧森堡東北部山城，古城堡要塞所在地)，Salzburg=Salzbourg鹽城、薩爾斯堡、薩爾斯城(奧地利大城、莫札特誕生地)，Götheburg=Gothenburg哥特族的城堡、哥特堡、哥特城、哥德堡(瑞典西南部港市)，Johannesburg約翰的城、約翰尼斯堡(南非第一大城)，Luxemburg=Luxembourg小城堡、盧森堡(德法比三國之間內陸小國)，Strasburg=Strasbourg路徑城堡、通道碉堡、史特拉斯堡(法國東北部臨近德國的城市、歐洲議會所在地)；Edinburgh=愛丁堡、斜坡堡壘、斜坡城(蘇格蘭首府)，Roxburgh羅克斯堡、烏鴉堡(英格蘭城市)，Aldeburgh阿德堡、舊城堡(英格蘭城市)；Williamsburg威廉的城堡、威廉斯堡(美國維吉尼亞州城市，依威廉三世William III命名)，Gettysburg蓋茨堡、蓋茨城、葛提斯堡、葛提斯的城鎮(美國賓州市鎮)，Flensburg土丘的城、福倫斯堡(德國北部港口城市)；Saint Peter聖彼得、聖伯多祿(耶穌的大門徒，西方羅馬教會的首位主教)，Saint Peter's (Basilica)聖伯多祿大廊柱廣場、聖伯多祿大教堂、聖彼得大教堂，Peterborough彼得市(加拿大安大略省東南部市鎮)、彼得鎮(英格蘭中部劍橋郡的市鎮)，Peter's pence=Peter pence=Peterpenny彼得奉金、伯多祿捐、教皇稅(依天主教說法，Saint Peter是首任教宗)，Peter's fish=dory海魴魚、黑線鱈魚(耶穌大使徒Peter是個漁夫)，Peter Pan彼得潘、稚氣男人(源自J. M. Barrie的劇本角色)；Petrograd彼得格勒、彼得市、彼得城(俄國聖彼得堡別名)，Petrozavodsk彼得羅札沃茨克、彼得的工廠、彼得工業城(俄國與芬蘭相鄰的Karelia邦首府)

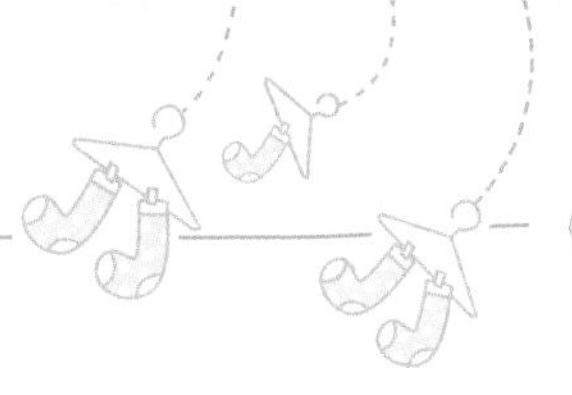

Saint Petersburg是帝俄時期沙皇彼得大帝Tsar Peter the Great (Peter I, Pyotr Alexeyevich Romanov) 所建當作首都的大城市，1914-1924年間改稱為Petrograd彼得格勒、彼得城、彼得市，1924-1991年間紀念蘇聯國父而改名為Leningrad列寧格勒、列寧城、列寧市，1991年蘇聯瓦解之後恢復為Saint Petersburg，但在俄文的拼音中通常簡略為Peterburg(Петербург)或Peter(Питер)。

Augsburg是羅馬帝國首任皇帝渥大維Gaius Julius Caesar Octavianus所建的邊防要塞，該皇帝的尊稱為「最高統治者皇帝天神之子偉大聖上」Imperator Caesar Divi Filius Augustus，而Augsburg的意思就是burg of Augustus。

Gettysburg是美國南北戰爭中，北軍成功阻遏南軍北侵的重要戰役，美國總統Abraham Lincoln林肯揭櫫民有民治民享理念的精緻簡短Gettysburg Address蓋茨堡演說，就是1863年秋在陣亡將士公墓落成致敬典禮上發表的。Gettysburg建立於1780年代，依建城者James Getty而命名。

Peter：源自希臘文，意思為「石頭、磐石」，petro與petri是其衍生的組合形式；petroleum石油，petrolic石油的、汽油的，petrolize用石油處理、灌入石油，petroliferous含石油的、產石油的，petro石油、汽油，petro station加油站，petro bump加油幫浦、加油機，petrochemistry石油化學，petrography岩類研究、岩相學，petrograph=petrogram=petroglyph史前岩畫、岩刻，petrology岩石學，petrophysics岩石物理學，petrosis硬化症、變成石頭一樣，petrify成為石頭，petrifactive石化性的，petrifaction石化作用。

2. Heidelberg＝Heidel歐石南屬植物灌木群、杜鵑花叢生的荒原+berg(德文→英文)山、山城＝杜鵑花荒原山丘、海德丘、海德山、海德山城、海德堡(德國西南部古蹟與學術城鎮的音譯)

延伸記憶 Nuremberg=Nürnberg(北歐神話)命運女神丘、命運女神山、命運女神山城、紐倫丘、紐倫山、紐倫山城、紐倫堡(德國南部城市，二次大戰後盟國審判戰犯的所在地)，Wittenberg(北歐神話)主神丘、主神山、主神山城、威登丘、威登山、威登山城、威登堡(德國東北部城市)；iceberg=Eisberg(德語)=冰山，Venusberg維納斯山、愛神山(德國中部供奉愛神維納斯的一座山名)，Berg丘、山、山脈、礦山(德荷語)，bergtop=summit山峰、山頂(荷語)，gebergte山脈，Bergbahn登山鐵道(德語)，Bergfahrt登山行動、爬升駕駛行為，Bergler山區居民，Bergmann礦工，Bergvolk山區居民、礦工，bergig山的、崎嶇的，bergab=downhill下坡，bergan=bergauf=uphill上坡；Heide草原、荒原、歐石南屬植物(Erica)(德語)，Heidelerche林百靈鳥，Heidekorn杜鵑花科植物(Ericaccae)；Heidelbeere歐石南屬

報馬仔 berg山丘，burg城鎮、城堡：原本是不相干的字源，但是因為訛誤，以致很多的拼法已經berg與burg不分，而且在翻譯上也是山丘與城堡不分，被華人世界通通譯成「堡」；不過，到過歐洲(尤其是德國)的人，若細心些就可發現，很多berg上面並沒有burg，而不少的burg也不是蓋在berg上。

報馬仔 Heidelerche：學名是Lullula arborea，乃鳥綱Aves之下的雀型目Passeriformes之下的百靈科Alaudidae之下的林百靈屬Lullula之下的一個種；Sky Lark雲雀的學名是Alauda arvensis，屬於百靈科下的雲雀屬Alauda；Nightingale夜鶯、夜歌鴝、新疆歌鴝，學名是Luscinia megarhynchos，屬於雀型目之下的鶲科Muscicapidae之下的歌鴝屬Luscinia。

報馬仔 Wittenberg：Witten是北歐神話(Norse Mythology)主神Odin與盎格魯撒克遜神話(Anglo-Saxon Mythology)主神Woden的轉訛拼音；1517年馬丁路德(Martin Luther)宗教改革發起地就在Wittenberg，故該城亦名為Lutherstadt Wittenberg(路德之城威登堡)，被UNESCO聯合國教科文組織列為世界文化遺產。

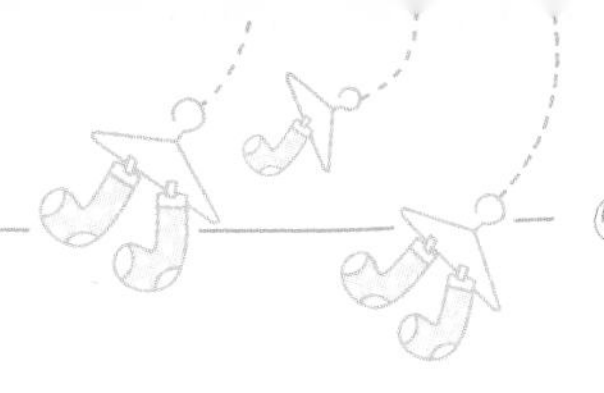

3. **Stalingrad＝Stalin+grad(俄文→英文)城、城市＝史達林城、史達林市、史達林格勒(俄羅斯西南部工業大城)**

Volgograd潮溼城、潮溼市、窩瓦城、窩瓦市、窩瓦格勒、伏爾加格勒，Leningrad列寧市、列寧城、列寧格勒，Petrograd石頭市、石頭城、彼得城、彼得市、彼得格勒，Kaliningrad加里寧市、加里寧城、加里寧格勒，Tsargrad=Czargrad皇帝城、皇帝格勒(指東羅馬帝國皇城君士坦丁堡Constantinople或鄂圖曼土耳其帝國皇城伊斯坦堡Istanbul，或俄羅斯帝國皇城聖彼得堡Saint Petersburg)，Naukograd科學城，Aerograd太空城，Beograd=Belgrade白城、白城堡、白市、貝爾格勒(塞爾維亞首都、前南斯拉夫首都)，Topolovgrad楊樹城、楊木市、鵝掌楸木市、托波列夫格勒(保加利亞西南部城市)，Zlatograd黃金城、茲拉托格勒(保加利亞南部城市)，Medvedgrad熊城、梅維德格勒(克羅埃西亞城市)，Titograd狄托城、狄托市、狄托格勒；Stalinabad史達林城、史達林市、史達林阿巴德(塔吉克首府杜桑貝Dushanbe在1929–1961年間的舊稱，Dushanbe原意為「週一市集」)，Prospekt imeni Stalina史達林大道(白俄羅斯首府明斯克Minsk一條大道於1952–1961年間的名稱，後來改名為Prospekt Nezavisimosti獨立大道)，Ulica Stalina史達林街(前蘇聯喬治亞共和國小城Gori的街名，Stalin誕生於該處)，Piaša I.V. Stalin史達林廣場(羅馬尼亞首都布加勒斯特Bucharest的著名廣場，已經更名為Piaša Charles de Gaulle戴高樂廣場)，Stalinism史達林主義、史達林作風、極權霸道且對政敵趕盡殺絕的行為，Stalin Society史達林會社、英國左派學人為史達林辯護而成立的社團，anti-Stalinist left反史達林的左派，Stalinist architecture史達林式建築(又稱Socialist Classicism社會主義古典派)

Volgograd：1589–1925年間稱為Tsaritsyn察律津、沙皇津、沙皇渡口城，在1925–1961年間稱為Stalingrad史達林格勒。

史達林Stalin：全名為Joseph Vissarionovich Stalin，1922-1953間擔任蘇聯共黨總書記，1941-1953年間兼任總理，他領導蘇聯擊敗納粹德國，並於二次大戰之後席捲東歐各國領土，建立社會主義集團；Stalingrad意思就是史達林城，音譯史達林格勒；二次大戰期間1942年八月到1943年二月的the Battle of Stalingrad史達林格勒戰役，是蘇聯逆轉勝的關鍵；2001年賣座著名電影《大敵當前》(Enemy at the Gates)，就是以該戰役為背景。

Kaliningrad：原名為Königsberg國王山、國王山城，音譯為柯尼斯堡、哥尼斯堡，原屬德國的東普魯士地區，二次大戰後為蘇聯占領，為紀念蘇聯最高蘇維埃主席團主席Mikhail Ivanovich Kalinin，而改名為Kaliningrad。

Titograd：存在於1946到1992年間，是依南斯拉夫領袖狄托(Josip Broz Tito)而命名，1992恢復舊名為Podgorica=pod足、腳+gorica小山，意思為「小山腳下」，目前是巴爾幹半島上已經獨立的黑山共和國Montenegro(臺灣音譯為「門的內哥羅」或「蒙特內哥羅」)的首都。

從俄文以羅馬拼音化處理，而進入英文世界的字彙不少，以下舉例：Kazakh哥薩克、哈薩克、遊牧民族，Kremlin克里姆林、城堡、政權所在地，Troika三頭馬車、三人組、三人統治集團，Bolshevik布爾什維克、多數派，Duma杜馬、思考斟酌的場所、議會，State Duma國家杜馬、俄羅斯聯邦國會下議院，Glasnost開放、開明、公開(蘇聯末期提出的改革口號)，KGB國安會、祕密警察組織，Perestroika重建、改造(蘇聯末期提出的改革口號)，Politburo政治局(共產黨掌權者的集合體)，Soviet蘇維埃、委員會、議會，Czar=Tsar皇帝。

4. Montenegro＝Monte山+negro＝黑山、黑山共和國(意譯，中國大陸通行譯法)，門的內哥羅、蒙特內哥羅(音譯，臺灣通行譯法)

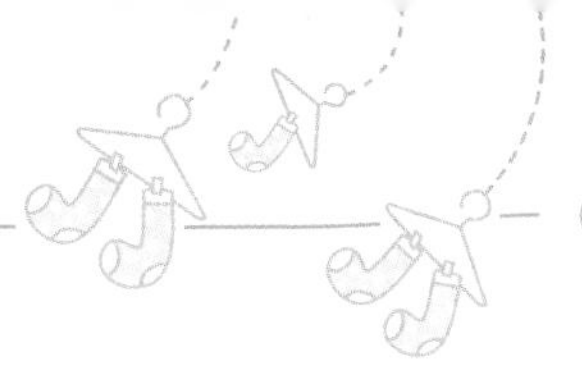

延伸記憶 Montenegrin黑山共和國民、黑山共和國的，Monte Carlo=Charles's Mountain查理的山、蒙地卡羅(法國東南角地中海小國摩納哥Monaco的賭場大飯店區與賽車場所在地)，Monte Cara臉山、面山(西非外海大西洋上綠角共和國Republic of Cape Verde的地名)，Montecristo=Mountain of Jesus Christ基督山(義大利小島，位於義大利半島與法國科西嘉島Corsica的中間)，Montevideo看到的山、蒙特維多(南美洲國家烏拉圭的首都)；Mont Blanc(法語)=Monte Bianco(義語)=White Mountain白山、白朗峰(法義交界的阿爾卑斯山最高峰)，Mont-Saint-Michel聖米迦勒山、聖米榭山(法國西北部外海小島，著名觀光景點)，Mont des Arts(法語)=Mountain of Arts(英語)=Kunstberg(荷語)藝術山(比利時首都布魯塞爾一處觀景瞭望點)，Montserrat鋸齒狀山、蒙塞拉特(西印度群島中的英國屬地)，Montana多山之地、蒙大拿州(拉丁文→西班牙文→英文)，montane住在山林裡的、山林動物；montigenous山地出產的；Rio Negro=Black River黑河(亞馬遜河支流)，Negroponte黑橋(希臘島嶼Euboea的別名)，Negroid黑人特性的、黑人樣子的，Negroism黑人權益主張、黑人作風，Negrophile親近黑人者，Negrophobia憎惡黑人症，Negro Music=Black Music=African American Music黑人音樂、非洲裔美國人音樂，Negro Africa=Sub-Saharan Africa黑人非洲地區、撒哈拉沙漠以南的非洲；Nigeria=Black Country黑人邦國、奈及利亞(非洲國名的臺灣音譯方式)、尼日利亞(中國音譯方式)，Nigeria mail=Nigeria scam=Nigeria spam=advance fee fraud以郵件進行而要你預先付小款以便發大財的詐騙、奈及利亞式詐欺，Nigerian奈及利亞人、奈及利亞的，Niger黑河之邦、尼日(非洲國名的臺灣音譯方式)、尼日爾(中國音譯方式)，Nigerien 尼日人、尼日的，Niger seed黑芝麻

報馬仔 Montecristo：此地舉世聞名，因為法國作家大仲馬(Alexandre Dumas, père)著作的小說《基督山恩仇記》(Le Comte de Monte-Cristo, The Count of Monte Cristo)，以該島為背景，該小說也有直譯而稱為《基督山伯爵》；該小說已經成為經典作品，多次被改拍為電視劇與電影，2002年電影The Count of Monte Cristo的中文片名為《絕世英豪》，2004年日本電視動畫Gankutsuou: The Count of Monte Cristo 的漢字片名為《巖窟王》；日本明治時代的記者、作家兼翻譯家黑岩淚香，翻譯《基督山恩仇記》為日文版時，取的書名就是《巖窟王》。

5. **Florida＝Florid+a(拉丁文與西班牙文陰性形容詞字尾)具某特質的、具某性質的地方＝花朵盛開的、繁榮發展的、多花的地方、繁榮之處、佛羅里達(美國州名音譯)**

延伸記憶 Florida room佛羅里達房、陽光充足通風良好的房間，Floridian佛羅里達人、佛羅里達的，Floridano佛羅里達的(陽性單數形容詞，西班牙語)，Floridana佛羅里達的(陰性單數形容詞)；Florence(英法語)=Florencia(西班牙語)=Florenz(德語)=Florentia(拉丁文)=Firenze(義大利語)=花兒盛開之地、茂盛繁榮之地、佛羅倫薩、佛羅倫斯、翡冷翠(義大利中北部藝術文化之都音譯)，Florentine佛羅倫斯人、佛羅倫斯的；florist花商、花店、種花者，florist shop花店、花坊，floristic花的、植物的，floristry花卉栽培術、花藝研究，florid花兒滿滿的、花飾美麗的、絢爛的、華麗的，florescent花朵盛開期間的、繁榮興盛的，florescence花朵盛開期、繁榮興盛，multiflorous多花的，triflorous三花的，uniflorous單花的，floruit全盛時期、花開時候、在世時期，Flores Sea花海、佛羅勒斯海(印尼，在爪哇海的右邊，介於Sulawesi蘇拉威西島與Flores花島、佛羅勒斯島之間)；floriate用花卉圖樣裝飾(伊斯蘭建築特色)，floriculture花卉栽培，floriculturist花卉栽培者，florigen促花激素、開花激素，florilegium一批花、集錦花、選集，floriferous開花的、會長出花的；flora某地區的植物群、植物系、植物誌，flora and fauna of Taiwan臺灣的植物與動物，floral花卉的、花飾的，Flora Europaea歐洲植物誌(劍橋大學出版社印製的歐洲植物大全

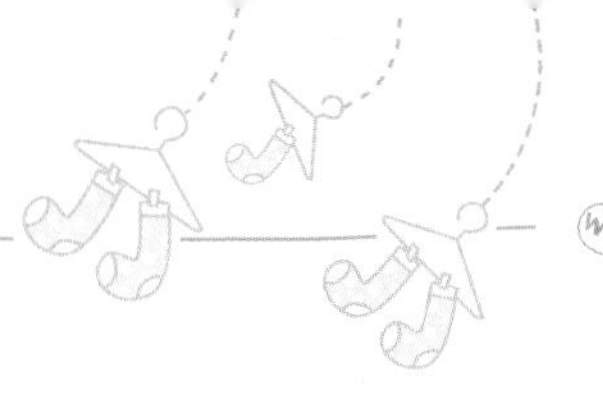

集)；fleuron建築花飾、錢幣花形圖案，fleuret小花、小型花飾、花劍、有花飾圖樣的小額而輕的刀劍，fleur-de-lis=fleur-de-lys=flower of lily(百合花、鳶尾花、百合花或鳶尾花的)花飾圖案、花形紋章；flour穀物之花、糧食的精華、麵粉，flourish開花、茂盛、繁榮，flourishing茂盛的、繁榮的；floscule小花，floscular=flosculous小花的、開小花的；Alaska浩大的土地、阿拉斯加(愛斯基摩語)，Atlanta亞特蘭大(美國南部喬治亞州首府，建城位置為美國大西洋鐵路Atlantic Railroad的大車站，因而得名)，Canada紮營的地方、加拿大(印地安語)，Alberta亞伯他省(加拿大聯邦的一個州邦，對十九世紀英國女王維多利亞的夫君亞伯特親王Prince Albert致敬而命名)，Jamaica湧泉之地、牙買加(加勒比海國家)，Carolina卡羅萊納州(美國)

拉丁文的floridus接主格陽性單數名詞，florida接主格陰性單數名詞，floridum接主格中性單數名詞，西班牙文florido接主格陽性單數名詞，florida接主格陰性單數名詞，意思都是blooming, flowery, florid, flourishing花朵盛開的、繁榮發展的。

西班牙探險家Juan Ponce de León發現佛羅里達，而使該半島成為西班牙殖民地；他在1513年的復活節時發現佛羅里達，大喊西班牙語的Pascua Florida，意思是「花香節、多花的節慶」(flowery festival, feast of flowers)，指的就是復活節Easter；該地被命名為La Florida=la西班牙文陰性單數冠詞+Florida花朵盛開的、繁榮發展的=花朵盛開之地。英國於1756-1763年的七年戰爭取勝法國與西班牙之後，取得該地區，但在1783年因在美國獨立戰爭中落敗，該地又回歸西班牙統治，後來又歷經大小戰爭，直到1845年成為美國一州。

Carolina卡羅萊納州的地名由來：男子名字Charles(英法)=Carl、Karl(德丹挪威瑞典)=Carlo(義)=Carlos(西葡)=Carol(羅馬尼亞)=Carolus、Karolus(拉丁)，意思是男人、丈夫；Caroline=Carol+ine源自拉丁文形容詞字尾=Carolinian=Carolingian=pertaining to Charles或belonging to Charles，意指「屬於Charles，與Charles有關」；Carolin(e)+a=Carolina卡羅萊納(音譯)，意譯則是「Charles的邦國」，事實上該州在英國殖民時代就是紀念英王Charles I而命名。西洋歷史上最有名的Charles是中古建立神聖羅馬帝國的Carolus Magnus=Charles the Great查理大帝，亦稱Charlemagne查里曼；臺灣常把Charlemagne稱為查理曼大帝，是錯誤的稱呼，正確譯法是「查理大帝」，因為「曼」magne在拉丁文是magnus的呼格陽性單數，意思就是the Great one大帝；臺灣諸多西洋中古史的著譯作，未察覺西洋名字的關聯性，把Charlemagne創立的Carolingian Empire音譯為卡洛林帝國，把Carolingian Dynasty音譯為卡洛林王朝，把該時期呈現的Carolingian Renaissance音譯為卡洛林文藝復興，卻說不清楚查里曼與卡洛林有何關係。至於Carolin, Karolin, Carolina, Karolina, Caroline, Karoline後來演變為西方常見女子名，是因為期末尾的in, ina, ine是源自法文與拉丁文的陰性名詞字尾。

6. Yorkshire＝York紫杉+shire＝紫杉郡、約克郡、(音譯)約克夏(英國英格蘭東北部的州郡)

Lancashire=Lan藍河+ca(ster)羅馬部隊在英格蘭軍隊駐地+shire=蘭河軍營所在的郡、蘭卡斯特夏、蘭開夏(英國英格蘭西北部的州郡)，Oxfordshire=Ox牛隻+ford渡津、渡口+shire=牛津郡(英國英格蘭中南部的州郡)，Northampshire=North+hamp(ton)家用農場+shire=北安普頓夏、北安普夏、北罕普夏(英國英格蘭中南部的州郡)，New Hampshire新罕普夏、紐罕普夏(美國東北部的州)，Lincolnshire溼地聚落郡、林肯郡、林肯夏(英國東英格蘭州郡)，Derbyshire鹿村郡、德比夏(英國英格蘭中部的州郡)，Kent=Shire of Kent邊界郡、邊緣郡、肯特郡、肯特、坎特郡、坎

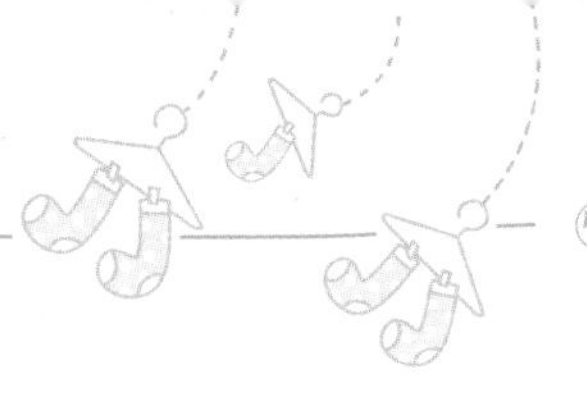

特(英格蘭東南角臨泰晤士河口與英吉利海峽的州郡)；York紫杉城、約克城、約克(英格蘭東北部歷史古城)，New York新約克、紐約(美國東北部的州)，New York City新約克市、紐約市(美國大城市)，Yorktown約克鎮(美國獨立革命軍在1781年圍攻而致使英國部隊投降的所在地，位於美國維吉尼亞州)

New York：在十七世紀初期原名為新阿姆斯特丹New Amsterdam，是荷蘭人的殖民地，到十七世紀中後期落入英國人手中，改稱New York，以對當時英國的約克公爵Duke of York致敬。

7. Canterbury＝Cant海岸區、濱海區、肯特郡、坎特郡、坎特(英國英格蘭東南角臨海州郡名稱，Kent的轉音拼法)+er居民、者+bury＝濱海區居民城堡、坎特居民城堡、坎特人民城、坎特人民堡、坎特伯利、坎特伯雷(英國英格蘭東南部歷史名城)

Bloomsbury花堡、花城、布倫姆斯伯利(倫敦市中心一個區，曾是藝文界人士的聚集區，很多出版社位於該地)，Salisbury精美堡、索爾茲堡、索爾茲城、索爾茲伯利(英國英格蘭南部城市，以大教堂著名)，Salisbury索爾茲堡、索爾茲城、索爾茲伯利(非洲南部國家辛巴威、津巴布韋Zimbabwe〔字義：石頭屋國〕的首都哈拉雷Harare的舊稱；該國原為英國殖民地，該城取名Salisbury是為了紀念身為索爾茲伯利侯爵Marquess of Salisbury的英國首相Robert Gascoyne Cecil)，Shrewsbury灌木叢林地城堡、實魯斯城、實魯斯伯利(英國英格蘭西南部鄰威爾斯Wales的城市)；Chonburi(泰國)水堡、水城、水都、春武里，Chonburi City水城市、春武里市(春武里府政府所在地)，Chonburi Province水城省、春武里府(泰國東南部省區，著名觀光地芭達雅Phattaya就位於該區)，Suphan Buri黃金堡、黃金城、金都、素攀武里，Suphan Buri City黃金城市、素攀武里市(素攀武里府政府所在地)，Suphan Buri Province黃金城省、素攀武里府(泰國中南部省區)，Phetcha Buri鑽石堡、鑽石城、鑽石都、碧武里，Phetcha Buri City鑽石城市、碧武里市(碧武里府政府所在地)，Phetcha Buri Province鑽石城省、碧武里府(泰國中部位於暹羅灣西北角的省份)；Canterbury bell坎特伯

利鐘鈴狀之物、風鈴草，The Canterbury Tales《坎特伯利故事集》、趣味故事、荒誕故事，Canterburian坎特伯利人、坎特伯利的；Kent海岸區、濱海區、肯特郡、坎特郡，Kentish坎特郡人、坎特方言

Canterbury：中世紀的朝聖地，在英國國教(Church of England, Anglican Church基督新教聖公宗)於十六世紀成立之後，坎特伯利大主教Archbishop of Canterbury成為教派精神領袖，世俗領袖則是英國國王。

The Canterbury Tales：英格蘭詩人喬叟Geoffrey Chaucer於十四世紀寫成的《坎特伯利故事集》，是英國文學史必讀的作品；內容是要前往坎特伯利大教堂Canterbury Cathedral朝聖者，住宿客棧進行聯誼中所講的故事；不過，當時還沒有英國國教，朝聖者的對象是基督舊教羅馬公教(Roman Catholic Church，即臺灣所稱的天主教)。

泰國春武里Chonburi的buri意思是「城鎮」，源自印度的梵文(Sanskrit)的pur或puri，而非古英文(Old English)的burh或bury(有城牆防護的市鎮)，但是這種發音接近的巧合，在語言學的語源學研究中卻相當吸引人，而且在西方已提出具有相當說服力的解釋：英語是日耳曼語群Germanic Languages的一支，梵語是印度伊朗語群Indo-Iranian Language Group的一支，而日爾曼語和印度伊朗語都屬於印歐語系Indo-European Languages；把語言回溯發源期，某些字詞的發音相同或相近，是極有可能的事情。

8. Jaipur＝Jai(梵文)勝利、凱旋+pur(梵文→英文)城市、城＝勝利之城、凱旋城、齋浦爾(印度西北部拉賈斯坦省Rajasthan的首府，著名觀光勝地)

延伸記憶

Kanpur=Kan(haiya)+pur=印度教黑天神城、坎堡、坎市、坎浦爾(印度北方邦、北方省Uttar Pradesh的工商大城)，Jodhpur戰士堡、勇士城、久德浦爾(印度拉賈斯坦省Rajasthan第二大城)，Japalpur山丘城、賈帕城、賈帕浦爾(印度中央邦、中央省Madhya Pradesh的大城)，Nagpur蛇城、納格浦爾(印度西部的大城市，位於大國邦、大國省、馬哈拉雪特邦Maharash-

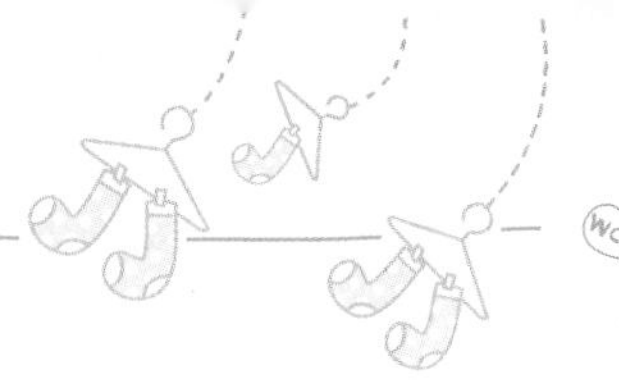

tra，該省是全印度最富庶的省份，孟買Mumbai為其首府)，Jamshedpur詹謝浦爾、賈姆謝德浦爾、詹謝城、哲雪城(印度工業之父Jamsetji Tata建立的鋼鐵與汽車工業城，位於東北部的林地邦、林地省、賈坎德邦Jharkhand)；Jai Hind=Victory to India勝利歸於印度(印度語)，Jai ho祝你勝利、勝利頌、祈勝之歌，Jai Vilas Mahal=Jai Vilas Palace凱旋宮(印度中央邦的瓜立爾Gwalio一處西式華麗建築，現為貴族住家，有一面的廳堂與廂房當成博物館對外開放)

梵語pur、pura：意思為「城市」，與希臘文polis「城市」衍生的poli、pole、pol、bul、beul等在其他語文的拼音接近；這並非湊巧，因為希臘文與梵文同屬印歐語系Indo-European Languages。美國的語言學家Morris Swadesh提出一份世界各語言都會出現的基本字彙表單Swadesh list，提供大家在比較語言學Comparative Linguistics的詞彙統計學lexicostatistics和語言年代學Glottochronology與字源學Etymology等方面，當做研究的基礎。

Jaipur：印度琥珀王國(Kingdom of Amber)國王齋辛哈二世、勝利獅子王二世(Jai Singh II)在1727年所建；1876年，為了歡迎英國王王儲到訪，整城漆成粉紅色，因而又名為粉紅城Pink City。

Kanhaiya=Krishna：印度教黑天神，Krishna原意為「黑、深藍色」。

臺灣地理課本所稱印度鋼鐵與汽車中心「哲雪鋪」，就是Jamshedpur的另一個音譯。

從梵文進入英文的字彙不少，以下舉例：Veda吠陀、經典、知識，Ayurveda阿育吠陀、長生經、長壽醫學知識，Buddha佛、佛陀、浮陀、休屠、浮屠、覺者、了悟者，Avatar阿凡達(2009年電影)、化身，Deva提婆、神、聖靈，Dharma達磨、達摩、曇無、曇、正道、法則，Gurkha廓爾喀、牧牛者部落(尼泊爾一支善戰的山地民族，英軍特種部隊之一)，Himalaya喜馬拉雅、雪域、雪鄉，karma業、業力，Mahārāja=Maharajah摩訶羅闍、大君、大王、大皇帝，Mahayana大乘、大乘佛教、北傳佛教，Hīnayāna小乘、小乘佛教、上座部佛教、南傳佛教，Mantra曼陀羅、咒、真言(宣稱能夠「引發精神狀態變化」的音、音段、字、詞、片語)，Nirvana涅槃、般涅槃、涅槃那、圓寂、寂滅、解脫、自在、不生不滅，Raj統治者、統治領域、國王、王國，Singapore新加坡、獅子城，Yoga瑜伽、梵我合一操、天人合一練功法，Kama Sutra愛慾經、性愛寶典(印度一本探討性愛的古書)。

9. Islamabad＝Islam+abad城市、定居處(波斯語和烏爾都語Urdu→英文)＝伊斯蘭堡、伊斯蘭城、伊斯蘭馬巴德、伊斯蘭阿巴德(南亞國家巴基斯坦首都)

Abbottabad阿伯特城、阿伯特阿巴德、阿伯塔巴德(巴基斯坦東北部城市，英國軍官James Abbott在英國對南亞次大陸殖民統治期間的1843年所建)，Faisalabad判官城、法官城、費瑟城、費瑟阿巴德、費瑟拉巴德(巴基斯坦北部城市，紀念沙烏地阿拉伯國王費瑟King Faisal)，Ahmedabad讚美之城、美亞美德阿巴德、亞美達巴德(印度西部古吉拉特邦Gujarat的大城，是古君王Ahmed Shah所建)，Allahabad阿拉城、神城、阿拉阿巴德(印度北方邦的宗教朝聖城)，Hyderabad獅子城、獅子堡、海德城、海德拉巴、海德拉巴德(印度東南部安得拉邦Andhra Pradesh的首府)；Islamist伊斯蘭敬前派、伊斯蘭保守派，Islamic伊斯蘭的，Islamic Art伊斯蘭藝術，Islamize伊斯蘭化，Islamite伊斯蘭信徒；Islamophilia喜愛伊斯蘭，Islamophobia畏懼或嫌惡伊斯蘭

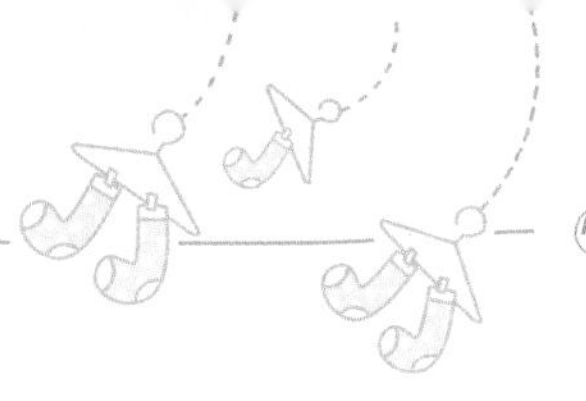

報馬仔

Abbottabad：反美組織首腦賓拉登Osama bin Laden長久躲藏在當地，直到2011年五月被美國特種部隊襲殺，而使該巴基斯坦城鎮舉世聞名。

10. La Paz＝La西班牙文陽性單數冠詞+Paz西班牙文「和平」(peace)＝和平、平安、和平者、平安者、和平城、平安城、拉巴斯(玻利維亞的首都，美國亞歷桑納州的郡，菲律賓與許多拉丁美洲城鎮名稱)

延伸記憶

La Plata=the Silver白銀、白銀城、白銀市、拉普拉他(阿根廷中部河口港市大城，美國幾個城鎮名稱)，Río de la Plata=River of the Plata=La Plata River=the Plata River白銀河、拉普拉他河(阿根廷與波多黎各河流名稱)，La Línea=the Line界線、邊界、國境邊界、國界城、拉里尼亞(西班牙西南角與英屬直布羅陀Gibraltar相鄰的邊界城市)，La Línea《國境邊界》(以美墨邊界城市華雷斯Juárez黑幫為背景的電影)，La Mirada=the Look注目、瞭望、瞧盼城、拉米拉達(加州城鎮)，La Guardia=the Guard衛兵、崗哨、守衛城、拉瓜底亞(西班牙與阿根廷城鎮名稱，美國機場名，人名)，La Mancha=the Dryland乾地、拉曼查(西班牙中南部高原地區)，Don Quijote de la Mancha=Don Quixote of the Mancha《來自曼查的吉訶德大人》、《唐吉訶德・德・拉曼查》、《唐吉訶德》、《吉訶德大人》，La Palma=the Palm棕櫚、棕櫚島、棕櫚市、棕櫚城、帕爾瑪(加州城鎮，西班牙義大利和若干拉丁美洲國家的城鎮名稱)；Las Vegas=the Meadows肥沃的低地、牧草地、水草地、拉斯維加斯(美國內華達州Nevada著名賭城)，Las Flores=the Flowers花、花卉、花城、拉斯佛羅勒斯(加州北部城鎮，拉丁美洲很多國家的城鎮名稱)，Las Rosas=the Roses玫瑰、薔薇、玫瑰城、拉斯羅莎斯(阿根廷東北部城鎮)，Las Palmas=the Palmtrees棕櫚樹、棕櫚樹港、拉斯帕爾瑪斯(西班牙在北大西洋加那利Canary群島的港市)；Paz de Rio=Peace of River河流寧靜、河安城、巴斯德里約(哥倫比亞城鎮)，Paz de la Huerta=Peace of the Orchard帕姿黛拉薇妲(美國著名演員兼模特兒，名字的意思是「果園的安寧」，她的名字源於身為西班牙人的父親)；Pacific求和的，愛和平的，Pacific=Pacific Ocean太平洋，Pacify安撫、平

息、平定、使安靜下來，pacifist和平主義者、反戰者

美國西南部各州有很多地名都是源自西班牙文，因為那些地方原本是西班牙的殖民地，也屬於後來脫離西班牙而獨立建國的墨西哥；美國在美墨戰爭(US–Mexican War, Mexican–American War, 1846-1848)大勝，取得了那些土地。

La Guardia Airport：紐約的拉瓜底亞機場，依政績卓著的義大利裔紐約市長Fiorello Enrico La Guardia(後來改名為Fiorello Henry LaGuardia)命名；義大利文Fiorello=Little Flower，而這位認真優秀的市長只有5尺高，故人們喜歡稱他為小花市長；英文The Guard，在義大利文與西班牙文都是La Guardia。

Don Quijote de la Mancha：《唐吉訶德》是世界名著，作者為西班牙的賽凡提斯Miguel de Cervantes Saavedra，其完整名稱為El ingenioso hidalgo don Quijote de la Mancha=the Ingenious Gentleman Don Quixote of La Mancha《足智多謀的紳士唐吉訶德・拉曼查》；Man of La Mancha《夢幻騎士》則是百老匯舞臺劇，改編自《唐吉訶德》。

11. Valencia＝Valenc(拉丁文Valens轉音為西班牙文)英勇、威武、健壯+ia土地＝英勇之地、威武之邦、健壯之城、巴崙西亞、瓦倫西亞(西班牙東部大港市，美菲印度巴基斯坦和拉丁美洲諸國城鎮名稱)

Valencian(英文)=Valenciano(西班牙文陽性)=瓦倫西亞人、瓦倫西亞語、瓦倫西亞的，Valencian(英文)=Valenciana(西班牙文陰性)=瓦倫西亞人、瓦倫西亞語、瓦倫西亞的，Valenca英勇城、瓦倫煞(葡萄亞與巴西城鎮)，Valence強健之城、瓦倫斯(法國東南部城鎮)；Valenza英勇城、瓦倫薩(義大利西北部城鎮，著名的珠寶業集中地)；valens英勇、威武、健壯、力量(拉丁文主格與稱呼格中性單數)；valente(義葡)=valiant(英)=valiente(西)=vaillant(法)英勇的(同源字)，valentia英勇、威武、健壯、力量(拉丁文主格與稱呼格的中性複數)，Valentia=Valent(ia)+ia土地=英勇之地、

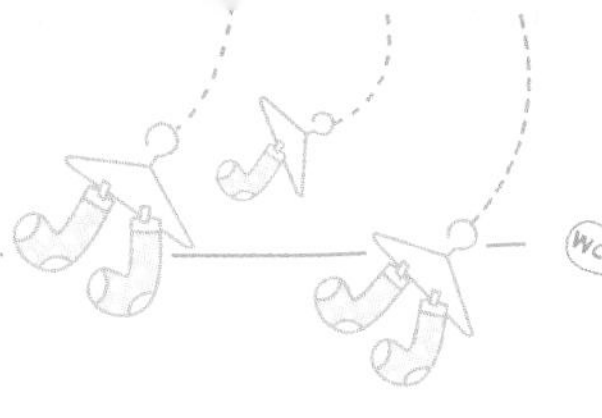

威武之邦、健壯之城、巴崙西亞、瓦倫西亞(Valencia的拉丁文拼法)，Valentinus(拉)=Valentinius(拉)=Valentino(義)=Valentine(英)=Valentin(西法德)=健康強壯者、瓦倫廷努、瓦倫提諾、瓦倫泰恩、瓦倫丁(西方男子名)，Valentina=Tina(西方女子名)，St Valentine聖瓦倫泰恩(第三世紀聖徒)，St Valentin's Day=Valentine's Day聖瓦倫泰恩節、情人節、對心儀者祝福身心健康並勇敢示愛的日子，Valentine瓦倫泰恩(美澳城鎮名稱)；Pretoria=Pretor(ius)+ia=普勒托利普亞斯的土地、普勒托利亞(南非首都，以荷裔白人領袖Andries Pretorius命名)，Alexandria=Alexand(e)r+ia=亞歷山大的土地、亞歷山卓、亞力山椎亞(埃及城市，以亞歷山大大帝Alexander the Great命名)，Columbia=Columb(us)+ia=哥倫布的土地、哥倫比亞(南美國家，美國首都特區，加拿大的省名，美加許多城鎮名稱，紀念得到西班牙資助而發現新大陸的義大利人哥倫布Christopher Columbus)

州邦省與城市鎮

Rodolfo Guglielmi di Valentino：義大利裔美籍明星(1895-1926)，迷死眾多粉絲的頂級美男帥哥，其名字Valentino後來就指「帥哥情聖」；Valentino Clemente Ludovico Garavani義大利時裝設計師，旗下有Valentino, Valentino Garavani, Valentino Roma等名牌產品；Castello del Valentino=Castle of Valentino瓦倫蒂諾城堡(義大利杜林Turin著名建築)。

Christopher Columbus在不同語文的拼法：Christophorus Columbus(拉丁)=Cristoforo Colombo(義大利)=Cristóbal Colón(西班牙)。

12. Queensland＝Queen女王、王后+s造字時代替's以表示所有格+land＝昆士蘭、女王之邦、女王之地(澳大利亞東北部一個邦省，對十九世紀英國女王維多利亞Queen Victoria致敬而命名)

Queenslander昆士蘭邦人民、昆士蘭人，Queenstown昆士鎮、皇后鎮(紐西蘭南島的觀光聖地)，Queensburgh昆士堡、昆士城、女王的城，(南非東部城鎮，慶祝英國女王伊莉莎白二世Elizabeth II登基而命名)，Queens' College(雙)皇后學院(劍橋大學的學院名稱，注意Queens是複數，由英國國王亨利六世王后Queen of Henry VI和愛德華四世皇后Queen of Edward

IV先後贊助的學院)，Queen’s College皇后學院(牛津大學的學院名稱，注意Queen是單數，由愛德華三世的王后Queen of Edward III贊助成立)；Queenscounty=Queensborough=Queens皇后區、王后區(紐約市一個區，依英王Charles II的王后Queen Catherine of Braganz命名，她原本是葡萄牙的公主)，Kingston國王的城鎮、京士頓、金士敦(牙買加Jamaica首都，對英王William III致敬而命名)，Pittsburgh皮特的城、匹茲堡(對英國政治家William Pitt the Elder致敬而命名的美國城市)，Bloomsburg=Bloom Township花的城鎮、布倫斯鎮(美國賓州城鎮)；England盎格魯族Angles的土地、盎格魯人國、英格蘭，Holland窪地、窪地邦、窪地國、荷蘭，Netherlands=Nederland(荷語)低地、低地國、窪地國、尼德蘭、荷蘭，Zealand=Seeland大海之地、西蘭(丹麥的大島，和瑞典之間有大橋相連)，Zeeland大海之地、西蘭(荷蘭西南角一個省，由海島和填土新生地組成)，Nieuw Zeeland(荷語)=New Zealand新的大海之地、新西蘭、紐西蘭，Rhineland萊因邦、萊茵河之地、萊因蘭(德國)，Saarland薩爾邦、薩爾河之地、薩爾蘭(德國)，Finland穿魚皮裝民族的土地、沼澤湖泊之地、芬蘭，Thailand傣族之國、自由人民之邦、泰國，Maryland瑪莉之邦、瑪莉的土地、馬里蘭州(美東濱大西洋的州名)

紐西蘭Queenstown：該地建城時，當地人認為適合英國女王維多利亞居住，故以Queen而命名；該城稱為「女王鎮」應該比「皇后鎮」或「王后鎮」貼切；類似譯名的錯誤也出現在英國幾艘著名皇家郵輪(Royal Mail Ship, RMS)：Queen Mary瑪麗皇后號(「女王號」才對)，Queen Elizabeth伊利莎白皇后號(「女王號」才對)，Queen Victoria維多利亞皇后號(「女王號」才對)；香港地名也有陳年錯誤：中環的Queen Victoria Street維多利皇后街(「女王街」才對)；港島維多利亞區的Queen's Road West皇后大道西、Queen's Road Central皇后大道中、Queen's Road East皇后大道東，都應該是「女王大道」；港英政府時期就已發現該錯誤，而且向香港人民通告，但因為習用已久而難以更改。

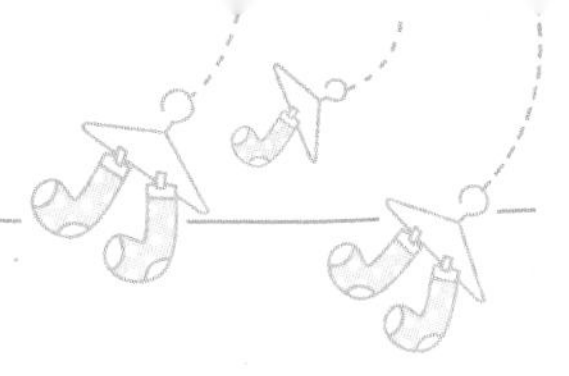

New Zealand：撇開大洋洲波里尼西亞人Polynesians與紐西蘭原住民毛利人Maoris不談，在歐洲人當中，荷蘭航海家在1642年最新發現紐西蘭，故先取名為荷文的Nieuw Zeeland；英國後來也到當地發展，以相對的英文New Zealand為名，該地在1840年正式成為英國殖民地。

Maryland：北美殖民期間的十三個邦之一，後來成為美國的一個州；該州是遭到新教徒迫害的英國天主教徒齊聚建立的，紀念篤信天主教的法國公主Henrietta Maria；她嫁給英國國王查理一世Charles I而當上王后，這位國王就是在1642–1651的英格蘭內戰(English Civil War)以及清教徒革命(Puritan Revolution)中落敗，被囚擄而且被判死刑斬首的悲戚國王。

州邦省與城市鎮

13. Princeton＝Prince+ton＝親王鎮、王子城、普林斯頓(美國新澤西州New Jersey著名的大學所在地)

Charleston=Charles Towne=Charles Town查爾士鎮、查爾士城、查爾士頓(美國南卡羅來納州South Carolina的港市，對英王Charles II致敬而命名)，Houston=Hugh's Town休斯的城鎮(蘇格蘭地名，依十二世紀男爵Hugh de Paduinan命名，後來成為姓氏)，Houston休斯頓、休士頓(美國德克薩斯Texas大城，依祖先來自蘇格蘭的Sam Houston將軍命名，他促成該地脫離墨西哥先獨立建國再併入美國)，Eagleton老鷹鎮、依格頓(田納西州地名，也是姓氏)，Plimmerton皮立莫鎮、皮立莫城、皮立莫頓(紐西蘭城鎮，紀念企業家John Plimmer)，Warrington攔河偃農墾地、窩寧頓(英格蘭西北部鎮)，Wellington樹叢中神殿所在的城鎮、威靈頓(英格蘭西南部城鎮，紐西蘭首都)，Hilton=Hill Town=Hill Settlement山丘定居處、小山鎮、希爾頓(英美加澳很多城鎮村落名稱，也是大飯店集團，也是姓氏)，Washington英國Wassa家族的城鎮、華盛頓(英格蘭東北部城鎮，美國首都，美國加拿大與菲律賓多處地名，也是姓氏)，Fullerton福樂頓、富爾頓(美國加州城鎮，英美加澳多處地名，也是姓氏)，Huntington獵戶地居處、獵人鎮、杭廷頓、亨丁吞(英美多處地名，也是姓氏)；Charlottetown

夏洛蒂城(加拿大愛德華王子島省首府，對英王George III的王后Charlotte致敬而命名)，Georgetown喬治城、喬治市(英語系很多國家的地名，南美洲英屬殖民地獨立建國的蓋亞那Guyana首都，對英王George III致敬)，George Town喬治市、檳城(馬來西亞檳榔嶼邦、檳城州Penang首府，1786年建城時對當時英王George III致敬而命名)；Prince Edward Island愛德華王子島(加拿大東部省分，對維多利亞女王生父Prince Edward致敬而命名)，Prince Wales Island威爾斯王子島(加拿大北部)，prince regent攝政親王，prince consort女王的丈夫，princelet小王子，princely=princelike王子的、殿下的、威儀的、奢華的，princekin=princeling小王子、地位不重要的王公貴族，princehood=princeliness王公貴族身份地位，princedom王公貴族領地，princess公主、王公貴族的女眷、女王公貴族

Princeton：對荷蘭的Prince of Orange–Nassau致敬而命名，他就是威廉三世William III；在英國1688年光榮革命Glorious Revolution推翻最後一位天主教徒國王James II之後，他以廢王女婿又是新教徒的特殊身分，被迎立為英王，雖然其夫人為James II的女兒Mary，但她也是新教徒，這位公主成為王后之後和夫君共同執政，封號為Mary II二世，所以她不是僅為配偶身分的王后Queen consort，而是有權力的女王Queen regnant，這段夫妻共同執政的時期在英國稱為William and Mary。

Wellington：紐西蘭首都命名為Wellington，是對英國威靈頓公爵Duke of Wellington致敬，他名為Arthur Wellesley，是個大將軍，在1815年滑鐵盧Waterloo戰役擊敗拿破崙，後來出任過兩屆首相。

14. Innsbruck＝Inn漫水之河+s日耳曼語或古英語表示所有格+bruck橋＝漫水河之橋、漫水河渡橋、漫水河橋頭堡、因斯布魯克(奧地利西部大城，拉丁文地名為Oeni Pontum或Oeni Pons=Crossing Point on the River Inn，在Inn河上的跨越點)

Eselsbrücke驢子過的橋(單數)，Eselsbrücken驢子過的橋(複數)，Saarbrücken(德語)=Sarrebruck(法語)薩爾河渡橋城、薩爾布呂根(德國薩爾邦首府)，Osnabrück流水渡橋城、歐斯納布呂克(德國西北部城鎮)，

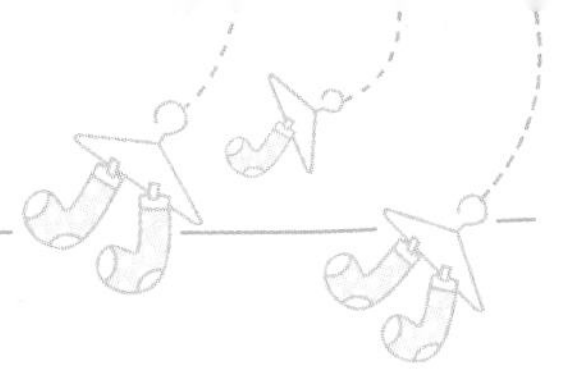

Ettelbruck亞提爾橋、亞提爾布魯克(盧森堡中部地名，匈奴王亞提拉Attila the Hun進軍西歐低地建的橋)；Willemsbrug=William's Bridge威廉的橋(在荷蘭大港鹿特丹Rotterdam，紀念荷蘭國王William III而命名)，Erasmusbrug=Erasmus Bridge伊拉斯莫斯橋(在荷蘭大港鹿特丹，紀念文藝復興期間的荷蘭學者與文人Desiderius Erasmus)，Zeelandbrug=Zeeland Bridge西蘭橋、大海之地的橋(荷蘭最長的橋)，Blauwbrug=Blue Bridge藍橋(阿姆斯特丹一座古橋)，Bruges=Brugge橋城、布魯日(比利時西北部城市)；Cambridge蜿蜒河的橋、蜿蜒河渡橋鎮、劍橋、康橋、劍橋城(英國大學城)，Trowbridge=Trow(古英文)樹+bridge=Treebridge樹橋、特婁布里治(英格蘭西南部城鎮，羊毛加工有名)，waterbridge=aqueduct架高的引水渠道、水道橋；Pont Neuf=New Bridge新橋(巴黎塞納河上一座有名的橋)，pontage過橋費、橋樑維修費，pontoon架設浮橋；Pontevedra=Old Bridge老橋、舊橋、老橋鎮、彭得維德拉(西班牙西北部港市)，ponte di ferro=iron bridge鐵橋，Pontefract破橋、斷橋、破橋鎮，彭得夫瑞克特(英格蘭中北部的古市集鎮)；pontiff=pontifex=pontifice=bridge maker搭橋者、在上帝與人之間的聯繫者、教宗、教皇

荷蘭為低地國，不少地名都和水壩或攔水偃有關，譬如：鹿特丹Rotterdam意思就是鹿特河(Rotte)的水壩(dam)、鹿特河攔水區，阿姆斯特丹Amsterdam意思就是阿姆斯特河(Amstel) 的水壩、阿姆斯特河攔水區。

15. Manchester＝Man圓山、乳房山(mammal-like hill)+chester兵站、軍營＝圓山軍營堡、乳房山駐軍城、曼徹斯特(英格蘭大城市，工業時期的棉紡重鎮)

Mancunian曼徹斯特人、曼徹斯特的，Mancunium曼徹斯特(中古時期名稱)，Manchester英國棉織品，Manchesterism曼徹斯特主義、貿易自由放任的主張，Manchester United曼聯隊(英格蘭著名足球球團)；Winchester=meeting place of camp駐軍地帶、兵營城區、溫徹斯特(英格蘭南部城市)，Dorchester鬥拳兵營城、拳賽駐軍城、多爾切斯特(英格蘭南部城市)，Chester兵營城、駐軍城、卻斯特(英格蘭西北部城市、美國賓

州東南部城鎮)，Rochester橋頭堡、橋邊兵站、羅切斯特(英格蘭東南部城市)；Worcester=Weorgoran ceaster河灣居民處駐軍城、窩斯特、伍斯特(英格蘭中西部城市、美國麻州城市)，Gloucester明亮駐軍城、格洛斯特(英格蘭西南角鄰近威額爾斯的城市、美國麻州城市)，Leicester=Leire+cester萊爾河駐軍城、萊斯特(英格蘭中部城市)；Lancaster嵐河駐軍城、蘭卡斯特(英格蘭西北部城市)，Doncaster鄧河軍堡、鄧卡斯特(英格蘭中部城鎮)

以兵營所在地當成地名是常見的，譬如：臺灣的「新營、左營」，都是鄭成功兵農合一的駐軍屯墾區。

⑯ Frankfurt ________________ 法蘭克福

⑰ Puerto Rico ________________ 波多黎各

⑱ Costa Rica ________________ 哥斯大黎加

⑲ Santiago ________________ 聖地牙哥

⑳ São Paulo ________________ 聖保羅

㉑ Benevento ________________ 貝內文托

㉒ Vladivostok ________________ 海參崴

㉓ Casablanca ________________ 卡薩布蘭卡

㉔ Al Medina ________________ 麥地那

㉕ Amursk ________________ 阿穆爾城

㉖ Mekong ________________ 湄公河

㉗ Yenikale ________________ 新城

㉘ Novgorod ________________ 諾夫哥羅德

㉙ Gallipoli ________________ 美城市

㉚ Napoli ________________ 拿坡里

16. Frankfurt＝Frank+furt＝法蘭克人渡河口、法蘭克津、法蘭克福(德國大城)

延伸記憶 Frankfurter法蘭克福的、法蘭克福人，frankfurter法蘭克福香腸、煙燻豬牛肉香腸，Frankfurter Würstchen=Frankfurter little sausage=hot dog=法蘭克福式小香腸、熱狗(有些地方稱為Wiener=Wiener Würstchen=Wiener little sausage=Vienna sausage=維也納香腸)，Ochsenfurt牛津、牛渡口、奧克森福(德國南部城鎮，德語Oschsen=英語oxen，意思為「牛的複數」)，Schweinfurt豬津、豬渡口、煦凡福(德國南部城鎮，德語Schwein=英語swine，意思為「豬」)，Steinfurt石津、石頭渡口、史坦佛(德國西北部城鎮，德語Stein=英語stone，意思為「石頭」)，Klagenfurt悲嘆渡津、哀傷渡口、克拉根福(奧地利南部城市)；Oxford牛津(英格蘭著名城鎮與大學名稱)，Hereford軍隊渡津、大軍渡口、賀里福(英格蘭西南部鄰近威爾斯的城鎮)，Salford=Sallow+ford=黃華柳樹渡口、薩爾福(英格蘭西北部大曼徹斯特市的一個區)，Stamford石津、石頭渡口、史但姆福(英美澳諸國很多城鎮名稱)，Stanford石津、石頭渡口、史但姆福、史丹佛(英美南非諸國很多城鎮名稱，美國加州地名與著名私立大學)；Frank法蘭克人(西日耳曼部族)，Frank歐洲人(十字軍東征期間中東民族對西歐人的稱呼)，Frankish法蘭克人的、法蘭克人語的

報馬仔

Frankfurt：德國有兩個法蘭克福，比較大的位於西南部，完整名稱為Frankfurt=Frankfurt am Main(德語)=Frankfurt on the Main(英語)=ford of the Franks on the River Main=慢慢流的大河上的法蘭克人渡口、美因河上的法蘭克福，這是經貿與運輸大城，歐洲央行與德國證券交易所的所在地；比較小的位於德國與波蘭邊界，完整名稱是Frankfurt (Oder)=Frankfurt an der Oder=奧德河上的法蘭克福。

17. Puerto Rico＝Puerto+Rico富庶、繁榮(西班牙語陽性單數形容詞=rich)=Rich Port＝富庶港口、波多黎各(加勒比亞美國屬地，原屬西班牙，1898年美西戰爭後割讓)

延伸記憶 Puerto Rican富庶港口的、波多黎各的、波多黎各人，Puerto Cabello=Port of Headhair頭髮港、波多卡貝羅(委內瑞拉港市)，Puerto Escondido=Hidden

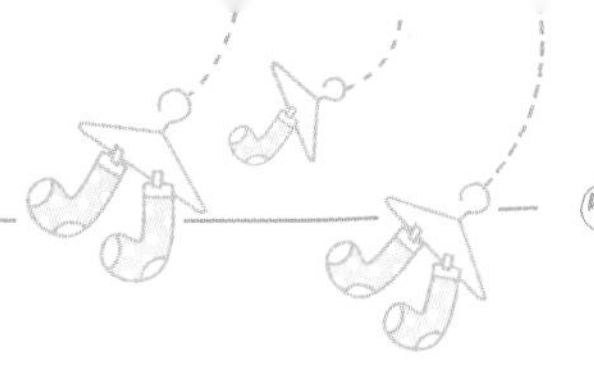

Port迷蹤港、波多厄斯肯迪多(墨西哥港市與觀光地)，Puerto Peñasco =Rocky Port岩石港、波多品聶阿思科(墨西哥港市與觀光地)，Puerto Nuevo=New Port新港、波多涅佛(阿根廷首都布宜諾斯艾利斯的新港口)，Puerto Plata=Silver Port銀港、波多普拉他(多明尼加共和國地名)，Puerto de los Hispanioles=Puerto de España=Port-of-Spain=Port of Spain西班牙港(加勒比海的千里達多貝哥共和國Trinidad and Tobago首都)，Puerto Princesa=Princess Port公主港、波多普林西莎(菲律賓巴拉望島Palawan的地名)；Puerta de Europa=Gate of Europe歐洲大門(西班牙馬德里建築特殊的著名辦公大樓)，Puerta de Hierro=Iron Gate鐵門(馬德里古蹟)，Puerta del Sol=Gate of the Sun太陽門(馬德里著名鬧區)；Portobelo=beautiful port美麗港、波多貝羅(巴拿馬港市)，Porto Alegre=Joyful Port歡喜港、波多阿勒格雷(巴西港市)，Porto-Novo=New Port新港、波多諾佛(西非貝寧共和國Benin首都)；Port-Vendres(法文)=Portus Veneris(拉丁文)=Port of Venus愛神港、維納斯港(法國南部港市)，Port-au-Prince(法)=Port of Prince(英)=Puerto Principe(西)=太子港(海地共和果首都)，Port Arthur旅順(中國東北軍港)，Port Arthur亞瑟港(美加澳多處地名)，Port Elizabeth伊莉莎白港(南非東南角的大港市)；Cerro Rico=Rich Mountain=Potosi富庶的山、發大財的地方、切若黎各(波利維亞高山城市，產銀致富)，Rio Rico富庶的河流，里約黎各(美國亞利桑納州地名)，nuevo rico新貴人士、暴發戶

波多黎各原名為St Juan(西語)聖胡安=St John(英語)聖約翰、聖若望，先改為Porto Rico再改為Puerto Rico；St Juan的名稱就留下來當成其首府。

旅順(Lüshun, Lüshunkou, Ryojun)：中國遼寧省軍港，英國軍官William Arthur偵查發現的滿洲地區天然良港，英文地名Port Arthur依其姓氏名命；清朝原本只當成小漁村，後來建設北洋水師，才把旅順當成重要基地；在清日甲午戰爭(1894-1895)期間，日軍大屠殺清朝軍民的所在地；俄日戰爭(1904-1905)時，該地爆發劇烈海戰與港口圍攻戰(參見日本電影《二〇三高地》)。

18. Costa Rica＝Costa+Rica富庶、繁榮(西班牙語陰性單數形容詞=rich)＝富庶海岸、哥斯大黎加(中美洲國家，首都在San José聖荷西=St Joseph聖約瑟、聖若瑟)

Costa Rican哥斯大黎加的、哥斯大黎加人，Costa Geriatrica=Coast for Old People's Health老人海岸、養老海岸(英格蘭南部海岸)，Costa del Sol=Coast of Sun=Sunny Coast陽光海岸、哥斯大疊索爾(西班牙南部濱地中海的海岸)，Costa de la Luz=Coast of Light亮光海岸、哥斯大疊拉魯茲(西班牙南部濱大西洋的海岸)，Costa Brava=Wild Coast洶湧澎湃海岸、哥斯大卜拉瓦(西班牙東部大城巴塞隆納Barcelona以北到法國的地中海海岸)，Costa Dorada=Golden Coast=Coast of Golden Sunny Sands黃金海岸、金光金沙海岸、哥斯大朵拉多(巴塞隆納以南到瓦倫西亞Valencia的一段地中海海岸)，Costa Blanca=White Coast白色海岸、哥斯大布蘭卡(瓦倫西亞以南的一段海岸)，Costa Verda=Green Coast綠色海岸、哥斯大維爾達(西班牙北部海岸)，Costa Smeralda=Emerald Coast翡翠海岸(義大利薩丁尼亞島Sardinia東北部海岸)；Côte d'Argent=Sliver Coast銀色海岸(法國南部到西班牙東部的一段海岸)，Côte d'Azur=Sky Blue Coast蔚藍海岸(法國東南角坎城Cannes與尼斯Nice一帶的海岸)，Côte d'Sauvage=Savage Coast=Untamed Coast波濤洶湧的海岸(法國西北不列塔尼Brittany一帶的海岸)，Côte d'Ivorie=Ivory Coast象牙海岸、科特迪瓦(西非國家)；Poza Rica富裕池塘、波札黎加(墨西哥東南部城市)，nueva rica女新貴人士、女暴發戶，una señora muy rica=a very rich lady非常有錢的女士

Costa Rica：其舊稱之一是Costa del Oro=Gold Coast=黃金海岸，因為西班牙人發現該地時，土著皆穿戴黃金飾品。

19. Santiago＝Sant(o)+Iago雅各(西班牙文)=Sanctus Iacobus(拉丁文)=St Jacob, St James(英文)＝聖雅各、聖地亞哥(南美洲國家智利的首都)

Santiago=Santiago de Chile=St Jacob of Chile聖地牙哥、智利的聖地牙哥，Santiago de Cuba古巴的聖地亞哥(該國第二大城)，Santiago de Compostela擁有明亮大星星顯靈的聖地亞哥(西班牙西北部的宗教朝聖城)；Santa

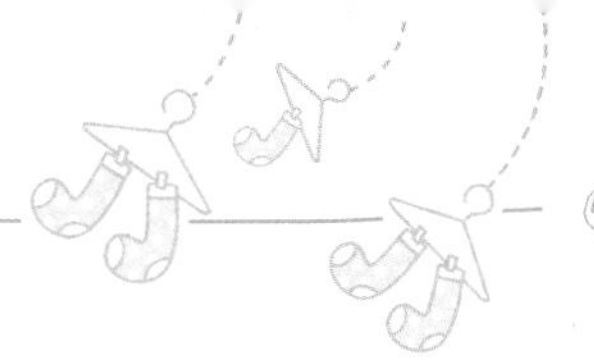

Cruz=Sacred Cross神聖十字架、聖塔克盧斯(美國加州城鎮，南美洲國家玻利維亞Bolivia大城市)，Santa Lucia=Saint Lucy=Holy Light聖光、聖徒露西、聖露西亞、聖塔盧奇亞(聖徒名，義大利那不勒斯Naples的美麗水岸區，聞名全球的那不勒斯民歌，美澳西菲南非還有拉丁美洲很多國家的城鎮名稱)，Santa Fe=Holy Faith神聖信仰、聖塔菲(美國新墨西哥州New Mexico首府)；Santo Domingo=Holy Lord's Day=Holy Sunday聖道明、聖多明各、神聖星期天(多明尼加共和國首都)，Santo Angelo聖天使鎮(巴西地名)，Santo André=Saint Andrew聖安德烈(聖徒，巴西聖保羅市的一個區)；St Lucia聖露西亞(加勒比海島國，哥倫布發現，以義大利西西里島殉道的處女聖徒St Lucy命名)，St Louis聖路易(美國密蘇里州大城，原為法國殖民地，依法王路易九世Louis IX命名)，St Lawrence聖羅倫斯(三世紀羅馬教會聖徒)、聖羅倫斯河(美加邊界大河)；sanctify神聖化，sanctitude聖潔，sanctimonious貌似聖潔的；sanctorium聖祠、聖所，Sanctus彌撒中的聖哉經，sanctuary聖堂、聖壇、庇護地、保護區、禁殺區；Iago Sparrow=Passer iagoensis棕背麻雀、麻雀屬雅各島種(達爾文Charles Darwin在西非外海聖雅各島、聖地牙哥島Ilha de Santiago=Island of St. Jago=Island of Santiago發現的奇特動物物種)；San Diego聖雅各、聖地牙哥(加州南部港市)

San Diego：加州大城市聖地牙哥，依十五世紀在當地傳教的方濟會神父聖雅各Sanctus Didacus(拉丁文)=San Diego(西班牙文)=Saint Diego=St Jacob而命名，他的全稱是厄納瑞斯河城堡的聖雅各Saint Didacus de Alcalá de Henares=San Diego of Citadel on the River Henares；臺灣北部在1626-1642年間曾短暫由西班牙人統治，東北角的三貂角，就是西班牙文San Diego的諧音翻譯。

20. São Paulo＝São+ Paulo(葡萄牙語)=San Pablo(西班牙語)=Santo Paolo(義大利語)=Saint Paul(英語)＝聖保羅、聖保祿(巴西大城，美國明尼蘇達州Minnesota首府)

Catedral de São Paulo=Cathedral of Saint Paul聖保祿大教堂(澳門Macau一座教堂，只剩正面遺址，華人諧音譯稱「大山巴」)，São Tomé e Príncipe=Saint Thomas and Prince聖多瑪島與王子島、聖湯瑪斯島與王子

島、聖多美普林西比民主共和國(原為葡萄牙殖民地，已經獨立)，São Tiago聖雅各、聖提亞哥(北大西洋島名)，São Miguel=Saint Michael聖米迦勒、聖米蓋爾(葡萄牙亞速爾群島Azores中的一個島，葡萄牙和巴西等葡語國家很多的城鎮名稱)；San Francisco=St Francis聖法蘭西斯、聖方濟、三藩市、舊金山(加州大城市)，San Jose=St Joseph聖荷西、聖約瑟、聖若瑟(San Jose, California美國加州城鎮，San Jose, Costa Rica哥斯大黎加的首都)，San Antonio=St Anthony聖安東尼歐、聖安東尼(德州大城，拉丁美洲很多國家與菲律賓的城鎮名稱)，San Juan=St John聖胡安、聖約翰、聖若望(加州城鎮，美屬波多黎各首府，拉丁美洲很多國家與菲律賓的城鎮名稱)，San Pablo=St Paul聖保羅、聖保祿(加州城鎮，西班牙與拉丁美洲很多國家與菲律賓的城鎮名稱)、San Mateo=St Matthew聖馬太、聖瑪竇、聖馬特奧(加州城鎮，美加西班亞與拉丁美洲很多國家與菲律賓的城鎮名稱)，San Miguel=St Michael聖米迦勒、聖彌額爾、聖米蓋爾(加州與新墨西哥州城鎮名稱，西班牙與拉丁美洲很多國家與菲律賓的城鎮名稱)，San Miguel Beer生力啤酒(菲律賓公司)，San Salvador=Sacred Savior神聖救主、聖薩爾瓦多(中美洲國家薩爾瓦多El Salvador的首都)；Paulism保羅神學、保羅思想(使徒保羅在新約聖經的致各教會書信中呈現的基督教觀點)，Pauline保羅的，the Pauline Epistles保羅書信(新約聖經)

San Francisco：為紀念天主教方濟會Franciscan Order的創立者Saint Francis of Assisi而命名；「三藩市」是華人用諧音方式把San Francisco譯成易記地名。為何譯為「舊金山」，有歷史與地理典故：加州在十九世紀中期出現掏金熱(California Gold Rush, 1848–1855)，最瘋狂的是1849年，美國本地、歐洲、中國、拉丁美洲有數十萬掏金客湧入，這些人被稱為「覓金客」(gold-seekers) 和「1849年來者」(forty-niners, 49ers)〔舊金山著名美式足球球團的名稱就是San Francisco 49ers，是有緣由的〕，使San Francisco人口暴增；接著澳洲的維多利亞省也有掏金熱(Victoria Gold Rush, 1851-1869)，很多做發財夢的人湧入當地，使墨爾本Melbourne人口暴增；華人因而稱San Francisco為舊金山，而用「新金山」指Melbourne，墨爾本的觀光活動之一就是參觀掏金時期的小鎮。

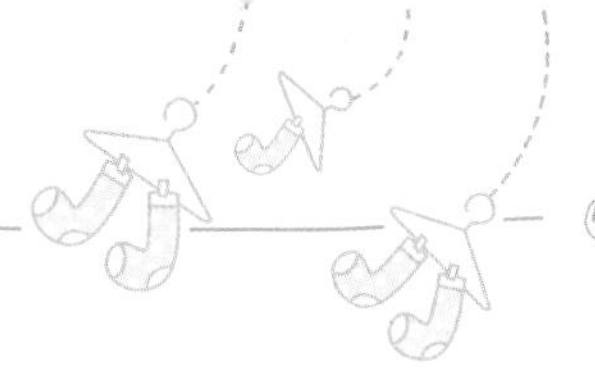

21. **Benevento＝Bene優良、美善、福祉+vento風＝良風、順風、貝內文托(義大利西南部城鎮)**

Pico do Vento(葡語)=Peak of Wind風峰(西非外海佛德角共和國、綠角共和國Cape Verde一座花火山島的山峰)，Barlavento(葡語)=Sopravento(義語)=the Windward Islands向風群島(綠角群島Cape Verde Archipelago的北方諸島)，Sotavento=Sottovento=the Leeward Islands背風群島(綠角群島的南方諸島)，Trivento翠凡托、三面來風鎮(義大利南部城鎮)，Cape Spartivento史帕替凡托角、分風角、散風角(義大利薩丁尼亞島西南角，二次大戰英義海戰戰場)，vento del sud=south wind南風；Ventôse=Month of Wind風之月、法國共和曆法上的六月(西曆二月中旬到三月中旬)，ventose走路有風的、傲慢的、虛榮的，ventosity走路有風的樣子、傲慢、虛榮，vent風口、通風口、排放口、排放、發洩，venthole通風口、排放口，ventless無通風口的；ventiduct風管、通風管，ventipipe風管、通風管，ventilate通風、帶動風、帶動空氣，ventilator通風機；benefit做出好事、福利、利益，benediction說好話、祝福，benefactor行善之人、施惠者，benedicite祈求祝福的禱告，Benedictus降福經(彌撒曲中的一段)，San Benedetto=Saint Benedict聖本篤(六世紀的隱修聖徒，西方修道院的創建者)，Order of Saint Benedict本篤會(天主教修會之一，奉行聖本篤修道的原則)，Benedictine本篤會修士修女、本篤會的，Benedict XVI=Benedictus XVI(拉丁文)=Benedetto XVI(義大利文)=Benedikt XVI(德文)=本篤十六世(2005年繼任的天主教教宗，出生於德國巴伐利亞邦)

加勒比海的小安地列斯群島Lesser Antilles，也有向風諸島與背風諸島的區分。

22. **Vladivostok＝Vladi(俄語羅馬拼音)主人、擁有者+vostok(俄語羅馬拼音)東方、東邊＝東方霸主、征服東方者、擁有東方者、符拉迪沃斯托克(俄語音譯)、海參崴(滿文音譯；滿文意譯則為「臨海漁村」，中俄朝鮮三國交界地帶的俄國軍港)**

Vladikavkaz=Vladi+Kavkaz(高加索Caucasus)=高加索霸主、高加的索征服

者、符拉迪卡夫卡茲、弗拉季高加索(俄國西南角高加索山一帶的大城)，Vladimir=Vladi+mir和平、世界=世界霸主、征服世界者、和平之主、擁有和平者、符拉迪米爾·弗拉基米爾(俄國西部城市，也是人名)；Dalnii Vostok=Far East=Far Eastern Federal District遠東、俄羅斯遠東地區、俄羅斯聯邦遠東管轄區(西起貝加爾湖Lake Baikal東到太平洋)，Stantsiya Vostok=Station Vostok=Station East東站、沃斯托克站(俄羅斯在南極的東冰蓋Antarctic Ice Sheet地區設立的極地科學研究站)，Ozero Vostok=Lake Vostok=Lake East東湖(南極東冰蓋地區冰川下的大湖)，Dikiy Vostok=Dikij Vostok=Wild East蠻荒東方、狂野東方、荒涼沃斯托克(俄語電影)

Vladimir：俄羅斯與斯拉夫民族國家常見的名字，蘇聯國父列寧Vladimir Ilich Lenin、俄羅斯總統普丁Vladimir Vladimirovich Putin、冰島籍俄羅斯猶太裔鋼琴家兼指揮家阿胥肯納吉Vladimir Davidovich Ashkenazy。

俄語方位的羅馬拼音：北north=sever、nord，南south=jug、zjujd，西west=západ、vest，東east=vostók、ost。

歐洲語言地理方位的同源字：東：east(英)，Ost、Osten(德)，ost(俄)，est(法)，est(義)，este、leste(葡)，este(西班牙)；西：west(英)，West、Westen(德)，vest(俄)，ouest(法)，ovest(義)，oeste(葡)，oeste(西班牙)；南：south(英)，Süden(德)，jug(俄)，sud(法)，sud(義)，sul(葡)，sur(西班牙)；北：north(英)，Nord、Norden(德)，nord(俄)，nord(法)，nord(義)，norte(葡)，norte(西班牙)。

23.Casablanca=Casa屋、房(西班牙文陰性單數名詞)+blanca(西班牙文陰性單數形容詞)白、亮=白屋、白房子、白屋城、卡薩布蘭卡(非洲西北部國家摩洛哥Morocco的大港市，該地曾為西班牙殖民地)

Casablanca《北非諜影》(經典電影，以卡薩布蘭卡為背景的諜報與愛情故事)，Casa Branca(葡語)白屋城、卡薩布蘭卡，Casa Branca白屋城(巴西城鎮)，Casa da Música=House of Music音樂廳(葡萄牙大城波多Porto著名

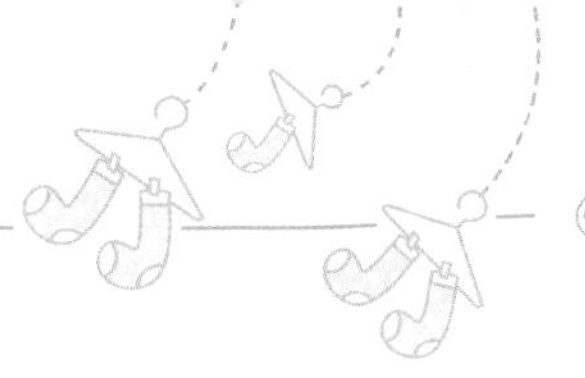

地標)，casa de la villa(西語)=house of the city=city hall市政廳、市政府辦公大樓，casa de té=house of tea=teahouse茶室、茶館，casa de banca=house of bank銀行營業處，casa barca(義大利語)=houseboat船屋、水上住屋，casa di moda=house of fashion=fashion house時尚公司，casa di pena=house of punishement=prison懲戒的地方、監獄，casamento=apartment公寓，casa da gioco=house of gambling=gambling house賭場；casina=cas(a)+ina小事物(義語陰性字尾)=little house小屋、小房子，casino=cas(a)+ino(義語陽性字尾)=little house男人行歡的小屋、賭場、酒館、妓院；Laguna Blanca(西語陰性)拉古納布蘭卡、白湖(波利維亞著名高原湖泊景點)，Agua Blanca=White Water阿瓜布蘭卡、白水、白水鎮(拉丁美洲多國村鎮名稱)，Costa Blanca=White Coast哥斯大布蘭卡、白色海岸(西班牙東南部一段海岸名稱)；terror blanco(西語陽性)=white terror白色恐怖(極右派的高壓極權統治)，Cabo Blanco=White Cape卡波布蘭柯、白色岬角、白角(西班牙祕魯與哥斯大黎加的地名)；raisin blanc(法語陽性)白葡萄，Mont Blanc白山、白朗峰；carte blanche(法語陰性)=blank cheque=blank check空白支票，race blanche=white race白色人種

西方常見女子名字Blanch或Blanche：意思為「白皙、亮麗」；相關的名字還有源自法國的姓氏Blanchet，還有姓氏兼女子名字的Blanchett與Blanchette；例子：著名澳洲電影明星凱特布蘭琪Catherine Elise Blanchett=Cate Blanchett。

24. al Medina＝al阿拉伯語定冠詞+Medina城市、城鎮＝麥地那、城市、城鎮(位於沙烏地阿拉伯的伊斯蘭第二聖地，另外拼法Madina、Madinah)

al-Medinat an-Nabi=al+Medinat+an-Nabi(=of Prophet)先知的=先知穆罕默德的城(聖城麥地那的別稱)，al-Medinat Rasul Allah=the City of God's Apostle真主阿拉使徒的城、神的使徒城(聖城麥地那的別稱)，al Medina al Munawwarah=al-Madīnah al-Munawwarah=the enlightened city=the radiant city真道啟蒙城、明光照耀城(聖城麥地那的正式名稱)，Medīnat

Yisrā'el=City State of Israel以色列國、以色列共和國(希伯來文的以色列正式國號，希伯來文Medīnat指「主權政體、國家」，阿拉伯文則是Dawlat)，medina=medina quarter麥地那、麥地那區、舊城區(北非阿拉伯城鎮的舊有城垣區、老舊區)，Medina麥地那(美英澳西菲巴西等國多處城鎮名稱，其中比較知名的是美國華盛頓州國王郡King County的小鎮，比爾蓋茲Bill Gate的豪宅所在)，Medina County麥地那郡(美國德州和俄亥俄州的郡縣名稱)，Medinaceli=Celi’s Medina=Salim’s Medina=City of Salim薩林姆的城(西班牙南部古城，以八世紀北非游牧部落領袖Salim bin Waral命名)，Medina Sidonia=City of Sidon西頓城(來自西頓的腓尼基人Phoenecians航海到西班牙建立的城市，古城西頓位於今黎巴嫩，在西洋史中與古城推羅Tyre齊名)，Medina del Campo=City of the Countryside麥地那迭爾坎姆波、鄉下麥地那、鄉城(西班牙中部西北外緣農業地帶的城鎮名稱)，Medinan suras=Medinan chapters麥地那篇章(真主在麥地那向先知顯示的真理，伊斯蘭聖典《可蘭經》Qur'an, Quran, Koran的部分內容)，al-Madīnah=al-Munawarah=the Madinah Province=the Medina Province麥地那省(沙烏地阿拉伯一個省區)，Madina Town麥地那鎮(巴基斯坦旁遮普省Punjab province地名)；Sheikh Hamad bin Khalifa Al Thani=Chief Hamad, son of Khalifa, from the Thani family來自塔尼家族的哈利發之子哈瑪德酋長(卡達Qatar國王的完整名字)，Emir Hamad bin Isa bin Salman Al Khalifa=King Hamad, son of Salman, from the Khalifa family來自哈利發家族的撒爾曼之子以撒之子哈瑪德國王(巴林Bahrain國王的完整名字)

阿拉伯的人完整名字：自己名+bin(=son of)+父名+bin(=son of)+祖父名+Al(=the)+家族名(姓氏)，若要簡化，則只寫到父親即可；譬如：Osama bin Laden拉登之子奧沙瑪、奧沙瑪賓拉登，如果要單稱此人自己的名字，應該是Osama才對；臺灣一直拿名字中的bin Laden音譯為「賓拉登」，意思是「拉登之子」；阿拉伯世界的英文報紙提及該人物時，會先列出全名或Osama bin Laden，接著則以單名簡稱Osama。

25. Amursk＝Amur黑(西伯利亞東部通古斯語Tungusic)+sk相關的、相關人地物、城鎮

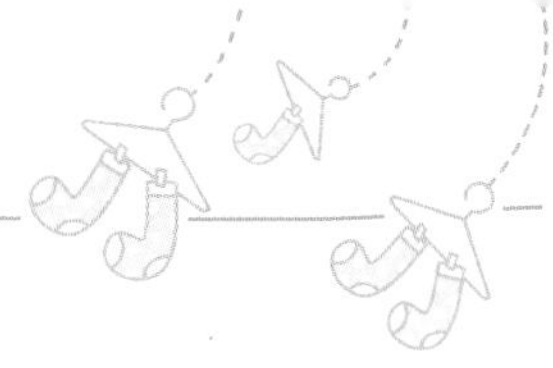

(俄語)＝阿穆爾斯克、阿穆爾城、黑城(俄羅斯遠東地區城鎮名稱)

延伸記憶 Amur=Amur River=Black River阿穆爾河、黑水、黑河、黑江、混同江、黑龍江(中國東北的中俄界河)，Amur tiger=Siberian tiger=阿穆爾虎、西伯利亞虎、東北虎、滿洲虎、烏蘇里虎、朝鮮虎、阿爾泰虎，Amur Plate=Amurian Plate=China Plate阿穆爾板塊(歐亞板塊的一部分，含中國東北、朝鮮半島、日本西部、俄羅斯遠東地區)；Nikolayevsk-na-Amure=Nikolayevsk-on-Amur阿穆爾河畔尼古拉耶夫斯克、阿穆爾河畔尼古拉耶城(紀念俄皇尼古拉一世Nikolai I)；Lambeosaurini Amurosaurus賴氏龍亞科阿穆爾龍屬、阿穆爾龍(在俄羅斯遠東阿穆爾州Amur Oblast=Amurskaya oblast發現而命名)，Amurosaurus riabinini阿穆爾龍屬李氏種、李氏阿穆爾龍(古生物學家Anatoly Riabinin發現)；Khabarovsk哈巴羅夫斯克、哈巴羅夫城(俄國紀念其遠東地區探險家Yerofey Pavlovich Khabarov而命名，中國滿族語稱為Bohori伯力、勃利=豌豆、豌豆城)，Irkutsk伊爾庫茨克、伊爾庫河的城、大灣河城(西伯利亞南部大城，有「西伯利亞巴黎」之稱)，Yakutsk雅庫茨克、雅庫特城、陌生者城(移居西伯利亞東北部的突厥族城鎮)，Omsk鄂木斯克、鄂木城、鄂木河城、寧靜河城(西伯利亞西南部Om River鄂木河、寧靜河畔的城)，Murmansk莫曼斯克、北方人城(俄羅斯最西北部的大城)

報馬仔 Amur：在滿族語稱為Sahaliyan Ula薩哈連(黑)烏拉(河流)，著名的庫頁島(苦葉、苦兀、骨嵬、黑龍嶼)在滿族語是sahaliyan ula angga hada薩哈連烏拉安嘉哈達，意為「黑水嘴頂、黑龍江口」，俄語的羅馬拼音為Sakhalin或Saghalien，音譯是「薩哈林、薩哈林島」。

報馬仔 Amur tiger：學名是Panthera tigris altaica豹屬虎種阿爾泰亞種，是哺乳綱Mammalia之下食肉目Carnivora之下Felidae貓科動物。

報馬仔 Namie Amuro：安室奈美惠，日本流行天后，其姓氏與本單元沒有字源關係。

26.Mekong＝Me(nam)河流(泰語)+Kong快速流動者、河流(梵語，自Ganga轉音，印度恆河Ganges屬同源字)＝水源河、河中之河、大河、湄南江、江河，湄公、湄公河、湄南公、公河

Me、Mae母親(泰語)+Nam水(泰語)=Menam、Maenam水之母親、水之源、河流，Mekong=MaeKong=Maenam Khong=Mae Nam Khong大河、湄公、湄公河、湄南公，Mae Nam Chao Phraya=Maenam Chao Phraya=Menam Chao Phraya=River of Sacred King and Great Chief湄南昭披耶、昭披耶河、泰國國王河、聖王大統領河、湄南、湄南河，Tonlé Sap=Maenam Tonlé Sap=Menam Tonlé Sap湄南洞里薩、洞里薩河、湄南淡水大湖、淡水大湖河(泰柬之間的河流，湄公河支流，與柬埔寨的淡水大湖相通)，Mae Nam Ruak=Maenam Ruak=Menam Ruak湄南洛可、洛可河(泰緬界河)，Maenam Yom=Menam Yom湄南永、永河(昭披耶河的支流)，Maenam Wang=Menam Wang湄南旺、旺河，Maenam Ping=Menam Ping湄南濱、濱河，Maenam Pa Sak=Menam Pa Sak湄南巴塞、巴塞河

Menam Chao Phraya：Chao=國王、聖者，Phraya=領袖、將軍、司令官，Menam Chao Phraya音譯「湄南昭披耶」，意譯「泰國國王河、聖王大統領河」，流經泰國首都曼谷，流域涵蓋整個泰國中部與西部，是泰國最重要的河流，因而若有簡稱Mae Nam、Maenam、Menam，而不言明是哪一條河，就是指Menam Chao Phraya；華人習稱Menam Chao Phraya為湄南河，「湄南」(maenam, menam)在泰文的意思就是「河流」。

Tonlé Sap：高棉語(柬埔寨語)Tonlé Sap=Tonlé大湖+Sap淡水=淡水大湖，臺灣音譯「洞里薩湖」。

27. Yenikale＝Yeni(=new)新(突厥語、土耳其語)+kale(=castle)城堡、堡、城(突厥語、土耳其語)＝葉妮卡麗、新城堡、新堡、新城(土耳其西部港市伊茲密爾Izmir附近的觀光城鎮)

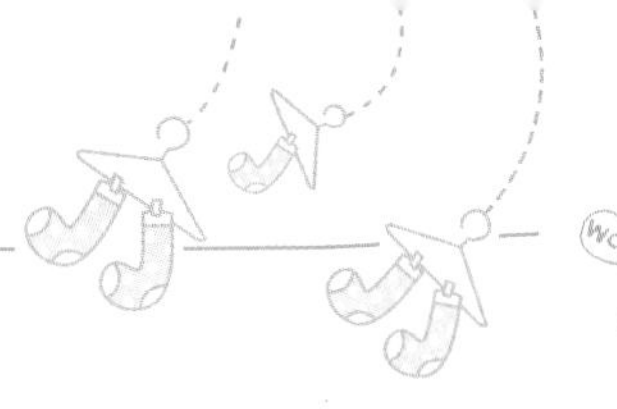

Yeni-Kale=Yenikale=Enikale=Yeñi Qale葉妮卡麗、新城堡、新堡、新城(烏克蘭歷史建築，位於克里米亞Crimea的刻赤Kerch附近，該地曾受鄂圖曼土耳其帝國統治)，Yeni Cami=New Mosque葉妮卡蜜、新清真寺(伊斯坦堡一座大清真寺，觀光景點)，Yenimahalle=New Quarter葉尼瑪哈麗、新區(土耳其首都安卡拉Ankara的新都市計畫區)，Yeni Türkiye Partisi=New Turkey Party新土耳其黨，Yeni Lira=New Turkish Lira葉妮里拉、新土耳其幣，Yenicari=Yeniceri=Janissary葉妮卡力、戰你殺力、新軍、新部隊(土耳其帝國十四世紀的新部隊編制)，yenilik新奇、新鮮、創新，Yeni Bazar(土耳其語)=Novi Pazar(塞爾維亞語Serbian)=New Marketplace葉尼巴札、諾威巴札、新市集、新市場、新市城(塞爾維亞Serbia西南部城市，曾受土耳其帝國統治)；Pamukkale=Cotton Castle帕幕卡麗、棉花城堡、棉堡(聯合國教科文組織UNESCO世界自然遺產，土耳其西南部著名觀光區，有白色梯田狀地形，宛若棉花城堡)，Çanakkale掐拿卡麗、陶瓷城堡(達達尼爾海峽Dardanelles南岸的土耳其觀光城市，以陶瓷聞名)，Zilkale=Bell Castle季爾卡麗、鐘堡(土耳其東北部古堡)，Kadifekale=Velvet Castle卡地菲卡麗、絲絨城堡(土耳其伊茲密爾的古蹟觀光景點)，Chufut-Kale=Çufut Qale=Jewish Castle猶太人城堡(克里米亞的歷史建築，中世紀猶太人城)，Rumkale=Qal'at ar-Rum=Roman Castle魯姆卡麗、羅馬卡麗、羅馬城堡(土耳其南部臨敘利亞地區的一座古城堡)

Lira：里拉，貨幣單位，源自拉丁文libra天平、秤、秤重量，延伸為天平所秤得的一鎊或磅，代號lb或L或l；義大利和馬爾他原來的貨幣就是lira，後來改用Euro歐元，目前還用lira為貨幣單位的有土耳其、黎巴嫩等國。

28. Novgorod＝Nov新+gorod城市(俄語)＝諾夫哥羅德、新城(俄羅斯西北部城市與州的名稱)

Novgorod Oblast諾夫哥羅德歐卜拉斯特、諾夫哥羅德州、新城州，Veliky Novgorod=Big Newcity 大諾夫哥羅德、大新城(諾夫哥羅德州的首府，莫

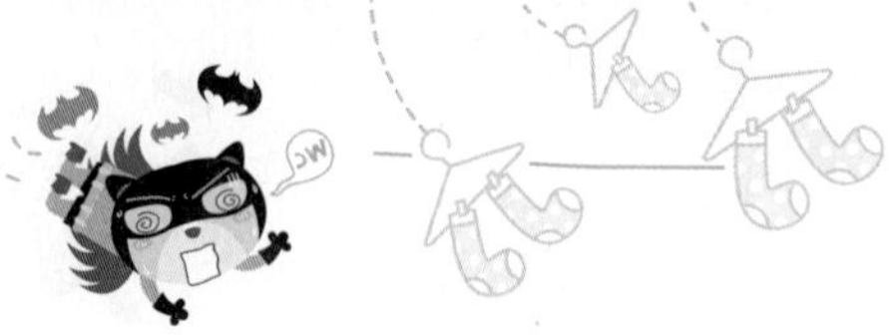

斯科與聖彼得堡之間的城市)，Nizhny Novgorod Oblast下諾夫哥羅德州、南諾夫哥羅德州、下新城州、南新城州(歐俄中部地區工業大州)，Nizhny Novgorod=Lower Newcity下諾夫哥羅德、南諾夫哥羅德、下新城、南新城(下新城州的首府)；Novomyrhorod=Novomirgorod諾窩米爾霍羅德、諾窩米爾哥羅德、新和平城(烏克蘭中部城市)，Novosibirsk諾窩西伯利亞斯克、新西伯利亞城，Novo Hamburgo新漢堡(巴西南部城市，德國移民建立)，Novo Horizonte=New Horizon新地平線，新視域(巴西城鎮)；Novaya Zemlya=Nova Zembla=New Land新地、新地島(屬俄羅斯的北極海島嶼)，Nova Scotia=New Scotland新斯科細亞、新蘇格蘭(加拿大東部一省)，Nova Lisboa=New Lisbon新里斯本(非洲西南部國家安哥拉Angola的中部大城，該城後來改名為萬博Huambo，安哥拉原為葡萄牙殖民地)；Bely Gorod=White City=White Town白城(莫斯科的市中心區)，Belgorod Oblast貝爾哥羅德州、白城州(俄羅斯西部一州)，Belgorod貝爾哥羅德、白城(白城州的首府)，Ivangorod伊凡哥羅德、伊凡城(十五世紀伊凡三世Ivan III所建)

Nizhny Novgorod：1932 -1990年間改稱高爾基Gorky，依出生於該地的名作家Maxim Gorky更名。

29. Gallipoli＝Galli美麗(希臘文Kalli、Calli轉訛音)+poli城市(希臘文polis轉訛音)＝加里波利、佳麗波利、美麗城市、美城、美城半島、美城市(土耳其歐陸地區濱愛琴海Aegean Sea而位於達達尼爾海峽Dardanelles北岸的半島名稱，該半島上的港口城市)

Gallipoli佳里波利、美城(義大利東南部城鎮名稱)，Galliavola=beautiful grandma佳麗阿婆那、美麗祖母(義大利西北部城鎮)，Charybdis callianassa美人蟳(梭子蟹科Portunidae動物)，Calliphora麗蠅屬(昆蟲)，calligraphy美麗書寫、書法，callipygous美臀的；Kallithea=beautiful view卡麗地亞、美景、美景城(希臘東南角城市)，Kallifono卡麗風諾、美麗聲音、美音、美音城(希臘中部城鎮)，kallipolis佳麗波利斯、美麗城市(柏拉圖在《共和國》The Republic對話錄中提到的理想國)，kallipolis加里波利斯、美城

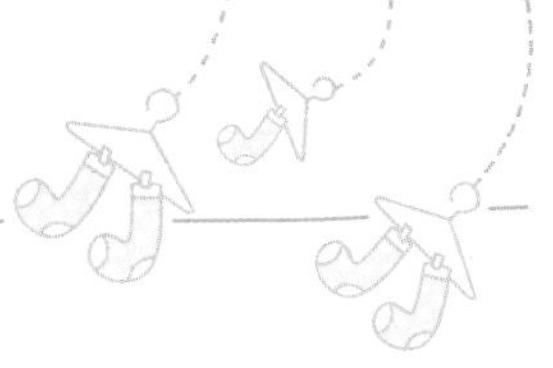

(希臘北部馬其頓Macedonia地區城鎮)，kallipolis加利波麗斯、美城(土耳其西南部加里亞Caria地區城鎮)；Areopoli=City of Ares艾瑞歐波利、戰神艾瑞斯的城(希臘南端拉空尼亞Laconia城鎮，接近古斯巴達Sparta)，Argyroupoli=Sliver City阿基若波利、銀城(雅典南郊的城鎮)，Tripoli的里波利、三鎮合一城、三合市(利比亞首都)，Tripoli特里波利、三合市(黎巴嫩的港市，土耳其和希臘城鎮名稱)；Sevastopol=Sebastopol=August City塞瓦斯托波爾、塞凡堡、威嚴城(克里米亞半島上俄羅斯與烏克蘭共用的海軍基地，黑海艦隊總部，1853-1856年英法土耳其對抗俄羅斯之克里米亞戰爭的主戰場)，Adampol亞當城、亞當堡(波蘭城鎮)，Nikopol=City of Victory尼克堡、尼克城、勝利城(保加利亞北部城市)；Constantinople=Konstantinoúpolis=Constantinopolis=Nova Roma，君士坦丁堡、君士坦丁城、新羅馬(君士坦丁一世大帝Constantinus I Magnus所建的大城，東羅馬帝國的首都，今日土耳其的伊斯坦堡Istanbul)

Gallipoli Campaign, Battle of Gallipoli：加里波利戰役，一次世界大戰期間英(以澳紐殖民地部隊為主力)法兩國進攻土耳其(德國盟邦)的慘烈戰役；英法慘敗，造就土耳其英雄凱末爾Mustafa Kemal Atatürk，就是後來的土耳其共和國國父；正因為是與英國有關的慘敗，Gallipoli在英文的含意就是defeat失敗。

Galli：此字另一個字源與動物有關，代表「雞」；雞形目Galliformes是鳥綱Aves之下的一個類別；Galli還有一個字源與地理有關，代表「高盧」Gaul，範圍約是今日法國一帶，Gallic高盧的、法國的。

利比亞首都的里波利的完整名稱是Tripoli-of-the-West=Ṭarābulus al-Ghar(阿拉伯文拼音)西方的三合市；黎巴嫩的港市特里波利完整名稱是Tripoli-of-the-East=Ṭarābulus al-Sham東方的三合市。

30. Napoli＝Na新+poli＝拿坡里、新城、新城市(義大利西南部大港市，希臘文拼音為Neapolis，英文拼音為Naples，就是那不勒斯)

延伸記憶 Nablus=Nabulus納部魯斯、拿卜勒斯、新城(羅馬帝國時期建的約旦河西岸城市，在耶路撒冷北方，Nablus是阿拉伯文對Neapolis的轉訛拼音)，Nabeul拿卜爾、新城(突尼西亞東北部城鎮)，Napoleon=Napoli+leone獅子(義大利文)=新城之獅、拿破崙(其家族是法屬科西嘉島Corsica的義大利裔)，Napole拿坡列、新城(波蘭中北部城鎮)；Neapoli尼阿波利、新城(希臘與塞浦路斯Cyprus諸多城鎮名稱)，Neapolis尼阿波利斯、新城(希臘土耳其義大利和美國俄亥俄州諸多城鎮名稱)；neoLatin新拉丁語，neolithic新石器時代，neorealism新現實主義，neoromanticism新浪漫主義；Sinopoli西諾波利、頂端城、終末城(義大利半島西南端城鎮)，Agropoli阿格洛波利、田地城、農業城(義大利西南部城鎮)，Trinitapoli崔妮塔波利、三位一體城(義大利東南部城鎮)；Heliopolis=Sun City賀利歐波利斯、太陽城(埃及古城，在開羅Cairo北邊)，Hierapolis=Priest City駭爾惹波利斯、祭司城、聖城(土耳其西南部古城，著名觀光景點)，Adrianopolis=Hadrianopolis=Adrianople=Edirne哈德良波利斯、哈德良城(土耳其西北部城鎮，以羅馬帝國皇帝Hadrian命名)，Acropolis阿克羅波利斯、頂端城、崗哨城、衛城(古希臘城邦在高處建立的碉堡城，如今最著名的是雅典的那一座)，Megapolis大城、大都會，cosmopolis宇宙城、世界城、國際型大都市

報馬仔

Hadrian：羅馬帝國皇帝，最著名的事蹟是建立了不列顛的哈德良長城Hadrian's Wall，以便羅馬軍團可以防禦北方蠻族；參見2011年著名電影《帝國戰記》The Eagle。

03 君王權貴與人民

英文	中文	字綴與組合形式
state ; nation ; country	國家、邦國、民族	a ; ate ; dom ; ia ; land ; stan
territory ; turf ; region	疆域、地盤、區域	a ; ate ; dom ; ia ; land ; stan
state ; province ; region	省、邦、州、地區	a ; ate ; dom ; ia ; land ; state
fief ; property ; livestock	采邑、土地、牲畜	fee ; feoff ; feud
settlement ; town	定居處、城鎮	borough ; bourg ; burg ; burgh
city dweller	城鎮居民、資產階級	bourge ; bourgeois ; burgher
oppressor ; dictator	暴君、獨裁者	tyran ; tyrann ; tyranni
emperor	皇帝	caesar ; czar ; czari ; kaiser ; tsar ; tzar ; tzari
emperor	皇帝	emperador ; empereur ; imperator
king ; ruler	皇帝、國王、統治者、汗、可汗	khan ; shaah ; shah
king ; ruler	國王、統治者	rec ; reg ; regi ; regn ; reign ; rex ; roy
ruler ; leader ; chief	統治者、領袖	arch ; archi
ruling system	統治制度	archy

英文	中文	字綴與組合形式
ruler ; commander	統領、統帥、大公爵	amir ; emir
authority ; power ; ruler	權威、權力、統治者	sultan ; sultana ; sultano
man with authority ; man with power	掌權者、治理者	crat
governing system ; power system	統治制度	cracy
successor of the Prophet	穆罕默德繼承者、伊斯蘭教王	caliph
successor of the Prophet	哈里發	kalif ; kaliph ; khalif ; khalifa ; khalifah
the first man ; chief ; ruler	首領、統領、王公親貴	prince ; principe ; prinz
noble ; lord ; of superior birt	貴族、顯貴	arist ; aristo ; nobil ; nobl ; noble
high-born of good family	高貴出身、高門第	gent ; gentle
leader ; chief ; elder ; earl	領導、酋長、尊者、元老、英國伯爵	earl
leader ; chief ; elder ; earl	領導、酋長、尊者、元老	sheik ; sheikh

英文	中文	字綴與組合形式
leader ; chief noble ; duke	排第一者、貴族首位、公爵	duc ; duca ; duch
leader ; chief noble ; duke	排第一者、貴族首位、公爵	duke ; duque ; dux
noble in border area ; marquis	封在國界邊界的貴族、侯爵、節度使	march
noble in border area ; marquis	侯爵、節度使	margin ; margrav ; marquis
ruler of county	郡縣治理者、伯爵	comte ; conde ; conte ; count
ruler of county	郡縣治理者、伯爵	earl ; Graf ; landgrav
lord of subcounty	郡縣下分區治理者、男爵	baron
change ; interchange	代理、接替、當副手	vice ; vis
great ; grand ; supreme	大、太、太上、至高	dae ; dai ; tai ; ty
heir	繼承者	heir ; hered ; heres ; herit
priest	祭司、神職人員(神聖、品系、層級、祭祀)	hier ; hiero
saint	聖徒、聖者	hagi ; hagio
official	文官	praefect ; prefect
officer	武官、軍官	praetor ; pretor

英文	中文	字綴與組合形式
army ; troop	軍團	legio ; legion
soldier	軍人	milit
judge	法官	arbiter ; arbitr ; judg ; judi
judge	法官	crit ; crito ; krit ; krita ; kryto
scholar	學者、專家	pundit ; pundito ; literat ; school
rich people ; wealth	富人、富豪、財富	chremat ; chremato ; plut ; pluto
master ; lord	主人、首要	domi ; domin ; domino ; prim
slave	奴隸	doulo ; dulo
servant ; slave ; dependent	奴僕、奴隸、從屬	serf ; serv ; servi ; servo
servant ; dependent	伺候者、從屬、藩屬	sub ; subordin ; vass
poor people ; destitution	貧民、窮困、匱乏	pauper ; pauvre ; penu
poor people ; poverty	貧民、窮困	pobre ; pover ; povera ; povero
beggar ; street people	乞丐、街友	ptoch ; ptocho
people	庶人、庶民、百姓	dem ; demo ; pleb ; plebe ; plebi ; popul ; publi
civilian	平民、公民	civil ; civic

英文	中文	字綴與組合形式
people ; nation	民族	ethn ; ethni ; ethno ; gen ; geno ; nation
human	人、人類	anthrop ; anthrope ; anthropo
human	人、人類	homi ; homini ; homo ; human
human	人、人類	andr ; andri ; andro
man ; male	男人	andr ; andri ; andro ; homo ; homini ; homi
man ; male	男人	vir ; viri ; viril
woman ; female	女人	gyn ; gynaec ; gynaeco ; gynec ; gyneco ; gyno
elder	老人、元老、長老	ger ; gera ; gerato ; geront ; geronti ; geronto
elder	老人、元老、長老	presby ; presbyo ; presbyter
elder	老人、元老、長老	sen ; sene ; seni
child	小孩、兒童	paed ; paedi ; paedo ; ped ; pedi ; pedia ; pedo
offspring	後裔、子女	prole ; prolet ; proli
few	寡、少數	olig ; oligo
self	自己、自身	auto

1. Genghis Khan ________________ 成吉思汗
2. feudalism ________________ 封建制度
3. Emirate ________________ 大公國
4. interregnum ________________ 新舊政權之間的接替期間
5. Caliphate ________________ 阿拉伯帝國
6. marquisship ________________ 侯爵身分
7. Sultanate ________________ 蘇丹國
8. ennoble ________________ 封為貴族
9. aristocratic ________________ 貴族階級的
10. populist ________________ 民粹主義者
11. bourgeois ________________ 中產階級
12. baronet ________________ 準男爵
13. czardom ________________ 沙皇權勢
14. viceroy ________________ 總督大人
15. monarchy ________________ 君主制

1. **Genghis Khan＝Genghis大海、宇宙+khan皇帝、國王、統治者、汗、可汗＝成吉思汗、成吉思可汗、成吉思皇帝、大海洋皇帝、宇宙大皇帝(元太祖)**

延伸記憶 Tengri Khan=Tengri Qaghan騰格里汗、天可汗、天王、天下大皇帝(唐朝盛世時，西域諸國對唐太宗等幾位中國皇帝進獻的尊稱)，Ögedei Khan窩闊臺汗(元太宗)，Kublai Khan=Qubilai Qaγan忽必烈汗、睿智皇帝(元世祖)，Batu Khan拔都汗、堅毅王(蒙古第二次西征統帥，攻滅東歐到中歐諸國)，Hülegü Khan旭烈兀汗、戰士王(伊兒汗國創建者，蒙古第三次西征統帥，攻滅首都位於巴格達的大食帝國阿拔斯王朝Abbasid Caliphate，直達埃及)，Timur Khan=Timur Sultan帖木兒汗、鐵漢王、剛強王(帖木兒汗國的締造者，他因有肢體不便，外號為Tamerlane=Timur the Lame跛腳帖木兒)，khanate=khan+ate職位與轄區、國家、領域=汗國、王國、帝國(突厥或蒙古族建立的君主國)，Khanate of the Great Khan=Great Yuan Empire大汗帝國、大君主帝國、大元帝國(忽必烈汗入主中原建立的大國)，Kipchak Khanate欽察汗國、金帳汗國(成吉思汗給長子朮赤Jochi的封國)，Chagatai Khanate察合臺汗國(成吉思汗給次子察合臺的封國)，Ögedei Khanate窩闊臺汗國(成吉思汗給三子窩闊臺的封國)，Ilkhanate伊兒汗國、從屬汗國(蒙古大將旭烈兀建立的西亞大國，字義為「從屬於蒙古中央的汗國」)，Timurid Khanate=Timurid dynasty帖木兒汗國、帖木兒王國(由帖木兒建立的帝國)，Kara-Khitan Khanate=Qara-Khitai Khanate=Western Liao黑契丹汗國，哈喇契丹汗國、西契丹、西遼、後遼(位於新疆與中亞，遭蒙古攻滅)，Zunghar Khanate準噶爾汗國(在新疆天山南北路，被清朝攻滅)

Mongolian Khanates：蒙古諸汗國，欽察汗國疆域在中亞北部，並占有東歐全地和中歐到多瑙河一帶地區；察合臺汗國疆域在今日的中亞五國地區、伊朗北部及新疆西部；伊兒汗國疆域在今日的中亞南部到伊朗，西到土耳其東半部。

2. **feudalism＝feud封地、采邑、土地耕作權、牲畜飼養權、財產使用權+al與...有關的**

君王權貴與人民

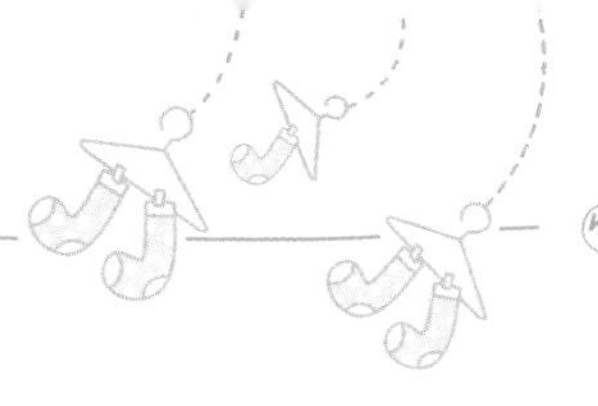

+ism主義、思想、作為＝**封建主義、封建思想、封建制度(西方世界約九到十五世紀盛行的政治體制)**

feudalist封建思想者、封建制度研究者，feudalize封建化、以封建方式處理，defeudalize廢除封建，infeudation賜封采邑、進入封建主臣關係，feudatory封地、采邑、封臣、藩臣、藩屬、藩屬國，feudatory受封的、家臣的、有義務納稅服役的，feudal封地的、采邑的、封建的，feudal estate分封的地盤、封地，feudal lord封建領主，feudal monarch封建君主，feudal rank封建階級，feudal system封建制度，feudality封建制度、封建勢力、封建貴族、封建集團；fief=fiefdom封地、領地、采邑、勢力範圍、活動領域；feoff賜予封地、授予采邑，feoffer授予采邑者、分封者，feoffeer獲授予采邑者、受分封者，feoffment授予采邑的行為、贈與土地的作法、不動產贈與證明書，enfeoff授予采邑、贈與財產，enfeoffment封地、領地、采邑、授予采邑的行為、贈與土地的作法、不動產贈與證明書；imperialism帝國主義，nationalism民族主義，colonialism殖民主義，regionalism地方主義、地方分權主張

3. Emirate＝Emir(阿拉伯文→英文)埃米爾、發號司令者、酋長、統帥、大王公貴族、國王(也是阿拉伯與伊斯蘭世界常見的名字埃米爾、亞米爾)+ate身分、職權、轄區、領域、國家＝**埃米爾國、酋長國、大公國、王國**

Emirates=United Arab Emirates=UAE阿拉伯聯合大公國、阿拉伯聯合酋長國、阿聯酋國(波斯灣七個酋長邦Emirate合組的聯邦國)，Emirate of Dubai=Dubai杜拜大公邦、杜拜酋長邦(UAE當中一個發展最快速的成員邦)，Emirate of Abu Dhabi阿布達比大公邦、阿布達比酋長邦(UAE面積最大財富最多的成員邦)，The Emirates Group阿聯酋集團(UAE上市大企業，經營航空客貨和國際餐旅服務)，Emirates Airline阿聯酋航空公司，Emirates Flight Catering阿聯酋空廚公司，Emirates Tours阿聯酋旅行社，Emirates Office Tower=Emirates Tower One阿聯酋辦公大樓、阿聯酋一號大樓(杜拜的著名建築)，Jumeirah Emirates Hotel Tower=Emirates Tower Two

卓美雅集團阿聯酋大飯店大樓、阿聯酋二號大樓(杜拜的著名建築，就在一號大樓旁)，Kano Emirate卡諾酋長邦(奈及利亞北部伊斯蘭地區一個傳統部落)，Emirate of Bahrain=Mamlakat al-Baḥrayn=Kingdom of Bahrain巴林酋長國、巴林王國(波斯灣國家)，Emirate of Córdoba=Imarat Qurṭuba科多瓦王國、科多巴王國(西元756 -929年統治部分西班牙地區的一個伊斯蘭王國)，Emir of Qatar卡達國王，Emir of Kuwait科威特國王，Emir of Morocco摩洛哥國王，Emir hadji朝聖隊伍的領導人；amirate=emirate酋長邦、酋長國、王國，Amir Abad領袖城、國王城(伊朗首都德黑蘭Tehran的一個區)，Amirzade=Mirza=Son of Amir=Son of Emir王子、王公貴族之子，Amir Panj=Commander of 5000五千夫長、五千人帶兵統領，Amir-i-Tuman=Commander of 10000萬夫長、萬人帶兵統領(約略為當今的陸軍師長)，Amir ul-Umara=Amir of Amirs帶兵官的長官、最高統帥、大將軍；khanate汗國、可汗統治範圍，patriarchate天主教宗或東正教牧首的職位與管轄範圍，episcopate美國聖公會主教職位與管轄範圍，electorate神聖羅馬帝國的選侯國、有資格選舉或被選舉為皇帝的諸侯邦，electorate選民(統稱)

Jumeirah：杜拜的國際著名國際大飯店連鎖集團公司，該字在阿拉伯文意思為「焚而不毀，燃燒的餘燼」，本來是杜拜一個臨海住宅區的名稱；杜拜全球著名的七星級帆船造型大飯店「阿拉伯人之塔」Burj Al Arab=Tower of the Arabs，就位於該區臨海一處人工島上。

admiral：英文的海軍上將；字源是阿拉伯文amir al-bahr=general at the sea海上帶兵官、海上統領，或是amir-ar-rahl=chief of the transport運輸大隊長。

4. interregnum＝inter之間+regn國王、王權、統治+um時間、空間、物品(名詞字尾，拉丁文→英文)＝舊王已逝或已退位而新王未立的空檔期間，新舊政權之間的接替期間

interregnal新舊國王之間時期的、新舊政權接替期間的，regnal國王的、君王的、登基的、即位的，regnum統治、統治期(單數)，regna統治、統

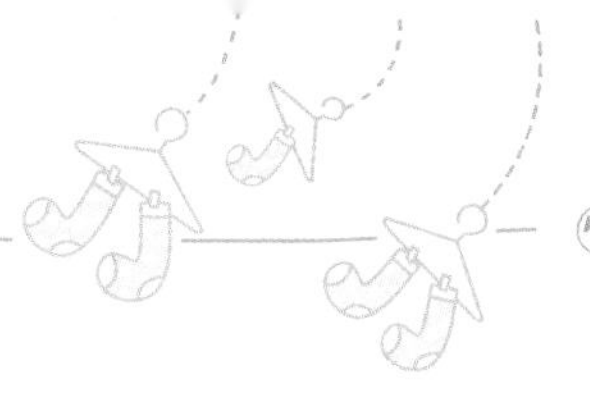

治期(複數)，regnant在位的、統治的、主導的、具支配地位的、盛行的；reign王權、統治權、主宰權、在位期、當國王、主宰、進行統治，reigning在位的、具支配地位的、盛行的，sovereign君主、統治者、元首、主權國家、具最高統治權的、主權的、至高的、君主的、元首的、國家的，sovereignty主權、君主權、統治權、元首權、自主權、主權國家；suzerain封建領主、宗主國君主、宗主國、封建領主的、宗主國君主的、宗主國的，suzerainty封建領主權、宗主權；regal帝王的、王室的、威嚴的、奢華的，regalia王權、君權、權杖、王室寶器、王族奢華裝扮、盛裝，regality王國、王位、王權，regalism王權至上主義(在教會事務上國王比教宗或主教有更大權力)，regent攝政王、攝政者、代理王、攝政的；regicide弒君、弒君行為、弒君者、弒君黨人，regicidal弒君的，regime政權、統治制度、統治時期，regiment統治的軍力、軍團，region統治的範圍、行政區、管轄區、地區；Tyrannosaurus rex暴龍、霸王龍，Oedipus Rex=Oedipus the King伊底帕斯王(古希臘戲劇家Sophocles寫的一齣悲劇，Oedipus弒父娶母當王，俄羅斯作曲家Stravinsky據以編寫的歌劇)；interdine跨種族宗教階級而同席共食，intercrop間作、間種、在同一土地上輪流交替耕作兩種作物，interlace交織、交錯，interstellar星星之間的、星際的；medium媒介、中間物(單數；若是複數，則為media)，forum論壇、公眾議事場所，vacuum真空狀態，plenum充實狀態，platinum白金

主權與宗主權：suzerainty是十五世紀仿造sovereignty而創出來的字，指「形式主權」(宗主權)，而非「實質主權」；有關西藏Tibet與中國的關係，中國與部分西方國家(尤其是英國)的看法分歧；中國認為對西藏擁有主權sovereignty，英國則認為中國只擁有宗主權suzerainty。

5. Caliphate＝Caliph(阿拉伯文→英文)(伊斯蘭先知穆罕默德的)繼承人或代表人、伊斯蘭政教合一的國王、哈里發、哈利發(也是阿拉伯與伊斯蘭世界常見的名字)+ate＝伊斯蘭教繼承者之國、哈里發帝國、哈利發帝國、大食帝國、阿拉伯帝國

Umayyad Caliphate翁米亞王朝哈利發帝國、奧美亞王朝哈利發帝國、白衣大食帝國，Caliphate of Córdoba科爾多瓦哈利發帝國、後白衣大食帝國，Abbasid Caliphate阿巴斯哈利發帝國，阿拔斯哈利發帝國、黑衣

大食帝國，Fatimid Islamic Caliphate法蒂瑪伊斯蘭哈利發帝國、法蒂瑪哈利發帝國、綠衣大食帝國，Caliphatism哈利發主義、哈利發主張、呼籲建立全球統一伊斯蘭帝國的主張；House of Al-Khalifa=House of Al-Khalifah=House of the Khalifa巴林王國的哈利發王氏家族，Emir Hamad ibn Isa Al Khalifah=King Hamad, son of Isa, House of the Khalifah哈馬德國王、哈利發王室伊沙之子(Emir=King或Ruler, bin=son of, Al=the)，Burj Khalifa=Khalifa Tower哈利發塔(位於杜拜Dubai的世界第一高樓)；consulate(外交官)領事職位與轄區，Consulate(羅馬共和時期)執政官職位與轄區，Consulate(法國第一共和時期1799-1804)執政、執政官職位與轄區，vicariate牧師職位與轄區，vicariate代理者職位與轄區

Caliphate：Umayyad Caliphate，661-750年首都大馬士革Damascus，被阿拔斯王朝取代；Caliphate of Córdoba，929-1031年，首都西班牙南部安達魯西亞大城科爾多瓦Córdoba，是Umayyad家族後人逃亡到西班牙所建立；Abbasid Caliphate，750-1258年，首都巴格達Baghdad，被蒙古大將旭烈兀攻滅，併入其所建立的伊兒汗國；Fatimid Caliphate，909-1171年，先建都於突尼西亞的馬迪亞Mahdia，後來遷都於埃及開羅Cairo，該國為了表明是傳承自先知穆罕默德的正統，國名冠上先知女兒的名字Fatimid。

大食：中國史書稱呼阿拉伯帝國為大食，是因為中國是藉由波斯語而開始接觸到阿拉伯人的國家歷史與文化；波斯人把住在阿拉伯半島的主要游牧部落Tayy或Tayaye視為阿拉伯人的代表，波斯語詞類字尾變化轉音的Tazi或Tazik(諧音「大食」)就是指Tayy阿拉伯人；目前散布在中亞各國的Tajik(塔吉克人)，分屬塔吉克共和國、哈薩克、烏茲別克、中國、伊朗、阿富汗，各使用不同文字，Tajik字源與Tazik有關，原意為「非突厥族」(Non-Turk)；現今中亞五國的哈薩克Kazakhstan、吉爾吉斯Kyrgyzstan、土庫曼Turkmenistan、烏茲別克Uzbekistan、塔吉克Tajikistan當中，只有塔吉克語不屬於突厥語系(Turkic Languages)；西方人對阿拉伯人的稱呼隨著時代不同也有分別，中古期間十字軍東征時，西方人把阿拉伯帝國慣稱為Saracen Empire薩拉森帝國，意思是「日出之地民族的帝國、東方人帝國」。

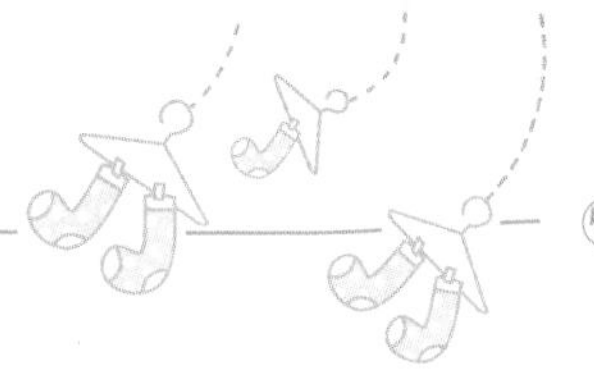

6. **marquisship＝marquis+ship身分、職位、轄區、領域＝侯爵身分、侯爵地位、侯爵領地**

marquisate=marquisdom=marquisship侯爵、侯爵地位、侯爵領地，marquis(英法德語)=marquess(英語)=marqués(西語)=markiz(俄阿語)=侯爵、邊關帶兵的貴族、節度使，Marquis de Sade薩德侯爵(法國貴族，著名情色小說家、性解放鼓吹者、革命派政界人士、精神病患)，Marquis de La Fayette拉法葉侯爵(法國軍人，擔任華盛頓部隊的少將，協助美國脫離英國獨立)，Marquis Ito Hirobumi伊藤博文侯爵(日本明治時期的政治家、總理，日清甲午戰爭後逼迫清國簽署《馬關條約》，由伯爵晉身侯爵，出任日本駐朝鮮第一任總督後，再晉身公爵)；marquise(英法德語)=marquesa(西語)=markiza(俄阿語)侯爵夫人、女侯爵，Marquise du Châtelet夏特萊侯爵夫人(十八世紀法國數學家、物理學家，哲學家伏爾泰Voltaire的好友)，Marquise de Pompadour=Madame de Pompadour龐巴杜女侯爵、龐巴杜夫人(法國國王路易十五Louis XV 的頭號情婦Jeanne-Antoinette Poisson的頭銜)；march邊關、邊界處，marchese(義語)=marquise侯爵、邊關領兵的貴族、節度使，marchioness(英語)=marchesa(義語)=marquise侯爵夫人、女侯爵，marchesato(義語)侯爵身分、侯爵地位、侯爵領地，marchesino(義語)小侯爺；margrave(神聖羅馬帝國與日耳曼諸邦)侯爵、邊關總督、節度使，margravate=margraviate侯爵地位職務、邊關總督身分與轄區、節度使領地，margravine侯爵夫人、女侯爵；marshalship元帥身分與職權，emperorship皇帝權位，kingship國王權位，regentship攝政權位，admiralship海軍上將權位

Marquis de Sade：薩德侯爵，在其真實人生與小說中，充滿了外遇、通姦、雜交、濫交、肛交、群交、暴力、虐待、變態性行為，英文sadism性虐待、sadist性虐待者，就是源自Sade。

報馬仔 Marquise de Pompadour：譯成「龐巴杜女侯爵」比「龐巴杜侯爵夫人」正確；她並沒有嫁給龐巴杜侯爵，是國王購入位於法國西南部(因絕嗣而無法繼承的)龐巴杜侯爵領地，送給她，好讓這位情婦得以貴族身分進出宮廷；pompadour=pompadour hairstyle往上盤梳的高捲大背髮型，該字源自於Marquise de Pompadour，她就是梳這種頭；市面上有一種Pompadour Peppermint Herb Tea龐巴杜薄荷青草茶，也是商人以「龐巴杜女侯爵」當年愛喝的茶為號召，可見她的威名，她是小三領域的天后級人物。

7. Sultanate＝Sultan(阿拉伯文→英文)蘇丹、素檀、速檀、統治者、無上權威+ate＝蘇丹國、主權統治者之國、王國、帝國、伊斯蘭王國、伊斯蘭帝國(受阿拉伯伊斯蘭文化影響而建立的君主國)

延伸記憶 Sulu Sultanate=Royal Sultanate of Sulu Dar al-Islam蘇祿蘇丹國、蘇祿和平之家伊斯蘭蘇丹國(1457-1917年存在於菲律賓南部的伊斯蘭君主國)，Sultanate of Malacca麻六甲蘇丹國(1402-1511年存在於馬來半島的伊斯蘭君主國)，Sultanate of Johor柔佛蘇丹國、柔佛伊斯蘭帝國(1511-1946年，位於馬來半島南端，後來加入馬來西亞聯邦Federation of Malaysia)，Negara Brunei Darussalam=Sultanate of Brunei汶萊、汶萊和平之家蘇丹國、汶萊伊斯蘭君主國(婆羅洲Borneo西北角盛產石油的小國)，Sultanate of Oman阿曼、阿曼蘇丹國(阿拉伯半島東南角的伊斯蘭王國)，Ottoman Sultanate=Ottoman Empire=Turkish Empire=Ottoman Turkish Empire奧圖曼蘇丹國、奧圖曼帝國、土耳其帝國、奧圖曼土耳其帝國、奧圖曼伊斯蘭帝國(1299-1922年)，Sultanship蘇丹權威、君主威儀、統治者的地位，Sultana=Sultaness蘇丹家族的女性、王后、王妃、太后、公主，Sultanic蘇丹的、君主的，Sultanry蘇丹統治區；proconsulate總督職位、總督轄區，landgraviate伯爵職位、伯爵領地，pastorate牧師職務、牧師任期、牧師住宅

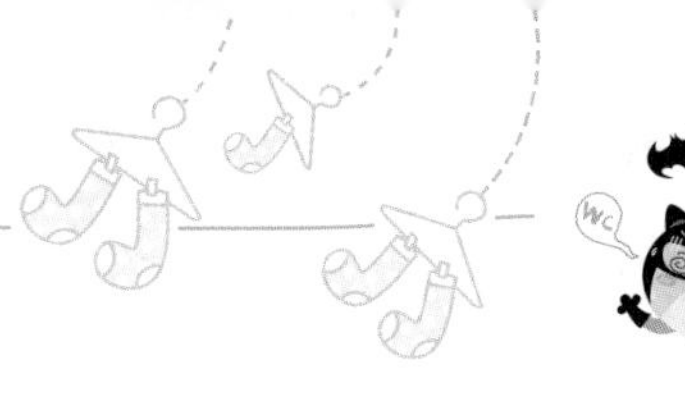

Sudan：蘇丹，非洲東北部國家的國名，也是源自阿拉伯語，但是意思為「黑人國」；該國因為族群與宗教之爭而長期內戰，已經在2011年七月分裂為南北兩國。

8. **ennoble＝en使成為、使進入…狀態+noble＝封為貴族、使成為顯貴人士**

noble貴族、貴人，noble貴族的、高貴的，nobleman貴族，noblewoman女貴族，noble birth高貴出身，noble family貴族門第，noble-minded思想高貴的，noblesse(法文)高貴地位、貴族階層，ignoble不高貴的、不顯赫的、出身低下的、卑賤的、可恥的、不名譽的，ignobleness出身低下的特質、卑賤特性、可恥、不名譽，ennoblement貴族身份地位、封為貴族的程序；ennobler加封他人貴族頭銜者，ennoblee受封貴族頭銜者；nobility高貴地位、貴族階層，ignobility卑賤性、不名譽，nobiliary貴族的、高貴的；enrich使富有，enforce使有力、執行、竭力促成，enlist使入列、徵召、登記、掛牌上市，engulf使捲入，enlarge使加大、擴大，enrage使憤怒、激怒

9. **aristocratic＝aristo+crat統治階級成員、政體擁護者+ic(形容詞字尾)與…有關的、具…特質的＝貴族階級的、支持貴族統治的、高貴氣派的**

aristocrat=Aristokrat(德語)貴族階級、貴族統治階層成員、支持貴族統治者、高貴氣派人士，aristocratical=aristocratic=aristokratisch(德語)屬於貴族的、支持貴族統治的、上層社會的，aristocratism只有貴族才可以當統治者的主張、貴族統治主義、貴族作風，aristocracy=aristocracia(西葡語)貴族統治的政體、貴族統治的國家、貴族階級通稱，labor aristocracy勞工貴族(馬克思主義用語：藉由剝削開發中國家低廉勞動力而在已開發國家享有高所得的勞工)，landed aristocracy=landed nobility土地貴族(擁有土地單靠租金就可悠哉過活的人、包租公與包租婆)，chrysoaristocracy=gold aristocracy=plutocracy黃金貴族、金色貴族、富豪階級、財閥人士，anti-aristocracy=democracy反貴族政治、平民政治、民主政體，aristophrenia智

力高超的狀態；kleptocrat竊國統治階層成員(把國庫通黨庫通私人財庫的政治人物)，puditocrat蛋頭學者統治階層成員、支持由學者擔任政要者(混學歷死讀書而沒有實務經驗的政治人物)，theocrat神權統治階層成員、支持運用宗教來鞏固政權者；plantocratic莊園主人階級的、支持由莊園主人階級掌權的，thalassocratic海權統治的、主張擁有海上優勢就可以稱霸的，pornocratic娼妓統治的、主張運用美女當國王的情婦而控制政權的

10. populist＝popul+ist支持某種信仰者、奉行某種思想者、從事某種行為者、具有某種特質的＝民粹主義者、平民主義者、平民黨員，民粹主義的、平民主義的、平民黨員的

Vox populi=voice of the people人民心聲、民意，Populist Party平民黨、民眾黨(美國十九世紀政黨名稱)，popular民眾的、人民的、得民心的、有人望的、受歡迎的、通俗的、流行的，popular opinion民意、輿論，popular front人民陣線(左派常見的組織，用以集結極左和中間偏左的力量)，popular revolt人民反叛，popular movement民眾運動，popular music流行音樂，popularly由人民、由大眾，popularly elected民選的，popularize=popularise平民化、大眾化、通俗化、推廣，popularity得民心的程度、受歡迎的情況、大眾化、流行、普及，populous人民的、民眾的、很多人民的、人民眾多的、人口多的，populate放置人民、派遣人民去居住、使人民去占據位置，densely populated人口稠密的、scarcely populated人口稀疏的，population人民(通稱)、人民數量、人口，populace平民、百姓、民眾、全部人民；capitist資本家、資本主義者，communist共產主義者、共產黨員，socialist社會主義者、社會黨員，nationalist民族主義者，fascist法西斯主義者、法西斯黨員

11. bourgeois＝bourge城鎮+ois(法文→英文，名詞與形容詞字尾)人者事時地物、屬於某人者事時地物的＝布爾喬亞(音譯)、城鎮居民、城市居民、中產階級、資產階級、把持既得利益的保守份子、貪圖安逸物質生活的人，城市居民的、中產階級的、資產階級的

bourgeois nationalism資產階級民族主義(與無產階級國際主義相對)，bourgeoise女布爾喬亞，城市女居民、女中產階級、女資產階級，bourgeoisie布爾喬亞、中產階級、資產階級(通稱)，petite bourgeoisie=small bourgeoisie小布爾喬亞、小資產階級、單幹戶、個體戶(不用附著於貴族或地主或資本家而自己開店者或靠自己技術謀生者)，bourgeoisify資產階級化，bourgeoisement(法文)資產階級方式地、資產階級作風地；bourgie資產階級品味的、自認上等的，Bourges=City, Town布爾莒、城鎮(法國中部城鎮)，Le Bourget=the Little Town勒布爾爵、小城(巴黎郊區城鎮)，Bourg-Saint-Pierre聖皮耶堡、聖彼得城(瑞士西南部城鎮)，Bourg-de-Péage琵雅集堡(法國東南部城鎮)，Bourg-Saint-Maurice聖莫利斯堡(法國東南部鄰近瑞士義大利的邊界城鎮)，bourg=burg=burgh=borough市鎮、城市、城堡、要塞、自治市鎮、自治行政區；burgher城鎮居民、城市居民，burghership城鎮居民身分，burghal市鎮的、自治市鎮的、自治行政區的，burghmote自治市鎮法庭；Chinois中國人、中國的、中式的，François(古法文)法蘭克人、法蘭克人的，Bavarois(法文)=Bavarian巴伐利亞邦人、巴伐利亞的(德國)，Hongrois(法文)=Hungarian匈牙利人，Viennois維也納人(奧地利)，Strasbourgeois史特拉斯堡人(德法邊界)，Québecois魁北克人、魁北克的(加拿大的法語省分)，Seychellois塞昔爾人、塞昔爾的(非洲東南外海的Seychelles群島共和國，以前為法國殖民地)

12. baronet=baron+et(法文→英文，名詞字尾)低下或小的人地物=準男爵(比男爵更低一級)、低層小貴族

baron男爵、貴族與高級平民之間的模糊界線、企業大亨，drug baron毒梟、販毒集團老大，press baron=media mogul媒體大亨，robber baron強盜男爵、強盜貴族(打劫過路客致富的貴族)、強盜大亨、強盜富豪(以投機炒作剝削詐騙等方式致富者)，barony男爵爵位、男爵領地、大莊園、大片地產，baronage男爵身分地位，baronial男爵的、男爵享有的、奢華的，baroness=baronne男爵夫人、女男爵，baronetise=baronetize授予準男

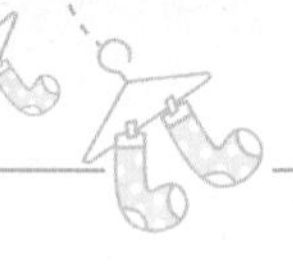

爵爵位、加封為準男爵，baronetcy=baronetage準男爵身分地位；islet小島，eaglet小鷹，pocket小衣袋、口袋，floweret小花，nymphet=nymphette小美女，circlet小圈、小的環形飾物，turret=little tower小塔、小塔樓，bassinet盆狀小車、嬰兒搖籃車

13. czardom＝czar凱撒、皇帝、沙皇、俄羅斯帝國皇帝、權威人物、獨攬大權者(拉丁文→俄文→英文)+dom地位、身分、領域、轄區、國度＝俄羅斯帝國皇帝職權地位管轄區國度、沙皇權勢

czarism沙皇主義、俄羅斯皇帝專制政體、認定由皇帝統治俄羅斯的主張，czarist沙皇主義者、俄羅斯皇帝專制政體擁護者、沙皇時代的、沙皇政權的，Czarist Empire=Russian Empire=Czarist Russian Empire(1721-1917年)俄羅斯帝國，czarian沙皇的、與沙皇相關的，czarish像沙皇的，czarina=czaritza俄羅斯帝國皇后、俄羅斯帝國女皇、女沙皇，czarevitch皇子、皇儲、太子，czarevna皇女、皇兒媳婦；czaricide弒殺沙皇；mafia czar黑手黨老大、黑社會頭子，banking czar金融大王、金融業巨頭，energy czar能源業大王、(美國)主導能源事務的大官，labor czar工會理事長、操控工會事務的人，drug czar(美國)獨攬緝毒大權者，統一緝毒事權的緝毒署署長，war czar獨攬作戰大權者，(美國小布希任內)統管伊拉克和阿富汗作戰事務的美國大官，intelligence czar(美國)情報界權威人物、國家安全局局長(Director of National Intelligence)；tsar=czar沙皇、俄羅斯帝國皇帝，Tsarist period=Czarist period沙皇時代、帝俄時代，Tsarist regime=Czarist regime沙皇政權、帝俄政權；kingdom王國、以國王為國家元首的國家、領域、動物界、植物界，Latindom拉丁語領域、拉丁語文圈，bachelordom王老五身分，王老五階層，beautydom美女身分、美女界

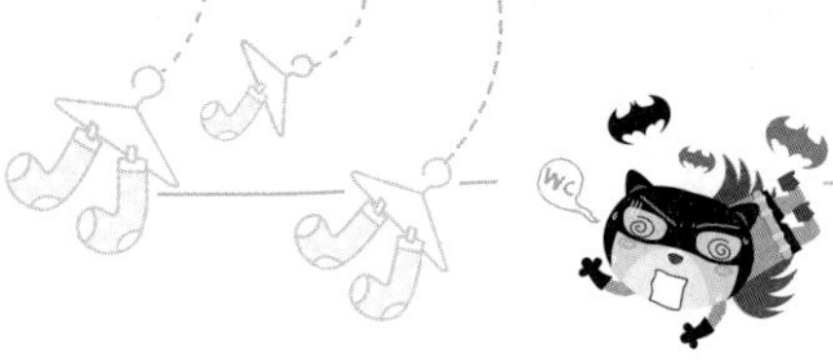

czar, tsar：羅馬帝國首任皇帝屋大維原名Gaius Octavius，他是凱撒Gaius Julius Caesar大將軍的養子，所以更名為Gaius Julius Caesar Octavianus；屋大維把凱撒神格化，以至於Caesar等同於皇帝之義，羅馬帝國的皇帝如果不是自稱為Caesar，就是全名中帶有Caesar；後來的東羅馬帝國認定Caesar為皇帝之義，而俄羅斯帝國也是；該字經過俄文轉訛音再用羅馬拼音回到英文就是czar或tsar，中文翻譯為了音義兼顧而譯成「沙皇」，原意就是「皇帝、俄羅斯帝國皇帝」。

14. viceroy＝vice代理人、副手、次位+roy國王＝代替國王治理一方疆土的人、封疆大吏、總督大人

viceroyship=viceroyalty封疆大吏職務、總督大人轄區，viceroy=viceroy butterfly帝王斑蝶(學名：Danaus plexippus)，royal國王的、王室的、皇家的、最優質的，royal family=royal house=royal line王室、王族、王系、王室血脈、皇家，royal dynasty王朝，royal road王族走的路、坦途、大道、輕鬆路途，royal purple王室紫、帶淺淺紅的深紫色(泰國航空公司的Logo顏色)，royal standard王旗，royal binding豪華精裝(出版用語)，royal autocracy=absolute monarchy國王獨裁統治、絕對君主統治，Royal Navy(英國)皇家海軍，Royal Armoured Corps皇家裝甲兵團，Royal Artillery皇家炮兵，Royal Academy of Arts皇家藝術學院，Royal Bahraini Air Force巴林王國皇家空軍，Royal Bhutan Army不丹王國皇家陸軍，Royal Thai Marine Corps泰國皇家海軍陸戰隊，royalty王族、王權、王土、國王給予的特許權、礦區開採權利金、版權、版稅，royalism君主主義、忠君思想與行為、保皇作風，royalist保皇派、國王人馬、君主主義擁護者；vicereine封疆大吏夫人、總督大人夫人、女總督，viceregent副攝政，vice admiral海軍中將(海軍上將admiral的次位)，vice president副總統、副理事長、副總經理，vice governor副州長；viscount子爵(副伯爵、次位伯爵)，viscountess子爵夫人、女子爵，viscounty=viscountcy=viscountship子爵地位、子爵領地

15. monarchy＝mon(o)一、單一、獨自+arch統治者、當老大的人、首要者+y制度、體制、技術(名詞字尾)＝一人統治的制度、君主制

延伸記憶 dual monarchy雙君主制(奧匈帝國時期)，monarch單一統治者、君主、國王、皇帝，monarchal=monarchic君主的、君主政體的，monarchism君主主義、君主作風、君主政體，monarchist君主主義者、君主主義的，hereditary monarchy世襲君主制、世襲君主政體、繼承式君主制，elective monarchy選立式君主制、選舉式君主制(神聖羅馬帝國、教廷)，absolute monarchy絕對君主制、絕對君權統治(沙烏地阿拉伯、史瓦濟蘭、古中國)，constitutional monarchy=limited monarchy立憲君主制、有限權力君主制(英荷挪威瑞典西班牙日本泰國等)，bicycle monarchy腳踏車君主國、無威儀的君主國(英國嘲諷荷蘭等國的君主不顧威儀不成體統)；monomania對單一人事物的狂躁症、偏狂、單狂，monopoly獨賣、專賣、獨家壟斷、獨占，monocular單目的、單眼的、單筒的、單目鏡儀器、單筒望遠鏡；anarchy無人統治狀態、無政府、混亂，triarchy三人統治，tetrarchy四人統治，pentarchy五人統治，hexarchy六人統治，patriarchy父權制，matriarchy母權制

16 archduchess ________________ 女大公爵

17 shogunate ________________ (日本)幕府

18 tycoon ________________ 大君

19 vassalage ________________ 封臣

20 kaiserin ________________ 女皇

21 plutocracy ________________ 財閥控制的國家

22 proletariat ________________ 無產階級

23 pauperdom ________________ 窮人

24 ptochocracy ________________ 窮人統治

25 oligarchy ________________ 寡頭統治

26 autocratship ________________ 獨裁者身分

27 serfhood ________________ 農奴階級

28 hereditary ________________ 世襲的

29 pediarchy ________________ 兒童政體

30 gerontocracy ________________ 老人政體

16. archduchess＝arch首要、主要、大位+duch公爵+ess＝大公爵夫人、大公夫人、女大公爵、女大公(奧地利帝國時期)

延伸記憶 duchess=duchesse(法語)=duchessa(義語)=duquesa(西語)=公爵夫人、女公爵，duchy=dukedom公爵領地、公爵身分地位，archduchy大公爵領地、大公封土；ducal公爵的、公爵相關的；duke公爵，grand duke大公爵、大公(日耳曼諸國與俄羅斯帝國)，dukeship公爵身分、公爵威儀；archrebel叛亂領袖、匪首，archbishop大主教，archdiocese大主教管轄區，archenemy死敵、大對敵者；empress皇后、女皇帝，prophetess女先知，presbyteress女長老，princess公主、女王公貴族，waitress女服務生

17. shogunate＝shogun將軍(日文→英文)+ate職務、政權、領域＝將軍掌權的政府、(日本)幕府

延伸記憶 shogunal(日本幕府)將軍的、與將軍有關的，Chinjufu Shōgun(古日本)鎮守府將軍、邊防軍司令官，Gaijin Shogun外人將軍(日本人對二次大戰後統治日本的美國上將麥克阿瑟General Douglas MacArthur的暱稱)，Seii Taishōgun征夷大將軍(日本討伐北方蝦夷族的司令官)，Tokugawa Shogunate德川將軍政權、德川幕府，Minamoto Shogunate源氏將軍政權、源氏幕府，Ashikaga Shogunate足利將軍政權、足利幕府，Shogun: Total War幕府將軍：全面開戰(以古日本為背景的電玩)；mandarinate官員職位、官員管轄範圍(古中國九個品序官員的統稱)，Protectorate(英國)護國主政權、護國公職權，protectorate=protected state受保護的國家，rabbinate拉比職分、猶太教士的地位

幕府bakufu：Tokugawa Bakufu德川幕府，另以地名稱呼為江戶幕府Edo Bakufu，是德川家康Tokugawa Ieyasu建立的政權(1600-1868年)；源氏幕府Minamoto Bakufu，另以地名稱呼為鎌倉幕府Kamakura Bakufu，是源賴朝Minamoto no Yoritomo與其岳父北條時政Hōjō Tokimasa建立的政權(1192-1133年)；足利幕府Ashikaga Bakufu，另以地名稱呼為室町幕府Muromachi Bakufu，是足利尊氏Ashikaga Takauji建立，而由其孫子足利義滿Ashikaga Yoshimitsu鞏固的政權(1337-1573年)。

Protectorate：英國清教徒革命Puritan Revolution成功之後，處死國王查理一世Charles I，由清教徒軍事領袖克倫威爾Oliver Cromwell和其兒子Richard Cromwell，以護國公Lord Protector身分統治英國，那段時期(1653–1659年)就是護國主政權時代the Protectorate；當時實行的是軍事戒嚴統治，而且人民被迫過著清教徒式的清苦簡樸生活，禁絕享受與娛樂。

18. tycoon＝ty(日文→英文，tai轉為ty)太、大、最、至高、至極+coon(日文→英文)君、君主＝大君、國王、皇帝、至高權力者、政壇巨頭、企業老大、產業大亨

tycoonate=shogunate(日本)將軍掌權的政府、幕府，tycoonship大君地位、政壇巨頭身分、企業老大身分、產業大亨地位，tycoonery大君作為、大君作風、政界與商界巨頭風格、大企業家通稱，tycooness女大君、女巨頭、女政壇大老、女大企業家，The Love of The Last Tycoon: A Western《大亨小傳》(美國作家費茲傑羅F. Scott Fitzgerald的小說名著)，The Last Tycoon《最後大亨》(根據前述小說改拍的電影，主角是勞勃狄尼洛Robert De Niro和傑克尼克遜Jack Nicholson)，tycoon games大君遊戲、大亨遊戲(實體或網路上有關如何經營投資管理某行業而晉身大巨頭的遊戲)，party tycoon政黨頭頭，faction tycoon派系頭頭，oil tycoon石油大亨(企業家、模仿石油業投資管理的遊戲)，airline tycoon航空公司大亨(企業家、模仿航空業投資管理的遊戲)，cruise ship tycoon遊輪大亨(企業家、模仿遊輪業投資管理的遊戲)，hotel tycoon大飯店大亨(企業家、模仿大飯店業投資管理的遊戲)，ski resort tycoon滑雪度假區大亨(企業家、模仿滑雪度假業投資管理的遊戲)，railroad tycoon鐵路大亨(企業家、模仿鐵路業投資管理的遊戲)，casino tycoon賭場大亨(企業家、模仿賭場投資管理的遊戲)，mall tycoon=shopping center tycoon大賣場大亨、購物中心大亨(企業家、模仿大賣場投資管理的遊戲)，newspaper tycoon報紙大亨(企業家、模仿報社投資管理的遊戲)，tabloid tycoon八卦報大亨(企業家、模仿八卦報投資管理的遊戲)，TV tycoon電視大亨(企業家、模仿電視業投資管理

的遊戲)，cinema tycoon電影大亨(企業家、模仿電影業投資管理的遊戲)，fast food tycoon速食大亨(企業家、模仿速食業投資管理的遊戲)，pizza tycoon披薩大亨(企業家、模仿披薩業投資管理的遊戲)，hamburger tycoon漢堡大亨(企業家、模仿漢堡業投資管理的遊戲)，coffee tycoon咖啡大亨(企業家、模仿咖啡業投資管理的遊戲)，lemonade tycoon檸檬汁大亨(企業家、模仿冷飲業投資管理的遊戲)；taipan(廣東語→英文)大班、洋行主管、商家領導階層，Tai Lake=Lake Tai太湖(江蘇南部湖泊，字義為Grand Lake「浩大之湖」)，taiping=great peace=great equality=pantisocracy太平、極度和平、完全平等、大同之治，Taiping Heavenly Kingdom=Heavenly Kingdom of Great Peace太平天國(由兩廣舉事的反清政權)，taigu(中國漢語拼音)=taiko(日文漢字拼音)=太古、很早以前，taizi(中國漢語拼音)=taishi(日文漢字拼音)=crown prince=太子、皇太子、王儲，taiyang(中國漢語拼音)=taiyo(日文漢字拼音)=太陽、日，taishōgun大將軍，Emperor Taishō大正天皇(1912-1926在位)，Taisho University大正大學(日本私立大學，以佛教研究著名)，taimei=daimyō(日文漢字拼音)=大名、盤據大領地的諸侯；Daijyo Daijin太政大臣(古日本一品大官)，Dae Jang Geum大長今，dae wonsu大元帥(朝鮮，即北韓的最高軍階，賦予國家領導人的軍銜)，Daejeon大田(韓國中西部城市)，Daegu Metropolitan City大邱廣域市(韓國東南部大城)，Daewoo大宇(韓國大企業集團)

tycoon：大君；日本幕府將軍在涉外文書上自稱為「日本國大君」Nihonkoku Taikun，以抬高身分地位，Taikun後來在英文訛音轉化成tycoon；幕府滅亡後，該稱呼就是指日本天皇；在幕府時代，洋人被該名稱誤導，以為幕府將軍就是日本皇帝。

從日文進入英文的字彙愈來愈多，以下舉例：Karoshi過勞死，bonsai盆栽，manga漫畫，kanban看板、招牌，zaibatsu財閥，shinto神道，kimono著物、衣物，sashimi刺身、生魚片，sushi鮨、鮓、壽司，takoyaki章魚燒，sukiyaki鋤燒、壽喜燒、肉片火鍋，shabu shabu涮涮鍋。

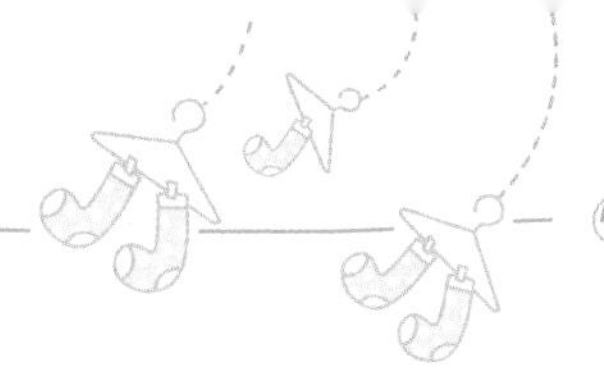

19. **vassalage＝vass家臣、封臣、藩屬、隸屬、附庸、僕從、奴隸+al(名詞字尾)具某特質的人者物或狀態、(形容詞字尾)具某種特質的+age(名詞字尾)身分地位、狀況、過程、所在＝家臣的身分、封臣的領地**

延伸記憶 vassal家臣、封臣、隸屬、附庸、扈從、僕從、奴隸、藩屬國、藩屬土地，vassal=vassalic家臣的、隸屬的、附庸的、僕從的、奴隸的，vassal state藩屬國、附庸國，vassaled被奴役的，vassalize=vasslise附庸化、藩屬化、奴僕化，vassalry家臣、附庸、僕從(統稱)，envassal使成為家臣、使變為附庸，vavassor=vavasor=vavasour大家臣、大僕從(此人是男爵的家臣，其下還有隸屬於他的家臣扈從僕人)，vavassory=vavasory=vavasoury大家臣領地，大家臣地位；marriage婚姻、已婚狀態，concubinage侍妾身分，villeinage隸農身分、隸農土地耕種制(介於自耕農與農奴之間)

報馬仔 valet拼字演變：小僕從vassalet→vaslet→valet=little servant；valet parking代客停車、有小僕從人員從事的停車服務，parking valet代客停車小僕，valet-de-chambre=little servant of chamber內室小僕、隨侍的貼身小僕，jockey's valet侍候騎馬師的小僕。

20. **kaiserin＝kaiser(拉丁文→德文→英文)皇帝+in(德文名詞字尾)女性、陰性＝皇后、女皇(神聖羅馬帝國、奧地利帝國、德意志帝國等國)**

延伸記憶 kaiserinmutter(德文)=queen mother=queen dowager=empress dowager皇太后，Kaisertum(德文)=kaiserdom=kaisership=emperorship皇帝地位、皇帝職權、皇帝威儀、皇帝領土、帝制，Kaiserreich(德文)=empire帝國，Kaiserkrone=Imperial Crown皇冠，kaiserism保皇思想、帝制主張，kaiserist保皇黨人、支持帝制主張者，Kaiserfahrt=emperor way帝王路、皇帝道(德皇威廉一世Wilhelm I時代開鑿的運河)，Kaiser von Japan日本天皇，Kaiser von Österreich奧地利帝國皇帝，Deutsche Kaiser德意志皇帝，Kaiser roll=Kaisersemmel=Semmel=Vienna roll=hard roll凱撒小圓麵包、凱撒餐包、皇帝麵包(依奧地利皇帝法蘭茲耶瑟夫一世Franz Joseph I命名)，Kaiserburg=Nürnberger Burg=Nuremberg Castle皇帝城堡、皇帝城(德國巴伐利亞的紐倫山城城堡、紐倫堡城堡)，Kaisergruft=Imperial Crypt皇家

墓穴、帝王墓穴(位於維也納嘉布遣修會教堂Kapuzinerkirche=Capuchins' Church地下室的墳墓區，神聖羅馬帝國與奧地利帝國多位皇帝皇后的下葬地)，Kaiserchronik=Chronicle of Emperors皇帝編年史(十二世紀日耳曼史詩)，Kaiser-Walzer=Emperor Waltz皇帝圓舞曲、皇帝華爾滋(音樂家小史特勞斯Johann Strauss II作曲獻予奧地利皇帝)；Neurergus kaiseri帝王斑點蠑(生物學)；Königin=König(德文)國王+in=queen女王、王后，Fürstin女性王公貴族、王公貴族的夫人，Freundin(德文)=Freund+in=vriendin(荷文)=female friend女性友人、女朋友，Autorin=authoress女作者，Prinzessin=Prinz(德文)王子+essin=princess公主

Caesar：原本是凱撒大將軍的名字，但在羅馬帝國將它神格化之後，等同於「皇帝」之義，後來日耳曼語系的神聖羅馬帝國、奧地利帝國、德意志帝國，都以該字代表「皇帝」，德文轉訛之後的拼音就是kaiser。

西方常見女子名字Katherine、Katheryn、Katheryne、Katherina、Catherine、Catherin、Catherina、Kathy、Kathie、Katy、Katie，字源眾說紛紜，比較被接受的講法是與希臘文的katharos(淨化、純潔)有關；這些名字雖然發音近似kaiserin，但在字源上毫無關聯，絕對沒有「女皇、皇后」之意涵；有「女王、王后」意涵的女子名是Regina，源自拉丁文的reg國王。

從德文進入英文的字彙很多，舉例如下：kindergarten=kinder德文小孩子的複數型+garten花園、園地=children's garden=幼稚園，Blitzkrieg=lightning war閃電戰，Luftwaffe=air force(德國)空軍，Lufthansa=Air Hansa德國航空公司、漢莎航空(Hansa或Hanse指在十三到十七世紀時，為保護彼此商貿與政治利益，以北德地區為主，以西歐東歐和北歐臨海城市為輔，而合組的行會與城市聯盟體：「漢莎同盟」Hanseatic League)，Zeitgeist時代精神，Angst焦慮、不安，Weltanschauung世界觀，Volkswagen=people's car國民車(家家戶戶都買得起的車，汽車廠牌「福斯」)，Autobahn=auto(mobile)+bahn=汽車路、高速公路，Eisenbahn鐵路、鐵道、火車路，(Eisen)Bahnhof火車站，Lied歌曲、藝術歌曲，Frankfurter=hot dog法蘭克福香腸麵包、熱狗，Hamburger漢堡的夾肉麵包、漢堡，Realpolitik現實主義政治。

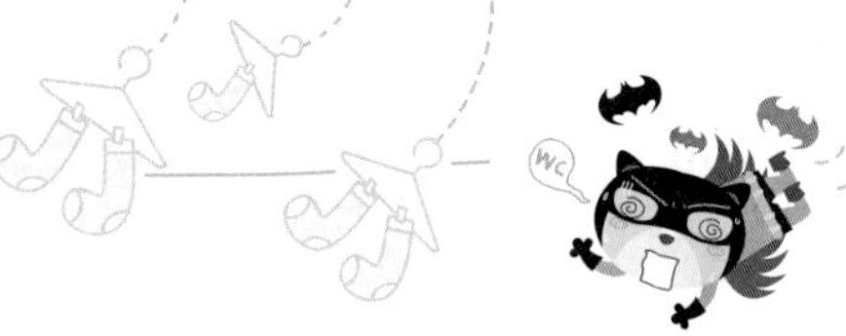

21. plutocracy＝pluto財富+cracy＝由有錢人統治的政體、財閥控制的國家、富豪階級(統稱)

plutocrat富豪、財閥、有錢人、控制政權的有錢人，plutocratic富豪的、財閥的、有錢人統治的，plutology=plutonomy財富研究、財富學、理論經濟學，plutonomy=plutonomics有錢人經濟學、富豪經濟學、財富定律研究學、財富管理，Plutonomy Index花旗銀行奢侈品股價指數(以富豪階級愛用的名牌奢侈品公司股票為標的而連動的指數)，plutolatry拜金、財富崇拜，plutomania拜金狂躁症、愛錢成痴、發大財妄痴症，plutophobia財富恐懼症、害怕有錢；plutarchy=plutocracy財閥政權，plutarch控制政治的有錢大老爺；meritocracy由有能力者治理的政體、功績本領制、由真材實料者當統治者的國家，hierocracy祭司政權、神職人員統治的政體，hagiocracy聖徒政權、神聖者當國統治，timocracy=timarchy地土階級政權、擁有土地者所控制的國家

Pluto：Ploutos(Plutus, Pluto)是希臘羅馬神話中的財富之神；Plouton (Ploutus, Plutus, Pluto)是希臘羅馬神話中的地底之神、地獄之神、冥王、閻羅王；很多的財富是地底下開挖的(貴金屬金銀、石油、天然氣、煤、稀土等)，而很多有錢人因為為富不仁，到頭來必須受冥王審判，所以把原本有分別但因為發音接近而混淆的兩個神合而為一；plutology在財經領域是「財富研究」，但在地球科學領域，則指「地球內部學」、「地殼底下結構研究」，天文學的Pluto則是「冥王星」。

22. proletariat＝prolet子女、後裔+ar(y)(形容詞字尾)據某特質的+iat群體、階層、匯聚處＝只會生小孩卻無財產可供政府課稅者、無產階級、普羅階級(音譯)

dictatorship of the proletariat無產階級專政(馬克斯思想概念)，lumpen-proletariat破落無產階級、流氓無產階級、擺爛無產階級(馬克斯思想概念)，proletaire=proletarian=proletarius=proletary=prole無產者、無產階級成員、社會底層者、最下層的低薪勞動者，proletarian drift=prole drift無產階級飄移、無產階級立場擺動，proletarian=proletary無產階級的、社

會最下層的，proletarian revolution無產階級革命，proletarskaya kultura(俄文羅馬拼音)=proletkult=proletarian culture無產階級文化(伴隨無產階級掌權而生的新文化運動)，proletarianism無產階級思想、無產者的地位、無產者的作風，proletarianize無產階級化、使變成為無產階級，proletarian internationalism無產階級國際主義、無產者全球革命主義(對抗全球性的資本主義)，proletaneous子孫滿堂的、生養眾多的；prolific多育的、生產後裔多的、產品豐富的，proliferate產生後代、增生、增殖、繁衍、擴散，proliferous=proligerous增生的、增殖的、繁衍的，opsiproligery=opsi晚期+proli+ger生育+y=老來還能生養子女的能力(例：郭台銘)；salariat薪水階級、靠工資度日生活族，secretariat祕書處、祕書組、祕書處全體成員、(共黨國家)書記處，commissariat軍需處、軍需官、(前蘇聯)政委處、政委，professoriat教授職位、全體教授

lumpen-proletariat流氓無產階級：在資本主義社會中淪落到低薪就業或失業而無產無屋，卻沒有革命覺悟，反而擔任有權勢者的鷹犬爪牙，藉由欺負其他無產階級以謀生者；這些人未積極參與社會革命改造，反而欺負良民，從事詐騙偷竊恐嚇等痞子流氓行為；舉世聞名的臺灣詐騙集團的分工人員，例如車手、電話員等，皆屬於馬克思所說的這個階級。

prole drift無產階級飄移：資本家為了擴大產品銷路，並模糊階級意識，把原本屬於中上階級的生活形態與產品大眾化(譬如：連鎖咖啡館、名牌推出副牌包包與服飾、高檔旅行之外有廉價旅行等)，而使無產階級一邊散去原本就不多的錢財，一邊又誤以為自己已經晉升為中產階級，而致抗爭立場動搖。

23. pauperdom＝pauper+dom(名詞字尾)地位、狀態、群體＝貧窮狀態、赤貧、窮光蛋、乞丐、窮人(統稱)

pauper's oath=pauper's affidavit無財力聲明書、無財務能力宣誓書、貧困者宣誓書(美國法律，立誓者得免去訴訟費用)，in forma pauperis=in the form of a pauper屬於赤貧者身分的(得免除訴訟費用的)，dispauper使不具

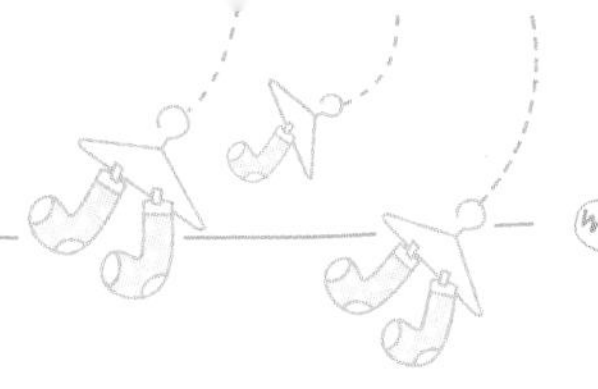

有窮困者身分(因而必須負擔訴訟費用)，pauperize=pauperise窮困化、使淪落為窮人，The Prince and the Pauper《乞丐王子》、《王子與乞丐》(美國作家馬克吐溫Mark Twain作品)，pauperism=pauperage=pauperdom貧窮狀態、赤貧、窮光蛋、乞丐、窮人(統稱)，pauper farm=poorhouse貧民之家、窮人收容所；poverty level=poverty threshold=poverty line貧窮標準、貧窮門檻、貧窮線(所得多少錢才算是窮人的計算基準)，poverty-stricken受貧困打擊的、為貧困所苦的，poverty trap貧窮陷阱、貧窮困境(收入多一點就會失去救濟金而致生活一樣困苦的窘境)，cycle of poverty貧窮循環(只要陷入貧窮就一直貧窮的狀態，除非外力介入救援)，poverty reduction=poverty alleviation減少貧困、和緩貧困，poverty relief扶助貧困、救助貧困，escape from poverty脫貧、脫離貧窮、逃脫貧苦，vow of poverty安貧誓言(神父修女所立)，antipoverty program抗貧方案，poverty tourism=poorism參觀窮人生活的觀光旅遊，impoverish使變窮、使耗盡、使一無所有，impoverished窮困的、一無所有的；gangsterdom黑社會、幫派身分與行為，shahdom波斯帝國皇帝職權、波斯帝國皇帝職權領域，earldom(英國)伯爵身分地位、伯爵領地，yuppiedom雅痞身分、雅痞作風(注重品味的專業人士身分與行為)

丐幫：pauper gang；beggar gang；beggars' guild。

24. ptochocracy＝ptocho赤貧者、極窮者、街友、乞丐+cracy＝窮人統治、由極度貧窮者掌政的國家、赤貧階級(統稱)(反義字：富豪政權plutocracy)

ptochocrat掌權的赤貧者、支持窮人應該比富豪或精英掌控更多政治權力的人，ptochoist赤貧者、極窮者、街友、乞丐，ptochology赤貧研究、以窮困為主題的學術研究、貧窮學，ptochologist赤貧研究者、專研窮困問題的人、乞丐問題專家，ptochogony孳生赤貧、出現乞丐、產生街友；kakistocracy賤族統治、壞人統治、惡人統治、由最爛者掌權的國家、由最不合格者統治的政府，corporatocracy企業掌權的政府、企業利益掛帥的國家，critocracy=krytocracy=kritarchy法官掌權的政府、判

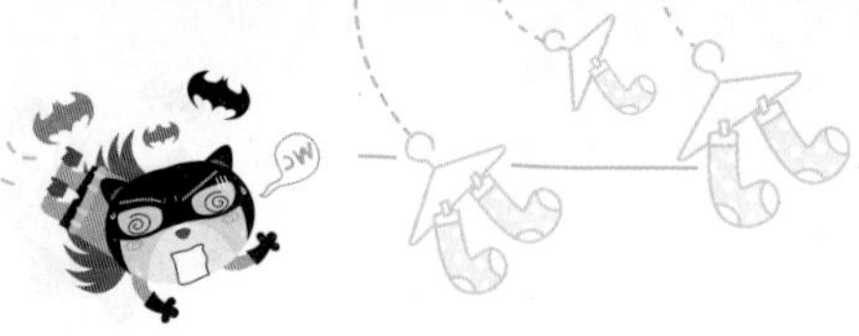

官治理的國家(聖經《士師記》Book of Judges中提及的古以色列時期)，albocracy白人統治、由歐洲白人統治，doulocracy=dulocracy奴隸統治、奴隸政權(加勒比海的海地Haiti是1790年代由黑人奴隸起義建立的國家)，plantocracy=slavocracy莊園主人統治、奴隸主統治(南北戰爭前的美國南部)，klerostocracy=lottocracy=demarchy隨機抽籤者統治、由隨機抽選中者掌權治理(例：明朝末期朝廷官員都不願意外派沉痾難以治理的地區，崇禎皇帝只好當朝抽籤決定)，logocracy口號治國、言談治國，magocracy巫師治國、魔法師治國，ergatocracy勞工治國，mullahcracy伊斯蘭法學家治國(1979年後的伊朗)，ochlocracy=mobocracy眾愚統治、群盲統治、多數暴力統治、暴民統治，noocracy=rule by the wise睿智者統治

25. oligarchy=olig(o)+archy=寡頭統治、少數人掌控權力的政府

延伸記憶 corporate oligarchy=corporatocracy企業寡頭統治、少數企業領袖控制國政，military oligarchy=juntacracy=juntarchy軍事寡頭統治、軍人執政團掌權的國家、幾位軍事將領控制國政，wealthy oligarchy=plutocracy=plutarchy=少數有錢人統治、財閥治國，oligarch寡頭統治集團成員，寡頭統治者，oligarchic=oligarchical寡頭統治的，oligarchise=oligarchize寡頭統治化；oligocarpous寡果的、果實不多的，oligopetalous寡瓣的、沒有幾片花瓣的、花瓣很少的，oligosepalous寡萼的、花萼很少的，oligospermous寡精的、精子少的，oligotrophic營養寡少的、貧養的(水池、湖泊；反義字：eutrophic優養的)；diabolarchy魔鬼統治，ecclesiarchy教會統治，hendecarchy十一人統治，dodecarchy十二人統治，hecatarchy=hecatontarchy百人統治

26. autocratship=auto自己+crat+ship(名詞字尾)身分、地位、職務、特質、狀態、權利、技能=獨裁統治狀態、獨裁者身分、霸術、霸道、專橫霸道人士(統稱)

延伸記憶 autocrat獨裁者、專橫者，autocracy獨裁、專制、為所欲為，autocratic=autocratical獨裁的、專制的，automatic自動的，automatize自動化，au-

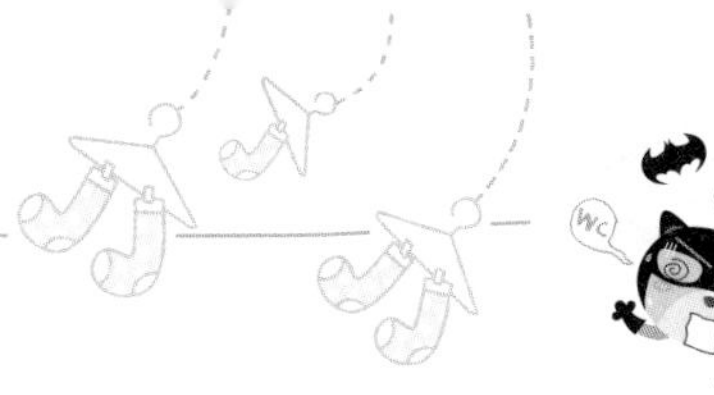

togamy自己婚配、自體受精，autograph自己寫的字、親筆簽名，autobiography自己寫的生活、自傳；autarky自給自足、閉關自守，autarchy獨裁、專制、為所欲為；monocrat=monarch君主，pantisocrat世界大同之治的治理者、主張世界大同的人，kleptocrat竊國統治者，偷竊國家財產的統治者，philocrat以愛心統治者，securocrat情治系統統治者、負責國家安全而掌控權力的人；citizenship公民身分、公民權利，membership會員身分、會員權益，leadership領導地位、領導階層，relationship關係、交往狀態，friendship友誼、交友狀態，authorship作者身分，swordmanship劍客本事、劍術，horsemanship騎士本事、馬術，censorship新聞與出版檢查、管制狀態

27. serfhood＝serf+hood狀態、身分、特質、群體、時期＝農奴制、土地勞動剝削制、農奴身分、農奴階級

serf奴隸、奴僕、幫傭、服勞役者、被剝削者、受欺壓者，serfage= serfdom=serfhood農奴制、農奴身分，serfism農奴制，serflike不自由的、服苦役的、奴隸般的；serve服務、服役、幫傭、當奴僕、侍候，servant服務者、服役者、幫傭者、奴僕、侍候者、公務員，servitor=serv+it去+or=去服務的人、男侍，servitress女侍，servile卑躬屈膝的、奴隸的，servile war奴隸戰爭、奴隸反抗主人的戰爭，servility卑躬屈膝特性、奴性，servitude奴役、苦役、束縛、無自由，service服務、效勞、服務性工作、公職、軍職，military service兵役、軍職，civil service公務員，foreign service外交人員，serviceman男軍人、男維修人員，servicewoman女軍人、女維修人員；servor伺服器(機械、電腦)，servorsystem伺服系統；bachelorhood王老五身分，spinsterhood過齡未婚女子身分，widowhood鰥寡身分，knighthood騎士地位、騎士階級，priesthood祭司地位、祭司階級

28. hereditary＝hered+it去、進行+ary有關的、相關的＝世襲的、祖傳的、遺傳的

hereditary monarchy世襲君主國，hereditary society=family history soci-

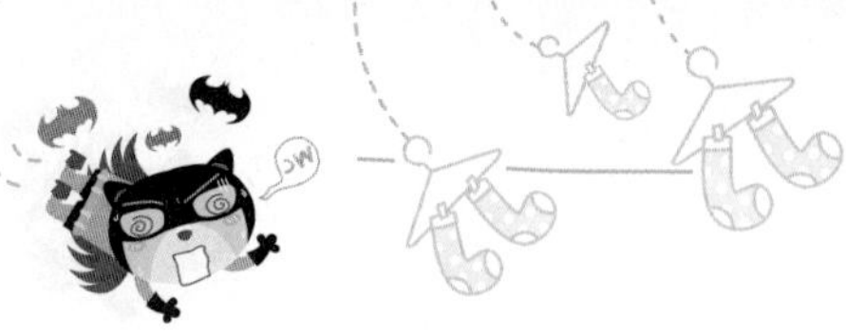

ety宗親會、族譜研究社團，hereditary peers世襲貴族，hereditary feuds=hereditary enmity血海深仇、歷代傳下來的紛爭、世仇，hereditary allergy遺傳性過敏，hereditary neuropathy遺傳性神經病變，hereditary hypotrichosis遺傳性毛髮缺少症，hereditable可繼承的、會遺傳的，hereditament可繼承的財產、繼承，heredity遺傳、傳承、傳統，hereditarian遺傳論者、遺傳論的，hereditarianism遺傳論、遺傳決定論(認為先天遺傳決定個性而非後天環境或教育)；inherit繼承、接手、得到，inherited繼承得來的，inheritance遺產、繼承之物，heritor=inheritor後嗣、繼承人，heritress=inheritress女後嗣、女繼承人，heritage遺產、遺緒、傳承、傳統，heritable=inheritable可繼承的、可傳承的、會遺傳的；heir繼承人，heirdom=heirship繼承權、繼承者的地位，heirless無繼承人的、無後嗣的，heirloom傳家寶物，heir at law法定繼承人，heir apparent當然繼承人，明顯接班人；exit出口、走出去，initiate走進來、入會、參加、創制，ambition四面八方走透透、雄心壯志；unitary單一的、中央集權的，tributary進貢的、屬國的，monetary貨幣的，alimentary養分的，voluntary志願的，fragmentary破碎的、零散的

29. pediarchy＝pedi+archy＝兒童政體、兒童統治的國家、兒童權力大的體制

pediarchy=paedarchy=paedocracy兒童政體、兒童權力大的體制；paediatrics=pediatrics=pediatry小兒科(iatrics iatry醫治)，pediatrician=paediatrician=pediatrist小兒科醫師，pedagogue主人之子的帶領者、教師，pedagogy=pedagogics主人之子的帶領術、教學、教育學，pedant以呆版方式教導小孩者、學究、腐儒，pedantism=pedanticism=pedantry死板式教學概念、迂腐思想、墨守成規；pedobaptism幼兒洗禮(宗教)，padeophilia=pedophilia戀童癖症，pedophile=paedophile戀童癖症患者，pedophobia=pediaphobia=pediophobia兒童嫌惡症；andrarchy=androcracy男人統治，gynarchy=gynaeocracy=gynecocracy女人統治，biarchy=diarchy=duarchy=dyarchy二人統治，polyarchy多人統治，chiliarchy千人統治，myriarchy萬人統治，thearchy=theocracy神權統治，hagiarchy=hagiocracy祭司統治

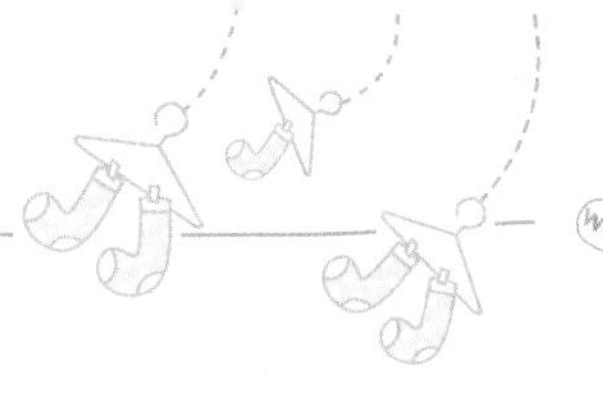

pediarchy：中國東漢中後期的皇帝幾乎都是幼齡登基，就是兒童當政；中國一胎化造成父母寵溺兒童，在家裡兒童最大，也是兒童統治。

30. gerontocracy＝geronto+cracy＝老人統治、老人治國、老人政體、老人統治集團

延伸記憶 gerontocrat年紀大的掌權者、老人統治者，gerontophilia親老人、喜歡老人、嗜老癖，gerontophobia嫌惡老人，gerontology=gerontics=geratology老人科、老人醫療、老人醫學；gerontic老年的、衰老的，gerontic nursing care老年照護；geronticide殺老人；geriatrics=ger(a)+iatrics=老人科、老人醫療、老人醫學，geriatric老人、年老病人、老人的、老年醫學的；chromatocracy顏色統治、膚色統治、單一種族統治其他種族，foolocracy蠢蛋治國、笨人政權，pedantocracy腐儒治國、迂腐學者政體，bureaucracy遍布部會局處的官員治國、官僚政權、官僚體系，mediocracy平庸人物治國、庸庸碌碌者政權、庸才體系，Jesuitocracy天主教耶穌會治國、耶穌會修士掌權的體制，necrocracy亡魂統治、已死的領袖統治、尊奉遺教統治

gerontocracy：義大利常被指為例子，因為其總統、總理、部長、政黨領袖的年齡通常在65歲以上。

necrocracy：朝鮮(北韓)是典型，因為在金正恩統治之下，全國軍民還必須時時刻刻想到前兩代的領袖：金日成、金正日。

暈。

得意。
Help...

04 政治與外交之一

英文	中文	字綴與組合形式
apart ; away	分裂、分開、離開	di ; dif ; dis
before ; in front of	早先、前面	prae ; pre
back ; backward ; again	向後、退去、回返、再次	re ; red
intensive ; complete	劇烈、徹底	re ; red
away ; away from	離開、斷離	a ; ab ; abs
apart from ; without	離開、分開、拉開、沒有、不存在	se
away ; off ; negate ; undo ; down	脫離、取消、否定、減少、降低	de
between ; among ; mutually	之間、當中、彼此	inter ; intero
toward ; to	朝著、向著	ac ; ad ; af ; ag ; al ; an ; ap ; aq ; ar ; as ; at
against	針對、對抗、悖反	o ; ob ; oc ; of ; op
contrary ; opposite	逆反、相反	contra ; contre ; contro ; counter
corresponding ; duplicate	對應、重複	contra ; contre ; contro ; counter

英文	中文	字綴與組合形式
beneath ; under	下方、底下	su ; sub ; suc ; suf ; sug ; sum ; sup ; sur ; sus
near ; almost	接近、幾乎	su ; sub ; suc ; suf ; sug ; sum ; sup ; sur ; sus
last ; final	終、末了、最後、最幼小	ultim
one	一、完整	mon ; mono ; un ; uni
first	第一、首要、最先	prim ; prime
two	二、兩、雙	bi ; bin ; bino ; bis
two	二、兩、雙	di ; dich ; dicho ; dipl ; diplo ; twi
three	三	tre ; tri
few	少、寡、僅僅幾個	olig ; oligo ; pauc ; pauci
many ; several	多、好幾個	mult ; multi ; myria ; plu ; plur ; pluri ; poly
part ; segment	部分	pars ; part ; parti
equal	相等	eg ; equ ; equi ; is ; iso
fill ; full	充滿、滿全	ple ; plein ; pleini ; plen ; pleni ; plet ; plete
being ; exist ; place	存在、擺放	ess ; essent ; essence ; est
sit ; calm ; settle	坐下、鎮定、沉澱	sid ; sed ; sess

英文	中文	字綴與組合形式
root	根、根本、根基、根源、基礎	racin ; radi ; radic ; radici
speak ; discuss	說話、議論、議事	parl ; parlar ; parler ; parley ; parlia
gather ; flock ; group	聚集、群聚、群體	greg
move ; go ; yield ; give up	行動、移動、讓步、放棄	cede ; ceed ; cess
call ; voice	呼喊、喊叫聲、喉部音	voc ; voca ; vocab ; vocat ; voci
call ; voice	呼喊、喊叫聲、喉部音	voke ; vox
put ; place ; position	擺放、位置、姿勢	pon ; pone ; pos ; pose ; posit
roll ; twist ; turn	滾動、轉動、變動、翻捲	volt ; volu ; volut ; volute
roll ; twist ; turn	滾動、轉動、變動、翻捲	volv ; volve
turn ; wrestle ; agaisnt	翻轉、摔角、對抗	vers ; verse ; versi ; verso
turn ; wrestle ; agaisnt	翻轉、摔角、對抗	vert ; vorce ; vort
bear down on ; push forward	壓、推	press ; pressi ; presso ; prim ; prin

英文	中文	字綴與組合形式
limit ; end ; boundary	期限、終端、界線、邊界	term ; termin ; termine
old ; elder	年老、元老、資深	sen ; sene ; seni ; sir
arched room ; vaulted room	拱頂房、廳堂、廂房、隔室	camar ; camer
inner room ; secluded room	廂房、隔室	chamber ; chambre
unfastened ; unbound	沒有束縛、自由、擺脫、解放	free ; liber ; liver
balance ; scale	平衡、天平、秤	liber ; libra ; libri
in middle of	中心、中央	centr ; centri ; centro
power ; ability	力量、能力	poss ; potence ; potency ; potent ; potenti; puiss

①	dissident	________	異議分子
②	president	________	總統
③	representative	________	議員
④	radicalism	________	激進主義
⑤	parliamentarian	________	國會議員
⑥	desegregation	________	廢除種族隔離
⑦	secessionist	________	分離主義者
⑧	intercession	________	斡旋
⑨	advocate	________	提倡者
⑩	opposition	________	在野黨
⑪	revolution	________	革命
⑫	suppress	________	鎮壓
⑬	subvert	________	顛覆
⑭	conterminous	________	共邊界的
⑮	ultimatum	________	最後通牒

1. **dissident＝dis(字首)分開、分裂+sid+ent(名詞字尾)人者物、(形容詞字尾)具某特質的＝座位分開的人、意見不合的人、異議份子、座位分開的、意見不合的、持不同意見的**

dissidence意見不合的狀態、異議、不同想法，insidious坐在內隱處的、陰險的、埋伏的、暗中惡搞的，assiduous針對目標而伏案用功的、勤勉的、刻苦的、努力不懈的；sedentary坐著的、不活動的、不走動的，sedate使人坐定下來、鎮定、使服鎮定藥、坐定的、莊重的、鎮定的，sedative鎮定藥劑、有鎮定作用的，sediment沉澱物；distill分開滴下來、蒸餾，distribute分開給出去、分發、分配，distemper情緒分裂、精神紊亂、心煩意亂、發脾氣，disrupt打斷、使斷裂、中斷、打亂；talent有分量的人、有才幹者、人才，nutrient有養分的東西、營養品，agent產生作用的人者物、特工、幹探、代理商、藥劑，adherent恪守的、遵從的，different不同的

2. **president＝pre(字首)先、前+sid+ent＝坐在前面的人、先坐下來的人、主導大局者、統領大事者、總統、主席、會長、校長、總裁、總經理**

president-elect總統當選人，president for life終身總統，presidential總統的、與總統有關的，presidential election總統選舉，presidential government總統制政府(例：美國)，semi-presidential government半總統制政府、雙首長制政府(例：法國)，presidency總統任期、總統職權，preside主導、統裁、掌管，resident回來安坐的人、定居者、住民、定居的、久住的、常駐的，nonresident非住民、非居民，residence住所、住宅，residential住宅用的，residential area住宅區，residue積存在末尾的東西、剩餘物、殘渣、殘數、殘額，residual積存在末尾的、殘餘的；prelingual說話前的，preschool學前的，prehistoric史前的，preconception早先的概念、成見

polity國體與政體：若國王或皇帝這類君主monarch擔任一國的國家元首head of state，其國體就是君主國monarchy；若國家元首是總統或國家主席president，國體就是共和國republic。然而，不管國體是君主國或共和國，若是權力掌握在國會，由取得國會立法權的政黨組閣執政，其政體就是議會制parliamentary government，或稱內閣制，實際的掌權者為首相或總理，就是政府首長head of government。英日馬泰是議會制的君主國，德義印度以色列和新加坡是議會制的共和國；女王是英國的head of state，首相是英國的head of government；總統是以色列和新加坡的國家元首，但是總理是政府首長，具有實際行政大權。並非具有總統職位的國家就是總統制，而是指共和國的國家元首president身兼政府首長，而具有實際且完整的行政權的政體，美國是典型代表；德國是議會制共和國，美國是總統制共和國，法國是半總統制(雙首長制)共和國，朝鮮與越南是共產黨一黨專政的共和國。

3. **representative＝re(字首)再次+pre前面+(es)sent存在、擺放+ative(名詞字尾)具某性質的人者物，(形容詞字尾)具某性質的、具某傾向的＝再次出現在前面的人、再次把立場擺出來的人、代表、代理者、代議者、議員、(美國各州議會與聯邦國會)眾議員，代表的、代理的、代議制的、重現的**

House of Representatives(美國國會)眾議院，representative democracy代議式的民主，sales representative業務代表，Office of the United States Trade Representative美國貿易談判代表署，Representative of the Australian Office, Taipei澳洲臺北辦事處代表，representation代表、表述、表現、反映、象徵、重現，proportional representation(PR)比例代表制(選舉制度)，misrepresentation不實的表述、當人民的代議士不稱職，present擺在前面、提出、呈現、顯現、表演、提供、授予、遞交、送出，present提供的東西、授予的物品、禮物、贈品，present存在於眼前的、在場的、出席的，omnipresent無所不在的、隨時隨地都在的，presentable可提出的、可呈現的、拿得出來的、像樣的、體面的，absent不存在、缺席、不在場；

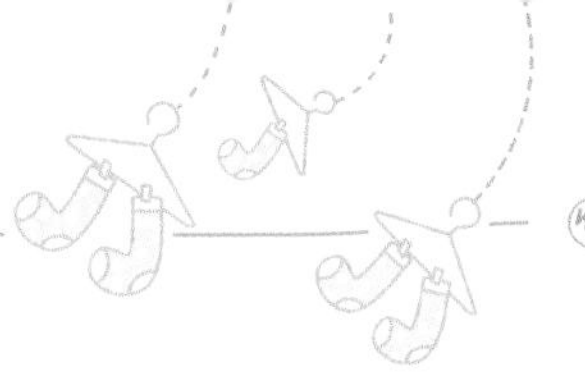

absence不存在、沒有出現、缺乏，presence存在、在場；essence存在體、本體、本質、要素、精華，quintessence本質、典範、精粹，pearl essence珠光粉、珍珠粉、珍珠精粹；essential本質的、精華的，essentic誠於中而形於外的；commemorative紀念品、紀念性的，affirmative肯定語、肯定措辭、肯定的，derivative衍生字、衍生物、衍生性商品(金融)、衍生的，determinative限定詞(文法)、限定因素、限定的，tentative暫定的、試驗性的，talkative多話的

election system選舉制度：一個選區只選出一位議員或代表，由最高票者當選，在英文稱為first-past-the-post第一位過標竿者制，簡稱FPTP或FPP選舉制，英國國會下議院House of Commons的選舉採用此制；按政黨得票比例換算該得幾席的制度，是比例代表制，俄羅斯的國會下議院State Duma的選舉採用此制；臺灣立法委員的選舉是兼採兩種制度。

4. **radicalism＝radic+al(名詞字尾)具某特性的人者物、(形容詞字尾)具某特性的+ism(名詞字尾)思想、主張、主義、作為＝從根本做起的改革主張、徹底改革主義、全盤改造作法、激進主義**

radical根本的、根治的、徹底的、激進的、根號的(數學)，根部、底部、基礎、詞根(語言學)、激進份子、行為徹徹底底的人，radical feminist激進女性主義者，radical nationalist激進民族主義份子，radical leftist激進左派人士，radical Islamist激進伊斯蘭主義人士，radical operation根除性的手術，radical hysterectomy根治性子宮切除、根除性子宮切除、子宮根除術，radical prostatectomy根除性前列腺切除，radicalize激進化、徹底化，deradicalize去除激進化、放棄過度的行為，radicate扎根、生根、穩固，eradicate把根拿掉、根除；radiciflorous根出花的、根長花的，radicicolous生長在根部的、根生的，radicivorous食根的、吃根的；radish蘿蔔、菜頭，radix根本、根源、基、底；deracinate根除、連根拔除、使離鄉背井、使脫離根本生存地方，deracine離鄉背井的人；intellectual知識分子，mortal凡人、必死者，heterosexual異性戀者；nationalism民族主義，capi-

talism資本主義，anarchism無政府主義，elitism菁英主義

radical hysterectomy：把子宮、子宮頸、卵巢、輸卵管、淋巴結全部割除。

5. parliamentarian＝parlia+ment(名詞字尾)過程、行為、狀態、處所+arian(名詞字尾)具某身分地位者、具某種思想者、屬於某種派別者，(形容詞字尾)具某種思想的、屬於某種派別的＝議員、國會議員、議會派人士(與王權派相對)，議員的、議會的、國會的、國會派的

parliament議會、國會、最高立法機構，Parliament英國國會，Parliament百樂門(香菸品牌諧音)，hung parliament懸宕國會、無單一政黨席位過半的國會(例：英加澳紐等國)，member of parliament(MP)國會議員、議會成員，parliamentary=parliamental=parliamentarian議會的、國會的，parliamentary government=plarliamentary system=parliamentarian system議會制政府、由國會掌權的政府、贏得國會立法權就掌握組閣行政權的政治體制、內閣制(例：英加澳紐日德新馬印度)，parliamentary monarchy議會君主國、議會君主體制、國家元首是君主但實際掌權執政是國會多數黨的制度(例：英日泰馬)；parle說話、會談、談判、討論，parlance說法、說詞、用語、討論、談論，parlando說話似地(義大利文、音樂術語)，parley會談，商議、談判、討論，Parlez-vous allemand你說德語嗎？Il ne parle pas anglais他不說英語，Elle ne parle pas français她不說法語，Est-ce qu'ils parlent le chinois他們說漢語嗎？parlor=parlour說話間、會客室、會談房、接待室、客廳

monarchy：中國的帝王時期，還有建國以來的沙烏地阿拉伯與史瓦濟蘭，都屬於絕對君主制absolute monarchy；英日泰馬等國的議會君主制，另稱有限君主制limited monarchy或立憲君主制constitutional monarchy，其國家元首是國王或皇帝，但是僅是虛位元首，只有儀禮功能和象徵意義。

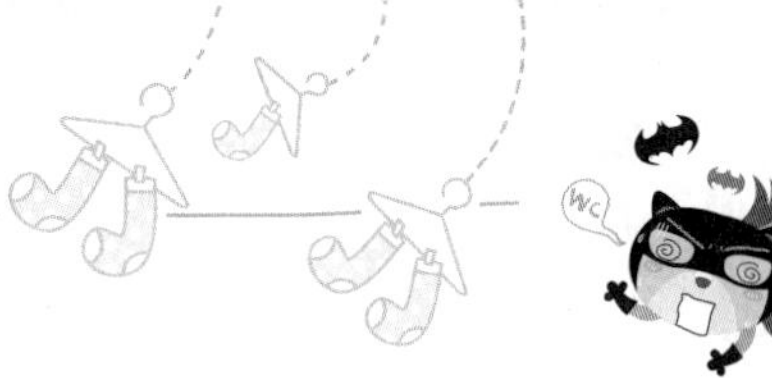

parliament同源字：parlement(法)、parlement(荷)、Parlament(德)、parlament(羅馬尼亞)、parlάment(俄語羅馬拼音)、parlamento(義)、parlamento(西)、parlamento(葡)。

parle同源字：parler(法)、parlare(義)、hablar(西)、falar(葡)。

6. **desegregation＝de(字首)取消、離開、除去+se(字首)分開、分隔+greg+at(e)(動詞字尾)進行+ion(名詞字尾)過程、結果、狀態＝廢除種族隔離、取消族群分隔狀態**

desegregationism種族隔離廢除論、主張取消種族隔離，segregation種族隔離、族群分隔狀態，segregationist主張種族隔離的人士，congregate集合、聚集、群聚，congregation群聚之人者物、人群、集會群眾、教堂會眾，egregious在群體之外的、非一般的、離奇的、明顯有問題的，gregarious合群的、愛社交的、群聚的、群居的(動物)、簇生的(動植物)，ungregarious=nongregarious不合群的、不愛社交的、非群居的(動物)、非簇生的(動植物)，aggregate加總、總計、合計、聚積；deice除冰，debug除蟲、去除電腦程式小毛病，delink除去連結、decouple脫鉤、廢去連動關係，decline下降，depart離開，denude脫光、剝光；separate分開、分手、分居，select挑出來放一邊、選拔

7. **secessionist＝se+cess+ion+ist＝主張分割國土自建一國的人、分離主義者、分離而獨立建國的倡導者**

secessionism分離主義、分割國土自建一國的主張、分離而獨立建國的作為，secessional出走的、脫離的、分離的，access接近的機會、進入的權利、走入的路徑、途徑、管道，access denied不得進入、存取權被拒絕(電腦)，accessible可接近的、可進入的、可理解的，accession參加、增添、就任，accessional=accessorial=accessorary增添的、附加的，accessorary添加物、附件、配件，recess後退的動作或行為或時間或地方、休息、休業、休庭、凹處、隱密處，recession衰退(經濟)、後退、撤回、降低、交

還、歸還、凹處、隱密處，recessive後退的、有倒退狀況的、隱性的(生物遺傳)，retrocession後退、消退、交還、割讓回來，cession割讓、割讓的領土、轉讓、轉讓的財產或權力、交出來；cede割讓、轉讓、交出，secede走離開、出走、脫離、分離、割出，seceder出走者、退教者、退黨者，accede朝某人某事物的方向移動、趨近、同意、參加、就任，recede後退、撤回、降低、交還、歸還，retrocede後退、消退、交還、割讓回來；seduce帶走、勾引、誘拐，seclude離開而閉鎖起來、退隱、隱居

secessionist：包括老牌007史恩康納萊Sean Connery在內的一些蘇格蘭人，主張蘇格蘭脫離英國而獨立，就英國的立場而言，他們是分離主義者。

8. intercession＝inter(字首)之間+cess+ion＝走到當中而從事的某種行動、關說、斡旋、調解、說情、說項、代求、代禱

intercessional=intercessory關說的、調解的、代求的，intercessor=interceder關說者、調解人、代求者、代禱人，excess走到範圍之外、超過、過度、無節制的行為、暴飲暴食、過多的、超額的，excess baggage= excess luggage過重行李、超額行李，excessive過多的、過分的；intercede代求、代禱、關說、調解，precede=antecede先行、居先，precedent先前發生的事、先例、前例、慣例、判例，unprecedented史無前例的、前所未有的，antecedent先行詞(文法)，antecedents先前的人事物、學經歷、履歷、祖先；exceed超越、凌駕、勝過，exceeding勝過的、超越的，proceed向前走、前進、進行、出發，proceeding行動、舉動，proceedings訴訟程序、會議紀錄、議事錄公報；intercity城際的、城市之間的，interchurch教會之間的，interstate州際的、州與州之間的，intersection彼此切開、交叉、十字路口，intercept在中間抓住、攔截

9. advocate＝ad(字首)朝著、向著+voc+ate(動詞字尾)從事、進行、使成為，(名詞字尾)擔任者、從事者＝朝著某些人大聲疾呼、鼓吹、提倡、倡導、宣揚，提倡者、宣揚者

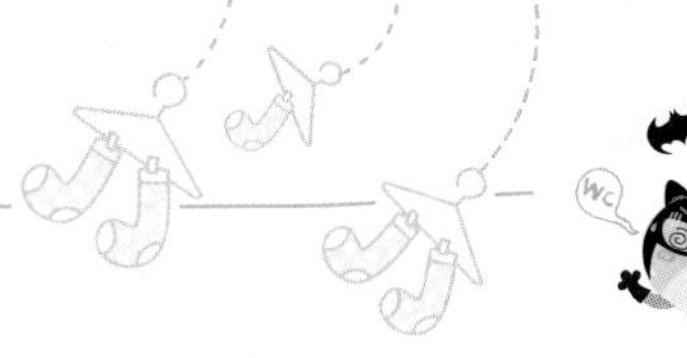

advocate of peace鼓吹和平的人，advocate of revolution宣揚革命的人，advocate of feminism宣揚女性主義者，Advocates for Animals動物權利倡導者(保護動物團體)，advocator倡導人、鼓吹者，advocatory提倡的、宣揚的，advocacy提倡、宣揚，vocal聲音的、喉部發音的，vocal music聲樂，vocal cords=vocal chords聲帶，equivocate發出等量的聲音、意見模稜兩可，態度曖昧不明，equivocal模稜兩可的、曖昧不明的，unequivocal不是模稜兩可的、明確的，multivocal多種聲音的、意見很多的，意思不明確的、亂吵亂鬧的；vociferate大聲喧嚷，vociferous帶著叫聲的、人聲鼎沸的、吵雜的；vocation上帝的呼召、天職、天命、職志、志業、合乎本性需求的工作、本業、職業，vocational職業的，vocationalism職業主義、認為教育必須以技職為主的主張與做法，prevocational職前的、就業前的，avocation非職業、興趣、嗜好，avocational=nonvocational非職業的、非本業的、業餘的、興趣的、嗜好的；admire對著某人事物驚為奇人奇事奇景奇觀、欽佩、讚賞，adore對著某神某人祈求、崇拜、愛慕，adopt對著某人事物做出選擇、採納、接受、領養；activate啟動、使有作用，operate工作、運行，circulate循環、流傳；magnate巨擘、大人物，pirate海盜，surrogate替代者

10. opposition＝op(字首)針對、對抗、悖反+posit+ion＝擺在對抗的位置、反對、反對立場、反對派、在野黨

oppositional=oppositive反對的、對抗的，oppositionalist反對派成員、在野黨人士，opposite對面的、對立的、對抗的、相反的、完全不同的，opposite sex異性，position擺放的點、位置、方位、部位、陣地、姿勢，positional位置的、地位的，preposition前面位置、前置詞(文法：介系詞)，postposition後面位置、後位修飾詞；pose擺樣子、擺姿勢、姿勢、姿態，poser=poseur擺姿勢者、裝姿態者，expose擺到外面、曝光、爆料，prepose擺在前面、前置，oppose反對、反抗、阻擋，opposed反對的、對抗的、對立的、相反的，resolutely opposed to war堅決反對戰爭的；opposing

反對的、對立的、對向的，opposing lanes對向車道，opposing wind=head wind逆風；opponent對手、敵手、反對者、反對的、敵對的，component擺在一起的物件、組合的東西、組件、零件，exponent把事物原理擺出來的人、闡述者、講解者，說明人、宣導人；postpone擺到後面、延遲、延後；oppilate緊密聚積而擋住、阻塞、便祕，opprobrium針對性的羞辱行為、辱罵、輕蔑，obstruct堆疊東西而擋住、妨礙、阻攔、堵塞，obstacle立起而擋路的東西、妨礙物、障礙物、柵欄

11. revolution＝re(字首)劇烈、徹底，再次、重新、倒回+volut+ion＝徹底變動、劇烈改變、革命(政治)，地球繞太陽一再轉動、公轉(天文)

Industrial Revolution工業革命(西方世界1750-1850年)，Agricultural Revolution=Agrarian Revolution農業革命，Cultural Revolution文化大革命(中國1966-1971年)，sexual revolution性革命、性愛革命、性觀念大變動大解放(西方1960-1980年代，蔓延到西方文化所影響的世界各地)，revolutionary革命的、革命性的、大變革的、革命份子、革命黨人，revolutionize=revolutionise革命化、使產生劇烈變革、從事革命工作，revolutionism革命主張、革命作為、倡導革命，revolutionist革命的、革命黨的、革命份子、革命黨人，counterrevolution反革命，counterrevolutionary=counterrevolutionist反革命份子；revolt政治立場反轉、反叛、叛亂、反抗、造反、起義，peasant revolt農民叛亂，slave revolt奴隸反叛，Great Revolt大反叛(66-73年，猶太人反抗羅馬帝國統治)，revolted反叛的、造反的；convolute翻捲在一起的、盤繞的、迴旋的、捲曲的，involute向內捲的、錯綜複雜的，evolute向外捲的，revolute向後捲的，obvolute跨褶的、重疊的、交捲的(葉子)，circumvolute周遭捲繞的、纏繞的、蜿蜒的、迂迴的、渦形的，volute螺旋形的、渦漩形的；refine徹底弄到細緻、精製、提煉、淨化，replenish完全加滿、徹底裝滿、備足、充斥，revulsion極端厭惡、強烈惡感，replay重新比賽、重播、再玩，repay償還，repossess再次擁有

12. suppress＝sup(字首)下方、底下+press＝壓下去、壓制、鎮壓、抑制、壓抑、擋住，禁止、查禁

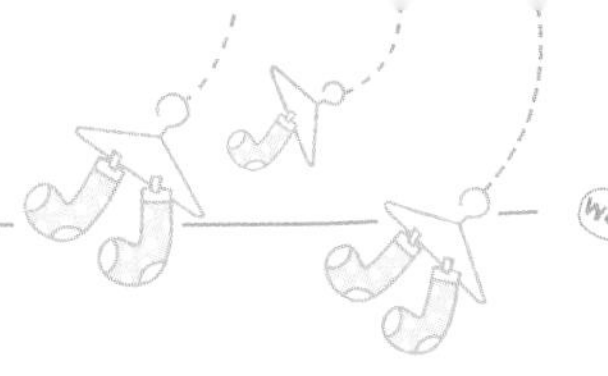

延伸記憶 suppresser=suppressor鎮壓者、打壓者、抑制者，suppressant抑制的、抑制性的，抑制劑、遏抑劑(醫藥)，suppressed遭鎮壓的、受壓抑的、被查禁的、受阻礙的，suppressive鎮壓的、壓抑的、有抑制作用的、產生遏抑效果的，suppressible可壓制的、能遏抑的、可禁止的，insuppressible不可壓制的、無法遏抑的、禁止不了的，repress推壓回去、壓制、鎮壓、平息、制止、抑制，repressive鎮壓式的、壓制的、壓抑的，repressed被制止的、受壓抑的，express推壓向外、表達、表示、顯現，expressive表達的、表示的，expressionism表現主義(藝術)，expressionless沒有表情的、木訥的、呆版的，impress推壓向內、打印記、使有印象，impressive予人有印象的、感動人的、影響深刻的，impressionism印象主義(藝術)；supplicate下身彎曲示弱、哀求、懇求、祈求，support帶東西到底部去填墊、支撐、支持、支援

13. subvert＝sub(字首)下方、底下+vert＝扭身使倒下去、使垮掉、顛覆、破壞、打亂

延伸記憶 subverter顛覆者、破壞者，revert轉回、復原、歸還，divert轉彎離開、繞道、改道，convert翻轉而可在一起、改信、皈依、匯率換算，avert轉彎而使離去、擋掉、避開、避免、消除、轉移，introvert內向的、內傾的、不愛交際的，pervert徹底彎曲、完全顛倒、歪曲、濫用、變壞、錯亂、倒錯、變態、變態者、變節者、叛教者；versus對立、對抗，vice versa反之亦然、翻轉後也一樣，subversion顛覆、破壞，subversive顛覆性的、破壞性的、顛覆份子、破壞份子，aversion厭惡、反感，diversity差異性、多樣性，diversify多樣化、使具差異性；traverse橫跨、橫貫、跨越，averse轉而離去的、嫌惡的、反對的，diverse轉而分離的、不同的、多樣的，perverse徹底對立的、完全翻轉的、執意胡鬧的、一心作對的、任性的、反常的、變態的；vortex漩渦、旋風，vortical 漩渦的、旋風的；divorce轉身離開、離婚

14. conterminous＝con(字首)一起、共同+termin+ous(形容詞字尾)具某特質的＝(空間)有共同國界的、共邊界的、相鄰的、(時間)同始終的、相接的

conterminal=conterminous，terminable有期限的、可終止的，interminable沒有期限的、無終點的，terminal極限的、末端的、終止的、定期的，terminal運輸的起訖端點、終點站、巴士大站、鐵路大站、航空站，terminal market集散市場、集散城鎮，terminal building航站大樓，terminate終止、終結、收尾、解雇、殺掉、消滅，terminator終結者、終止者，termination結束、結尾、邊界、殺人，terminus(單數；複數形：termini)終點、末端、盡頭、界線，exterminate趕到邊界以外、滅絕、殺光、消滅，determine訂下期限、畫下界限、作個了結、決定、下決心、裁定、限定，determined有決心的、堅定的，undetermined沒有決心的、不堅定的、尚未決定的、不確定的、還沒解決的，determination決斷、決定、限定、規定、劃界，indeterminate未決定的、沒解決的、不確定的、未限定的、不堅定的，predetermine事先決定、提早安排定案；term任期、期限，term insurance定期保險，term policy定期保單，term of office任職期間，life term終生期限、無期徒刑，termless無限期的

Terminus：古羅馬宗教裡的國界守護神。

15. ultimatum＝ultim+at(e)(形容詞字尾)與某事物有關的、具某形狀的、具某特性的+um(名詞字尾)人事物地＝最後通牒、最終結論

ultimate最後的、終極的，ultimate concern終極關懷(安身立命根本道理、宗教中的人之命運與結局)，ultimate pleasure極樂、至樂，ultimatism最終作為、極端主義，ultimacy終極性、最根本的原理，a primo ad ultimum(拉丁文)=from first to last始終，ultima ratio regum(拉丁文)=final argument of king=war國王的最後認定、國王的最後想法、打仗，penultimate=pen幾乎+ultimate=倒數第二的，penultima=penult倒數第二位、倒數第二名次，antepenultimate=ante前面+penultimate=倒數第二的前面一位的、倒數的三的；ultimomense=ultimo+mense月=迄今為止的最終月份、上個月，ultimogeniture最後出生者繼承制、終末者繼承制、幼子繼承；medium媒介、媒體、靈媒、中間的人者物，opium植物汁液、鴉片，stadium運動場，

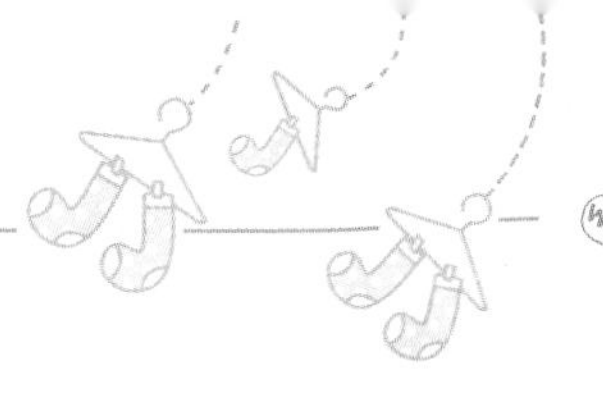

gymnasium體育館、健身房，forum四方街、開闊地、公開論壇，maximum極大、最高、上限、頂點，minimum極小、最低、下限

ultimatum：常見的「哀的美敦書」是此字的音譯；法國在路易十四Louis XIV盛世時期，若遇到難解的爭端，國王的最後意見常常就是訴諸戰爭，而其火炮上面就刻著ultima ratio regum，意指火炮、戰爭就是「國王的最後認定」。

ultimogeniture：相對的是primogeniture，最先出生者繼承制、長子繼承。

⑯ counterpart ________________ 對等身分的人

⑰ controversy ________________ 對抗性的言論

⑱ senator ________________ 參議院議員

⑲ bicameral ________________ 兩院的

⑳ liberate ________________ 解放

㉑ freedom ________________ 自由

㉒ devolve ________________ 權力下放

㉓ depose ________________ 罷免

㉔ egalitarian ________________ 平等主義者

㉕ equilibrium ________________ 均勢

㉖ provoke ________________ 煽動

㉗ oppressor ________________ 壓迫者

㉘ decentralize ________________ 去中央化

㉙ plenary ________________ 全體會議

㉚ plenipotentiary ________________ 全權大使

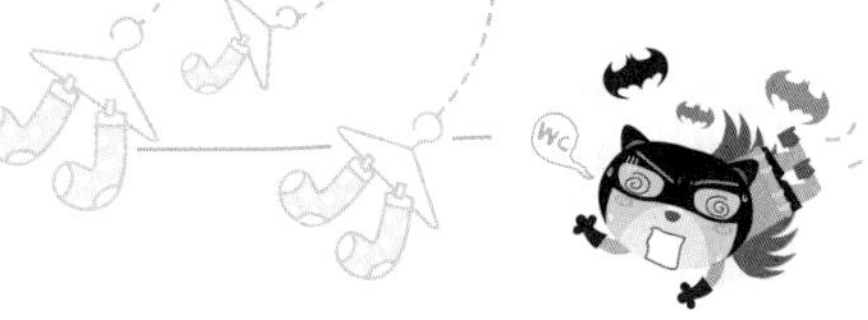

16. counterpart＝counter(字首)對應、對等、逆反、對抗+part某部分的人事物單位機構、分開來的一部分的人事物＝地位對應的人、地位對應的機構，對等的、等值的

counterpart fund對等基金、某方籌募一定金額則另一方就提供同等數額的基金，part部分、成分、組成分子、零件，partner合組者、合夥人、同單位的人、配偶，partake取一部分、參與、共享，party一部分人的集合、政黨、群組、訴訟一方、社交集會，single-issue party單一議題政黨(環保黨、綠黨)，partyism政黨制、黨派性，party line政黨路線，party politics政黨政治，biparty兩黨的，biparty system=two-party system兩黨制(例：美國)，single-party state單一政黨國家(例：中國、越南、朝鮮、寮國、古巴)，dominant-party system=one-party dominant system一黨獨大制(表面上有多黨存在，卻由一個政黨長期主控政權；例：冷戰時期的臺日巴拉圭)，multi-party system多黨制(例：日德法西葡義紐)，unipartite單部的、沒有分開的，bipartite兩部分構成的、兩邊的、雙方同意的；partisan黨員、黨徒、黨派的、偏袒的，bipartisan=bipartizan兩黨的、兩黨支持的，partition分開為各部分、分拆、分隔、隔間，partitive劃分的、分隔的，participate抓取一部分、參與、分擔，participle分詞(文法)，particle部分的小東西、粒子(物理)，partial部分的、非整體的、偏袒的；countersign對應信號、副署、會簽、確認，countervalue等值，counterbalance對應力、平衡，counterpoint對位(音樂)，counterintelligence反情報、對應性的情報工作、為對付敵方情報員而進行的對抗措施，counterspy對應的間諜、為對抗間諜而派出的間諜，counterterror對應恐怖、對抗恐怖，counterplot反計、對應性的計謀，countermarch反遊行、對應性的遊行、對抗另一方人馬遊行的遊行

counterpart：對等和尊重是國際禮儀的基本展現；譬如：日本國家元首天皇對應泰國國家元首國王，或新加坡國家元首總統；西班牙政府首長總理對應英國政府首長首相，或以色列政府首長總理；臺灣國民黨主席對應中國共產黨總書記；臺灣總統對應越南的國家主席或菲律賓總統；臺灣行政院長對應中國國務院總理或日本首相；臺灣的行政院祕書長對應日本的內閣官房長官；臺灣海基會對應中國海協會。

美國Secretary of State在世界各國的counterpart：美國是總統制國家，總統既是國家元首head of state，也是政府首長head of government，沒有總理這個職位；美國國務卿Secretary of State負責處理美國與各國的外交事務，地位等同於各國的外交部長Minister of Foreign Affairs，臺灣常有人誤以為美國國務卿是總理，是大錯特錯；國務卿主管的部會為國務院Department of State，相當於各國的外交部Ministry of Foreign Affairs。中國也有國務院，但其英文是State Council，相當於各國的內閣、部長會議、總理辦公室、首相府，或臺灣的行政院；中國國務院總理相當於各國的總理、首相，或臺灣的行政院長。

17. controversy＝contro(字首)對應、對等、逆反、對抗+vers翻轉、改變態度、言詞反覆+y(名詞字尾)性質、狀態、事物集合體＝爭議、爭執、爭辯、糾紛、對抗性的言論

global warming controversy全球溫室效應爭議(支持者和持疑者論戰不休而無確定性結論)，Chinese Rites controversy中國禮儀之爭(17-18世紀有關中國天主教徒可否祭祖祭孔的爭議)，Investiture Controversy敘任權鬥爭、教會聖職敘任權爭執(11-12世紀有關該由世俗國王或教宗敘任聖職人員的爭議，中國與教廷針對哪方得以任命中國地區天主教會聖職人員的爭執)，creation–evolution controversy創造演化爭議(有關生命起源是上帝創造或自然演化的爭議)，controversies over video games電玩爭議(有關電玩是否使從事者道德敗壞行為偏差的爭議)，circumcision controversies割禮爭議(有關男性是否該割除包皮的爭議)，human cloning controversy複製人爭議，reversal反向、倒轉、撤回、撤銷，reversible可逆的、可翻轉的、可撤銷的，irreversible不可逆的、不可撤銷的，universal宇宙的、全體的、普世的，university將不同科系學院合而為一的機構、探討宇宙萬事萬物的地方、使人成為世界公民的地方、大學，adversary對敵、轉向你鬥爭者，anniversary年代轉換、週年、週年慶；versicolour=versicolor顏色翻轉反覆的、色彩斑駁的、色彩變化的、顏色燦爛的，controversial爭議的、爭論的、引發對抗性反覆言詞的，controversialist愛爭論的人，

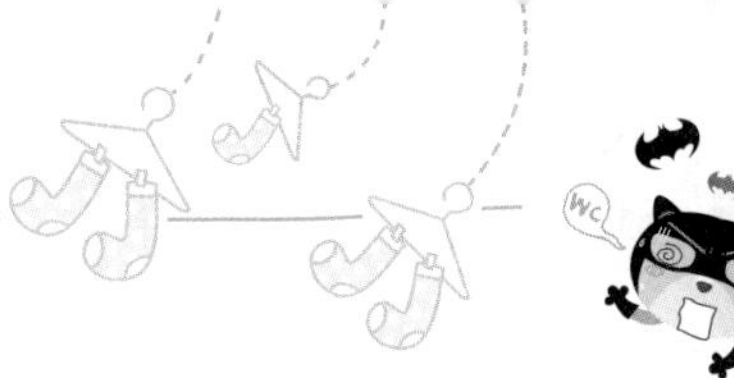

uncontroversial=noncontroversial沒有爭議的、未引發爭辯的；universe=uni單一、一個、完整+verse=轉而為一體、宇宙、萬物，transverse橫斷的、橫貫的，anniverse=anniversary週年慶；verso書頁的背面、偶數頁、錢幣的反面；controvert反駁對抗、駁回、進行爭辯，vertigo=vert+ig走、去、進行、動作+o人者物=頭部翻轉、暈眩(vertigos, vertigoes, vertigines為複數形)，vertiginous暈眩的

18. senator＝sen+at(e)+or(名詞字尾)人者物、成員＝(羅馬)元老院成員、元老、參議院議員

senatorship參議員職權身分地位、元老院議員職權，senatorial參議院的、參議員組成的、元老院的，senatorian元老院的、元老院議員的，senate元老院、參議院，Australian Senate澳洲國會參議院，Senate of Canada加拿大國會參議院，United States Senate Committee on Foreign Relations美國國會參議院外交委員會，California State Senate加州州議會參議院，senarchy老人統治、老人當政，senesce變老、衰老，senescent樣子老的、衰老的，senectitude老年期、老邁狀態，senile老年的、老年人，senility老態、衰老狀態，senior年長的、資深的

the Senate of the United States：美國的聯邦國會採兩院制，有參議院the Senate和眾議院the House of Representatives；美國各州的州議會除了內布拉斯加州之外，也都是兩院制，有州參議院與州眾議院；希拉蕊Hillary Clinton在擔任國務卿之前，是紐約州選出的聯邦國會參議員United States Senator, New York State，是中央層級的議員，並非紐約州的州議會參議院議員New York State Senator。

19. bicameral＝bi二、雙+camer+al(形容詞字尾)具某特質的＝兩院的、兩室的、兩腔的

bicameral system=bicameral parliamentary system兩院制、兩院式的國會體制，bicameral congress兩院制國會(例：美國與菲律賓等國)，bicameral parliament兩院制國會(例：英加澳等國)，bicameral legislature兩院制立法

政治與外交之一

機構，bicameral government有兩院國會制衡的政府，bicameralism兩院制主張、兩院制的做法，bicameral heart兩室的心臟，unicameral一院的，unicameral parliament一院制國會(例：以色列、紐西蘭、新加坡等國)，Nebraska Unicameral內布拉斯加州一院制州議會(美國各州的州議會是兩院制，唯獨Nebraska是一院制)，tricameral parliament三院制國會(例：1984-1994年間的南非採行該制)，cameral國家庫房的、私房的、財政的、法官私室內的，cameralistics國庫研究、財政學，camera法官辦公室、羅馬教廷財政部、暗箱、照相機，in camera在法官辦公室裡、私下、祕密進行、不對外公開，cameraman照相師，camerlengo=camerlingo教廷財政部長，camera da letto(義大利文)=bedroom臥房，musica da camera=chamber music室內樂；chamberlain內務總管、財務管理人、管家，chamber室、廳堂、會所，Junior Chamber International(JCI)國際青商會，chamber of commerce=board of trade商會、行會，Chamber of Deputies(英文)=Cámara de Diputados(西班牙文)眾議院、下議院(部分拉丁美洲國家的國會仿效美國Congress而有兩院；例：智利、巴西、墨西哥、巴拉圭、玻利維亞)，Chamber of Deputies=Camera dei Deputati(義大利文)義大利國會眾議院，Chamber of Deputies=Chambre des Députés(法文)海地國會眾議院

federation, federal state：聯邦、聯邦國家；美、英、法、德、俄、加、澳，與巴西、印度、墨西哥、馬來西亞、奈及利亞等國的國會採兩院制，除了英國是以貴族院the House of Lords與平民院the House of Commons來區分之外，大多數(英法除外)是因為採取聯邦制(相對於邦聯制confederation與單一制unitary state)，就以眾議院代表人民，而以參議院代表各邦；譬如：美國聯邦眾議院435席，依人口比例劃分席位數，進行小選區選舉；聯邦參議院則不論各州人口與面積的差異，每州一律兩席，全國共2席×50州=100席。馬來西亞的聯邦國會眾議院222席，以小選區於全國各地選出；聯邦參議院70席，由十三個州的州議會各選出兩席(2席×13州=26席)，剩餘44席由國王在首相建議之下圈選。

20. liberate=liber+ate(動詞字尾)使成為、使呈現=使得到自由、解放、釋放

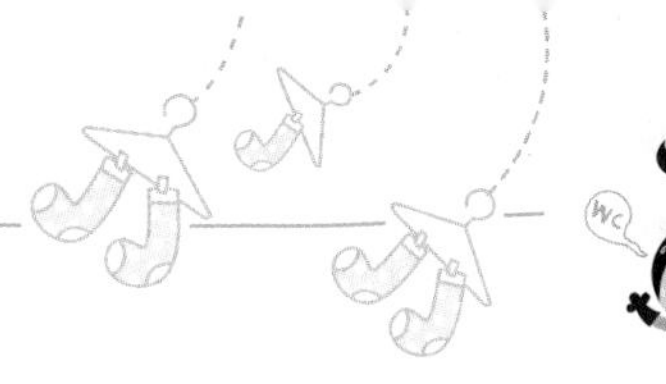

liberated得解脫的、被解放的、得自由的，liberty自由，Statue of Liberty自由雕像、自由女神像(美國著名地標)，Liberty Enlightening the World照亮世界的自由女神(自由女神像的正式名稱)，positive liberty積極自由(想做或要做某事的自由，例：思想、言論、出版、集會、結社、婚姻、遷徙等)，negative liberty消極自由(免於受到某事務羈絆或脅迫或危害的自由，例：免於種族歧視、性別歧視、階級歧視等)，Mare Liberum=the Free Sea海洋自由論、公海自由航行的主張，liberal自由的、自由派的、開明的、自由派人士，liberal arts給自由民的教育、文科教育(例：文史哲等)，liberalism自由主義、開明思想與作風，liberation解放，war of liberation解放戰爭、爭取解放之戰，gay liberation同志解放運動，women's liberation婦女解放運動，Liberation Theology解放神學，liberationist解放派份子、解放論者、解放派的；deliver解放、解救、使自由離開、分娩、交貨、送貨、噴出、放出，deliver a speech發表演說，difficult delivery=distocia難產(醫學)，delivery van箱型送貨車

liber源自拉丁文，以下為拉丁語系國家有拼音接近的同源字：libertas(拉丁)=libertà(義大利)=liberté(法)=libertad(西班牙)=liberdade(葡萄牙)=libertate(羅馬尼亞)=liberty(英)=自由。

free源自古日耳曼語，以下為日耳曼語系國家拼音近似的同源字：fridom(挪威)=frihet(瑞典)=frihed(丹麥)=Freiheit(德)=vrijheid(荷)=freedom(英美)=自由。

Veritas liberabit vos：出自聖經的著名句子，意思是the truth shall liberate you=the truth shall set you free=真理會使你們得自由(新約聖經約翰福音八章三十二節)。

Liberation Theology：解放神學是把耶穌和馬克思結合的神學思想，一度盛行於拉丁美洲，其成功實例是促成尼加拉瓜親美極右派政權於1979年被推翻，革命份子包括神職人員。

21. **freedom＝free+dom(名詞字尾)狀態＝自由、自主、豁免、擺脫、無奴役、無羈絆、無債務、暢行無阻**

  freedom of assembly集會自由，freedom of association結社自由，freedom of information資訊自由，freedom of communication通訊自由，freedom of press出版自由，freedom of speech言論自由，freedom of media新聞自由、媒體自由，freedom of movement行動自由、移動自由，freedom of migration遷徙自由，freedom of thought思想自由，freedom of belief信仰自由，freedom of conscience良心自由，freedom of religion宗教自由，freedom of the seas公海自由航行權，intellectual freedom智性自由，academic freedom學術自由，economic freedom經濟自由，freedom from arbitrary arrest and detention得免於蠻橫逮捕與拘押，freedom from cruel and unusual punishment得免於殘酷與異常之懲罰，freedom from torture得免於刑求，freedom from discrimination得免於歧視，freedom from exile得免於放逐，freedom from slavery得免於奴役，freedom from fear得免於恐懼，free自由的、自主的、免費的、暢行的、未被束縛的、非固定的、釋放、解放、擺脫、使得自由，freeborn生來自由的，free and easy輕鬆自便的、無拘束的，freedman自奴隸身分解脫者、獲得自由的人，freehand徒手的、不用儀器的，freelance自由作家、自主長矛騎士、可任意接受不同主顧的工作者，freeload占便宜、不勞而獲、偷偷上車不給錢，freeride搭便車、免費搭車，free lunch白吃的午餐、免費午餐、不用付錢而可享用的這等好事，free-spending隨意花錢的，free-spoken坦率直言的，free market自由市場，free trade自由貿易，free will自由意志、自由選擇，fat-free無脂的，dust free無塵的，rent-free免租金的，worry-free無憂慮的，stress-free無壓力的，germ-free無菌的，additive-free無添加物的，alcohol-free不含酒精的，lead-free=unleaded無鉛的，tax-free免稅的，nuclear-free無核武的；boredom無聊狀態，wisdom智慧、睿智特質，martyrdom殉國、殉道、殉教，whoredom賣淫、娼妓

22. **devolve＝de(字首)往下、降低、除去+volve＝向下滾動、權力下放、轉移、移交、退化(生物)**

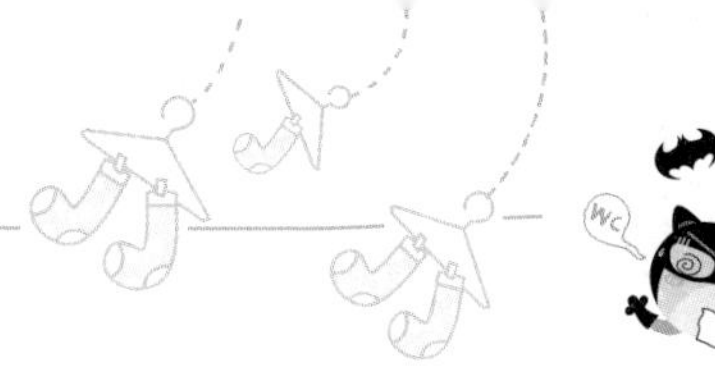

devolvement=devolution權力下放，involve翻捲進來、捲入、涉及、牽連、包括，invloved參與其中的、受牽連的、有發生關係的、投入的，involvement捲入、牽連、麻煩事務、牽扯複雜之事，revolve一再轉動、地球繞太陽轉動、月球繞地球轉動，evolve轉動而出現、變化出來、逐步形成、演化、進化，evolvement=evolution演化行為、進化狀況，convolve翻滾在一起、捲在一起、迴旋、盤繞，circumvolve打圓繞轉、旋轉、纏繞、盤繞；evolvable可演化的、可逐步完成的，revolvable能旋轉的；devolutionism權力下放論，devolutionist權力下放論者，involution捲入、涉及、牽連、內捲(生物)、退化、萎縮(醫學)，evolutionism演化論、進化論，evolutional=evolutionary=evolutive演化的、進化的；deemphasize降低強調、貶低、不重視，decontrol解除控制，decontaminate除汙、淨化，decide一刀切下去、做決定，deciduous落葉的

devolve：蘇格蘭的宗教、法律、文化、族群，與英格蘭有異，又因為北海石油的收入引紛爭，故常有民族主義人士主張獨立為蘇格蘭國；倫敦當局的對策是把權力下放給蘇格蘭，使具有極高的自治權，是devolve的典型作法。西班牙對於長年鬧獨立的巴斯克Basque與加泰隆尼亞Catalonia，也是採取同樣措施；加拿大對於法語省分魁北克Quebec亦然。

23. depose＝de(字首)往下、降低、除去+pose＝除去位子、罷黜、罷免、革職

deposed被罷黜的，impose擺到裡面去、硬塞給人、逼人接受、徵稅、施懲，propose擺在前面、提出來、提議、提案、求婚，dispose分開擺放、配置、整理、排列，disposer配置者、整理者、處理器，food waste disposer廚餘處理機，disposer of stolen goods贓物處理者、銷贓者；deposal免職、罷黜，proposal=proposition提議、提案，disposable可處理掉的、可拋式的、免洗的、用後即丟棄的、用後就拋棄的物品、可拋式產品，disposable camera=single-use camera拋棄式相機、單次使用相機、立可拋相機，disposable contact lenses拋棄式隱形眼鏡、一次性隱形眼鏡，nondisposable不可拋棄的、非用後即丟的；deposition罷黜、罷免、儲蓄

金、儲存物、沉積物，deposit放下來、存放、儲蓄、累積、沉積、沉澱，depositary=depository存放處、倉庫，disposition配置、排列、部署，imposition苛捐雜稅、強加的稅賦、強加的懲罰

24. egalitarian＝eg+al(形容詞字尾)具某性質的+it(y)(名詞字尾)+arian(名詞字尾)某類人士、(形容詞字尾)某類人士的＝主張人人平等的人士、平等主義者、平等主義的、平等主義人士的

egalitarian=equalitarian，egalitarianism=equalitarianism平等主義、人人平等的主張與作為，luck egalitarianism機運平等主義，legal egalitarianism=equality before the law=legal equality法律平等主義、法律之前人人平等、天子犯法與庶人同罪，political egalitarianism政治平等主義、每人一票而票票等值，gender egalitarianism=gender equality=sex equality=sexual equality性別平等主義、兩性平等，racial egalitarianism=racial equality種族平等的主張、種族平等，Christian egalitarianism=biblical equality基督平等主義、聖經的人人平等主張、大家都是上帝的兒女；equal平等的，equal mark=equal sign等號，equal-area等面積的，equal time相等時間分配(媒體給予不同政黨的曝光時間安排)，equality平等、均等，inequality不均等，inequable分配不均的，equalize均分、平分、使平等，equate顯示為相等、等同、均一，adequate朝向均一的、差強人意的、剛好夠用的、足以維持的，inadequate不夠的、不足的、不適當的，adequacy數量剛足夠、恰好之量、適當，inadequacy不足處、缺陷、不適任，equation等式、方程式(數學)、均衡，inequation不等式(數學)，equator均分者、平分者、赤道，equanimous精神均和的、性情平靜的，equanimity精神均和、性情平靜、泰然狀態

法國大革命的口號：liberté=liberty=自由、égalité=equality=平等、fraternité=fraternity=brotherhood博愛。

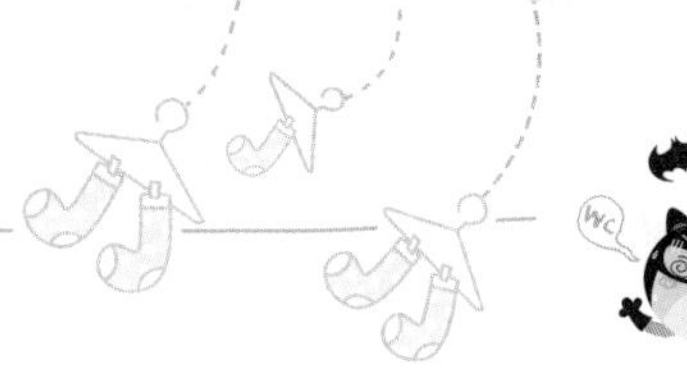

equal同源字：egal(法語和羅馬尼亞語)=igual(西班牙語和葡萄牙語)=uguale(義大利語)=平等的。

equator同源字：équateur(法)=equatore(義)=equador(葡)=ecuador(西)=赤道、均分地球的線、等分者；Ecuador赤道國、厄瓜多。

25. equilibrium＝equi+libri+um(名詞字尾)人事物地＝天秤或秤子平平的狀態、均衡、均勢、勢均力敵、軍經條件均等而無單一國家可稱霸的局面。

disequilibrium=dysequilibrium失衡、失調、不平均、天平偏向一邊，equilibriate=equilibrize=equilibrise使天平維持平平、維持均勢、保持平衡，disequilibriate使失衡、造成不平衡，equilibriator平衡器、平衡者、造成均勢的國家，equilibrist可做特異平衡技術的人、走高空鋼索者，equalibrious=equilibrious平衡的、均衡的，equalibrity=equilibrity平衡，inequilibrity失衡、不平衡；equipoise均等的態勢、均勢，equinox日夜相等的日子點、春秋分時刻，equivocal等聲量的、意見模稜兩可的，equiprobable等概率的、相等或然率的，equitable公平的、公正的，inequitable不公平的、不公正的，equity公平、衡平，inequity不公平、不衡平、不公不義，equimultiple等倍數的(數學)，equilateral等邊的，inequilateral不等邊的，equiangular等角的，equidistant等距的，equivalent等價的(化學)，equimolecular等分子的(化學)；criterium(單數；複數形：criteria)批評的標準、判斷準則，datum(複數形：data)提供的內容、資料，millenium(複數形：millenia)千年、千年期

公平：equality指的是「均平」，大家分一樣多；equity指的是「衡平」，大家依貢獻比例而分配；前者的概念偏向左派，後者則是右派。

26. provoke＝pro(字首)前面、前方+voke＝在人家面前喊叫、挑釁、嗆聲、激怒、激發、挑撥、煽動、挑逗

政治與外交之一

  provoker=provocator=provocateur挑釁者、激怒者、激發者、煽動者，provoking激怒人的、惹人厭煩的，provokable=provocable可激怒的、可煽動的，convoker=convocator召集人、與會者；evoke喚出來、想起、憶起、招魂，invoke叫喚進來、祈神幫助、求助於某人某國，convoke叫大家聚集一起、召集，revoke召回(命令或執照)、撤回、取消、撤銷；provocative=provocatory挑釁的、嗆聲的、激怒的、激起情緒的、激發思考的、激起情慾的、挑逗的，provocation挑釁行為、嗆聲動作，evocative引發回憶的、引人共鳴的、具引發作用的，convocation召集、集會、會議，revocative=revocatory撤回的、取消的、廢除的；revocable可撤回的、可取消的，irrevocable 不可撤回的、不可取消的，vocable可發聲的、可發音的；vox populi, vox Dei=people's voice is God's voice人民的聲音就是上帝的聲音、民意就是天意、天聽自我民聽

27. oppressor＝op(字首)針對、對抗、悖反+press+or(名詞字尾)人者物＝針對某對象壓推者、壓迫者、壓制者

  oppress壓迫、壓制、逼迫、苛待、折磨、凌虐，oppression壓制的手段、逼迫的做法，oppressive壓迫的、嚴苛的、暴虐無道的，compress壓推在一起、壓縮、壓緊、鎮壓、打壓，compressor壓縮機，compressed壓縮的、壓扁的，decompress解壓縮、去除壓縮，incompressible不可壓縮的，depress往下壓、抑制、減弱、降低、使抑鬱不樂，depressed抑鬱的、減弱的、降低的、不景氣的，depression抑鬱(醫學)、低氣壓(氣象)、蕭條(經濟)、窪地(地理)，depressive=depressing令人抑鬱的、使人沮喪的、壓抑的，antidepressant抗抑鬱藥，press壓、擠、推、壓平、打印、驅策、敦促，press印刷業、出版業、媒體，pressing緊迫的，pressure壓力、壓迫、逼迫；print壓印、打印、壓出印記、銘刻、印刷、出版，fingerprint指紋、指頭印記，footprint腳印，voiceprint聲紋、聲音印記，printer印表機、打印機、印刷業者，reprint重印、轉載、再版，misprint印錯；reprimand對錯誤行為進行壓回措施、訓斥、斥責，reprimander訓斥者、斥責

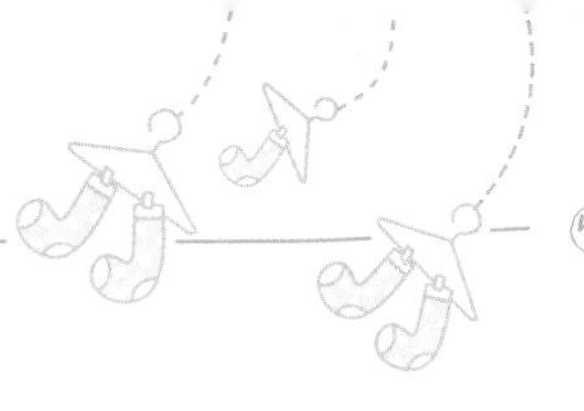

者，reprimandingly以訓斥方式進行地

28. decentralize＝de(字首)往下、降低、除去+centr+al(形容詞字尾)具某特性的+ize(動詞字尾)使成為、轉化為某種狀態＝去中央化、降低中央政府權力、權力分散、疏散大都會人口到各地

decentralise=decentralize，decentralism主張去除中央集權、地方分權主義與思想，centralization=centralisation中央化、集權中央，centralism中央集權主義、集權主張與做法，centralist鼓吹中央集權者、集權派人士，central bank中央銀行，central office總部，central kitchen中央廚房、集中式菜餚供應處，central air conditioning中央空調、集中式空調，centrism中間主義、溫和主張，centrist中間派人士，central left中間偏左的、溫和左派的，central right中間偏右的、溫和右派的，unicentric=monocentric單一中心的，bicentric兩個中心的、雙核心的，polycentric多中心的，concentric共同中心的，concentric circles同心圓，concentrate集中、聚集、灌注精神、濃縮，concentration camp集中營，eccentric離開中心的、怪異的，Anglocentric以英國為中心的，Sinocentric以中國為中心的，Russocentric以俄國為中心的，anthropocentric以人類為中心的；centrifugal離心的，centripetal向心的；centrobaric重心的，centrosphere地心圈、地核，centrosome中心體(生物)；epicenter震央，shopping center購物中心、購物集中地，convention center會議中心、會議集中處所，visitor center訪客中心、訪客集中服務區；digitalize數位化、數碼化，computerize電腦化，commercialize商業化

29. plenary＝plen+ary(名詞字尾)與某事相關的人事物地、(形容詞字尾)與某事相關的＝全體會議、全體成員的會議、全體的、完全的

plenary meeting全體會議，plenary session全體會議，plenary session of central committee中央委員會全體會議，first plenary meeting of the sixth central committee of KMT國民黨第六屆中央委員會第一次全體會議，ple-

nary indulgence全面赦罪(宗教)，plenum全體會議、全體人員，plenish裝滿，plenty豐富、繁盛、眾多，plentiful=plenteous豐碩的、富裕的、豐收的、充足的；complete完成、做到好、完全聚集的、完整的、完成的，incomplete不完整的，semicomplete半完整的，deplete完全拿掉、耗盡、耗竭、枯竭；plethora過多、過剩、滿爆，a plethora of Ph.Ds過多的博士，plethora of idle civil servants過多閒置公務員，plethoric過多的、過剩的

30. plenipotentiary＝pleni+potenti+ary＝全權代表、具有完整權力代表主權體的外交人員、全權大使、具有全權的、全權代表的

ambassador extraordinary and plenipotentiary=ambassadeur extraordinaire et plénipotentiaire(法文)=特命全權大使，potential潛力、潛能、可能性、潛在的、可能的，potentialize使具有潛力、使具有可能性，potentiate使強而有力、強化、增強；potent有權勢的、強大的、有效力的、味道濃烈的、有性交能力的，impotent無能的、無力的、陽具不舉的、陽痿早洩的，omnipotent=cunctipotent無所不能的，multipotent多種能力的、產生多種效果的，subpotent力量較低的、藥效差的，pluripotent多能的、可多種方式發展的，armipotent手臂有力的、善戰的，parvipotent力量微弱的、能力小的；potence=potency權勢、力量、能力，magnipotence大能、巨大的能力，prepotence優先的力量、優勢，auripotence黃金的力量、財富，equipotence等效、相等能力，noctipotence夜間的力量，nilpotency毫無能力、零次方(數學)；possible可能的，impossible不可能的，possess=poss+(s)ess坐=坐在某物上而具有權力、占領、擁有、掌握、支配，possessor擁有者、享有權力者；plenitude完備、豐足、充沛，plenitudinous充足的、完全的、豐富的，plenilune滿月；supplement補足、補遺、補充，supplemental=supplementary補遺的、補充的，supplementary school補習班，supplementary pages副刊

ambassador：大使；此外交官的職位是主權國家元首的代表，A國只能派出一位駐在B國，主要職責是外交；領事則可超過一位，其功能是與生活在B國的A國人民參詳意見，善盡保護責任，並且與B國人民和業者多所接觸集思廣益，促進AB兩國人民的交流與貿易；大使到任要向駐在國的國家元首呈遞到任國書：letter of credence國書、信任書(確認大使身分與任命的正式文件)；國際間的外交書信稱為：diplomatic note照會、通牒。

diplomat：外交官；ambassador extraordinary and plenipotentiary特命全權大使，envoy extraordinary and minister plenipotentiary特命全權公使，ambassador at large巡迴大使，representative代表，deputy representative副代表，chargé d'affaires代辦，resident=resident minister常駐公使，minister公使，minister-counselor公使銜參贊，counselor參贊，first secretary一等祕書，second secretary二等祕書，third secretary三等祕書，attaché隨員、參事。

暈。

得意。

Help...

05
政治與外交之二

英文	中文	字綴與組合形式
from ; away ; away from	源自、離開、斷離	a ; ab ; abs
self ; by itself ; occurring from within	自己、自發、內生	aut ; auto
both ; around	兩處、兩者、兼得、遍及、兜圈	amb ; ambi ; ambo
with ; together	一起、共同、彼此	con ; coun
with ; together ; whole	一起、共同、完全	co ; col ; com ; con ; cor
under ; below	底下、下方	sub
oppose ; remove ; reduce ; derive	相反、除去、降低、源自	de
complete ; thorough	完全、徹底	de
out of ; outside ; away from ; without	出去、外面、離開、缺乏	e ; ec ; ef ; ex
opposite ; against	相反、對立	ant ; anti
not ; no ; nothing	不、非、無	il ; im ; in
not ; no ; nullify ; refuse	不、非、否、拒	ne ; neg

英文	中文	字綴與組合形式
one ; single	一、單一	un ; uni
either	二者之一	uter ; utr ; utro
not either ; neither ; nor	二者都不是	neuter ; neutr ; neutro
little ; small	微、小	mini ; minor ; minu ; minut
island ; surrounded by	島、被圍	insul ; insula ; insulin ; insulo
island ; separated by	島、被隔開、被孤立	is ; isl ; isle ; islo ; isol
earth ; land	泥土、地球、土地	ter ; terr ; terra ; terran
earth ; land	泥土、地球、土地	terre ; terri ; territ
fear ; fright	恐懼、害怕、恐怖	ter ; terr ; terri ; terror
come	來、來到	ven ; vene ; veni ; vent ; ventu
go ; journey	行走、遊歷	ig ; it ; itiner
walk ; move ; step	走、動、踏步、踏階	grad ; grade ; gred ; gree ; gress
attack ; strike ; blow	攻擊、打擊、重擊	coup
break ; burst	破掉、斷裂、爆裂	rupt
no leasure ; busy coping with	忙於處理、交涉、談判、周旋	negoti

英文	中文	字綴與組合形式
do business ; bargain ; pass through	討價還價、解決、通過	negoti
take	取、撿取、選擇	sel ; sul ; sult
take advice from each other	共取、參詳、斟酌意見	consul ; consult ; counsel
line ; thread	線、路線、思路	lign ; ligne ; lin ; line ; linea ; lino
call ; shout ; demand	呼喊、召喚、要求	cil ; cile ; cili ; claim ; clam ; clamat
rule ; steer	治理、統治、操舵、引領	gov ; gover ; govern ; gubern
common people	平民	pleb ; plebe ; plebi ; plebio
people	人民	dem ; demio ; demo
common ; public ; shared by all	普遍、共同、共有	common ; commun
law	法律	leg ; legis ; lex
lawful	合法的、正當的	legitim
lawsuit	訴訟、官司	lit
law ; custom ; order ; control	法律、習慣、秩序、管控	nom ; nomo
law ; systemic knowledge	定律、系統化的知識	nom ; nomo

英文	中文	字綴與組合形式
name ; reputation	名字、名稱、名譽	nom ; nomen ; nomi ; nomin
enforce	實施、執行	secut ; sequ ; sequi ; sue ; suit
accomplish ; fulfill ; perform	完成、履行、做出來	execut(=ec+secut)
decide ; determine ; interprete law	裁定、判決、詮釋法律	jud ; judic
trust ; faith ; covenant ; league	信任、公約、結盟	feder ; fid ; fidel
learn ; know ; knowledge	得知、認識、知識	sci
lead ; guide ; stimulate ; drive	引領、挑動、催促	agog ; agogu
warn ; advise ; remind	示警、規勸、提醒	moni ; monstr ; monstro ; monu
choose ; pick out	選擇、挑選	lect ; lig
follow	伴隨、跟著、盯住	secut ; sequ ; sequi ; sue ; suit
grasp ; hold	抓著、掌握、控制	tain ; ten ; tent ; tin
establish ; set up ; put in place	建立、成立	sist ; sta ; stasi ; staso
establish ; stand still	建立、挺立、堅定	stat ; stato ; stitu ; stitut ; stitute

①	isolationism	________________	孤立主義
②	nonintervention	________________	不介入
③	nongovernmental	________________	非政府的
④	conciliate	________________	調解
⑤	ambitious	________________	具野心的
⑥	consulate	________________	領事館
⑦	territory	________________	領土
⑧	neutralize	________________	使中立化
⑨	nonaligned	________________	不結盟的
⑩	negotiate	________________	談判
⑪	coup d'etat	________________	政變
⑫	corruption	________________	腐敗
⑬	legislator	________________	立法委員
⑭	illegitimate	________________	不合法的
⑮	reunite	________________	使再統一

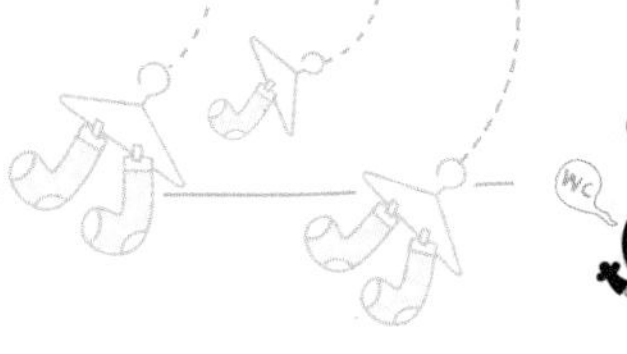

1. **isolationism**=isol+at(e)(動詞字尾)使成為、形成+ion(名詞字尾)行為、過程、結果+ism(名詞字尾)思想、主張、做法=**成為孤島而不與外界接觸的主張、孤立做法、孤立主義(美國在第一次世界大戰之後的國際外交政策)**

isolationist孤立主義者、孤立主義的，isolate使隔絕、使孤立、使隔離，isolated被孤立的、受隔絕的、孤獨的，isolation ward隔離病房，isolato與世隔絕者、被遺棄者，isolator隔離物、絕緣體；islomania=isl(and)+o+mania=島嶼狂愛、島嶼痴狂，islophobia島嶼恐懼；insular島嶼的、島國的、狹隘的，insularity島國特質、狹隘思想、偏狹心態，insulate隔離、隔絕、絕緣，insulator隔絕物、隔音板、絕緣體，insulin胰島素，insulinoma胰島瘤，insulinemia胰島素血症；peninsula=pen幾乎+insula=幾乎是島、半島，Alaska Peninsula阿拉斯加半島，Arabian Peninsula阿拉伯半島，Korean Peninsula=Corean Peninsula朝鮮半島，Crimean Peninsula克里米亞半島(屬烏克蘭)，Sinai Peninsula西奈半島(中東，屬埃及)，peninsular半島的、半島狀的；isle島，islet=isle+(e)t小東西=小島；island=is(le)+land=島嶼、孤立體、隔離區，Réunion Island留尼旺島(印度洋，法屬島嶼)，Hawaiian Islands夏威夷群島(太平洋，美國夏威夷州所在地)，Hawaii Island夏威夷島(夏威夷群島中的最大島嶼)，Canary Islands=Islas Canarias加那利群島、金絲雀群島(大西洋，屬西班牙)；realism現實主義、寫實主義，idealism理想主義、唯心論(哲學)，nationalism民族主義、國族主義，nihilism虛無主義

同源字：insula(拉丁)=insulă(羅馬尼亞)=isola(義大利)=isla(西班牙)=ilha(葡萄牙)=île(法國)=island(英)=島嶼。

2. **nonintervention**=non(字首)不、非、無+inter(字首)之間+ven+tion(名詞字尾)行為、動作、狀態=**不干涉、不介入、不來到兩者之間**

noninterventionism不干涉主義、不介入他國事務或紛爭的主張，intervention干涉、介入、斡旋，interventionist干涉主義者、主張介入他國紛爭者、干涉主義的，convention會議、大會，convention大家一起來約定的

事務、公約、協議、準則、慣例、常規，conventional公約的、慣例的、常規的，venue來到的地方、會場、發生地點；intervene介入、干涉、插入、阻擾，convene來到一起、開會、集會、召集、聚集，contravene逆向來、倒著來、違背、破壞；advent來臨、到來，Adventist主張耶穌來臨的、基督復臨安息日會的，adventure來到的事情、經歷、奇遇、冒險行為，event出來的事務、事件、事情，invent點子來到腦中、發明，circumvent繞圓走來、規避，prevent先來、提早來處理、預防、提防、避免；noncredit無學分的，nondescript無法形容的，nondurable不耐久用的；intersect交叉切、對切，intersection十字路口，interdependent互賴的、彼此依存的，interarticular關節間的，interact互動；predation掠奪，inhumation入土、埋葬，annunciation宣布，mummification做木乃伊，titillation搔癢

3. **nongovernmental＝non+govern+ment行為、手、過程、結果、狀態、地方(名詞字尾)+al(形容詞字尾)具某種特質的＝非政府的、與政府無關的**

延伸記憶 nongovernmental organization(NGO)非政府組織，government政府、管理能力、治理機構，autonomous government自治政府，puppet government=pupet regime=puppet state傀儡政府、傀儡政權，transitional government臨時政府、過渡政府，federal government聯邦政府(在中央與各地方權限劃分上採取聯邦制國家制度的中央政府)，confederal government=confederate government邦聯政府(在中央與各地方權限劃分上採取邦聯制國家制度的中央政府)，central government中央政府，local government地方政府，state government州政府、邦政府，provincial government省政府，municipal government市政府，government-owned corporation=state-owned company=state-owned entity=state enterprise=publicly owned corporation政府擁有的公司、公營事業、國有企業，governmental政府的，antigovernmental反政府的，extragovernmental政府管轄外的，intergovernmental政府與政府之間的，misgovernment治理不當，governing統治的、執政的，governing board管理委員會，governance治理權、管理辦法、統治方式，governor統治人、治理者、管控者、州長、總督、央行行長，governable可治理的，ungovern

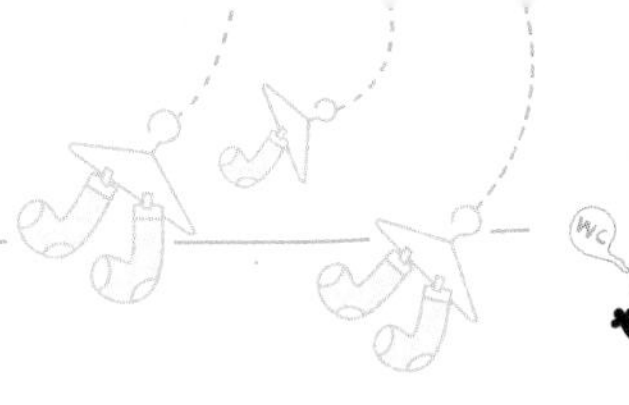

able無法治理的；gubernator(拉丁文)領航員、領導人，gubernatorial州長的、州長相關的，gubernatorial election州長選舉，guberniya行政區、統治區、省(帝國時代俄羅斯)；amendment修正，impeachment彈劾，embezzlement監守自盜、盜用公款，entanglement糾纏，commitment承諾

4. conciliate＝con(字首)一起、共同+cili+ate＝把失和的人或團體或國家一起招呼過來、調和、調解、使和好、安撫不滿情緒

 延伸記憶 conciliation board調解委員會，conciliationism調和主義、調和作風，conciliator調解人、調解國、安撫者，conciliatory調和的、調解的、安撫的；concilable可調解的，reconcilable可再次一起招呼來的、可恢復友好的、可修好的、可和解的、可調停的，irreconcilable不共戴天的、勢不兩立的、無法恢復和好的、不可和解的，irreconcilable differences無法調和的歧見，irreconcilable incompatibility無法化解的個性不合；council聚談、會議、議會、委員會，city council市議會，councillor市議員，State Council國務委員會、國務院(中國)，executive council執行委員會，revolutionary council革命委員會；reconcile使再次聚首、使恢復友好，使和解、調停，irreconcile使無法復合、阻擾修好、離間關係；operate操作、進行，collaborate合作、通敵，agitate激動，irritate激怒，expatriate放逐，repatriate遣返

5. ambitious＝amb(i)(字首)+it+ious(名詞字尾)具某種特質的、充滿某種特性的＝兩種路線都要走的、兩者要兼得心態的、有抱負的、雄心萬丈的、具野心的

  延伸記憶 unambitious沒有雄心壯志的、沒有野心的，overambitious=superambitious野心過大的，ambition野心、雄心、抱負、強烈欲望，ambitionist野心家、圖謀大位者，ambitionless無大志的、庸弱的，ambivalent兼有兩種力量的、又愛又恨的、情緒矛盾的、好惡摻半的，ambivalence=ambivalency矛盾情緒、搖擺不定的心情，ambitendency矛盾意向、矛盾傾向，ambiguous=amb(i)+ig移動、趨向+uous=趨向兩種意義的、引發歧義的、含糊的，

unambiguous沒有歧義的、不含糊的、清楚的，ambiguity歧義、兩者皆可、模稜兩可，ambivert=ambi+vert=外向(extrovert)與內向(introvert)性格兩者兼有者、中間型性格人士，ambisexual具有兩性特徵的、對兩性都有興趣的，ambilingual兩種語言都精通的，ambiance=ambience周遭感受、氣氛，ambient周遭的、周圍的，circumambient周圍的、圍繞的；ambagious帶著繞圈子的、迂迴的，ambages迂迴說法、迂迴作法；amboceptor抓兩者之物、介體(醫學)，ambomycin二黴素；exit走出去、出路、出口，initiate走進來、進入、展開、入會，transit跨過而走、過境、轉機，circuit=circu(m)+it=巡行、環繞、繞圓走、迴路(電線)；pugnacious好鬥的，nugacious瑣碎的，fugacious早逝的、很快枯萎的，audacious厚顏無恥的，sequacious跟屁股的、盲從的、逢迎拍馬的，robustious精力充沛的，scrumptious很棒的，contentious有爭執的

6. consulate＝consul+ate(名詞字尾)職務、狀態、領域＝領事館、領事職權、執政官職權(古羅馬共和時期，法國第一共和時期)

consul領事、參詳意見以處理兩國人民交流與貿易者、執政官、兩相諮商後執行政務者，consul general總領事，consulate general總領事館，consulship領事職權、領事任期、執政官職權、執政官任期，consular領事的，consular jurisdiction領事裁判權；consult交換意見、諮詢、找人商量，consulter尋求意見者，consultant被請教意見者、顧問，consultancy顧問工作、顧問機構，consulting諮詢的、探求意見的、會診的，consulting fee諮詢費，consultative諮商的、諮詢的、協商的；counsel交換意見、商量、提供建議、勸告，counsellor參贊(外交官)，cultural counsel文化參贊、在使館中針對文化事務提供建議者，commercial counsel商務參贊，counsellor提供建議者、顧問、輔導人員，counselee聽取建議者、接受建議者，counseling=counselling諮詢、輔導、諮商；counselling psychology諮商心理學，marriage counselling婚姻協談，career counselling職業諮詢；doctorate博士學位，professorate教授職務，vizierate宰相身分，patriarchate族長權位

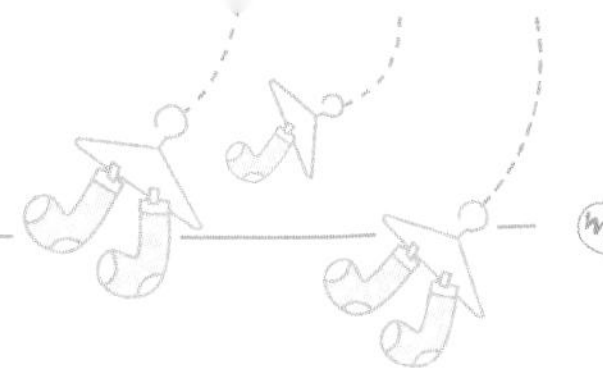

consular rank領事人員層級：consul-general總領事，deputy consul-general副總領事，consul領事，vice-consul副領事，consular agent領事隨員。駐在國政府發給外國領事或商務代表等的許可證書稱為exequatur。

consul：執政官；古羅馬共和時期每一屆的執政官有二人，取名為consul，意指必須和元老院(議會)諮商意見，而且兩人參詳斟酌彼此看法之後，而執行政務者；法國大革命之後也曾設立執政官，一屆為三人，取名為consul，意思也和古羅馬時代相同；拿破崙在稱帝之前就是法國共和的執政官之一。

7. territory＝territ+ory(名詞字尾)處所、場地、所在地＝土地之所在、領土、疆域、版圖、地區、範圍、地盤、準州(未升格為州或省的地方)

延伸記憶 Yukon Territory育空地方、育空準省(加拿大西北部)，Northern Territory北準州、北領地(澳洲北部)，territorial領土的、土地的、地區的、準州的，territorial dispute領土爭議、領土糾紛，territorial airspace領空，territorial waters領海，territorial animal地盤性動物(例：獅子、老虎等)，nonterritorial非地盤性的，interterritorial領土之間的，extraterritorial境外的、領域之外的，extraterritorial jurisdiction境外管轄權，territorialism領地主義、地主權利最大的制度，territorialize領土化、使成為領土、準州化、使從州降格為準州，territoriality領土權、地盤特性；mediterranean土地中間的、遠離海洋的、內陸的，Mediterranean Sea地中海，subterraneal=subterranean=subterraneous地面下的、地底下的、隱密的、暗中的；terra陸地、旱地、泥土、地球，terra incognita未知之地、不識之地、尚未探索的領域，terra cotta陶土，terra cotta warrior陶土戰士、兵馬俑，terraqueous=terr(a)+aque水+ous=陸地與水的、水陸兩者皆有的、兩棲的，terrace堆疊的土地、梯田，terrarium=terr(a)+arium=陸棲動物飼養箱、陸棲動物館，terraculture=terriculture=agriculture土地的開墾栽培、田地的開墾、農業；terrigenous=terriginous泥土產生的、源自於陸地的、陸源的，terricolous陸棲的；depository儲藏間，crematory焚化廠，purgatory煉獄，lavatory洗手間

8. **neutralize**=ne(字首)不、非、否、拒+utr+al(形容詞字尾)具某種特性的+ize(動詞字尾)進行、使成為=**使拒絕加入任何一方、使中立化、使中和化、使抵銷作用**

neutralise=neutralize，neutral中立的、中立國的、中立人士、中立國，neutralism中立政策、中立做法、中立主義，neutralist中立主義者、中立態度者，neutralistic持中立態度的，neutrality中立性、中立地位，neutron=neutr(al)+on基本粒子=中子，neutron bomb中子彈，neutrino=neutr(al)+ino微小東西=微中子；neutrophilic嗜中性的(非嗜酸或鹼的)；neuter非陰陽的、中性的、無性的、中立的、中性物、中性字詞、中立人士，neuter gender中性，neuter noun中性名詞，neuterize=neuterise使中性化、使無性化；necessary=ne+cess放棄、拿掉+ary=不可拿掉的、一定要有的、必須的，unnecessary非必須的，necessity必要性、必需品，nefarious不合神的旨意的、罪惡的、惡毒的、邪惡的，nefandous無法說出口的、駭人的、邪惡的，never=ne+(e)ver=不曾、沒有過；stablize穩定化，formalize正式化，nationalize國有化，modernize現代化

9. **nonaligned**=non不、非、否+a(d)對著、向著+lign+ed(形容詞字尾)具某種特徵的=**不對準行列的、不成直線的、不加入隊伍的、不結盟的**

nonaligned states不結盟國家(美蘇兩強對峙時期拒絕加入任一陣營的國家)，Nonaligned Movement (NAM)不結盟運動(由不結盟國家合組的國際組織)，nonalignment不結盟、不結盟的作為、不結盟的政策，align對齊、成直線、加入行列、結盟，realign重新對齊、再次加入行列、重新結盟；ligne claire=clear line白描線條(畫風的一種)，Ligne de Sceaux國璽線(法國一段鐵路的名稱)；battle line戰線、戰鬥隊形，front line前線，party line政黨路線，line of defense防線，line of supply補給線，line of vision視線，deadline最後期限，coastline海岸線，liner=line+(e)r=定期航班的飛機或輪船，lineage家系、直系、後裔，lineal家系的、直系的、直線的，lineaments輪廓線、外貌，linear直線的、線型的，lineate劃線的；linable成直線的、可以直線排列的，linage行數、按行計費方式(稿費、廣告費等)；

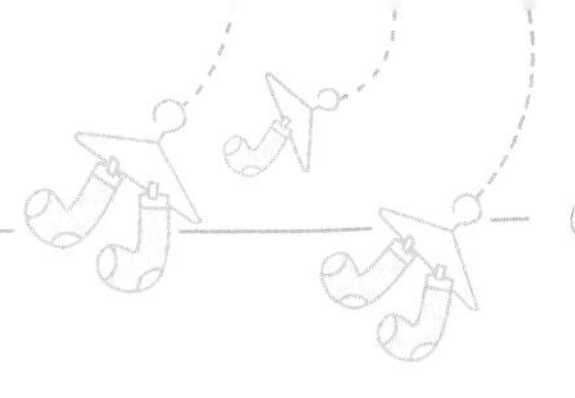

linotype整行排版機、整行排版印刷品；nonsense無意義、鬼扯、胡鬧，nonsmoker不抽菸者、禁菸車廂、禁菸機艙，nonmetal非金屬，nonperson不存在的人、無足輕重的人；wanted遭通緝的，allied同盟的、聯盟的，absentminded心不在焉的，embarrassed感到尷尬的，excited感到興奮的，disgusted感到作嘔的

10. negotiate＝neg(字首)不+oti(um)閒暇、不動+ate(動詞字尾)從事、進行＝忙碌談生意、忙於打交道、交涉、談判、協商、周旋、議價、討價還價、洽談後出讓、解決問題、順利達成、平安通過

 延伸記憶. negotiate a house sale交涉房屋出售，negotiate the price for an acquisition交涉購併案的價格，negotiate terms on power dicision交涉權力分配的條件，negotiate a mountain pass順利通過隘口，renegotiate重新協商、再次談判，negotiated經過交涉的、協商得來的，negotiated peace協商而得的和平，negotiated agreement交涉而得之協議，negotiated contract談判而得之合約，negotiator談判者、洽談者，negotiatory談判的、磋商的、交涉的，negotiable可交涉的、可談判的、可討價還價的，nonnegotiable無交涉餘地的、不得轉讓的，renegotiable可重新協商的；neglect不挑出來、看不上眼、忽略、疏忽，negate否定、否認、取消，negative否定的、負面的，renegade一再否定政治或宗教立場者、變節者、叛教者，renege否認、背信、違約、食言

11. coup d'etat＝coup(法文)迅捷重擊、突然大動作+d'(法文)的+etat(法文)國家＝政變

  coup=coup de etat=coup d'etat=strike of the state國家的重擊、政變，countercoup反政變，coup de grace=strike of mercy使對方蒙主寵召的一擊、垂死結束痛苦的一槍或一刀、最後一擊，coup de foudre=blow of ligntning閃電打到、天雷觸動地火之擊、一見鍾情，coup de cœur=blow of heart心靈之擊、浪漫戀情，coup d'œil眼光觸擊、瞄一眼就懂的睿智能力，coup de soleil太陽打擊、日射之重擊、中暑，coup de fouet跖肌破裂(網球

員常見傷害醫學用語)，coup de sabre類似軍刀造成的傷害，coup droit直擊(體育擊劍用語)，coup double兩方都被擊中，coup d'arrêt反攻、反擊，coup de temps觸劍狙擊；d'=de的、源出，monnaies d'or=coins of gold金幣，Palme d'or=golden palm金棕櫚獎(法國坎城影展大獎)；parasite de l' homme=parasite of the humans人體寄生蟲，jus de pomme=juice of apple蘋果汁，Charles de Gaulle高樂家族的查理、查理戴高樂(法國將軍、總統)，colonne de marbre=marble column大理石柱，Sofi de la Warr=Sofi of the Warr華爾貴族家族的蘇菲，fromage de soja=cheese of soya大豆乳酪=豆腐；affaire d'etat=state affair國家事務，chef d'etat=head of state國家元首，entreprise d'etat國營事業，secret d'etat國家機密，état tampon=buffer state緩衝國(中俄之間的蒙古，中印之間尼泊爾)，état multinatinoal=multinational state多民族組成的國家，Les États-Unis=the United States美國，étatisme=statism國家主義、國家介入主義(與anarchism無政府主義兩極對立)，étatique國家的

政治與外交法文用語：英語世界中的政治與外交領域，有一些常見的字彙源自於法文，或者本身就是法文：rapprochement=bring together again重歸和好、修復和睦、恢復邦交，détente=relaxation緊張關係的緩和、低盪(音譯)，entente協定、協約、諒解，corps diplomatique=diplomatic corps外交使節團，chargé d'affaires=one who is charged with affairs代辦(無大使或公使時暫時代理職務的較低階外交人員)，attaché=attached大使館的隨員、附屬人員、專員、參事，military attaché=one who is attached to the mission in charge of military affairs軍事隨員、武官(附在使館的軍事交流事務協調聯絡人)，air attaché空軍武官、空軍隨員，naval attaché海軍武官，cultural attaché文化隨員、文化參事(附在使館的文化交流事務協調聯絡人)，press attaché新聞參事，science attaché科技參事，agricultural attaché農業參事；conseiller chargé des investissements=advisor in charge of investments投資事務諮議，aide-mémoire=memory aid備忘錄，communiqué公報。

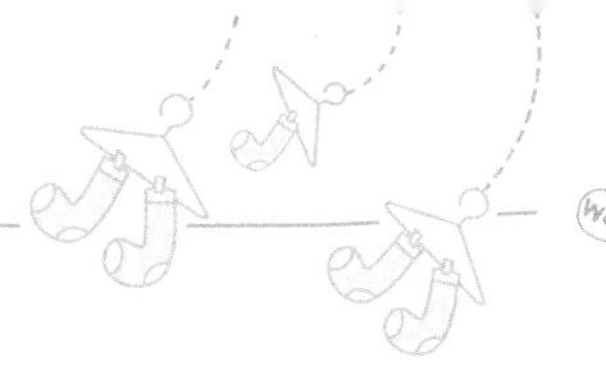

12. corruption＝cor(字首)一起、共同、完全+rupt+ion(名詞字尾)行為、過程、結果、狀態＝完全破掉的狀況、全部壞掉破掉爛掉、腐敗、腐化、敗壞的行為、惡行

anti-corruption反腐敗、反貪污，corruptionist腐化者、胡作非為者、營私舞弊者、提供或接受財色者、人格敗壞者，corrupt腐化的、貪汙的、墮落的、邪淫的、使墮落、使腐化、使人格破裂，corrupted被腐化的、全部爛破的、貪汙的、敗壞的，uncorrupt=uncorrupted未腐敗的、未爛掉的、沒有墮落的，incorrupt不腐化的、不貪汙的、廉潔的、正直的、誠實的，corruptible可用財色收買的、可以行賄的、易敗壞的，incorruptible不可用財色收買的、不會敗壞的、廉潔的，corrupter貪汙者，corruptress女貪汙者，interrupt在中間打斷、打攪、中止，interrupted中斷的，uninterrupted非中斷的、持續的，erupt破掉跑出來、(火山)爆發、(脾氣)暴怒，irrupt破開而到裡面、侵入、闖進，disrupt使破裂、使斷裂、使散裂四處、破壞、瓦解；correct=cor+rect=完全筆直、矯正、校正、正確的、符合的，corrode完全咬掉、腐蝕、侵蝕、損害，correspond相互回應、通信；coercion脅迫，extension延伸，remission消退、和緩，distribution分配、經銷

13. legislator＝legis+lat(e) (動詞字尾)產生、帶來+or(名詞字尾)人者物＝立法者、立法委員、國會議員

legislation立法、立法行為、制定法律、法律、法規，social legislation社會立法(有關勞工權益和社會保障等法律的制定)，seat belt legislation安全帶法律(駕駛或搭乘機動車輛一律強制繫安全帶，始於1974澳洲維多利亞省)，legislative立法的、立法權的、立法機構的，quasi-legislative準立法的、準立法性質的，Legislative Yuan立法院(臺灣的國會)，legislature立法部門、立法機構；legal法律的、與法律相關的、法定的、合法的，legal capacity法定資格、法律賦予之身分地位，legal duty法律職責，illegal非法的，legalize=legalise合法化，legality合法性、法律面，legalism法條主義、墨守成規的作風，legalist墨守成規者，delegate按照法定權限派離、授權、委託職權、受委託職權者、代表、代表成員，delegation代表團，

delegable可委託的、可授權的，delegacy代表的身分、代表的制度；regulate帶來治理、規範、監管，translate產生轉換作用、翻譯，ventilate帶來風、抽風、通風；facilitator促進者，alienator離間感情者，educator教育家、教育者，navigator航海者，cultivator開墾者

同源字：legislator(拉丁)=législateur(法)=legislatore(義)=legislador(西葡)=legislator(英)=立法者、國會議員。

14. illegitimate＝il(字首)不、非、無+legitim+ate(形容詞字尾)具某種性質的＝不合法的、不正當的、非正統的

延伸記憶 illegitimate child非婚生子、私生子，illegitimacy非法性、不正當性，illegitimize=illegitimise非法化、使變成不正當，delegitimation喪失正統性、去掉正當性，legitimate合法的、有法律依據的、正當的、正統的，legitimate heir to the crown王位正統繼承人，legitimate use of force正當動武、具法律根據的動武(國家軍警權力之一)，legitimism正統主義、正統作風、王位或政權繼承必須合乎著正當法統，legitimist正統主義者，legitimize=legitimise=legitimatize=legitimatise合法化、正當化；privilege=privi私人、私下+leg+e人事物=適用於私人的法律事務、特權、特定人士享有的私人權利，diplomatic privilege外交人員特權，parliamentary privilege議會特權、議會言論免責權，privileged享有特權的；illogical不合邏輯的，illocal不限定某一地方的，illiberal不寬容的、非自由派的；moderate溫和的，passionate激情的，intimate親密的，deliberate刻意的，approximate接近的、緊鄰的

同源字：legitimus(拉丁)=legittimo(義)=legítimo(西葡)=légitime(法)=legitimate(英)=正當的、正統的。

15. reunite＝re(字首)再次、重新+un(i)+ite(動詞字尾)進行、使成為＝使再合而為一、使再統一、使重新聯合、使再次團結、使重新結合、使重聚

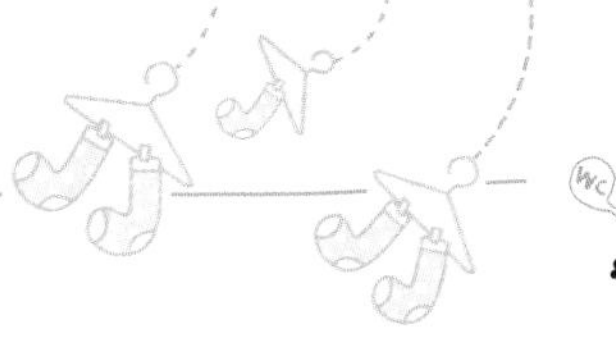

unite合一、聯合、結合、兼有，united合一的、聯合的，United States of America=USA=US美利堅合眾國、美利堅諸邦合一體、美國，United Mexican States=Mexico墨西哥合眾國、墨西哥諸邦合一體、墨西哥，United Arab Emirates=Emirates=UAE阿拉伯聯合大公國、阿拉伯聯合酋長國、阿聯酋，United Kingdom of Great Britain and Northern Ireland=United Kingdom=UK大不列顛暨北愛爾蘭聯合王國、英國，United Nations=UN聯合國、諸國聯合體，disunited不團結的、分崩離析的，union聯合、合併、聯合體、聯邦、聯盟、聯合會(工會、學生會)，labor union工會，trade union產業工會，student union學生會，Union of Soviet Socialist Republics蘇維埃社會主義共和國聯邦、蘇聯，unionize=unionise聯合化、團結起來、工會化，unionist國家統一派份子、工會人士，disunion分裂、不合一，disunionist國土分裂派人士，unify合一、統一，uniform單一形式、制服，unison單一聲音、齊唱(音樂)、一言堂，unique獨特的，unilateralism單邊主義、片面行動，unit單位、單一體，unitary單一的、整體的、權力合一到中央的，unitary state單一制國家、中央集權國家；reunited再合一的、重聚的，reunitable可再合一的、可重聚的，reunion團圓聚會(家人同學校友等)，reunify重新統一

union：聯合體、合一國、聯邦國；美國是五十個邦(state州)合組的聯邦國家；德國是十六個邦合組的聯邦國家；澳洲是六個邦(省)合組的聯邦國家；加拿大是十個邦(省)合組的聯邦國家；墨西哥是三十一個邦合組的聯邦國家；馬來西亞是十三個邦合組的聯邦國家；阿聯酋是七個酋長邦(emirate王公貴族世襲邦)合組的聯邦國家；英國由英格蘭、蘇格蘭、威爾斯、北愛爾蘭四大地區和其他離島合組而成；蘇聯由十五個共和國(republic)合組而成，於1991年驟然瓦解；南斯拉夫(Yugoslavia)是由六個共和國合組而成，於1991年起數年間瓦解。

⑯	autonomy	______________	自治、自主
⑰	nominate	______________	任命
⑱	federal	______________	聯邦的
⑲	congress	______________	議會
⑳	terrorist	______________	恐怖分子
㉑	plebiscite	______________	公民投票
㉒	demagogue	______________	挑動人民者
㉓	demonstrate	______________	示威
㉔	electorate	______________	選舉人
㉕	minister	______________	部長
㉖	executive	______________	行政部門
㉗	judiciary	______________	司法部門
㉘	abstain	______________	棄權
㉙	communiqué	______________	官方文書
㉚	unconstitutional	______________	違背憲法的

16. autonomy＝auto+nom+y(名詞字尾)制度、技術、性質、狀態＝自己管理、自治、自治權、自主

autonomous自治的、自治區的、自治團體的、自發的，autonomous region自治區，Xinjiang Uyghur Autonomous Region新疆維吾爾自治區，Inner Mongolia Autonomous Region內蒙古自治區，Tibet Autonomous Region西藏自治區，Guangxi Zhuang Autonomous Region廣西壯族自治區，autonomous prefecture自治州，Yanbian Korean Autonomous Prefecture(吉林)延邊朝鮮族自治州，Liangshan Yi Autonomous Prefecture(四川)凉山彝族自治州，Línxià Hui Autonomous Prefecture(甘肅)臨夏回族自治州，autonomous county自治縣，Sandu Shui Autonomous County(貴州)三都水族自治縣，Baisha Li Autonomous County(海南)白沙黎族自治縣，autonomous banner自治旗，Oroqin Autonomous Banner(內蒙古)鄂倫春自治旗，nonautonomous非自治的、受外力控制的，autonomic自治的、自理的，heteronomous他律的、異者控制的、非自主的，homonomous同規的、相同法則支配的；anomy=anomie無秩序、混亂、價值與理念淪亡，agronomy農業管理、農政，economy量入為出的管理、操持家務的管理、經濟，astronomy星星的定律、天文學；nomocracy法律統治、法治，nomology法律學、法則學，nomothetic制定法律的，根據法律的；autotomy自切、自斷、斷尾求生，autoregulate自體調節，autocephalous自己當頭的、自立的、自治的，autocritical自我批評的、自我檢討的，autochthon自身土地長出者、在地人、本地品種，autonym自己名、本名、真名；autarky自給自足體制、閉關自守國家，autism自閉症

17. nominate＝nomin+ate(動詞字尾)從事、進行＝講出名字、提名、任命、指派

nominator提名者，nominatee被提名者、獲派任者，presidential nominating convention總統提名大會(美國政黨正式提出總統候選人的全國大會)，nomination contest提名競爭，right of nomination提名權、任命權，nominative被任命的、記名的、稱謂的、主格的(文法)，nominative equity記名股

票，nominal名義的、名字的、表面上的，nominal interest rate名目利率(未扣除通貨膨脹影響的表面利率)，denominate給下名稱、命名，ignominy名譽不見、恥辱、醜行，ignominious不名譽的、恥辱的，misnomer錯用名字、不當的取名；binomial二名、雙名、雙名的(生物)、二項式、二項式的(數學)，trinomial三名、三名法、三項式、三名的、三項式的，polynomial多名、多名法、多項式、多名的、多項式的，anomia記不得名字的症狀；nomen dubium=dubious name疑名、無法確定分類的名稱(生物)，nomenclator喚名侍者、大聲喊出到宴賓客名字的人、定名者(生物等學科)，nomenclature名稱表、命名法、術語集，International Code of Nomenclature國際命名法規；mitigate緩和，penetrate穿透，evacuate撤出，evaluate評價

binomial nomenclature：雙名命名法；生物學中的簡單例子：Homo erectus人屬直立種、直立人；Panthera leo豹屬獅種、獅子；Citrus limon柑橘屬檸檬種、檸檬；Citrus reticulata柑橘屬橘種、橘子。trinomial nomenclature三名命名法：Panthera tigris altaica豹屬虎種阿爾泰亞種、阿爾泰虎(西伯利亞虎、東北虎、朝鮮虎)。

18. federal＝feder+al(形容詞字尾)具某種特質的＝有盟約為憑的、締約結盟的、聯合的、聯邦的

Federal Republic of Germany=Bundesrepublik Deutschland德意志聯邦共和國、德國，Federal Republic of Nigeria奈及利亞聯邦共和國、奈及利亞、尼日利亞，Federal Republic of Yugoslavia南斯拉夫聯邦共和國、南斯拉夫(已經解體)，federal constitutional monarchy聯邦制立憲的君主國(例：馬來西亞)，federal dictrict聯邦區、聯邦政府所在地，federalism聯邦主義、聯邦作風，federalist聯邦主義者、聯邦派人士、主張各邦更緊密結合者，Federal Reserve Bank聯邦準備銀行(美國中央銀行)，Federal Bureau of Investigation=FBI美國聯邦調查局，federative=federate同盟的、聯合的、聯邦的，Federative Republic of Brazil巴西聯邦共和國，federate結成同盟、合組聯邦，federated聯合的、結成聯邦的，federation聯合體、聯盟、

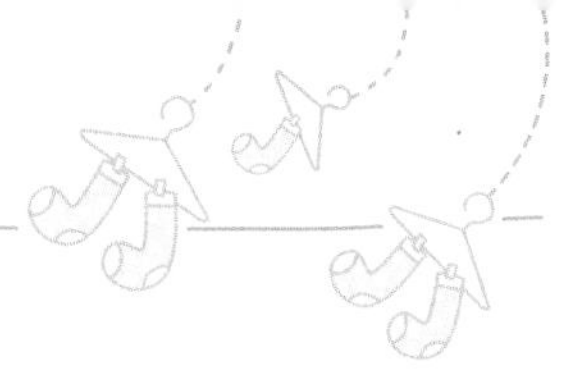

聯邦、聯合會，Russian Federation=Russia俄羅斯聯邦、俄羅斯，confederal=confederate=confederative共同約定在一起的、(鬆散)結盟的、(鬆散)結合的、邦聯的、邦聯體制的，confederate組成邦聯、結合成為(鬆散)聯合體，confederation(鬆散)結盟體、邦聯體，Swiss Confederation=Switzerland瑞士邦聯國、瑞士，Confederate States of America美利堅邦聯國(1861-1865年，美國南北戰爭期間，由南方主張蓄奴各州合組的鬆散聯合體)；perpetual永恆的，transsexual變性的，biannual一年兩次的，spiritual精神的

federation：聯邦制；是一種中央與地方政府分權的制度，必須要全國一致的國防、外交、貨幣，以及跨邦跨州的事務，歸屬中央，其餘屬於各邦；以美國為例，州內犯罪事務歸州警處理，但跨州犯罪則歸聯邦調查局，州國民兵歸州長調度，正規部隊歸中央統御；美、俄、加、德、澳洲、印度、巴西、墨西哥都是採聯邦制。

confederation：邦聯制；是一種弱幹強枝的權力分配制度，在中央的邦聯政府只是一個協調委員會，不具有實權，大權在各邦；美國在1776-1789年間採取邦聯制，當時組成美國的十三個邦各自為政，搞成一國十三制，亂成一團，建國諸賢因而同意廢棄邦聯條款，改採聯邦憲法，而走向聯邦制；美國在1861年爆發南北戰爭，脫離聯邦的南部十一州自組Confederate States of America美利堅邦聯國，就是採邦聯制，因為他們認為原先的制度賦予中央過大權力。

unitary state：單一制；是強幹弱枝權力分配制度，中央政府掌握權力，各邦各州各省奉命辦事；版圖不大的國家通常採行單一制，譬如：汶萊、紐西蘭、丹麥；領土較大但採行單一制的國家有法國等國；最典型的單一制為中國歷代王朝，緣起於戰國末期秦國攻滅六國，全國置郡縣，皆由中央派任官員治理；但事實上看中央政府實力強弱而決定各地方聽從號令的程度，譬如：唐朝末年藩鎮割據，只有名義上為單一制，其實可能連邦聯制都不如。

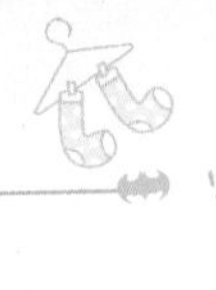

19. congress＝con(字首)一起、共同、完全+gress＝共同步行、走到一起、會議、大會、代表大會、議會、國會、聚會、社交活動

延伸記憶. National Congress of Brazil巴西國會，Congress=Congress of the United States美國國會，congressman男國會議員，congresswoman女國會議員，congressperson國會議員(不分性別)，congressional大會的、議會的、國會的，congressionalist參加大會的代表、議會成員，Continental Congress大陸會議(1774-1781年間美洲十三個殖民地有關是否脫離英國獨立的代表大會)，Congress of Vienna維也納會議(1815年歐洲處理拿破崙戰敗後情勢的國際會議)，National Congress of the Communist Party of China中國共產黨全國代表大會；progress向前走、前進、進步，progressive前進的、進步的，Democratic Progressive Party=DPP民主進步黨，digress走岔、離題，egress走出的地方、出口處，ingress走進的地方、入口處，transgress走跨過去、踰越、犯戒、犯法

20. terrorist＝terror+ist(名詞字尾)具有某特性的人、持某思想的人、從事某專業的人＝恐怖主義人士、進行使人害怕之活動者、恐怖分子

延伸記憶. terror令人害怕的人事物，red terror紅色恐怖、左派政府鎮壓反對人士的恐怖行動，white terror白色恐怖、右派政府鎮壓反對人士的恐怖行動，terrorize=terrorise使驚恐、使害怕、威脅，counterterror對抗恐怖的，counterterror measures反恐措施，terroristic=terroristical恐怖活動的、恐怖分子的，terrorism恐怖主義、恐怖作為、恐怖活動，counterterrorism反恐作為、反恐行動，bioterrorism=biological terrorism生物恐怖主義、以生物菌劑造成恐慌的做法，chemoterrorism=chemical terrorism化學恐怖主義、以毒氣等化學武器造成恐慌的做法，nuke terrorism=nuclear terrorism核子恐怖主義、以核子武器或破壞核子發電廠造成恐慌的做法，ecoterrorism=ecological terrorism生態恐怖主義、破壞生態環境而致使人民恐慌的作法，agroterrorism=agricultural terrorism農業恐怖主義、使農地失耕農產失收造成糧荒的恐怖做法，cyber terrorism=internet terrorism

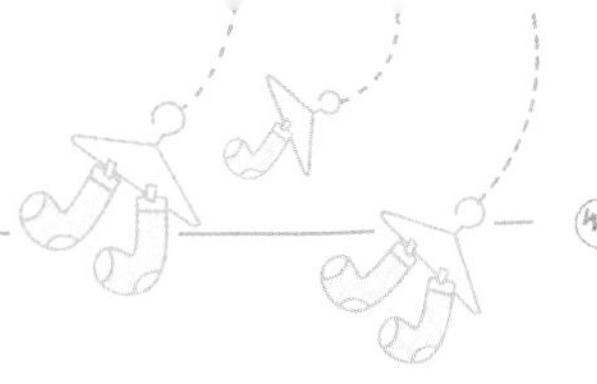

網路恐怖主義、以散播病毒或仇恨言論或隱密私人照片造成網路世界恐慌的做法，maritime terrorism=piracy海事恐怖主義、海盜行為，state terrorism=state-sponsored terrorism國家指使的恐怖主義、由政府情治單位對國內外反對人士進行的殺害行為，international terrorism國際恐怖主義，homegrown terrorism在地恐怖主義、本土恐怖主義，consumer terrorism消費恐怖主義、在飲料食品用品中下毒或參混問題物質造成消費者恐慌的做法，lone-wolf terrorism孤狼恐怖主義、一個人單獨進行的恐怖作為；terrible可怕的、恐怖的、很嚴重的、糟透的，terrify使恐懼、使害怕，terrifying令人恐慌的、令人害怕的，terrified感到害怕的；Nazist納粹黨人，fascist法西斯黨人，socialist社會黨人，capitalist資本家，specialist專家

21 plebiscite＝plebi+scite(拉丁文scitum的轉音)知悉後的決議＝平民表決、公民投票

plebiscitary公民投票的、平民直接投票的，plebiscitarian主張公民投票者、主張公民投票的，plebiscitum(單數；複數形：plebiscita)=plebiscite公民投票，plebification平民化、大眾化、普及化，plebicolist=plebi+col(拉丁文colere轉音，呵護、討好、培育)+ist=民粹主義者、群眾煽動家，plebicolar討好百姓的、民粹的、煽動百姓的；plebs(單數；複數形：plebes)平民、百姓，pleb=plebe軍校入伍新生、新兵、死老百姓(帶有一般人民生活氣息而搞不清除軍隊嚴厲紀律的人)，pleb=plebe庶民、平民(古羅馬)；plebeian=plebian平民、百姓、平民的、百姓的，plebeianize=plebianize平民化，plebeianism=plebianism平民作風、平民特質；plebiocologist民粹人士、討好百姓者，plebiocology平民心態研究、百姓動態研究、群眾研究；scitum(拉丁文主格單數)平民團體知悉後做出的認可決議，omniscient無所不知的、全知的，nescient無知的、不知的，parviscient知道很少的、近乎無知的，prescient預先知道的，scientist知識人、科學家，science知識、科學，conscience共同知道的道理、良知、良心，conscious與認識連接的、有意識的，unconscious無意識的，subconscious潛意識的

referendum：「公民投票」；政治學常用字，referendum=re回去、再次+fer攜帶+endum(拉丁文的分詞字尾變化)=帶回去給人民決定。

22. demagogue＝dem+agogu+e(名詞字尾)人者物＝帶動人民者、挑動人民者、群眾煽動家

demagoguery=demagog煽動人民的行為、聳動而刺激人民的言論與作為，endemic特定地方人民內部的、某群人民當中特有的、固有的，pandemic全部人民都有的病、流行病、傳染病；demotic人民的、大眾的、通俗的、通俗體文字，democracy人民統治、民主，theodemocracy神權下的民主(摩門教要把神權與民主結合的概念)，plutodemocracy金權下的民主、偽裝為民主的財閥統治，social democracy社會民主、以民主手段以漸進方式使社會由資本主義走向社會主義，consensus democracy共識型民主，majority democracy過半數型民主、過半數同意就認可的民主，parliamentary democracy議會型民主，representative democracy代議式民主，deliberative democracy商議式民主、協商式民主，indirect democracy間接民主，direct democracy直接民主，democrat民主人士、民主黨員，democratic民主的，ultrademocratic極端民主的，undemocratic不民主的，antidemocratic反民主的，democratize=democratise民主化，demophile愛人民者，demography人民狀態描繪記載學、人口學，demographics人口統計資料，demographer人口學家，biodemography生物與人口相互關係研究(譬如：不同年齡層養特定寵物的統計研究等)；synagogue引領大家聚集的地方、會堂(猶太教)，andragogue成人帶領、成人教育，galactagogue催乳劑、催乳針，copragogue催便劑、瀉藥，dacryagogue催淚劑，emmenagogue催經藥、月經激發藥劑；gerontagogy老人教育，andragogy=anthropagogy成人帶領、成人教育；herbivore草食者，carnivore肉食者，acrophobe懼高者，pedophile戀童者

23. demonstrate＝de(字首)徹底+monstr+ate(動詞字尾)做、進行＝完全顯示出來、徹底

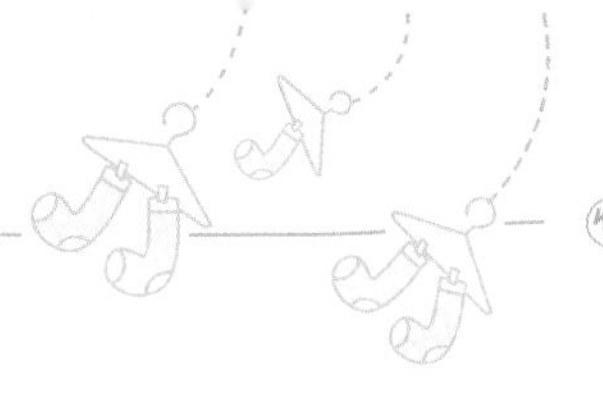

警示、完全展現、徹底告知、論證、表露、宣傳、示範、示威

demonstrator=demonstrant示威者、示範者，demonstration示威、示範、論證、表露，political demonstration政治示威，fake demonstration=government-organized demonstration假示威、政府主辦的示威，counterdemonstration反示威、對抗性的示威，in-flight safety demonstration=pre-flight briefing飛航安全示範、飛航前的簡報(空服員的飛安示範)，demonstrable可示範的、可證明的，undemonstrable不可示範的、無法證明的，demonstrative示範的、論證的、感情外露的；monstrous帶警告或提醒意義的、怪物的、可怕的，monstrosity怪異、醜陋；monster警示物、帶警告或提醒意義的東西、怪物，bemonster使成怪物，Frankenstein's monster科學怪人；monish警告、示警、使提防，monitor監視器、示警器，admonish警告、告誡，admonition警告、告誡，premonish=pread-monish=foreadmonish預警、提前示警；monument具提醒作用的建築物、紀念堂、紀念碑，monumental具提醒意義的、紀念性的；perforate穿孔、打洞，fabricate鍛造、編造，animate使有活力，concentrate集中，consolidate鞏固

24. electorate＝e(字首)出去、外面+lect+or(名詞字尾)人者物+ate(名詞字尾)群體＝選舉人、具選舉權的人、選民(總稱)

elector具選舉權的人、有選票的人，electoral選舉人的、選舉相關的，electoral college選舉人團(美國總統選舉)，elect選出來、選舉、選擇、精選的、當選而尚未就任的，president-elect總統當選人，election選舉、當選，general election大選，presidential election總統選舉，parliamentarian election國會選舉，by election補選，off-year election沒有總統大選該年的國會選舉、期中選舉(美國)，two round election二回合選舉，runoff election決選，electioneer積極拉票、熱切進行競選活動，elective選舉產生的、選舉的、選修的(課程)、可選擇的；rabbinate猶太教律法師(總稱)，pastorate牧師(總稱)，cardinalate樞機主教團，conglomerate具有諸多關係企業的公司集團

electoral college：選舉人團；美國總統選舉曾出現人民普選票(popular vote)較多者卻敗選的情況，原因是美國採取選舉人團制：每一個州的選舉人數額是該州聯邦參議員數額與聯邦眾議員數額的總和，而只要某個總統候選人在該州得到較多的選舉人票數，就通吃該州全部的選舉人票數總額；以加州為例，該州有2位聯邦參議員與53位聯邦眾議員，所以其選舉人數額為55，只要贏得28張，就可拿走全部55張；這種制度稱為「贏者通吃」(winner takes all)。

two round election：二回合選舉；法國總統選舉採取過半數的多數當選制(majority election)，如果某候選人得到過半選票就當選；若無人過半，則取前二名進入決選，這就是二回合選舉。

plurality election：相對多數當選制；臺灣的總統選舉沒有規定過半數多數才當選，只要是得票最多者就當選；在只有二名候選人時，贏者得票率必然是過半數多數；但若是三人或三人以上參選，得票最多但沒有過半者就當選；例：2000年總統選舉結果，陳水扁以39.3%的得票率當選，宋楚瑜36.8%，連戰23.1%。

25. minister＝mini+ster(名詞字尾)執行者、做事者、(動詞字尾)執行、做事＝(對國王或國家主人而言)地位低小者、卑微者、侍候者、奴僕、執行事務者、部長、大臣，執行職務、照料、侍候、服務

prime minister首相、首席大臣、總理、行政院長，Minister of Culture文化部長，Minister of Education教育部長，Minister of Defence國防部長，Minister of Finance財政部長，ministerial部長的、大臣的、內閣的、行政的、有助益的，minister of portfolio不管部部長、政務委員、國務委員，ministrable部長人選、可能出任部長者、適合擔任部長的、可能出任部長的，ministry部、部門大樓、內閣，Ministry of Economic Affairs經濟部，Ministry of Foreign Affairs外交部，Ministry of Interior Affairs=Ministry of Internal Affairs=Ministry of Home Affairs=Home Office(英國)內政部，Min

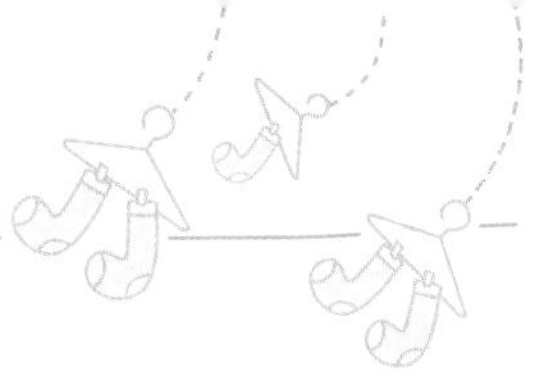

istry of Justice法務部，Ministry for State Security國家安全部(中國)，ministration照料、服務、侍候，administer針對某事而處理、掌管、執行、實施、管理，maladminister管理不當、行政不良，administration管理、行政、政府、政府任期、政府部門、署，Obama Administration歐巴馬政府，administrative行政的、管理的，administrator管理人、執行人、行政官員；miniature微型圖、小模型、縮影，ministate小國，minibar小吧檯；minor較小的、較少的、少數的、次要的、未成年的、副修的，minority少數、低於一半，minority party少數黨，minority leader少數黨領袖；minute極小的、微不足道的，minutia小事、瑣事，minutiose=minutious注意枝節細瑣事務的；pollster民調人員、民調機構，mobster暴徒、黑幫成員，quipster說挖苦人笑話者，gagster編寫笑料故事者

department:部，政府部會；美國政府的「部」是department，「部長」是secretary：Department of Treasury=Treasury Departmen財政部，Secretary of Treasury=Treasury Secretary財政部長，Department of Energy=Energy Departemnt能源部，Secreatry of Agriculture農業部長；美國的外交部不稱為Department of Foreign Affairs，而是稱為Department of State=State Department國務院，其主管是State Secretary=Secretary of State國務卿，地位等於各國的外交部長。臺灣也有政府單位的英文名稱為department：Department of Health衛生署。

administration：署，政府部門；Environmental Protection Administration環境保護署、環保署，Coast Guard Administration海岸巡防署、海巡署；此二機構在臺灣直屬行政院。

agency：署，政府部門；National Police Agency警政署，National Fire Agency消防署，Construction and Planning Agency營建署，Conscription Agency役政署；此四機構在臺灣歸內政部管轄。

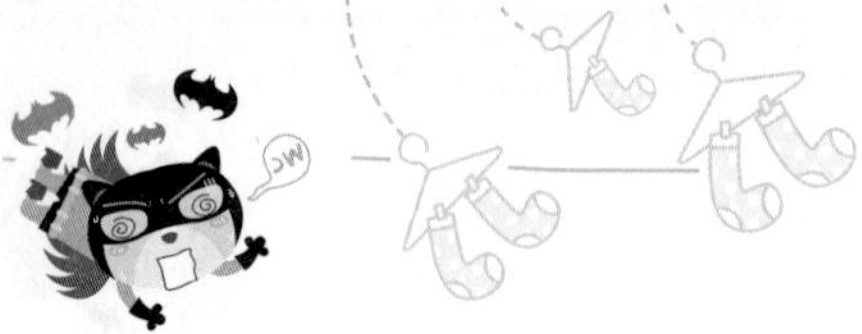

26. **executive**＝execut+ive(名詞字尾)具某特質或傾向的人者物、(形容詞字尾)某特性或傾向的＝**做出事情的人或機構、行政部門、行政者、執行者、管事者、主管，行政部門的、行政的、執行的**

延伸記憶 executive branch of government政府的行政部門，executive agency行政機構，executive council行政委員會、執行委員會、部長會議，executive privilege行政特權，executive order行政命令，executive officer執行長、執行官，executive clemency行政赦免權、政府首長對罪犯的赦免減刑權，executive agreement行政協議(行政部門與外國簽署但不需國會通過的協議)，executive vice president具有一定行政職權的副總統(很多國家的副總統只具備位功能)、執行副總經理，executive director執行董事(實際上班主管某部門業務的董事會成員)，nonexecutive director非執行董事，execute實施、執行、完成、演出、處決，executant實施者、執行者、表演者、演出者，executor實施者、執行人，executory執行上的、行政方面的，execution實施、執行、處決，executioner行刑者、執行處決任務者；persecute徹底尾追不放、糾纏到底、迫害，consecutive接連、連續的；sequent後來的、繼發的，sequential序列的、依序的，sequence連續、連串，sequency順序、序列；sequitur接續而得的結論、推理、推斷，obsequious跟在旁邊當奴僕的、逢迎拍馬的、趨炎附勢的；attractive具吸引力的，massive巨大的、大量的，passive消極的、被動的，pensive憂心的；native土著，captive俘虜，fugitive逃犯，relative親戚，detective偵探

27. **judiciary**＝judic+iary(名詞字尾)具某性質的人與機構、(形容詞字尾)具某特質的、屬某類別的＝**司法部門、司法體系、司法人員，司法的、審判的、法院的**

independence of the judiciary司法獨立、司法自主(不受行政立法部門或其他人事物的干預)，judicial branch of government政府的司法部門，federal judiciary聯邦司法部門(聯邦制國家的中央司法單位)，United States Senate Committee on the Judiciary美國國會參議院司法委員會，judiciary reorganization司法重組，judiciary reformation司法改革，judicial司法的、審判

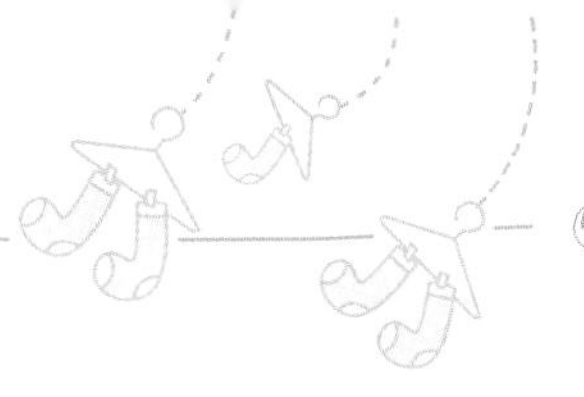

的、法院的、法官的，judicial activism司法積極主義、司法活躍、司法動能(主張新時代的需求可大大影響法律的詮釋，而做出與時俱進的判決)，judicial restraint司法消極主義、司法節制、司法克制(主張新時代的需求不可以影響法律的詮釋，當恪守當初立法時的要旨與精神)，judicial review司法審查(法院對立法與行政部門作為是否違憲而進行的檢核)，judicial immunity司法豁免，judicial investigation司法調查，judicial separation法院裁定分居，judicial divorce法院裁定離婚，extrajudicial法庭外的、法院管轄範圍之外的、審判之外的、未依法定程序的，extrajudicial system法律訴訟外的體制(調解、和解)，extrajudicial detention法外拘押、非法拘留，extrajudicial killing法外處決、非依法的處死，extrajudicial settlement庭外和解，quasijudicial準司法的；milliary一千步的(古羅馬里程)，nobiliary貴族的，officiary官員的，pecuniary金錢的、財務的

28. abstain＝abs(字首)自從、離開+tain＝放棄掌控、棄權、不參加表決或投票、離開受控制狀態、戒除

abstainer棄權者、棄權國、戒絕各種癮頭或誘惑者，abstaining行戒中的，contain掌控而放在一起、容納、裝入，container容納器、貨櫃、集裝箱，containment圍堵、不使勢力擴大，retain保留、再次保有，sustain在下方撐住、持續，sustainable撐得下去的、永續的；abstinent自我克制的、節制的、禁慾的、自我克制者、禁慾者，abstinence=abstinency節制、禁慾；continent牢握一起的陸塊、大陸、洲，pertinent牢牢掌握的、抓對重點的、切題的、相關的，pertinence切題性、相關性，pertinacious徹底抓住不放的、死纏的、冥頑的，pertinacity頑固、難纏、無法擺脫、不治之症，abstention戒除、斷離、避開、棄權，attention注意、針對某人某物的視覺掌控；abstract抽離、抽取、抽象的，absterge洗淨、滌清，abstemious吃喝有節制的；ab origine(拉丁文)=from the origin打從一開始，aborigine來自源頭的人、原住民、土著，aboriginal原住民的，Ab uno disce omnes(拉丁文)=From one, learn all從單一而辨識全部，abdicate=ab+dic+ate=遜位、說明而後離開，abnormal離開正常的、不正常的，abrupt斷離的、

突然的、唐突的，aberrent走離的、偏離正道的、反常的，abduce引開，abduct誘拐、騙走、綁架，abhor畏縮而離開、憎惡、拒絕；avert轉離開、迴避、擋掉、消除，avertable可避開的，averse轉身離開的、嫌惡的、不願意的

29. communiqué＝commun+ique(名詞字尾)具某特徵的人或物＝(法文)公告周知的報告、公報、官方文書

joint communiqué聯合公報(兩國或多國會議後發表的聯合聲明)，Shanghai Communiqué上海公報(1972年美中兩國有關致力於關係正常化的公開聲明)，Joint Communiqué on the Establishment of Diplomatic Relations建交聯合公報(1979年元旦有關美中建交的公開聲明)，nom commun=common noun普通名詞，communion共享、共有、交流、契合、領受聖餐，commune公社、社區、群居村、共有小鎮，people's commune人民公社，commune交談、契合、融為一體、領受聖餐與主和信徒合一(基督教)，communal共有的、公用的、公社的、平民的，communalism公社制、公有制、集體生活制、地方小鎮自治主義，communalize公有化、公社化，communism共產主義、公有制國家與社會的主張，communist共產黨員、共產主義者，communistic共產主義的，communist party共產黨，community社區、共同體、群居體，community center社區活動中心，community college社區大學，community property夫妻共有的財產，communize共產化、公有化、國有化，communicate相聯繫、通訊息、溝通、傳遞、感染、共享、領受聖餐，communication通訊、聯繫、交流、交通，telecommunication遠距通訊，communicable可用語言溝通的、可傳播的、會傳染的，communicant共有的、相連通的、同領聖餐的，communicative通訊的、聯絡的、交際的、愛社交的；common公共的、公眾的、普通的、平常的、平民的，common sense常識，common market共同市場，commons平民，House of Commons平民院、眾議院、下議院(英國與加拿大等國)，commonage公有地，commonplace尋常事物、陳腔濫調，commonwealth共富體、全體人民享福之邦、共和邦，British Commonwealth=the Com

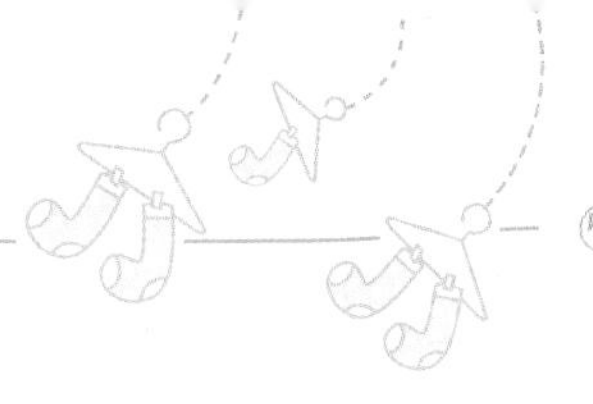

monwealth of Nations大英國協、英國與脫離英國獨立諸國合組的共同體；critique評論的文章，antique骨董，physique體格，technique技能、技術，pratique入港許可證、檢疫無疑後之通行證，musique=music音樂，plastique=plastic explosive塑膠爆裂物

30. unconstitutional＝un(字首)不、非、無、否+con(字首)共同、一起、完整+stitut(e)+ion(名詞字尾)行為、結果、狀態+al(形容詞字尾)具有某特性的＝不合共同建立之原則的、並非整體建立之事項的、違反構成準則的、違背根本法則的、違背憲法的

anticonstitutional=nonconstitutional=unconstitutional違憲的，extraconstitutional憲法以外的、憲法未載明的，constitutional符合構成法則的、合乎憲法的、憲法的、憲政的、規章的，constitutional amendment憲法修正條文，constitutional monarchy立憲君主國，constitutional convention=constitutional assembly=constituent assembly制憲大會、立憲代表會議，constitutional interpretation憲法詮釋、釋憲，constitutionalism立憲主義、支持立憲政體的主張，constitutionalist立憲派人士，constitution整體建立之事務、構造、體質、憲法、章程、體制；prostitution=pro前面、眼前、面前+stitut(e)+ion=站在大家面前兜攬的行為、當娼妓、賣淫，religious prostitution宗教性的賣淫，street prostitution街頭賣淫，prostitution tour=sex tourism以嫖妓為目的的旅遊，destitution=de除去、離開+stitut(e)+ion=立身之物被拿掉、赤貧、一窮二白；constituent組構而成的、形成的、有制定權的、構成的分子、組成的人員、選民，constituent country組成分子國(德法英西義等國都是歐盟European Union的組成分子國)，constituent state組成分子邦(有十六個邦是德國的組成分子邦，美國則有五十個)，constituent structure組成的結構(語言學、文法)，constituency構成的分子、選區、選民；constitute組構而成、制定、建立，reconstitute重組、改組、復原，destitute身無長物的、赤貧的、什麼都沒有的、赤貧之人，restitute建構回去、復職、復位、恢復原狀、賠償、歸還，prostitute站在大家面前兜攬者、貪圖利益而出賣身體技藝才華者、妓女、賣淫者、濫用己身、當娼妓、賣淫，child prostitute雛妓、童妓，temple prostitute=shrine

prostitute=sacred prostitute廟妓、神殿妓、聖妓

prostitution：古希臘和古以色列都有宗教賣淫的紀載，有的是女奴，有的是女祭司，在廟宇或神殿中與信眾發生性行為，當成是宗教救贖儀式的一部分，並藉此取得信眾捐獻；相當比例的文化人類學者認為，屬於宗教賣淫的廟妓是娼妓制度的濫觴。

06 戰爭與軍事之一

英文	中文	字綴與組合形式
power ; strength	力量、強大	forc ; force ; fort ; forti
go ; rush	行、奔	vad ; vade ; vas
beat ; strike ; clap	打擊、撞擊、拍擊	plaud ; plaus ; plod ; plode ; plos
war ; fighting	戰爭、戰鬥	bel ; bell ; belli ; bellum
produce ; carry ; bear	產生、帶著、背負	ger ; ges ; gest
let go ; hurl ; send	放出、拋擲、差派	mis ; miss ; mit ; mitt
move	移動、行動	mot ; mote ; moti ; moto ; mov
deep humming sound	轟隆作響、爆炸聲	bomb ; bombard
hold ; grasp	持守、拿住	tain ; ten ; tene ; tent ; tin
soldier ; warfare	軍人、戰爭	milit
ship ; sailor	舟船、艦艇、水手、水兵	nav
flee ; run away ; drive away	飛逝、逃亡、逃離、驅離	fug ; fuge ; fugit
war ; battle ; combat	戰爭、戰役、戰鬥	Krieg ; Kriegs
attack ; strike ; beat	攻擊、打擊、撞擊	bat

英文	中文	字綴與組合形式
wood piece ; obstruct ; stop up	木塊、塞住、擋住	bloc ; block
dig ; cut ; long narrow ditch	挖鑿、割開、裂口、深溝、塹壕	trench
strike ; destroy ; damage	打擊、毀滅、損傷	flict ; flig
forehead ; fore-part	前額、前面	front ; fronto
step ; move ; walk	踏步、踩階、移動、行走	grad ; grade ; gree ; gress
thunder	雷、轟然巨響	bront ; bronto ; ton ; tonitr ; tonitro ; tonitru
weapon ; equip-ment	武器、裝備	arm ; arma ; armi
both ; both sides ; around	兩者、兩邊、周圍	amphi ; ampho
live ; life ; alive	活、生活、生命、活的	bi ; bia ; bio
raise ; rise ; erect	升高、現身、直立	surg ; surge ; surrect
army	軍方、軍隊	strat ; strato
lead ; guide	帶領、引導	ag ; eg ; ig
under ; below	在下、底下	sub ; suc ; suf ; sug ; sup ; sur ; sus
ocean ; sea	海洋、海	mar ; mare ; mari

英文	中文	字綴與組合形式
beyond ; over ; above	超過、越過、在上	super ; supra ; sur
hand over ; deliver ; present	交付、給予、提供、交回、呈現	rend ; render
such like	諸如此類、類似	tali
write	書寫、紀錄	scrib ; scribe ; script ; scripto
old ; senior ; long years	年老、資深、長久	veter
move ; motion	移動、動起來	mob ; mobi ; mobil
straight ; rule ; govern	筆直、尺、規矩、統治	rec ; reg ; regi ; regn ; rex
ruler ; king	統治者、君王	regi ; regn ; rex

① fortify ________________ 加固、強化、建碉堡

② invasion ________________ 攻入

③ unexploded ________________ 未爆炸的

④ belligerency ________________ 好戰特質

⑤ missile ________________ 飛彈

⑥ motorized ________________ 機動化的

⑦ bombproof ________________ 不怕炸彈的

⑧ untenable ________________ 防守不住的

⑨ demilitarized ________________ 非軍事化的

⑩ naval ________________ 海軍的

⑪ refugee ________________ 難民

⑫ Blitzkrieg ________________ 閃電戰

⑬ combatant ________________ 參戰將士

⑭ blockade ________________ 封鎖行動

⑮ entrench ________________ 進入塹壕

1. **fortify＝forti+fy(動詞字尾)進行、從事＝使有力量、使變強大、強化、加固、築碉堡、建防禦工事**

fortified加固的、強化的、有防禦工事的，fortifier築堡設防者、強化防衛者，fortifiable可設防的，fortification築堡壘、強化防禦能力、要塞，fortitude強韌度、剛毅，fortitudinous強韌的、剛毅的；fortress要塞、堡壘，fort堡壘、城寨，forte強項、長處、優勢強音(音樂用語)，effort發出力量、努力、作為，effortless不費力的、輕易的，comfort在一起而有力量、安慰、協助、舒坦、愉快，comfortable舒服的，uncomfortable不舒服的，discomfort不舒服、不愉快、病痛、完全沒力氣，discomfortable不安的、不舒服的；solidify凝固、鞏固、團結，omnify普遍化、擴大化，magnify放大，nullify使變為零、廢棄、塗銷

2. **invasion＝in(字首)內、裡、入+vas+ion(名詞字尾)過程、結果、狀態＝走入、奔入、攻入、進擊、侵犯、侵襲、侵略**

Invasion of Afghanistan出兵阿富汗、入侵阿富汗(1979年蘇聯為阿富汗共黨政權助戰)，Invasion of Kuwait入侵科威特(1990年伊拉克為石油利益而兼併科威特)，Invasion of Iraq入侵伊拉克、進軍伊拉克(2003年美國推翻該國反美的Saddam Hussein總統)，invasive進擊的、侵入的、對健康身體組織有侵襲性的(醫學)，invasive carcinoma侵襲性癌，angioinvasive侵入血管壁的，evasion躲避、逃避、藉口、閃爍之詞，evasive逃避的、推托之詞的，pervasiveg盛行的、普遍的、到處瀰漫的，pervasion風行、遍布、瀰漫；pervading盛行的、瀰漫的，evadable=evadible可躲掉的、可迴避的；invade侵入、進犯、進軍、出兵，invader=invad(e)+er=侵略者、進犯者，evade走出去、跑掉、躲開、逃避，evader逃稅人、躲避者，pervade走透透、風行、遍布、瀰漫，vade mecum(拉丁文vade=go，cum=with，me=me)隨身的旅遊手冊、隨身的小聖經、便覽、隨身物品

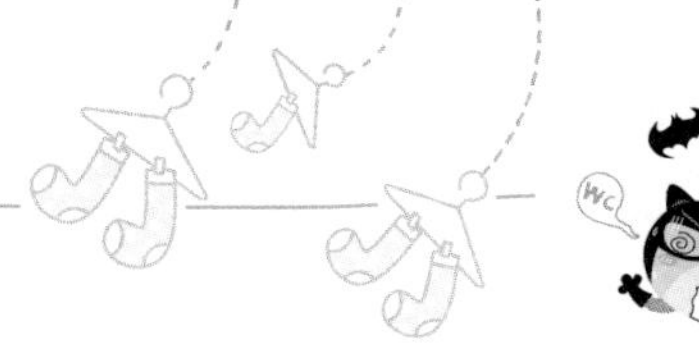

invasion：在中文一向翻譯為「侵略」、「入侵」，但這是帶有負面意涵的翻譯，某些時候有問題；1944年6月6日英美諸國聯軍登陸諾曼第，西方媒體的標題大半是Normandy Invasion，而他們都知道這是要使法國從德國占領下解放的戰役，該標題絕無負面意涵，若譯成「入侵諾曼第」就不通。invasion的定義很明確：某國軍隊進入他國領土。不管是侵略或應邀派兵助戰，都是invasion，至於翻譯是「入侵」、「進擊」、「攻進」，視立場而定；越戰時期所謂的American invasion of Vietnam，就南越和親美的各國而言，就是「美國出兵越南」、「美國進軍越南」，但就北越和親蘇聯的各國而言，就是「美國侵略越南」、「美國進犯越南」。

3. unexploded＝un(字首)不、非、無、未+ex(字首)出去、外面+plod(e)+ed(形容詞字尾)具有某特質的＝未迸然大聲響而爆出來的、未爆炸的

explode迸然爆開、外爆、爆炸、突然發作、激增、戳穿，exploded已爆炸了的、被炸開的、被戳穿的，exploder爆炸裝置、爆炸物品，implode內爆、內部擠壓而爆、向內集中、遽減；implodent=implosive consonate內爆裂子音(語言學；例：voiced alveolar implosive濁齒齦內破音[ɗ])，plod沉重拖地慢行而發出的拍擊聲、吃力緩行、辛苦做事，plodder吃力緩行者、辛苦做事者，plodding緩慢而艱辛的，explodent爆裂物、爆破音；explosive爆炸的、突然發作的、火爆的(脾氣)、激增的、爆裂物、炸藥、破裂音、爆破音(語言學)，explosive detection device爆裂物偵測裝置，explosive detection dog=explosive sniffing dog爆裂物偵防犬、嗅炸藥犬，plastic explosive塑膠炸藥，inexplosive不會爆炸的，explosible會爆炸的、可引爆的，explosion爆炸聲音、爆炸事件、爆炸行動、感情迸發、脾氣驟然發作、數量激增，population explosion人口遽增，confined explosion侷限性爆炸，unconfined explosion非侷限性爆炸，mine explosion礦坑爆炸，gas explosion瓦斯爆炸，implosion內爆、內爆裂音(語言學)，implosive內爆的、內部擠壓的、遽減的、內爆裂音的，voiced bilabial im-

plosive有聲雙唇內爆裂音(語言學；例：[b])，plosion破裂音、爆裂音，plosive=stop=oral occlusive爆破音、破裂音、塞音(語言學)；applaud對某人發出啪啪聲響、拍手、喝采，plaudit喝采、讚揚，plauditory=plausive喝采的、讚揚的、讚許的；applause拍手、擊掌、叫好，unplausive不讚許的，plausible可得嘉許的、看似可接受的、貌似真實的、聽來有道理的、好像有道理的，implausible=unplausible難以相信的、無法認可的、看似沒道理的

4. belligerency＝belli+ger產生、帶著+ency(名詞字尾)狀態、性質＝交戰狀態、交戰國的地位、敵對態度、好戰特質

belligerence=belligerency，belligerent交戰國、交戰者、參與鬥毆者、交戰中的、交戰國的、好戰的、愛鬥毆的，cobelligerent一起作戰的國家、參戰的友國、共同作戰的，nonbelligerent未交戰的、非交戰國、未參戰者，privileged belligerent=privileged combatant=lawful combatan合法戰鬥人員，unprivileged belligerent=unprivileged combatant=unlawful combatant非法戰鬥人員，bellipotent戰力強大的，bellicose好鬥的、愛抬槓的、愛吵架的，bellicosity好鬥性、愛爭執的性格，rebellious倒回來打政府軍的、造反的、反叛的、叛逆成性的，rebellion叛亂行動、造反行為，belli ratio=combat tactics戰術，belli denuntiatio=declare war宣戰，bellicum攻擊信號；rebel反向打戰者、倒打官軍者、叛徒、叛亂份子、抗命者、造反、叛亂、抗命、造反的、反叛的、抗命的，rebeldom叛亂地區、造反者控制區；antebellum戰前的，postbellum戰後的，bellum civile=bellum domesticum=bellum intestinum=civil war內戰，bellum lethale=lethal war=deadly war殊死戰、毀滅戰；gerent背負責任者、帶有職權者、管理者、統治者，vicegerent代理職權者、代理人、代行職權的、代理的，vicegeral代行職權的、代理的，refrigerate=re反覆+fri冷+ger+ate=一再產生冰冷、冷凍、冷藏，refrigerant致凍劑，refrigerator冰箱；congest=con+gest=帶到一起、擁塞，digest=di+gest=帶到下方、消化suggest=sug(sub轉音，下方、下級)+gest=下級帶出來、提議、表示意見

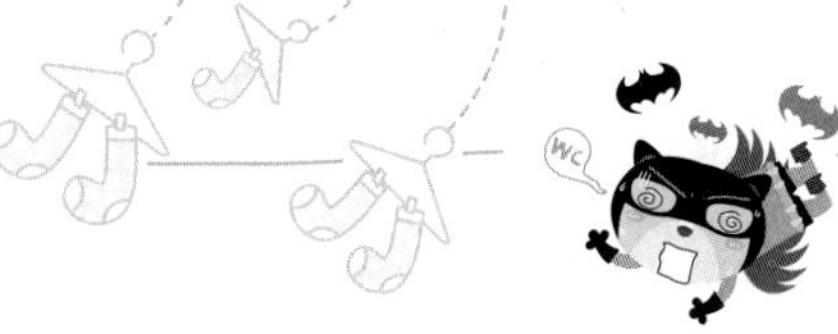

報馬仔

unprivileged belligerent：非法戰鬥人員；違反與戰爭相關之國際法規定，而直接參與武裝衝突的非軍人，這類人不得享有國際公約有關戰鬥人員相關特別權利(privilege)的對待。美國小布希George W. Bush政府認定賓拉登Osama bin Laden和其組織成員都屬於這類分子，因此對待手法就是以暴制暴。

5. missile＝miss+ile(名詞字尾)具某種能力或傾向之人事物、(形容詞字尾)具某種能力或傾向的＝**飛彈、飛射之物，飛彈的、可發射的**

延伸記憶

missile base飛彈基地，missile defense飛彈防衛，missile boat飛彈快艇，missile frigate飛彈巡防艦，missile destroyer飛彈驅逐艦，missile cruiser飛彈巡洋艦，missile guidance system飛彈導引系統，Cuban Missile Crisis古巴飛彈危機(1962年蘇聯在古巴興建飛彈基地而差點與美國發生大戰的危機)，guided missile導向飛彈、導彈，ballistic missile=BM彈道飛彈，cruise missile=CM巡弋飛彈，air-to-air missile=AAM空對空飛彈，air-to-surface missile=ASM空對地飛彈，air-to-ground missile=AGM空對地飛彈，surface-to-air missile=SAM地對空飛彈，ground-to-air missile=GAM地對空飛彈，surface-to-surface missile=SSM地對地飛彈，ground-to-ground missile=GGM地對地飛彈，anti-ship missile反艦飛彈、攻艦飛彈，anti-tank missile反戰車飛彈，anti-submarine missile反潛艦飛彈，anti-aircraft missile防空飛彈，anti-ballistic missile反彈道飛彈，shoulder-launched missile肩射飛彈，submarine-launched missile潛艦發射飛彈，air-launched missile空中發射飛彈，strategic missile戰略飛彈(5500 KM以上射程)，theater missile戰區飛彈(300-3500KM之間射程)，tactical missile戰術飛彈(300KM以下射程)，long-range ballistic missile=LRBM長程彈道飛彈(5500KM以上射程)，intermediate-range ballistic missile=IRBM中長程彈道飛彈(3000-5500KM之間射程)，medium-range ballistic missile=MRBM中程彈道飛彈(1000-3000KM之間射程)，short-range ballistic missile=SRBM短程彈道飛彈(1000KM以下射程)，intercontinental ballistic missile=ICBM

洲際彈道飛彈(5500KM以上射程)，missilery飛彈(總稱)、飛彈研究與製造，missileman=missileer飛彈設計或製造或發射人員；mission差派的事、任務、使命、使節團，missionary傳教士，emissary使者，emission排出物、散發物，admission入場、入學、住院，dismiss散發、離開、解散、解雇、打發走、拋掉、不理會；emit排出、發出、射出、散布，admit針對某人放行、准予進入，remit送回、寄運、匯款、發回重審，transmit傳送、傳遞，submit由下往上送、上呈，intermit中斷、間歇，permit完全放行、允許；projectile投射物、拋射體(子彈、炮彈、飛彈、魚雷等)、投射的、拋擲的，juvenile少男少女、年少的，mobile可移動物件、手機、動態雕塑、移動的，volatile揮發性物質、變化大的事物、揮發性的、易變動的

6. motorized=mot+or(名詞字尾)人者物、行動者+iz(e)(名詞字尾)進行、成為、轉化+ed(形容詞字尾)具某種特質或能力的=配備汽車的、有車輛載運的、機動化的

延伸記憶 motorized artillery=mobile artillery=self-propelled artillery機動化火炮、移動式火炮、自走炮，motorized infantry車載的步兵、機動化步兵，motorized bicycle=motorbike=cyclemotor裝馬達的自行車、輕型摩托車，motorize裝上馬達、配備汽車、機動化，motorless沒有馬達的、無發動機的、沒有動力的、沒有汽車的，motorist開車者，motorcycle摩托車、機車，motorboat汽艇，motorable可行車的，motorway車道、高速公路，motor hotel=motel汽車旅館，motored有馬達的、有引擎的，motordrome賽車場，motor馬達、發動機、會動的機器、汽車、機動的、車輛的，motion動作、行動、動議，slow motion慢動作，motionless不動的，commotion一起動起來、騷亂、暴動、動亂，emotion移動到外面的內心感受、感情、情緒；promote向前移動、拔擢、升遷，spot promote就地拔擢、現場即時即地升職，demote向下移動、貶官、降級，remote移到後面的、遙遠的，emote表現激情

7. bombproof=bomb+proof(形容詞字尾)不受影響的、具抗防某事物作用的、具某種耐受能力的=可耐受炸彈的、不怕炸彈的

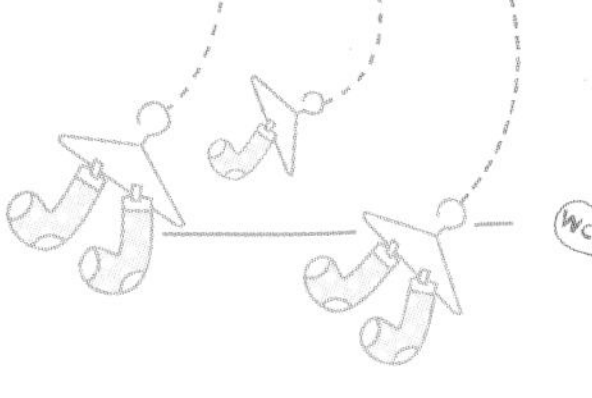

petrol bomb=gasoline bomb汽油彈，incendiary bomb燃燒彈，smoke bomb煙幕彈，bunker-buster bomb碉堡破壞炸彈，laser-guided bomb=LGB=smart bomb雷射導引炸彈、精靈炸彈，anti-personnel bomb人員對付彈、殺傷彈，armor piercing bomb穿甲彈、裝甲穿透彈，chemical bomb=gas bomb化學彈、毒氣彈，hydrogen bomb氫彈，nuclear bomb核子彈，neutron bomb中子彈，remote-control bomb遙控炸彈，time bomb定時炸彈，tear-gas bomb=lachrymatory bomb催淚彈，aerial bomb空投的炸彈，cluster bomb集束炸彈、榴霰彈、子母彈、開花彈，depth bomb深水炸彈，delay-action bomb延時起爆彈，letter bomb=parcel bomb=mail bomb=post bomb郵件炸彈、郵包炸彈，bomb bay炸彈艙，bomb shelter防空洞、避彈所，bomb disposal炸彈處置，bomb dropping投彈，bomber轟炸機，bombed-out被炸毀的，aerial bombing空中投彈轟炸，atomic bombings of Hiroshima and Nagasaki對廣島與長崎的原子彈轟炸(二次大戰末期)，carpet bombing=saturation bombing地毯式轟炸、飽和轟炸，obliteration bombing滅絕性轟炸；bombard轟炸、炮轟，bombardier轟炸員、炮兵；bulletproof防子彈的，bulletproof vest防彈背心，burglarproof防盜的，wrinkleproof抗皺的，scratchproof防刮的，rustproof防銹的，waterproof防水的，rainproof防雨的，windproof防風的，leakproof防漏的，childproof耐小孩子胡搞瞎弄的、小孩子弄不壞的，age-proof不受年齡影響的，inflation-proof不受通貨膨脹影響的

3. untenable＝un(字首)不、非、無、缺、反+ten+able(形容詞字尾)有能力的、辦得到的＝無法持有的、防守不住的、難以維持的、經不起打擊的

untenable siege難以維持的圍攻行動，untenable position守不住的陣地，untenable alliance無法維持的聯盟，untenable argument站不住腳的論點，untenable relationship守不住的關係，strategically untenable戰略上經不起攻打的，fiscally untenable財政上撐不住的，economically untenable經濟上難以維持的，tenable可持有的、守得住的、經得起打擊的、站得住的，tenacious死纏的、緊緊抓住的、堅持的，tenant占用者、居住者、承租者；

tenement持有物、住宅、居所，tenemental持有物的、住屋的，tenet抓住的原則、信念、宗旨；content一起抓取之物、容量、容積，contents內容、目錄，intent意向、意圖、目的；assailable可攻擊的、易受攻擊的、有弱點的，sacrificeable可以犧牲的，unattackable無法攻取的，unsinkable不沉的、不會被擊沉的，unaffordable財力上無法負擔的，unviable無法存活的、不會成功的

9. demilitarized＝de(字首)取消、脫離、降低、減少+milit+ar(y)(形容詞字尾)與某事務相關的+iz(e)(動詞字尾)進行、成為、轉化+ed(形容詞字尾)具某種特質或能力的＝非軍事化的、非軍事用途的

延伸記憶 demilitarized zone非軍事區、無武裝活動區，militarize軍事化、軍事管制、以軍事方式處理，remilitarize再軍事化、重新武裝，military軍事的、軍用的、軍隊的、軍人的、軍方(總稱)，military action軍事行動，military conflict軍事衝突，military academy軍事學院、軍官學校，military junta軍事執政團(由軍方諸將領擔任統治者而組成的委員會)，military police軍事警察、憲兵，military advisor軍事顧問，military aircraft軍用飛機，military band軍樂隊，military aid軍援，military coup軍事政變，military discipline軍紀，military formation軍隊編制，military slang=military jargon軍事用語，military installation軍事設施，militainment=mili(tary)+(enter)tainment=軍方娛樂活動、勞軍活動，unmilitary不合軍事規範的、不合軍人身分的，nonmilitary無關軍事的，paramilitary準軍事的、類似軍隊編制的、輔助軍事的，militarism軍國主義、尚武思想，militarist軍國主義者，militant好戰份子、好鬥人士、激進派、好戰的、好鬥的、富戰鬥力的，ultramilitant極端好戰的，militancy=militance好戰心態、好鬥個性、交戰狀態，militia民兵、國民兵；denuclearized非核化的、無核武的，decarbonized脫碳的、除去碳素的，dematerialized非物質化的、不具形體的，devitalized去掉活力的、衰弱的；secularized世俗化的，circularized公告周知的、大家傳閱的，formularized公式化的，summarized摘錄的、簡述的

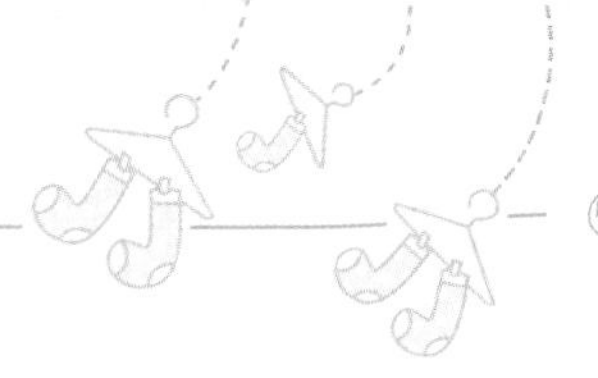

10. naval＝nav+al(形容詞字尾)具某性質的、與某事物相關的＝海軍的、船艦的

延伸記憶 naval artillery艦炮，naval base海軍基地，naval battle船艦戰、海戰，navalism海軍主義、主張把海軍當成建軍主要事務的理念，navalist海軍主義者，navy舟師、水師、海軍，navy blue海軍藍、深藍、藏青色，navy inactive fleet=navy reserve fleet海軍預備艦隊，Navy SEALs=Navy Sea, Air, and Land Teams(美國)海軍海空陸特種作戰部隊，Secretary of the Navy=Navy Secretary(美國)海軍部長，navigate=nav+ig行動、走+ate=走船、使船動起來、航海、航行，circumnavigate環繞著航行、繞著開船、環航世界一周，navigator航海者、領航員，navigable可航行的，unnavigable不可航行的、無法開船的，navicular舟狀的、船型的

報馬仔 Navy SEALs：2011年在巴基斯坦北部亞伯特城Abbottabad進行任務，擊斃賓拉登的美國特戰部隊；很多人以為SEAL指的是seal海豹，而誤稱為海豹部隊。SEAL是Sea, Air, and Land的縮寫，指「海空陸(三棲作戰)」，屬於special forces=special operations forces特種部隊、特種作戰部隊，歸海軍特種作戰司令部Naval Special Warfare Command (NSWC) 節制；美國各軍種各有其特戰部隊和特戰司令部，美國國防部為了跨軍種協調聯繫指揮，成立了美國特種作戰司令部United States Special Operations Command (USSOCOM, SOCOM)。

報馬仔 marine corps：海軍陸戰隊；按字面解釋是「海洋軍團」、「跨海部隊」，其別稱是naval infantry，意指「船艦的步兵」、「海軍步兵」。

報馬仔 navy：船艦部隊；依字源nav(舟船)而言，最精準的的定義就是「舟師」、「船軍」；但其作戰行動範圍不限於海洋，戰場有可能在河流或湖泊，故稱為「水師」也通；中國著名的「赤壁之戰」Battle of Red Cliffs涉及到naval battle，但不可稱為「海戰」，因為不是發生於海上，而是江河之上。

11. refugee＝re(字首)離開、退後、返回、回復、再次、重新+fug+ee(名詞字尾)某種特定

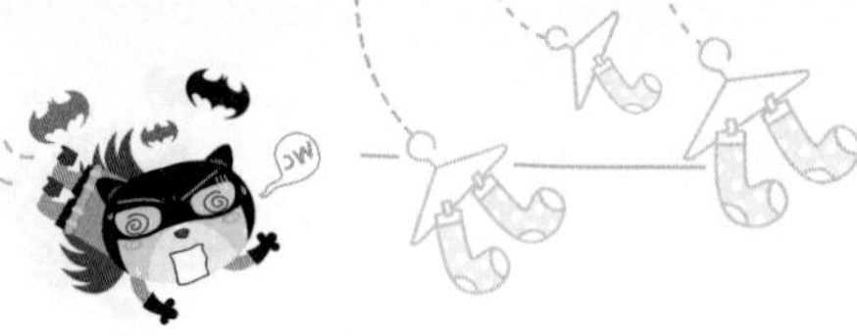

情況下的人、動作的接受者＝逃開的人、避難者、難民

war refugee戰爭難民，political refugee政治難民(因政治迫害而出亡者)，economic refugee經濟難民(因無法謀生而出亡者)，climate refugee氣候難民(因氣候變遷引發之災難而離家流亡者)，internal refugee=internally displaced person=IDP境內難民、國內流離失所的人，refugee camp難民營，refugee shelter難民收容所，the Office of the United Nations High Commissioner for Refugees=UNHCR聯合國難民事務高級專員公署，refugium殘餘物種保護區，fugue心神遊動、心神跑離、賦格(音樂)，fugacious短暫易逝的、很快萎謝的、難以捉摸的、遊走不定的、易揮發的，lucifugous=luci光線、亮光+fug+ous=避光的、躲離光的(例：蟑螂cockroach)，calcifugous=calci鈣、石灰+fug+al=避鈣的、嫌鈣的、逃離鈣的，nidifugous=nidi巢+fug+ous=剛孵出就離巢的(例：鴨子duck、天鵝swan)，somnifugous驅眠的，fumifugist驅逐煙霧的人或機器，centrifugal離心的、離心力的(物理)、離開中央的、趨向分裂的，centrifugalize用離心機旋轉、使產生離心作用；subterfuge=subter在下、私下+fuge=偷偷逃開的方法、遁辭、藉口、詭計，refuge避難、庇護、避難所、庇護所，calcifuge避鈣植物(例：歐石楠erica)，febrifuge解熱劑、退熱藥，insectifuge驅蟲劑、把蟲趕離開的藥劑，somnifuge驅睡劑、把睡意趕走的東西，vermifuge驅蠕蟲劑、腸部寄生蟲驅逐藥，centrifuge離心機；fugitive逃犯、逃奴、逃兵、逃亡者、短暫易逝的事物、逃亡的、捉摸不定的、游動不拘的、短暫易逝的、即興的，tempus fugit=time flies時光飛逝、光陰似箭、歲月如梭；resign簽字離開、辭職、放棄，release鬆開、釋出、釋放、發表，recluse遁世的、隱居的；devotee熱衷者、虔信者、狂熱者，absentee缺席者、未到場者，escapee逃獄者、逃亡者，patentee專利權擁有者、專利註冊者，divorcee離婚者，payee收款人、受款者，trainee受訓者、學員，employee受雇者、雇員，draftee被徵召者、奉命入伍者，nominee被提名者，appointee被任命者

12. Blitzkrieg＝Blitz(德文)閃電、飛快+Krieg=lightning war＝**閃電戰、疾速戰(集中優勢**

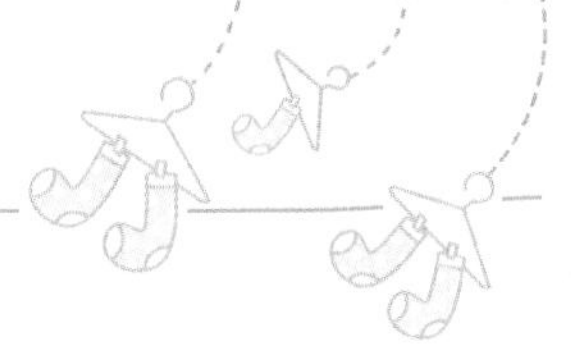

兵力在極短時間內完成的作戰)

Krieg auf Leben und Tod=war of life and death生死存亡之戰，im Krieg=at war交戰中，Krieg zu Wasser=war on water海戰，Krieg zu Lande=war on land陸戰，Krieg im der Luft=war in the air空戰，Bürgerkrieg=civil war內戰、城民之戰，Volkskrieg人民戰爭、全民戰爭，Grabenkrieg=trench war壕溝戰，Kleinkrieg=guerrilla war小戰、零星戰、游擊戰，Krieger將士、兵卒；Kriegsflagge軍旗，Kriegsflotte戰爭船隊、艦隊，Kriegshafen軍港，Kriegsrat作戰會議，Kriegslist作戰策略，Kriegsschiff戰艦，Kriegsgefangener戰俘，Kriegsgericht軍事法庭；Blitzlicht閃光，Blitzschalg雷擊，Blitzableiter避雷針，Blitzfluglinie快速飛行航線

German military terms：德文軍事用語；第一次和第二次大戰時期英美等盟國的主要交戰國是德國，而致很多英文的文獻或報導使用德文，以下為常見的德文軍事用語：Wehrmacht=defense forces德國國防軍、德國國軍，Luftwaffe=air force空軍，Heer=army陸軍，Kriegsmarine=navy海軍(1935-1945期間納粹德國海軍)，Marine=navy海軍(德國聯邦共和國海軍)，Deutsches Afrikakorps (DAK)=German Africa Corps德國非洲軍團(名將隆美爾Erwin Johannes Eugen Rommel指揮的部隊)，Hafen=harbor港口，Flughafen=airport空港、機場，Panzer=armour=tank戰車，Unterseeboot=U-boot=undersea boat水下艦艇、潛艦，Chef des Generalstabes=chief of the general staff參謀總長，Eisernes Kreuz=iron cross鐵十字(勳章)，feindliche Truppen=enemy troops敵軍，der Führer=the leader領袖、領導者(希特勒Adolf Hitler)，Kampf=struggle奮鬥、抗爭、打鬥，Mein Kampf《我的奮鬥》(希特勒表述政治觀點的著作)，Kampfflotte=battle fleet作戰艦隊，Kampfgruppe=battlegroup陸軍戰鬥群組、特遣作戰編制團隊，Gestapo=Geheime Staatspolizei=secret state police國家祕密警察、蓋世太保，Lebensraum=living space生存空間，Generalfeldmarschall=field marshal野戰軍元帥、陸軍元帥。

13. **combatant**＝com(字首)共同、一起+bat+ant(名詞字尾)行為者、動作施行人，(形容詞字尾)處於某過程中的、進行某種行動的＝**參加戰鬥的人、參戰將士、戰鬥人員、參戰國家，參加戰鬥的、好鬥的**

noncombatant非戰鬥人員(醫務兵、隨軍牧師、平民等)，combat作戰、戰鬥、作戰的、打仗相關的，aerial combat=air-to-air combat=aerial warfare空戰，armoured combat=armoured warfare=tank warfare裝甲車戰、戰車戰、坦克戰，house-to-house combat=urban warfare逐屋戰、巷戰、城市戰，close quarters combat=close quarters battle近距離戰、白刃戰、肉搏戰，jungle combat=jungle warfare叢林戰，single combat單挑、一對一格鬥，combatready準備好應戰的，combat ship=war ship作戰艦艇，combat aircraft=war plane=battle plane作戰飛機，combative好鬥的、戰鬥的，battle戰鬥、戰役、戰爭、奮鬥、抗爭、與人搏鬥、加入戰爭、進行作戰，battleship戰列艦、戰鬥艦、主力艦(例：美國的密蘇里號USS Missouri、愛荷華號USS Iowa，還有沉在夏威夷珍珠港的亞利桑那號USS Arizona)，main battle tank=MBT主戰坦克、主戰戰車(例：美國M1A2、英國Challenger 2、德國Leopard 2A7，中國的Type 99、俄羅斯T-90)，battlefield戰場，battle cry提升士氣的作戰口號、戰鬥中的廝殺吶喊聲，battalion作戰部隊編制、營(陸軍)，battalion commander營長，reconnaissance battalion偵搜營，engineer battalion工兵營，logistics battalion後勤營，ranger battalion突擊營，embattle構築防禦工事、進入備戰狀態，embattled設防的、準備好要打仗的、擺出戰鬥隊形的、被圍困的、四面楚歌的，bat打、擊、以棍棒猛敲，batter打擊手(棒球)，batter猛轟、砸爛、踹毀、痛毆，battered被毆打的，shelter for battered women受虐婦女收容所，battering重擊、猛轟、毆打，battering ram攻城槌，battery火炮群組、炮兵連、發出猛轟攻擊行動的部隊

14. **blockade**＝block+ade(名詞字尾)行動的過程、行為的結果、參與行為的人，(動詞字尾)進行、從事＝**封鎖行動、阻塞物、障礙物，封鎖、阻塞、擋住**

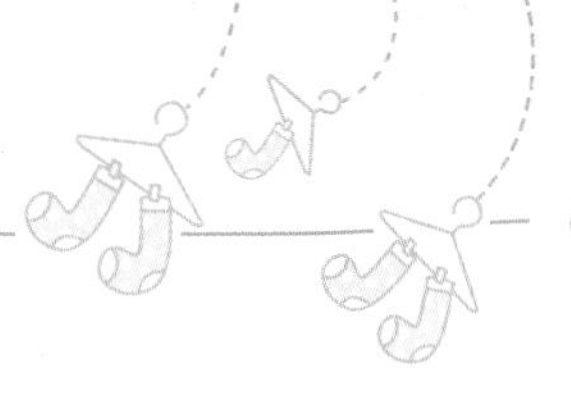

延伸記憶 blockader進行封鎖行動者，blockaded被封鎖的，blockade-runner逃離封鎖線的人，block木塊、岩塊、成團成塊的物品、一片土地、一組房舍、一段街區、用塊狀物擋住、堵塞、阻擋、封鎖，city block城市的一個街區，office block公司行號的街區(非住宅區)，blockbuster讓整個街區炸翻的大型炸彈、引發很大轟動的產品(電影唱片書籍等)，woodblock木塊，building block積木，blockheaded木塊腦袋的、笨笨的、不知變通的，nerve block神經封閉、神經傳導阻滯，block letter木板字、方體字、黑體字、印刷體字；stockade圍欄、欄柵，barricade簡易防禦工事、路障、矮擋牆，palisade欄柵、樹籬，arcade拱廊、拱廊街道，cannonade炮轟、連續炮擊，brigade作戰群組、旅(陸軍編制)，comrade同志、同道人士，crusade十字軍行動、十字軍東征，grenade石榴狀武器、手榴彈、槍榴彈，lemonade檸檬汁，orangeade柳橙汁，pomade髮油、蘋果香膏劑，charade比手勢猜字遊戲，promenade悠哉散步

報馬仔 ade：另外意思指「參與行為的人」；在西班牙文是ado，以下三個例子是已經進入英文的西班牙文字彙：desperado亡命者，aficionado入迷者，hacendado莊園主人。

15. entrench＝en(字首)置入某事物之中、以某物包覆住、進入某種狀態或地方、進行某事務、成為某樣子+trench＝進入塹壕、挖掘壕溝、以壕溝防護、據守、確保(權利)

延伸記憶 entrenched以塹壕保護的、牢固防護的、確立的、根深蒂固的、難以變動的，entrenched power of the rich富人根深蒂固的權力，entrenched customs難以變動的風俗，entrenched clause特別維護條款、剛性條款(憲法或基本法中難以修訂的條款，規定必須有3/4或2/3多數或經過公民投票才得修改的條款)，entrenched legislation剛性立法，entrenched river嵌入河流、深切河流(地理)，entrenched meander掘鑿曲流(地理)，entrenching shovel挖壕鍬，trenching spade壕溝鏟，entrenchment塹壕、有壕溝的防禦工事，managerial entrenchment hypothesis經理人固守職位假說(企管學：認為高層主管反對公司被購併是因為他們為了固守自身利益而非考慮全體股

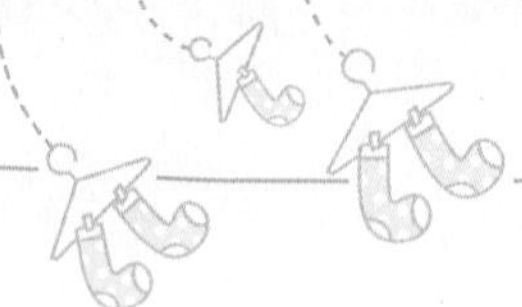

束權益)，trench塹壕、深溝、海溝、挖戰壕、以塹壕防護、開出深溝，trench warfare塹壕戰，slit trench狹長散兵坑、淺狹戰壕，trenched有溝渠的、有塹壕保護的，Mariana Trench馬里亞納海溝(西太平洋關島附近)，trenchant具割裂性的、銳利的、鋒利的；encamp安置營中、紮營，encase放入箱中、擺入盒中、包起來，enamour置入愛情中、迷戀，encave藏於洞中、放入穴裡

16. conflict ______________ 衝突、互打
17. confrontation ______________ 迎面而戰
18. non-aggression ______________ 不進攻
19. detonate ______________ 爆炸
20. disarmament ______________ 解除武裝
21. amphibious ______________ 兩棲作戰的
22. insurgent ______________ 起義者
23. strategist ______________ 戰略家
24. submarine ______________ 潛艦
25. surrender ______________ 投降
26. retaliate ______________ 報復
27. conscription ______________ 徵調制度
28. veteran ______________ 退伍軍人
29. mobilize ______________ 動員
30. irregular ______________ 非正規部隊

16.conflict＝con(字首)一起、互相、共同、整個+flict＝互打、衝突、鬥爭、戰爭、牴觸

延伸記憶 armed conflict=military conflict=war武裝衝突、軍事衝突、打仗，class conflict階級衝突(公開表現出來則是class struggle階級鬥爭)，Arab-Israeli conflict阿拉伯與以色列的衝突，China-Vietnam conflict中越衝突、中越邊境戰爭(1979)，intergenerational conflict世代間衝突(不同世代對彼此的偏見與惡感)，conflict of civilizations=clash of civilizations不同文明之間的衝突(例：基督教文明與伊斯蘭文明、宗教文明與科學文明、佛教文明與儒家文明)，conflict of interest利益衝突、私人利益與公務責任之間的衝突，conflict resolution衝突解決，conflicting itineraries互相衝突的行程，conflicting opinions互相牴觸的意見，conflictive=conflictory=conflictual衝突的、牴觸的；afflict針對某人使身心受打擊、使受折磨、使痛苦不堪，affliction折磨、痛苦、難過、苦惱，inflict施加打擊、施予重罰、使蒙受痛苦，inflict pain on=plague折磨，inflict penance upon逼使悔過，inflict a penalty upon懲罰、判處罰款，inflictive使人痛苦的、具打擊力道的，inflicted受到折磨的，self infliction自我折磨；contract拉到一起、收縮，convert相互轉動、換算、兌換，convivial同桌飲宴的、樂於交際的

clash of civilizations：文明衝突論；美國教授杭廷頓Samuel Huntington所提出，視文明之差異為國際衝突主因的理論，譬如：西方的基督教文明與中東的伊斯蘭文明的衝突，可用以解釋一些穆斯林國家的反美情緒；而美中衝突，則是基督新教文明與東亞儒家文明的衝突。

conflict of interest：官員接受廠商餽贈賄賂或以美食美酒美女招待，對自己有吃喝財色等利益，但瀆職進而使廠商得以規避法律責任，甚至得標、偷工減料等，是損害國家與人民利益的行為，是典型的利益衝突。

17. confrontation＝con(字首)一起、互相、共同、整個+front+ation(名詞字尾)行為過程、行動結果＝迎面而戰、正面對抗、較量、對質

延伸記憶 confrontationism對抗主義、在政治軍事上主張採取對抗行動、對傳統理

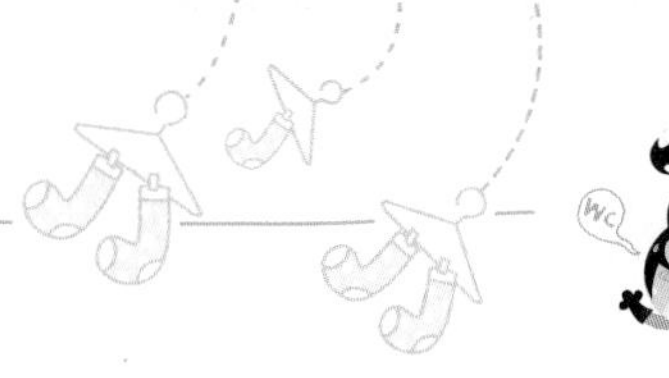

法習俗採取反抗措施，confrontationist對抗主義者、反傳統者、主張對抗的、反傳統的，confrontational對抗的、對質的，bipolar superpower confrontation=cold war超級強國兩極對抗、美國與蘇聯的冷戰，confront雙方前額相撞、迎戰、面對、對抗、較量、對質，confrontment=confrontation，front前線、陣線、前面、正面，battlefront戰線、交戰沿線，popular front人民陣線，united front統一的戰線、統戰，common front共同陣線，Eastern Front東戰線(第一和第二次大戰時期德國與俄國和蘇聯交戰的戰線)，Western Front西戰線，frontal前面的、正面的、額的，frontal attack正面攻擊，front line前線、火線，front-line前線的、第一線的，front-line state前線國、與敵對集團比鄰的國家，front page頭版，cold front冷鋒(氣象)，warm front暖鋒，affront使當面難堪、公然羞辱、有意冒犯，effrontery連身體前面都脫光光的行為、厚顏無恥、寡廉鮮恥，frontier前沿地界、邊境、邊疆、未開拓之新領域；frontogenesis鋒面產生(氣象)，frontonasal額鼻的，frontotemporal額顳的；conductor整體引導者、指揮家，convulse整個抽動、驚厥、震撼，concourse匯流處、集合點

18. non-aggression＝non(字首)不、非、無、否+ag(字首)向著、朝著+gress+ion(名詞字尾)行為過程、行動結果＝不進犯、不侵略、不進攻

non-aggression pact互不侵犯條約，aggression進攻、進犯、侵略，war of aggression=war of conquest侵略戰爭，unprovoked aggression未受到挑釁就發動的進犯行動、無端出兵，inward aggression內向攻擊、自毀、自蔑，aggressor侵略者、攻擊者，aggressive朝著目標一直走的、積極的、不停歇的、侵略性的、攻擊性的，aggressive anger攻擊性的憤怒、洩憤、發洩性憤怒(精神狀態)，aggressiveness侵略性、攻擊性、積極性，gressorial具有步行足的、適宜步行的(腳)，regression逆行、退步、後退、退化、消退，retrogress後退、退化、墮落、衰敗，degressive往下走的、下降的、遞減的；antegrade=anterograde向前走的、前進的、順行的，orthograde直立行走的，plantigrade跎行的、腳掌著地行走的，pronograde俯行的、上肢著地行走的、四腳獸的，pinnigrade鰭行的、以鰭狀足行走的，grade訂

出階段、分出等級、評分、階段、等第、級別、分數，upgrade升等、升格，downgrade降級，centigrade百度測量、攝氏，degrade降級、降格、貶抑、羞辱、退化、墮落；gradient坡度、梯度，gradate漸層變化，gradual按階段的、漸進的、逐步的，gradualism漸進主義，graduate走過一個階段、畢業、畢業生

19. detonate＝de完全、徹底、離開、除去、降低(字首)+ton+ate(動詞字尾)從事、操辦、進行＝發出徹底轟然巨響、引爆(炸彈)、爆炸

detonator引爆器、雷管、爆炸器材，electric detonator電雷管，primer detonator起爆雷管，instantaneous detonator即發式雷管，delay action detonator延時起爆雷管、遲發雷管，detonative引爆的、爆炸的、轟隆巨響的，detonation引爆、爆炸，carbon detonation碳炸(天文：恆星消失而形成黑洞的理論)，sympathetic detonation殉爆、交感爆(化學：炸藥受到其它炸藥爆炸影響而起爆)，detonation velocity爆轟速度、起爆速度，astonish使遭雷打一般嚇壞、使震驚、使驚愕，astonishing令人驚愕的，astonished感到驚愕的，astonishment令人感震驚的事物、驚愕狀態；tonitrate打雷，tonitrous雷聲轟轟響的；tonitrophobia=brontophobia打雷恐懼症，brontology打雷研究，brontometer雷暴計、雷雨計，brontoraptor雷盜龍，brontosaurus雷龍；denude剝光光、使全裸，depredate搶光、殺光、燒光、吃光、掠奪、蹂躪，default徹底出錯、違約、拖欠、未履行、未到庭、未出賽

20. disarmament＝dis(字首)剝除、離去、不、非、否+arma+ment(名詞字尾)行為過程、動作結果、狀態、場地＝解除武裝、裁軍

rearmament再武裝、恢復軍備，armament軍隊、武器，armaments軍備、軍力(總稱)；disarm解除某人某部隊某國武裝、使放棄武器、裁軍，disarming令人繳械的、令人敵意全消的，disarmed被繳械的、軍隊被裁掉的，arm武器、兵器、軍備、軍種、配備武器、武裝起來，arms武器(總稱)、軍事、軍事工作，arms race軍備競賽，armed配備武器的，arme

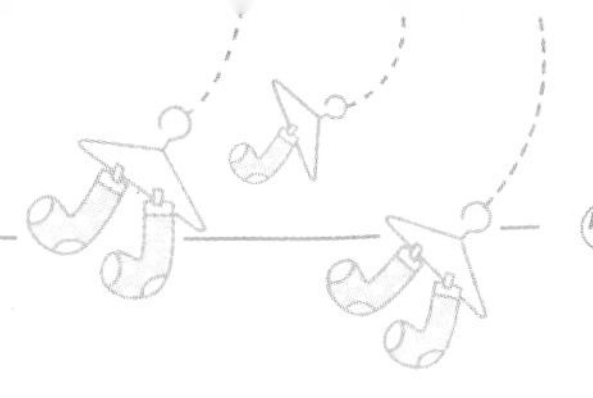

forces=armed services武裝部隊、三軍，unarmed沒有武器的、徒手空拳的，unarmed civilians赤手空拳的平民，arming裝彈、填彈、拉開槍炮保險裝置、準備發射、準備引爆，army軍方、軍隊、陸軍、軍團(陸軍編制，在軍corps之上)，army corps=corps軍(陸軍編制，在師division之上)，armada軍事船隊、艦隊、軍用車隊、軍事機隊、龐大兵力，Armada無敵艦隊(1588年遠征英格蘭失敗的西班牙大艦隊)；disburden除去負擔，disaster=dis+aster(星星)=星星離開位置、災禍，disjoint離開關節、脫臼

21. amphibious＝amphi(字首)兩者、兩邊、周圍+bi(o)+ous(形容詞字尾)具有某特質的＝水陸兩棲的、兩棲作戰的

amphibious corps兩棲部隊，amphibious assault ship兩棲攻擊艦(例：直升機航艦helicopter carrier)，amphibious aircraft兩棲飛機，amphibious vehicle兩棲車輛，amphibious reconnaissance兩棲偵搜，amphibious landing兩棲登陸，amphibious operation兩棲行動，amphibious withdrawal兩棲撤退(水陸兩路撤軍)，amphibious warfare兩棲作戰，amphibian兩棲動物、水陸兩用車或飛機、兩棲的、水陸兩用的；Amphibia兩棲綱(動物)，aerobia需氧菌，euphorbia大戟屬植物；amphibiology兩棲動物學，amphibiotic水陸兩生的，abiology非生物學、無生命之物的研究，aerobiology大氣生物學，anthropobiology人類生物學，agrobiology農業生物學，biological warfare生物戰，bioethics生命倫理學(有關墮胎、試管嬰兒、代理孕母、安樂死等問題合不合乎道德的探討)，biometric identification生物特徵識別(以指紋或虹膜等作識別依據的方法)，biography生命撰寫、傳記，autobiography自傳；amphibolic兩種語意皆可的、語意含混的，amphimictic有性生殖的、兩性交合的、性交繁育的，amphiphyte兩棲植物；amphoteric兩性質的、具酸鹼性的、具正負電荷的，amphotericin兩性黴素

22. insurgent＝in(字首)不、非、無、反+surg+ent(名詞字尾)行為者、動作人，(形容詞字尾)做某行為的、具有某特質的＝起身反對者、造反者、叛亂者、反抗者、舉事者、起義者，造反的、叛亂的、反抗的、舉事的、起義的

延伸記憶 Iraqi insurgent伊拉克叛亂分子(美國出兵伊拉克後到處騷亂舉事的伊拉克人)，Maoist insurgent毛澤東派叛亂分子(尼泊爾反政府武裝分子)，insurgence=insurgency造反、叛亂、舉事、起義、造反行為、叛亂狀態，counterinsurgent反叛亂的、對付叛亂的，counterinsurgency對付叛亂的作為或行動或政策，assurgent上升的、斜上的、向上彎的，resurgent復甦的、再起來的、恢復活力的、死而復生的，resurgence再起、再現、復甦、復活，resurge死而復生、(思想行動)再次洶湧澎拜，surgent=surgy洶湧的、澎拜的、奔騰的；surge猛衝、大增、湧浪、奔騰、波濤，military surge軍力提高、增兵，storm surge風暴潮、風暴湧浪，surgeless沒有波濤的、風平浪靜的；insurrection叛亂，insurrectionary叛亂份子、叛亂的、煽動叛亂的，insurrectionist叛亂份子，resurrect使復活、使復甦、使重新出現、使再流行，resurrectionism死而復活論，resurrectionist相信死而復活論者；indolence不吃苦、反抗辛勞、怠惰、打混度日，incessant不停的，inexpiable不能抵償的

23. strategist＝strat+eg引導、帶領+ist(名詞字尾)行為者、動作人＝引導軍隊走向的人、軍師、戰略家

延伸記憶 geostrategist=geo(politics)+strategist地緣政治策略家，fellow strategist=conspirator=accessory共謀者、從犯，strategy戰略、策略、計謀、對策，military strategy軍事策略、戰略，global strategy全球策略(企業與國家面對全球化時代的因應對策)，investment strategy投資策略，marketing strategy行銷策略，exit strategy退場策略、退戰策略，strategic=strategical戰略的、大局考量的、關係重大的，strategics兵學研究、兵法、戰略學，strategize研擬戰略、制定用兵之法，strategus=strategos領軍者、將軍；stratocracy軍人統治、軍人執政的政體，stratocrat軍人執政者，stratocratic 軍人政權的；nonstrategic非戰略的、無關戰略的；stratagem領軍之道、策略、計謀、詭計，agent帶動者、動原、執行者、代理商，coagulate帶到一起、凝結；intransigent=in+trans+ig+ent=無法引領過來的、不妥協的、拒不讓

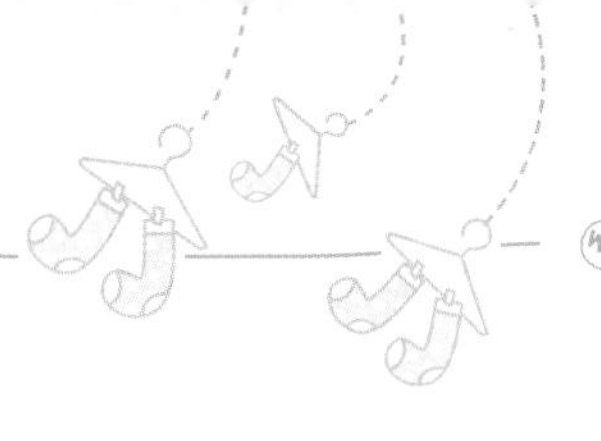

步的，mitigate引領往輕柔那邊、和緩、減輕，fumigate帶動煙、用煙燻

24. submarine＝sub(字首)下方、底下+mar+ine(名詞字尾)具某性質之物、類似某東西之物，(形容詞字尾)具某特質的、屬於某類的＝潛艦、潛艇、海底生物，潛艦的、海底的、水下的

submarine warfare潛艦戰，antisubmarine反潛的、對付潛艦的，antisubmarine torpedo反潛魚雷，midget submarine小型潛艦，diesel-electric submarine柴電動力潛艦，nuclear-powered submarine核子動力潛艦，ballistic missile submarine彈道飛彈潛艦，cruise missile submarine巡弋飛彈潛艦，hunter submarine=killer submarine獵殺潛艦(主要目的在找到並擊毀敵方潛艦的潛艦)，submarine-launched missile由潛艦發射的飛彈，disabled submarine失事潛艦、無行動能力潛艦，distressed submarine遇難求救潛艦，submarine escape潛艦逃生，narco-submarine走私毒品用的潛艇，submarine canyon海底峽谷，submarine earthquake海底地震，submarine tunnel海底隧道，submarine cable海底電纜，submarine sandwich潛艇三明治、潛艇堡，submariner潛艦水兵，marine海洋的、航海的，marine insurance海事保險，marine turtle海龜，marine biology海洋生物學，marine corps海軍陸戰隊，museum of marine biology and aquarium海洋生物博物館，fluviomarine河與海堆積的(地理)，transmarine跨海的，aquamarine藍綠色、海水藍，mariner海員、船員，mariner's compass航海員用羅盤；maritime(此字的time乃拉丁文timus轉音，意思是「終究、到底、緊密相關」；與「時間」無關)海事的、海洋的、臨海的，maritime supremacy海上霸權，maritime superiority海上優勢，Evergreen Maritime Museum長榮海事博物館，maritime agency海事局，Japan Maritime Safety Agency日本海上保安廳，Maritime Provinces=Maritimes(加拿大)瀕臨大西洋的三個省分，maritime academy海洋學院、海事專門學校，international maritime signal flags國際海事信號旗，maricolous海棲的、生活在海的，mariculture海產養殖；mare clausum=closed sea領海、對別國封閉的海，mare liberum=free sea=international waters公海、自由通行之海，mare nostrum=our sea我們

的海(古羅馬對地中海的暱稱)、領海，maremma近海沼澤區；vaccine牛痘、疫苗，amine胺，caffeine咖啡鹼、咖啡因，iodine碘，adulterine摻假的，adamantine堅硬的，alpine高山的，anserine像鵝的，aquiline像鷹的，bovine牛的

Navy ships：海軍艦艇；aircraft carrier航空母艦(字面意思：飛行器載運者)，helicopter carrier直升機航母(字面意思：直升機載運者)，battleship戰鬥艦、戰列艦、主力艦，cruiser巡洋艦，destroyer驅逐艦(例：臺灣自美國購入的的紀德艦Kidd Class屬之)，frigate巡防艦(例：臺灣購自法國的拉法葉艦La Fayette Class屬之)，minelayer布雷艦，minehunter獵雷艦，minesweeper掃雷艦，landingship登陸艦，landingcraft登陸艇，torpedo boat魚雷艇，missile boat=missile cutter飛彈快艇，gunboat炮艇。以五百噸為準，以上稱「艦」，以下稱「艇」；另外，gunship的意思不是炮艇，而是配備有機炮等強大火力的飛行船，目前幾乎是helicopter gunship的簡稱，就是「武裝直射機」。

25. surrender＝sur(字首)越過、超過、在上+render＝投降、放棄、自首、讓出、交出、移轉給別人

conditional surrender有條件投降，unconditional surrender無條件投降，flag of surrender投降旗、白旗，surrender of Germany to the Allied德國向同盟國的投降，German Instrument of Surrender德國降書，Japanese Instrument of Surrender日本降書，surrender of Qing to Anglo-French Expedition清國向英法遠征軍投降，surrender a province讓出一個省的管轄權，surrender himself to the police他向警方自首，surrender to sexual seduction屈服於性的誘惑，surrender to bail交保期滿自動出庭，cash surrender value=surrender value(保險解約)退還金、退保取回金額，surrender luggage to the counter把行李交給櫃臺，surrender all opportunities放棄所有機會，surrenderor讓與者，surrenderee受讓者，render提供、給予、交付、交出、說出、做出，rendering給予之物、貢獻、做出的事務、藝術呈現、譯文，misrender陳

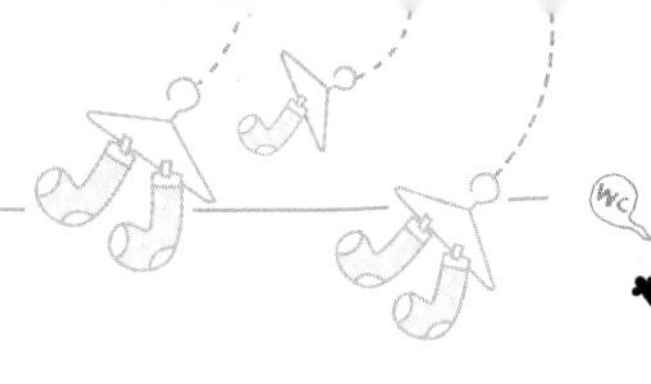

述錯誤、翻譯錯誤、以錯誤方式提出來，prerender預先作、預載、預先處理；rendition提供、給予、做出的方式、表演方式、翻譯文本、翻譯筆法，rendu交貨(價格)的；surreal超現實的，surmount登上、越過，surpass優於、勝過

26. retaliate＝re(字首)回返、回復、再次+tali+ate(動詞字尾)進行、從事＝做類似的事回去、報復、以眼還眼以牙還牙、死債死償

 延伸記憶 retaliation報復行為、報復措施，massive retaliation=massive response=massive deterrence大規模報復、大規模反應、大規模嚇阻(一旦對方先攻擊就必然以更大規模武力報復，好讓對方不敢蠢動)，ethic of retaliation=law of retaliation=lex talionis(拉丁文)=報復準則、回敬律、同態復仇法(以相同或類似型態、力度、比例進行報復)，retaliator報復者、報復國，retaliatory=retaliative報復性的，retaliatory strike capability=second strike capability報復性攻擊能力、第二擊能力；retort反駁，retrieve取回，reverse反轉，revenge報仇雪恨、報復雪恥

 報馬仔 ethic of retaliation：同態復仇法；古老宗教與民族常有同態復仇的概念，但現今仍有一些地區保有這種觀念，在爆發氏族衝突或部落鬥爭時尤其明顯。舊約聖經《出埃及記》(Exodus)21章23-25節：「以命償命，以眼還眼，以牙還牙，以手還手，以腳還腳，以烙還烙，以傷還傷，以打還打。」古蘭經第二卷(Surat 2)《黃牛》(al-Baqarah)第178節：「今以殺人者抵罪為你們的定制，公民抵償公民，奴隸抵償奴隸，婦女抵償婦女。」

 報馬仔 retaliatory strike capability：報復性攻擊能力、第二擊能力；在核戰中對方先出手做第一擊first strike之後，我方仍保有的反擊之能力；這種能力夠強大就會使對方不敢先動手。

27. conscription＝con(字首)共同、一起、全部+script+ion(名詞字尾)行為過程、行動結果＝全部都寫入名單、徵兵行為、徵調制度、徵用行動

延伸記憶 conscription in Israel以色列的徵兵制度，arguments against conscription反對徵兵的論點，conscription crisis徵兵危機(因為徵兵不得民心而引發的社會動盪不安)，conscriptional與徵兵有關的，conscriptionist支持徵兵的人士，conscript=conscribe徵兵、徵調，conscript=conscriptee被徵召入伍者，conscript=conscripted被徵召的，conscript troops徵兵組成的部隊，conscript labor=unfree labor徵調的勞力、非志願的勞力，conscriptable可徵召的，nonconscriptable不可徵召的，script筆跡、書寫物、原稿、劇本，manuscript手稿，transcript抄本、謄本、拓印本，postscript後書、補寫，antescript前書、先寫，circumscription畫下周界、限制、約束，nondescript難以描述的；scriptophobia書寫恐懼症，scriptomania書寫狂躁症；scribe文書人員、書記、抄寫員，describe寫下、描述、形容，subscribe在各類文書下方寫名字、訂閱、聯署、認捐、贊助、支持，transcribe從一方文字轉到另一方、抄寫、謄寫、拓印；scribal文書人員產生的、抄寫員造成的，scribble塗鴉、潦草寫字

28. veteran＝veter+an(名詞字尾)某一類的人、具某特質的人，(形容詞字尾)精熟某事務的、具有某特徵的＝老兵、老手、退伍軍人，老兵的、有作戰經驗的、退伍軍人的、老練的

Department of Veterans Affairs退伍軍人事務部(美國)，Veteran Affairs Commission退除役官兵輔導委員會(臺灣)，service-disabled veteran服役傷殘退伍軍人，Veteran's Day退伍軍人節，veterans' home=old soldiers' home退伍軍人安養院，veterans' preference退伍軍人優惠(公務員考試給予退伍軍人的優待)，veteranize去當老兵、退伍者再次入伍當兵，veteraness女老兵、女退伍軍人，veterancy老兵身分與狀態、退伍軍人身分、多年的狀態，inveteracy長年積習、根深蒂固的偏見、多年舊疾，inveterate積久難改的、根深蒂固的、食古不化的

29. mobilize＝mobil+ize(動詞字尾)進行、使成為＝動員、人力或兵力的集結與調動

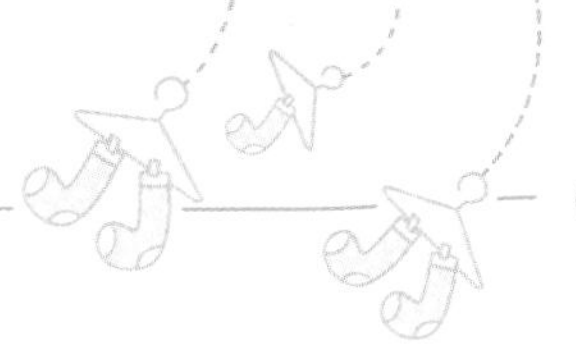

 mobilise=mobilize，mobilizable可以動員的，mobilizable reinforcing force可調動的增援部隊，mobilization exercise動員演習，mobilization and staging area動員集結區，demobilize解除動員、復員、人員回到原先崗位，remobilize再次動員，immobilize使不動、固定、停頓，mobility流動性、移動性、機動性，social mobility社會流動(身分地位的變化)，mobility rights=right to travel=freedom of movement遷徙權、旅行自由權；mobile活動的、移動的、機動的、活動物件、流動機體，mobile missile launcher機動式飛彈發射器，mobile home旅行住宿車，mobile postoffice流動郵局，mobile phone=cellular mobile=cell phone=hand phone手機、行動電話，automobile自體移動機體、汽車，bookmobile=mobile library流動書車、流動圖書館，snowmobile機動雪車、摩托雪橇，hippomobile馬車，immobile無法移動的、固定的，mob聚合無常的民眾、烏合之眾、暴民，mobbish移動式搗亂的、暴民的，mobbism暴民行為

30. irregular＝ir(字首)不、非、無、否+reg+ular(形容詞字尾)像某樣子的，(名詞字尾)像某樣子的人事物＝不合規矩的、非正規的、不固定的，非正規人員、非正規部隊、不合規定的產品

 irregular troops非正規部隊(例：游擊隊guerrilla或聖戰士Mujahideen之類)，irregular warfare非正規戰爭，irregular forces非正規軍，irregular verbs不規則變化動詞，irregular bone不規則骨、異形骨，irregular heartbeat=cardiac dysrhythmia=arrhythmia不規則心跳、心臟失律，irregularity不規則性、無規律特質、不平整的物品、違規行為，irregularize使不規則化，regular合規律的、按規矩的、定期的、正規的、平整的，regular army正規軍，regular press conference定期記者會，regularize規律化，regularity規律性，regulate制定規矩、加以規範、管理，regulator管理機構、管理者、調整器，regulation法規、規定，regent攝政者；regiment有規律的軍事單位、兵團、團(陸軍編制)、兵團化、軍營式管理、嚴格管控，cavalry regiment騎兵團(以前的騎兵，現在則是配備輕裝甲車輛與

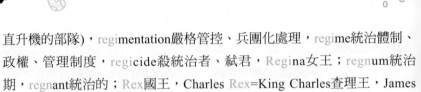

直升機的部隊)，regimentation嚴格管控、兵團化處理，regime統治體制、政權、管理制度，regicide殺統治者、弒君，Regina女王；regnum統治期，regnant統治的；Rex國王，Charles Rex=King Charles查理王，James Rex=King James詹姆士王

07 戰爭與軍事之二

英文	中文	字綴與組合形式
against ; toward	反、逆、阻、針對、朝著	o ; ob ; oc ; of ; og ; op
hit ; strike ; violate	打、擊、打擾、侵犯、違法	fen ; fence ; fend ; fens ; fense
percolate ; pass through	滲透、過濾、通過	filter ; filtr
combustible cord ; melt ; blend	引信、熔解、溶化、接合	fus ; fuse ; fuze
electrical circuit overloading prevention	保險絲、熔絲	fus ; fuse ; fuze
drive ; push ; strike	驅動、推、擊打	peal ; pel ; puls ; pulse ; pulsi
machine ; apparatus ; device	機器、機具、裝置	mechan ; mechano ; machin
cruel ; fierce ; frightful ; gloomy	殘酷、兇惡、可怕、黑暗	atroc ; atroci
foot ; feet ; step	腳、足、踩踏	ped ; pede ; pedi ; pedit ; pod ; pode ; podo
toward ; to ; at	朝、往、附近	ad ; af ; ag ; al ; an ; ap ; ar ; as ; at
leap ; sudden act	彈跳、撲躍行動	sail ; sali ; sally ; salta ; sault ; sili ; sult

英文	中文	字綴與組合形式
mend ; arrange ; get ready	修復、整理、備妥	par ; para ; pare ; pair
war ; fight	戰爭、戰鬥	machy ; mars ; mart
rub ; grind	摩擦、耗損	tri ; tribo ; tribu ; trio ; trit ; trite ; triti ; trito
drag ; draw	拖、拉、抽	tra ; trace ; track ; tract ; trail
measure	測量、度量、度量計、度量法	meter ; metr ; metry
nothing ; zero	空無、精光、零	nihil ; nihilo ; nil
fright ; fear	驚嚇、驚恐、恐怖	ter ; terr ; terri
weapon ; equipment	武器、裝備	arm ; arma ; armi
stay ; stand ; place	待在、站立、擺放	sist ; sta ; stasi ; staso ; stat ; state
stand still ; stop	杵著不動、停止	stato ; statut ; sti ; stitut
pile ; build	建構、堆疊	stri ; stroy ; stru ; struct ; strue ; stry
work ; labor ; act ; perform	工作、勞動、行動、執行	oper ; opus
head ; chief ; leader	頭、首、領袖	cap ; capit ; capt ; chapt
head ; chief ; leader	頭、首、領袖	chef ; chief ; chiev ; cip ; cipit

英文	中文	字綴與組合形式
tie ; bind ; attach ; join	接連、綁住、附帶、添加	nect ; net ; nex ; next
wrap ; cover ; veil	包圍、覆蓋、壟罩、裹住	velop
do ; make ; shape	做、進行、塑造	fac ; faci ; facil ; fact ; feas ; feat
do ; produce ; form	做、產生、形成	fect ; feit ; fic ; fici ; ficit ; fy
ask ; seek	詢問、尋求	quer ; ques ; quest ; quir ; quire ; quis ; quisit
exact ; extort	索取、強取	quer ; ques ; quest ; quir ; quire ; quis ; quisit
win ; overcome ; conquer	贏、取勝、征服	vic ; vict ; vinc ; vince ; vincit
success ; procession for victory	成功、凱旋遊行	triomph ; triumph
get into ; pierce ; pass through	貫穿、穿透、通過	penetr ; penetra ; penetro
seize ; attain ; reach	抓住、取得、觸及、理解	pregn ; prehend ; prehens
wish ; will ; choice	意願、意志、抉擇	vol ; volen ; voli ; volunt
near ; close ; next	接近、親近、緊接	proach ; prop ; proxim ; proximo

英文	中文	字綴與組合形式
way to get closer	入門途徑、接近的方法	proach ; prop ; proxim ; proximo
joke ; bind ; tie	軛、綁住、連結	jug

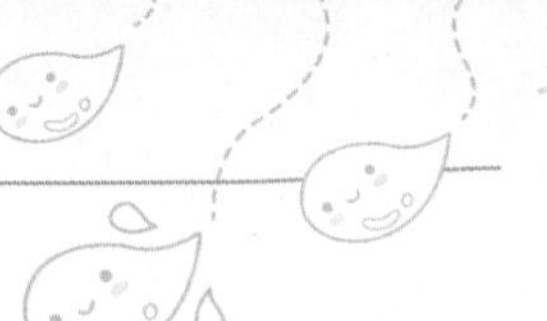

①	offensive	______________	攻勢、進攻行動
②	infiltrator	______________	滲透者
③	defuse	______________	卸除引信
④	repel	______________	驅逐
⑤	mechanized	______________	機械化的
⑥	atrocity	______________	暴行
⑦	expeditionary	______________	遠征的
⑧	assail	______________	突擊
⑨	reparation	______________	賠款
⑩	martial	______________	好戰的
⑪	attrition	______________	使戰力磨耗掉
⑫	protracted	______________	拖延的
⑬	asymmetric	______________	不對稱的
⑭	annihilation	______________	殲滅
⑮	deterrence	______________	嚇阻

1. **offensive**=of(字首)針對、朝著+fens+ive(名詞字尾)具某性質的人事物、產生某作用的人事物，(形容詞字尾)具某性質的、屬於某類的=**朝著某目標或對象打擊、攻勢、進攻，攻擊性的、進攻的、冒犯的、令人不舒服的**

on the offensive處於攻擊的一方，air offensive空中攻擊、空中進攻，ground offensive地面攻勢，ground-naval-air offensive陸海空攻勢，peace offensive和平攻勢、積極謀求和平的作為，charm offensive魅力攻勢、積極使對方感到愉悅的做法，counteroffensive反攻、反擊，offensive weapon攻擊性武器，offensive jihad攻擊性的伊斯蘭聖戰，offensive formation進攻陣勢(軍事)、進攻隊形(美式足球)，offensive rebound進攻籃板球，offensive foul進攻犯規(籃球)，offensive marketing warfare strategies進攻型行銷戰策略(搶占對手市占率的積極策略)，offensive remarks無禮的言談，offensive terms冒犯性的用詞用語，offensive odour嗆鼻的味道，inoffensive=unoffensive沒冒犯人的、無惡意的、沒有傷害的；offense=offence進攻、冒犯、犯法、過錯、令人厭惡的人事物，offenceful有罪的、有過錯的，offenceless沒有進攻能力的、不會得罪人的；offend冒犯、得罪、惹怒、犯法，offender違法者，sex offender性侵者，offendress女犯法者，offendedly被惹怒地、生氣地；native土著，prerogative特權，operative工匠，motive動機，sedative鎮定劑

2. **infiltrator**=in(字首)內部、裡面+filtr+at(e)(動詞字尾)進行、從事+or(名詞字尾)行為人=**滲透者、潛入者**

infiltrate滲透、滲入、透過去、通過，infiltration滲透行動、潛入的行為、滲入物、浸潤物，FBI infiltration of Mafia美國聯邦調查局對黑手黨的滲透，MI6 infiltration of Russian government agencies英國軍事情報局第六處(007情報員的單位)對俄羅斯政府機構的滲透，fire and infiltration開火並突穿(集中兵力攻擊突破防線)，Dynasties of Infiltration滲透王朝，infiltration capacity=infiltration rate入滲容量、入滲率(水入滲土壤的最大可能比率)，infiltration gallery集水廊道、集水渠道、滲水廊道(匯引地下水的結

構物)，infiltration basin入滲池(都市防洪減災設施)，fluffy infiltration絨毛狀肺浸潤(醫學)，interstitial infiltration間質性肺浸潤(組織間空隙處浸潤)，glomerular filtration腎絲球過濾，ultrafiltration超過濾(溶液或血液的淨化技術)，infiltrative滲透的、滲入的、浸潤的，exfiltrate滲出、漏出、偷偷溜出敵陣、潛離敵軍占領區，filtrate過濾、濾除；filter過濾、漏出、過濾器、濾嘴，water filter濾水器，air filter空氣過濾機，color filter彩色濾光片，light filter濾光片、濾光器，web filtering software=content-control software網頁過濾軟體、網路內容控制軟體，filterable=filtrable可過濾的，filterable paper濾紙，filterable virus濾過性病毒(可穿越過濾器的毒性微生物)，filter-tipped有濾嘴的；inundate波滔進來、氾濫、淹沒，inurn裝入甕中、埋葬，inveigle誘騙，inter入土，inhume入土、埋葬

Dynasties of Infiltration：滲透王朝；中國史上以遷徙的滲透方式而非征戰方式，進入長城以南而建立的胡人國家。西晉滅亡後五胡亂華時期最為顯著，例：鮮卑族的北魏、匈奴族的前趙、氐族的前秦。唐朝末年已經是軍閥割據，隨後的五代十國時期胡族國家眾多，例：沙陀族的後唐、後晉、後漢。至於宋朝時期契丹族的遼、女真族的金、蒙古族的元，以及明末出現的清(原來取名為後金，屬於女真族)，則是征服王朝Dynasties of Conquest。

3. defuse＝de(字首)除掉、離開、降低、減少+fuse＝卸除引信、使無法爆炸、使局勢緩和

defuze=defuse，defuse the bomb除去炸彈引信，defuse the crisis in the disputed islands解除有糾紛的島嶼的危機，defuse the tensions in the Taiwan Straits和緩臺灣海峽緊張情勢，defuser=defuzer拆除引信的人、炸彈處理者、解決危機的人、和緩局勢的人，defused解除引信的、不會爆炸的、情況和緩了的，time fuse定時引信、定時點燃的導火線，shell fuse炮彈引信，nose fuse彈頭引信，proximity fuse近炸引信、近距信管，concussion fuse震動引信，electronic fuse電子引信，contact fuse觸發引信，influence

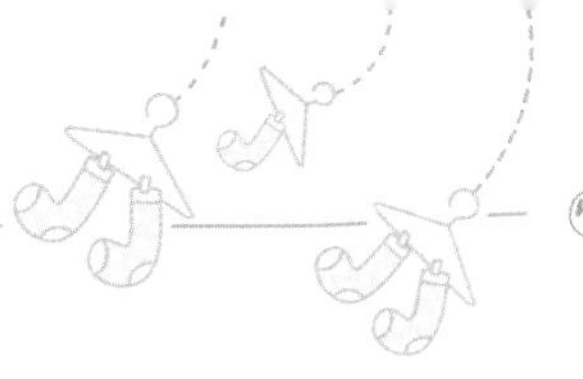

fuse感應引信、不接觸型引信，enclosed fuse封閉式熔斷器、封閉式保險絲，expulsion fuse衝出式熔斷器、衝出式保險絲，dropout fuse跳開式熔斷器、跳開式保險絲，cartridge fuse管筒式熔斷器、熔絲管，fused熔凝的、熔融的，fused-glass琉璃、熔融玻璃，fused quartz熔凝石英，fused semiconductor熔融半導體；fusee導火線、導火繩，fusil燧發槍、火繩槍，fusiler燧發槍兵，fusillade齊發、齊射，fusible可熔化的，fusible metal易熔金屬，fusion熔化、熔解、熔合、結合，fusion bomb熱核彈(以核熔合產生能量的炸彈)；despumate=de+spum泡沫+ate=抹去泡沫、除掉浮渣，desquamate=de+squam鱗、屑+ate=脫鱗、脫皮、脫屑，detect=de+tect遮蓋=拿掉遮蓋、察覺、查明、發現

4. repel=re(字首)回、退、反+pel=擊退、打跑、驅逐、抵禦、排斥、抗拒

延伸記憶 repellent=repellant擊退的、驅逐的、排斥的、令人厭惡的、驅蟲藥，repellence=repellance擊退、排斥，expel逐出、推出去、排出、開除，expellee被開除者、被逐出者，expellent=expellant排毒劑、具驅逐力的，impel推入、強迫、驅使，impelling帶逼迫性的，impellent推動力，propel往前推、推進、推動、驅使，self-propelled artillery自己推進的火炮、自走炮(自身有機動力而不需要人車來推拉)，propeller=propellor螺旋槳、推進器、推動者，jet propeller噴氣式推進器、噴射推進器，air propeller飛機螺旋槳，hydraulic propeller液壓變距螺旋槳、噴水螺旋槳，propellent=propellant推進劑、推進的，propelling pencil自動鉛筆、推進式鉛筆，dispel驅散、消除，interpellate在官員報告或行事中間使力打斷、(在議會)質詢，interpellant質詢者、質詢的，interpellation質詢的動作、質詢的行為；repulse擊退、拒絕、感到厭惡，impulse推進力、衝動、衝力，impulse buying衝動性購買、未精打細算的購買行為，expulse逐出、開除；repulsion反感、厭惡、排斥力、擊退，repulsive令人反感的、排斥的、驅逐的，impulsive推進的、衝動的，compulsive強迫的、強制的，obsessive compulsive disorder=OCD強迫症，compulsive shopping=shopping addiction強迫性購物、購物成癮，compulsory強迫的、強制的、義務的、

必須做的，compulsory voting強制投票(例：澳洲、盧森堡、新加坡等國有選舉權的公民一定要投票)，compulsory military service義務兵役，cmpulsory vaccination強制施打疫苗，compulsory school attendance=compulsory education強制上學、義務教育、國民一定要上的學，compulsory subject必修科目；repent懺悔、悔改，repercussion反響、回音，reply回答

5. **mechanized = mechan+iz(e)+ed(形容詞字尾)成為某性質的、變成某類的 = 機械化的、配備機械的**

mechanized infantry機械化步兵(配備裝甲運兵車的步兵)，mechanized artillery機械化炮兵部隊、機械化火炮、自走炮，mechanized war機械化戰爭(以裝甲戰鬥車進行的戰爭)，mechanized agriculture機械化農業，mechanize機械化、以機械來進行，mechanism機械裝置、機械功能、機構、機制、技巧、手法，mechanics機械學、力學、結構，mechanic技工、機械修理人員，mechanical機械的、機器的、技巧性的；machanophobia機械恐懼症，mechanostriction機械造成的伸縮、機致伸縮、力致伸縮，mechanotransduction力傳導、力學傳遞路徑，mechanoreceptor機械感受器、機械性刺激感受器，mechanophotochemistry機械光化學，mechanocaloric effect機械致熱效應；machine機器、機械、機動車輛、機構、機關、器具，machine tool工具機，machine translation機器翻譯、自動翻譯，machine gun機槍，機炮，machine pistol自動手槍，machine rifle自動步槍，machinist機工、軍械士，machinery機械(總稱)、機器裝置、運作體制、機構，machinable=machineable可用機器處裡的、可加工製作的、可用機具切削的，machinate用祕密手法進行、耍陰謀

6. **atrocity = atroci+ty(名詞字尾)性質、狀態 = 兇惡、殘暴、暴行**

atrocity crimes兇殘罪行(違反國際公法的滅族、發動戰爭等罪行)，Nazi atrocities納粹暴行，mass atrocities大規模暴行、集體暴行，terrorist atrocities恐怖分子暴行，war atrocities戰爭暴行，generals and soldier

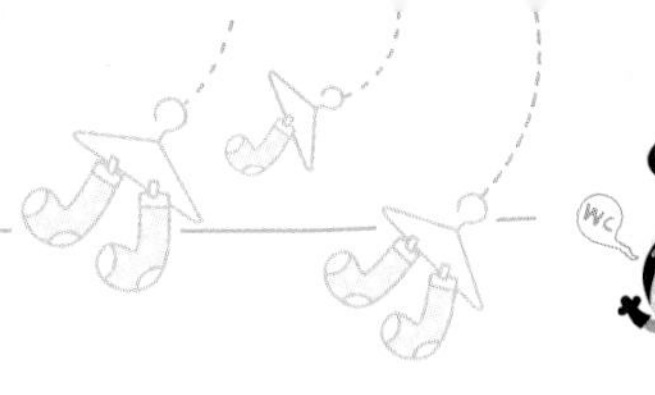

committing atrocities犯下暴行的將軍與士兵，atrocious窮凶極惡的、兇殘的、令人震驚的，atrocious manners粗暴舉止，atrocious assault and battery兇殘毆打、重大傷害，atrocious weather極惡劣的天氣，atrociously以兇殘方式進行地，atrociousness兇惡性質、殘暴狀況，Atrociraptor野蠻盜龍；atroceruleous=atro(c)(暗、黑)+cerule(an)(藍、青)+ous=暗藍色的、藏青色的，Hirundo atrocaerulea藍燕(俗名為Blue Swallow)，atrocastaneous=astro(c)+ castane(栗子)+ous=黑栗色的；ferocity兇惡性質、殘暴行為，precocity早熟，velocity速度，amenity溫文儒雅態度、舒服環境，timidity靦腆個性、害羞特質

報馬仔

同源字：atrocité(法)=atrocità(義大利)=atrocitas(拉丁)=atrocidad(西班牙)=atrocidade(葡萄牙)=atrocitate(羅馬尼亞)=atrocity(英)=兇惡、殘暴。

7. expeditionary =ex(字首)向外、離開+pedit+ion(名詞字尾)過程、結果+ary(形容詞字尾)與某事有關的=出征的、遠征的、探險的、迅捷行動的、腳上沒有羈絆的

延伸記憶

expeditionary force遠征軍(派到外國要達成特定目的的部隊)，Chinese Expeditionary Force中國遠征軍(二戰期間派赴緬甸對日作戰的中國部隊)，American Expeditionary Forces美國遠征軍(一戰期間派赴歐陸對德作戰的美國部隊)，British Expeditionary Force英國遠征軍(一與二次大戰赴法國對德作戰的英國部隊)，expeditionary warfare遠征作戰，expedition遠征、探險、迅捷行動，Anglo-French Expedition to China=Second Opium War英法遠征中國、英法聯軍之役、第二次鴉片戰爭(1856-1860)，antarctic expedition遠征南極，polar expedition=polar exploration極地探險，hunting expedition狩獵遠行，hostile expedition=military expedition敵意性遠行、軍事遠征，expeditious迅捷的、急速的，expedite迅速完成、加快進行、暢通的、快速的、敏捷的，expedited被加快處裡的，Expedited Funds Availability Act加速資金到位法(美國金融相關法律)，expedited review快速複查、加速審查、加速檢討，expedited shipping加速運送，expedited delivery加速交貨、加速投遞，expedited visa趕件處裡的簽證、加急簽證，expedited

service fee趕件處理服務費、加急處理費，expedited arbitration加急仲裁、快速仲裁、簡易仲裁，expedited trial速審，expediter=expeditor加速完成急迫事務的人，depeditate截肢、剁掉腳；expedience=expediency便利、合宜、讓自己方便的處理方式，expedient方便的、適宜的、權宜之計、利己的方便舉措，expediential權宜之計的、自利考量的，inexpedient不便的、不利的、不適當的；pediform足型的，pediluvium洗腳、足浴，pedicure足療、腳部保養，pedicurist足療師、腳部美容保養師，pedimanous腳如手一般的；pedometer計步器，pedopathy腳部疾病，pedoplania扁平足，pedoscopy觀足、看腳(命相)，podomancy腳卜、以腳判斷(命相)；velocipede靠腳踩踏而速行之物、腳踏車(二輪、三輪)，pedestrian=pede+st(e)r行為者+ian人者物=行人、行人的，pedestrianize行人化、徒步化，pedestrianized shopping area行人化的購物區、徒步商圈，impede放入腳中、上腳鐐、使無法正常行動、妨礙、阻擾，unimpeded未受妨礙的；impeding妨礙的，velocipedist騎腳踏車者，pedate有足的、似足的、足狀的，pedal用腳踩踏、踏板、油門、腳踏的，dextropedal慣用右腳的，sinistropedal慣用左腳的；podalgia=pododynia腳痛，chiropodist手足病醫師、手腳美容師，podiatrist足科醫師；exude滲出，extricate出脫、脫離，exterior外部，exsufflate吹氣趕走、吹走

8. assail＝as(字首)朝著、針對+sail＝飛撲而擊、襲擊、突擊、猛擊、抨擊、斥責、堅定處理

assail a bunker by artillery以大炮攻擊碉堡，reassail再攻擊，assailable易受攻擊的、有弱點的、難以防守的，unassailable難以攻克的、無庸置疑的、穩穩守得住的，assailed受到攻擊的，assailant攻擊者，assailment攻擊的行動、斥責的言詞，sally出擊、突擊、突圍、衝出去、(感情或語言)迸然發出，sally port(堡壘、碉堡)出擊口；resilient彈跳回去的、富彈力的、可復原的，resilience=resiliency彈性、活力，transilience=transiliency跳越、彈跳跨越，dissilient彈跳方式分開的、爆開的、綻放的；assault襲擊、突擊、侵犯、強暴，sexual assault性侵，assault course野戰訓練場，

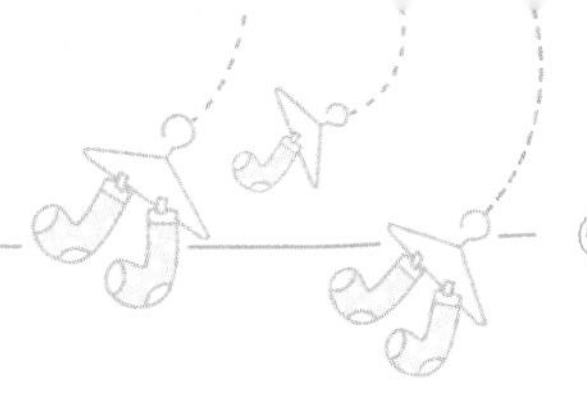

assault weapon攻擊性武器，assault rifle突擊用步槍，assaulter攻擊者、行兇者、強暴犯，assaultive狂暴的、行兇的，assaultable易受攻擊的；result=re+sult=彈跳回來、結果、收場、導致、產生，resultant從而發生的、作為結果的，insult跳躍進來、攻擊、侵犯、侮辱、危害、損傷，insulting侮辱的、汙衊的、損害人體的，desultory=de+sult+ory=跳開的、無條理的、散漫的、胡扯的，exult(ecsult的轉音拼法)跳躍到外面來、狂喜、雀躍，exultant狂喜的、歡欣鼓舞的；saltate跳動、跳躍、跳舞，saltatory=saltatorial跳躍的、跳舞的，saltatory insects善跳類昆蟲，saltatory evolution躍進式進化，saltato跳弓奏法(音樂)

9. reparation＝re(字首)回、退、反、再次+ para+tion(名詞字尾)過程、結果＝賠款、賠償金、補償、修理、恢復

war reparations=war indemnity戰爭賠款，Holocaust reparations=Reparations Agreement between Israel and Germany大屠殺賠償金(德國針對納粹屠殺猶太人而與以色列簽署的賠償協議)，World War I reparations一次大戰賠款(1919年)，Boxer Rebellion reparations義和團拳亂賠款、清朝對八國聯軍的賠款、庚子賠款(1900年拳亂攻擊外國使館，1901年簽訂辛丑和約)，reparative=reparatory補償的、修復的，preparative=preparatory預備的、準備的，preparation準備工作、預備的事物，apparatus針對某事準備的器具、設備、儀器、機器；reparable可補償的、能修復的，unreparable=irreparable無法修復的、無可挽回的；repair補償、修理、恢復，self-repair自行修復，disrepair失修狀態，荒廢樣子；pare削皮、修邊、整理完善，prepare提前整理、準備，prepared有備的，preparedness戰備狀態、準備就緒的樣子，military preparedness軍事準備、準備應戰；apparel針對某人某事準備的服裝、衣服、服飾、外型打扮；resentment反向的感受、忿恨、怨恨、不滿，reservoir回存的地方、儲藏所、水庫，reject擲回、拒絕

despair=de離去+spair希望=失望；與本單元的字源無關。dispair=dis分散+pair相同、成雙、成對=拆散；與本單元的字源也無關。

義和團拳亂：Boxer Rebellion、Boxer Uprising、Yihetuan Movement；辛丑和約：Boxer Protocol；其中一項條款是賠償四億五千萬兩白銀。

10. martial＝mart+ial(形容詞字尾)具有某特性的＝戰爭的、好戰的、尚武的、武術的、軍事的

延伸記憶

martial dress軍裝，martial music軍樂，martial country尚武國家，martial law軍法，court martial軍事法庭、以軍法審判，drumhead court martial戰地軍法審判、速審速決的，summary court martial簡易軍事法庭，martial arts武術，martial arts film武術電影、武俠片，immartial無關戰爭的、不尚武的、無關武術的、非軍事的，martiality交戰狀態、好戰特性，martialism尚武精神、英勇應戰態度，martialist尚武人士，martialize軍事化、使英勇、使好戰，Martian=Martial戰神的、火星的、火星人，Martianology火星研究；alectryomachy=alectoromachy=alektoromachy公雞對戰、鬥雞，arctomachy熊打架、鬥熊，cynarctomachy狗與熊鬥，andromachy男人對打，cheiromachy=chiromachy徒手戰、拳鬥，pygmachy鬥棍、打棍戰，gamomachy婚姻之鬥、夫妻吵架打架，naumachy海戰、模擬海戰，pyromachy火戰、火攻

Mars：羅馬神話的戰神；在希臘神話是Ares。

11. attrition＝at(字首)朝著、頂著、針對+trit+ion(名詞字尾)過程、結果、狀況＝使戰力磨耗掉、消耗、削弱、磨蝕

延伸記憶

attrition warfare消耗戰，military attrition兵力損耗，offensive attrition耗弱進攻，defensive attrition耗弱防禦，customer attrition rate顧客流失率，tooth attrition牙齒磨耗，occlusal attrition咬合磨耗，antiattrition減少磨損、

抗耗弱，attritional=attritive消耗的、削弱的，attrit消耗、耗弱，attrited磨損的、耗弱的；tritish有點陳腐的、有些老套的，triturate磨碎、咬碎、咀嚼，trituration磨碎之物、粉末，tritural適宜磨碎的，triturable可磨成粉的，detrited磨損的、碎裂的，detrition磨損、磨耗，detritus碎石、岩屑、碎屑，biodetritus生物碎屑，zoodetritus動物碎屑，phytodetritus植物碎屑，detrital碎屑狀的、岩屑形成的，contrition悔罪的行為、痛悔的表現；trite磨壞的、陳腐的、老掉牙的，lithotrite=litho+trite=石頭磨碎器、碎石器(泌尿科)，contrite徹底磨碎己心的、痛悔的、抱愧的，uncontrite不悔罪的；detritivorous食碎屑的，detritivore食碎屑者；detritophagy食(動植物)碎屑的習性，detritophagous食碎屑的，detritophage食碎屑者；detriment磨掉、損害、傷害、不利，detrimental有害的、不利的；tribulation磨難、艱苦、使身心折磨的事務，tribulate經受磨難、受苦受難；tribology摩擦學，tribometer摩擦計，tribophysics摩擦物理學，triboluminescent摩擦發光的

12. protracted＝pro前方(字首)+tract+ed(形容詞字尾)具有某特徵的＝向前拉長的、延長的、持久的、拖延的

protracted warfare長期戰、持久戰，protracted people's war持久人民戰爭(中國共黨革命戰爭的政軍策略)，protracted relief長期救援，protracted illness久病，protract突出來、延長、拖延，protractile可延長的、可伸出來的；tractor拖拉機、牽引機，traction牽引、拖拉，tractable可引領的、聽話的、易處理的，intractable不可引領的、倔強的，tractile可延展的、可拉長的，attract吸引，attractive有吸引力的，extract抽出、開採、榨出、萃取，retract撤回、縮回、收回，retractable可縮回的，retractable wings可縮回的機翼，detract拉走、減損、貶抑，distract拉分離、使分心，subtract拉到下面、減；trace人車拖拉行走、足跡、路徑、跟蹤、追溯，traceable可依足跡查出所在的、可追蹤的、可溯源的；track足跡、車跡、軌道、路線、跑道、履帶，tracked有履帶的，tracked armored fighting vehicle履帶裝甲戰鬥車，tracking追蹤，satellite tracking station衛星追蹤站；trail足跡、小徑、拖曳物，trailer拖車，trailerist開拖車旅行者；trawl拖網，trawler拖

網漁船，tram有軌電車，train火車、軌車、拖動車；propose擺到前面、提出、提案、求婚，propound提出，prospect看前方、展望、前景、探勘

13. asymmetric＝a(字首)不、非、無+sym(字首)一起、互相、共同+metr+ic(形容詞字尾)具某性質的＝不具有共同度量的、不對稱的

asymmetrical=asymmetric不對稱的，asymmetric warfare不對稱戰爭，asymmetric threat不對稱威脅(弱國以恐怖主義或奇襲或欺敵等方式而對強國造成的威脅)，asymmetric federalism不對稱聯邦主義，asymmetrical haircut不對稱剪髮式，asymmetric information資訊不對稱、資訊不均勻，asymmetrize使不對稱、使不整齊，symmetric=symmetrical對稱的，symmetric warfare對稱戰爭，symmetrical distribution對稱分布，barometric氣壓計的、氣壓的，chronometric精密時計的、天文時間的，radiometric放射性測量的，viscometric測定黏度的；symmetry對稱性，symmetry in biology生物對稱性，floral symmetry花對稱性，radial symmetry輻射對稱，bilateral symmetry兩側對稱，reflection symmetry鏡映對稱，axis of symmetry對稱軸，asymmetry不對稱性，turbidimetry比濁法、渾濁度法、濁度測量，angioscotometry血管暗點測量法，anthropometry人體測量學，aquametry滴定測水法、測水法，atmidometry蒸發率測定術；audiometer聽力計，thermometer溫度計，adipometer體脂肪計，aleurometer麵粉發力計，algesimeter=algesiometer=algometer痛覺計，altimeter海拔計、高度表，anemometer風速表，spirometer肺活量計，astrophotometer=astro星星+photo光+meter=光度計；symbiotic共生的，sympathetic一起受苦的、同情的，symposium一起吃喝的場合、宴會，symphony共同聲響、交響樂

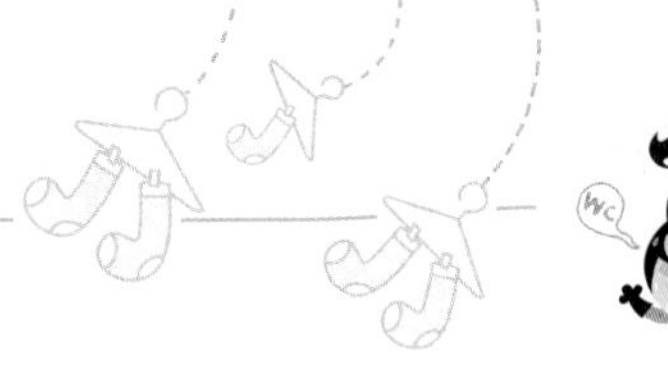

asymmetric warfare：不對稱戰爭；指交戰雙方在兵力與裝備上差距甚大，以及所採策略截然不同，而進行的戰爭。二次大戰後，東西方陣營在中歐的部署是「對稱戰爭」symmetric warfare，雙方的兵力、戰車、戰機數量相當。阿富汗反抗軍在1979年後對蘇聯部隊的作戰是「不對稱戰爭」，以游擊隊單兵武器襲擾對方。賓拉登Osama bin Laden的蓋達組織al-Qaeda(意思為「基地」)，在2001年9月11日以劫持的客機撞炸紐約世貿大樓，就是「不對稱戰爭」成功的例子，藉由特殊策略特殊武器而以極少人數與資源重創了大國。若有某一小國以網路病毒癱瘓某一大國的指揮體系，而使其先進與高數量的武器無法產生作用，也是不對稱戰爭。

「以小博大、以弱敵強」的不對稱戰爭，在舊約聖經的大衛對抗歌利亞David vs. Goliath的故事表露無遺：一位稱為大衛(天主教譯名為達味、伊斯蘭譯名為達伍得)的以色列牧羊童，手持甩石彈弓，面對全副鎧甲操持長桿銅槍，且身高三公尺的非立士人Philistine大將歌利亞；大衛在哥利亞未能接近以展現一面倒的可怕優勢之前，即在遠處以甩石命中其前額，致使傷重昏厥倒地，然後急速趨前一刀砍下首級。故事詳見撒母耳記上17章1-57節(Book of Samuel I, Chapter 17, Verses 1-57)。

asymmetric federalism：不對稱聯邦主義；聯邦國家的組成份子邦所具有的權利與義務不對等；譬如：加拿大聯邦中的法語省分魁北克Quebec，具有比其他九個英語省分更大的自治權。

asymmetric information：資訊不對稱；交易雙方獲悉的資訊不對等，弱者在交涉時居於劣勢而不自知，譬如：買屋者不清楚交易的實價，被哄抬的價格誤導而買貴。

14. annihilate＝an(字首)針對、朝著+nihil+ate(動詞字尾)使成為＝殲滅、滅絕、消滅、殺光、煙滅、使變成零、使不再存在

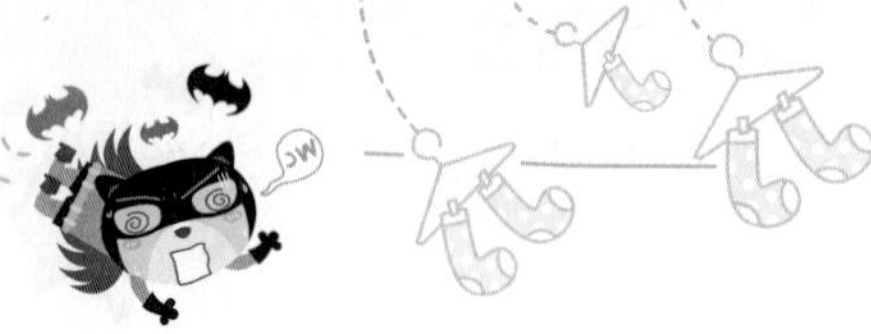

annihilated遭殲滅的、被消滅的，annihilated infantry division被殲滅的步兵師，annihilative=annihilatory滅絕性的，annihilation殲滅作法、滅絕行動，battle of annihilation殲滅戰，human annihilation=human extinction人類滅絕，self-annihilation自滅、自毀、自我消融，annihilationism滅絕主張(神學：認為邪惡者靈魂與肉身俱滅而無來生)，annihilator殲滅者、消滅器，annihilator method消去法(數學方程式運算)，nihil零、空無、虛無，nihil dicit(拉丁文，法律用語)=say nothing=無語、無言、無答辯，nihil debet=owe nothing=無債，felix qui nihil debet=the one who owes nothing is happy=無債一身輕、無債者樂悠哉，nihilism虛無主義，nihilist虛無主義者，nihilistic虛無主義的，nihility空無性、虛無性、完全沒有價值或意義，ex nihilo nihil fit=nothing comes from nothing=無物來自空無、其來有自、無中不會生有；nil零、空無、虛無，nil nisi bonum=nothing unless good=對死者只言善，nil magnum nisi bonum=nothing is great unless it is good=美善才偉大，nil novi sub sole=nihil sub sole novum=nothing new under the sun=太陽底下無新事，nil sine Deo=nothing without God=若無上帝則都是空，four goals to nil四比零(足球)

15. deterrence＝de(字首)離開、脫離、除去+terr+ence(名詞字尾)行為、動作、情況＝嚇阻、鎮懾住、制止、使人嚇跑的作為

nuclear deterrence核子嚇阻、核子威懾，minimal deterrence=minimum deterrence最低嚇阻、最小嚇阻，deterrent嚇阻的、威懾的、阻礙物、制止物、威懾物、核彈，deterrent effect威懾效應、嚇阻效果，deterrent option嚇阻選項，deterrent example殺雞儆猴、用來嚇阻其他人的例子，deterrent to entry=barrier to entry進場障礙(進入市場的困難度)，nuclear deterrent威懾的核武，deterrable可嚇阻的、可制止的，war on terror=war on terorism=war against terror對付恐怖主義之戰、反恐之戰，yellow terror=yellow peril黃色恐怖、亞洲國家民族淩駕歐美白人國家民族，terror-stricken受到驚嚇的、膽顫心驚的，terrorist恐怖分子；determent嚇

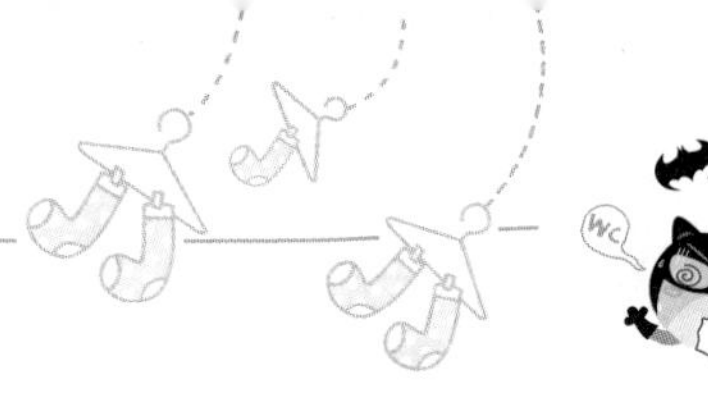

阻、鎮懾、制止物、妨礙物，deter嚇阻、鎮懾；terrify使恐懼、使嚇壞，terrible嚇人的、可怕的、嚴重的、劇烈的，糟糕的，terribly嚇人地、可怕地、非常、極度，terrific嚇人的、可怕的、驚人的、棒透的、極好的

nuclear deterrence：核子威懾；以核武逼迫敵方做出我方意欲的行動，或嚇阻敵方不得做出我方不欲的行為。minimal deterrence：最低嚇阻；一國擁有足以嚇阻敵方攻擊的核武數量即可，沒有必要加多。

deterrent option：嚇阻選項；國防戰略在各類嚇阻行動中的抉擇，有攻擊性嚇阻offensive deterrence、防禦性嚇阻defensive deterrence、傳統嚇阻conventional deterrence、核子嚇阻nuclear deterrence、最低嚇阻minimum deterrence等等。

⑯ armistice ______________ 停止用兵、休戰

⑰ destruction ______________ 毀滅

⑱ operation ______________ 軍事行動

⑲ decapitation ______________ 斬首行動

⑳ annex ______________ 併吞領土

㉑ envelopment ______________ 圍攻

㉒ defeat ______________ 戰敗

㉓ conquest ______________ 戰勝

㉔ invincible ______________ 無法戰勝的

㉕ triumphant ______________ 獲勝而歡欣鼓舞的

㉖ impenetrable ______________ 無法貫穿的

㉗ impregnable ______________ 無法攻占的

㉘ volunteer ______________ 志願軍

㉙ approach ______________ 逼近敵人

㉚ subjugate ______________ 軍事征服

16. armistice＝armi+st(i)+ice(名詞字尾)狀態、性質＝武器杵著、兵器直直擺著、停戰、停火、停戰協議

armistice negotiations停火交涉、為了達到停戰而進行的談判，Korean Armistice Agreement韓戰停火協議(1953年)，armistice line=armistice demarcation line停戰線、劃定界線停戰(譬如朝鮮半島的北緯38度線)，mixed armistice commission停戰聯合委員會，local armistice局部性停戰，general armistice全面性停戰，conclusion of armistice agreement停戰協定的締結，Armistice Day停戰紀念日(1918年11月11日歐戰結束日以及週年紀念日)，armipotent兵力強的、軍威鼎盛的，armipotence軍容壯盛；armour=armor武裝防禦物、盔甲、裝甲、裝甲部隊，armour-clad穿戴盔甲的、配備鋼板的、裝甲的，armoured配備武裝防禦的、覆上裝甲的，armoured brigade裝甲旅，armoured combat vehicle裝甲戰鬥車輛，armoured personnel carrier裝甲運兵車，armour-piercing穿甲的、貫穿裝甲的，armour軍械庫、兵工廠；solstice太陽至此、太陽停步，summer solstice夏至，winter solstice冬至，solstitial至日的、至期的；institute建立、制定、機構、組織、法則，institution公共機構、公共機構建築、制度、法人身分，institutional機構的、法人的，institutional investor法人投資者，institutionalize制度化、收容到公共機構；status地位、身分、狀況，status quo現狀，statue立像、雕像，static杵著的、不動的、靜止的，station站立的位置、檢查站、兵站、崗位；statute建立的法則、成文法、章程，statutory法定的，statutory crime=statutory offence法定犯罪行為；stasis停滯、鬱積、阻滯、意志，hemostasis止血，thrombostasis血栓性鬱血，enterostasis腸鬱滯，lymphostasis淋巴鬱滯；thermostat使溫度不動的機器、恆溫器，humidistat=hygrostat恆溼器、溼度調節機，gnathostat顎固定器；justice正義，malice惡意，service服務，caprice任性，practice練習

報馬仔 同源字：armistice(英法)=armistizio(義)=armisticio(西葡)=armistitiu(羅馬尼亞)=停戰，這都是拉丁語系；以下三國語文字彙的意思也是「停戰」，因為同屬日耳曼語系，而致彼此之間的拼音有類似之處，但與拉丁語系大不相同：Waffenstillstand(德)=wapenstilstand (荷)=vapenstillestånd(瑞典)。

17. destruction＝de(字首)離開、除去、降低、減少+struct+ion(名詞字尾)過程、結果、狀態＝把堆疊好的架構除去、毀壞、毀滅、破壞

延伸記憶 mutually assured destruction保證相互毀滅、彼此必然同歸於盡，weapons of mass destruction=WMD=大量毀滅性武器，self-destruction自毀、自殺，habitat destruction棲息地毀滅，destruct空中爆毀、自毀，autodestruct自動破壞、自動裂解，destructor自毀器，destructive毀滅性的、破壞性的，undestructive=nondestructive非破壞性的、無害的，semidestructive半破壞性的，superdestructive具嚴重毀滅性的，self-destructive自毀的、自殺的，autodestructive自動破壞的，destructible可毀滅的、可破壞的，indestructible不可毀滅的、不可破壞的，instruct堆疊知識或資訊到腦袋中、教導、指示、告知，instructor教師、指導者，instructive教育的、可增進知識的，reinstruct再次教導，preinstruct提早教導，construction堆疊在一起、營建、營造、建設，constructor營建公司、營造商，constructive營建的、具建設性的，deconstruction解構、拆解分析(文學批評用語)，reconstruct重建、再造，obstruct堆疊起來擋住、妨礙、阻隔，obstructionism妨礙議事進行的手段，obstructionist妨礙者、妨礙議事進行者，obstructor=obstructer妨礙者、妨礙物，struct結構、結構體，structure構造、組織、結構、建築物，structural構造的、結構的、建築物的，structural steel建築用的鋼筋，structural analysis結構分析，structured有明顯結構的，unstructured無結構的、鬆散的，substruct堆疊在下方、奠基，substructure下部結構、地下結構、底層結構、基礎工程、橋墩、路基、信仰基礎，superstructure上部結構、上層結構、思想體系，infrastructure

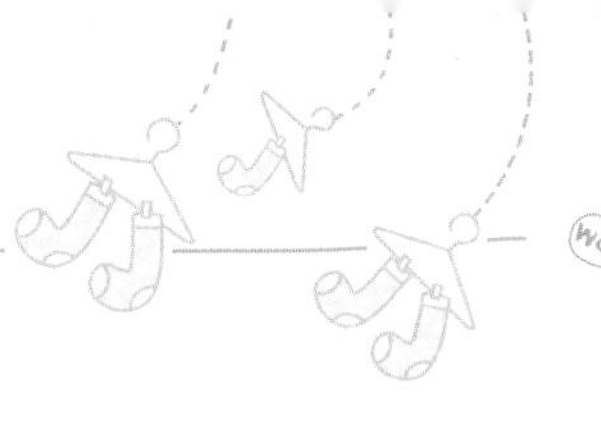

下層構造、基礎建設、基礎設施，nanostructure奈米結構；destroy摧毀、拆毀、破壞、殺死，destroyer毀滅者、具摧毀功能的器物、驅逐艦(用來獵殺摧毀潛艦的艦艇)，destroyable可摧毀的，undestroyable無法摧毀的；obstruent阻塞的、阻塞物，construable能做語法解析的，可以解釋的；construe理解、推斷、按語法組合、直譯

18. operation＝oper+at(e)(動詞字尾)進行、從事+ion(名詞字尾)過程、結果、狀態＝軍事行動、作戰、運行、操作、演算、經營、管理、手術

Operation Desert Storm沙漠風暴作戰(1991年以美國為首的聯軍驅逐伊拉克部隊而解放科威特)，Operation Achilles阿基里斯作戰(2007年北約組織在阿富汗協助政府軍掃蕩叛軍的行動)，operation map作戰地圖，operation plan作戰計畫，operation order作戰命令，operations room戰情室，amphibious operation兩棲作戰，psychological operation心理戰，clandestine operation=covert operation祕密行動，undercover operation暗中行動、臥底行動，rescue operation救援行動，business operation事業經營，operation code運算碼(電腦)，operational行動的、作戰的、經營的、操作的，operating經營的、操作的、手術的，operating room手術室，operator經營者、業者、手術操刀者、操作員、接線生，operable可操作的、可實行的、可動手術的，inoperable不可實行的、不可動手術的，interoperable互作的、相互配合的，operose費工的、吃力的、辛苦的、勤勉的，operosity=operoseness費力事務，cooperate一起做、合作，cooperative合作的、合作社，noncooperation不合作、消極抵制，teleoperate遠距操作，preoperative手術前的、預先操作的，inoperative無效的、不起作用的

19. decapitation＝de(字首)除去、離開+capit+at(e)(動詞字尾)進行、從事+ion(名詞字尾)過程、結果、狀態＝斬首行動、砍頭動作、斷頭刑罰、斷頭(頭與脊骨斷離)、撤職、解雇

decapitation strike斬首攻擊行動(第一擊就把敵方指揮部打掉而使無法作

戰)，decapitate斬首、砍頭、撤職、解雇，decapitator劊子手、斷頭器、把人解職者，capitate有頭的、頭狀的，capitation人頭稅、按人口數收費，capitulum頭狀花序、小頭，capital首要城市、首都、政府所在地，capital柱頭、柱頂，per capita=per head=per person每人，income per capita每人所得，consumption per capita每人消費；cap覆頭物、帽子，cape伸頭狀地形、海岬、岬角，capo黑幫堂口頭頭，cap-a-pie從頭到腳、全部，armed cap-a-pie全副武裝；captain領頭人、隊長、船長、艦長、機長，captaincy=captainship領頭人的身分地位職權，bell captain服務員領班；precipitate頭先觸地、倒栽蔥、驟降、猛然進行，precipitous倒栽蔥的、陡峭的、驟降的、冒然的、輕率的，precipitant輕率的、倉促的、突然的；precipice陡峭地形、懸崖、峭壁、危局、絕境；chef=chef de cuisine=chief of cooking炊事長、主廚、廚師頭，chef de bataillon營長，chef d'Etat=head of state國家元首，chef de cabin座艙長，chef-d'oeuvre=masterpiece排前頭的作品、大作、傑作；chief頭頭、領袖，chieftain酋長、族長，chiefdom=chieftaincy=chieftainship酋長身分地位與管轄地，chief purser=cabin service manager事務長、機艙服務經理，mischief=mis壞、錯誤+chief=頭殼壞掉搞出的事、惡搞、胡鬧、禍害、故障，mischievous惡搞的、胡鬧的

同源字：décapiter(法)=decapitar(西)=decapitare(義)=decapitate(英)=斬首。

20. annex＝an(字首)針對、朝著+nex＝併吞領土、合併、強占、取得、添加，添附上去的東西、附錄、附屬建築

annexation=annexment併吞、併吞的東西(領土、管轄權)、附加物，Japan–Korea Annexation Treaty日韓併合條約(1910年朝鮮亡國，成為日本領土)，annexation of Taiwan by Japan日本併合臺灣(1895年大清帝國戰敗而割讓臺灣予日本)，annexation of Austria into Nazi Germany奧地利被併入納粹德國(1938年)，annexation of Scotland and England into the United Kingdom蘇格蘭與英格蘭合併成為聯合王國(1707年)，annexationism倡導

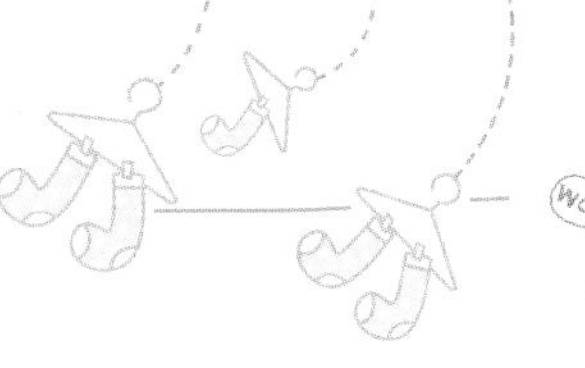

併吞他國，annexationist併吞派、主張併吞他國領土的人，annexational併吞的、附加的，annexable可併吞的、可添加的，annexure附錄、添加物，annexa=adnexa附件、附器(醫學：輸卵管與卵巢是子宮的附器)，annexal附器的，nexus連結、關係；next接著的、緊連的，next-best次好的、接著最好的，next to impossible幾乎不可能；net網羅、束縛、交纏，netting網、網狀物，network網狀系統、網絡、網路，spy network間諜網，venous network靜脈網，road network道路網，railway network鐵路網，intelligent network智慧型網路，information network資訊網、情報網，transportation network運輸網，social network社交網絡，internet互聯網路，intranet內部網路；connect連接、接合、聯想、溝通，connection連結物、有關係的人事物，personal connection人脈，disconnect斷開、除去聯繫，interconnect互聯、互接；annul使無效、作廢，announce宣布

21. envelopment＝en(字首)使成為、使進入某種狀態+velop+ment(名詞字尾)行為、狀態、過程、結果＝團團圍住、包圍、圍攻、包裹物、包封起來的東西

envelopment tactics包圍戰術，envelopment of a flank一翼包圍，envelopment of both flanks兩翼包圍，double envelopment=pincer movement雙重包圍、鉗形作戰，vertical envelopment垂直包圍(用空降部隊部署敵人側翼和後方而發動攻擊)，envelop包圍、包抄、圍繞、籠罩、遮蓋，envelope包起來的東西、封套、封包、信封，enveloper包圍者、包封者，develop除去覆蓋物、拿掉遮蔽物、顯現、產生、展開、揭露、開發、發展，develop films沖洗底片，developing開發中的、發展中的，developing country=developing nation開發中國家，developing & emerging markets開發中的與新興的市場，developed已開發的、發達的，developed economies發達的經濟體、已開發的經濟體，overdevelop過度開發，overdeveloped nations過度開發國家，overdeveloped muscle過度發達的肌肉，overdeveloped basin過度開發的盆地，underdevelop低度開發、低度發展，underdeveloped rainforest低度開發的雨林，underdeveloped mines低度開發的礦脈，undeveloped未開發的，undeveloped oil reserve未開採的石油蘊藏，developer開

發者、發展者、土地房產開發商，developable可開發的、可發展的、可沖印的、可顯影的，development發育、育成、發展、成長、新建的房舍；entwine使纏繞，entrap使入陷阱，enslave使成為奴隸，encircle使成圓圈狀、包圍

22. defeat＝de(字首)除去、離開、不、非、無+feat＝擊敗、打垮、使做不到、使辦不成、使無效、使失去，戰敗、挫敗、失敗、毀滅

abject defeat慘敗，irreversible defeat無法挽回的失敗，defeated被擊敗的，defeatable會失敗的、可被擊敗的，undefeated未被擊敗的，defeatism失敗主義、失敗想法(認定不管怎麼做都不會成功)，defeatist失敗主義者，feat事蹟、功績、武藝、技藝、行為，no small feat=no mean feat不容易的事、不可小覷，acrobatic feat=acrobatic stunt雜技功夫、雜技身手；defeasance擊敗、打垮、作廢、廢除，defeasible可廢除的，defeasible fee可取消的所有權、可廢除的繼承權(法律)，indefeasible不可廢除的、不可取消的，feasible可行的、做得到的，feasibility可行性，infeasible不可行的、做不到的；defect沒有塑造的部分、缺陷、瑕疵、欠缺，defective有缺陷的，defection不作應做的事、不盡職、不履行、喪失、缺乏，defection of power喪失權力，defect進行離去的動作、叛逃、變節，defector叛逃者、變節者，defection叛逃的行為、變節的事態；deficient有缺陷的、缺乏的、不足的，deficiency缺陷、缺點、不足、缺乏；deficit不足之數、赤字、虧損、逆差

23. conquest＝con(字首)一起、共同、全部+quest＝強取全部、通通拿走、掠取物、奪走的人民與財產、征服、戰勝、攻占

Conquest of the Aztec Empire征服阿茲提克帝國(西班牙十六世紀對中美洲原住民帝國的征服)，Spanish Conquest=Spanish Colonization of the Americas西班牙征服行動、西班牙把美洲殖民化(1492年起西班牙在美洲的攻占行動)，Conquest of Mecca攻占麥加(630年穆斯林控制麥加聖城)，Con-

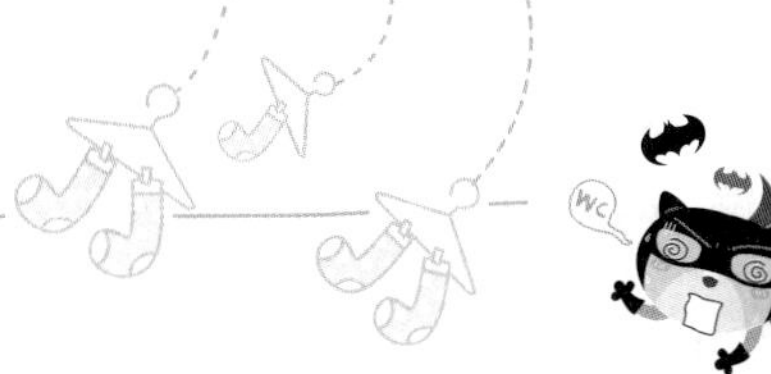

quest of Wales攻占威爾斯(英格蘭十三世紀末征服威爾斯)，Conquest of Siberia攻占西伯利亞(俄羅斯帝國十六與十七世紀領土向西伯利亞延伸)，Norman Conquest of England諾曼人征服英格蘭(1066年法國諾曼第大軍戰勝英格蘭)，cultural conquest文化征服，military conquest軍事征服、軍事攻占，sexual conquest性征服，religiously motivated conquests以宗教為動機的征戰(例：Crusade十字軍)，Muslim conquests=Islamic conquests=Arab conquests穆斯林征戰、伊斯蘭征戰、阿拉伯征戰(穆斯林在阿拉伯半島、中東、北非、西班牙的征服行動)，Manchu conquest滿洲征服大明帝國(1618-1644年滿族向大明帝國發動的征服戰爭，導致大明帝國亡國)，reconquest再攻占、再征服，quest探求、追尋、索取、遠征，question問題、疑問，questionnaire問卷、調查表，questionable有問題的、可質疑的，request一再尋求、懇求、要求、拜託，request stop應乘客要求而停車；conquistador征服者(西班牙文，指十五世紀到十六世紀征服美洲各地的西班牙軍人)；query問題、詢問、探查，querist詢問者，conquer全部尋求、通通要拿到、攻占、攻取、征服、戰勝，conquered culture被征服的文化，conquered people被征服的民族，conqueror征服者、戰勝者，William the Conqueror征服者威廉(1066年攻占英格蘭為王的諾曼第大公)，conquerable可征服的，unconquerable無法征服的、無法克服的；acquire針對某人事物而尋求、獲得、取得，acquired獲得的、後天習得的、後天得到的，acquired immune deficiency syndrome=AIDS後天免疫不全症候群、愛滋病，acquired character後天養成的特性、非天生的特質，acquirement取得、獲得、習得、習得之物、才藝、技藝、知識，require要求、規定、迫使、需要，required規定的、一定要的、必修的，required reading一定要讀的材料，required course=required subject必修課程、必修學科，requirement必需品、必備條件、需求量、要求的事項；acquirable可獲得的、可習得的

同源字：conquérir(法)=conquistare(義)=conquistar(西)=conquer(英)=征服。

Norman Conquest of England：諾曼人征服英格蘭；正因為此一戰役，法國的諾曼第大公爵Duke of Normandy，也就是征服者威廉William the Conqueror，成為英格蘭國王，使法國貴族統治英格蘭約百年(1066-1154年)，給英文帶入不少法文字彙。

24. invincible=in(字首)不、非、無+vinc+ible(形容詞字尾)具可能性的=無法戰勝的、不能可被征服的

延伸記憶 invincibleness=invincibility不會被擊敗，vincible可攻克的、可擊敗的、可戰勝的；convince通通打敗、完全駁倒、徹底擊垮、使信服、使知錯、使服服貼貼，convinced確信的、堅信的，Quaere, invenire, vincere=To seek, to find, to defeat尋覓、找到、摧毀；convincing具有說服力的、有論據的，convincible可被說服的，inconvincible無法被說服的、不會服氣的；Vincit omnia veritas=Truth conquers everything真理戰勝一切，Amor vincit omnia=Omnia vincit amor=Love conquers all愛克服一切，Perseverantia omnia vincit=Perseverance conquers all things毅力克服一切，Labor omnia vincit=Work overcomes all辛勞克服一切，Venimus, Vidimus, Deus vincit=We come, We see, God conquers我們到來、我們目睹、上帝戰勝；victor勝利者、戰勝者、戰勝國、勝利的，victor nation戰勝國，victory戰勝、攻克、成功，victorious獲勝的、勝利的，ad victoriam=toward victory邁向勝利(羅馬軍團出戰的口號)；Veni, Vidi, Vici=I came, I saw, I conquered我到來、我目睹、我戰勝(羅馬大將凱撒豪語)

Victoria：羅馬神話中的勝利女神；在希臘神話名為Nike。勝利女神是古希臘與羅馬武將常拜的神祇，以祈求打勝仗。

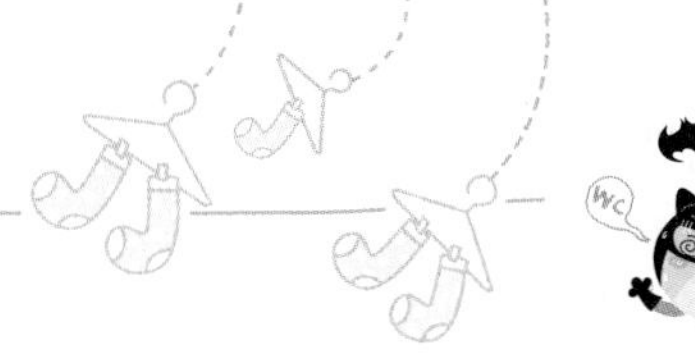

Victor：西方常見男子名；意思為「勝利者、凱旋者」，音譯「維多」。Victoria：西方常見女子名；意思為「女勝利者、女凱旋者」，音譯「維多莉亞」或「維多利亞」；最有名的Victoria就是英國女王Queen Alexandrina Victoria；Vincent西方常見男子名；意思為「戰勝的、征服的」，音譯「文森」。

vincerò：我必得勝；普契尼歌劇《杜蘭朵》(Turandot)中的男高音詠嘆調《公主徹夜未眠》(Nessun dorma)的末尾歌詞：All'alba vincerò! Vincerò! Vincerò!"=At dawn, I will win! I will win! I will win=破曉時分我必得勝、我必得勝、我必得勝；歌詞中的vincerò是義大利文動詞vincere的變化形，屬於第一人稱單數未來式直陳語氣。

同源字：win(英)=winnen(荷)=gewinnen(德)=vinne(挪)=vinna(瑞典)=vinco(拉丁)=vincere(義)=vencer(葡)=vaincre(法)。

25. triumphant＝triumph+ant(形容詞字尾)處於某狀態的、進行某動作的＝凱旋的、獲勝而歡欣鼓舞的、得意洋洋的。

triumphant general=Triumphator(德文)=得勝的將領，Church Triumphant得勝的教會、天上的教會(與「爭戰的教會」Church Militant形成對比，後者必須與各種惡勢力拚搏)，triumphant procession=Triumphzug(德文)=凱旋歸來的行列，triumphant parade凱旋遊行，triumphant march凱旋進軍，triumph凱旋、得勝、大成功，return in triumph凱旋榮歸，Triumph of the Will=Triumph des Willens(德文)=意志的勝利(描述納粹德國崛起的一部著名紀錄宣傳片)，Arch of Triumph=Triumphal Arch=Triumphbogen(德文)=凱旋門，triumphal勝利的、凱旋的，triumphal reception凱旋之宴，triumphalism必勝必成主義、堅定相信一定凱旋，triumphalist擁有必勝信念的人、必勝主義者、必勝主義的，triumpher得勝者、凱旋者，Via Triumphalis(羅馬的)凱旋大道(義大利文)；Arc de Triomphe(法文)=Arc Triomphal(法文)=凱旋門，Arc de Triomphe de l'Étoile星形廣場凱旋門(巴黎最著名的大凱旋

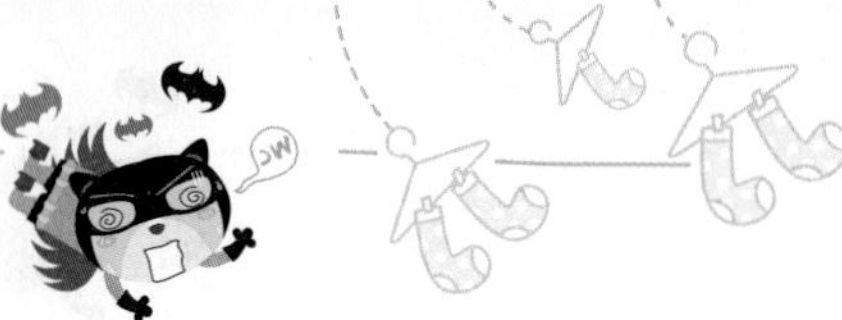

門)，Arc de Triomphe du Carrousel卡魯索凱旋門(位於巴黎卡魯索宮廣場)

Triumphant：黛安芬；著名女性內衣品牌，特別取此名稱的意義是，穿上就會有乳房堅挺「得意洋洋」的感覺。Triumphant(Get 'Em)：「勝利樂章」，是澳洲著名女歌手瑪麗亞凱莉Mariah Carey的名曲。

同源字：Triumph(德)=triomf(荷)=triumf(丹)=triomphe(法)=trionfo(義)=triunfo(西葡)=triumf(羅馬尼亞)=triumph(英)。

26. impenetrable＝im(字首)不、非、無+penetr+able(形容詞字尾)具有可能性的＝無法貫穿的、無法打通的、難以理解的

impenetrable armour無法打穿的裝甲，impenetrable defensive line無法通過的防線，impenetrable Amazon jungle無法通過的亞馬遜叢林，impenetrability=impenetrableness不可貫穿的特性、無法通過、費解，penetrate戳入、刺入、透入、洞穿、洞察，penetrator貫穿者、貫穿物(刀、劍、針、箭、子彈、飛彈、強姦犯)，penetrating穿透性的、深入的、強烈的，penetrating bomber遠到敵人內部深處作戰的轟炸機，penetrating trauma穿刺傷，penetrating eye injurie穿刺性眼傷，non-penetrating abdominal trauma非穿刺性腹傷，concrete penetrating missile混凝土穿透飛彈，bunker penetrating missiles碉堡穿透飛彈，earth penetrating nuclear munitions鑽地核彈頭，penetration warfare突破作戰、突穿作戰，penetration of the center中央突穿(集中優勢兵力打穿敵陣中央)，penetration weapon穿透性武器、反裝甲武器，guided penetration bomb(GPB)誘導貫穿炸彈，sexual penetration=sexual intercourse性貫穿、性交，sexual penetration=sexual offence性侵、強姦(法律)，penetration pricing穿透性定價(以極低價格打入市場)，thermopenetration透熱療法，penetrative有穿透力的、可深入的；penetrology透射學(醫學：電磁波與輻射線的穿透力研究)，penetrometer透光計、透度計、硬度計

27. impregnable＝im(字首)不、非、無+pregn+able(形容詞字尾)具有可能性的＝無法攻

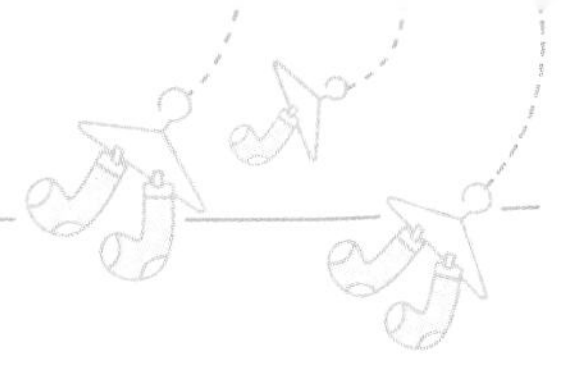

占的、無法奪取的、固若金湯的、堅定不移的、駁不倒的

impregnable fortress固若金湯的要塞，impregnable citadel堅不可摧的堡壘，impregnable chastity堅定不移的貞操，impregnable position無懈可擊的立場，impregnable argument無可駁斥的論點，impregnability=impregnableness固若金湯特性、堅定不移狀態，pregnable可攻克的、有弱點可攻擊的，pregnable bunker易攻下的碉堡，pregnable defensive line易攻破的防線；prehension抓住、掌握、領會、搞懂，prehensible能被掌握的、能被抓住的，prehensile有抓攫力的、可捲繞的、有領悟力的，prehensile toes有抓攫力的趾，prehensile feet抓攫腳(例如猴子的腳)，prehensile-tailed porcupine捲尾刺蝟；apprehensible可領悟的、可理解的，apprehensive擔憂的、忐忑不安的、領悟力強的、聰慧的、懂得的，apprehension逮捕、理解、憂懼，comprehensive=com一起、互相、共同、完整+prehens+ive=廣泛的、綜合的、無所不包的、充分理解的，comprehensible可理解的，comprehension理解、包含；apprehend=ap+prehend=針對某人某事而抓住、逮捕、拘押(抓住人)、領悟、理解(掌握事理)、擔心(心情被某人事物抓住不放)，comprehend一起抓住、理解、領會、包含、包括

homonym：同形同音異義字；impregnable=im(字首)進入、成為(in的轉音)+pre(字首)先、前+gn(asci)生小孩+able(形容詞字尾)具有可能性的=可懷孕的。impregnable=im(字首)不、非、無+pregn抓住+able=無法攻占的、無法奪取的。兩個字雖然拼寫方式和發音一模一樣，但是字源不同，字義也不同。這類的字彙組串在語言學上稱為homonym同形同音異義字；譬如：bank銀行、財庫，bank河邊、水岸；trip旅行，trip絆倒；bear熊，bear承受。與懷孕相關字彙還有：impregnate使受精、使懷孕，pregnant生產之前狀態的、懷孕的、有身孕的。

28. volunteer＝volunt+eer(名詞字尾)相關人、從事者，(動詞字尾)從事、進行，(形容詞字尾)與某行為有關的、從事某行動的＝志願者、志工、志願軍、義勇軍，自願做、主動擔任，自願的、志願的

延伸記憶 volunteer military志願兵役(募兵制，相對於徵兵conscription與雇傭兵mercenary)，volunteer army義勇軍、自願陸軍，volunteer corps義勇兵團、自願軍(自動參加而非強制徵調)，volunteer navy義勇海軍(自願歸海軍指揮分擔任務的民間船隊)，volunteer firefighter義勇消防員，volunteer fire department義勇消防局、志工組成的消防隊，volunteer nurse in a field hospital野戰醫院志工護士，volunteer travel=volunteer vacation志工旅行、志工度假(旅程中含一段慈善目的的志工服務)，volunteering志工活動、志工行動、志工作為，voluntary自願的、志願的、自選的、自願的行動、自選曲、自選表演項目，voluntary army志願軍，voluntary association自主社團、自願組成的協會，voluntary minority自願少數民族(自願保留傳統而拒絕接受多數同化或現代化的少數民族或宗教團體；例：美國的Amish社群)，voluntaryism志願捐助制、募兵制，involuntary非志願的、非隨己意的、非蓄意的，involuntary draft非志願式徵調、徵兵、徵召，involuntary manslaughter過失殺人；benevolence=bene+vol+ence=美好意願、善意、好意，omnibenevolence全善、無所不善，benevolent好意的，malevolence惡意，malevolent惡意的，somnivolent=somni+vol+ent=有睡意的、想睡覺的；volition意志抉擇、自願決定，volitional意志抉擇的、自願決定的，volitient行使意志的、願意的，volitive意志的、意志所產生的、表達願望的

29. approach＝ap(字首)朝著+proach＝逼近敵人、戰機近戰接敵、飛機進場著陸、火車進站停靠、接近、試探性親近(性愛、求助、研商、疏通、遊說、賄賂等)，路徑、進入的方法、做事的態度

延伸記憶 approach trench交通壕、路徑塹(前後兩處壕溝之間有掩護的連接小壕溝)，approach march趨敵行軍、接戰前進(開戰前進逼敵軍的部隊部署調度)，approach light飛機進場跑道指示燈，approach visibility飛機進場能見度、進場視界，approach and landing進場與著陸，approach and departure control飛機進場與起飛管制，instrument approach procedure按照儀表飛

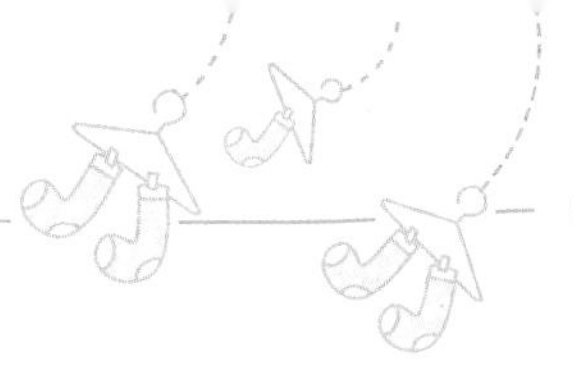

行規則的飛機進場程序，approach to learning English學英文的方法，approach to self-realization自我實現之路，reapproach飛機重飛進場、再次接戰，approachable可接近的、平易近人的，approachability=approachableness親和度、和藹友善，approaching逼近的、就要來臨的，approaching doomsday快要來的末日，approaching old age日愈逼近的老年歲月，approaching death行將就木、快要死了；proximity鄰近性、接近程度、親近狀態，geographic proximity地理上的接近，semantic proximity語意近似，physical proximity形體近似，psychological proximity心理近似，proximate鄰近的、就要來臨的、近似的，proximal最近的、緊接的、近中心點的、近中心線的，proximo下個月的，proximoataxia近端動作失調，proximobuccal鄰頰的，proximoceptor接觸感覺器；approximate大概的、近似的、接近的、大略估算、使接近，approximation粗估值、近似狀態，approximative接近的、近似的，approximal鄰接的、毗連的；propinquity鄰近、接近、近似(個性、嗜好)，propinquity effect親近效應(人際之間愈多在一起愈多互動則愈能增進友情與愛情)，propinquous=propinquant接近的

30. subjugate＝sub(字首)底下、下方+jug+ate(動詞字尾)進行＝用軛套住使居下方、綁在下方乖乖聽話、軍事征服、武力降服、制服、使認輸當屬下或屬國

subjugation征服、降服，nations subjugated by colonialism被殖民主義降服的國家，subjugated peoples被征服的民族，subjugated mentality=colonial mentality被降服心態、殖民心態(總覺得殖民者殖民國一切比較優越美好，而本身一切就比較低劣)，subjugated ghost被制服的鬼魂，subjugated knowledge被壓抑的知識，jugulate套軛而制止、以極端措施阻止病情惡化、在套軛處做極端處置而消滅、割喉殺人，jugular套軛處的、頸的、喉的、致命的、致命要害，jugular competition割喉競爭，a combat going for enemy's jugular取敵人要害之戰、使敵方斃命之戰，conjugal共負一軛的、夫妻的、婚姻的，conjugate性交、交合、結合、成對，conjugated結合的、成對的

subjugated knowledge：被壓抑的知識；與dominant knowledge「主宰的知識」成對比，譬如：父權主義很強的地方，女性主義成為被壓抑的知識；外來政權統治的地方，在地民族思想成為被壓抑的知識；右派當政的國度，勞工權益成為被壓抑的知識。

08
法律與犯罪刑罰

英文	中文	字綴與組合形式
fault ; offence	罪過、罪行	crim ; crime ; crimin ; crimino
judge ; decide ; determine	裁定、裁決、認定	jud ; judic
lawsuit ; contention	訴訟、爭執	lit
drive ; move ; act	驅動、進行、行動	ig
file a suit	提出訴訟、打官司	litig(lit+ig) ; litiga
law	法、法律	leg ; legal ; legis ; lex ; jus
right ; righteous ; equitable	正確、正義、公平	jur ; juris ; jus ; just
scale ; weigh ; balance	天平、衡量、權衡、平衡	liber ; libra ; libri
freedom ; release	自由、放開	liber ; liver
ponder ; muse ; reflect	深思、默想、冥想、反思	medit ; medita
real ; reality ; true ; truth	真實、真相	ver ; vere ; veri
tell ; say ; declare	告知、說話、宣布	dic ; dict
punishment ; penalty	懲罰	pain ; pen ; penal ; penit ; peno ; puni

英文	中文	字綴與組合形式
pain ; inflict pain on	痛苦、使痛苦	pine ; poen ; poeno ; poin ; poino ; puni
prison ; lath ; bar	監牢、禁閉處、木板條、鐵桿	carcer
leave a will ; witness	立願、見證、表明	test ; testa ; testi
action ; result ; condition	行動、結果、狀態	mony
sickle	鐮刀、溝狀刃、搜刮	falc ; falx
turn ; bend ; twist	轉、彎、扭	tor ; torn ; tors ; tort
free ; clear ; no debt	自由、清白、無負債	quiesc ; quiet ; quil ; quit ; quite
rest ; calm ; no burden	平靜、安詳、無重擔	quiesc ; quiet ; quil ; quit ; quite
hit ; strike ; vio-late	打、擊、打擾、侵犯	fen ; fence ; fend ; fens ; fense
deceive ; disap-point ; harm	欺騙、辜負、失信、使失望、傷害	fraud ; frustra
disappoint ; nul-lify ; in vain	使失望、使成空、化為泡影、徒勞	frustra
full of	充滿某特質的，具強烈傾向的	olent ; ulent

英文	中文	字綴與組合形式
break ; crack ; broken	侵犯、敲破、破裂的	fract ; frag ; frail ; frang ; fring
fall ; befall	墮落、沉淪、降臨、發生	cad ; cadaver ; caduc
fall ; befall	墮落、沉淪、降臨、發生	cas ; cay ; cid ; cidiv
book ; published statement	書、刊出的聲明	libel ; liber ; libr ; libri
harmful written contents	傷人的書寫內容	libel ; liber ; libr ; libri
give ; offer ; hand over	給予、提供、交出	dat ; dit
deliver ; hand down	交出、傳下去	dit ; don ; dos ; dot ; dow
hold ; grasp ; have	留置、掌握、持有	tain ; ten ; tent ; tin
permission ; approval ; freedom	允許、批准、自在	leis ; lice ; licit
bend ; crook ; fold	彎曲、不正直、折疊	pli ; plic ; ply
try ; test ; examine	檢驗、查探、證明	prob ; probe ; prov ; prove
take on ; try out ; strive	試試看、做看看、嘗試、企圖	tempt

英文	中文	字綴與組合形式
overcome ; conquer	得勝、制服、使服從	vict ; vinc ; vince
state treasury ; public revenue	國庫、公共財務	fisc
change ; substitute	改變、替換	mut ; mute
blame ; fault ; neglect	罪責、過錯、疏失	culp ; culpa
speak ; diction ; speech	談話、說話、措辭、講演	loc ; locu ; locut ; loqu

①	decriminalize	________	除罪化
②	adjudicate	________	宣判
③	litigation	________	訴訟
④	justice	________	法官
⑤	deliberate	________	集體討論
⑥	premeditated	________	預謀的
⑦	verdict	________	判決
⑧	penitentiary	________	監獄
⑨	punishable	________	可懲罰的
⑩	incarcerate	________	監禁
⑪	testimony	________	證詞
⑫	defalcation	________	盜用公款的行為
⑬	attorney	________	律師
⑭	acquit	________	釋放
⑮	defendant	________	被告

1. **decriminalize**＝de(字首)去除、拿掉+crimin+al(名詞字尾)具某特性的人者物、(形容詞字尾)具某特性的+ize(動詞字尾)進行、使成為＝**除罪化、從刑事犯罪項目中移走、合法化**

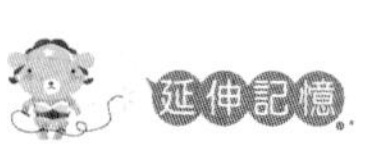

decriminalized被除罪化的、不再是犯罪行為的，decriminalization除罪化，criminalize定罪化、列為刑事犯罪，criminalized定罪化的，criminal罪犯、罪人、犯罪的、犯法的、刑事的，criminal record犯罪紀錄、前科，criminal law刑法，criminal code=penal code刑法法典，criminal defendant刑事被告，criminal offence刑事犯罪，criminal action刑事訴訟，criminal purpose犯罪目的，criminal act犯罪行為，criminality犯罪行為、犯罪性質，criminous犯罪的、涉及犯罪的，criminate控告、證明有罪，incriminate入罪、陷於犯罪、使有罪、連累、控告，incriminator連累者、控告者，recriminate再次控告、使再度入罪；criminology犯罪學，criminologist研究犯罪的專家學者，criminogenic產生犯罪的、製造犯罪的；crime罪惡、罪行，crime gang不法幫派，crime organization犯罪組織，crime syndicate犯罪集團，crimebuster犯罪剋星，organized crime有組織的犯罪，petty crime=misdemeanor=lesser criminal act輕罪、微罪(相對於重罪felony=serious crime)，capital crime死罪、當判處死刑的重大犯罪，juvenile crime=juvenile delinquency青少年犯罪，hate crime仇恨罪(出於種族宗教等歧視而生的犯罪)，cybercrime=internet crime網路犯罪，sex crime性犯罪，transnational crime跨國犯罪，white collar crime=economic crime白領犯罪、經濟犯罪

decriminalization：除罪化、使不算是刑事罪；decriminalization of marijuana =cannabis legalization大麻除罪化、大麻合法化(加拿大)，decriminalization of prostitution賣淫除罪化(德、荷、紐)，decriminalization of sodomy肛交除罪化(在馬來西亞不論是同性或異性之間，只要是肛交就屬犯罪行為)，decriminalization of homosexuality同性戀除罪化(在七十多國的法律中，同性戀屬於犯罪行為，在伊朗、沙烏地阿拉伯、葉門、蘇丹等國可處以死刑)，decriminalization of apostasy叛教除罪化、脫離原本宗教信仰合法化(在伊朗、沙烏地阿拉伯脫離穆斯林身分是犯罪行為)，decriminalization of adultery通姦除罪化(通姦不再是刑事犯罪行為，而是有關夫妻雙方財產與身分的民事糾紛)。

法律系有法律拉丁文的課程，傳授以拉丁文呈現的法律用語，舉數例如下：actus reus=guilty act犯行、犯罪行為，mens rea=guilty mind犯意、犯罪意圖，pro bono=for good慈善的、不收費而義務提供法律服務，bona fide=good faith真誠、有誠意，corpus delicti=body of crime罪體、犯罪事實，in absentia=in the absence缺席(審判時被告未出庭)，quid pro quo=this for that對價，lex loci=local law=the law of the place地方法律，trial de novo=new trial重新審判，in camera=in a chamber=in private私下、暗中、祕密、不公開，affidavit=he has declared upon oath宣誓而發的證詞，ex post facto=after the fact溯及既往，res judicata=a matter which has been judged一事不再理，ratio decidendi=the rationale for the decision作成判決之理由。

2. adjudicate＝ad(字首)朝著、針對+judic+ate(動詞字尾)進行、從事＝裁決、宣判

adjudicator裁決者、法官、判官、評審員，adjudicative裁決的、有判決權的、(法庭)宣告的，adjudication裁決、判定，order of adjudication裁決令，administrative adjudication行政裁決，speeded adjudication=accelerated judgment=expedited determination加速裁決、速審速判，traffic adjudica-

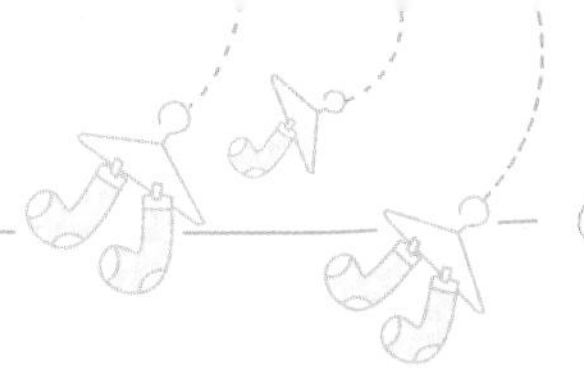

tion office交通事件裁決所，office of environmental adjudication環保事件裁決所，judicious明智的、有判斷能力的、審慎的，injudicious不明智的；prejudice事先有的認定、成見、偏見、先入為主，prejudiced有偏見的，adjudge裁決、宣判，misjudge誤判，prejudge預先判斷，judge法官、裁判員、評審者、鑑定人、審理、審判、裁決、鑑定，judgematic善於判斷的、睿智的，judgement(法官的)裁決、判決、判斷、鑑定，Judgement Day末世審判日、上帝對世人定罪日

3. litigation＝lit+ig+at(e)(動詞字尾)進行、從事+ion(名詞字尾)行為、過程、結果、情況＝訴訟、官司、爭執

frivolous litigation為極瑣碎無關重要之事訴訟、芝麻綠豆型訴訟，malicious litigation惡意訴訟(例：重複訴訟、索賠無度等)，patent litigation專利權訴訟，vexatious litigation濫訴、纏訟、無理取鬧的官司，cavilous litigation=vitilitigation=cavillation找碴的訴訟，basis of litigation=gist訴訟依據、打官司主因，go into litigation打官司、進入訴訟，litigation-mania=paranoia querulans打官司狂躁、好訴訟妄想症，litigation support訴訟支援，litigationist=litigant=litigator訴訟當事人、進行官司的人、原告與被告，litigant進行訴訟的、想打官司的，litigate進行訴訟、正式提告、走法院途徑、與人爭訟，litigable可訴訟的、可當成打官司理由的，litigious特愛爭執的、動輒打官司的，litigaphobia訴訟恐懼症、害怕打官司；mitigation走向和緩、減輕，navigation驅動船隻、行船、航海，fumigation驅動煙氣、煙燻

4. justice＝just+ice(名詞字尾)事物、行為、意義、狀態、性質＝正義狀態、公平對待、正當性、依法制裁、司法、法官

social justice社會正義，environmental justice環境正義(不同族群在享有空間的數量與品質上的公平)，redistributive justice分配正義(社會資源與財貨分配上的公平正當)，chief justice of the Supreme Court最高法院首

席大法官，justice of the peace治安法官、處理地方小事務的法官，Justice Department司法部(例：美國)，Ministry of Justice法務部(例：日本臺灣等)，obstruction of justice妨礙司法，injustice=unjustice不公不義，justicer=judge處理公平正義相關事務者、法官，justiciary司法的、司法官，justiceable=justiciable當由法院審理的，justiceship=justicehood大法官職務；just正義的、公平的、正當的、正確的、合法的，justness正義、正當、正確；justify正當化、使有合法性、證明是有理的，justification辯解、證明、理由、藉口，justifiable可視為正當的、說得過去的；jus soli地之法、屬地主義(在哪國出生就是哪國人而不論父母國籍)，jus sanguinis血之法、屬人主義(父母哪國人則子女就算哪國人而不論出生地)，jus civile=civil law民法，jus divinum=divine law神法、神權治理，jus nullum=absence of justice沒有公義，jus mariti=right of a husband丈夫權利，jus primae noctis=right of the first night初夜權；de jure就法律而言、就權利來說，jural法律上的，juratory依法宣誓的，jury陪審團、評審團，juryman陪審員，juridical司法的、審判的、法院的，jurist法學家、法官，juristic法律的、法學的；jurisdiction法律說話算話的範圍、管轄權、司法權、審判權、管轄區，jurisprudent法學家、法律學者、熟知法律的，jurisprudence理論法學、法理學

報馬仔

de jure：「就法律而言、就權利來說」；相對於de facto「就事實來說、實際上」。有關臺灣在國際處境上的困難，常見的描述是：Taiwan is a de facto but not a de jure state.臺灣是事實上而非法律上的一個國家；全球將近兩百個主權國家約只有二十個承認臺灣。有關情婦的典型描述是：A mistress is a de facto but not a de jure wife.情婦(小三)是事實上而非法律上的老婆。

5. **deliberate＝de(字首)完全、完整、徹底+liber+ate(動詞字尾)從事、進行，ate(形容詞字尾)具某性質的、如某種樣子的＝徹底權衡、完整考量、深思熟慮、仔細研究、商討、研商、(陪審團在做出決定前)集體討論，慎重考慮過的、蓄意的、故意的、存心的**

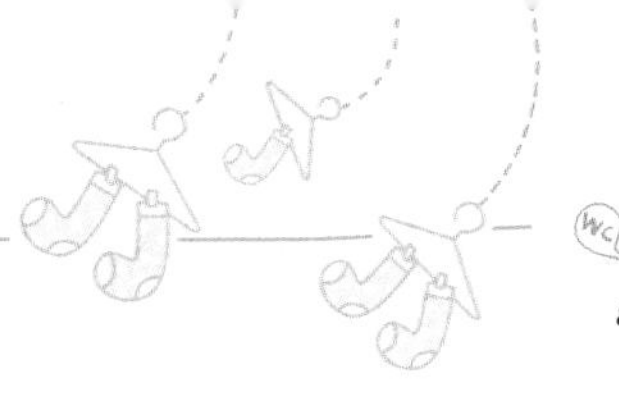

延伸記憶 deliberate the guilt of the accused(陪審團)商討被告有無罪，redeliberate重新仔細思考、再次商議，predeliberate事先考慮，deliberated深思熟慮的，deliberation深思熟慮、仔細研究、商討，deliberate intent故意、存心的意圖，deliberate fault明知故犯，deliberate ambiguity刻意曖昧、故意模糊，deliberate defense嚴陣以待、仔細研究的防禦(相對於hasty defense倉促防禦)，indeliberate=undeliberate非故意的，deliberately慎重地、故意地，deliberative審議的、慎重的；equalibrity=equilibrity=equalibrium=equilibrium平衡狀態，disequilibrium=dysequilibrium=disequalibrium失衡；Libra天秤座，Librae天秤座的，Libran天秤座的人，libra天平的砝碼、磅，秤陀、銀兩、金錢、鎊，librate保持平衡、在天秤上顫動、秤重量；denude使完全裸露、剝光，depredate徹底掠奪、搶光搜光殺光，defunct完全沒作用的、停擺的、滅亡的

報馬仔 Deliberate Intent《完全殺人指南》：2000年好萊塢電影。

報馬仔 policy of deliberate ambiguity=policy of strategic ambiguity：刻意模糊政策、戰略模糊政策；國際政治上的策略，譬如：只講「一個中國」，但「一個中國各自表述」；譬如：美國對於軍艦是否載有核武一律不予明確是否的答覆。

6. premeditated＝pre(字首)先前、早先+medit(a)+at(e)(動詞字尾)做、從事、進行+ed(形容詞字尾)具某特質的、某行為結果的＝預謀的、事先想的

延伸記憶 premeditated murder預謀殺人、謀殺(在美國屬first degree murder一級謀殺)，premeditated crime預謀犯罪，premeditated burglary預謀竊盜，unpremeditated非預謀的、臨時起意的，unpremeditated murder非預謀殺人(在美國屬second degree murder二級謀殺)，premeditate預謀、事先規劃、預先想好，premeditator預謀者，premeditation事先的思慮、預先的謀劃，meditate深思、默想、策畫、計謀，meditation禪定、禪觀、打坐、靜修、冥想、默思，meditation society禪會、禪社、靜修精舍、打坐修身社團，

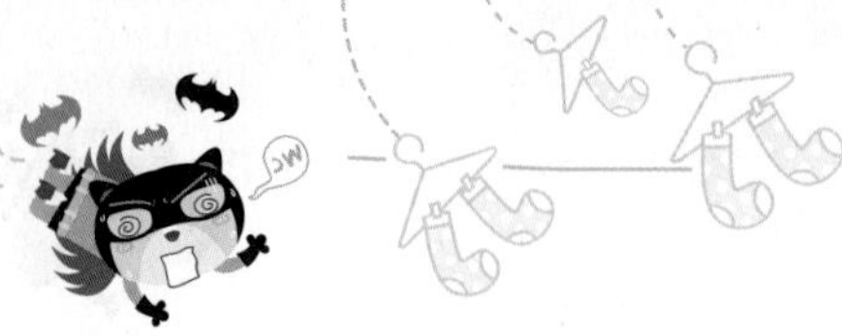

meditation relaxation冥想放鬆法，relaxation meditation放鬆作用的冥想，medical meditation醫學靜坐，transcendental meditation超覺靜坐，active meditation動態禪、動態式靜心(以各種技巧協助禪修者改善自覺)，medical meditation=meditation therapy醫護性靜坐、靜坐療法，meditational沉思的，meditatious深思熟慮的，mediatative深思的、冥想的，meditator沉思者、靜修者、冥想者，postmeditation禪修後、坐定後、靜坐之後續留的冥思，unmeditated未深思的、未加思考的、無預謀的；preclude先關起門、提防、杜絕、排除，precursor跑在前面的人事物、先鋒、前兆，preconcert事先協作、預先約好、提早安排，prescient預知的、有先見的

7. verdict = ver+dict = 真相的宣布、(陪審團經過商討後有關嫌犯有罪或無罪的)裁定、認定、判決、評決、定論

arrive at a verdict=reach a verdict(陪審團)獲致裁決、達成有無罪的判決，special verdict特別評決、特別裁定(針對單一問題所做之認定)，general verdict一般評決、概括裁定(攻防雙方結辯後，陪審團做成之有罪或無罪之認定)，quotient verdict平均數額裁決(陪審團員對於官司勝方應得金額賠償無法達成一致意見，而採用各人提出金額之平均數)，sealed verdict密封判決(非直接宣布而是置於密封信封中，以待重新開庭或法官到庭才公布之裁決)，verdict for the defendant被告勝訴的裁決，verdict for the plaintiff原告勝訴的裁決，verdict for the prosecutor檢察官勝訴的裁決，verdict of guilty認定有罪，verdict of not guilty認定無罪，verdict of the history歷史判決、歷史定位，verdict of the people on the president人民對總統的認定，verdictless沒有判決的，verdictive裁決類的、判定式的，verdictive判定用語、裁決用詞，Judgement Non Obstante Veredicto=JNOV=Judgment notwithstanding the verdict逕為判決(法官推翻或修正陪審團之認定而做判決)，aver證實、堅稱某事屬實，averment具實證性的陳述，very真正的、實至名歸的，veracity誠實、老實、確實，veracious誠實的、正確的，inveracious不實的；verisimilar逼真的，verify查驗、證實、檢查是否真實，verified經過證實的，verifiable可核實的，veritable名副其實的，ver-

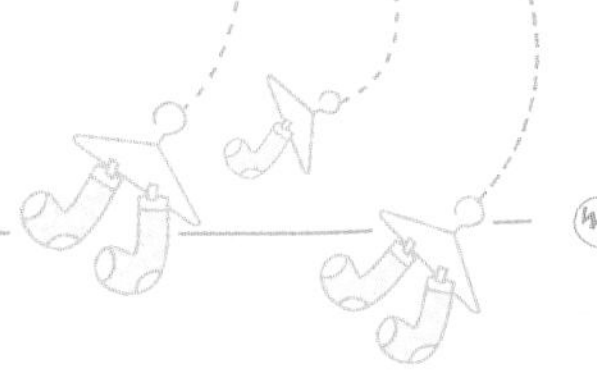

iloquent說真話的，veritas真相、真理，Lux et Veritas=Light and Truth光明與真理(耶魯大學Yale University校訓)，Unitas, Veritas, Caritas=Unity, Truth, Charity合一、真理、慈善(紐約協和神學院the Union Theological Seminary校訓)，verity真實性、確實、忠實，veridical說真話的、非幻覺的，veridicalness說真話的特性；abdicate=ab+dic+ate=說話後就放棄、遜位，dedicate=de+dic+ate=表白後與雜事分離、專心致志、完全投入，indicate指示、指明，indicator指標、指示者；predict先講、預測，contradict說相反的話、頂撞，diction措辭用語，dictionary措辭用語彙集處、字典、辭典，benediction好話、祝福，malediction壞話、毀謗，edict聖旨、諭令、敕令、統治者說出的話

8. penitentiary=penit+ent(名詞字尾)具某性質的人者物、(形容詞字尾)具某性質的+i(al)(名詞字尾)動作、過程、狀態、物品、(形容詞字尾)屬於某事項的、具某性質的+ary(名詞字尾)匯集處所、場所、地點、(形容詞字尾)具某特質的=使受苦的地方、施懲罰而使悔罪的地方、監獄、感化院，監獄的、感化院的、懲治的、導致監禁的

confinement in a penitentiary關在監獄，federal penitentiary=federal prison聯邦監獄、中央政府監獄，state penitentiary=state prison州監獄，penitential悔罪者、悔過者、補贖的、悔罪的、苦修的，penitential rite拜懺、認罪悔改儀式(宗教)，penitence悔罪、悔過，impenitence=impenitency不悔改的個性、無悔意的狀態，penitent悔罪者、苦修者、補贖的、悔罪的，impenitent無悔意者、無悔意的；penance苦行苦修以贖罪、自懲、悔罪，penance doer悔罪者，do penance從事悔罪行為，sacrament of penance懺悔聖事(告解認罪悔改是天主教的聖禮之一)，penal刑罰的、懲罰的，penal sum罰金、違約罰款，penal labour=penal servitude懲罰性勞動、勞役，penal institution=penal facility懲誡機構、懲誡設施，penal colony離島監獄、罪犯集居的外地，penalize施懲、處罰，penalty懲罰、罰金、罰球，tax penalty稅務罰金，penalty clause懲罰條例、違約受懲條款，penalty shot罰球、罰射(籃球)，penalty kick=PK罰踢(足球)，penalty area罰球區；penology=poenology典獄研究、型罰學，penologist=poenologist典獄學

者、監獄管理研究專家，penological=poenological監獄管理研究的；repent為過往之事感到痛苦、悔恨、悔悟、悔改，repentant悔悟的、悔改的，repentance悔悟、悔罪；pine感到痛苦、悲苦，repine一再感到痛苦、苦惱、哀怨，repinement怨天尤人，repiner愁煩者、苦苦難挨者；apiary蜂房，aviary鴿舍，rosary玫瑰園，library圖書館

9. punishable＝puni+(i)sh(動詞字尾)致使、造成+able(形容詞字尾)具有能力的、能做出某行動的＝可懲罰的、應處罰的

punishableness=punishability可懲罰性、當受懲罰的狀態，punish懲罰、嚴厲對待、使受痛苦折磨、損傷，punisher施懲者，punishment=punition懲罰、損傷，punishment without trial無審判之懲罰、動私刑，punishment of death死亡刑罰、死刑，punishment fixed by law for a particular offense對特定犯行的法定懲罰，punishing嚴懲的、使受重傷的、很嚴苛的，punitive=punitory懲罰的、刑罰的、嚴厲的、苛刻的，punitive tax懲罰性征稅(為處罰不當得利者而施行的極高稅率之稅)，punitive duties懲罰性關稅(為反傾銷而進行的保護國內產業措施)，punitive psychiatry懲罰性精神疾病治療(極權國家把政治犯視為精神病患而關押的懲罰方式)，punitive damages懲罰性損害賠償金，impunity免罰、不受懲罰、安然度過，swim across the lake with impunity安然泳渡湖泊，commit a crime with impunity犯罪卻未受懲罰、逍遙法外；pain痛苦、疼痛、哀痛、苦惱、折磨，psychogenic pain心因性的疼痛、心理性的疼痛，labor pain分娩痛、產痛，dorsal pain背痛，lumbar pain腰痛，thoracic pain胸痛，pained感到痛苦的、受折磨的、受傷害的，painful會痛的、引發痛苦的、惱人的、煩心的、費事的，painless無痛的、不費力的，painstaking=pain+s名詞複數字尾+tak(e)+ing=煞費苦心的、下苦功夫的，painsworthy值得費工夫的；furnish備辦家具，furbish粉刷，garnish裝飾，admonish告誡；laughable可笑的，salvageable可打撈的、可搶救的，unwearable不能穿的，immitigable無法緩和的，unaffordable負擔不起的

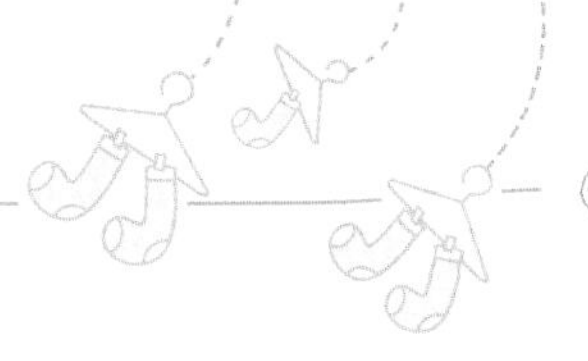

10. incarcerate＝in(字首)入內、置入+carcer+ate(動詞字尾)進行、成為＝放入禁閉處、幽禁、監禁、關入牢中

incarcerate the murderer in a federal jail把謀殺犯關入聯邦監獄，incarcerator獄卒、把人關入獄者，incarceration幽禁、監禁，wrongful incarceration =wrongful imprisonment冤獄、不合法的關押，compensation for wrongful incarceration冤獄賠償，high impact incarceration高效監禁、強力衝擊監禁(以軍事管理和操練為本的牢獄生活)，incarcerated被關的、入獄的，incarcerated person受囚之人、囚犯，the ratio of the incarcerated women to men入監服刑女子對男子比例，wrongfully incarcerated含冤入獄的，incarcerated hernia箝閉性疝氣、嵌頓型疝氣(醫學)，incarcerated placenta牢固胎盤、鉗閉胎盤，disincarcerate解除關押、釋放、使得自由，disincarcerated獲釋的、出獄的，carceral監牢的、與監獄有關的、似監獄一般的，carceral state=police state=Orwellian state監牢式國家、警察國家、歐威爾式國家；infatuate進入愚昧虛幻之中、痴迷、迷戀，infield內野(棒球)，influx湧入，inflow流入，inject注入、注射、打針

Orwellian state：歐威爾式國家；英國作家喬治歐威爾George Orwell，在其名著Nineteen Eighty-Four敘述一個統治者對人民完全監視與操控的國家，人民沒有自由沒有私密，一切曝露在政府的監視中，但是人民卻無法知悉政府的運作。不論極左派或右派，不論紅色或白色恐怖，其統治的都是監牢式國家、警察國家。

11. testimony＝testi+mony(名詞字尾)行動、結果、狀態＝意願的表明、事實的證言、證詞

perjured testimony=false testimony=perjury偽證的證詞、偽證行為，eye witness testimony目擊者證詞，expert testimony專家證詞，testimony of God's grace上主恩典見證，Peace Testimony和平證言(反戰立場的表白，是基督新教教友派Society of Friends的信念，該教派亦稱為貴格會Quakers)，give testimony作證，bear testimony to the accused為被告作證，testimonial證書、

證明、證據、感謝狀、作證的、表彰的，testimonialize出具證明，testify作證、表明、證實，testifier證人；testate立遺囑人、表明遺願而亡者、有立遺囑的、按遺囑處置的，testator立遺囑人(男或女)，testatrix立遺囑人(女)，intestate無立遺囑者、無遺囑的，testacy有立遺囑的狀態，intestacy無立遺囑的狀態；testament信仰告白、證據、證明、遺囑，Old Testament舊約全書(耶穌之前的人神關係證言與對神信仰的告白)，New Testament新約全書(耶穌之後的人神關係證言)，Final Testament=Quran最後證言、古蘭經(穆斯林認為伊斯蘭聖書乃人神關係的終極證言)，final testament遺囑，teatamentary遺囑的、依遺囑說明的，testamental遺囑的、證據確鑿的，testamur證書、考試合格證明；attest=at+test=針對某人事物做出證明、證明為真、表明、立誓，attestation證明、證據、證詞、誓言，attestant=attestator=attestor證人、法律文件的連署人，attestant=attestative證明的、具證據性的，attestable可證明的；alimony提供營養以活下去、離婚贍養費，palimony=p(al)朋友+ali+mony=同居分手贍養費，patrimony=patri+mony=父親所留的結果、遺產，matrimony=matri+mony=成為人婦人母的狀態、婚姻，prestimony神職人員贊助金，sanctimony神聖樣子、道貌岸然狀態，hegemony為首狀態、霸權，ceremony莊重的行為、典禮、儀式，acrimony劇烈尖銳狀態、惡毒、嚴厲、辛辣，parsimony省錢樣子、節約結果、吝嗇、小氣

12. defalcation＝de(字首)減少、降低、離開、除去+falc+at(e)(動詞字尾)進行、成為+ion(名詞字尾)行動、結果、狀態＝用鐮刀刮走、挪用公帑的作為、盜用公款的行為、侵吞公庫的行動

defalcate=embezzle以詐欺方式吞掉、侵占、挪用公帑、盜用公款，defalcator挪用公帑者、盜用公款者，falciform=falcate=falcated=falcular鐮刀狀的、鉤狀的，falchion大彎刀，falcula鉤爪，falcon喙與爪微彎鉤狀的鳥、隼、獵鷹，falconine隼狀的、獵鷹似的，falconer養放獵鷹者；falx(單數；複數形是falces)鐮、鐮狀身體組織或部位，falx cerebelli小腦鐮，falx cerebri大腦鐮，flax inguinalis腹股溝鐮(解剖學、骨學、肌學)；deflate放掉空

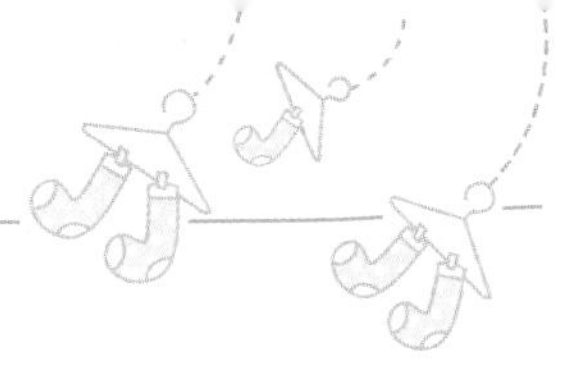

氣、洩氣、使收縮，defrost除霜，deice除冰，defog除霧，dehydrate脫水(醫學)，detour改道、離開旅途，degrade降級

defalcation的同義字：embezzlement、misappropriation、peculation、misapplication。

Fighting Falcon：戰隼、鬥隼；美製F-16 戰鬥機的名稱。

13. attorney＝at(字首)朝著、對著+torn+ey(名詞字尾)性質、狀態、具某性質的人者物＝轉予代為處裡的人、受委任者、法律代理人、律師、檢察官

letter of attorney授權書、委任狀，attorney fees律師費，attorneyship律師職務、代理狀態、代理權，attorney in fact委任代理人、實際代理人，attorney at law法律事務代理人、律師，attorney of record經過承認的代表人、以委任狀正式委託的代理人，government attorney=prosecuting attorney=public attorney=prosecutor政府的法律事務代理人、起訴事務代理人、起訴官、公訴人、檢察官，district attorney地區檢察官，district attorney office地檢署，attorney general檢察長、檢察總長、最高檢察官，Attorney General of the United States美國司法部長，attorn轉讓、讓予、承認新地主，attornment轉讓、讓予、土地轉讓契約；attention留意、注意，attain達到、取得，attract吸引

attorney：法律代理人；若代理一般自然人或法人打官司，就是一般通稱的律師lawyer；代理國家政府起訴違犯刑法的人，也是attorney的一種，但也可較精準稱為prosecutor起訴官、檢察官。在法律相關電視電影裡面常出現的DA=district attorney，指地方檢察官。先進國家人民發生小車禍時，很少吵架打架，而是直接告知對方找attorney處理賠償，這指的是attorney in fact委任代理人、實際代理人，是保險業務員或律師，絕對不是檢察官；車禍若要動用到檢察官，可能是涉及到傷害、過失殺人或蓄意殺人等刑事犯罪。

Attorney General of the United States：美國司法部長；世界各國的法務部Ministry of Justice或司法部Department of Justice，通常執掌三大項目業務：檢察署(代表政府摘奸發伏，起訴違法者)、調查局(代表官方調查犯罪事實)、典獄司(使違法者受懲，予以關押)；臺灣在法務部有法務部長，其下有檢察總長、調查局長、典獄司長；美國則是司法部長本身就是最高的檢察官，故attorney general在美國和仿效美式系統的國家是司法部長，而在其他體系國家則是檢察總長。

14. acquit＝ac(字首)朝著、針對+quit＝使自由自在、(無罪)釋放、卸下(責任)、還清(債務)

acquitted獲判無罪開釋的，acquittal=acquitment無罪釋放、卸下、還清，acquittance無罪宣判、債務清償證明，quit放掉(事業學業愛情等)、清償(債務)、免除(煩憂)，quits抵銷的、扯平的、不相欠的，quitclaim要求放棄權利，quitrent代役金、免役稅，quitter放棄者、落跑者，quittance免除債務、賠償、補償，requital酬謝、報償行為、賠償金；requite回報、補償、清償；quietus清償(債務)、免除(責任)、解除(職務)、平息(動亂)、解脫(煩憂)、離去(生命)，quieten使平靜，quietism絕對寂靜下修道的主張、退隱、淡泊名利、不求聞達，quiet無聲的、平靜的，quietude安靜、寂靜，inquietude不安定、焦慮，disquiet不安、不定、焦慮、煩憂、攪亂、使心煩，disquietude不安、焦慮，disquieting令人不安的；Requiem回復平靜安詳、追思彌撒、輓歌、安魂曲(古典聖樂)，Requiem Mass=Mass for the Dead=Missa pro defunctis=Mass of the dead=Missa defunctorum=安魂彌撒、追思彌撒；requiescat in pace=May he/she rest in peace=RIP祝願得安息，requiescit in pace=He/She rests in peace=RIP安息，quiescence=quiescency靜止、沉寂、休眠期、不活動、遏制，quiescent靜止的、不活動的；acquiesce對某人事物保持平靜狀態、默許、默認，acquiescent默許的、默認的，acquiescence默許、默認；tranquil非常平靜的、寧靜的、鎮定的、安穩的、水波不興的，tranquility=tranquillity平

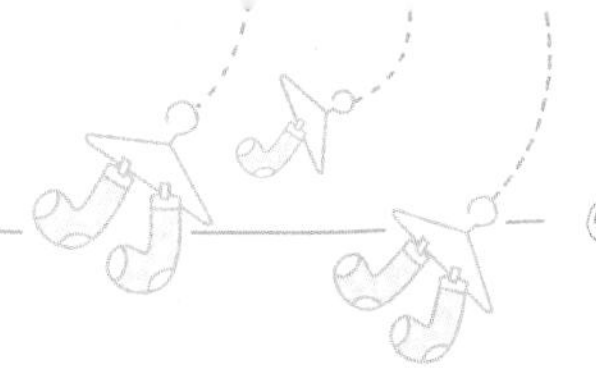

靜、安寧，tranquilize=tranquilise=tranquillize=tranquillise使平靜、使鎮定，tranquilizer=tranquiliser=tratranquillizer=tranquilliser鎮定劑

requiem：安魂曲；很多音樂家都有作品，比較常被提起的有：莫札特Mozart: Requiem in D minor, K. 626；布拉姆斯Brahms: A German Requiem, Op. 45；孚瑞Fauré: Requiem in D minor, Op. 48；威爾第Verdi: Requiem。

安魂曲歌詞片段：Requiem(=rest) aeternam(=eternal) dona(=give) eis(=them), Domine(=Lord)=Grant them eternal rest, O Lord願上主賜他們安息，Dona Nobis Pacem=Grant us peace賜予我們平安，Kyrie eleison=Lord, have mercy求上主垂憐，Christe eleison=Christ, have mercy求基督垂憐，Salva me=Save me拯救我，Libera me=Deliver me解救我，Pie Jesu Domine, dona eis requiem=Merciful Lord Jesus, grant them rest慈愛耶穌賜他們安息。

15. defendant＝de(字首)離開、脫離、降低、減少+fend+ant(名詞字尾)進行某行為的人者物，(形容詞字尾)進行某行為的＝設法擋開攻擊者、被告、自我辯護者，被告的、處於被告地位的、自我辯護的

civil defendant民事被告，criminal defendant刑事被告，codefendant共同被告，claim advanced(presented) by defendant=counterclaim被告提出之主張或要求、反訴、反請求，defend為被告辯護、擋掉攻擊、防禦、防守、保衛，defender辯護人、衛冕者、守方，defendable=defensible可辯護的、能防禦的，fend擊退、抵擋，fender防禦物、防撞板；defensive守勢、防禦工事、防禦的、保衛的，defensive plea=defensive evidence=alibi=為被告辯護的不在場證明、不在場申辯，defensive equipment防衛的裝備，defensive weapons防禦性武器，defensive fortifications防禦工事，defensive war自衛戰爭、保衛戰；defense=defence被告一方、辯護、答辯、守軍、防務、防禦，defense attorney辯護律師，insanity defenses精神錯亂辯護、心智不正常抗辯(以被告精神失常為辯護理由)，defenseless=defenceless不設

防的、無防禦的；fence擊劍術、擋護之物、籬笆、矮牆、柵欄，fenceless無籬笆的、無圍欄的，fencemending修復隔鄰之間的籬笆、修復關係，fence-sit坐在籬笆、騎牆、保持中立、立場不定，fencing=fenc(e)+ing擊劍、籬笆、矮牆、柵欄

plaintiff：原告、起訴人；其字根是plaint、plain(申訴、投訴、訴狀、抗議、抱怨、悲嘆)；相關用字：complain控告、申訴、抗議、埋怨，complaint起訴書，complainant原告、控訴者、申訴人，complaining訴苦的、抱怨的，plaintful=plaintive哀痛的、悲訴不滿的。

accuse：指控、控告；ac+cuse=accuse=針對某人某事提出理由打官司；accuser控告者、原告，accused被控告的、被告者。

⑯ fraudulent ________________ 詐欺的

⑰ infringement ________________ 侵犯

⑱ recidivism ________________ 累犯罪行

⑲ libeler ________________ 毀謗者

⑳ extradition ________________ 引渡罪犯

㉑ detention ________________ 羈押

㉒ liceity ________________ 合法性

㉓ compliance ________________ 遵奉

㉔ probate ________________ 處以緩刑

㉕ attempted ________________ 未遂的

㉖ convicted ________________ 宣判有罪的

㉗ confiscate ________________ 查封

㉘ commutable ________________ 可減刑的

㉙ inculpate ________________ 指控

㉚ interlocutory ________________ 在訴訟進行中的

16. fraudulent＝fraud+ulent(形容詞字尾)充滿某性質的、具某種傾向的＝詐欺的、詐騙的

fraudulent check詐欺性的支票、支票詐騙，fraudulent document詐騙性的文件、偽造的文件，fraudulent income=graft詐騙的所得、貪汙，fraudulent appropriation=embezzlement詐欺式挪用、侵吞、監守自盜，fraudulent replica詐欺的複製品、偽品、仿冒品，fraudulent application虛報、詐欺性申辦，fraudulent claim詐欺性請領、冒領，fraudulent concealment詐欺性隱瞞、詐欺性隱匿財產，fraudulent conveyance=fraudulent transfer詐欺移轉、詐欺性財產與債務轉讓，fraudulent science=pseudoscience假科學，fraudulent medicine偽藥，fraudulence詐騙、詐欺，fraud詐騙、詐欺、騙局、騙徒、騙人的物品，document fraud文件詐欺，check fraud支票詐欺，internet fraud=web fraud網路詐欺，wire fraud電信詐欺，credit card fraud信用卡詐欺，legal fraud法律詐欺，medical fraud醫療詐欺，electoral fraud選舉詐欺，biofraud生物詐欺、生物研究上用假資料假數據假樣本，defraud詐騙取財、蓄意詐騙，defrauded受詐取的，defrauder詐騙取財者；frustrate使灰心喪志、使感到徒然、使感到一切無用、使受挫折，受挫的、白費工的、無用處的，frustrating令人挫折的、令人沮喪的、令人徒勞無功的，frustrated感到挫折的、覺得白忙一場的；turbulent動盪的，virulent劇毒的，flatulent胃漲氣的，esculent適合食用的，feculent糞便的，purulent化膿的

17. infringement＝in(字首)入內、裡面+fringe+ment(名詞字尾)行為、過程、結果、事物、組織、機構＝侵犯、侵害、違反

infringement of intelligence property right侵犯智慧財產權，infringement of patent=patent infringement侵犯專利權，infringement of copyright=copyright infringement侵犯著作權、侵犯版權，infringe侵犯、侵害、違反，infringe a contract違反合約，infringe a law犯法、違法，infringer犯法者、侵犯者；frangible易碎的、脆弱的，frangibility易碎性，infrangible不可侵犯的、牢

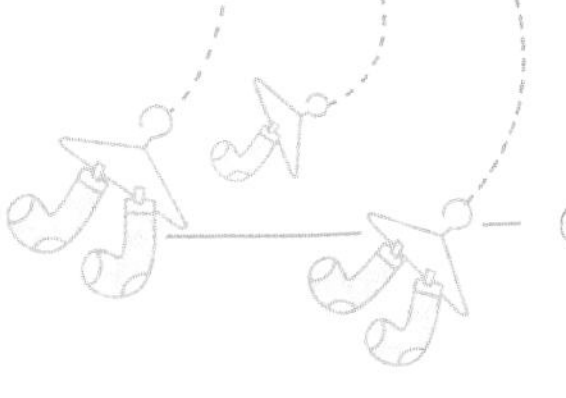

固的、不會破的，refrangible可屈折的、可折射的，irrefrangible不容破壞的、不得違背的、不可屈折的；fragible=fragile易碎的、纖細的，fragility易碎品、脆弱性，irrefragable不得破壞的、不可違反的、無可批駁的，fragment碎片、破片、殘瓦，fragmental=fragmentary殘破的、不完整的，fragmentate=fragmentize=fragmentise使破碎、使成破片，fragmentated分裂的、碎裂的、不成形的，fragmentation碎裂、破裂紛飛，fragmentation ammunition破片殺傷型彈藥，fragmentation grenade破片殺傷型手榴彈，phacofragmentation晶狀體碎裂

patent infringement：侵犯專利權；美國蘋果Apple的智慧型手機smartphone，與南韓三星Samsung和臺灣宏達電HTC之間纏訟不休的，就是這種官司。

18. recidivism=re(字首)重複、再次+cidiv+ism(名詞字尾)行為、過程、結果、思想、主張、主義=累犯罪行、惡習不改、舊疾復發

sexual offense recidivism rate性犯罪再犯率，recidivist=habitual offender再犯者、累犯者、慣犯者，recidivistic=recidivous再犯的、重犯的；deciduous落葉性的、會掉落的，deciduous antler脫落性的角，deciduous tooth乳齒，deciduous plant落葉植物，temperate deciduous forest=temperate broad-leaf forest溫帶落葉林、溫帶闊葉林，落葉山毛櫸，deciduous beech落葉山毛櫸，deciduousness落葉性、脫落性，semi-deciduous半落葉的，indeciduous=evergreen不落葉的、常綠的，incident掉下來之事物、事件、事故，incidental偶然發生的、附帶出現的，incidence發生率、罹患率、出現率，coincidence=co+in+cid+ence=一起發生的事、巧合、共存、符合，coincident同時發生的、相疊的、符合的，coincidental湊巧的、巧合的，coincide發生時間相同、落下位置相同、湊巧、重疊、一致、符合，accident=ac+cid+ent=突然降臨之事、意外事故、不測，accidental意外的、偶發的，Occident=oc+cid+ent=(太陽)落下之處、西方國家，Occidental西方的；decadent頹廢的、墮落的、衰敗的，decadentism頹廢派

藝術、頹廢主義藝術，decadence=decadency頹廢、墮落；decay=de+cay往下掉、衰退、衰敗、腐爛、頹廢、墮落，decayed衰敗的、腐爛的；occasion=oc+cas+ion=降下的時間與地點、時機、場合、活動，occasional偶然的、應景的、盛會的

19. libeler＝libel+er(名詞字尾)進行某行為的人或器物＝毀謗者、詆毀者、以書面的文字或圖畫傷害他人名譽者

libeller=libeler=libelist=libellist毀謗者，libel毀謗、毀謗的文字或圖畫、毀謗罪、中傷、進行毀謗，libel per se=libel in itself=libel by itself本質誹謗(直接使用傷害別人名譽的措辭用語去描述特定人)，libel per quod=libel whereby=libel by which實質誹謗(措辭用語不致傷害他人名譽，但衍生事實及涵義會造成傷害他人名譽)，libel tourism毀謗官司旅行、到他國提毀謗之告訴，trade libel企業詆謗、毀謗商譽，blood libel=blood accusation血謗、血誣、血祭毀謗，seditious libel煽動性的誹謗、反政府的誹謗，blasphemous libel褻瀆的誹謗、瀆神誹謗、對王室的毀謗，interlibel相互毀謗，libel and slander文字圖畫毀謗與言詞毀謗，libelous=libellous毀謗性的；library=libr+ary=書本彙集處、圖書館，library steps圖書館用的小梯(取放書架高處書籍專用)，library science圖書館學，library card圖書證、借書證，library fine圖書館罰金、借書逾期未還的罰款，department of library science圖書管系，interlibrary圖書館之間的、館際的，interlibrary loan館際借書服務、跨圖書館借書服務，librarian圖書館館長、圖書管理員，sublibrarian圖書館助理管理員；libricide=libri+cide=殺書、毀書；liber冊子、登記簿

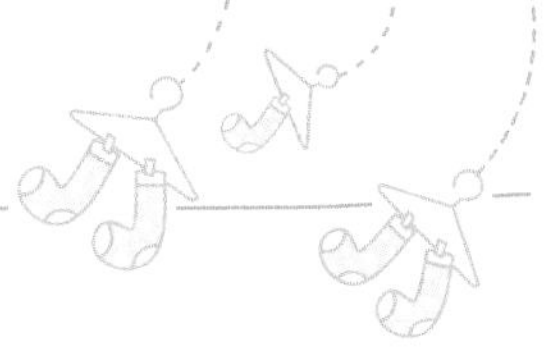

報馬仔

libel tourism：毀謗官司旅行；在歐盟European Union國家盛行，提告者選擇法律對己比較有利的國家提告，從事此行為者稱為libel tourist毀謗官司遊客。在國際上也在流行的還有離婚旅遊divorce toursim：選擇離婚條件有利的國家處理離婚，譬如英國；medical tourism醫學旅遊：選擇到醫療品質不錯但收費便宜的地方旅遊並就醫，譬如臺灣；cosmetic tourism整形美容旅遊：選擇到整形美容具有盛名的地區旅遊並進行整形美容，譬如南韓與臺灣。

報馬仔

blood libel：血祭毀謗；誣蔑某宗教或民族殺死幼童祭神或做餅，猶太人以前在俄羅斯帝國，以及西洋教士在大清帝國，都受過這種誣蔑。

20. extradition＝extra(字首)外部、以外、超過+dit+ion(名詞字尾)行為、過程、結果、情況＝引渡罪犯、交出犯罪者、將犯罪而亡命外國者抓回

延伸記憶

extradition law引渡法(針對兩個司法管轄區之間如何移轉犯人的法律規定)，extradition clause引渡條款(針對何種人何種罪行才可引渡而設的特別規定)，extradition treaty引渡條約(兩國就引渡逃犯事宜而締結的條約)，extradition of fugitive引渡逃犯，extraditable可引渡的，extradite引渡，tradition=tra(ns)+dit+ion=跨越世代交傳下去、傳統、承襲，traditional=traditionary傳統的、因襲舊風的，traditionalism傳統主義、傳統作風、傳統思想，traditionalist=traditionist傳統主義者、遵奉傳統者，traditor=tra(ns)+dit+or=交出(聖經或信仰代表物品給敵人)而求免受害的人、轉移宗教者、叛教者，edit=e+dit進行一定程序之後交出成品、編輯、剪輯，editor編輯者、剪輯者，edition印刷發行的書報、版本、版數；datum(單數；複數形是data)提供之物、資料，dative予格(文法)，date給予的特定時間、日期；donate給予、捐贈，donator=donor捐贈者，donatory=donee受捐贈者，donative捐贈品、捐贈的，donamaniac捐贈狂躁者、動輒捐贈的不正常精神病患，pardon=par(per轉音，徹底、完全)+don=徹底讓與、完全不計較、赦免、免罪、寬恕、免債，pardonable

可寬恕的、可赦免的；dower亡夫傳下的遺產，dower house亡夫留給未亡人的房子、寡婦屋，dowable有權利取得亡夫遺產的，dowager領受亡夫遺產的未亡人、遺孀，empress dowager=dowager empress皇太后，Empress Dowager Cixi=Empress Dowager Tzu-hsi慈禧太后，dowry=dowery結婚時女方帶給夫家之財貨、嫁妝，dowry death嫁妝死亡(因嫁妝不足遭夫家嫌棄而製造廚房火災把新娘燒死，印度常發生)，endow資助、捐贈、給予；extramarital婚姻外的，extramural機構外的，extraterritorial領土外的、治外的，extraterrestrial地球外的，extralunar月球外的，extraordinary一般之外的、非凡的

traditor後來演變為traitour再演變為traitor：叛教者、叛國者、不忠者、出賣他人者、背信者。拉丁語系同源字：traitre(法)=traidor(西葡)=traditore(義)=tradator(羅馬尼亞)=traitor(英)。

21. detention＝de(字首)離開、脫離+tent+ion(名詞字尾)行為、過程、結果、情況＝留置而與其他人事物分離、羈押、監禁、禁閉、扣押、扣留、阻止、滯留、使無法行動

life detention=life imprisonment終身監禁、無期徒刑，detention cell拘留室、扣押間，detention home=detention house=detention center=detention camp拘留所、青少年罪犯監禁改造營、青少年感化院，detention barrack軍隊的拘留所，detention of ship=embargo阻止船隻進出港口、禁運，detention pond=detention basin滯洪區、滯洪池、滯洪盆狀地帶，abstention放棄取得之事物、棄權、克制、戒除(酒賭性毒等癮頭)，sexual abstention戒色、守貞，enforced abstention強制勒戒(毒酒等)，abstention from buying克制購買、不買、抵制，abstentionism棄權主義、棄權做法(拒絕參加選舉或進行表決)，abstentious禁慾的、節制的，retention保留、持有，sustention=sustentation維持、支撐、供養，sustentation fund資助金、供養金(教會資助神職人員的基金)，sustentive=sustentative支持的、維持的、維生的；detain拘留、扣押、阻止，detainer進行繼續拘留的法律令狀、進行扣押行為的執法人員、對人或財產的拘留或扣押，detainee被拘留

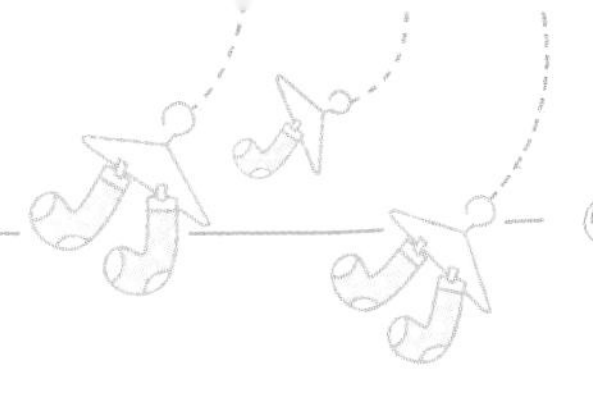

者，detainable可扣押的，abstain克制、戒除、棄權，retain保留、保有、擋住、攔住，retained保留下來的，retained profit保留盈餘(當作進一步擴大公司業務的資金而未發予股東)，retaining具攔擋作用的，retaining wall護壁、擋土牆、防波牆，sustain支撐、支持、供養，sustainable可支撐的、能承受的，sustainable development永續發展，sustained持久的、歷久的，sustained bombardment持久炮轟，sustaining支持的、贊助的、資助的，sustaining member贊助會員，sustaining power持續力，sustaining program電視臺自播的節目(拖撐時段而無廣告客戶的節目)，obtain獲得，obtainable可獲得的，obtainment=obtention獲得、獲得之物，obtaining by deception詐取財物，obtaining by force=extortion強取豪奪、勒索取財，maintain用手支撐、維持、維修、扶養、堅持、守住，maintainable可維持的、能維修的、可守住的，contain留置在一起、容納、裝入、控制、阻擋，container貨櫃、集裝箱、容器，containership貨櫃船，containment圍堵、遏制(美國在冷戰時期對共黨集團進行的國際戰略)，contained克制住的、泰然自若的；abstinence=abstinency節制、禁慾，abstinence until marriage=abstinence-only sex education守貞到結婚運動、戒色的性教育，eternal abstinence from gambling永遠戒除賭博，continence克制、自制，incontinence無節制力、失禁，urinary incontinence尿失禁，fecal incontinence糞便失禁，incontinence in language言語不節制、胡言亂語，continent自制的、有節制力的，continent留置一起不分開的陸地、洲、大陸，continental洲的、大陸的，intercontinental洲際的；sustenance支撐生存的物資、生計、糧食，maintenance維持、維修、扶養之金錢或物品、生計

22. liceity＝lice+ity(名詞字尾)性質、情況、狀態＝得到許可的狀態、合法性

licence=lice+(e)nce性質、情況狀態、辨識狀態的物件=license=許可證、執照、特許狀，law license律師執照，medical license醫師執照，pilot licensing=pilot certification飛機機師認證，driver's license=driver's licence=driving licence駕照，licence plate=vehicle registration plate=registration plate=number plate車輛執照牌、車輛牌照，firearms licence=gun licence

持有槍械許可證，liquor licence賣酒許可證，license准許、核可，licensed領有許可證的、有執照的，licensed acupuncturist經過認證的針灸師，licensed architect開業建築師，licensed engineer=professional engineer=chartered engineer=incorporated engineer認證的工程師、有註冊的工程師，licensed gambling特許的賭博、合法賭場，licensed prostitution特許的賣淫、合法賣淫、公娼，licensee=licencee領有執照者、得到許可證者，licenser=licensor=licensor頒發許可證者，licensure許可證，licentiate有證照者、有開業執照者，licentious肆無忌憚的、自由胡搞的、放蕩的；licit合法的、正當的，illicit=illicitous不合法的、違禁的、不正當的，illicit revenue=graft不法所得、貪瀆，illicit prostitution非法賣淫、私娼，illicit cohabitation不法同居、姘居，illicit love=illicit intercourse=extramarital affair=adultery不當之愛、不當之性行為、婚外情、通姦，illicit drug trade=illegal drug trade藥品非法交易，illicit distilling非法釀酒，illicit brewer非法啤酒廠，illicit antiquity非法骨董(偷挖偷買偷賣偷運的骨董)；leisure餘裕、餘暇、自由自在的空間與時間，leisurely=leisured從容的、悠哉的、有閒暇的，leisurewear便裝、便服

23. compliance＝com(字首)共同、相互、一起、完全+pli+ance(名詞字尾)性質、情況、狀態＝完全柔曲、恪守、遵奉、服從

compliancy=compliance，compliant=compliable順從的、遵行的，chief compliance officer(CCO)遵法長，complier聽命者，pliant=pliable個性可彎曲的、圓融的、能屈能伸的，pliancy=pliability柔順性、圓融性，implied默示的，implied contract默示契約，implied offer默示要約；imply暗指、暗示，comply遵奉、服從，reply翻轉回去、回答、答覆，multiply摺成多個、倍增、乘(數學)；multiplicity摺成多個、多樣、繁多，a multiplicity of legal codes繁多的法典，complice=com+plic+e一起幹不正當事情的人、同謀者、共犯、同夥，accomplice共犯、從犯、幫兇，complicity共謀、串通、牽連、連累，complicity in crime共謀犯罪，complicate摺疊在一起、複雜化、混亂化，plicate有皺褶的、有折疊痕跡的，complicated複雜的、

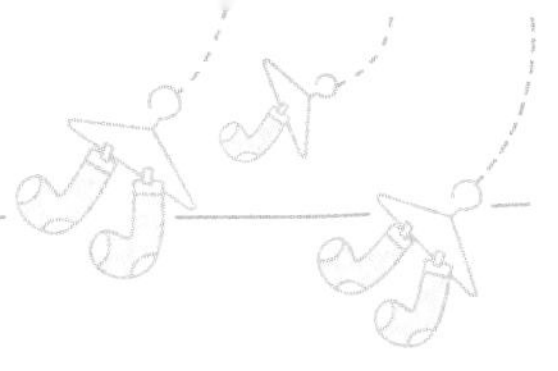

難處理的，complication複雜的事務、麻煩的問題、併發症(醫學)，replicate反覆摺疊、摹寫、複製，replica複製品，duplicate折成二份、做成一式兩份，duplicity人心扭曲成兩重個性、表裡不一、口是心非，triplicate折成三份、做成一式三份，implicit向內折彎的、含蓄的、隱約的，implicit consent默許，explicit向外折彎的、明顯的，explicitly expressed明白表示的，explicate闡述、解說，explicatory=explicative闡述的、解說的

CCO：遵法長；西方大企業中的法律事務高層主管，職責是留意政府法規並確實讓企業上下恪守法規，以免公司受罰或被起訴；這和以往的法務長、法務室主任chief legal officer(CLO)有別，後者主要功能在保護公司權益、對付外面的侵權者。大企業的其他高層主管還有：chief executive officer(CEO)執行長，chief financal officer(CFO)財務長，chief operating officer(COO)營運長，chief technology officer=chief technical officer(CTO)科技長，chief information officer(CIO)資訊長，chief marketing officer(CMO)行銷長，chief procurement officer(CPO)採購長，chief strategy officer(CSO)策略長。

complice和accomplice：「共犯、從犯、幫兇、同謀者」；也可用conspirator=con+spir(e)+at(e)+or共同氣息者、沆瀣一氣者、一起計謀者，或用accessory=ac+cess+ory朝著首要者移動者、跟班、搭配者；accessory若用於飾品，意思為「配件、附屬品」；「主犯」的英文是principal=princip+al君主、統治者、領導人、首要的人者物；該字若用於教育界，指「校長」，若用於金融則指「本金」。

24. probate＝prob+ate(動詞字尾)從事、進行，(名詞字尾)與某行為相關的事物，(形容詞字尾)與某行為相關的＝檢驗(遺囑)、考驗(犯人是否悔改)、處以緩刑，遺囑檢驗措施、檢驗過的遺囑，檢驗遺囑的

probate court遺囑認證法院(職權僅限於檢驗遺囑處分財產的法院)，probate code遺囑檢驗法規，probate bond遺囑檢驗證書，probate estate遺囑認證財產，non-probate estate非遺囑認證財產，probation檢驗、鑑

定、考驗、(新進員工或教友)試用期、留置以觀後效、緩刑、緩刑期，probation period員工試用期、見習期、緩刑期，probation system見習制度、緩刑制度，probation home緩刑犯人收容所，probation and parole緩刑與假釋，probational=probationary緩刑的、服緩刑中的、試用期的，probative=probatory探索性的、試驗用的，approbate查核後批准、認可、許可，approbation核可、讚賞、推薦，disapprobation不准、不贊成、非難，approbative=approbatory正式核准的，reprobate檢查後退回、拒絕、斥責、摒棄、被摒棄者、邪惡者、墮落者，probe探索、調查，probing追根究底的、愛探索的，probable可檢驗為真的、可信的、很可能發生的、或然率高的，probability機率、或然率、可能性，improbable不可信的、不太可能發生的；prove證明、認證、鑑定、考驗，proven被證實的、獲認證的，approve批准、同意、贊成，disapprove不批准、反對，approvingly稱許地、滿意地，provable可證明的，disapprovingly不以為然地

problem=pro+blem拋擲=拋到面前讓大家思考處理的事物、問題；improve=im+prove獲利=增加獲利、變得更好、改善；此二字彙與本單元字源無關。

25. attempted＝at(字首)朝著+tempt+ed(形容詞字尾)具某性質的＝嘗試過的、試圖進行的、未遂的

attempted crime未遂犯行，attempted murder謀殺未遂，attempted homicide殺人未遂，attempted suicide自殺未遂，attempted arson縱火未遂，attempted rape強姦未遂，attempted assault施暴未遂，attempted battery毆打未遂，attempted kidnapping綁架未遂，attempted hijack劫機未遂，attempted burglary竊盜未遂，attempted robbery強盜未遂，attempted coup政變未遂，attempt試著做、嘗試、企圖、未遂行為，attemptable可嘗試的，tempt使有企圖、使人想試試看、誘惑、引誘、慫恿，tempter引誘者、魔鬼，temptress女誘惑者、妖婦、女魔，temptable可誘惑的，temptation誘惑、誘惑人的事物(權力金錢美色等)，tempting 引人動心的

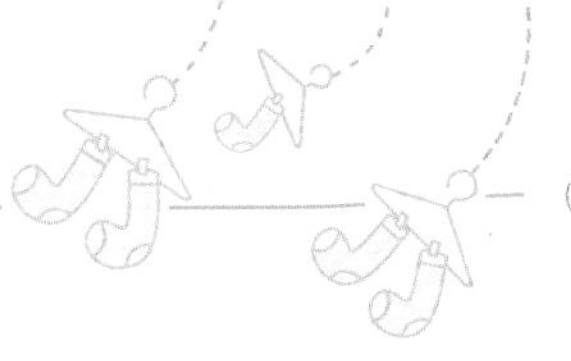

consummated：「已遂的、既遂的、完成的」；consummated crime既遂罪行，consummated offender既遂罪犯；其他衍生字詞：consummation of marriage完婚(行房成親才算有效婚姻)，consummation of fornication姦淫既遂、已經完成性行為，consummation of days日子結束、日子終了、末日，consummation of history歷史終了，consummation of redemption救贖完成。

法律與犯罪刑罰

26. convicted＝con(字首)完全+vict+ed(形容詞字尾)具某性質的＝完全使人相信有罪的、使服罪的、宣判有罪的、有罪定讞的

convicted felon已定罪的重刑犯，Jack has been convicted of treason.傑克已經被判定叛國罪，wrongly convicted被誤判罪刑的、含冤入獄的，Association in Defence of the Wrongfully Convicted冤獄者保衛協會，convict定罪、判定有罪、證明有罪、使服罪、判刑確定的犯人、既決犯、服刑人，convictive可定罪的、可使人信服的，convictable=convictible可定罪的，conviction定罪、服罪、服理、說服、深信、信念；convince使相信、使信服，convinced感到信服的、堅信不移的；convincing使人信服的、有說服力的，convincible可說服人的

convicted的反義字是acquitted「無罪釋放的」。

felon：重罪犯；犯下重罪行felony的人稱為重罪犯，犯下輕罪行misdemeanor的人稱為輕罪犯misdemeanant。輕罪可判處一年或以下刑期或易科罰金，重罪可判處一年以上徒刑或無期徒刑life sentence或死刑death penalty。重罪行一般包括：murder殺人、rape強姦(違反性自主)、manufacture, possession, sale, or distribution of illegal drug製造或持有或出售或分發非法毒品、arson縱火、robbery強盜(搶劫)、burglary竊盜、fraud詐欺、aggravated assault重大傷害、aggravated battery嚴重毆打、vandalism毀損、treason叛國、perjury偽證、copyright infringement侵犯著作權。

27. **confiscate＝con(字首)一起、共同、完整+fisc+ate(動詞字尾)從事、進行、使成為，(形容詞字尾)具某種性質的＝完整放入國庫、充公、沒收、查封，被充公的、被沒收的**

confiscation充公、沒收、查封、徵用，confiscation of the smuggled goods走私貨品的沒收，confiscation of land沒收土地、徵用土地，confiscated沒收的、充公的，confiscated goods充公的貨品，confiscated property充公的財產，contraband confiscated by law enforcement authorities執法當局沒收的違禁品，confiscator查抄人員、充公執行人，confiscatory沒收的、充公的、徵用的，confiscable可沒收的、可充公的，fiscal國庫的、財政的、財務的，fiscal year會計年度、財政年度，fiscal policy財政政策，fiscal stamp財政票、印花稅票，fiscal agent財務代理人，fiscal adjustment財政調整，fiscal deficit財務赤字，fiscal discipline財政紀律，fiscal crisis財政危機，fiscal management財務管理，fiscal mismanagement財務管理不當，fiscal cliff財政懸崖(美國財政危機的比喻說法)

28. **commutable＝com(字首)一起、共同+mut+able(形容詞字尾)具某種能力的＝可減刑的、可代償的、可易科罰金的、可代替的、可變換的**

commute兩相轉變刑罰、減刑、代償、易科罰金、交換、兌換、折算、通勤、上下班往返兩地，commute a death penalty into life imprisonment把死刑減為無期徒刑，commute imprisonment into a fine易科有期徒刑為罰金，commute between Taipei and Taoyuan通勤於臺北與桃園之間，commute from Hong Kong to Macao從香港到澳門通勤，commuter通勤者、固定往返兩地上下班者、用月票搭車船機者、定期定點短途路線，commuter bus通勤大客車，commuter train通勤火車，commuter plane通勤飛機，commuter time通勤時間，commuterland=commuterdom=commuterville=commuter belt通勤上班者居多的郊區(譬如：林口、淡水)，permute交換、互換、重新排列(數學)，transmute變形、變貌、變質；commutation減刑、代償、交換、通勤、變換方向、整流(電學)，commutation of sentence減刑、判決變輕，commutation ticket通勤車票、定期票、回數票、月票，commutate變

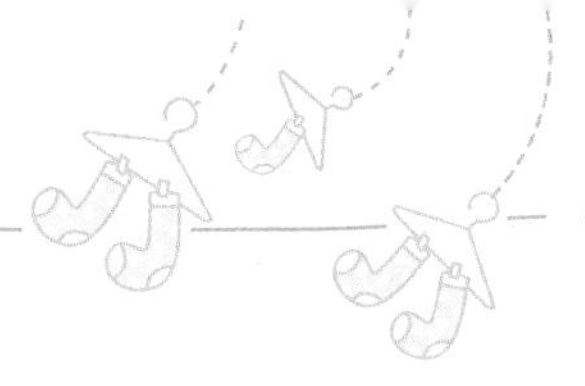

換方向、整流，commutator整流器，commutative交換的、交互的，mutual相互的、彼此的、共同的，mutual interest共同利益，mutual fund共同基金(投資學)，mutuality共同性、相互關係，mutualism互助論、共棲、共存，mutualise=mutualize相互化、共同化、互利化(公司釋股給員工)，mutate改變、突變(生物)、母音變音(語言學)，mutant突變的、突變而生的物種、變種，mutable易變動的、反覆無常的，immutable不變的、恆定的；permutation重新排列、排列，permutation and combination排列組合(數學)，transmutation變形、變貌、變質、蛻變、嬗變、演變

29. inculpate＝in(字首)入內、置入+culp+ate(動詞字尾)使成為、進行＝使入罪責、指控、指責、歸咎、牽連、連累

inculpate falsely=inculpate unjustly=inculpate unfairly=frame不實不公不義歸罪、誣陷、陷害，inculpation指控、指責、歸咎、牽連入罪，inculpation by prosecution=arraignment告發而使負罪、起訴而歸罪、提訊、提審、審問，inculpatory責難的、歸咎的、指控的，culpable應受懲罰的、必須負起罪責的、犯罪的，culpable conduct有罪的行為、罪行，culpable recklessness=culpable negligence=criminal negligence有罪責的疏失(因疏忽而造成他人的死傷)，culpability=culpableness應負罪責的狀態，inculpable=in不、非、無+culp+able=無罪責的、不可責難的，culprit=cul(pable)+prit有心理準備=準備面對罪責者、被控罪者、被告、待審犯人，culprit of rape強姦犯，culprit of assault施暴犯，exculpate=disculpate離開罪責、洗脫罪責、申辯無罪、證明無罪，exculpated無罪開脫的，exculpatory免責的、免罪的，culpabilis(拉丁文)=plead guilty有罪、認罪，in culpabilis=non culpabilis=plead not guilty不認罪；cupla過失、過錯、罪責，mea culpa(拉丁文)=my fault=I am to blame是我的錯、當責怪我，culpa lata=lata cupla=gross negligence重大過失、嚴重過失，culpa lata dolus est=culpa lata dolo equiparatur=gross negligence is deceit=gross negligence is equal to intentional wrong重大過失視為故意，culpa levis=levis culpa=ordinary fault=slight negligence一般過失、輕微過失，culpa levissima=slightest

negligence最輕微過失，culpa in abstracto=abstract fault抽象過失，culpa in concreto=concrete fault具體過失，culpa in faciendo=fault by doing something =active negligence作為的過失、積極過失，culpa in non faciendo=fault by doing nothing=passive negligence不作為的過失、消極過失，culpa vacuus=vacuous balme=without fault=innocent空無的究責、無過錯、無辜，cupla dignus=deserving censure罪該萬死、該當罪責、值得懲罰的罪過，felix culpa=blessed fault=fortunate fall有福的過錯、樂哉的墮落(宗教用語：成為罪人才得以蒙恩得救)

30. interlocutory＝inter(字首)之間、當中+locut+ory(形容詞字尾)具有某性質的、屬於某事物的＝在講話辯論當中的、在訴訟進行中的、非最後的、(審判)中間的

interlocutory decree中間判決(相對於final decree終局判決)，interlocutory decree of divorce中間離婚判決、離婚中期裁決(有別於final divorce decree=final decree of divorce離婚最終裁決)，interlocutory appeal=interim appeal抗告、中間上訴(有別於appeal上訴、final appeal最後上訴、extraordinary appeal非常上訴)，interlocutory injunction=temporary injunction中間禁制令、臨時禁制令(有別於preliminary injunction初期禁制令、final injunction最後禁制令、permanent injunction永久禁制令)，interlocutory order=provisional disposition假處分、假定的處分、中間命令、臨時禁制令，interlocutory judgment中期判決、非正審判決(有別於final judgment最終判決、judgment of last resort終審判決)，interlocution對話、問答、會談，interlocutor對話者、會談者，interlocutress女性對話者、女會談人，allocution上訴理由的陳述、正式演講、訓示、面諭，circumlocution兜圈子說話、支支吾吾，circumlocutionist說話拐彎抹角的，collocution一起說話會談搭配語詞、連用字詞組合(語言學)，collocutor會談者，elocution說話出來的技術、演講辯論的風格與技巧，elocutionist演講辯論專家，perlocution說話的穿透力、語言表達的效果，prolocutor代替或代表他人講話者、發言人、代言人、主席、議長，ventrilocution肚子說話、腹語，locution措辭用語、說話風格與習慣、慣用語，locutory=locutorium會談室；

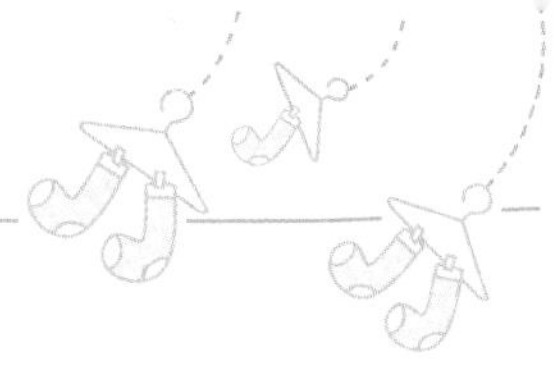

colloquial大家一起說的、口語的、會話的、口語、口語體用語措詞，colloquialism口語用法、口語風格，colloquist=colloquialist談話者、說話者，colloquium共同談話的場所、學術討論會，colloquy討論、會談，eloquent雄辯滔滔的、口齒便給的，ineloquent口才不佳的、說話不流暢的，grandiloquous誇誇其談的、說大話的，ventriloquist腹語表演者

與打離婚官司相關的用語：file for divorce正式向法院提起離婚之訴，fault divorce過失離婚，no-fault divorce無過失離婚，fault grounds過失緣由，unilateral divorce片面離婚，divorce by mutual consent兩願離婚，indissoluable marriage不可解除之婚姻(不准離婚，譬如：菲律賓與馬爾他)，efficient divorce有效率離婚(離婚的利益比維持婚姻多)，inefficient divorce無效率離婚(離婚的利益比維持婚姻少)；irreconcilable incompatibility無法調和的個性不合(在採取無過失就可離婚的地區，常見的離婚理由)；adultery通姦，desertion遺棄，domestic violence家暴，sex abuse=sex torture=sadism性虐待(在採取有過失才可離婚的地區，常見的離婚理由)。

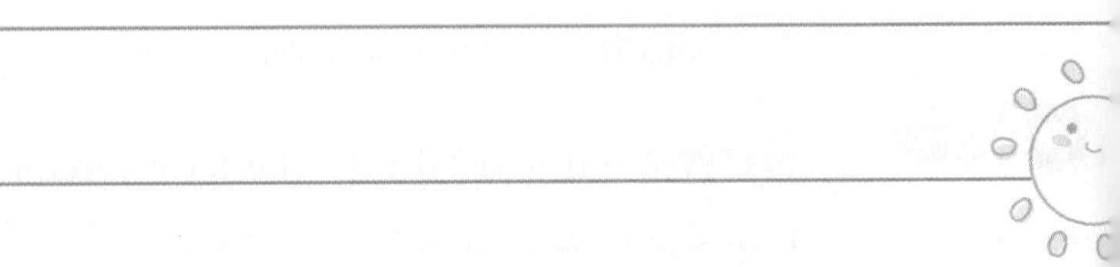

暈。

得意。
Help...

09
經濟商業與理財

英文	中文	字綴與組合形式
spring up ; rise	湧現、湧出、出現、升起	source ; sur ; surg ; surge
value ; prize	價值、獎賞	prais ; praise ; preci ; price ; prize
care ; heal	憂心、留意、在意、照顧、醫治	cur ; cure
no worry ; guarantee	無憂慮、保證	secur(setcur) ; secure ; sur ; sure
existing ; actual ; tangible	存在的、真實的、可碰觸的	real
sell ; sale	賣、出售	pol
buy ; purchase ; acquire	購買、採購、取得	onio ; opson
making money ; getting rich	賺錢、致富	chremat ; chremato
hand ; handle	手、手動、操持	main ; man ; mani ; manu
do ; make ; produce	做、製作、生產	fac ; facil ; fact ; feas ; feat
make ; form ; shape	製作、形成、塑造	fect ; feit ; fic ; fy
dwelling place ; house ; environment	居所、屋舍、環境	eco ; oec ; oeco
law ; regulation ; arrangement	定律、管控、安排	nom ; nome ; nomo

英文	中文	字綴與組合形式
wealthy ; rich	有錢的、富有的	plut ; pluto
worship ; devotion	崇拜、獻身	late ; latr ; olate ; olatr
new ; recent	新、最近	nouv ; nov ; novi ; novo ; novus
one's own property ; particular	專有財產、牲畜、特有	pecu ; pecud ; pecun
one's own cattle ; money ; wealth	專有牲畜、金錢、財富	pecu ; pecud ; pecul
outside ; outward	外部、向外	exter ; extern ; extr ; extra ; extro
chest ; storehouse	櫃子、金庫、收藏室	thesaur ; thesauro ; treasur
put ; place	擺放、放置	pon ; pone ; pos ; pose ; pound
side ; flank	一邊、一面、側翼	later ; lateri ; latero
flow ; river ; stream	流動、河流、溪流	rip ; ripa ; ripar ; ripari ; ripi ; riv ; rive
river bank ; sea shore	河岸、海岸	rip ; ripa ; ripar ; ripari ; ripi ; riv ; rive
end ; limit ; boundary	終了、侷限、界線	fin
settlement of a debt ; furnish with money	償債、籌錢	fin

英文	中文	字綴與組合形式
use ; seize ; exorbitant interest rate	使用、侵奪、高利率	usur
due ; timely ; ripe	付款時間到了、及時、成熟	matur
give ; assign ; impart	給予、撥配、分贈	trib ; tribu ; tribut
say ; tell ; declare ; point out	說、告訴、宣布、指出	dex ; dic ; dict
blow ; gas accumulation	吹氣、膨風	flat ; flatu ; flatulo
clothes ; garment ; form	衣服、樣式、形式	vest ; vesti
body ; mass ; institution	身體、整體、團體、機構	corp ; corpor ; corpus
flow ; fluid ; melt ; clarify	流動、液體、溶解、澄清	liqu ; lique ; liqui
absorbe ; combine ; immerse	吸收、合併、浸沒	merg ; mers
buttocks ; bottom ; base	屁股、根基、基礎	fund ; funda ; fundo ; found

① resource ________ 資源、財力

② depreciate ________ 貶值

③ securities ________ 證券

④ insurance ________ 保險金

⑤ unrealized ________ 未變為現金的

⑥ monopoly ________ 獨賣

⑦ duopsony ________ 買方雙頭壟斷

⑧ chrematistics ________ 理財學

⑨ manufacturing ________ 製造業

⑩ management ________ 經營

⑪ economy ________ 經濟

⑫ plutolatry ________ 拜金思想與作為

⑬ innovate ________ 創新

⑭ pecunious ________ 富裕的

⑮ externality ________ 外部性

1. **resource＝re(字首)一再、反覆、重新+source＝一再湧現之物、資源、財力、智謀**

economic resource經濟資源，biotic resource=biological resource生物資源(農林漁牧)，abiotic resource非生物資源、無生命資源(空氣水土地與金銀銅鐵礦等)，fossilized resource化石化資源(煤與石油)，potential resource潛在資源(可能有但尚未探勘或開採)，actual resource實際資源，storable resource可儲存資源，non-storable resource不可儲存資源，renewable resource再生資源(農林漁牧)，non-renewable resource非再生資源(煤、石油與礦產)，perpetual resource永久資源(陽光空氣水)，ubiquitous resource泛在資源、到處皆有的資源，localized resource局部資源、特定地方具有的特定資源，individual resource個人資源，national resource國家資源，tangible resource有形資源、實體資源，intangible resource無形資源、非實體資源(形象、商譽、商標、版權、專利權、智財權)，natural resource天然資源，monetary resource貨幣資源，material resource物資資源、原料資源，human resource人力資源，energy resource能源，inner resource內在資源，outer resource外部資源，online resource線上資源(網路百科、網路字典等)，strategic resource戰略資源，administrative resource行政資源(在位者爭取連任具有行政資源)，resource prospecting資源勘探，resource exploration資源測定、資源調查，resource exploitation資源開發、資源利用，resource extraction資源開採、資源提取，resource allocation資源分配，resource management資源管理，resource depletion資源耗竭，resourceful資源豐富的、足智多謀的、善於策略的，resourceless缺乏資源的、無謀略的，source來源、源頭、緣由，source language原語、譯出語(相對於target language標的語、譯入語)，source bed源層(地質學)，source code原始碼、源代碼(電腦)，source of income所得來源，source of information消息來源，outsource把工作委託外界處理、委外外包，outsourcing外部承包、外部採購；resurge再起、復生，upsurge升高、高漲、湧起，surge湧浪、波滔，surgeless無湧浪的、平靜的

經濟商業與理財

2. **depreciate＝de(字首)減少、降低、除去+preci+ate(動詞字尾)使成為、進行＝貶值、**

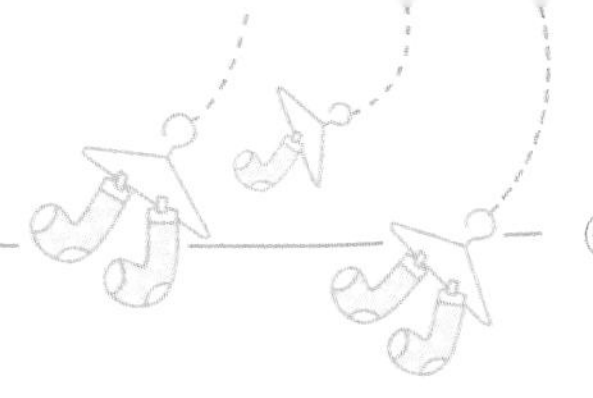

降低價值、折舊、貶抑、藐視

depreciated折舊後的、貶值後的，depreciated value of a car汽車折舊價值，depreciated asset value折舊資產價值，depreciative=depreciatory貶值的、降價的、藐視的，depreciable可貶值的、可降價的，depreciable life折舊年限，depreciation貶值、折舊、藐視，depreciation of currency通貨貶值，depreciation allowance借抵折舊、折舊抵免，depreciation charge折舊費用，depreciation tax shield折舊稅盾(折舊帶來的減稅)，lumen depreciation光衰、燈管流明隨時間而日愈減少，appreciate升值、賦予價值、知道有價值、賞識、鑑賞、珍愛、感激，appreciable可感知的、可估計的、可察覺的、值得重視的，appreciative有鑑賞力的、感激的，appreciator評價者、識貨者、懂價值者、鑑賞者，precious貴重的、珍愛的，precious stone寶石，precious metal貴金屬，precious coral珍貴珊瑚；price價格、代價，price freeze凍結物價，price control價格管制，price comparison service=price engine比價服務、比價搜索引擎(網路上提供的價格比較)，price competition價格競爭，price war價格戰，price tag價格標籤，price discrimination差別式定價(譬如：同一物品賣本地人十元，賣觀光客三十元；客機有頭等艙、商務艙與經濟艙的不同價位)，retail price index=RPI零售物價指數，producer price index=PPI生產者物價指數，wholesale price index=WPI躉售物價指數，consumer price index=CPI消費者物價指數，price fixing操控價格、價格壟斷，priceless無法估價的、極其貴重的，priced有訂價的，pricey昂貴的；praise說某人事物有價值、讚賞、讚美、稱頌，praiseworthy值得讚美的、可嘉許的，praiseful用來讚美的，dispraise貶抑、詆毀，appraise估價、鑒價、鑒定；appraisal估定的價值、鑑定價格、估價做法，appraising打量身價的、品頭論足的，praisable可嘉許的

3. securities＝se(字首)離開、分開、拉開、沒有、不存在+cur(e)+it(y)(名詞字尾)性質、情況、狀態、人事時物+ies(名詞複數字尾)**＝可讓人沒有擔憂的憑證、可擔任保證的憑證、證券、有價證券(股票與債券等)**

securities analyst證券分析師，Securities & Exchange Commission證券交易委員會(美國監管證券交易的機構)，securities and exchange act證券交易法，securities gains and losses證券損益，securities firm證券公司，securities house證券交易所，securities transaction tax證券交易稅，securities industry證券業，securities market證券市場，securitization證券化、以證券方式處理，asset securitization資產證券化，real estate securitization不動產證券化，whole business securitization整體企業證券化，security保證人、保證金、擔保品、保障、保證，安全、平安，insecurity不安、危險的人事物、無保障、不牢靠，national security國家安全，job security工作保障，security check安全檢查，security measure保安措施、安全措施，Security and Intelligence Division(SID)新加坡安全暨情報局，Security Council of the United Nations聯合國安全理事會，Homeland Security Department國土安全部(美國)；secure確保安全、保證、取得、不用憂心的、平安無虞的、安全的、牢靠的，insecure不安全的、不安心的、不牢靠的，securement穩妥性、牢靠性、獲致、取得，manicure護手、手部保養與照顧，pedicure足療、足部保養照顧；securable可得到的、可加固的、可提供安全的，curable能治療的、可醫好的，incurable不能治療的、醫不好的，manicurist手部保養師，pedicurist足療師，accurate針對某事物留神的、準確的、精準的，inaccurate不準確的，curator看顧者、管理者(博物館與圖書館等)，curious充滿心思的、留意的、好奇的，incurious不放心思的、漫不經心的、不好奇的、不感興趣的

4. insurance＝in(字首)使成為、進入其中+sur+ance(名詞字尾)性質、情況、狀態＝使人感到安穩的人事物、預防措施、安全保障、保險、保險金、保險費

life insurance壽險，term life insurance定期壽險，permanent life insurance終身壽險，property insurance產物險、財產險，home insurance房屋險，health insurance醫療險、健康險，national health insurance全國健康保險、全民健保，travel insurance旅行險，product insurance產品險，liability in-

經濟商業與理財

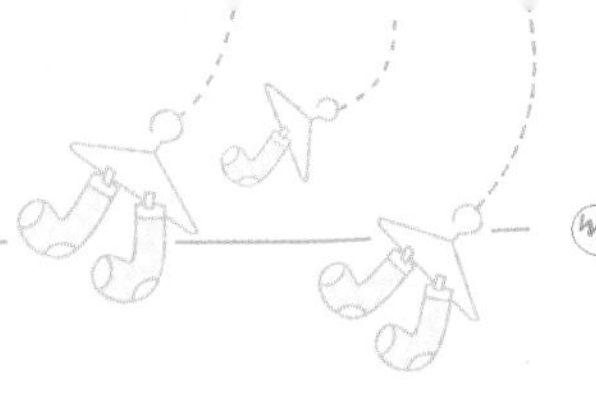

surance責任險，compulsory liability insurance強制責任險，product liability insurance產品責任險，fire insurance火險，automobile insurance汽車險，disability insurance失能保險，unemployment insurance失業險，participating insurance分紅保險，insurance policy保險單，insurance agent保險代理人，insurance provider保險提供者，insurance administrator保險管理者，insurance broker保險經紀人，insurance claim保險請領、保險索賠，insurance coverage保險責任範圍、承保範圍，insurance fraud保險詐欺，insurance subscriber投保人，interruption of insurance保險中斷，reinsurance再保險，insurable可保險的、適合保險的，reassuring令人放心的、使人安慰的，assurance把握、自信、保證；insure使無牽掛、投保、承保、保證、保障，insurer保險業者、保險公司，insured=insurant保戶、被保險人、受保人，ensure保證、擔保、保護，assure使人深信、給予保證、使人感到安心，assured感到安心的、有信心的，reassure使放心、對人再三保證、使無疑慮，reassured感到放心的

報馬仔

保單上除了「被保險人」insured之外，還有「要保人」applicant與「受益人」beneficiary。

5. unrealized=un(字首)不、非、無、否+real+iz(e)(動詞字尾)使成為、使化為、進行、從事+ed(形容詞字尾)具有某性質的=未變為現金的、未實現的、未被理解的

延伸記憶

unrealized gain=paper gain未實現獲利、帳面獲利(例：持有的股票漲，但沒賣出，就不算實現獲利)，unrealized loss=paper loss未實現虧損、帳面虧損，unrealized appreciation未實現升值(例：持有房地產或外幣的價值上升，但沒有賣出)，unrealizable無法變為現金的、不能實現的、無法理解的，unrealize使成為不真實、使變成空幻，unreal不真實的、虛幻的，unreality不實際、虛構、幻想，unrealist不務實者、不講實際的人，unrealistic非現實的、非寫實的、幻想的，realized gain實現獲利，realized loss實現虧損(例：每股百元買進，跌至六十元時認賠賣出，確定賠錢，而非只是帳面虧損)，realized return實際報酬，realize變現、變為現金、售得、賺

取，realizable可變為現金的、可實現的，reality真實性、真實感，realism寫實主義、現實主義、務實作風，realist寫實主義藝術家、現實主義者，realistic寫實文風與畫風的、注重實際的，real真正的、實際的、房屋與土地的、物業的，real estate=real property=realty不動產、房地產、物業，realtor不動產經紀人、房屋仲介者，real estate investment trusts(REITs)不動產投資信託基金，real rate of interest實質利率，real rate of return實質報酬率，real time即時、事情發生的同時

realized return：實際報酬；相對於期望報酬expected return。

real rate of interest：實質利率；相對於名目利率nominal rate of interest；若銀行的一年定存利率為1.5%(名目利率)，但是該年的通貨膨脹率是2.5%，則存款者得到的利率其實是-1.0%(實質利率)。

real estate=real property=realty：不動產；相對於動產personal property=chattels=personalty=movable property=movables。

6. monopoly＝mono(數目)一、單一、單獨+pol+y(名詞字尾)情況、行為、性質、狀態、物品、制度、技術＝單一賣家面臨很多買主、獨占、獨賣、專賣、壟斷、只有一家企業可以出售某特定物資的狀態、獨占者、獨賣的企業

government monopoly=state monopoly政府專賣、國家壟斷(例：日據時代的臺灣總督府專賣局、臺灣菸酒股份有限公司出現之前的臺灣省菸酒公賣局)，government-granted monopoly=de jure monopoly政府特許的獨占、法制獨占，natural monopoly自然壟斷，antimonopoly反獨占、反壟斷，monopolism壟斷主義、壟斷作風、專賣的制度，monopolist獨賣者、獨占者、壟斷者，monopolistic獨占的、壟斷的，monopolize=monopolise獨占、獨享、完全占有，duopoly=duo+(mono)poly=複占、兩家獨占、兩家企業壟斷(例：美國波音Boeing與法國空中巴士Airbus壟斷全球大型客機)，duopolist兩家獨占市場的企業或資本家，duopolistic複占的，triopoly鼎占、三家壟斷，oligopoly寡占、少數幾家壟斷，oligopolist寡占者、寡

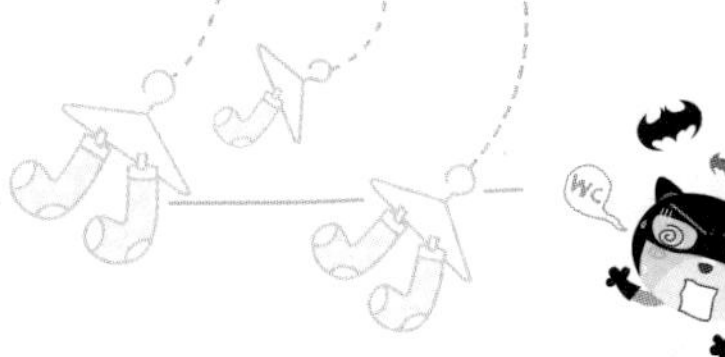

占的企業或資本家，bibliopoly賣書、出售善本書，bibliopole=bibliopolist書商、賣書者、善本書商、舊書商，lachanopoly販售蔬菜，lachanopolist蔬菜商，xylopoly賣木材，xylopolist賣木材商人，ichthyopoly賣魚，ichthyopolist魚販子，tragematopoly賣甜食，tragematopolist糖果糕點販子，papyropoly賣紙，papyropolist賣紙商，pharmacopoly賣藥處、藥局；monomorphic單形的，monophagia單吃某種食物、偏食，monotone單調，monophobia單身恐懼症，monochromic單色的，monocular單眼的

government-granted monopoly：政府特許的獨占；例：在歐洲列強殖民時代，荷屬東印度公司Dutch East India Company，英屬東印度公司British East India Company，個別享有荷英在東方殖民的經營權。

natural monopoly：自然壟斷；因為自然資源集中於某地，其他地方無力競爭而形成，或因為需要龐大投資，若有二家或以上企業投入時，反而會浪費與無效率，而形成自然獨占；譬如：電力與自來水。

7. duopsony＝du(o)(數目)二、雙+opson+y(名詞字尾)行為、性質、狀態、制度＝兩個買主面臨很多賣家、買方雙頭壟斷、兩家買主複占、兩位競購者控局

monopsony獨買、專買、單一買家壟斷(例：就單國國內市場而言，軍火只有一個買家，就是政府)，triopsony買方三家壟斷，oligopsony少數買主壟斷、寡頭採購壟斷，duopsonist買方雙頭壟斷者，duopsonistic買方雙頭壟斷的，monopsonist=mon(o)+opson+ist=獨買者，monopsonistic獨買壟斷的；oniomania購物狂、購買狂躁症、採購狂，oniomaniac購買狂躁症患者，oniochalasia=onio+chalas弛緩、鬆弛+ia=藉購物而舒緩心情；dual雙重的，dual nationality雙重國籍，duel兩人對戰、決鬥，duet二重唱、二重奏，duplicate做成一式兩份，reduplicate重複、複製、加倍，duplicity兩面性、表裡不一、口是心非、口蜜腹劍，duplex雙倍的、雙面的；duotone雙色調、雙色版，duodenum十二指腸，duodecimal十二進位的

報馬仔 onimania：購物狂；另外幾種說法：compulsive shopping強迫購物，shopping addiction購物成癮，addictive shopping沉溺性購物，shopaholism=shop+(alco)holism酗酒成癮=購物狂，compulsive buying強迫購買，compulsive buying disorder(CBD)強迫購買失序症。

8. chrematistics＝chremat+ist(名詞字尾)某種行為者、某種信仰者、某種職業者、從事某種研究的人+ics(名詞字尾)學術、學科、活動、作為、現象、狀況、性質＝致富研究、理財學

延伸記憶 chrematist以致富為人生目標的人、致富術研究者，chrematistic理財的、與致富相關的，chrematistophilia=chremat+ist+o+phil愛、愛慾、性慾+ia=金錢性愛症、任何性行為都要以金錢為基礎的性慾錯亂；chrematomania=致富狂躁症、發財瘋，chrematomaniac致富狂躁症患者，chrematophobia=chremato+phob恐懼+ia病症、狀態=財富恐懼、理財恐懼；statistics統計學，stylistics文體論、寫作風格研究，logistics後勤、物流、複雜行動的細節管理研究，futuristics未來學、對未來世界的研究，heuristics啟發方式研究，faleristics=phaleristics勳章歷史研究，ballistics彈道學，floristics植物種類研究，Germanistics=German studies德國研究，cladistics系譜分類學、生物支序系統學，Iranistics=Iranian studies伊朗研究，pianistics鋼琴演奏藝術，patristics教父學、早期基督教領袖生平與著作研究，sphragistics金石學、印章研究，folkloristics民俗學，linguistics語言學；forensics鑑識科學，phonetics語音學，dialectics辯證法、雄辯術，hydriatrics水療術，meteoritics流星研究

9. manufacturing＝manu+fact+ur(e)(名詞字尾)行為、行為狀態、情況結果，(動詞字尾)進行、從事+ing(名詞字尾)行為、活動、狀態、情況、學術、行業、總稱、材料，(形容詞字尾)具某種性質的＝手工生產業、製造業，製造業的、生產的

延伸記憶 manufacturing assembly procedure製造組裝程序、製造裝配過程，manufacturing lead time產品製造前置時間，manufacturing beef=hamburger beef加

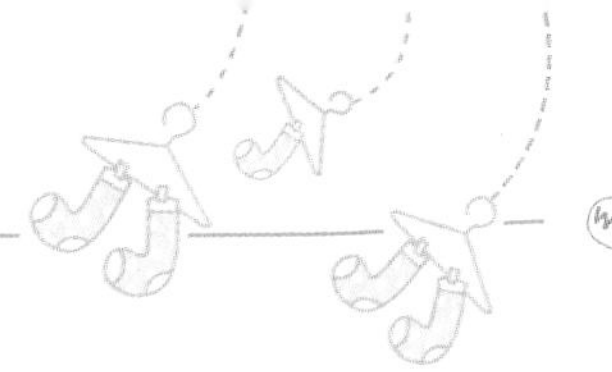

工生產的牛肉、漢堡用的牛肉，manufacturing sector=secondary sector of economic activity製造業(經濟活動中的二級產業)，mechanical manufacturing機械製造，just in time manufacturing及時製造(大幅減少零件與成品庫存的製造程序)，computer-integrated manufacturing=CIM電腦整合製造，computer-aided manufacturing=CAM電腦輔助製造，subtractive manufacturing減法生產製造(例：一塊木頭經過雕刻或磨切或削除部分而成形；大半的傳統製造方式屬之)，additive manufacturing=3D printing加法生產製造、堆疊製造、積層製造、三維成型製造、立體打印製造、快速成形製造，manufactory=manufacturing plant工廠、製造廠，manufacturer製造業主、製造商、製造公司，contract manufacturer=CM合約製造商、代工業者，original equipment manufacturer=OEM原始設備製造商、按照原圖設計代工製造、貼牌製造業者(哪家公司下訂單，做出的東西就貼那家的品牌；例：Foxconn富士康、TSMC臺積電)，original design manufacturer=ODM為客戶提供設計然後代工製造(例：Compal仁寶電、Quanta廣達電)，original brand manufacturer=OBM自有品牌生產、原創品牌設計(例：Acer宏碁、Asus華碩、HTC宏達電)，joint development manufacturer=JDVM聯合開發製造商，joint design manufacturer=JDSM聯合設計製造商；factory工廠，factual事實的、以做出來的事為本的，facture製造法、工法；manual手冊、手的，勞動的，bimanual用到兩隻手的，manuduction用手導引，manuscript手稿，manumit=manu+mit放行=放離手掌、放開掌控、解放

經濟活動中的primary sector第一產業或初級產業，是農林漁牧礦等原物料材料的生產事業；secondary sector第二產業或次級產業，是來料加工的事業，一般的製造業與工業屬之；tertiary sector第三產業，指的是零售、醫護、律師、餐飲、大飯店、旅遊等服務業；quaternary sector第四產業，原本列在第三產業，但經濟學者後來拉出來另成一類，但是尚未有定論，包括資訊科技、教育、諮商顧問、研發、財務管理、傳媒、文創等產業，還有政府負責的非以利潤為目的的事務。

10. management＝man+age(動詞字尾)從事、進行+ment(名詞字尾)行為、行為過程、

延伸記憶 financial management財務管理，risk management風險管理，manpower人力資源，management人力管理，human resource management人力資源管理，payroll management薪資管理，operations management營運管理，production management生產管理，strategic management策略管理，marketing management行銷管理，process management流程管理、製程管理，information technology management資訊科技管理，hotel management旅館管理，brand management品牌管理，total quality management=TQM全面品質管理，emotional management情緒管理，pain management疼痛處置，manage管理、處置、操作、經營、設法，mismanage管理不當，micromanage細微管理、連枝微末節都介入的管理，manager經理、經營者、管理人，project manager專案經理，general manager總經理，sales manager業務經理，mutual fund manager共同基金經理人(操盤人)，managing有管理權力的，managing editor執行編輯(地位次於editor in chief=executive editor總編輯)，manageable可管理的、可解決的、可設法處置的，maneuver=manoeuvre操控、派遣、調度、調整、演練，mandate交付某人手中、授權、委任，emancipate=e出來+man+cip取+ate=取出來、使得自由、解放、解救；maniform手型的，manicure手部護理、修指甲，manipulate操作、操縱，manifest用手抓出給人看清楚、顯明、表露、證實，manifesto宣言；maintain握在手中、保持、守住，mortmain永久保有、永久經營

報馬仔 公司職稱：chairman=chairman of board of directors董事長、董事會主席，managing director董事總經理(英式公司體系中具主管權力的董事)=chief executive officer執行長(美式體制公司)，president=general manager總經理、總裁，vice president=vice general manager副總經理，associate vice president協理，manager經理，assistant manager副理，junior manager襄理。

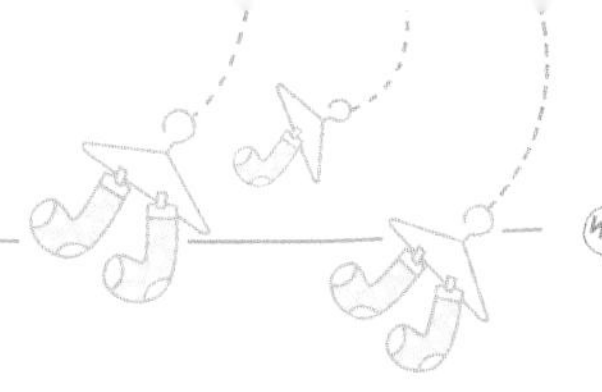

報馬仔 board of directors：若是營利機構，指「董事會」，director為「董事」；在非營利機構，稱為「理事會」，director為「理事」。若與董事或理事無關，director指部門主管，臺灣慣稱「主任」，香港習稱「總監」。

11. economy＝eco(字首)屋舍、環境+nom+y(名詞字尾)行為、性質、狀態、制度＝家用開銷的安排、家政管控法則、節約、經濟、經濟體、經濟制度

macroeconomy總體經濟、宏觀經濟，microeconomy個體經濟、微觀經濟，bioeconomy生物經濟、生命科學與生物科技帶動的經濟，planned economy=command economy計畫型經濟、統制經濟，hidden economy=black market隱藏經濟、黑市，economy class經濟艙，economy car平價車、國民車，economysize量販包裝的、量多價廉的，barter economy以物易物的經濟、物物交換經濟，Islamic economy伊斯蘭經濟(符合穆斯林不得收取利息等規定的特定經濟體制)，emerging economies新興經濟體，economics經濟學、經濟，law and economics=economic analysis of law法律經濟學、法律的經濟分析，financial economics金融經濟學、財務經濟學，quantitative economics數量經濟學，welfare economics福利經濟學，feminist economics女性主義經濟，macroeconomics宏觀經濟學、總體經濟學，microeconomics微觀經濟學、個體經濟學，mesoeconomics綜觀經濟學、中觀經濟學，economic經濟的、經濟學的，economical節約的、划算的，economize=economise節約、省吃儉用，economist學家、儉約的人，the Economist經濟學人週刊(英國著名雜誌，英語世界菁英看的時事週刊)，econometrics=eco+no(m)+metrics=計量經濟學，pulchronomics=pulchro美麗、標緻+nom+ics=beauty economics=美麗經濟學，Reaganomics=Reagan+(eco)nomics=雷根經濟(美國總統Ronald Reagan實施的經濟政策, 1981-1988)，burgernomics=(ham)burger+(eco)nomics=漢堡經濟學，astronomy星星的定律、天文學，taxonomy分類法則、分類學，autonomy自己管理、自治、自律，heteronomy異者管理、他律、非自治，isonomy同樣管理、法律之前人人平等，histonomy組織發生法則(醫學)，agronomy農業

經濟商業與理財

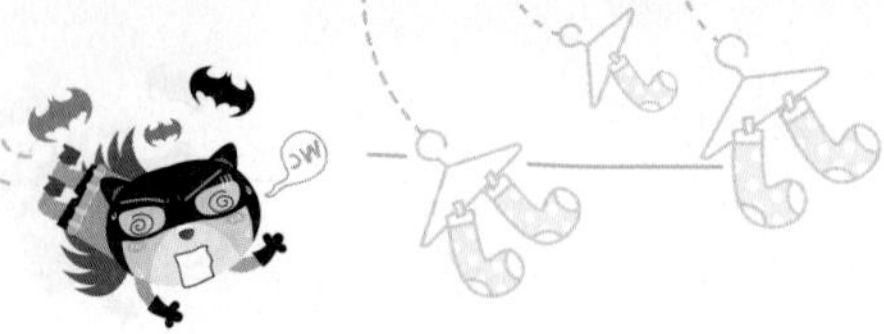

管理、農政，anomy=anomie無法則、混亂、失序，eunomy美好秩序、秩序井然，nomism律法主義、堅守宗教誡律；nomocracy法治、依法成立的統治體，nomology法理學，nomothetical制定法律的、依據法律的；ecology環境研究、生態學、生態，ecosphere生態圈，ecosystem生態系統，ecodoom生態末日、生態毀滅

pulchronomics：美麗經濟學；有關美女帥哥在就業與所得上比較吃香，以及時尚、模特兒、整形美容等與美麗相關事務的研究。

burgernomics：漢堡經濟學；以麥當勞在世界各國門市的大麥克Big Mac售價當作評量標準，來估算各國貨幣價值與經濟力，此一有趣方式是經濟學人週刊所創。

12. plutolatry＝pluto(字首)財富+latr+y(名詞字尾)行為、性質、狀態、制度＝拜金思想與作為、財富崇拜

延伸記憶 plutolater拜金者，plutolatress拜金女子，plutology財富研究、理論經濟學，plutologist精通財富研究者，plutological財富研究的，plutonomy財富生產與分配的管理與研究、政治經濟，plutonomist政治經濟學家，plutonomics=pluto+(eco)nomics=財富與財富管理研究、政治經濟學，plutomania財富痴狂症、想致富而瘋狂，plutomaniac財富痴狂症患者，plutogogue財閥領袖、富裕人士代言者，plutocracy=plutarchy財閥當家的政體，plutodemocracy金牛民主政治(有錢人才有辦法參選的民主體制)；astrolatry拜星星，selenolatry拜月，solarolatry拜日，cynolatry拜狗，ophiolatry拜蛇，taurolatry拜牛，litholatry石頭崇拜，necrolatry拜亡者，herolatry英雄崇拜，gyneolatry=gynolatry=gynecolatry拜女人

13. innovate＝in(字首)進入+nov+ate(動詞字尾)從事、成為＝使進入新的樣式中、創新、革新

延伸記憶 innovation創新的作為、革新的行動，corporate innovation企業創新，

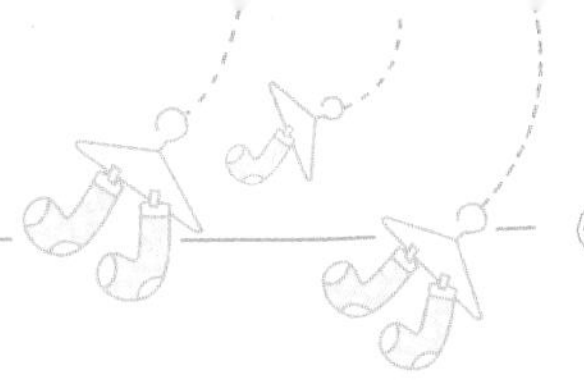

product innovation產品創新，service innovation服務創新，social innovation社會創新，technological innovation技術創新，innovator創新者、革新者，innovative創新的、革新的，renovate修復、更新、再造、使舊變新，renovated修復的、再造過的，renovation更新的工程、再造的過程，national renovation國家再造，urban renovation=urban renewal都市更新，home renovation住宅更新，hotel renovation大飯店整修更新，renovative更新的、再造的，renovatable可再造的，renovator再造者、負責更新工作的廠商，novate以新代替舊(債務、契約等)，novel新穎的、新奇的，novelty新奇事物、新奇感，novice新手、見習的修士、剛信教者；nova luna=new moon新月，Nova Scotia=New Scotland新斯科細亞(加拿大東部省分)，Nova Zembla=Novaya Zemlya=New Land新地島(俄羅斯北極圈島嶼)；nouveau新近出現的、最近發生的，nouveaute新奇事物、新鮮事，nouveau riche=new rich新貴人士、剛發跡者，nouveau pauvre=new poor新貧人士，nouvelle cuisine=new cookery新烹飪法，nouvelle vague=new wave新浪潮(電影藝術)

Nova Scotia：字面意思為「新蘇格蘭」；加拿大該省命名原因，除地形與英國蘇格蘭接近之外，也特意和與美國東北部的「新英格蘭」(New England)相對應。

同源字：nova、novi、novem、novus(拉丁)=novo、nova(葡萄牙)=nuevo、nueva(西班牙)=nuovo、nuova、nuovi(義大利)=nouveau、nouvelle(法國)=nou、noua(羅馬尼亞)。

14. pecunious＝pecun+ious(形容詞字尾)屬於某性質的、充滿某物的＝擁有自己財產的、有錢的、富裕的

impecunious無自有財產的、缺錢的、窮困的，pecuniosity富裕狀態，金錢淹腳目，impecuniosity=impecuniousness金錢匱乏，pecuniary金錢的、罰錢的，pecuniary resources金錢資源，pecuniary management金錢管理，pecuniary penalty=pecuniary punishment=fine罰款，pecuniary liability金錢

償還責任，pecuniary burden金錢負擔、成本、費用，pecuniary assistance金錢資助、贍養費，pecuniary aid金錢援助、補償金、退休金，pecuniary bequest金錢遺贈，pecuniary advantage金錢利益(詐騙所得的錢)，pecuniary offence處罰金的犯罪行為，pecuniary embarrassment財務窘困；peculium私有財產、特有財產，peculate把公產變成私產、盜用公款、侵呑，peculator盜用公款者、國庫通黨庫通私庫的人，peculiar專有財產、特有權利，peculiar idiom獨特慣用語，peculiar expression奇特表情、特別的表達方式，peculiar temperament特有氣質，peculiar people特屬民族、上帝選民，peculiar institution獨特制度(例：美洲歷史上的黑奴、西藏傳統的一妻多夫)，peculiarize=peculiarise使獨特化、使變為奇特，peculiarity獨特性、奇特本質；pecudiculture牲畜養殖

15. externality＝extern(字首)外部+al(形容詞字尾)屬於某性質的、充滿某物的+ity(名詞字尾)性質、情況、狀態、人事時物＝外部性、外在性、外貌、外觀

positive externality=external benefit正面外部性、有益外部性、外部效益，negative externality=external cost負面外部性、有害外部性、外部成本，pecuniary externality金錢外部性(例：都會區因為炒作而房價大漲，導致很多人買不起而移居偏僻地區或外縣市)，environmental externality環境外部性，external trade對外貿易，external accounting外部會計(提供給企業外部投資者、債權人等使用者參考決策的會計)，external auditor外部審計人員、外聘審計師，external affairs外國事務、外交，external capsule外囊(醫學、腦部)，external support contractor外部支援承包商，external buffer外部緩衝，external storage外部儲存(另以隨身碟或硬碟儲存，電腦用語)，external fertilization體外受精(例：hydra水螅、coral珊瑚、salmon鮭魚)，external internship校外實習期，externalize=externalise賦予外形、使具體化、從體內取出，externalism外在性、形式主義；exterior外貌、外觀、外部、外面的，exterior innovation外部整修更新，exterior stair屋外樓梯，exterior design外觀設計；extracapsular囊外的，extracellular細胞外的，extracorporeal體外的，extracranial顱外的，extracurricular課外的，

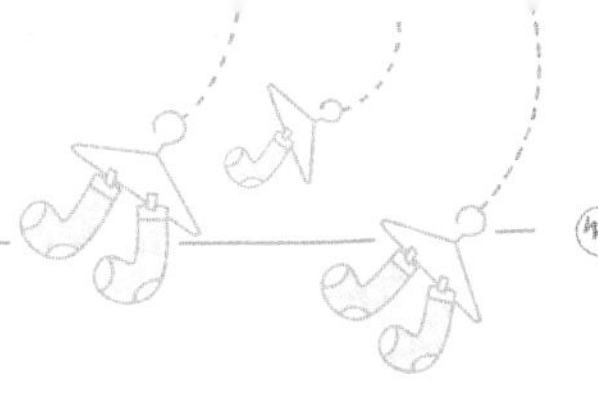

extramarital婚外的，extralegal法律外的，extralunar月球外的，extrasolar太陽系外的，extrapolate向外推、推斷；extrovert外翻、外傾、轉向外、外向者、愛交際者；extroverted=extrovertive外向的

externality：財經用語「外部性」；亦稱為spillover effect「溢出效果」，指在國民生產或消費某種物品與服務時，所衍生出而對局外人士有影響的事物。負面外部性的例子：夜市的業者做生意賺錢，一樓店面的房東也賺錢，二樓以上居民沒賺錢但必須承受吵雜髒亂以及房價下跌，臺北市師大夜市商圈的居民與商家的衝突就源自於此。其他例子：卡拉OK歡唱歌曲，但卻吵到鄰居無法安眠；特種行業未集中某地區而四處擴散，造成鶯鶯燕燕滿天飛舞，附近住戶年輕女子皆被視為酒店上班女而遭異樣眼光；工廠生產物資賣錢，但排放廢水廢氣造成汙染；過度捕撈漁獲，搞到魚類數量與種類變少。正面外部性的例子：蓋五星級大飯店於老舊市區，使鄰近地段加速都更，改善生活水準；高官官邸就在同一社區，有駐衛警和便衣特勤隊，而促使治安改善。

⑯ treasury ________ 財庫、國庫

⑰ deposit ________ 存款

⑱ collateral ________ 抵押品

⑲ derivative ________ 衍生性商品

⑳ financing ________ 融資

㉑ usury ________ 高利貸

㉒ maturity ________ 到期日

㉓ distribute ________ 銷售

㉔ indicator ________ 指標

㉕ hyperinflated ________ 惡性通貨膨脹的

㉖ investment ________ 投資

㉗ incorporation ________ 企業

㉘ liquidity ________ 流動資金

㉙ emerging ________ 新興的

㉚ fundamental ________ 基本經濟因素

16. treasury＝treasur+y(名詞字尾)情況、性質、狀態、物品、制度、處所＝放金銀財寶的處所、寶藏、金庫、財庫、國庫、財政部

Department of the Treasury=Treasury Department財政部(美國)，Secretary of the Treasury=Treasury Secretary財政部長(美國)，treasury security美國國庫債券，treasury bill國庫短期債券(一年或以下)，treasury note國庫中期債券(二到十年)，treasury bond國庫長期債券(十到三十年)，treasury yield國庫債券殖利率、國庫債券孳息，treasury stock=treasury share庫藏股(發行股票的公司自行購回持有)，treasure=treasur+e人者物、空間=寶藏、珍藏品、金銀財寶，treasure house寶庫、珍寶倉，treasure hunter尋寶者，treasure chest珠寶箱，treasure cave藏寶洞穴，Treasure Island金銀島(小說電影動畫名稱)，treasure-trove長久埋於地下的無主財寶，treasurable寶貴的、珍貴的，treasurer司庫、出納、財務主管，Treasurer of the United States美國財政部出納局長；thesaurus(單數；複數形是thesauri)百寶箱、知識庫、辭庫、同義字彙合輯、大辭典，thesaural知識庫的、辭庫的，gymnothesaurist裸照收藏者，thesaurismosis=storage disease儲積症、沉著症，lipoid thesaurismosis類脂肪積存過多症，glycogen thesaurismosis糖原積存過多症，cholesterol thesaurismosis膽固醇積存過多症；thesauromania女性內衣褲等物品收藏狂躁症，thesaurosis=storage disease儲積症、沉著症，thesaurosis of metal dust金屬粉塵沉著症

同源字：thesaurus(拉丁)=trésor(法)=tesoro(義西)=tesouro(葡)=treasure(英)。

世界各國的財政部比較多稱為Ministry of Finance，財政部長則為Finance Minister；但英國的財政部長稱為Chancellor of the Exchequer，美國稱為Secretary of the Treasury；中國在帝制時代的財政部長是戶部尚書，日本的財政部長在2001年前稱為大藏大臣。

17. deposit＝de(字首)向下、離開+pos+it走去、進行、從事＝擺下去、放出去、存放、儲存、沉積、沉澱，儲放間、倉庫、存款、押金、訂金、沉積層、礦床

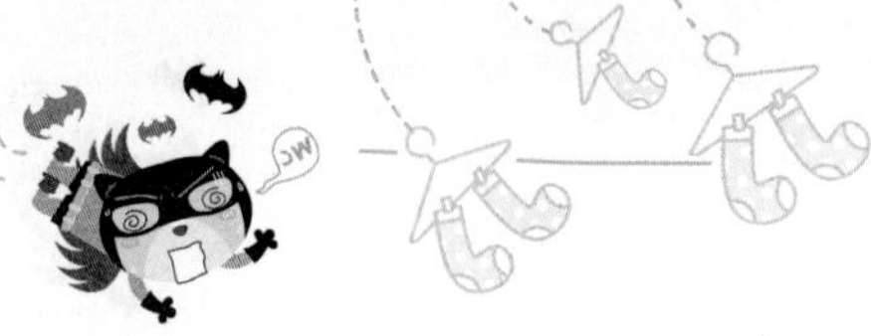

time deposit定期存款，time savings deposit定期儲蓄存款，demand deposit活期存款，comprehensive deposit綜合存款，check deposit支票存款，deposit account存款帳戶，deposit slip存款單，deposit insurance存款保險，deposit box儲物箱、保管箱，depository library儲存圖書館(國家出版品存放所在的圖書館)，depositor存款者、儲戶，depositary=depository儲藏所、保管者、受託者，deposition儲存、沉積、沉澱、作證、罷黜，depositional沉積的，depositional landform沉積地形，composite=com+pos+ite具某性質的、具某特性的人者物=綜合的、複合的、混成的、合成物、複合材料，incomposite非合成的，nanocomposite material奈米複合材料，opposite相反的、對面的、對立物，apposite可擺在旁邊的、適合的、相配的，inapposite不適合的、不相配的；depose放下、置放、作證、罷黜，compose放一起、作文、作曲、組合，decompose拆解、分解、腐爛，counterpose對立、擺相抗衡的位置，propose擺到前面、提議、求婚，expose擺到外面、曝露、曝光、爆料，overexpose曝晒過度、過分曝光，impose擺進去、硬塞給人、課徵、懲罰、強行，juxtapose並列，superpose放上面、疊上去，infrapose放在下面，interpose放在中間、插入、干涉、調停，oppose擺對抗位置、反對，dispose分開擺、處置、安排，prepose前置、前位修飾(文法)，postpose後置、後位修飾，transpose換位、移項(數學)、變調(音樂)，circumpose繞圈子擺設，repose休息、靜養，suppose料想、推測、認為，pose姿勢、樣子；compound複合的、混合的、化合物、複合物、建築院落(主人樓、佣人房、伙房、倉庫等房舍群)，propound提出、提議，expound擺出來、解說、闡明、陳述；postpone擺到後面、延後、推遲，impone擺進去、下賭注，interpone置於兩者中間、插入，depone作證；exit走出去、出口處，ambition到處走的志向、雄心壯志、野心，itinerary行程、旅程

18. collateral＝col(字首)共同、一起+later+al(名詞字尾)具某性質之人事物、(形容詞字尾)具某性質的、與某事物相關的＝**放同一邊伴隨的人事物、擔保品、抵押品、旁系親屬，擔保的、有抵押的、附帶的、旁系的**

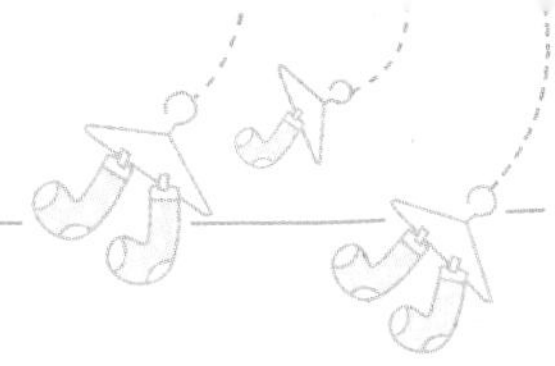

collateral damage附帶損害、間接傷害、伴隨戰爭而來的平民傷亡，collateral contract附屬契約，collateral loan抵押貸款，collateral security附帶擔保品，collateral mortgage附帶抵押，collateral assignment擔保品轉讓，collateral consangunity=collateral relative旁系親屬，collateral evidence旁證，deposit as collateral保證金、押金，cross collateral交叉擔保，marketing collateral行銷輔助品，marketing collateral design行銷推廣設計，collateralize以某資產作擔保，collateralized有擔保的，collateralized debt obligation(CDO)擔保債務憑證，collateralized bond obligation(CBO)擔保債務憑證(有不同評等之債券為擔保的投資級債券)，collateralized mortgage obligation(CMO)擔保抵押憑證(以抵押政府高等級債券為擔保的債券)，lateral側面、側部、旁邊、旁側的，ambilateral左右兩邊的，isobilateral兩側相等的，isolateral等邊的、等面的，homolateral同側的，ipsilateral同側的，contralateral對側的(醫學生理)，heterolateral對側的、異側的，inferolateral下側的，dorsolateral背外側的，equilateral等邊形、等邊的，unilateral單邊的、片面的，unilateralism單邊主義、片面作為、自己愛如何做就如何，bilateral雙邊的、兩國之間的，trilateral三邊形，三邊的，multilateral多邊的，multilateralism多邊主義、主張由多國或多單位共同處理解決問題，quadrilateral四邊形、四邊的，septilateral七邊形、七邊的，octolateral八邊形、八邊的；lateriflexion=laterofelxion側屈，laterigrade=laterograde側行的、橫著走的，lateropulsion側步、橫行，latero-abdominal腹側的，laterodeviation側斜

CBO與CMO這兩種金融商品都是CDO的類別；還有另一種CDO稱為collateralized loan obligation(CLO)，但其當作擔保的資產是企業的貸款。

Collateral Damage：軍警或恐怖分子進行任務而導致平民百姓受波及而受傷或死亡；好萊塢巨星阿諾史瓦辛格(Arnold Schwarzenegger)為主角的反恐電影，2002年推出，華人地區電影譯名為《間接傷害》、《直擊要害》。

19. **derivative**＝de(字首)離開、脫離+riv+at(e)(動詞字尾)進行、從事+ive(名詞字尾)具某性質的事物、(形容詞字尾)具某性質的、具某傾向的＝**流出來的東西、衍生性商品、衍生字詞、衍生物、轉成之物，衍生的、延伸的**

延伸記憶 derivate=derivative，derivative financial instruments(DFI)衍生性金融工具、衍生性金融商品，equity derivatives權益證券衍生性金融商品，foreign exchange derivatives外匯衍生性金融商品，interest rate derivatives利率衍生性金融商品，commodity derivatives商品衍生性金融商品、大宗交易物資衍生性金融商品，credit derivatives信用衍生性商品，xanthine derivatives黃嘌呤衍生物，antiderivatives反式衍生物，derivable可衍生的、可引出的、可推論的、可溯源的，arrival到港、到岸、到站、抵達、到達用的、客人下車船飛機用的，arriviste新貴人士、剛發跡者，arrivisme剛發跡狀態、新貴浮誇的行為，river河川、河流，riverine與河流相關的、河棲的，riverain河流的、河岸的、水岸的、河邊居民，riveret=rivulet小河、小溪，rivage海岸、堤岸；derive源起、衍生、溯源、得出、引申出，arrive朝岸邊來、抵達、獲致某程度的成就，arrived有成就的；ripicola河棲者、棲息於河流中或旁的動植物，ripicolous=ripicoline=ripicolic河棲的、溪棲的；riparial=riparian臨河的、濱海的、水岸邊居民，riparious河湖海邊的；Dicliptera riparia河畔狗肝菜(泰緬地區植物)，Achaearanea riparia溝岸希蛛，Riparia沙燕屬(鳥綱雀形目燕科動物)，Riparia paludicola褐喉沙燕、棕沙燕(性喜在水面飛)

報馬仔 equity derivatives：權益證券衍生性金融商品；例：equity swap權益證券交換、equity option權益證券選擇權、exchange traded fund=ETF指數股票型基金、DJIA Index future道瓊斯工業平均指數期。

報馬仔 foreign exchange derivatives：外匯衍生性金融商品；例：outright forward遠期外匯、currency option貨幣選擇權、currency swap貨幣交換、foreign exchange swap換匯。

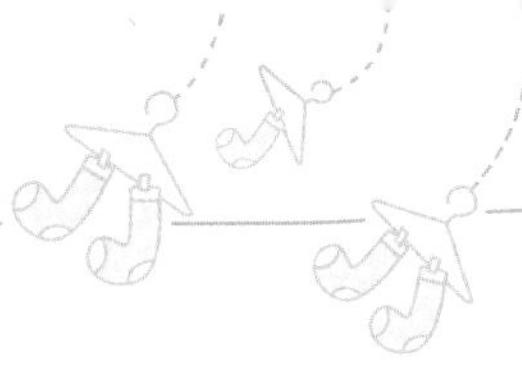

interest rate derivatives：利率衍生性金融商品；例：interest cap利率上限、interest floor利率下限、interest swap利率交換、forward rate agreement遠期利率協議。

commodity derivatives：商品衍生性金融商品；例：commodity swap商品交換、commodity option商品選擇權、iron ore forward contract鐵礦砂遠期期貨契約、gold option黃金選擇權、WTI crude oil futures西德州中級原油期貨。commodity：在期貿市場大宗交易的物資，財經用語稱為「商品」。

credit derivatives：信用衍生性商品：例：credit default swap=CDS信用違約交換、credit spread option信用價差選擇權、treasury bond futures美國公債期貨、loan securitization債權證券化

Riviera：「水岸、海岸」，義大利文；義大利西北到法國東南一帶臨地中海的沿岸，臺灣習於音譯為「里維拉」；Rio Grande：「大河」，西班牙文；美墨邊界的河流，臺灣習於音譯為「格蘭德河」。

同源字：rivière(法)=rivo(義)=rio(西葡)=river(英)。

20. financing＝fin+anc(e)(名詞字尾)狀態、情況、性質、(動詞字尾)進行、從事、歷經+ing(名詞字尾)行為、活動、狀態、情況、行業＝籌錢、籌款、融資、理財

延伸記憶 equity financing股權籌資、發行股票籌措資金，private equity financing私募股權籌資，public equity financing公開上市股票籌資，debt financing舉債籌資(例：向銀行貸款或發行債券籌錢)，construction financing營建籌資、蓋屋籌錢，internal financing內部融資(運用企業內部財力籌錢)，external financing外部融資(藉由向外借貸或發行股票債券融資)，direct financing直接融資(不經過中間機構而自行從投資者取得資金)，indirect financing間接融資(經由中間機構而取得資金)，financing gap資金缺口，self-financing

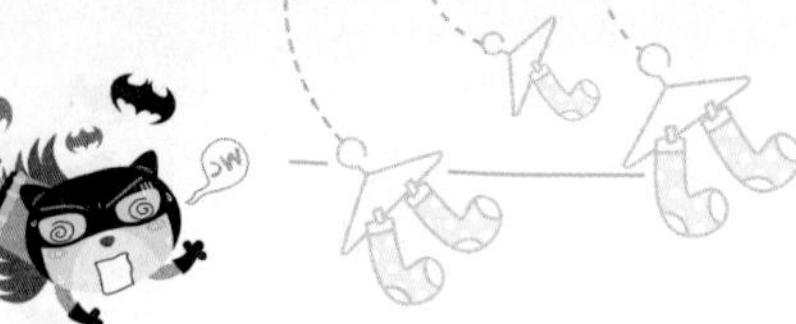

ratio自籌資金比例，financing statement融資聲明書，refinancing重新籌資、再度融資，finance金融、財務、財政、財源、融資、籌資、供應資金，Minister of Finance財政部長，Ministry of Finance財政部，personal finance個人理財，public finance公共財政、財政學(政府在經濟事務扮演角色之研究)，corporate finance企業財務、公司資金管理運用，micro-finance=micro-credit微型貸款、微型融資，campaign finance競選財務、選舉籌資，Department of Finance財務管理學系、財務金融學系，Department of Finance財政局、財政廳，financial財政的、金融的，financial statement財務報告書、財務報表，financial planner財務規劃師，financial analysis財務分析，financial risk財務風險，financial crisis金融危機，financial institution金融機構，financial aid財務援助，financial year(英)=fiscal year(美)會計年度，Chief Financial Officer(CFO)財務長，financial assets金融資產，financial obligation財務債務，financier理財人員、理財專家、財務官員、金融家、資本家，fine解決事端的償付金、罰款

要進行public equity financing的企業必須經過審核達到上市條件，在某個證券交易所(stock exchange)掛牌上市(list)，透過承銷商(underwriter)進行「首次公開發行」initial public offering(IPO)，接著由投資者(包括法人投資者institutional investors、散戶retail investors)在交易所買進賣出。

21. usury＝usur+y(名詞字尾)狀態、情況、行為、制度＝高利、高利貸、不法暴利、大收益、大好處

延伸記憶 usury law高利貸法(規定利率上限以保護借貸者的法律)，usury ceiling利率上限，usurer放高利貸者，usuress女性放高利貸者，usurarious=usurious=usurial放高利貸的、收取高利益的，usurp=usur+p(are)掠奪=搶去使用、篡奪、篡位、非法侵占，usurper篡位者、篡奪者，usurpative=usurpatory=usurpant篡奪的、侵奪的，usurpation篡位、篡權、奪取

usurer：放高利貸者；另稱為loan shark放款鯊魚、劫掠性放款者。同源字：usurier(法)=usurero(西)=usuraio(義)=usurer(英)。

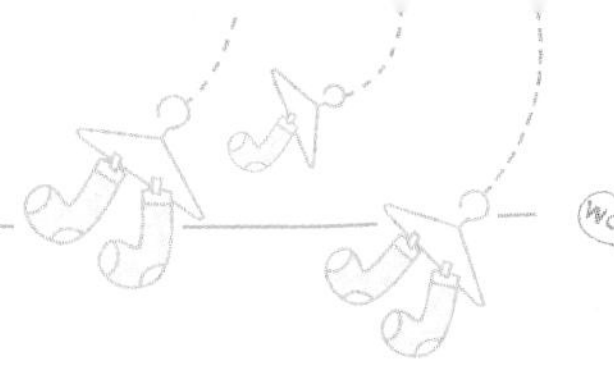

22. maturity＝matur+ity(名詞字尾)人事時物、性質、情況、狀態＝到期、到期日、成熟、成熟期、完善狀態

maturity day到期日(定存或債券可全額領回本金的日期)，yield to maturity=YTM到期收益率、滿期收益率、到期殖利率，fixed-maturity bond定期債券，time to maturity到期期間、到期期限(距到期尚餘時間)，hold to maturity investment持有至到期的投資，2-year maturity二年期，10-year maturity十年期，constant maturity Treasury固定期限之美國公債，legal maturity法定成年，legal immaturity法定未成年，dysmaturity成熟障礙、孕育不良(醫學，胎兒發育)，postmaturity成熟期過後、超過足月才分娩，prematurity成熟期之前、不足月就分娩、早產，sexual maturity性成熟、身心成熟到可以生兒育女，mature票據到期、定存或債券滿期、成長成熟、發育成熟、思考完善、酒釀好、傷口化膿，mature到期的、應支付款項的、成熟的、釀好的、化膿的，immature未成熟的、思慮不周的、愚昧的、未成熟者、未成年者、幼獸，postmature過熟的、成熟期之後的，premature沒熟的、成熟期之前的，premature baby早產兒，maturate票據到期、發育成熟、思考完善、酒釀好、傷口化膿，maturative化膿藥、催膿藥劑、使化膿的、使成熟的，maturation成熟過程、成熟階段，maturation arrest發育成熟中止，maturational與發育成熟相關的，maturational crisis發展性危機、成熟性危機、青少年身心發展到成熟之前出現的危機

23. distribute＝dis(字首)分開、分離、分裂+tribut+e(動詞字尾、拉丁文動詞陽性單數呼格字尾變化而來)從事、進行、(名詞字尾)人事物＝分配、分送、分布、散布、銷售、經銷

distribute newspapers and magazines分送報紙與雜誌，distributor=distributer銷售者、經銷商、分送者、分配人、分配器，exclusive distributor獨家經銷商，distribute proportionally=prorate按比例分配，distribute asset=liquidify分配資產(把剩餘資產依權益股份比例分配)、清償、償付、結清、清算，distribution分配、分布、銷售、經銷，distribution channel銷售通

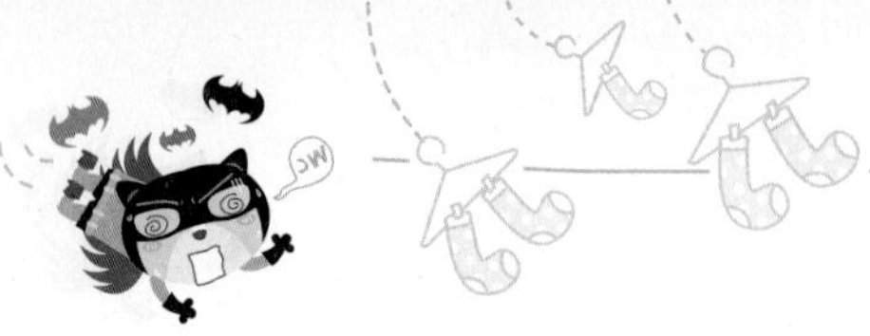

路，intensive distribution密集配銷、密集分售，selective distribution選擇性配銷，exclusive distribution獨家經銷，distribution of wealth財富分配，income distribution所得分配、所得分布，food distribution糧食分配、糧食配送，resource distribution資源分配，record distribution唱片發行、唱片經銷，film distributor影片發行商(這種業者是製片者、出錢拍片者producer與播映者、電影院exhibitor的中介)，distributed分布式的、分散的，distributed by will=testamentary依遺囑分配的，distributed practice分散練習(把需要記憶的資料分散於幾個時段進行，與mass practice集中練習相對)，distributee分配遺產受益者，distributive分配的、分布的，distributable可分配的、可分送的，distributary支流、分岔河、支流的，contribute=con一起、互相、完整+tribute=給錢而放在一起、提繳、提撥(例：勞保國保公保健保)、分擔、捐獻、貢獻、投稿、供稿、提供幫助，contribution提撥款、提繳費、分擔費、捐助、供稿、促成，contributor繳交提撥款者、分擔費用者、捐助者、貢獻者、促成者、影響因素、供稿人，Chian and US are the two biggest contributors to climate warming.中美是導致溫室效應的兩個最大因素，contributory提撥的、提繳的、分擔費用的、捐獻的、貢獻的、有促成效用的，contributive有助益的、有促成功用的，attribute=at針對特定人事物+tribute=歸給某人、歸因、歸功、歸咎、認定屬於某人，attribute failure for the test to stupidity把考試不及格歸因於愚蠢，attribute the painting to Da Vinci認定該畫作是達文西畫的，attribute屬性、特質、象徵，attributive歸屬的、屬性的、形容的、修飾的，attributive=attributive adjective屬性形容詞(例：happy family, white rose, boring class)，attributable可歸因的，retribution=re回去、復返+tribution=果報、報應、報酬、報償、懲罰，retributive=retributory因果報應的、賞善罰惡的，retributor施展報應者，tribute進貢、獻物、貢品、貢金，tributary進貢國、附庸國、支流、進貢的、附庸的

distribution：分配、分布、銷售、經銷；商業上的幾種型態：密集配銷、密集分售，例：便利商店與大賣場到處可見的日常用品採此模式；選擇性配銷，例：大型電器在燦坤與全國電子；獨家經銷，例：美國Norton出版的大學教材由書林出版公司獨家在臺經銷，德國朋馳系列汽車的獨家代理為中華賓士。

24. indicator＝in(字首)內部、裡面、向著+dic+at(e)(動詞字尾)從事、進行+or(名詞字尾)人者物、裝置、機器、工具＝指示者、指示物、指示器、指針、指標、信號

economic indicator經濟指標(產值、物價、失業率等)，business indicator景氣指標，business cycle indicator景氣動向指標(顯示變動方向與幅度)，monitoring indicator景氣對策信號(對景氣監視並發出預警)，economic climate indicator經濟氣候指標(德國研發，以調查資料彙編成類似氣候預測的曲線圖表，反應景氣現況並預測未來變化)，leading indicator領先指標(在整體經濟走向變動之前出現)，lagging indicator落後指標(在整體經濟走向變動之後出現)，coincident indicator同步指標、同時指標(與整體經濟走向及步調保持一致)，indicate標示、指示、表明、象徵，indicant指示物、標誌、病徵、指示的，indicative=indicatory標示的、指示的、象徵的、暗示的、陳述的(文法)，indicum標誌、徵象(單數；複數形是indicia)，indices=indexes標誌、指數、索引(複數；單數形為index)，stock index=stock market index股票指數、股市指數，index fund=index tracker=exchange-traded fund(ETF)指數股票型基金、交易所交易基金、交易所買賣基金(以交易所的指數高低為賺賠標準的基金)，indexed與指數連動的、有索引的，indexing=indexation指數化，index-link與指數連動，index-linked與指數連動的

leading indicator：領先指標；包含建照批准building permit、每週平均工時average weekly hours、消費者預期consumer expectation等項目；lagging indicator：落後指標；包含未償還工商業貸款金額value of outstanding commercial and industrial loans、企業庫存business inventory、平均失業期間average duration of unemployment、銀行平均基本放款利率average prime rate charged by banks、服務業消費物價指數的變動change in the consumer price index for services、製造業離職員工數numbers of separation manufacturing workers等項目；coincident indicator：同時指標；含括個人所得personal income、工業生產industrial production、零售業績retail sales等項目。

monitoring indicator：景氣對策信號；目前只有臺海兩岸使用，其燈號區分如下：「綠燈」表示景氣穩定、「紅燈」表示景氣熱絡、「藍燈」表示景氣低迷，「黃紅燈」及「黃藍燈」均為注意性燈號，警告大家小心後續景氣是否轉向。

stock index：股票指數；有不少股票指數被當作基準benchmark，全球性的有MSCI World摩根士丹利國際資本公司世界指數、S&P Global 100標準普爾全球一百指數(以全球100家有代表性的大企業為準)；國家與地區性的有代表美國的S&P 500標準普爾五百數、代表日本的Nikkei 225日經二二五指數、代表英國的FTSE 100金融時報一百(富時一百)指數、代表中國的SSE Composite上海證券交易所綜合指數、代表香港與大中華地區的香港Hang Seng Index恆生指數、代表臺灣的Taiwan Capitalization Weighted Stock Index=TAIEX臺灣證券交易所加權指數、代表新加坡的Straits Times Index海峽時報指數；產業性的有Nasdaq Composite那斯達克綜合指數(代表科技股與成長股)、Dow Jones Industrial Average(DJIR)=Dow 30(代表美國最大的三十家上市公司)。

25. hyperinflated＝hyper(字首)過度、過多、超過、極度+in(字首)內部、裡面、向著+flat+e(動詞字尾，拉丁文動詞陽性單數呼格字尾變化而來)從事、進行+(e)d(過去分詞

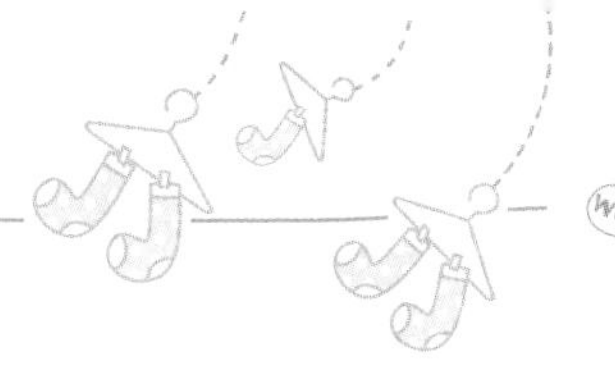

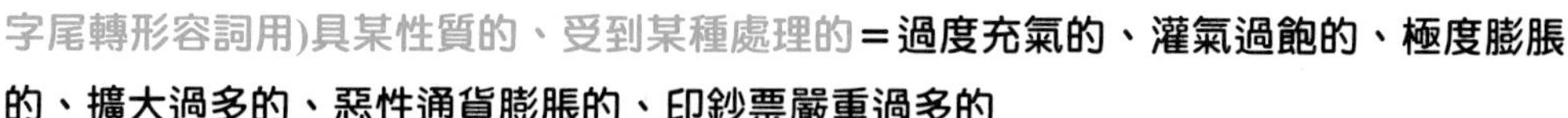

字尾轉形容詞用)具某性質的、受到某種處理的＝**過度充氣的、灌氣過飽的、極度膨脹的、擴大過多的、惡性通貨膨脹的、印鈔票嚴重過多的**

hyperinflation惡性通貨膨脹、物價惡性暴漲、過度充氣、灌氣過飽、極度膨脹，inflation充氣、灌氣、膨脹、使氣球或救生衣或救生圈填滿氣體、擴大、浮腫、浮報價格、通貨膨脹，inflation rate通貨膨脹率、物價上漲率，inflation-proof免受通貨膨脹影響的、防通膨的、保值的，inflation-proof saving保值儲蓄，inflation-proof investment保值投資，inflationary與通膨相關的、通膨的，inflationism通膨做法、通膨主張、以通膨方式處理財經問題，inflationist主張以通膨方式處理財經問題者，stagflation =stag(nation)+(in)flation=滯脹、停滯性通貨膨脹(經濟停滯但物價還在上漲)，grade inflation分數膨脹、普遍得高分，credential inflation=degree inflation文憑膨脹、學歷膨脹、文憑過多而失去價值，lung inflation肺充氣(醫學)，inflate充氣、灌氣、膨脹、使變大，inflated充了氣的、已灌氣的、變膨脹的、價格浮報的，inflated quote浮編的報價，inflated receipt浮報金額的收據，inflated growth rate浮報的經濟成長率，inflater=inflator打氣筒、充氣裝置，inflatable可充氣的、可充氣物品，deflate放氣、洩氣、使收縮、使變小，deflation洩氣、收縮、變小、通貨緊縮、物價下跌、風蝕、吹蝕(地理)，deflation lake風蝕湖，deflation valley風蝕谷，deflation basin風蝕盆地，lung deflation肺消氣(醫學)，deflationism通縮做法、通縮主張、以通縮方式處理財經問題，deflationist主張以通縮方式處理財經問題者，deflationary通貨緊縮的、物價下跌的，reflate通貨再次膨脹，afflatus針對某人而吹的氣、靈感、啟發，divine afflatus神明開示、神靈啟發，conflate吹氣而使聚集、合併、混合，insufflate吹氣、吹氣(藥粉)治療、噴霧治療；flatulence=flatulency胃腸脹氣、浮誇、自負，flatulent胃腸脹氣的、浮誇的、自負的，flatulent dyspepsia脹氣型消化不良，flatus=flat(u)+us人者物、行為=胃腸之氣、屁、風、排氣、放屁、撇風，flatus vaginalis陰道氣響，flatulogenic=flatulogenous=flatulopeti-c引發胃腸脹氣的、帶來胃腸脹氣後果的(食物、飲食習慣、生活行為等)

經濟商業與理財

grade inflation：分數膨脹；考試或評鑑普遍高分，但到底是學生的學習效果大有改善，或是有老師為了協助特定學生升學而舞弊，必須詳細且公平評量才得以知曉。

credential inflation：學歷膨脹、文憑過多而失去價值；在臺灣普設大學而且大學錄取率趨近100%之後，大學文憑嚴重貶值，大學畢業生在就業市場吃鱉後又盲目報考研究所，使得碩博士生大增，使學歷膨脹問題更加嚴重；高學歷與學力不相配，而又與市場需求不合，衍生高學歷者的失業潮。

stagflation：停滯性通貨膨脹；典型的景氣循環business cycle依下面幾個階段出現：high activity高活動力(boom暢旺、prosperity繁榮、peak巔峰)→下滑running down(contraction收縮、downswing盪低、downturn轉下、stagnation停滯、recession衰退)→low activity低活動力(slump暴跌、depression蕭條、trough谷底)→improving走高、改善(recovery恢復、revival復甦、upswing上揚、upturn回升、expansion擴張)→high activity高活動力(boom暢旺、prosperity繁榮、peak巔峰)；通膨一般出現在improving與high activity時期，在running down與low activity時期，伴隨而生比較多的是通縮；因此，停滯性通貨膨脹展現的經濟走疲而物價依然上揚的情勢，是政府與經濟學者必須面對的難題，也是老百姓的苦境。

26. investment＝in(字首)內部、裡面、向著+vest＝使資金披上外在形式、入股、投資、投入、賦予、覆蓋、包覆

investment strategy投資策略，investment portfolio投資組合，investment vehicle投資工具，investment bank投資銀行(從事承銷股票債券等業務的金融機構)，investment advisor投資顧問，equity investment股權投資、股本投資，seed investment種子投資、公司創立時期的投資，structured investment結構型投資、連動型投資，alternative investment另類投資(例骨董、畫作、洋酒、茶磚、郵票、避險基金、私募基金、原物料等)

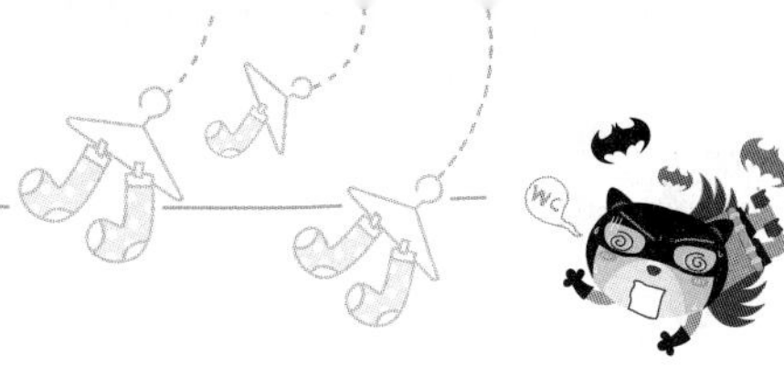

traditional investment傳統投資(例：股票、債券、定存、房地產等)，foreign direct investment(FDI)外人直接投資、外來直接投資(例：投資設廠、成立商號等)，fixed-income investment固定收益投資(例：公債等)，ethical investment=ethical investing=socially responsible investing道德性的投資、對社會負責的投資，unethical investment=unethical investing=socially irresponsible investing不道德的投資、對社會無責任感的投資，disinvest減資、負投資，overinvest過度投資、投資過剩，underinvest投資不足，reinvest再投資，investor投資者，investable=investible可供投資的，uninvestable不可投資的，vest背心、馬甲、法衣、祭袍、服裝，vest穿衣、賦予、授予，vested已穿上去的、既得的，vested interest既得利益，vestment官服、法衣、祭袍、服裝，vesture服裝，divest轉讓、出售、除去、脫掉、剝奪、褫奪，divestible可脫掉的、可剝奪的，divestment剝奪、褫奪，transvestite=trans轉換+vest+ite人=變裝癖者、男人女扮者、女人男扮者；divestiture剝奪、褫奪，investiture授權、授爵、授職，vestiture授予、給予、服裝，vestimentary衣服的、法衣的、祭袍的，vestiary衣服的，vestiphobia衣服恐懼症

equity investment：股權投資、股本投資；在英文中equity、stock、share都可代表股票；但是在不同的前後文當中，equity另有「資產淨值」，stock另有「庫存」，share另有「分擔、共享」的意思。學習英文要把握「一義可由多字呈現、一字可呈現多義」的概念，千萬不可把「一義一字呈現、一字呈現一義」的錯誤概念帶入學習過程。

socially irresponsible investment：對社會無責任感的投資；這類投資亦稱不道德投資unethical investing，只著眼於獲利，而特別挑出營利豐厚但其產品對人類社會有害者而進行投資；美國著名的Vice Fund「邪惡基金」可供參考，其投資標的是菸酒、軍火、核能、賭博、賣淫(德國與澳洲有上市的五星級妓院公司)等產業。相反的，英國FTSE4Good指數所連結的各檔股票，都是socially responsible investment：對社會負責任的投資，亦稱為道德投資ethical investing；有些道德基金ethical fund不只把前述邪惡基金的產業全數剔除，而且若有公司的營運模式可能涉及苛待勞工或缺乏人道，或者其作業方式破壞環保，或者是不顧民主自由呼聲而在獨裁專制國家有投資，則通通排除。另外，伊斯蘭基金Islamic Fund基本上屬於道德投資，因為投資標的必須合乎伊斯蘭的教規。

字彙玩家偶爾會比賽誰看懂又長又難又少見的單字，與vest有關的是：melcryptovestimentaphilia=mel(a)黑色+crypt內隱+o連接兩個子音字根輔助發音用而添加的母音+vestiment+a連接兩個子音字根輔助發音用而添加的母音+phil愛+ia病症、狀況=對黑色內衣的愛戀、會因黑色內衣而引發慾念的精神症狀。

27. incorporation＝in(字首)內部、裡面、向著+corpor+at(e)(動詞字尾)從事、進行、(形容詞字尾)具某特性的+ion(名詞字尾)行為、狀態、過程、結果、物品、機構＝把個別人士合併入一個團體、成立公司、成立社團、綜合意見、聚集資金、凝聚力量、包含、吸納、合組、企業、公司、社團

延伸記憶 articles of incorporation公司組織章程，certificate of incorporation公司登記證、公司註冊證明，incorporate成立公司、成立社團、包含、吸納、合組，incorporated組成公司的、股份有限的、合組的、混成的，incorporator公司創辦人，incorporable可組成公司的、可合組的、可混成的，corporate團體的、公司的、企業的、社團的、法人的、全體的、共同的，corporate culture企業文化，corporate governance公司治理、企業管治(董

監事和股東是否有效使公司走在正軌)，corporate raider企業盜襲者、企業掠奪者(以猝不及防手法大量購入股權而取得公司經營權者)，corporate ethos企業精神，corporate image企業形象，corporate hospitality企業招待(包括款待股東、員工聚餐、員工旅遊、應酬客戶等等)，corporate bond公司債，corporate charter公司章程，corporation公司、股份有限公司、社團、法人機構，shell corporation空殼公司，parent corporation=holding company控股公司、母公司，multinational corporation多國企業(在兩國以上有投資、營運或成立子公司)，closely held corporatio閉鎖性公司(有上市交易但絕大多數股權被少數幾位大股東操持且無意出售)，private corporation=privately held corporation=private company=closed company私募公司、私公司、封閉式公司、不上市公司、股票非公開買賣公司，publicly held corporation=publicly traded corporation=public company=enlisted company上市公司、股票公開買賣之企業，public corporation=publicly owned corporation=government-owned corporation=state-owned company=state enterprise=government business enterprise=public sector undertaking國營事業、官營事業、公營公司，nonprofit corporation=nonprofit organization非營利法人團體、非營利組織，corporal身體的，corporal punishment體罰，corporeal有形體的，incorporeal無形體的；corpus文集、全集、文獻大全、整套著作，corpus juris法律整體、法律全書，corpus canonum教規集成，corpus delicti遇害者的屍體、犯罪具體事證；corpse屍體，corps團體、部隊、軍團，corps diplomatique外交使節團，marine corps海軍陸戰隊，corps de ballet舞群、伴舞者

各國有其特定的公司法，對公司的分類、成立、營運、監察、清算都有規範・臺灣分為unlimited company無限公司(對公司債務負無限清償之責任)、limited company有限公司(僅對出資額部分負責)、unlimited company with limited liability shareholders兩合公司(具有有限責任股東的無限公司)、company limited by shares股份有限公司。美國則大致分為general partnership(GP)一般合夥公司、limited partnership(LP)有限合夥公司、limited liability company(LLC)有限責任公司、limited liability partnership (LLP)有限責任合夥公司。

可以由表示「公司」意思的各國語文縮寫來判斷該公司是哪一國的：Inc.=incorporated美國公司(例：Apple Inc.蘋果、Google Inc.谷歌、Citigroup Inc.花旗集團、Goldman Sachs Group, Inc.高盛集團、Pizza Hut, Inc.必勝客披薩)，plc=public limited company英國或大英國協國家地區的上市有限公司(英國、香港、加澳紐等，例：HSBC Bank plc匯豐銀行、BP plc英國石油)，AG=Aktiengesellschaft德語區股份有限公司(德國、奧地利，瑞士與比利時一部分，例：Bayer AG拜耳製藥、Carl Zeiss AG蔡司光學鏡片、Siemens AG西門子電子)，SA=Société Anonyme法語區上市有限公司(法國、摩納哥、盧森堡、瑞士與比利時和前法屬中西非與北非諸國，例：Carrefour S.A.家樂福、Société Générale S.A.法國興業銀行、LVMH Moët Hennessy・Louis Vuitton S.A.酩悅・軒尼詩－路易・威登集團、Hermès International S.A.愛馬仕)，SA=Sociedad Anónima=Sociedad por Acciones西班牙上市有限公司(例：Zara España, S.A.)，S.P.A.=S.p.A.=Società per Azioni義大利上市有限公司(例：Giorgio Armani S.P.A.亞曼尼、Gianni Versace S.p.A.范思哲---臺灣譯名為「凡賽斯」、Prada S.p.A.普拉達)，NV=Naamloze vennootschap荷蘭上市有限股份公司(例：Koninklijke Philips Electronics N.V.飛利浦電子公司)，AB=aktiebolag瑞典上市有限公司(例：H & M Hennes & Mauritz AB)，Oyj=Osakeyhtiö, julkinen=芬蘭上市有限公司(例：Nokia Oyj諾基亞)。

28. liquidity＝liqu+id(形容詞字尾)具有某性質的、如某特性的，(名詞字尾)具某性質之物、構成的本質、要素、粒子、體+ity(名詞字尾)性質、情況、狀態、人事時物＝流動

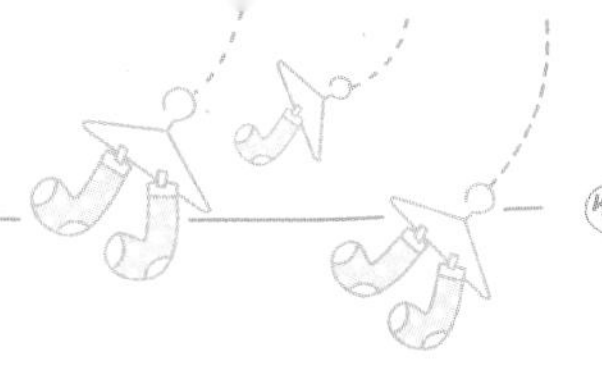

性、變現性、變現力、資產換成現金的能力、流動資金、清償能力

liquidity preference流動性偏好(寧可抱著現金也不要換成其他資產型態)，liquidity crisis流動性危機(現金供應短缺而且利率高的情形)，liquidity risk流動性風險(資產無法變現以規避資產價值下跌的損失；例：房市走向趨跌但卻賣不出去)，liquidity ratio流動資金比率(流動資產對流動負債的比率，這涉及公司的短期償債能力)，liquidity ratio=cash ration流動性比例、流動資金比率、現金準備率(銀行總流動資產對總存款金額的比例)，liquidity ratio=liquid asset ratio流動資產率(銀行流動資產占資產總額比例)，liquidate使資產處於流動狀態資產變現、變賣資產、清算資產、清償債務、清理帳目、使公司結清而停業、殺光、屠滅、消滅，liquidator清理人、清算人(依法獲指派清理破產公司的人)，liquidation清償、清算、變現、了結、停業，liquid易變現的、流動的、液體的、清澈的、溶解的，liquid capital=fluid capital流動資金，liquid asset流動資產、易變現資產，illiquid非流動性的、不易變現的，illiquid asset非流動資產、無法短期內變現的資產，liquid crystal display=LCD=液晶顯示器，liquidize使液化、使成流質，liquor含酒精飲料、烈酒，liquorous喝醉酒的、嗜酒的；liquify=liquefy使液化，liquefied液化的，liquefied natural gas=LNG=液化天然氣，liquefied petroleum gas=LPG=液化石油氣，liquefiable可做成液態的、可液化的，liquefaction做成液體、液化作用，liquefacient液化劑，liquesce液化，liquescent液化性的，liquescence液化狀態，liqueur甜烈酒(一種餐後酒)

29. emerging＝e(字首)出去、外部、外面、離開+merg+ing(形容詞字尾)具有某性質的、如某特性的＝從浸沒狀態出來的、水中露出頭的、浮現的、冒出來的、新興的

Emerging Economies新興經濟體，emerging markets新興市場(經濟成長與工業化以很快速度進行中的國家與社會)，emerging market debt新興市場債、新興國家發行的債券，emerging markets index新興市場指數，emerging industry新興產業，emerging technology新興科技，pre-emerging

markets=frontier markets前趨市場、前沿市場、前新興市場、準新興市場(還沒到新興市場程度與規模，但蓄勢待發的市場)，emerge露出頭、浮現、顯露、興起，emergent浮現的、露出的、突然發生的、緊急的，emergence出現、浮現，emergency緊急狀態、突發事件，merge使消失、使浸沒、吸納、合併、兼併，merged合併的，unmerged未合併的，mergee企業合併的任一方，merger兼併、合併，submerge浸泡在下方、浸沒、淹沒、潛入水中、湮滅，submerged浸沒的、淹沒的、暗藏的、湮滅的、水下的，submergence浸沒、淹沒、湮滅；submerse=submerge浸沒、淹沒，submersed浸沒的、淹沒的、生長在水下的，submersible=submergible可潛入水中的，immerse=immerge浸沒、隱沒、淹沒、專心致志於某事物、施以浸禮(基督教洗禮之一)，immersed浸沒的、淹沒的、專心致志的、受浸禮的，immersible可泡在水中的、可浸水的，immersion浸沒、淹沒、專心致志、浸禮，immersionism浸禮主義、主張受洗一定要全身泡浸，demersal=de往下、降低+mers+al=浸到水底深處的、海底的、底棲的，demersal fish底棲魚類，demersal fishing ground底棲漁場

Emerging Economies：新興經濟體；2000s年代指巴西Brazil、俄羅斯Russia、印度India、中國China、南非South Africa=BRICs金磚四國、金磚五國，後來又加上印尼Indonesia、土耳其Turkey、墨西哥Mexico。

pre-emerging markets：前新興市場、準新興市場；還沒到新興市場程度與規模，但蓄勢待發的市場，例：越南Vitenam、卡達Qatar、肯亞Kenya、波札那Botswana。

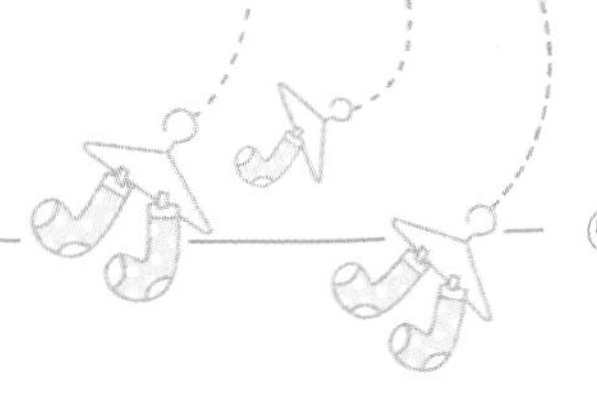

merger：兼併、合併；兩家企業交換普通股common stock(亦即在股東大會中有投票權的股)而進行聯營pool或業務合併consolidate，產生一家公司。購併的英文是acquisition，指某家企業買下acquire或接管take over另一家企業。英文財經用語M & A就是指merger and acquisition。兼併或合併的型態有多種：conglomerate merger跨行業合併(例：美國迪士尼Disney與美國廣播公司American Broadcasting Company合併)，horizontal merger水平合併(例：兩家石油公司合併，兩家大賣場合併)，vertical merger垂直合併(例：鋼鐵廠合併鐵礦砂採礦公司，石油公司合併探勘公司、鑽油設備公司、石油航運公司)。

30. fundamental＝funda+ment(名詞字尾)行為、過程、結果、事物+al(形容詞字尾)具有某性質的、如某特性的、(名詞字尾)具某特性之物、狀態、活動＝根本的、基本的、基本面的、基本教義的，基礎、基本原則、基礎原則、基本經濟因素(成本、價格、獲利等)、基本教義

經濟商業與理財

fundamental analysis基本分析、基本面分析，fundamental analyst基本分析師，fundamentals基本因素、基本面，fundamentalist基本分析論者、主張基本面分析比較重要者，fundamentalist基本教義派人士(宗教)，fundamentalism基本教義派，fundamental law基本法，根本大法(德國在東西德分裂時期，西德的國家根本大法)，fundament基本原理、基本法則、基礎、臀部，fundamentality基礎性、根本特質；fund資金的根底、基金、財源、專款、儲備金，mutual fund共同基金，hedge fund避險基金，money market fund貨幣市場基金，stock fund=equity fund股票基金，bond fund債券基金，hybrid fund股債混合基金、股債平衡基金，pension fund退休基金，labor insurance fund勞保基金，open-end fund開放式基金(規模可隨投資人的買進贖回而變動)，closed-end fund封閉式基金(募集後基金規模不變)，exchange-traded fund(ETF)股票交易所交易基金，index fund指數型基金，fundal底的、基底的，fundectomy底部切徐術，fundus(單數；複數形為fundi)底、基底、根底，fundus oculi眼底，fundus uteri子宮底，fundus

ventriculi腹底，funduscope=fundu(s)+scope=器官底鏡、眼底鏡，funduscopy器官底鏡檢、眼底鏡檢，fundusectomy器官底部切徐術、胃底切徐術，fundoplasty器官底部整形修復，fundoplication胃底折疊術(防止胃食道逆流gastroesophageal reflux的一種手術)，fundoscope眼底鏡，fundoscopy眼底鏡檢

fundamental analysis：基本分析；證券投資分析法之一，重點在公司過往財務狀況以及和營收、獲利、庫存、資產、競爭力等事項相關的當前營運情勢，把這些基本因素研究過後，對投資者提供股價走向參考，供抉擇買進或賣出。technical analysis：技術分析；證券投資分析法之一，依據公司股票的歷史價格(最高最低平均)與成交量，預測未來的價格變化，一般是用在短期。股市有所謂基本面、技術面和消息面，前兩者就是指基本分析和技術分析，後者則是各種可能影響投資人信心或情緒的真真假假的訊息，例：某項產業列入兩岸談判、某企業領導人病危、某企業打算買進庫藏股、政府基金進場護盤等等。

fundamentalism：基本教義派；不論是伊斯蘭、猶太教、基督教、佛教、摩門教或是其他宗教，甚至是各種政治、經濟或社會理論學說，只要是主張典籍按字面解釋，而且行為準則皆當回到創教時期與先知言行或大師著論，不應當隨著時空變化而有調適或變遷者，都可列為基本教義派。例：伊斯蘭基本教義派要求以伊斯蘭教法立國，通姦要處以砸石死刑，而且要回到女人角色只是生兒育女看家的時代；猶太教基本教義派要求堅守舊約聖經律法，堅稱人類歷史只有六千多年；摩門教基本教義派堅持一夫多妻等等。

fundamental law：基本法、根本大法，另一用語是basic law；德國在東西德分裂時期，西德把國家根本大法稱之為基本法Grundgesetz，把憲法一詞留待給統一後十六個邦代表全民制定的立國根基；香港只是中國的特區，而非國家，因而只有基本法，沒有憲法。

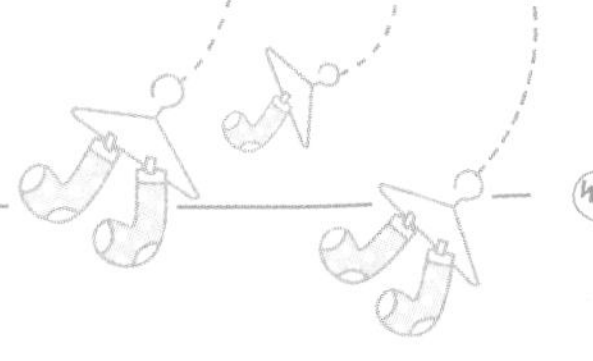

fund：基金若依購買標的分布的位置而分，有Global Fund全球型基金：Global Equity Fund全球股票基金、Global Bond Fund全球債券基金、Global Balanced Fund全球平衡基金、Global Currency Fund全球貨幣基金等；Regional funds區域型基金：Latin American Fund拉丁美洲基金、South East Asia Fund東南亞基金、ASEAN Fund東協基金、Eastern Europe Fund東歐基金、Nordic Fund北歐基金、Middle East Equity Fund中東基金、BRIC Fund金磚四國基金、Greater China Fund大中華基金、Emerging Markets Fund新興市場基金等；Single-country funds單國基金：U. S. fund美國基金、Australia Fund澳洲基金、German fund德國基金、India Fund印度基金、Indonesia Fund印尼基金、Korea Fund韓國基金等；Industry Fund產業基金：Raw materials Fund原物料基金、Petroleum Fund石油基金、Energy Fund能源基金、Gold Fund黃金基金、Rrecious Metals Fund貴金屬基金、Luxury brand-name fund奢侈名牌基金等。

暈。
得意。
Help...

分類詞綴祕笈

使用方法建議：

1. 先閱讀正文，再以祕笈當成總複習，感受學習的成果
2. 先閱讀祕笈，再閱讀正文，享受說文解字的快樂
3. 正文與祕笈交替閱讀與查詢，編結圍殲字彙的交叉火網
4. 增補祕笈內容，使之更加完備，選輯出自己的隨身祕笈

方位方向

前 **ante ; pre ; pro ; pros**
後(空間) **post ; re ; retro**
先 **pre ; ex ; fore**
後(時間) **post**
向前 **pro**
向後 **retro**
在這邊的 **cis**
在那邊的 **trans**
內 **en ; im ; in ; inter ; intro ; intra ; endo ; eso ; ester ; under**
外 **e ; ec ; ecto ; ex ; exter ; extra ; extro ; out ; ultra**
遠 **apo**
近 **peri ; prox**
左 **sinistro ; laevo**
右 **dexter**
中間 **medi ; meso**
周遭 **circum ; peri**
近旁 **para**
環繞 **circum**
靠近 **pros**
相互(彼此之間) **inter**
超越 **super ; trans ; meta**
橫跨 **trans**
穿透 **per**
朝向 **ad ; af ; at**
離去 **ab ; abs**
針對(頂住) **ob ; op ; at ; ad**
快 **tacho ; tachy ; veloci**
慢 **brady ; tardi**
上 **over ; super ; sur ; epi**
下 **de ; cata ; sub ; infra**
副 **sub ; by ; vice**
次 **sub**
緊鄰 **juxta ; prox**
邊緣 **peri**

旁邊 **sub ; para**
順而下 **cata**
逆而上 **ana**
橫而過 **dia ; trans**
直(經) **longi**
橫(緯) **lati**

生理感官與心智精神

精神、心智 **noo**
精神、心智 **mens ; ment ; minisce**
精神、心理、智力、思想 **men**
精神、心理 **psych ; psycho**
生理、肉體 **physio**
感覺、感受 **sens ; sent ; path ; esthesio ; aesthesio ; esthesti ; aesthesti**
審美、感覺美醜 **esthesio ; aesthesio ; esthesti ; aesthesti**
思考、演算 **pute**
計算 **calcul**
記憶 **mnem ; mnes**
分類、整理、排列 **tax ; taxo**
制定法規、訂出秩序 **ordin**
看、視、觀 **vid ; vis ; spec ; spic**
觀察、檢查 **scop**
聽、耳聞 **aud ; audi ; acus ; aur ; auri**
嗅、鼻聞 **osm**
嚐、舌嚐、品味 **geus**
唸出聲音、唸讀(語言、訓斥、講述、教導、說故事) **lect ; legend**
書寫、畫畫、描繪 **graph ; scrib**
雕、刻 **glyph**
唱歌 **cant ; chant**
跳舞 **chore ; choreo**
說話、發言 **dict ; log ; locut ; loqui ; phas**
談論、演說 **orat**
呼喊、喊叫、發聲 **voc ; vok ; voke ; clam ; claim**
喋喋不休、囉唆、講不停 **garrul**
吃、食 **phag ; vor ; sito**
餓、想吃、貪吃 **esur ; esuri ; avid**
食慾、慾望 **orex ; orexis**
飲、喝 **pos ; pot**
口渴、想喝 **dips**
消化 **peps ; pept**
示意、作手勢 **gest ; gesti**
躺、臥 **cub ; cumb**
睡覺、休眠 **dorm ; somn**
睡眠、催眠、使眠 **hypn ; hypno**
昏睡、昏迷、麻醉 **narco**

深睡、昏迷、呆滯 **coma ; comat**
夢 **oneiro ; somn**
麻痺、遲鈍、使無法行動(蟄伏、遭魚雷擊中) **torp ; torpe ; torpi**
刺激 **stimul**
逗弄、引惹、使著急、看得吃不得 **tantal**
關心、掛慮 **cur ; pend**
焦慮、著急 **anxi**
規勸 **suade ; suas**
知道、認識 **gnos ; sci**
注意、感知 **not**
警覺、警惕(守夜、不眠、警戒) **vigil**
選擇、挑選 **lect ; opt**
帶領、引領、拉拔、指引、提供管道 **duct ; duce ; ducate ; agogue**
教導、教育 **doc ; doct**
看顧、照顧、修護 **cure**
相信、信任 **fid ; cred**
愛、愛好、喜歡 **amor ; phil**
哀傷、悲傷、悲痛 **dol ; dole ; dolor**
受苦、難受、痛苦 **path ; passion**
淒苦、可憐、不幸 **miser**
勞動、作工、工作 **ergo**
勞動、勞苦 **pon**
恨、嫌惡、討厭、畏懼 **phob ; mis ; miso**
歡慶、欣喜 **gratu**
聯歡、節慶、歡宴 **fest ; festi**
快樂、幸福 **felix ; felici ; felicit**
驚奇、訝異、好奇 **mire ; mir**
驚嚇、驚懼、驚恐 **terr ; terri ; horr ; horri**
起咒、施魔法 **jur ; jure**
聰明、智慧 **sapien**
遲鈍 **hebe ; hebet**

動作與行為

移動、進行、發展 **it ; ig**
移動、走動、去 **cede ; cess**
移動、走動、來 **ven ; vent ; vene**
移動、行走、跑動、流動 **cur ; curr ; cour ; curs ; cours**
移動、流動、游動 **flu**
移動、調動 **mote**
移動、踏步、踩階 **grad ; gress**
移動、跑動、旅行 **drom ; dromo**
亂動、亂走、走失、閒逛 **err**
迷走、漫遊、流浪 **vag**
轉動、變動 **vers ; vert**

轉動、滾動、繞動 **volve ; volv**
轉動、輪轉、原地圓轉動 **rot**
震動 **vibr ; vibro**
攪動、攪拌、翻動、驚擾 **turb ; turbu ; turbo**
擺動、波動 **oscill ; oscillo**
擺動、變動、變化、變遷、交替 **vicissi**
爬動、攀升 **cline**
爬行、攀爬、匍匐 **scend**
升起（東方、定向）**orien**
落下、掉下、下墜（西方、降落傘）**cid ; cad ; chute**
巡查、巡邏、查察走動 **ambul**
湧起、升高、激增、起身 **surge**
浸、淹 **merge ; mers**
洗、沖洗、沖走（洪水、沖積）**luge ; luv**
泳、漂浮、浮游 **nata**
弄直、挺立、匡正、校正、治理 **rect ; rig ; reg ; rex**
弄彎、彎曲、摺疊、曲折、折磨 **ply ; flex ; flect ; tort**
站立、挺立、持續、協助 **sist**
坐下、定住、沉澱 **sed ; sid ; sess**
握住、控制、把持 **tain ; ten ; tin**
抓住、抓到 **ceive ; cept ; cip**
逮住、纏住、襲擊、發作 **lepsy**
碰觸、接觸、貼近、感染 **tang ; ting ; tig ; tact ; tag**
綁住、繫住、結合 **nect**
套住、套軛、緊合 **jug**
推、逐 **pel ; puls**
拉、拖、牽引 **tract ; train ; trail**
擊、打、攻 **fend**
刺、戳 **punct**
撕裂、割碎 **lacer**
焚燒、燒灼、燃燒 **ard ; ardu ; arson ; flam**
點火、引燃 **igni**
燃燒 **bust**
焚燒 **inciner**
縱火、放火 **ard ; arson**
砍、殺、割、切 **cid ; cis**
分、切、剖 **sect ; seg**
粉碎、磨碎 **pulver**
拿、取 **ampt ; empt**
做事、製作、從事 **fac ; fact ; fic ; feas ; fect ; fy**
拋、擲、丟、快速甩動、彈跳 **ject ; jacut**
送、寄、派、放、射 **mit ; miss ; mess**
擺放、擺出、放置 **pos ; pon**
攜帶、帶走 **port ; fer ; lat**
攜帶、搬運、負荷 **phor ; phore ; phoro**
累積、積聚 **cumul**
堆積、堆疊、架構 **struct**

跟隨、隨後 **secut ; seque ; sec**

匯聚、聚集、齊集、一起 **sembl ; simul**

聚集、群集 **greg**

清空、撤空 **vacu**

清洗、洗淨 **purg**

傾倒、澆灌、散流 **fuse**

混合 **mix**

蓋住、遮住、護住 **tect**

隱藏、隱密、保密 **crypt ; crypto**

躲藏、隱密、搞神祕、隱匿天機 **calypso ; calypt**

藏匿、躲藏、不見 **scure**

關閉、鎖住、隔住 **clud ; clus**

顯現、顯示 **phan**

10-year maturity　313
2-year maturity　313
3D printing　299

A

a combat going for enemy's jugular　249
a multiplicity of legal codes　278
a plethora of Ph.Ds　152
a primo ad ultimum　138
a very rich lady　076
AAM　195
ab origine　183
Ab uno disce omnes　183
Abbasid Caliphate　096, 099
Abbottabad　064
abdicate　183, 263
abduce　184
abduct　184
aberrent　184
abhor　184
Abies koreana　027
abiology　209
abiotic resource　292
abject defeat　242
abnormal　183
aboriginal　183
aborigine　183
abrupt　183
absence　131
absence of justice　260
absent　130
absentee　200
absentminded　167
absolute monarchy　107, 108
abstain　172, 183, 277
abstainer　183
abstaining　183
abstemious　183
abstention　183, 276
abstention from buying　276
abstentionism　276
abstentious　276
absterge　183
abstinence　183, 277
abstinence until marriage　277
abstinence-only sex education　277
abstinency　183, 277
abstinent　183
abstract　183
abstract fault　284
Academia Sinica　015
academic freedom　146
accede　134
accelerated judgment　258
access　133
access denied　133
accessible　133
accession　133
accessional　133
accessorary　133
accessorial　133
accessory　210
accident　273
accidental　273
accomplice　278
accurate　294
Acer　299
Achaearanea riparia　310
acquiesce　268
acquiescence　268
acquiescent　268
acquirable　243
acquire　243
acquired　243
acquired character　243
acquired immune deficiency syndrome　243
acquirement　243

acquit 256, 268
acquitment 268
acquittal 268
acquittance 268
acquitted 268
acrimony 266
acrobatic feat 242
acrobatic stunt 242
acrophobe 013, 178
Acropolis 088
activate 135
active meditation 262
active negligence 284
actual resource 292
ad victoriam 244
adamantine 212
Adampol 087
additive manufacturing 299
additive-free 146
adequacy 148
adequate 148
adherent 129
adipometer 232
adjudge 259
adjudicate 256, 258
adjudication 258
adjudicative 258
adjudicator 258
administer 181
administration 181
administrative 181
administrative adjudication 258
administrative resource 292
administrator 181
admiral 107
admiralship 101
admire 135
admission 196
admit 196
admonish 179, 264
admonition 179
adnexa 241
adopt 135
adore 135
Adrianople 088
Adrianopolis 088
adulterine 212
adultery 278
advance fee fraud 057
advent 162
Adventist 162
adventure 162
adversary 142
advocacy 135
advocate 128, 134
advocate of feminism 135
advocate of peace 135
advocate of revolution 135
Advocates for Animals 135
advocator 135
advocatory 135
aerial bomb 197
aerial bombing 197
aerial combat 202
aerial warfare 202
aerobia 209
aerobiology 209
Aerograd 055
affaire d'etat 168
affirmative 131
afflatus 317
afflict 206
affliction 206
affront 207
Afghan 038
Afghan bread 038
Afghan hound 038
Afghani 026, 038
Afghani cuisine 038
Afghani indica 038
Afghani music 038
Afghani naan 038
Afghani-Soviet War 038
Afghanistan 033, 038
Afghanistani 038
African American Music 057
African Studies 020
Africology 020

Afrocentrism 014
agent 129, 210
age-proof 197
aggregate 133
aggression 207
aggressive 207
aggressive anger 207
aggressiveness 207
aggressor 207
agitate 163
AGM 195
Agrarian Revolution 136
Agricultural Revolution 136
agricultural terrorism 176
agriculture 165
agrobiology 209
agronomy 173, 302
Agropoli 088
agroterrorism 176
Agua Blanca 081
Ahmed Shah 064
Ahmedabad 064
AIDS 243
Air 199
air filter 224
Air Koryo 031
air offensive 223
air propeller 225
Airbus 296
air-launched missile 195
airline tycoon 111
air-to-air combat 202
air-to-air missile 195
air-to-ground missile 195
air-to-surface missile 195
Al Medina 073, 081
al Medina al Munawwarah 081
Alaska 059
Alaska Peninsula 161
Albania 016
Alberta 059
albocracy 118
alcohol-free 146
Aldeburgh 052
alectoromachy 230
alektoromachy 230
aleurometer 232
Alexander the Great 067
Alexandria 067
algesimeter 232
algesiometer 232
algometer 232
alibi 269
alienator 170
align 166
alimentary 120
alimony 266
All Nippon Airways 029
Allahabad 064
allied 167
allocution 284
al-Madīnah 082
al-Madīnah al-Munawwarah 081
al-Medinat an-Nabi 081
al-Medinat Rasul Allah 081
al-Munawarah 082
alpine 212
alternative investment 318
altimeter 232
ambages 164
ambagious 164
ambassadeur extraordinaire et plénipotentiaire 152
ambassador extraordinary and plenipotentiary 152
ambiance 164
ambience 164
ambient 164
ambiguity 164
ambiguous 164
ambilateral 309
ambilingual 164
ambisexual 164
ambitendency 163
ambition 120, 163, 308
ambitionist 163
ambitionless 163
ambitious 160, 163

索引

ambivalence 163
ambivalency 163
ambivalent 163
ambivert 164
amboceptor 164
ambomycin 164
amendment 163
amenity 227
Amentotaxus formosana 028
Amercanization 017
AmerEnglish 017
América del Sur 039
América do Sul 039
American 017, 028
American Expeditionary Forces 227
American Studies 017
Americana 012, 017
Americanism 017
Americanize 015, 017
Americanized 030
Americanologist 017
Americanology 017
Americanomania 017
Americanophila 017
Americanophobia 017
Americanus 017
Americentrism 017
Americocentrism 014
Americomania 017
Americophilia 017
Americophobia 017
Amerindian 017
AmeroEnglish 017
amine 212
Amir Abad 098
Amir of Amirs 098
Amir Panj 098
Amir ul-Umara 098
amirate 098
Amir-i-Tuman 098
Amirzade 098
Amish 248
Amor vincit omnia 244
Amphibia 209
amphibian 209
amphibiology 209
amphibiotic 209
amphibious 205, 209
amphibious aircraft 209
amphibious assault ship 209
amphibious corps 209
amphibious landing 209
amphibious operation 209, 239
amphibious reconnaissance 209
amphibious vehicle 209
amphibious warfare 209
amphibious withdrawal 209
amphibolic 209
amphimictic 209
amphiphyte 209
amphoteric 209
amphotericin 209
Amur 083
Amur Oblastr 083
Amur Plater 083
Amur Riverr 083
Amur tigerr 083
Amurian Plater 083
Amurosaurus riabininir 083
Amursk 073, 082
Amurskaya oblastr 083
ANA 029
anarchism 132, 168
anarchy 108
Anatoly Riabininr 083
Anchusa italica 037
Andalusia 023
Andhra Pradesh 064
andragogue 178
andragogy 178
andrarchy 120
Andrias japonicus 018
Andries Pretorius 067
androcracy 120
andromachy 230
anemometer 232

索引

angioinvasive 192
angioscotometry 232
Angles 068
Anglican 013
Anglican Church 013
Anglicise 013
Anglicism 013
Anglicize 013
Anglicized 030
Anglicus 031
Anglify 013
Angloamerica 039
Anglo-American 013
Anglocentric 013, 151
Anglocentrism 014
Anglo-French 013
Anglo-French Expedition to China 227
Anglomania 013
Anglophile 013
Anglophobe 013
Anglophobic 013
Anglophone 012, 013
Anglophonic 013
Anglosphere 019
Angola 086
Anima mundi 025
animate 179
Ankara 085
Ankylosaurus 018
annex 236, 240
annexa 241
annexable 241
annexal 241
annexation 240
annexation of Austria into Nazi Germany 240
annexation of Scotland and England into the United Kingdom 240
annexation of Taiwan by Japan 240
annexational 241
annexationism 240
annexationist 241
annexment 240
annexure 241
annihilate 233
annihilated 234
annihilated infantry division 234
annihilation 222, 234
annihilationism 234
annihilative 234
annihilator 234
annihilator method 234
annihilatory 234
anniversary 142, 143
anniverse 143
announce 241
annul 241
annunciation 162
anomia 174
anomie 173, 302
anomy 173, 302
anserine 212
antarctic expedition 227
Antarctic Ice Sheet 080
antebellum 194
antecede 134
antecedent 134
antecedents 134
antegrade 207
antemundane 025
antepenultimate 138
anterograde 207
antescript 214
anthropagogy 178
anthropobiology 209
anthropocentric 151
anthropoid 021
anthropology 020
anthropometry 232
anti-aircraft missile 195
Anti-Americanism 017
anti-aristocracy 103
antiattrition 230
anti-ballistic missile 195
anticonstitutional 185
anti-corruption 169

索引

antidemocratic 178
antidepressant 150
antiderivatives 310
antigovernmental 162
antimonopoly 296
anti-personnel bomb 197
antipoverty program 117
antique 185
anti-ship missile 195
anti-Stalinist left 055
antisubmarine 211
anti-submarine missile 195
antisubmarine torpedo 211
anti-tank missile 195
apartment 081
apiary 264
apparatus 229
apparel 229
appeal 284
applaud 194
applause 194
appointee 200
apposite 308
appraisal 293
appraise 293
appraising 293
appreciable 293
appreciate 293
appreciative 293
appreciator 293
apprehend 247
apprehensible 247
apprehension 247
apprehensive 247
approach 236, 248
approach and departure control 248
approach and landing 248
approach light 248
approach march 248
approach to learning English 249
approach to self-realization 249
approach trench 248
approach visibility 248
approachability 249
approachable 249
approachableness 249
approaching 249
approaching death 249
approaching doomsday 249
approaching old age 249
approbate 280
approbation 280
approbative 280
approbatory 280
approve 280
approvingly 280
approximal 249
approximate 170, 249
approximation 249
approximative 249
aquamarine 211
aquametry 232
aqueduct 071
aquiline 212
Arab 023
Arab conquests 243
Arabdom 023
Arabesque 012, 023
Arabia 016, 023
Arabian 023
Arabian Nights 023
Arabian Peninsula 161
Arabic 023
Arabic dance 037
Arabic numerals 023
Arabica 023
Arabicise 023
Arabicize 023
Arabicus 031
Arabism 023
Arab-Israeli conflict 206
Arabist 023
Arabistan 033
Arabocentrism 014
Arachnida 036
arachnoid 021
Araneae 036

索引

Araneidae 036
Araneus tartaricus 036
arboresque 024
Arc de Triomphe 245
Arc de Triomphe de l'Étoile 245
Arc de Triomphe du Carrousel 246
Arc Triomphal 245
arcade 203
Arch of Triumph 245
archbishop 110
archdiocese 110
archduchess 109, 110
archduchy 110
archenemy 110
archrebel 110
arctomachy 230
Areopoli 087
arguments against conscription 214
Argyroupoli 087
aristocracia 103
aristocracy 103
aristocrat 103
aristocratic 095, 103
aristocratical 103
aristocratism 103
Aristokrat 103
aristokratisch 103
aristophrenia 103
arm 208
armada 209
armament 208
armaments 208
armed 208
armed cap-a-pie 240
armed conflict 206
armed forces 209
armed services 209
Armenia 016, 023
arming 209
armipotence 237
armipotent 152, 237
armistice 236, 237
Armistice Day 237
armistice demarcation line 237
armistice line 237
armistice negotiations 237
armor 237
armor piercing bomb 197
armour 237
armour-clad 237
armoured 237
armoured brigade 237
armoured combat 202
armoured combat vehicle 237
armoured personnel carrier 237
armoured warfare 202
armour-piercing 237
arms 208
arms race 208
army 209
army corps 209
arraignment 283
arrhythmia 215
arrival 310
arrive at a verdict 262
arrived 310
arrivisme 310
arriviste 310
articles of incorporation 320
Ashikaga Shogunate 110
Asian 028
Asian flu 018
Asian Frog 017
Asian studies 017
Asiaphile 018
Asiatic flu 018
Asiatic studies 017
Asiaticism 017
Asiatosaurus 012, 017
Asiatosaurus kwangshiensis 017
Asiatosaurus mongolensis 017
Askeptosaurus italicus 037

ASM 195
assail 222, 228
assail a bunker by artillery 228
assailable 198, 228
assailant 228
assailed 228
assailment 228
assault 228
assault course 228
assault rifle 229
assault weapon 229
assaultable 229
assaulter 229
assaultive 229
asset securitization 294
assiduous 129
Association in Defence of the Wrongfully Convicted 281
assurance 295
assure 295
assured 295
assurgent 210
Assyriology 020
Aster taiwanensis 031
astonish 208
astonished 208
astonishing 208
astonishment 208
astrolatry 302
astronomy 173, 301
astrophotometer 232
Asus 299
asymmetric 222, 232
asymmetric federalism 232
asymmetric information 232
asymmetric threat 232
asymmetric warfare 232
asymmetrical 232
asymmetrical haircut 232
asymmetrize 232
asymmetry 232
at war 201
ate 199
Atlanta 059
Atlantic Railroad 059
atlocarpio siamensis 029
atmidometry 232
atomic bombings of Hiroshima and Nagasaki 197
atrocastaneous 227
atroceruleous 227
atrocious 227
atrocious assault and battery 227
atrocious manners 227
atrocious weather 227
atrociously 227
atrociousness 227
Atrociraptor 227
atrocity 222, 226
atrocity crimes 226
attain 267
attempt 280
attemptable 280
attempted 271, 280
attempted arson 280
attempted assault 280
attempted battery 280
attempted burglary 280
attempted coup 280
attempted crime 280
attempted hijack 280
attempted homicide 280
attempted kidnapping 280
attempted murder 280
attempted rape 280
attempted robbery 280
attempted suicide 280
attention 183, 267
attest 266
attestable 266
attestant 266
attestation 266
attestative 266
attestator 266
attestor 266
Attila the Hun 071
attorn 267

attorney 256, 267
attorney at law 267
attorney fees 267
attorney general 267
Attorney General of the United States 267
attorney in fact 267
attorney of record 267
attorneyship 267
attornment 267
attract 231, 267
attractive 182, 231
attributable 314
attribute 314
attribute failure for the test to stupidity 314
attribute the painting to Da Vinci 314
attributive 314
attributive adjective 314
attrit 231
attrited 231
attrition 222, 230
attrition warfare 230
attritional 231
attritive 231
audacious 164
audiometer 232
Augsburg 052
August City 087
auripotence 152
Austral signs 022
Australia 012, 022
Australian 022
Australian Senate 143
Australian sloth 022
Australiana 017, 022
Australianess 022
Australianism 022
Australianize 022
Australite 022
Australoid 022
Australophilia 022
Australophobia 022
Australopithecine 022
Australopithecus 022
Australorp 022
Austria 022
Austria-Hungary 022
Austrian 022
Austrofascism 022
Austro-German 022
Austro-German Alliance 022
Austro-Hungarian 022
Austro-Hungarian Empire 022
Austromancy 022
Austromarxism 022
Austronesia 022
Austronesian 022
Austronesian languages 023
Austronesian peoples 022
Austrosaurus 018
Austroslavism 012, 021
Austro-Turkish 022
Austro-Turkish War 022
autarchy 119
autarky 119, 173
authoress 114
authorship 119
autism 173
autobiography 119, 209
autocephalous 173
autochthon 173
autocracy 118
autocrat 118
autocratic 118
autocratical 118
autocratship 109, 118
autocritical 173
autodestruct 238
autodestructive 238
autogamy 119
autograph 119
automatic 118
automatize 118
automobile 215
automobile insurance 295
autonomic 173

索引

autonomous 173
autonomous banner 173
autonomous county 173
autonomous government 162
autonomous prefecture 173
autonomous region 173
autonomy 172, 173, 301
autonym 173
autoregulate 173
Autorin 114
autotomy 173
aver 262
averment 262
averse 137, 184
aversion 137
avert 137, 184
avertable 184
aviary 264
avocation 135
avocational 135
axis of symmetry 232
Azerbaijani 038
Azores 078

B

bachelordom 106
bachelorhood 119
Bahrain 082
Baisha Li Autonomous County 173
ballistic missile 195
ballistic missile submarine 211
ballistics 298
Bank of Chosen 031
banking czar 106
Barbarea taiwaniana 031
barbaresque 024
Barbus arabicus 023
Barcelona 076
Barlavento 079
barometric 232
baron 105
baronage 105
baroness 105
baronet 095, 105
baronetage 106
baronetcy 106
baronetise 105
baronetize 105
baronial 105
baronne 105
barony 105
barricade 203
barrier to entry 234
barter economy 301
basis of litigation 259
bassinet 106
bat 202
Bathophilus indicus 032
Bathygadus nipponicus 030
battalion 202
battalion commander 202
batter 202
battered 202
battering 202
battering ram 202
battery 202
battle 202
battle cry 202
battle line 166
battle of annihilation 234
battle plane 202
battlefield 202
battlefront 207
battleship 202
Batu Khan 096
Bavarian 105
Bavarois 105
bear testimony to the accused 265
Beatlesesque 023
beau monde 025
beautiful grandma 086
beautiful port 075
beautiful view 086
beautiful world 025

beauty economics 301
beautydom 106
bedroom 144
Begonia taiwaniana Hayata 030
Belgorod 086
Belgorod Oblast 086
Belgrade 055
bell captain 240
Bell Castle 085
belli denuntiatio 194
belli ratio 194
bellicose 194
bellicosity 194
bellicum 194
belligerence 194
belligerency 191, 194
belligerent 194
bellipotent 194
bellum civile 194
bellum domesticum 194
bellum intestinum 194
bellum lethale 194
belly dance 037
Belonozoum italicum 037
Bely Gorod 086
bemonster 179
Benedetto XVI 079
benedicite 079
Benedict XVI 079
Benedictine 079
benediction 079, 263
Benedictus 079
Benedictus XVI 079
Benedikt XVI 079
benefactor 079
benefit 079
Benevento 073, 079
benevolence 248
benevolent 248
Bengalensis 029
Benin 075
Beograd 055
Berg 054
bergab 054
bergan 054
bergauf 054
Bergbahn 054
Bergfahrt 054
bergig 054
Bergler 054
Bergmann 054
bergtop 054
Bergvolk 054
Bhutanese 031
biannual 175
biarchy 120
biblical equality 148
bibliopole 297
bibliopolist 297
bibliopoly 297
bicameral 140, 143
bicameral congress 143
bicameral government 144
bicameral heart 144
bicameral legislature 143
bicameral parliament 143
bicameral parliamentary system 143
bicameral system 143
bicameralism 144
bicentric 151
bicycle monarchy 108
Big Newcity 085
bilateral 309
bilateral symmetry 232
Bill Gate 082
bimanual 299
binomial 174
biodemography 178
biodetritus 231
bioeconomy 301
bioethics 209
biofraud 272
biography 209
biological resource 292
biological terrorism 176
biological warfare 209
biometric identification 209
bioterrorism 176

索引

biotic resource 292
bipartisan 141
bipartite 141
bipartizan 141
biparty 141
biparty system 141
bipolar superpower confrontation 207
Black Country 057
black market 301
Black Music 057
Black River 057
Black Riverr 083
blank check 081
blank cheque 081
blasphemous libel 274
Blauwbrug 071
blessed fault 284
Blitzableiter 201
Blitzfluglinie 201
Blitzkrieg 191, 200
Blitzlicht 201
Blitzschalg 201
block 203
block letter 203
blockade 191, 202
blockaded 203
blockader 203
blockade-runner 203
blockbuster 203
blockheaded 203
blood accusation 274
blood libel 274
Bloom Township 068
Bloomsburg 068
Bloomsbury 061
blow of heart 167
blow of ligntning 167
Blue Bridge 071
Blue Swallow 227
BM 195
board of trade 144
Boeing 296
Bohorir 083
Bolinichthys indicus 032
Bolivia 077
Bollywood 033
Bollywood dance 037
Bolognese 031
bomb bay 197
bomb disposal 197
bomb dropping 197
bomb shelter 197
bombard 197
bombardier 197
bombed-out 197
bomber 197
bombproof 191, 196
bond fund 325
Book of Judges 118
bookmobile 215
boredom 146
boring class 314
Borneo 102
borough 105
Bosnia 016
bourg 105
Bourg-de-Péage 105
bourgeois 095, 104
bourgeois nationalism 105
bourgeoise 105
bourgeoisement 105
bourgeoisie 105
bourgeoisify 105
Bourges 105
bourgie 105
Bourg-Saint-Maurice 105
Bourg-Saint-Pierre 105
bovine 212
Boxer Rebellion reparations 229
brand management 300
Brandenbourg 052
Brandenburg 052
bridge maker 071
brigade 203
British Commonwealth 184
British Expeditionary Force 227
British North America 039

索引

Brittany 076
brontology 208
brontometer 208
brontophobia 208
brontoraptor 208
brontosaurus 208
Bruges 071
Brugge 071
Bucharest 055
buffer state 168
building block 203
Bulgaria 016
bulletproof 197
bulletproof vest 197
Bundesrepublik Deutschland 174
bunker penetrating missiles 246
bunker-buster bomb 197
bureaucracy 121
burg 105
Bürgerkrieg 201
burgernomics 301
burgh 105
burghal 105
burgher 105
burghership 105
burghmote 105
burglarproof 197
Burj Khalifa 100
business cycle indicator 315
business indicator 315
business operation 239
by election 179

C

cabin service manager 240
Cabo Blanco 081
Caffè Americano 017
caffeine 212
Cairo 088
calcifuge 200
calcifugous 200
California State Senate 143
Caliphate 095, 099
Caliphate of Córdoba 099
Caliphatism 100
calligraphy 086
Calliphora 086
callipygous 086
CAM 299
Cámara de Diputados 144
Cambridge 071
camera 144
camera da letto 144
Camera dei Deputati 144
cameral 144
cameralistics 144
cameraman 144
camerlengo 144
camerlingo 144
campaign finance 312
Canada 059
Canadensis 029
Canadiana 017
Çanakkale 085
Canary 065
Canary Islands 161
Canis indica 032
Canis lupus italicus 037
Cannabis indica 032, 038
Cannes 076
cannonade 203
Canterburian 062
Canterbury 051, 061
Canterbury bell 061
cap 240
cap-a-pie 240
cape 240
Cape Spartivento 079
Cape Verde 079
Cape Verde Archipelago 079
capital 240
capital crime 257
capitalism 014, 132
capitalist 177
capitate 240

索引

capitation 240
capitist 104
capitulum 240
capo 240
caprice 237
captain 240
captaincy 240
captainship 240
captive 182
Capuchins' Church 114
Caput mundi 025
carbon detonation 208
carceral 265
carceral state 265
cardiac dysrhythmia 215
cardinalate 179
career counselling 164
Caria 087
Caritas 263
carnivore 178
Carolina 059
carpet bombing 197
carte blanche 081
cartridge fuse 225
casa barca 081
Casa Branca 080
casa da gioco 081
Casa da Música 080
casa de banca 081
casa de la villa 081
casa de té 081
casa di moda 081
casa di pena 081
Casablanca 073, 080
casamento 081
cash ration 323
cash surrender value 212
casina 081
casino 081
casino tycoon 111
Casmaria ponderosa nipponensis 030
catch a Tartar 036
Catedral de São Paulo 077
Cathedral of Saint Paul 077
cavalry regiment 215
cavillation 259
cavilous litigation 259
cede 134
Celi's Medina 082
cell phone 215
cellphone 013
cellular mobile 215
cellular phone 013
cellular telephone 013
censorship 119
centigrade 208
central air conditioning 151
Central America 016
Central America 039
central bank 151
central government 162
central kitchen 151
central left 151
central office 151
central right 151
centralisation 151
centralism 151
centralist 151
centralization 151
centrifugal 151, 200
centrifugalize 200
centrifuge 200
centripetal 151
centrism 151
centrist 151
centrobaric 151
Centrocestus formosanus 028
centrosome 151
centrosphere 151
Ceratosauria 018
Ceratosauridae 018
Ceratosaurus 018
ceremony 266
Cerro Rico 075
certificate of incorporation 320
Cervus elaphu hispanicus 039

索引

cession 134
Chagatai Khanate 096
Challenger 2 202
Chamaecyparis formosensis 028
chamber 144
chamber music 144
chamber of commerce 144
Chamber of Deputies 144
chamberlain 144
Chambre des Députés 144
Chang and Eng 029
charade 203
Charity 263
Charles Darwin 077
Charles de Gaulle 168
Charles II 068, 069
Charles Rex 216
Charles Town 069
Charles Towne 069
Charles's Mountain 057
Charleston 069
Charlotte 070
Charlottetown 069
charm offensive 223
chartered engineer 278
Charybdis callianassa 086
Châteauesque 024
check deposit 308
check fraud 272
cheese of soya 168
chef 240
chef d'etat 168, 240
chef de bataillon 240
chef de cabin 240
chef de cuisine 240
chef-d'oeuvre 240
cheiromachy 230
chemical bomb 197
chemical terrorism 176
chemoterrorism 176
Chester 071
Chian and US are the two biggest contributors to climate warming 314
chief 240
chief compliance officer (CCO) 278
Chief Financial Officer(CFO) 312
Chief Hamad, son of Khalifa, from the Thani family 082
chief justice of the Supreme Court 259
chief of cooking 240
chief purser 240
chiefdom 240
chieftain 240
chieftaincy 240
chieftainship 240
child prostitute 185
childproof 197
chiliarchy 120
Chiloscyllium indicum 032
China Plater 083
China-Vietnam conflict 206
Chinensis 029
Chinese Academy 015
Chinese Expeditionary Force 227
Chinese Peace 015
Chinese Rites controversy 142
Chinjufu Shōgun 110
Chinois 105
chiromachy 230
chiropodist 228
Chlamys chosenica 031
cholesterol thesaurismosis 307
Chonburi 061
Chonburi City 061
Chonburi Province 061
Chosenia 031
Chosenia arbutifoli 031
Chosenicus 026, 031
Choson Minhang 031
Chosun Ilbo 031
chrematist 298

索引

chrematistic 298
chrematistics 291, 298
chrematistophilia 298
chrematomania 298
chrematomaniac 298
chrematophobia 298
Christian egalitarianism 148
Christopher Columbus 067
chromatocracy 121
Chronicle of Emperors 114
chronometric 232
chrysoaristocracy 103
Chufut-Kale 085
Church Militant 245
Church Triumphant 245
Chōsenjin 031
CIM 299
cinema tycoon 112
circlet 106
circuit 164
circularized 198
circulate 135
circumambient 164
circumcision controversies 142
circumlocution 284
circumlocutionist 284
circumnavigate 199
circumpose 308
circumscription 214
circumvent 162
circumvolute 136
circumvolve 147
citizenship 119
city block 203
city council 163
city hall 081
City of Ares 087
City of London Sinfonia 035
City of Salim 082
City of Sidon 082
City of the Countryside 082
City of Victory 087
City State of Israel 082
City 105
civil defendant 269
civil law 260
civil service 119
civil war 194, 201
cladistics 298
claim advanced(presented) by defendant 269
clandestine operation 239
clash of civilizations 206
class conflict 206
class struggle 206
clear line 166
Clematis formosana 028
climate refugee 200
close quarters battle 202
close quarters combat 202
closed company 321
closed sea 211
closed-end fund 325
closely held corporatio 321
cluster bomb 197
CM 195, 299
cmpulsory vaccination 226
coagulate 210
Coast for Old People's Health 076
Coast of Golden Sunny Sands 076
Coast of Light 076
Coast of Sun 076
coastline 166
cobelligerent 194
cockroach 200
codefendant 269
coercion 169
coffee tycoon 112
coincide 273
coincidence 273
coincident 273
coincident indicator 315
coincidental 273
coins of gold 168
cold front 207
cold war 207

collaborate 163
collateral 306, 308
collateral assignment 309
collateral consanguinity 309
collateral contract 309
collateral damage 309
collateral evidence 309
collateral loan 309
collateral mortgage 309
collateral relative 309
collateral security 309
collateralize 309
collateralized 309
collateralized bond obligation (CBO) 309
collateralized debt obligation (CDO) 309
collateralized mortgage obligation (CMO) 309
collocution 284
collocutor 284
colloquial 285
colloquialism 285
colloquialist 285
colloquist 285
colloquium 285
colloquy 285
Colombia 023
colonial mentality 249
colonialism 097
colonize 015
Colonized 030
colonne de marbre 168
color filter 224
Columbia 067
combat 202
combat aircraft 202
combat ship 202
combat tactics 194
combatant 191, 202
combative 202
combatready 202
comfort 192
comfortable 192
command economy 301
Commander of 10000 098
Commander of 5000 098
commemorative 131
commercial counsel 164
commercialize 151
commissariat 116
commit a crime with impunity 264
commitment 163
commodity derivatives 310
common 184
common front 207
common market 184
common noun 184
common sense 184
commonage 184
commonplace 184
commons 184
commonwealth 184
commotion 196
communal 184
communalism 184
communalize 184
commune 184
communicable 184
communicant 184
communicate 184
communication 184
communicative 184
communion 184
communiqué 172, 184
communism 184
communist 104, 184
communist party 184
communistic 184
community 184
community center 184
community college 184
community property 184
communize 184
commutable 271, 282
commutate 282
commutation 282
commutation of sentence 282

索引

commutation ticket 282
commutative 283
commutator 283
commute 282
commute a death penalty into life imprisonment 282
commute between Taipei and Taoyuan 282
commute from Hong Kong to Macao 282
commute imprisonment into a fine 282
commuter 282
commuter belt 282
commuter bus 282
commuter plane 282
commuter time 282
commuter train 282
commuterdom 282
commuterland 282
commuterville 282
Compal 299
compensation for wrongful incarceration 265
complete 152
compliable 278
compliance 271, 278
compliancecompliant 278
compliancy 278
complicate 278
complicated 278
complication 279
complice 278
complicity 278
complicity in crime 278
complier 278
comply 278
component 136
compose 308
composite 308
compound 308
comprehend 247
comprehensible 247
comprehension 247
comprehensive 247
comprehensive deposit 308
compress 150
compressed 150
compressor 150
compulsive 225
compulsive shopping 225
compulsory 225
compulsory education 226
compulsory liability insurance 295
compulsory military service 226
compulsory school attendance 226
compulsory subject 226
compulsory voting 226
computer-aided manufacturing 299
computer-integrated manufacturing 299
computerize 151
comrade 203
concentrate 151, 179
concentration camp 151
concentric 014, 151
concentric circles 151
concilable 163
conciliate 160, 163
conciliation board 163
conciliationism 163
conciliator 163
conciliatory 163
conclusion of armistice agreement 237
concourse 207
concrete fault 284
concrete penetrating missile 246
concubinage 113
concussion fuse 224
conditional surrender 212
conductor 207
confederal 175
confederal government 162
confederate 175

索引

confederate government 162
Confederate States of America 039, 175
confederation 175
confederative 175
confined explosion 193
confinement in a penitentiary 263
confiscable 282
confiscate 271, 282
confiscated 282
confiscated goods 282
confiscated property 282
confiscation 282
confiscation of land 282
confiscation of the smuggled goods 282
confiscator 282
confiscatory 282
conflate 317
conflict 205, 206
conflict of civilizations 206
conflict of interest 206
conflict resolution 206
conflicting itineraries 206
conflicting opinions 206
conflictive 206
conflictory 206
conflictual 206
confront 207
confrontation 205, 206
confrontational 207
confrontati-onfront 207
confrontationism 206
confrontationist 207
confrontment 207
congest 194
conglomerate 179
congregate 133
congregation 133
congress 172, 176
Congress of the United States 176
Congress of Vienna 176
congressional 176
congressionalist 176
congressman 176
congressperson 176
congresswoman 176
conjoined twins 029
conjugal 249
conjugate 249
conjugated 249
connect 241
connection 241
conquer 243
conquerable 243
conquered culture 243
conquered people 243
conqueror 243
conquest 236, 242
Conquest of Mecca 242
Conquest of Siberia 243
Conquest of the Aztec Empire 242
Conquest of Wales 243
conquistador 243
conscience 177
conscious 177
conscribe 214
conscript 214
conscript labor 214
conscript troops 214
conscriptable 214
conscripted 214
conscriptee 214
conscription 205, 213, 248
conscription crisis 214
conscription in Israel 214
conscriptional 214
conscriptionist 214
consecutive 182
consensus democracy 178
consolidate 179
conspirator 210
constant maturity Treasury 313
Constantinople 055, 087
Constantinopolis 087

索引

Constantinus I Magnus 087
constituency 185
constituent 185
constituent assembly 185
constituent country 185
constituent state 185
constituent structure 185
constitute 185
constitution 185
constitutional 185
constitutional amendment 185
consti-tutional assembly 185
constitutional convention 185
constitutional interpretation 185
constitutional monarchy 108, 185
constitutionalism 185
constitutionalist 185
construable 239
construction 238
construction financing 311
constructive 238
constructor 238
construe 239
consul 164
consul general 164
consular 164
consular jurisdiction 164
consulate 100, 160, 164
consulate general 164
consulship 164
consult 164
consultancy 164
consultant 164
consultative 164
consulter 164
consulting 164
consulting fee 164
consumer price index 293
consumer terrorism 177
consumption per capita 240
contact fuse 224
contain 183, 277
contained 277
container 183, 277
containership 277
containment 183, 277
content 198
content-control software 224
contentious 164
contents 198
conterminal 138
conterminous 128, 137, 138
continence 277
continent 183, 277
continental 277
Continental Congress 176
contraband confiscated by law enforcement authorities 282
contract 206
contract manufacturer 299
contradict 263
contralateral 309
contravene 162
contribute 314
contribution 314
contributive 314
contributor 314
contributory 314
contrite 231
contrition 231
controversial 142
controversialist 142
controversies over video games 142
controversy 140, 142
controvert 143
convene 162
convention 161
convention center 151
conventional 162
convert 137, 206
convict 281
convictable 281

convicted 271, 281
convicted felon 281
convictible 281
conviction 281
convictive 281
convince 244, 281
convinced 244, 281
convincible 244, 281
convincing 244, 281
convivial 206
convocation 150
convocator 150
convoke 150
convoker 150
convolute 136
convolve 147
convulse 207
cooperate 239
cooperative 239
copragogue 178
copyright infringement 272
coral 304
Corean Peninsula 161
Cornus coreana 027
corporal 321
corporal punishment 321
corporate 320
corporate bond 321
corporate charter 321
corporate culture 320
corporate ethos 321
corporate finance 312
corporate governance 320
corporate hospitality 321
corporate image 321
corporate innovation 302
corporate oligarchy 118
corporate raider 321
corporation 321
corporatocracy 117, 118
corporeal 321
corps 209, 321
corps de ballet 321
corps diplomatique 321
corpse 321
corpus 321
corpus canonum 321
corpus delicti 321
corpus juris 321
correct 169
correspond 169
corrode 169
corrupt 169
corrupted 169
corrupter 169
corruptible 169
corruption 160, 169
corruptionist 169
corruptress 169
Corsica 057, 088
cosmopolis 088
cosmorama 018
Costa Blanca 076, 081
Costa Brava 076
Costa de la Luz 076
Costa del Sol 076
Costa Dorada 076
Costa Geriatrica 076
Costa Rica 073, 076
Costa Rican 076
Costa Smeralda 076
Costa Verda 076
Côte d'Argent 076
Côte d'Azur 076
Côte d'Ivorie 076
Côte d'Sauvage 076
Cotton Castle 085
council 163
councillor 163
counsel 164
counselee 164
counseling 164
counselling 164
counselling psychology 164
counsellor 164
counterbalance 141
counterclaim 269
countercoup 167
counterdemonstration 179
counterinsurgency 210

索引

counterinsurgent 210
counterintelligence 141
countermarch 141
counteroffensive 223
counterpart 140, 141
counterpart fund 141
counterplot 141
counterpoint 141
counterpose 308
counterrevolution 136
counterrevolutionary 136
counterre-volutionist 136
countersign 141
counterspy 141
counterterror 141, 176
counterterror measures 176
counterterrorism 176
countervalue 141
coup 167
coup d'arrêt 168
coup d'etat 160, 167
coup de cœur 167
coup de etat 167
coup de foudre 167
coup de fouet 167
coup de grace 167
coup de sabre 168
coup de soleil 167
coup de temps 168
coup d'œil 167
coup double 168
coup droit 168
court martial 230
covert operation 239
CPI 293
creation-evolution controversy 142
credential inflation 317
credit card fraud 272
credit derivatives 310
crematory 165
crime 257
crime gang 257
crime organization 257
crime syndicate 257
Crimea 085
Crimean Peninsula 161
crimebuster 257
criminal 257
criminal act 257
criminal action 257
criminal code 257
criminal defendant 257, 269
criminal law 257
criminal negligence 283
criminal offence 257
criminal purpose 257
criminal record 257
criminality 257
criminalize 257
criminalized 030, 257
criminate 257
criminogenic 257
criminologist 257
criminology 257
criminous 257
criteria 149
criterium 149
critique 185
critocracy 117
Croatia 016
Crocodylus siamensis 029
cross collateral 309
crown prince 112
cruise missile 195
cruise missile submarine 211
cruise ship tycoon 111
crusade 203
Crusade 243
Cryptotaenia japonica 018
Cuban Missile Crisis 195
Çufut Qale 085
culpa in abstracto 284
culpa in concreto 284
culpa in faciendo 284
culpa in non faciendo 284
culpa lata 283
culpa lata dolo equiparatur 283

culpa lata dolus est 283
culpa levis 283
culpa levissima 284
culpa vacuus 284
culpabilis 283
culpability 283
culpable 283
culpable conduct 283
culpable negligence 283
culpable recklessness 283
culpableness 283
culprit 283
culprit of assault 283
culprit of rape 283
Culter mongolicus 021
cultivator 170
cultural conquest 243
cultural counsel 164
Cultural Revolution 136
cunctipotent 152
cupla 283
cupla dignus 284
curable 294
curator 294
curious 294
customer attrition rate 230
cyber terrorism 176
cybercrime 257
Cycas siamensis 029
Cycas taiwaniana 030
cycle of poverty 117
cyclemotor 196
cyclorama 018
cynarctomachy 230
cynolatry 302
Cyprus 088
czar 106
czardom 095, 106
czarevitch 106
czarevna 106
Czargrad 055
czarian 106
czaricide 106
czarina 106
czarish 106
czarism 106
czarist 106
Czarist Empire 106
Czarist period 106
Czarist regime 106
Czarist Russian Empire 106
czaritza 106

D

d' 168
dacryagogue 178
Dae Jang Geum 112
dae wonsu 112
Daegu Metropolitan City 112
Daejeon 112
Daewoo 112
Daijyo Daijin 112
daimyō 112
Dalnii Vostok 080
Danaus plexippus 107
Danish 035
Dardanelles 085
data 149
date 275
dative 275
datum 149, 275
Dawlat 082
de 168
de jure 260
de jure monopoly 296
deadline 166
deadly war 194
debt financing 311
debug 133
decadence 274
decadency 274
decadent 273
decadentism 273
decapitate 240
decapitation 236, 239
decapitation strike 239
decapitator 240

decarbonized 198
decay 274
decayed 274
decentralise 151
decentralism 151
decentralize 140, 151
decide 147
deciduous 147, 273
deciduous antler 273
deciduous beech 273
deciduous plant 273
deciduous tooth 273
deciduousness 273
declare war 194
decline 133
decompose 308
decompress 150
deconstruction 238
decontaminate 147
decontrol 147
decouple 133
decriminalization 257
decriminalize 256, 257
decriminalized 257
dedicate 263
deemphasize 147
defalcate 266
defalcation 256, 266
defalcator 266
default 208
defeasance 242
defeasible 242
defeasible fee 242
defeat 236, 242
defeatable 242
defeated 242
defeatism 242
defeatist 242
defect 242
defection 242
defection of power 242
defective 242
defector 242
defence 269
defenceless 269
defend 269
defendable 269
defendant 256, 269
defender 269
defense 269
defense attorney 269
defenseless 269
defensible 269
defensive 269
defensive attrition 230
defensive equipment 269
defensive evidence 269
defensive fortifications 269
defensive plea 269
defensive war 269
defensive weapons 269
defeudalize 097
deficiency 242
deficient 242
deficit 242
deflate 266
deflation 317
deflation basin 317
deflation lake 317
deflation valley 317
deflationary 317
deflationism 317
deflationist 317
defog 267
defraud 272
defrauded 272
defrauder 272
defrost 267
defunct 261
defuse 222, 224
defuse the crisis in the disputed islands 224
defuse the tensions in the Taiwan Straits 224
defused 224
defusedefuse the bomb 224
defuser 224
defuze 224
defuzer 224
degrade 208, 267

索引

degree inflation 317
degressive 207
dehydrate 267
deice 133, 267
delay action detonator 208
delay-action bomb 197
delegable 170
delegacy 170
delegate 169
delegation 169
delegitimation 170
deliberate 170, 256, 260
deliberate ambiguity 261
deliberate defense 261
deliberate fault 261
deliberate intent 261
deliberate the guilt of the accused 261
deliberated 261
deliberately 261
deliberation 261
deliberative 261
deliberative democracy 178
delink 133
deliver 145
deliver a speech 145
delivery van 145
demagog 178
demagogue 172, 178
demagoguery 178
demand deposit 308
demarchy 118
dematerialized 198
demersal 324
demersal fish 324
demersal fishing ground 324
demilitarized 191, 198
demilitarized zone 198
demimonde 025
demobilize 215
democracy 103, 178
democrat 178
democratic 178
Democratic Federal Yugoslavia 022
Democratic People's Republic of Korea 027
Democratic Progressive Party 176
democratise 178
democratize 178
demographer 178
demographics 178
demography 178
demonstrable 179
demonstrant 179
demonstrate 172, 178
demonstration 179
demonstrative 179
demonstrator 179
demophile 178
demote 196
demotic 178
denominate 174
densely populated 104
denuclearized 198
denude 133, 208, 261
depart 133
Department of Finance 312
department of library science 274
Department of the Treasury 307
Department of Veterans Affairs 214
depeditate 228
deplete 152
depone 308
deposal 147
depose 140, 147, 308
deposed 147
deposit 148, 306, 307
deposit account 308
deposit as collateral 309
deposit box 308
deposit insurance 308
deposit slip 308
depositary 148, 308
deposition 147, 308

depositional 308
depositional landform 308
depositor 308
depository 148, 165, 308
depository library 308
depreciable 293
depreciable life 293
depreciate 291, 292
depreciated 293
depreciated asset value 293
depreciated value of a car 293
depreciation 293
depreciation allowance 293
depreciation charge 293
depreciation of currency 293
depreciation tax shield 293
depreciative 293
depreciatory 293
depredate 208, 261
depress 150
depressed 150
depressing 150
depression 150
depressive 150
depth bomb 197
deracinate 131
deracine 131
deradicalize 131
Derbyshire 060
derivable 310
derivate 310
derivative 131, 306, 310
derivativederivative financial instruments(DFI) 310
derive 310
dermatology 020
describe 214
desegregation 128, 133
desegregationism 133
deserving censure 284
Desiderius Erasmus 071
despumate 225
desquamate 225
destitute 185
destitution 185
destroy 239
destroyable 239
destroyer 239
destruct 238
destructible 238
destruction 236, 238
destructive 238
destructor 238
desultory 229
detain 276
detainable 277
detainee 276
detainer 276
detect 225
detective 182
detention 271, 276
detention barrack 276
detention basin 276
detention camp 276
detention cell 276
detention center 276
detention home 276
detention house 276
detention of ship 276
detention pond 276
deter 235
determent 234
determination 138
determinative 131
determine 138
determined 138
deterrable 234
deterrence 222, 234
deterrent 234
deterrent effect 234
deterrent example 234
deterrent option 234
deterrent to entry 234
detonate 205, 208
detonation 208
detonation velocity 208
detonative 208
detonator 208

detour 267
detract 231
detriment 231
detrimental 231
detrital 231
detrited 231
detrition 231
detritivore 231
detritivorous 231
detritophage 231
detritophagous 231
detritophagy 231
detritus 231
Deus vincit 244
Deutsch 024
Deutsch Amerikanisch 024
Deutsch Amerikanischer 024
Deutsch Japanische Gesellschaft 024
Deutsch-Baltische Gesellschaft 024
Deutsch-Chinesische Gesellschaft 024
Deutsche 024
Deutsche Bahn 025
Deutsche Bank 024
Deutsche Kaiser 113
Deutsche Telekom 024
Deutsch-Englische Gesellschaft 024
Deutsch-Französische Hochschule 024
Deutschland 012, 024
Deutschlehrer 024
Deutschmark 024
Deutschtum 024
Devalayam 033
Devasthanam 033
develop 241
develop films 241
developable 242
developed 241
developed economies 241
developer 241
developing 241
developing & emerging markets 241
developing country 241
developing nation 241
development 242
devitalized 198
devolution 147
devolutionism 147
devolutionist 147
devolve 140, 146
devolvement 147
devotee 200
dextropedal 228
diabolarchy 118
dialectics 298
Diaphus arabicus 023
diarchy 120
Dicliptera riparia 310
dictatorship of the proletariat 115
diction 263
dictionary 263
diesel-electric submarine 211
different 129
difficult delivery 145
digest 194
digitalize 151
digress 176
Dikij Vostok 080
Dikiy Vostok 080
Dinosauria 018
diorama 018
diplomatic privilege 170
direct democracy 178
direct financing 311
Director of National Intelligence 106
disability insurance 295
disabled submarine 211
disapprobation 280
disapprove 280
disapprovingly 280
disarm 208

索引

disarmament 205, 208
disarmed 208
disarming 208
disaster 209
disburden 209
discomfort 192
discomfortable 192
disconnect 241
Discotectonica nipponicus 030
disculpate 283
disequalibrium 261
disequilibriate 149
disequilibrium 149, 261
disgusted 167
disincarcerate 265
disincarcerated 265
disinvest 319
disjoint 209
dismiss 196
Disneyesque 023
dispauper 116
dispel 225
disposable 147
disposable camera 147
disposable contact lenses 147
dispose 147, 308
disposer 147
disposer of stolen goods 147
disposition 148
dispraise 293
disquiet 268
disquieting 268
disquietude 268
disrepair 229
disrupt 129, 169
dissidence 129
dissident 128, 129
dissilient 228
distemper 129
distill 129
distocia 145
distract 231
distressed submarine 211
distributable 314
distributary 314
distribute 129, 306, 313
distribute asset 313
distribute newspapers and magazines 313
distribute proportionally 313
distributed 314
distributed by will 314
distributed practice 314
distributee 314
distributer 313
distribution 169, 313
distribution channel 313
distribution of wealth 314
distributive 314
distributor 313
district attorney 267
district attorney office 267
disunion 171
disunionist 171
disunited 171
diverse 137
diversify 137
divert 137
divest 319
divestible 319
divestiture 319
divestment 319
divine afflatus 317
divine law 260
division 209
divorce 137
divorcee 200
do penance 263
doctorate 164
document fraud 272
dodecarchy 118
dominant-party system 141
Don Quijote de la Mancha 065
Don Quixote of the Mancha 065

索引

donamaniac 275
donate 275
donative 275
donator 275
donatory 275
Doncaster 072
donee 275
donor 275
Dorchester 071
dorsal pain 264
dorsolateral 309
dory 052
double envelopment 241
doulocracy 118
dowable 276
dowager 276
dowager empress 276
dower 276
dower house 276
dowery 276
downgrade 208
downhill 054
dowry 276
dowry death 276
DPP 176
draftee 200
Drassyllus coreanus 027
driver's licence 277
driving licence 277
dropout fuse 225
drug baron 105
drug czar 106
drumhead court martial 230
dual 297
dual monarchy 108
dual nationality 297
duarchy 120
Dubai 097, 100
ducal 110
duchess 110
duchessa 110
duchy 110
duck 200
duel 297
duet 297
duke 110
dukedom 110
dukeship 110
dulocracy 118
duodecimal 297
duodenum 297
duopolist 296
duopolistic 296
duopoly 296
duopsonist 297
duopsonistic 297
duopsony 291, 297
duotone 297
duplex 297
duplicate 279, 297
duplicity 279, 297
duquesa 110
Dushanbe 055
dust-free 146
dyarchy 120
Dynasties of Infiltration 223
dysequilibrium 149, 261
dysmaturity 313

E

eaglet 106
Eagleton 069
earldom 117
earphone 013
earth penetrating nuclear munitions 246
East Indies 032
Eastern Front 207
eccentric 014, 151
ecclesiarchy 118
ecocentric 014
ecodoom 302
ecological terrorism 176
ecologicus 031
ecology 302
econometrics 301
economic 301
economic analysis of law

索引

301
economic climate indicator 315
economic crime 257
economic freedom 146
economic indicator 315
economic refugee 200
economic resource 292
economical 301
economically untenable 197
economics 301
economise 301
economist 301
economize 301
economy 173, 291, 301
economy car 301
economy class 301
economysize 301
ecosphere 302
ecosystem 302
ecoterrorism 176
ecsult 229
edict 263
Edinburgh 052
Edirne 088
edit 275
edition 275
editor 275
editor in chief 300
educator 170
effort 192
effortless 192
effrontery 207
egalitarian 140, 148
egalitarianism 148
egregious 133
egress 176
Egyptology 020
Eisberg 054
El Salvador 078
elect 179
election 179
electioneer 179
elective 179
elective monarchy 108
elector 179
electoral 179
electoral college 179
electoral fraud 272
electorate 098, 172, 179
electric detonator 208
electronic fuse 224
elitism 132
Elizabeth II 067
Elle ne parle pas français 132
elocution 284
elocutionist 284
eloquent 285
emancipate 300
embargo 276
embarrassed 167
embattle 202
embattled 202
embezzle 266
embezzlement 163
embezzlement 272
Emerald Coast 076
emerge 324
emergence 324
emergency 324
emergent 324
emerging 306, 323
emerging economies 301, 323
emerging industry 323
emerging market debt 323
emerging markets 323
emerging markets index 323
emerging technology 323
Emir 100
Emir hadji 098
Emir Hamad bin Isa bin Salman Al Khalifa 082
Emir Hamad ibn Isa Al Khalifah 100
Emir of Kuwait 098
Emir of Morocco 098
Emir of Qatar 098

索引

Emirate 095, 097, 098
Emirate of Abu Dhabi 097
Emirate of Bahrain 098
Emirate of Córdoba 098
Emirate of Dubai 097
Emirates 097
Emirates 171
Emirates Airline 097
Emirates Flight Catering 097
Emirates Office Tower 097
Emirates Tours 097
Emirates Tower One 097
Emirates Tower Two 097
emissary 196
emission 196
emit 196
emmenagogue 178
emote 196
emotion 196
emotional management 300
Emperor Taishō 112
Emperor Waltz 114
emperor way 113
emperorship 101, 113
empire 113
employee 200
empress 110
empress dowager 113, 276
Empress Dowager Cixi 276
Empress Dowager Tzu-hsi 276
enamour 204
encamp 204
encase 204
encave 204
encircle 242
enclosed fuse 225
Encyclopedia Nipponica 030
endemic 178
endow 276
energy czar 106
energy resource 292
enfeoff 097
enfeoffment 097
enforce 103
enforced abstention 276
engineer battalion 202
England 025, 068
English 035
engulf 103
Enikale 085
enlarge 103
enlist 103
enlisted company 321
ennoble 095, 103
ennoblee 103
ennoblement 103
ennobler 103
enrage 103
enrich 103
enslave 242
ensure 295
entanglement 163
enterostasis 237
entrap 242
entrench 191, 203
entrenched 203
entrenched clause 203
entrenched customs 203
entrenched legislation 203
entrenched meander 203
entrenched power of the rich 203
entrenched river 203
entrenching shovel 203
entrenchment 203
entreprise d'etat 168
entwine 242
envassal 113
envelop 241
envelope 241
enveloper 241
envelopment 236, 241
envelopment of a flank 241
envelopment of both flanks 241
envelopment tactics 241
environmental externality

索引

304
environmental justice 259
epicenter 151
episcopate 098
equal 148
equal mark 148
equal sign 148
equal time 148
equal-area 148
equalibrious 149
equalibrity 149, 261
equalibrium 261
equalitarian 148
equalitarianism 148
equality 148
equality before the law 148
equalize 148
equanimity 148
equanimous 148
equate 148
equation 148
equator 148
equiangular 149
equidistant 149
equilateral 149, 309
equil-ibriate 149
equilibriator 149
equilibrious 149
equilibrise 149
equilibrist 149
equilibrity 149, 261
equilibrium 140, 149, 261
equilibrize 149
equimolecular 149
equimultiple 149
equinox 149
equipoise 149
equipotence 152
equiprobable 149
equitable 149
equity 149
equity derivatives 310
equity financing 311
equity fund 325
equity investment 318
equivalent 149
equivocal 135, 149
equivocate 135
eradicate 131
Erasmus Bridge 071
Erasmusbrug 071
ergatocracy 118
Erica 054, 200
Ericaccae 054
erupt 169
escape from poverty 117
escapee 200
esculent 272
Eselsbrücke 070
Eselsbrücken 070
Espana 039
Espanhol 039
Espaniol 039
Espanol 039
Espanya 039
essence 131
essential 131
essentic 131
Est-ce qu'ils parlent le chinois 132
Estonia 023
état multinatinoal 168
état tampon 168
étatique 168
étatisme 168
eternal abstinence from gambling 277
ethic of retaliation 213
ethical investing 319
ethical investment 319
Ethiopia 016
ethnocentric 014
ethnocide 025
Ettelbruck 071
Euboea 057
eunomy 302
euphorbia 209
Eurocentrism 014
Eurodance 037
European Union 185

Eurya japonica 018
eutrophic 118
evacuate 174
evadable 192
evade 192
evader 192
evadible 192
evaluate 174
evasion 192
evasive 192
event 162
evergreen 273
Evergreen Maritime Museum 211
evocative 150
evoke 150
evolute 136
evolution 147
evolutional 147
evolutionary 147
evolutionism 147
evolutive 147
evolvable 147
evolve 147
evolvement 147
ex nihilo nihil fit 234
exceed 134
exceeding 134
excess 134
excess baggage 134
excess luggage 134
excessive 134
exchange-traded fund(ETF) 315, 325
excited 167
exclusive distribution 314
exclusive distributor 313
exculpate 283
exculpated 283
exculpatory 283
executant 182
execute 182
execution 182
executioner 182
executive 172, 182
executive agency 182
executive agreement 182
executive branch of government 182
executive clemency 182
executive council 163, 182
executive director 182
executive editor 300
executive officer 182
executive order 182
executive privilege 182
executive vice president 182
executor 182
executory 182
exfiltrate 224
exhibitor 314
exit 120, 164, 308
exit strategy 210
expatriate 163
expedience 228
expediency 228
expedient 228
expediential 228
expedite 227
expedited 227
expedited arbitration 228
expedited delivery 227
expedited determination 258
Expedited Funds Availability Act 227
expedited review 227
expedited service fee 228
expedited shipping 227
expedited trial 228
expedited visa 227
expediter 228
expedition 227
expeditionary 222, 227
expeditionary force 227
expeditionary warfare 227
expeditious 227
expeditor 228
expel 225

索引

expellant 225
expellee 225
expellent 225
expert testimony 265
explicate 279
explicative 279
explicatory 279
explicit 279
explicitly expressed 279
explode 193
exploded 193
explodent 193
exploder 193
explosible 193
explosion 193
explosive 193
explosive detection device 193
explosive detection dog 193
explosive sniffing dog 193
exponent 136
expose 135, 308
expound 308
express 137
expressionism 137
expressionless 137
expressive 137
expulse 225
expulsion fuse 225
exsufflate 228
extension 169
exterior 228, 304
exterior design 304
exterior innovation 304
exterior stair 304
exterminate 138
external accounting 304
external affairs 304
external auditor 304
external benefit 304
external buffer 304
external capsule 304
external cost 304
external fertilization 304
external financing 311
external internship 304
external storage 304
external support contractor 304
external trade 304
externalise 304
externalism 304
externality 291, 304
externalize 304
extortion 277
extracapsular 304
extracellular 304
extraconstitutional 185
extracorporeal 304
extracranial 304
extract 231
extracurricular 304
extraditable 275
extradite 275
extradition 271, 275
extradition clause 275
extradition law 275
extradition of fugitive 275
extradition treaty 275
extragovernmental 162
extrajudicial 183
extrajudicial detention 183
extrajudicial killing 183
extrajudicial settlement 183
extrajudicial system 183
extralegal 305
extralunar 276, 305
extramarital 276, 305
extramarital affair 278
extramundane 025
extramural 276
extraordinary 276
extraordinary appeal 284
extrapolate 305
extrasolar 305
extraterrestrial 276
extraterritorial 165, 276
extraterritorial jurisdiction 165
extricate 228

extrovert 164, 305
extroverted 305
extrovertive 305
exude 228
exult 229
exultant 229
eye witness testimony 265

F

F. Scott Fitzgerald 111
fabricate 179
facilitator 170
faction tycoon 111
factory 299
factual 299
facture 299
Faisalabad 064
fake demonstration 179
falcate 266
falcated 266
falces 266
falchion 266
falciform 266
falcon 266
falconer 266
falconine 266
falcula 266
falcular 266
faleristics 298
false testimony 265
falx 266
falx cerebelli 266
falx cerebri 266
family history society 119
Far East 080
Far Eastern Federal District 080
fascist 104, 177
fashion house 081
fast food tycoon 112
fat-free 146
Fatimid Islamic Caliphate 100
fault by doing nothing 284
fault by doing something 284
FBI 174
FBI infiltration of Mafia 223
feasibility 242
feasible 242
feat 242
febrifuge 200
fecal incontinence 277
feculent 272
federal 172, 174
Federal Bureau of Investigation 174
federal constitutional monarchy 174
federal dictrict 174
federal government 162
federal judiciary 182
federal penitentiary 263
federal prison 263
Federal Republic of Germany 174
Federal Republic of Nigeria 174
Federal Republic of Yugoslavia 174
Federal Reserve Bank 174
federalism 174
federalist 174
federalized 030
federate 174
federate 174
federated 174
federation 174
Federation of Malaysia 102
federative 174
Federative Republic of Brazil 174
felix culpa 284
felix qui nihil debet 234
fellow strategist 210
felony 257
female friend 114

索引

female Lusophone 035
feminist economics 301
fence 270
fenceless 270
fencemending 270
fence-sit 270
fencing 270
fend 269
fender 269
feoff 097
feoffeer 097
feoffer 097
feoffment 097
ferocity 227
feudal 097
feudal estate 097
feudal lord 097
feudal monarch 097
feudal rank 097
feudal system 097
feudalism 095, 096
feudalist 097
feudality 097
feudalize 097
feudatory 097
fief 097
fiefdom 097
film distributor 314
filter 224
filterable 224
filterable paper 224
filterable virus 224
filter-tipped 224
filtrable 224
filtrate 224
final appeal 284
final argument of king 138
final decree 284
final decree of divorce 284
final divorce decree 284
final injunction 284
final judgment 284
Final Testament 266
finance 312
financial 312
financial aid 312
financial analysis 312
financial assets 312
financial crisis 312
financial economics 301
financial institution 312
financial management 300
financial obligation 312
financial planner 312
financial risk 312
financial statement 312
financial year 312
financier 312
financing 306, 311
financing gap 311
financing statement 312
fine 303, 312
fingerprint 150
Finland 068
Finnland 025
fire and infiltration 223
fire insurance 295
firearms licence 277
Firenze 058
first degree murder 261
first plenary meeting of the sixth central committee of KMT 151
fiscal 282
fiscal adjustment 282
fiscal agent 282
fiscal cliff 282
fiscal crisis 282
fiscal deficit 282
fiscal discipline 282
fiscal management 282
fiscal mismanagement 282
fiscal policy 282
fiscal stamp 282
fiscal year 282, 312
fiscally untenable 197
fixed-income investment 319
fixed-maturity bond 313
flag of surrender 212

Flamencology 020
flatulence 317
flatulency 317
flatulent 272, 317
flatulent dyspepsia 317
flatulogenic 317
flatulogenous 317
flatulopeti-c 317
flatus 317
flatus vaginalis 317
flax inguinalis 266
Flensburg 052
fleur-de-lis 059
fleur-de-lys 059
fleuret 059
fleuron 059
flora 058
flora and fauna of Taiwan 058
Flora Europaea 058
floral 058
floral symmetry 232
Florence 058
Florencia 058
Florentia 058
Florentine 058
Florenz 058
Flores 058
Flores Sea 058
florescence 058
florescent 058
floriate 058
floriculture 058
floriculturist 058
florid 058
Florida 051, 058
Florida room 058
Floridana 058
Floridano 058
Floridian 058
floriferous 058
florigen 058
florilegium 058
florist 058
florist shop 058
floristic 058
floristics 298
floristry 058
floruit 058
floscular 059
floscule 059
flosculous 059
flour 059
flourish 059
flourishing 059
flower of lily 059
floweret 106
fluffy infiltration 224
fluid capital 323
fluviomarine 211
folk dance 037
folkloristics 298
food distribution 314
food waste disposer 147
foolocracy 121
footprint 150
foreadmonish 179
foreign direct investment (FDI) 319
foreign exchange derivatives 310
foreign service 119
forensics 298
formalize 166
Formosa Plastics 028
Formosa TV 028
Formosan 026, 028
Formosan Alder(Alnus formosana) 028
Formosan Black Bear(Ursus thibetanus formosanus) 028
Formosan Blue Magpie (Urocissa caerulea) 028
Formosan Clouded Leopard 028
Formosan Cypress 028
Formosan macaque 028
Formosan Mountain Dog 028

索引

formularized 198
fort 192
forte 192
fortifiable 192
fortification 192
fortified 192
fortifier 192
fortify 191, 192
fortitude 192
fortitudinous 192
fortress 192
fortunate fall 284
forum 099, 139
fossilized resource 292
four goals to nil 234
Foxconn 299
Fragaria nipponica 030
fragible 273
fragile 273
fragility 273
fragment 273
fragmental 273
fragmentary 120, 273
fragmentate 273
fragmentated 273
fragmentation 273
fragmentation ammunition 273
fragmentation grenade 273
fragmentise 273
frame 283
Francocentrism 014
François 105
Francophilia 027
Francophone 013
Francosphere 019
frangibility 272
frangible 272
Frank 074
Frankenstein's monster 179
Frankfurt 073, 074
Frankfurter 074
Frankfurter little sausage 074
Frankfurter Würstchen 074
Frankish 074
Franz Joseph I 113
fraud 272
fraudulence 272
fraudulent 271, 272
fraudulent application 272
fraudulent appropriation 272
fraudulent check 272
fraudulent claim 272
fraudulent concealment 272
fraudulent conveyance 272
fraudulent document 272
fraudulent income 272
fraudulent medicine 272
fraudulent replica 272
fraudulent science 272
fraudulent transfer 272
free 146
free and easy 146
free lunch 146
free market 146
free sea 211
free trade 146
free will 146
freeborn 146
freedman 146
freedom 140, 146
freedom from arbitrary arrest and detention 146
freedom from cruel and unusual punishment 146
freedom from discriminatio 146n
freedom from exile 146
freedom from fear 146
freedom from slavery 146
freedom from torture 146
freedom of assembly 146
freedom of association 146
freedom of belief 146
freedom of communication 146
freedom of conscience 146
freedom of information 146

索引

freedom of media 146
freedom of migration 146
freedom of movement 146, 215
freedom of press 146
freedom of religion 146
freedom of speech 146
freedom of the seas 146
freedom of thought 146
freehand 146
freelance 146
freeload 146
freeride 146
free-spending 146
free-spoken 146
Freiburg 052
Freundin 114
friendship 119
frivolous litigation 259
from first to last 138
From one, learn all 183
from the origin 183
fromage de soja 168
front line 166, 207
front page 207
frontal 207
frontal attack 207
frontier 207
frontier markets 324
front-line 207
front-line state 207
frontogenesis 207
frontonasal 207
frontotemporal 207
frustrate 272
frustrated 272
frustrating 272
FTV 028
fugacious 164, 200
fugitive 182, 200
fugue 200
Fullerton 069
fumifugist 200
fumigate 211
fumigation 259
fund 325
fundal 325
fundament 325
fundamental 306, 325
fundamental analysis 325
fundamental analyst 325
fundamental law 325
fundamentalism 325
fundamentalist 325
fundamentality 325
fundamentals 325
fundectomy 325
fundi 325
fundoplasty 326
fundoplication 326
fundoscope 326
fundoscopy 326
fundus 325
fundus oculi 325
fundus uteri 325
fundus ventriculi 326
funduscope 326
fundusectomy 326
fungoid 021
furbish 264
furnish 264
Fürstin 114
fused 225
fused quartz 225
fused semiconductor 225
fused-glass 225
fusee 225
fusible 225
fusible metal 225
fusil 225
fusiler 225
fusillade 225
fusion 225
fusion bomb 225
futuristics 298

G

Gagaesque 023

gagster 181
Gaijin Shogun 110
gairaigo 029
galactagogue 178
Galeus nipponensis 030
Galliavola 086
Gallipoli 073, 086
GAM 195
Gambia 016
gambling house 081
gamomachy 230
gangsterdom 117
garnish 264
gas bomb 197
gas explosion 193
gasoline bomb 197
gastroesophageal reflux 326
Gate of Europe 075
Gate of the Sun 075
Gaulish 035
gay liberation 145
gebergte 054
gender egalitarianism 148
gender equality 148
general armistice 237
General Douglas MacArthur 110
general election 179
general manager 300
general verdict 262
generals and soldiers committing atrocities 227
Genevensis 029
Genghis khan 095, 096
genocide 025
Genus 031
geographic proximity 249
georama 018
George III 070
Georgetown 070
Georgian 028
geostrategist 210
geratology 121
gerent 194
geriatric 121
geriatrics 121
German Instrument of Surrender 212
German studies 298
Germanicus 031
Germanistics 298
Germanize 015
Germanized 030
Germanocentrism 014
Germanology 020
Germanophone 013
Germanosphere 019
germ-free 146
gerontagogy 178
gerontic 121
gerontic nursing care 121
geronticide 121
gerontics 121
gerontocracy 109, 121
gerontocrat 121
gerontology 121
gerontophilia 121
gerontophobia 121
Gettysburg 052
GGM 195
Gibraltar 065
gist 259
give testimony 265
global strategy 210
global warming controversy 142
glomerular filtration 224
Gloucester 072
glycogen thesaurismosis 307
gnathostat 237
go into litigation 259
gocum 192
God conquers 244
gold aristocracy 103
Golden Coast 076
golden palm 168
Gorgasia taiwanensis 031
Gori 055
Goryeo(Koryo)-Khitan Wars 027

Götheburg 052
Gothenburg 052
governable 163
governance 162
governing 162
governing board 162
government 162
government attorney 267
government business enterprise 321
government monopoly 296
governmental 162
government-granted monopoly 296
government-organized demonstration 179
government-owned corporation 162, 321
governor 162
Grabenkrieg 201
gradate 208
grade 207
grade inflation 317
gradient 208
gradual 208
gradualism 208
graduate 208
graft 272, 278
grand duke 110
Grand Lake 112
grandiloquous 285
great equality 112
great peace 112
Great Revolt 136
Great Yuan Empire 096
Greco-Italian War 037
Green Coast 076
Greenland 025
gregarious 133
grenade 203
gressorial 207
gross negligence 283
gross negligence is deceit 283
gross negligence is equal to intentional wrong 283
grotesque 024
ground offensive 223
ground-naval-air offensive 223
ground-to-air missile 195
ground-to-ground missile 195
Guangxi Zhuang Autonomous Region 173
gubernator 163
gubernatorial 163
gubernatorial election 163
guberniya 163
guerrilla 215
guerrilla war 201
guided missile 195
guided penetration bomb(GPB) 246
Gujarat 064
gun licence 278
Guyana 070
Gwalio 063
gymnasium 139
gymnothesaurist 307
gynaeocracy 120
gynarchy 120
gynecocracy 120
gynecolatry 302
gyneolatry 302
gynolatry 302

habitat destruction 238
habitual offender 273
Hadrian 088
Hadriano-polis 088
hagiarchy 120
hagiocracy 115, 120
Haiti 118
Hamburg 052
hamburger beef 298
hamburger tycoon 112

索引

hand phone 215
happy family 314
Harare 061
hard roll 113
hasty defense 261
hate crime 257
haut monde 025
Hawaii Island 161
Hawaiian Islands 161
He/She rests in peace 268
head of state 168, 240
head of world 025
head wind 136
health insurance 294
Heavenly Kingdom of Great Peace 112
hecatarchy 118
hecatontarchy 118
hedge fund 325
hegemony 266
Heide 054
Heidekorn 054
Heidelbeere 054
Heidelberg 051, 053
Heidelerche 054
heir 120
heir apparent 120
heir at law 120
heirdom 120
heirless 120
heirloom 120
heirship 120
helicopter carrier 209
Heliopolis 088
Hemimyzon formosanum 028
hemostasis 237
hendecarchy 118
herbivore 178
hereditable 120
hereditament 120
hereditarian 120
hereditarianism 120
hereditary 109, 119
hereditary allergy 120
hereditary enmity 120
hereditary feuds 120
hereditary hypotrichosis 120
hereditary monarchy 108, 119
hereditary neuropathy 120
hereditary peers 120
hereditary society 119
heredity 120
Hereford 074
heritable 120
heritage 120
heritor 120
heritress 120
herolatry 302
heterolateral 309
heteronomous 173
heteronomy 301
heterosexual 131
heuristics 298
hexarchy 108
hidden economy 301
Hidden Port 075
Hierapolis 088
hierocracy 115
high impact incarceration 265
high world 025
Hill Settlement 069
Hill Town 069
Hilton 069
Hindi 033
Hindi film industry 033
Hindi Pop 033
Hindism 033
Hindu 033
Hindu cosmology 033
Hindu Epics 033
Hindu eschatology 033
Hindu Kush 033
Hindu scriptures 033
Hindu temple 033
Hindu texs 033
Hinduise 033

Hinduism 033
Hinduist 033
Hinduize 033
Hindustan 026, 033
Hindustani 033
hippomobile 215
hippopotamus 016
Hirundo atrocaerulea 227
Hispania 039
Hispanicus 031
Hispaniola 039
Hispano 038
Hispanoamerica 026, 038
Hispanofilipino 038
Hispanophile 038
Hispanophilia 038
Hispanophobe 038
Hispanophobia 038
Hispanophone 038
Hispanosphere 019
histonomy 301
hold to maturity investment 313
holding company 321
Holland 068
Holocaust reparations 229
Holy Faith 077
Holy Light 077
Holy Lord's Day 077
Holy Sunday 077
home insurance 294
Home Office 181
home renovation 303
homegrown terrorism 177
Homeland Security Department 294
Homofonia 035
homolateral 309
homonomous 173
Hongrois 105
horsemanship 119
hostile expedition 227
hot dog 074
hotel management 300
hotel renovation 303
hotel tycoon 111
House of Al-Khalifa 100
House of Al-Khalifah 100
house of bank 081
House of Commons 184
house of fashion 081
house of gambling 081
House of Music 080
house of punishement 081
House of Representatives 130
house of tea 081
house of the city 081
House of the Khalifa 100
houseboat 081
house-to-house combat 202
Houston 069
HTC 299
Huambo 086
Hugh de Paduinan 069
Hugh's Town 069
Hülegü Khan 096
human annihilation 234
human cloning controversy 142
human extinction 234
human resource 292
human resource management 300
humidistat 237
humoresque 024
hung parliament 132
Hungarian 105
hunter submarine 211
hunting expedition 227
Huntington 069
hybrid fund 325
Hyderabad 064
hydra 304
hydraulic propeller 225
hydriatrics 298
hydrogen bomb 197
hygrostat 237
Hyla japonica 018
Hynobius formosanus 028

索引

Hypericum formosanum 028
hyperinflated 306, 316
hyperinflation 317

I

I am to blame 283
I came 244
I conquered 244
I saw 244
Iago Sparrow 077
iamosaurus 029
iatrics iatry 120
Ibero-America 039
ICBM 195
iceberg 054
Iceland 025
ichthyopolist 297
ichthyopoly 297
idealism 161
IDP 200
ignobility 103
ignoble 103
ignobleness 103
ignominious 174
ignominy 174
Il ne parle pas anglais 132
Ilha de Santiago 077
Ilkhanate 096
illegal 169
illegal drug trade 278
illegitimacy 170
illegitimate 160, 170
illegitimate child 170
illegitimise 170
illegitimize 170
illiberal 170
illicit 278
illicit antiquity 278
illicit brewer 278
illicit cohabitation 278
illicit distilling 278
illicit drug trade 278
illicit intercourse 278
illicit love 278
illicit prostitution 278
illicit revenue 278
illicitous 278
illiquid 323
illiquid asset 323
illocal 170
illogical 170
im Krieg 201
Imarat Qur uba 098
immartial 230
immature 313
immerge 324
immerse 324
immersed 324
immersible 324
immersion 324
immersionism 324
immitigable 264
immobile 215
immobilize 215
immutable 283
impeachment 163
impecuniosity 303
impecunious 303
impecuniousness 303
impede 228
impeding 228
impel 225
impellent 225
impelling 225
impenet-rability 246
impenetrable 236, 246
impenetrable Amazon jungle 246
impenetrable armour 246
impenetrable defensive line 246
impenetrableness 246
impenitence 263
impenitency 263
impenitent 263
imperalism 097
Imperial Crown 113

Imperial Crypt 113
implausible 194
implicit 279
implicit consent 279
implied 278
implied contract 278
implied offer 278
implode 193
implodent 193
implosion 193
implosive 193
implosive consonate 193
imply 278
impone 308
impose 147, 308
imposition 148
impossible 152
impotent 152
impoverish 117
impoverished 117
impregnability 247
impregnable 236, 246
impregnable argument 247
impregnable chastity 247
impregnable citadel 247
impregnable fortress 247
impregnable position 247
impregnableness 247
impress 137
impressionism 014
impressionism 137
impressive 137
improbable 280
impulse 225
impulse buying 225
impulsive 225
impunity 264
in camera 144
in culpabilis 283
in forma pauperis 116
in the form of a pauper 116
inaccurate 294
inadequacy 148
inadequate 148
inapposite 308
incarcerate 256, 265
incarcerate the murderer in a federal jail 265
incarcerated 265
incarcerated hernia 265
incarcerated person 265
incarcerated placenta 265
incarceration 265
incarcerator 265
incendiary bomb 197
incessant 210
incidence 273
incident 273
incidental 273
income distribution 314
income per capita 240
incomplete 152
incomposite 308
incompressible 150
incontinence 277
incontinence in language 277
inconvincible 244
incorporable 320
incorporate 320
incorporated 320
incorporated engineer 278
incorporation 306, 320
incorporator 320
incorporeal 321
incorrupt 169
incorruptible 169
incriminate 257
incriminator 257
inculpable 283
inculpate 271, 283
inculpate falsely 283
inculpate unfairly 283
inculpation 283
inculpation by prosecution 283
inculpatory 283
incurable 294
incurious 294
indeciduous 273

indefeasible 242
indeliberate 261
independence of the judiciary 182
indestructible 238
indeterminate 138
index 315
index fund 315, 325
index tracker 315
indexation 315
indexed 315
indexes 315
indexing 315
index-link 315
index-linked 315
India 016, 032
Indian 032
Indian film industry 033
Indian Ocean 032
Indian Pop 033
Indianess 032
Indianism 032
Indianize 032
Indic 032
indicant 315
indicate 263, 315
indicative 315
indicator 263, 306, 315
indicatory 315
indices 315
indicia 315
indicum 315
Indicus 031
Indigofera taiwaniana 031
indirect democracy 178
indirect financing 311
individual resource 292
Indo Kiwi 037
Indo-American 032
Indo-Aryan 032
Indo-British 032
Indo-China 032
Indo-China Wars 032
Indo-Chinese 032
Indo-Chinese war 032
Indo-European 032
Indo-European Languages 032
Indo-Iranian 032
indolence 210
Indological 032
Indologist 031
Indology 031
Indomania 026, 031
Indo-Pakistani Wars and Conflicts 032
Indophilia 032
Indophobia 032
Indosaurus 018
Industrial Revolution 136
ineloquent 285
inequable 148
inequality 148
inequation 148
inequilateral 149
inequilibrity 149
inequitable 149
inequity 149
inexpedient 228
inexpiable 210
inexplosive 193
infatuate 265
infeasible 242
inferolateral 309
infeudation 097
infield 265
infiltrate 223
infiltration 223
infiltration basin 224
infiltration capacity 223
infiltration gallery 223
infiltration rate 223
infiltrative 224
infiltrator 222, 223
inflatable 317
inflate 317
inflated 317
inflated growth rate 317
inflated quote 317
inflated receipt 317

inflater 317
inflation 317
inflation rate 317
inflationary 317
inflationism 317
inflationist 317
inflation-proof 197, 317
inflation-proof investment 317
inflation-proof saving 317
inflator 317
inflict 206
inflict a penalty upon 206
inflict pain on 206
inflict penance upon 206
inflicted 206
inflictive 206
in-flight safety demonstration 179
inflow 265
influence fuse 224
influx 265
information network 241
Information phone 013
information technology management 300
Information telephone 013
inframundane 025
infrangible 273
infrapose 308
infrastructure 238
infringe 272
infringe a contract 272
infringe a law 272
infringement 271, 272
infringement of copyright 272
infringement of intelligence property right 272
infringement of patent 272
infringer 272
ingress 176
inherit 120
inheritable 120
inheritance 120
inherited 120
inheritor 120
inheritress 120
inhumation 162
inhume 224
initiate 120
initiate 164
inject 265
injudicious 259
injustice 260
Inner Mongolia 020
Inner Mongolia Autonomous Region 173
inner resource 292
innocent 284
innovate 291, 302
innovation 302
innovative 303
innovator 303
Innsbruck 051, 070
inoffensive 223
inoperable 239
inoperative 239
inquietude 268
insanity defenses 269
insectifuge 200
insecure 294
insecurity 294
insidious 129
instantaneous detonator 208
institute 237
institution 237
institutional 237
institutional investor 237
institutionalize 237
instruct 238
instructive 238
instructor 238
instrument approach procedure 248
insufflate 317
insular 161
insularity 161
insulate 161
insulator 161

insulin 161
insulinemia 161
insulinoma 161
insult 229
insulting 229
insuppressible 137
insurable 295
insurance 291, 294
insurance administrator 295
insurance agent 295
insurance broker 295
insurance claim 295
insurance coverage 295
insurance fraud 295
insurance policy 295
insurance provider 295
insurance subscriber 295
insurant 295
insure 295
insured 295
insurer 295
insurgence 210
insurgency 210
insurgent 205, 209
insurrection 210
insurrectionary 210
insurrectionist 210
intangible resource 292
intellectual 131
intellectual freedom 146
intelligence czar 106
intelligent network 241
intensive distribution 314
intent 198
inter 224
interact 162
interarticular 162
intercede 134
interceder 134
intercept 134
intercession 128, 134
intercessional 134
intercessor 134
intercessory 134
interchurch 134
intercity 134
interconnect 241
intercontinental 277
intercontinental ballistic missile 195
intercrop 099
interdependent 162
interdine 099
interest rate derivatives 310
intergenerational conflict 206
intergovernmental 162
interim appeal 284
interlace 099
interlibel 274
interlibrary 274
interlibrary loan 274
interlocution 284
interlocutor 284
interlocutory 271, 284
interlocutory appeal 284
interlocutory decree 284
interlocutory decree of divorce 284
interlocutory injunction 284
interlocutory judgment 284
interlocutory order 284
interlocutress 284
intermediate-range ballistic missile 195
interminable 138
intermit 196
internal financing 311
internal refugee 200
internally displaced person 200
International Code of Nomenclature 174
international maritime signal flags 211
international terrorism 177
international waters 211
internet 241
internet crime 257
internet fraud 272

索引

internet terrorism 176
interoperable 239
interpellant 225
interpellate 225
interpellation 225
interpone 308
interregnal 098
interregnum 095, 098
interrupt 169
interrupted 169
interruption of insurance 295
intersect 162
intersection 134, 162
interstate 134
interstellar 099
interstitial infiltration 224
interterritorial 165
intervene 162
intervention 161
interventionist 161
intestacy 266
intestate 266
intimate 170
intractable 231
intranet 241
intransigent 210
introvert 137, 164
inundate 224
inurn 224
invade 192
invader 192
invasion 191, 192
Invasion of Afghanistan 192
Invasion of Iraq 192
Invasion of Kuwait 192
invasive 192
invasive carcinoma 192
inveigle 224
invenire 244
invent 162
inveracious 262
investable 319
investible 319
investiture 319
Investiture Controversy 142
investment 306, 318
investment advisor 318
investment bank 318
investment portfolio 318
investment strategy 210, 318
investment vehicle 318
investor 319
inveteracy 214
inveterate 214
invincibility 244
invincible 236, 244
invincibleness 244
invloved 147
invoke 150
involuntary 248
involuntary draft 248
involuntary manslaughter 248
involute 136
involution 147
involve 147
involvement 147
inward aggression 207
iodine 212
I-phone 013
ipsilateral 309
Iranian studies 298
Iranistics 298
Iraqi insurgent 210
IRBM 195
Ireland 025
Irish 035
Irkutskr 083
iron bridge 071
Iron Gate 075
irreconcilable 163
irreconcilable differences 163
irreconcilable incompatibility 163
irreconcile 163
irrefragable 273
irrefrangible 273

索引

irregular 205, 215
irregular bone 215
irregular forces 215
irregular heartbeat 215
irregular troops 215
irregular verbs 215
irregular warfare 215
irregularity 215
irregularize 215
irreparable 229
irreversible 142
irreversible defeat 242
irrevocable 150
irritate 163
irrupt 169
Islamabad 051, 064
Islamic 064
Islamic Art 064
Islamic conquests 243
Islamic economy 301
Islamist 064
Islamite 064
Islamize 015, 064
Islamophilia 064
Islamophobia 064
island 161
Island of Santiago 077
Island of St. Jago 077
Islas Canarias 161
isle 161
islet 106, 161
islomania 161
islophobia 161
isobilateral 309
Isoetes taiwanensis 031
isolate 161
isolated 161
isolateral 309
isolation ward 161
isolationism 160, 161
isolationist 161
isolato 161
isolator 161
isonomy 301
Israeli 038
Istanbul 055, 087
Italia 037
Italian 037
Italianate 037
Italianise 037
Italianism 037
Italianize 037
Italian-Mexican 037
Italic 037
Italicise 037
Italicism 037
Italicize 037
Italo-American 037
Italodance 026, 037
Italodisco 037
Italo-German 037
Italo-Greek War 037
Italology 037
Italomaniac 037
Italo-Messicano 037
Italophile 037
Italophilia 027
Italophobe 037
Italophone 037
Italorama 018
Italo-Turkish War 037
Italy 037
itinerary 308
Ivan III 086
Ivangorod 086
Ivory Coast 076

J

J. M. Barrie 052
Jack has been convicted of treason 281
Jack Nicholson 111
Jai Hind 063
Jai ho 063
Jai Vilas Mahal 063
Jai Vilas Palace 063
Jaipur 051, 062
Jamaica 059, 068

James Abbott 064
James Rex 216
Jamsetji Tata 063
Jamshedpur 063
Janissary 085
Japalpur 062
Japan Broadcasting Corporation 030
Japan Maritime Safety Agency 211
Japan Railways 018
Japanese 018
Japanese cuisine 018, 030
Japanese Instrument of Surrender 212
Japanese militarism 030
Japanesque 023
Japanglish 018
Japan-Korea Annexation Treaty 240
Japanologist 018
Japanology 018
Japanomania 018
Japanophile 018
Japanophobe 018
Japanophobia 018
Japanorama 012, 018
Japlish 018
Japonesque 023
Japonicus 031
Japonophilia 018
Javanese 031
jazz dance 037
JDSM 299
JDVM 299
Jeanne-Antoinette Poisson 101
Jesuitocracy 121
jet propeller 225
Jewish Castle 085
Jharkhand 063
JNOV 262
job security 294
Jochi 096
Jodhpur 062
Jogos da Lusofonia 035
Johann Strauss II 114
Johannesburg 052
John Plimmer 069
joint communiqué 184
Joint Communiqué on the Establishment of Diplomatic Relations 184
joint design manufacturer 299
joint development manufacturer 299
Joseon Era 031
Joseon Sanggosa 031
Joyful Port 075
JR 018
Juárez 065
judge 259, 260
judgematic 259
judgement 259
Judgement Day 259
Judgement Non Obstante Veredicto 262
Judgment notwithstanding the verdict 262
judgment of last resort 284
judicial 182
judicial activism 183
judicial branch of government 182
judicial divorce 183
judicial immunity 183
judicial investigation 183
judicial restraint 183
judicial review 183
judicial separation 183
judiciary 172, 182
judiciary reformation 182
judiciary reorganization 182
judicious 259
jugular 249
jugular competition 249
jugulate 249
juice of apple 168
Jumeirah Emirates Hotel Tower

097
jungle combat 202
jungle warfare 202
Junior Chamber International (JCI) 144
juntacracy 118
juntarchy 118
jural 260
juratory 260
juridical 260
jurisdiction 260
jurisprudence 260
jurisprudent 260
jurist 260
juristic 260
jury 260
juryman 260
jus civile 260
jus de pomme 168
jus divinum 260
jus mariti 260
jus nullum 260
jus primae noctis 260
jus sanguinis 260
jus soli 260
just 260
just in time manufacturing 299
justice 237, 256, 259
Justice Department 260
justice of the peace 260
justiceable 260
justicehood 260
justicer 260
justiceship 260
justiciable 260
justiciary 260
justifiable 260
justification 260
justify 260
justness 260
juvenile 196
juvenile crime 257
juvenile delinquency 257
juxtapose 308

K

Kadifekale 085
Kafkaesque 023
Kaiser roll 113
Kaiser von Japan 113
Kaiser von Österreich 113
Kaiserburg 113
Kaiserchronik 114
kaiserdom 113
Kaiserfahrt 113
Kaisergruft 113
kaiserin 109, 113
kaiserinmutter 113
kaiserism 113
kaiserist 113
Kaiserkrone 113
Kaiserreich 113
Kaisersemmel 113
kaisership 113
Kaisertum 113
Kaiser-Walzer 114
kakistocracy 117
Kaliningrad 055
Kallifono 086
kallipolis 086, 087
Kallithea 086
Kano Emirate 098
Kanpur 062
Kapuzinerkirche 114
Kara-Khitan Khanate 096
Karelia 052
Kashmir 032
Kazakhstan 033
Kent 060, 062
Kentish 062
Kerch 085
Khabarovskr 083
Khalifa Tower 100
khanate 096, 098
Khanate of the Great Khan 096
killer submarine 211

King 100
King Charles 216
King County 082
King Faisal 064
King Hamad, son of Isa, House of the Khalifah 100
King Hamad, son of Salman, from the Khalifa family 082
King James 216
kingdom 106
Kingdom of Bahrain 098
Kingdom of Goryeo(Koryo) 027
Kingdom of Joseon(Chos n, Choson, Chosun) 031
kingship 101
Kingston 068
Kipchak Khanate 096
Kirghizstan 033
Kirgizia 033
kiwi 037
kiwi fruit 037
Kiwi Politics 037
Kiwiana 017, 037
Kiwiburger 037
kiwifruit 026, 037
Kiwisaver 037
kiwi-sized 037
Kiwistan 037
Klagenfurt 074
Kleinkrieg 201
kleptocrat 104, 119
klerostocracy 118
Knema austrosiamensis 029
knighthood 119
koala 022
Königin 114
Konstantinoúpolis 087
Korea Strait 027
Korean Air 027
Korean American 027
Korean Armistice Agreement 237
Korean Chinese 027
Korean Japanese 027
Korean Peninsula 027, 161
Korean War 027
Koreanize 027
koreaphilia 026, 027
Krieg auf Leben und Tod 201
Krieg im der Luft 201
Krieg zu Lande 201
Krieg zu Wasser 201
Krieger 201
Kriegsflagge 201
Kriegsflotte 201
Kriegsgefangener 201
Kriegsgericht 201
Kriegshafen 201
Kriegslist 201
Kriegsrat 201
Kriegsschiff 201
kritarchy 117
krytocracy 117
Kublai Khan 096
Kunstberg 057
Kurdish 035
Kurdistan 033
Kyrgyzstan 033

L

La Guardia 065
La Isla Española 039
La Línea 065
La Mancha 065
La Mirada 065
La Palma 065
La Paz 051, 065
La Paz Hispánica 039
La Plata 065
La Plata River 065
labor aristocracy 103
labor czar 106
labor insurance fund 325
Labor omnia vincit 244

索引

labor pain 264
labor union 171
lachanopolist 297
lachanopoly 297
lachrymatory bomb 197
Laconia 087
lagging indicator 315
Laguna Blanca 081
Lake Baikal 080
Lake East 080
Lake Tai 112
Lake Vostok 080
Lambeosaurini Amurosaurusr 083
Lancashire 060
Lancaster 072
Lancer japonica 018
landed aristocracy 103
landed nobility 103
landgraviate 102
Langona tartarica 036
Las Flores 065
Las Palmas 065
Las Rosas 065
Las Vegas 065
laser-guided bomb 197
lata cupla 283
lateral 309
lateriflexion 309
laterigrade 309
latero-abdominal 309
laterodeviation 309
laterofelxion 309
laterograde 309
lateropulsion 309
Latin America 039
Latindom 106
Latvia 016
laughable 264
lavatory 165
law and economics 301
law license 277
law of retaliation 213
lawful combatan 194
LCD 323
Le Bourget 105
Le Monde 025
leadership 119
lead-free 146
leading indicator 315
leakproof 197
legal 169
legal capacity 169
legal duty 169
legal egalitarianism 148
legal equality 148
legal fraud 272
legal immaturity 313
legal maturity 313
legalise 169
legalism 169
legalist 169
legality 169
legalize 169
legislation 169
legislative 169
Legislative Yuan 169
legislator 160, 169
legislature 169
legitimate 170
legitimate heir to the crown 170
legitimate use of force 170
legitimatise 170
legitimatize 170
legitimise 170
legitimism 170
legitimist 170
legi-timize 170
Leicester 072
Leire+cester 072
leisure 278
leisured 278
leisurely 278
leisurewear 278
lemonade 203
lemonade tycoon 112
Leningrad 055
Leonurus japonicus 018
Leopard 2A7 202

索引

Lepus coreanus 027
Les États-Unis 168
lesser criminal act 257
lethal war 194
letter bomb 197
letter of attorney 267
levis culpa 283
lex talionis 213
LGB 197
liability insurance 294
Liangshan Yi Autonomous Prefecture 173
libel 274
libel and slander 274
libel by itself 274
libel by which 274
libel in itself 274
libel per quod 274
libel per se 274
libel tourism 274
libel whereby 274
libeler 271, 274
libelist 274
libeller 274
libellist 274
libellous 274
libelous 274
liber 274
liberal 145
liberal arts 145
liberalism 145
liberalization 015
liberate 140, 144
liberated 145
liberation 145
Liberation Theology 145
liberationist 145
Liberiensis 029
liberty 145
Liberty Enlightening the World 145
Libra 261
libra 261
Librae 261
Libran 261
librarian 274
library 264, 274
library card 274
library fine 274
library science 274
library steps 274
librate 261
libricide 274
Libyan 028
liceity 271, 277
licence 277
licence plate 277
licencee 278
license 277, 278
licensed 278
licensed acupuncturist 278
licensed architect 278
licensed engineer 278
licensed gambling 278
licensed prostitution 278
licensee 278
licenser 278
licensor 278
licensure 278
licentiate 278
licentious 278
licit 278
life detention 276
life imprisonment 276
life insurance 294
life term 138
Light and Truth 263
light filter 224
light of world 025
ligne claire 166
Ligne de Sceaux 166
limited monarchy 108
linable 166
linage 166
Lincolnshire 060
line of defense 166
line of supply 166
line of vision 166
lineage 166
lineal 166

lineaments 166
linear 166
lineate 166
liner 166
linguicide 025
linguistics 298
linotype 167
Línxià Hui Autonomous Prefecture 173
lipoid 021
lipoid thesaurismosis 307
lipophage 013
liquefacient 323
liquefaction 323
liquefiable 323
liquefied 323
liquefied natural gas 323
liquefied petroleum gas 323
liquefy 323
liquesce 323
liquescence 323
liquescent 323
liqueur 323
liquid 323
liquid asset 323
liquid asset ratio 323
liquid capital 323
liquid crystal display 323
liquidate 323
liquidation 323
liquidator 323
liquidify 313
liquidity 306, 322
liquidity crisis 323
liquidity preference 323
liquidity ratio 323
liquidity risk 323
liquidize 323
liquify 323
liquor 323
liquor licence 278
liquorous 323
litholatry 302
lithotrite 231
Lithuania 023
litigable 259
litigant 259
litigaphobia 259
litigate 259
litigation 256, 259
litigation support 259
litigationist 259
litigationmania 259
litigator 259
litigious 259
little house 081
little tower 106
LNG 323
local armistice 237
local government 162
localized resource 292
locution 284
locutorium 284
locutory 284
logistics 298
logistics battalion 202
Logo 107
logocracy 118
Loligo formosana 028
Londonesque 024
lone-wolf terrorism 177
long-range ballistic missile 195
lottocracy 118
Louis IX 077
Louis XV 101
Love conquers all 244
Lower Newcity 086
LPG 323
LRBM 195
lucifugous 200
luck egalitarianism 148
lumbar pain 264
lumen depreciation 293
lumpen-proletariat 115
lung deflation 317
lung inflation 317
Lusitania 035
Lusitanian 035
Lusitano 035

Lusitanosaurus 035
Luso American 035
Lusofona 035
Lusofonia 026, 035
Lusofonia Games 035
Lusofono 035
Lusomania 035
Lusophilia 027, 035
Lusophobia 035
Lusophone literature 035
Lusophony Games 035
Lusotitan 035
Lux et Veritas 263
Lux mundi 025
Luxembourg 052
Luxemburg 052
lymphostasis 237

M

M1A2 202
Macau 077
Macedonia 016, 087
machanophobia 226
machinable 226
machinate 226
machine 226
machine gun 226
machine pistol 226
machine rifle 226
machine tool 226
machine translation 226
machineable 226
machinery 226
machinist 226
macroeconomics 301
macroeconomy 301
Madame de Pompadour 101
Madhya Pradesh 062
Madina Town 082
Mae Nam Chao Phraya 084
Mae Nam Khong 084
Mae Nam Ruak 084
MaeKong 084
Maenam Chao Phraya 084
Maenam Khong 084
Maenam Pa Sak 084
Maenam Ping 084
Maenam Ruak 084
Maenam Tonlé Sap 084
Maenam Wang 084
Maenam Yom 084
mafia czar 106
magnate 135
magnify 192
magnipotence 152
magocracy 118
Maharashtra 062
mail bomb 197
main battle tank 202
maintain 277, 300
maintainable 277
maintenance 277
majority democracy 178
maladminister 181
male Lusophone 035
malediction 263
malevolence 248
malevolent 248
malice 237
malicious litigation 259
mall tycoon 111
Malpighiales 031
Maltese 031
Mamlakat al-Ba rayn 098
manage 300
manageable 300
management 291, 299, 300
manager 300
managerial entrenchment hypothesis 203
managing 300
managing editor 300
Manchester 051, 071
Manchester United 071
Manchesterism 071
Manchu conquest 243
Mancunian 071
Mancunium 071

索引

mandarinate 110
mandate 300
Mandir 033
maneuver 300
Manglietia sinica 015
manicure 294, 300
manicurist 294
manifest 300
manifesto 300
maniform 300
manipulate 300
manoeuvre 300
manpower 300
manu+mit 299
manual 299
manuduction 299
manufactory 299
manufacturer 299
manufacturing 291, 298
manufacturing assembly procedure 298
manufacturing beef 298
manufacturing lead time 298
manufacturing plant 299
manufacturing sector 299
manumit 299
manuscript 214, 299
Maoist insurgent 210
marble column 168
march 101
marchesa 101
marchesato 101
marchese 101
marchesino 101
marchioness 101
mare clausum 211
Mare Liberum 145
mare liberum 211
mare nostrum 211
maremma 212
margravate 101
margrave 101
margraviate 101
margravine 101
Mariana Trench 204
maricolous 211
mariculture 211
marine 211
marine biology 211
marine corps 211, 321
marine insurance 211
marine turtle 211
mariner 211
mariner's compass 211
maritime 211
maritime academy 211
maritime agency 211
Maritime Provinces 211
maritime superiority 211
maritime supremacy 211
maritime terrorism 177
Maritimes 211
Mark Twain 117
marketing collateral 309
marketing collateral design 309
marketing management 300
marketing strategy 210
markiz 101
markiza 101
marqués 101
marquesa 101
marquess 101
Marquess of Salisbury 061
marquis 101
Marquis de La Fayette 101
Marquis de Sade 101
Marquis Ito Hirobumi 101
marquisate 101
marquisdom 101
marquise 101
Marquise de Pompadour 101
Marquise du Châtelet 101
marquisship 095, 101
marriage 113
marriage counselling 164
marshalship 101
martial 222, 230

索引

martial arts 230
martial arts film 230
martial country 230
martial dress 230
martial law 230
martial music 230
martialism 230
martialist 230
martiality 230
martialize 230
Martian 230
Martianology 230
martyrdom 146
Maryland 068
mass atrocities 226
Mass for the Dead 268
Mass of the dead 268
mass practice 314
massive 182
massive deterrence 213
massive response 213
massive retaliation 213
masterpiece 240
mastoid 021
material resource 292
matriarchy 108
matrimony 266
maturate 313
maturation 313
maturation arrest 313
maturational 313
maturational crisis 313
maturative 313
mature 313
maturity 306, 313
maturity day 313
Mauritania 016
maximization 015
maximum 139
May he/she rest in peace 268
MBT 202
me 192
mea culpa 283
mechanic 226
mechanical 226
mechanical manufacturing 299
mechanics 226
mechanism 226
mechanize 226
mechanized 222, 226
mechanized agriculture 226
mechanized artillery 226
mechanized infantry 226
mechanized war 226
mechanocaloric effect 226
mechanophotochemistry 226
mechanoreceptor 226
mechanostriction 226
mechanotransduction 226
media 099
media mogul 105
mediatative 262
medical fraud 272
medical license 277
medical meditation 262
medicide 025
medina 082
Medina County 082
Medina del Campo 082
medina quarter 082
Medina Sidonia 082
Medinaceli 082
Medinan chapters 082
Medinan suras 082
mediocracy 121
meditate 261
meditation 261
meditation relaxation 262
meditation society 261
meditation therapy 262
meditational 262
meditatious 262
meditator 262
mediterranean 165
Mediterranean Sea 165
medium 099, 138
medium-range ballistic missile

索引

195
Medvedgrad 055
Medīnat 082
Medīnat Yisrā'el 081
meeting place of camp 071
megaphone 013
Megapolis 088
Mekong 073, 084
Melanocorypha mongolica 021
member of parliament(MP) 132
membership 119
Menam Chao Phraya 084
Menam Pa Sak 084
Menam Ping 084
Menam Ruak 084
Menam Tonlé Sap 084
Menam Wang 084
Menam Yom 084
MenamMaenam 084
mercenary 248
merge 324
merged 324
mergee 324
merger 324
meritocracy 115
Mesoamerica 016, 039
mesoeconomics 301
Mesolithic Period 016
Mesopotamia 012, 016
mesosphere 016
meteoritics 298
Mexico 171
MI6 infiltration of Russian government agencies 223
micro-credit 312
microeconomics 301
microeconomy 301
micro-finance 312
micromanage 300
microphone 013
Microtus mongolicus 021
Middle Eastern dance 037
Middle Stone Age 016
midget submarine 211
militainment 198
militance 198
militancy 198
militant 198
militarism 198
militarist 198
militarize 198
military 198
military academy 198
military action 198
military advisor 198
military aid 198
military aircraft 198
military attrition 230
military band 198
military conflict 198, 206
military conquest 243
military coup 198
military discipline 198
military expedition 227
military formation 198
military installation 198
military jargon 198
military junta 198
military oligarchy 118
military police 198
military preparedness 229
military service 119
military slang 198
military strategy 210
military surge 210
militia 198
millenia 149
millenium 149
milliary 183
Minamoto Shogunate 110
mine explosion 193
miniature 181
minibar 181
minimal deterrence 234
minimum 139
minimum deterrence 234
ministate 181

索引

minister 172, 180
Minister of Culture 180
Minister of Defence 180
Minister of Education 180
Minister of Finance 180, 312
minister of portfolio 180
ministerial 180
ministrable 180
ministration 181
ministry 180
Ministry for State Security 181
Ministry of Economic Affairs 180
Ministry of Finance 312
Ministry of Foreign Affairs 180
Ministry of Home Affairs 181
Ministry of Interior Affairs 180
Ministry of Internal Affairs 180
Ministry of Justice 181, 260
minor 181
minority 181
minority leader 181
minority party 181
Minsk 055
minute 181
minutia 181
minutiose 181
minutious 181
Mirza 098
misanthrope 013
mischief 240
mischievous 240
misdemeanor 257
misgovernment 162
misjudge 259
mismanage 300
misnomer 174
misprint 150
misrender 212
misrepresentation 130
Missa defunctorum 268
Missa pro defunctis 268
missile 191, 195
missile base 195
missile boat 195
missile cruiser 195
missile defense 195
missile destroyer 195
missile frigate 195
missile guidance system 195
missileer 196
missileman 196
missilery 196
mission 196
missionary 196
mitigate 174, 211
mitigation 259
mixed armistice commission 237
mob 215
mobbish 215
mobbism 215
mobile 196, 215
mobile artillery 196
mobile home 215
mobile library 215
mobile missile launcher 215
mobile phone 013, 215
mobile postoffice 215
mobile telephone 013
mobilise 215
mobility 215
mobility rights 215
mobilizable reinforcing force 215
mobilization and staging area 215
mobilization exercise 215
mobilize 205, 214
mobilizemobilizable 215
mobocracy 118
mobster 181
moderate 170
modernization 015

索引

modernize 166
Modiolus nipponicus 030
Monaco 057
monarch 108, 119
monarchal 108
monarchic 108
monarchism 108
monarchist 108
monarchy 095, 108
monetary 120
monetary resource 292
money market fund 325
Mongol 020
Mongol Empire 020
Mongolia 016, 020
Mongolian 020
Mongolian race 021
Mongolianism 021
Mongolic 021
Mongolicus 031
Mongolism 021
Mongoloid 012, 020
Mongolology 021
Mongolophilia 021
Mongolophobia 021
Mongolosaurus 018
Mongolosphere 021
monish 179
monitor 179
monitoring indicator 315
monnaies d'or 168
monocentric 151
monochromic 297
monocrat 119
monocular 108, 297
monomania 108
monomorphic 297
monophagia 297
monophobia 297
monopolise 296
monopolism 296
monopolist 296
monopolistic 296
monopolize 296
monopoly 108, 291, 296
monopsonist 297
monopsonistic 297
monopsony 297
monotone 297
monster 179
monstrosity 179
monstrous 179
Mont Blanc 057, 081
Mont des Arts 057
Montana 057
montane 057
Monte Bianco 057
Monte Cara 057
Monte Carlo 057
Montecristo 057
Montenegrin 057
Montenegro 051, 056
Montevideo 057
Month of Wind 079
montigenous 057
Mont-Saint-Michel 057
Montserrat 057
monument 179
Monumenta Nipponica 030
monumental 179
mortal 131
mortmain 300
motel 196
motion 196
motionless 196
motive 223
motor 196
motor hotel 196
motorable 196
motorbike 196
motorboat 196
motorcycle 196
motordrome 196
motored 196
motorist 196
motorize 196
motorized 191, 196
motorized artillery 196
motorized bicycle 196
motorized infantry 196

motorless 196
motorway 196
Mountain of Arts 057
Mountain of Jesus Christ 057
MRBM 195
Mujahideen 215
mullahcracy 118
multiflorous 058
multilateral 309
multilateralism 309
multinational corporation 321
mult-inational state 168
multi-party system 141
multiplicity 278
multiply 278
multipotent 152
multivocal 135
Mumbai 063
mummification 162
mundane 025
mundicide 012, 025
municipal government 162
Murmanskr 083
Musa formosana 028
museum of marine biology and aquarium 211
music 185
musica da camera 144
musique 185
Muslim conquests 243
mutable 283
mutant 283
mutate 283
mutual 283
mutual fund 283, 325
mutual fund manager 300
mutual interest 283
mutualise 283
mutualism 283
mutuality 283
mutualize 283
mutually assured destruction 238
my fault 283
Myotis taiwanensis 031
myriarchy 120

N

Nabeul 088
Nablus 088
Nabulus 088
Nageia formosensis 028
Nagpur 062
Namibia 016
Nan-e Afghani 038
nanocomposite material 308
nanostructure 239
Naples 077
Napole 088
Napoleon 088
Napoli 073, 087
narco-submarine 211
National Congress of Brazil 176
National Congress of the Communist Party of China 176
national health insurance 294
national renovation 303
national resource 292
national security 294
nationalism 097, 131, 161
nationalist 104
nationalize 166
nations subjugated by colonialism 249
native 182, 223
natural monopoly 296
natural resource 292
Naukograd 055
naumachy 230
naval 191, 199
naval artillery 199
naval base 199
naval battle 199

索引

navalism 199
navalist 199
navicular 199
navigable 199
navigate 199
navigation 259
navigator 170, 199
navy 199
navy blue 199
navy inactive fleet 199
navy reserve fleet 199
Navy Sea, Air, and Land Teams 199
Navy SEALs 199
Navy Secretary 199
Nazi atrocities 226
Nazist 177
Neapoli 088
Neapolis 088
Nebraska 144
Nebraska Unicameral 144
necessary 166
necessity 166
necrocracy 121
necrolatry 302
Nederland 068
nefandous 166
nefarious 166
Negara Brunei Darussalam 102
negate 167
negative 167
negative externality 304
negative liberty 145
neglect 167
negotiable 167
negotiate 160, 167
negotiate a house sale 167
negotiate a mountain pass 167
negotiate terms on power di-cision 167
negotiate the price for an ac-quisition 167
negotiated 167
negotiated agreement 167
negotiated contract 167
negotiated peace 167
negotiator 167
negotiatory 167
Negro Africa 057
Negro Music 057
Negroism 057
Negroid 057
Negrophile 057
Negrophobia 057
Negroponte 057
Neofelis nebulosa brachyuran 028
neoLatin 088
neolithic 088
neorealism 088
neoromanticism 088
Nepalese 031
Nepali 038
nerve block 203
nescient 177
net 241
Netherlands 068
netting 241
network 241
Neurergus kaiseri 114
neurology 020
neuter 166
neuter gender 166
neuter noun 166
neuterise 166
neuterize 166
neutralise 166
neutralism 166
neutralist 166
neutralistic 166
neutrality 166
neutralize 160, 166
neutralizeneutral 166
neutrino 166
neutron 166
neutron bomb 166, 197
neutrophilic 166
Nevada 065

never 166
New Bridge 071
new cookery 303
New Hampshire 060
New Horizon 086
New Land 086, 303
New Lisbon 086
New Marketplace 085
New Mexico 077
new moon 303
New Mosque 085
new poor 303
New Port 075
New Quarter 085
new rich 303
New Scotland 086, 303
New Testament 266
New Turkey Party 085
New Turkish Lira 085
new wave 303
New York 061
New York City 061
New Zealand 025, 037, 068
New Zealander 037
newspaper tycoon 111
next 241
next to impossible 241
next-best 241
nexus 241
NHK 030
Nice 076
nidifugous 200
Nieuw Zeeland 068
Niger 057
Niger seed 057
Nigeria 057
Nigeria mail 057
Nigeria scam 057
Nigerian 057
Nigerien 057
nihil 234
nihil debet 234
nihil dicit 234
nihil sub sole novum 234
nihilism 161, 234
nihilist 234
nihilistic 234
nihility 234
Nihon gunkoku shugi 030
Nihon Ki-in 030
Nihon ryōri 030
Nihon Shoki 030
Nihongo 030
Nihonization 029
Nihon-koku 030
Nikolai Ir 083
Nikolayevsk-na-Amurer 083
Nikolayevsk-on-Amurr 083
Nikopol 087
nil 234
nil magnum nisi bonum 234
nil nisi bonum 234
nil novi sub sole 234
nil sine Deo 234
nilpotency 152
Nippon Budokan 030
Nippon Hōsō Kyōkai 030
Nipponbashi 030
Nipponese 030
Nipponisation 029
Nipponization 029
Nipponized 026, 029
Nipponized English 029
Nipponomaniac 030
Nipponophile 030
Nipponosaurus 018, 030
Nizhny Novgorod 086
Nizhny Novgorod Oblast 086
no mean feat 242
nobiliary 103, 183
nobility 103
noble 103
noble birth 103
noble family 103
nobleman 103
noble-minded 103
noblesse 103
noblewoman 103

noctipotence 152
nom commun 184
nomen dubium 174
nomenclator 174
nomenclature 174
nominal 174
nominal interest rate 174
nominate 172, 173
nominatee 173
nomination contest 173
nominative 173
nominative equity 173
nominator 173
nominee 200
nomism 302
nomocracy 173, 302
nomology 173, 302
nomothetic 173
nomothetical 302
non culpabilis 283
non-aggression 205, 207
non-aggression pact 207
nonaligned 160, 166
Nonaligned Movement (NAM) 166
nonaligned states 166
nonalignment 166
nonautonomous 173
nonbelligerent 194
noncombatant 202
nonconscriptable 214
nonconstitutional 185
noncontroversial 143
noncooperation 239
noncredit 162
nondescript 162, 214
nondestructive 238
nondisposable 147
nondurable 162
nonexecutive director 182
nongovernmental 160, 162
nongovernmental organization (NGO) 162
nongregarious 133
nonintervention 160, 161
noninterventionism 161
nonmetal 167
nonmilitary 198
nonnegotiable 167
non-penetrating abdominal trauma 246
nonperson 167
non-probate estate 279
nonprofit corporation 321
nonprofit organization 321
non-renewable resource 292
nonresident 129
nonsense 167
nonsmoker 167
non-storable resource 292
nonstrategic 210
nonterritorial 165
nonvocational 135
noocracy 118
Norman Conquest of England 243
North American Black Bear 017
North Korea 027
Northamptonshire 060
Northern Territory 165
nose fuse 224
nothing comes from nothing 234
nothing is great unless it is good 234
nothing new under the sun 234
nothing unless good 234
nothing without God 234
nouveau 303
nouveau pauvre 303
nouveau riche 303
nouveaute 303
nouvelle cuisine 303
nouvelle vague 303
Nova Lisboa 086
nova luna 303
Nova Roma 087
Nova Scotia 086, 303

索引

Nova Zembla 086, 303
novate 303
Novaya Zemlya 086, 303
novel 303
novelty 303
Novgorod 073, 085
Novgorod Oblast 085
Novi Pazar 085
novice 303
Novo Hamburgo 086
Novo Horizonte 086
Novomirgorod 086
Novomyrhorod 086
Novosibirsk 086
nuclear bomb 197
nuclear deterrence 234
nuclear deterrent 234
nuclear terrorism 176
nuclear-free 146
nuclear-powered submarine 211
nueva rica 076
nuevo rico 075
nugacious 164
nuke terrorism 176
nullify 192
number plate 277
Nuremberg 054
Nuremberg Castle 113
Nürnberg 054
Nürnberger Burg 113
nutrient 129
nymphet 106
nymphette 106

O

Obama Administration 181
obliteration bombing 197
OBM 299
obsequious 182
obsessive compulsive disorder 225
obstacle 136
obstruct 136
obstruct 238
obstructer 238
obstruction of justice 260
obstructionism 238
obstructionist 238
obstructor 238
obstruent 239
obtain 277
obtainable 277
obtaining by deception 277
obtaining by force 277
obtainment 277
obtention 277
obvolute 136
occasion 274
occasional 274
Occident 273
Occidental 273
occlusal attrition 230
OCD 225
oceanicus 031
ochlocracy 118
Ochsenfurt 074
octolateral 309
ODM 299
Oedipus 099
Oedipus Rex 099
Oedipus the King 099
OEM 299
of Prophet 081
offence 223
offenceful 223
offenceless 223
offend 223
offendedly 223
offender 223
offendress 223
offense 223
offensive 222, 223
offensive attrition 230
offensive formation 223
offensive foul 223
offensive jihad 223
offensive marketing warfare

strategies 223
offensive odour 223
offensive rebound 223
offensive remarks 223
offensive terms 223
offensive weapon 223
office block 203
office of environmental adjudication 259
Office of the United States Trade Representative 130
officiary 183
off-year election 179
Ögedei Khan 096
Ögedei Khanate 096
oil tycoon 111
Old Bridge 071
old soldiers' home 214
Old Testament 266
oligarch 118
oligarchic 118
oligarchical 118
oligarchise 118
oligarchize 118
oligarchy 109, 118
oligocarpous 118
oligopetalous 118
oligopolist 296
oligopoly 296
oligopsony 297
oligosepalous 118
oligospermous 118
oligotrophic 118
Om Riverr 083
Omani 038
Omnia vincit amor 244
omnibenevolence 248
omnicide 025
omnify 192
omnipotent 152
omnipresent 130
omniscient 177
Omskr 083
on the offensive 223
Oncorhynchus formosanus 028
one-party dominant system 141
oniochalasia 297
oniomania 297
oniomaniac 297
online resource 292
open-end fund 325
operable 239
operate 135, 163
operating 239
operating room 239
operation 236, 239
Operation Achilles 239
operation code 239
Operation Desert Storm 239
operation map 239
operation order 239
operation plan 239
operational 239
operations management 300
operations room 239
operative 223
operator 239
operose 239
operoseness 239
operosity 239
ophiolatry 302
opium 138
oppilate 136
opponent 136
oppose 135, 308
opposed 135
opposing 135
opposing lanes 136
opposing wind 136
opposite 135, 308
opposite sex 135
opposition 128, 135
oppositional 135
oppositionalist 135
oppositive 135
oppress 150
oppression 150
oppressive 150

oppressor 140, 150
opprobrium 136
opsiproligery 116
oral occlusive 194
orangeade 203
Orchis italica 037
order of adjudication 258
Order of Saint Benedict 079
ordinary fault 283
organization 015
organized crime 257
original brand manufacturer 299
original design manufacturer 299
original equipment manufacturer 299
Oroqin Autonomous Banner 173
orthograde 207
Orwellian state 265
Oschsen 074
Osnabrück 070
otophone 013
Ottoman Empire 034, 102
Ottoman Sultanate 102
Ottoman Turkish Empire 102
our sea 211
outer resource 292
outsource 292
outsourcing 292
overambitious 163
overdevelop 241
overdeveloped basin 241
overdeveloped muscle 241
overdeveloped nations 241
overexpose 308
overinvest 319
owe nothing 234
oxen 074
Oxford 074
Oxfordshire 060
Ozero Vostok 080

P

Pacific 065
Pacific Ocean 065
pacifist 066
Pacify 065
padeophilia 120
paedarchy 120
pae-diatrician 120
paediatrics 120
paedocracy 120
paedophile 120
pain 264
pain management 300
pained 264
painful 264
painless 264
painstaking 264
painsworthy 264
Pakistan 033
Pakistani 038
Palawan 075
palimony 266
palisade 203
Palme d'or 168
Pamukkale 085
Pan-America 039
pandemic 178
panorama 018
pantisocracy 112
pantisocrat 119
paper gain 295
paper loss 295
papyropolist 297
papyropoly 297
paramilitary 198
paranoia querulans 259
parasite de l'homme 168
parasite of the humans 168
parcel bomb 197
pardon 275
pardonable 276
pare 229
parent corporation 321

parlance 132
parlando 132
parle 132
parley 132
Parlez-vous allemand 132
parliament 132
parliamental 132
parliamentarian 128, 132
parliamentarian election 179
parliamentarian system 132
parliamentary 132
parliamentary democracy 178
parliamentary government 132
parliamentary monarchy 132
parliamentary privilege 170
parlor 132
parlour 132
parsimony 266
part 141
partake 141
partial 141
participate 141
participating insurance 295
participle 141
particle 141
partisan 141
partition 141
partitive 141
partner 141
party 141
party line 141, 166
party politics 141
party tycoon 111
partyism 141
parvipotent 152
parviscient 177
Pasania formosana 028
Passer iagoensis 077
passionate 170
passive 182
passive negligence 284
pastorate 102, 179
patent infringement 272
patent litigation 259
patentee 200
patriarchate 098, 164
patriarchy 108
patrimony 266
patristics 298
Pauline 078
Paulism 078
pauper farm 117
pauperage 117
pauperdom 109, 116, 117
pauperise 117
pauperism 117
pauperize 117
pauper's affidavit 116
pauper's oath 116
Pax Hispanica 039
Pax Sinica 015
payee 200
payroll management 300
Paz de la Huerta 065
Paz de Rio 065
Peace of River 065
Peace of the Orchard 065
peace offensive 223
Peace Testimony 265
Peak of Wind 079
pearl essence 131
peasant revolt 136
pecudiculture 304
peculate 304
peculator 304
peculiar 304
peculiar expression 304
peculiar idiom 304
peculiar institution 304
peculiar people 304
peculiar temperament 304
peculiarise 304
peculiarity 304
peculiarize 304
peculium 304
pecuniary 183, 303

pecuniary advantage 304
pecuniary aid 304
pecuniary assistance 304
pecuniary bequest 304
pecuniary burden 304
pecuniary embarrassment 304
pecuniary externality 304
pecuniary liability 303
pecuniary management 303
pecuniary offence 304
pecuniary penalty 303
pecuniary punishment 303
pecuniary resources 303
pecuniosity 303
pecunious 291, 303
pedagogics 120
pedagogue 120
pedagogy 120
pedal 228
pedant 120
pedanticism 120
pedantism 120
pedantocracy 121
pedantry 120
pedate 228
pedestrian 228
pedestrianize 228
pedestrianized shopping area 228
pediaphobia 120
pediarchy 109, 120
pediatrician 120
pediatrics 120
pediatrist 120
pediatry 120
pedicure 228, 294
pedicurist 228, 294
pediform 228
pediluvium 228
pedimanous 228
pediophobia 120
pedobaptism 120
pedometer 228
pedopathy 228
pedophile 013, 120, 178
pedophilia 120
pedophobia 120
pedoplania 228
pedoscopy 228
Pelophylax chosenicus 031
penal 263
penal code 257
penal colony 263
penal facility 263
penal institution 263
penal labour 263
penal servitude 263
penal sum 263
penalize 263
penalty 263
penalty area 263
penalty clause 263
penalty kick 263
penalty shot 263
penance 263
penance doer 263
Penang 070
penetrate 174, 246
penetrating 246
penetrating bomber 246
penetrating eye injurie 246
penetrating trauma 246
penetration of the center 246
penetration pricing 246
penetration warfare 246
penetration weapon 246
penetrative 246
penetrator 246
penetrology 246
penetrometer 246
peninsula 161
peninsular 161
penitence 263
penitent 263
penitential 263
penitential rite 263
penitentiary 256, 263
penological 264

索引

penologist 263
penology 263
pension fund 325
pensive 182
pentarchy 108
penult 138
penultima 138
penultimate 138
people's commune 184
people's voice is God's voice 150
per capita 240
per head 240
per person 240
Percis japonicus 018
perforate 179
perjured testimony 265
perjury 265
perlocution 284
permanent injunction 284
permanent life insurance 294
permit 196
permutation 283
permutation and combination 283
permute 282
perpetual 175
perpetual resource 292
persecute 182
Perseverance conquers all things 244
Perseverantia omnia vincit 244
personal connection 241
personal finance 312
pertinacious 183
pertinacity 183
pertinence 183
pertinent 183
pervade 192
pervading 192
pervasion 192
pervasiveg 192
perverse 137
pervert 137
Peter 052
Peter Pan 052
Peter pence 052
Peter's fish 052
Peterborough 052
Peterpenny 052
Peter's pence 052
petite bourgeoisie 105
Petrograd 052, 055
petrol bomb 197
Petrozavodsk 052
petty crime 257
phacofragmentation 273
phaleristics 298
pharmacopoly 297
Phattaya 061
Phetcha Buri 061
Phetcha Buri City 061
Phetcha Buri Province 061
philocrat 119
Phoenecians 082
phonate 013
phonetics 298
phonic 013
phonics 013
phonogram 013
phonograph 013
physical proximity 249
physician assisted suicide 025
physique 185
phytodetritus 231
Pia a I.V. Stalin 055
pianistics 298
Pia a Charles de Gaulle 055
Picassoesque 023
Picea koraiensis 027
Pico do Vento 079
picturesque 024
pilot certification 277
pilot licensing 277
Pimpinella koreana 027
pincer movement 241
pine 264

pinnigrade 207
Pinus koraiensis 027
Pinus taiwanensis 031
piracy 177
pirate 135
Pittsburgh 068
pizza tycoon 112
PK 263
plague 206
planned economy 301
plantigrade 207
plantocracy 118
plantocratic 104
plarliamentary system 132
plastic explosive 185, 193
plastique 185
platinum 099
Platonism 014
Platycephalus indicus 032
plaudit 194
plauditory 194
plausible 194
plausive 194
plead guilty 283
plead not guilty 283
pleb 177
plebe 177
plebeian 177
plebeianism 177
plebeianize 177
plebes 177
plebian 177
plebianism 177
plebianize 177
plebicolar 177
plebicolist 177
plebification 177
plebiocologist 177
plebiocology 177
plebiscita 177
plebiscitarian 177
plebiscitary 177
plebiscite 172, 177
plebiscitum 177
plebs 177
plenary 140, 151
plenary indulgence 152
plenary meeting 151
plenary session 151
plenary session of central committee 151
plenilune 152
plenipotentiary 140, 152
plenish 152
plenitude 152
plenitudinous 152
plenteous 152
plentiful 152
plenty 152
plenum 099, 152
plethora 152
plethora of idle civil servants 152
plethoric 152
pliability 278
pliable 278
pliancy 278
pliant 278
plicate 278
Plimmerton 069
plod 193
plodder 193
plodding 193
plosion 194
plosive 194
pluripotent 152
plutarch 115
plutarchy 115, 118, 302
plutocracy 103, 109, 115, 118, 302
plutocrat 115
plutocratic 115
plutodemocracy 178, 302
plutogogue 302
plutolater 302
plutolatress 302
plutolatry 115, 291, 302
plutological 302
plutologist 302
plutology 115, 302

索引

plutomania 115, 302
plutomaniac 302
plutonomics 115, 302
plutonomist 302
plutonomy 115, 302
Plutonomy Index 115
plutophobia 115
pocket 106
podalgia 228
podiatrist 228
pododynia 228
podomancy 228
poenological 264
poenologist 263
poenology 263
polar expedition 227
polar exploration 227
police state 265
Polish 035
political demonstration 179
political egalitarianism 148
political refugee 200
Politics of New Zealand 037
pollster 181
polyarchy 120
polycentric 151
polynomial 174
pomade 203
Pont Neuf 071
pontage 071
ponte di ferro 071
Pontefract 071
Pontevedra 071
pontifex 071
pontiff 071
pontifice 071
pontoon 071
poorhouse 117
poorism 117
populace 104
popular 104
popular front 104, 207
popular movement 104
popular music 104
popular opinion 104
popular revolt 104
popularise 104
popularity 104
popularize 104
popularly 104
popularly elected 104
populate 104
population 104
population explosion 193
populicide 025
populist 095, 104
Populist Party 104
populous 104
pornocratic 104
Port Arthur 075
Port Elizabeth 075
Port of Headhair 074
Port of Prince 075
Port of Spain 075
Port of Venus 075
Port-au-Prince 075
Porto 080
Porto Alegre 075
Portobelo 075
Port-of-Spain 075
Porto-Novo 075
Portugal 035
Portuguese 031, 035
Portuguese language literature 035
Portunidae 086
Portus Veneris 075
Port-Vendres 075
pose 135, 308
poser 135
poseur 135
position 135
positional 135
positive externality 304
positive liberty 145
possess 152
possessor 152
possible 152
post bomb 197

索引

postbellum 194
postmature 313
postmaturity 313
postmeditation 262
postpone 136, 308
postposition 135
postscript 214
potamic 016
Potamilus capax 016
potamodromous 016
potamology 016
potamometer 016
Potamon fluviatile 016
potamophobia 016
potence 152
potency 152
potent 152
potential 152
potential resource 292
potentialize 152
potentiate 152
Potentilla nipponica 030
Potosi 075
Potsdam 052
poverty alleviation 117
poverty level 117
poverty line 117
poverty reduction 117
poverty relief 117
poverty threshold 117
poverty tourism 117
poverty trap 117
poverty-stricken 117
Poza Rica 076
PPI 293
practice 237
praisable 293
praise 293
praiseful 293
praiseworthy 293
pratique 185
pread-monish 179
precede 134
precedent 134
precious 293
precious coral 293
precious metal 293
precious stone 293
precipice 240
precipitant 240
precipitate 240
precipitous 240
preclude 262
precocity 227
preconception 129
preconcert 262
precursor 262
predation 162
predeliberate 261
predetermine 138
predict 263
pre-emerging markets 323
pre-flight briefing 179
pregnable 247
pregnable bunker 247
pregnable defensive line 247
prehensible 247
prehensile 247
prehensile feet 247
prehensile toes 247
prehensile-tailed porcupine 247
prehension 247
prehistoric 129
preinstruct 238
prejudge 259
prejudice 259
prejudiced 259
preliminary injunction 284
prelingual 129
premature 313
premature baby 313
prematurity 313
premeditate 261
premeditated 256, 261
premeditated burglary 261
premeditated crime 261
premeditated murder 261
premeditation 261

premeditator 261
premonish 179
premundane 025
preoperative 239
preparation 229
preparative 229
preparatory 229
prepare 229
prepared 229
preparedness 229
prepose 135, 308
preposition 135
prepotence 152
prerender 213
prerogative 223
presbyteress 110
Presbytis siamensis 029
preschool 129
prescient 177, 262
presence 131
present 130
presentable 130
preside 129
presidency 129
president 128, 129
president for life 129
president-elect 129
presidential 129
presidential election 129, 179
presidential government 129
presidential nominating convention 173
press 150
press baron 105
pressing 150
pressure 150
prestimony 266
Pretoria 067
prevent 162
prevocational 135
price 293
price comparison service 293
price competition 293
price control 293
price discrimination 293
price engine 293
price fixing 293
price freeze 293
price tag 293
price war 293
priced 293
priceless 293
pricey 293
Priest City 088
priesthood 119
prime minister 180
primer detonator 208
Prince Albert 059
prince consort 070
Prince Edward 070
Prince Edward Island 070
prince regent 070
Prince Wales Island 070
princedom 070
princehood 070
princekin 070
princelet 070
princelike 070
princeliness 070
princeling 070
princely 070
princess 070, 110, 114
Princess Port 075
Princeton 051, 069
print 150
printer 150
Prinzessin 114
prison 081
private company 321
private corporation 321
private equity financing 311
privately held corporation 321
privilege 170
privileged 170
privileged belligerent 194
privileged combatant 194

索引

probability 280
probable 280
probate 271, 279
probate bond 279
probate code 279
probate court 279
probate estate 279
probation 279
probation and parole 280
probation home 280
probation period 280
probation system 280
probational 280
probationary 280
probative 280
probatory 280
probe 280
probing 280
proceed 134
proceeding 134
proceedings 134
process management 300
proconsulate 102
producer 314
producer price index 293
product innovation 303
product insurance 294
product liability insurance 295
production management 300
professional engineer 278
professorate 164
professoriat 116
progress 176
progressive 176
pro-ject manager 300
projectile 196
prole 115
prole drift 115
proletaire 115
proletaneous 116
proletarian 115
proletarian culture 116
proletarian drift 115
proletarian internationalism 116
proletarian revolution 116
proletarianism 116
proletarianize 116
proletariat 109, 115
proletarius 115
proletarskaya kultura 116
proletary 115
proletkult 116
proliferate 116
proliferous 116
prolific 116
proligerous 116
prolocutor 284
promenade 203
promote 196
pronograde 207
propel 225
propellant 225
propellent 225
propeller 225
propelling pencil 225
propellor 225
property insurance 294
prophetess 110
propinquant 249
propinquity 249
propinquity effect 249
propinquous 249
proportional representation (PR) 130
proposal 147
propose 147, 232, 308
proposition 147
propound 232, 308
prorate 313
prosecuting attorney 267
prosecutor 267
prospect 232
Prospekt imeni Stalina 055
Prospekt Nezavisimosti 055
prostitute 185
prostitution 185
prostitution tour 185

索引

protected state 110
Protectorate 110
protract 231
protracted 222, 231
protracted illness 231
protracted people's war 231
protracted relief 231
protracted warfare 231
protractile 231
provable 280
prove 280
proven 280
provincial government 162
provisional disposition 284
provocable 150
provocateur 150
provocation 150
provocative 150
provocator 150
provocatory 150
provokable 150
provoke 140, 149
provoker 150
provoking 150
proximal 249
proximate 249
proximity 249
proximity fuse 224
proximo 249
proximoataxia 249
proximobuccal 249
proximoceptor 249
Prunus taiwaniana Hayata 031
Prussian 028
pseudoscience 272
psychogenic pain 264
psychological operation 239
psychological proximity 249
psychology 020
ptochocracy 109, 117
ptochocrat 117
ptochogony 117
ptochoist 117
ptochologist 117
ptochology 117
public attorney 267
public company 321
public corporation 321
public equity financing 311
public finance 312
public sector undertaking 321
publicly held corporation 321
publicly owned corporation 162, 321
publicly traded corporation 321
puditocrat 104
Puerta de Europa 075
Puerta de Hierro 075
Puerta del Sol 075
Puerto Cabello 074
Puerto de España 075
Puerto de los Hispanioles 075
Puerto Escondido 074
Puerto Nuevo 075
Puerto Peñasco 075
Puerto Plata 075
Puerto Princesa 075
Puerto Principe 075
Puerto Rican 074
Puerto Rico 073, 074
pugnacious 164
pulchronomics 301
punish 264
punishability 264
punishable 256, 264
punishableness 264
punisher 264
punishing 264
punishment 264
punishment fixed by law for a particular offense 264
punishment of death 264
punishment without trial 264

索引

punition 264
punitive 264
punitive damages 264
punitive duties 264
punitive psychiatry 264
punitive tax 264
punitory 264
Punjab province 082
pupet regime 162
puppet government 162
puppet state 162
purgatory 165
purulent 272
pygmachy 230
pyromachy 230

Q

Qal'at ar-Rum 085
Qara-Khitai Khanate 096
Qatar 082
quadrilateral 309
Quaere 244
Quakers 265
Quanta 299
quantitative economics 301
quasijudicial 183
quasi-legislative 169
Qubilai Qaγan 096
Québecois 105
Queen 068
queen 114
Queen Catherine of Braganz 068
queen dowager 113
queen mother 113
Queen of Edward III 068
Queen of Edward IV 067
Queen of Henry VI 067
Queen's College 068
Queens 067, 068
Queens' College 067
Queensborough 068
Queensburgh 067
Queenscounty 068
Queensland 051, 067
Queenslander 067
Queenstown 067
Quercus mongolica 021
querist 243
query 243
quest 243
question 243
questionable 243
questionnaire 243
quiescence 268
quiescency 268
quiescent 268
quiet 268
quieten 268
quietism 268
quietude 268
quietus 268
quintessence 131
quipster 181
quit 268
quitclaim 268
quitrent 268
quits 268
quittance 268
quitter 268
quotient verdict 262
Quran 266

R

rabbinate 110, 179
race blanche 081
racial egalitarianism 148
racial equality 148
radial symmetry 232
radical 131
radical feminist 131
radical hysterectomy 131
radical Islamist 131
radical leftist 131
radical nationalist 131
radical operation 131

radical prostatectomy 131
radicalism 128, 131
radicalize 131
radicate 131
radicicolous 131
radiciflorous 131
radicivorous 131
radiometric 232
radish 131
radix 131
railroad tycoon 111
railway network 241
rainproof 197
raisin blanc 081
Raja koreana 027
Rajasthan 062
Rana asiatica 017
Rana chosenica 031
Rana japonica 018
Rana plancyi chosenica 031
Rana sinica 015
Rana taiwaniana 030
ranger battalion 202
Raphaelesque 023
reach a verdict 262
Reaganomics 301
real 296
real estate 296
real estate investment trusts (REITs) 296
real estate securitization 294
real property 296
real rate of interest 296
real rate of return 296
real time 296
realign 166
realism 161, 296
realist 296
realistic 296
reality 296
realizable 296
realize 295
realized gain 295
realized loss 295
realized return 295
realtor 296
realty 296
reapproach 249
rearmament 208
reassail 228
reassure 295
reassured 295
reassuring 295
rebel 194
rebeldom 194
rebellion 194
rebellious 194
recede 134
recess 133
recession 133
recessive 134
recidivism 271, 273
recidivist 273
recidivistic 273
recidivous 273
recluse 200
reconcilable 163
reconcile 163
reconnaissance battalion 202
reconquest 243
reconstitute 185
reconstruct 238
record distribution 314
recriminate 257
red terror 176
redeliberate 261
redistributive justice 259
reduplicate 297
refinancing 312
refine 136
reflate 317
reflection symmetry 232
refrangible 273
refrigerant 194
refrigerate 194
refrigerator 194
refuge 200
refugee 191, 199

refugee camp 200
refugee shelter 200
refugium 200
regal 099
regalia 099
regalism 099
regality 099
regent 099, 215
regentship 101
regicidal 099
regicide 099, 216
regime 099, 216
regiment 099, 215
regimentation 216
Regina 216
region 099
regionalism 097
registration plate 277
regna 098
regnal 098
regnant 099, 216
regnum 098, 216
regression 207
regular 215
regular army 215
regular press conference 215
regularity 215
regularize 215
regulate 170, 215
regulation 215
regulator 215
reign 099
reigning 099
reinstruct 238
reinsurance 295
reinvest 319
reject 229
relationship 119
relative 182
relaxation meditation 262
release 200
religious prostitution 185
religiously motivated conquests 243
remilitarize 198
remission 169
remit 196
remobilize 215
remote 196
remote-control bomb 197
render 212
rendering 212
rendition 213
rendu 213
renegade 167
renege 167
renegotiable 167
renegotiate 167
renewable resource 292
renovatable 303
renovate 303
renovated 303
renovation 303
renovative 303
renovator 303
rent-free 146
repair 229
reparable 229
reparation 222, 229
Reparations Agreement between Israel and Germany 229
reparative 229
reparatory 229
repatriate 163
repay 136
repel 222, 225
repellance 225
repellant 225
repellence 225
repellent 225
repent 226, 264
repentance 264
repentant 264
repercussion 226
repine 264
repinement 264
repiner 264
replay 136

索引

replenish 136
replica 279
replicate 279
reply 226, 278
repose 308
repossess 136
representation 130
representative 128, 130
representative democracy 130, 178
Representative of the Australian Office, Taipei 130
repress 137
repressed 137
repressive 137
reprimand 150
reprimander 150
reprimandingly 151
reprint 150
reprobate 280
Republic of Cape Verde 057
Republic of Formosa 028
Republic of Korea 027
repulse 225
repulsion 225
repulsive 225
request 243
request stop 243
Requiem 268
Requiem Mass 268
requiescat in pace 268
require 243
required 243
required course 243
required reading 243
required subject 243
requirement 243
requital 268
requite 268
rescue operation 239
resentment 229
reservoir 229
residence 129
resident 129
residential 129
residential area 129
residual 129
residue 129
resign 200
resilience 228
resiliency 228
resilient 228
resolutely opposed to war 135
resource 291, 292
resource allocation 292
resource depletion 292
resource distribution 314
resource exploitation 292
resource extraction 292
resource management 292
resource prospecting 292
resourceful 292
resourceless 292
restitute 185
result 229
resultant 229
resurge 210, 292
resurgence 210
resurgent 210
resurrect 210
resurrectionism 210
resurrectionist 210
retail price index 293
retain 183, 277
retained 277
retained profit 277
retaining 277
retaining wall 277
retaliate 205, 213
retaliation 213
retaliative 213
retaliator 213
retaliatory 213
retaliatory strike capability 213
retention 276
retort 213
retract 231
retractable 231

索引

retractable wings 231
retribution 314
retributive 314
retributor 314
retributory 314
retrieve 213
retrocede 134
retrocession 134
retrogress 207
return in triumph 245
reunify 171
reunion 171
Réunion Island 161
reunitable 171
reunite 160, 170
reunited 171
revenge 213
reversal 142
reverse 213
reversible 142
revert 137
revocable 150
revocative 150
revocatory 150
revoke 150
revolt 136
revolted 136
revolute 136
revolution 128, 136
revolutionary 136
revolutionary council 163
revolutionise 136
revolutionism 136
revolutionist 136
revolution-ize 136
revolvable 147
revolve 147
revulsion 136
Rex 216
Rhineland 068
Rhodopechys mongolica 021
Rich Mountain 075
right of a husband 260
right of nomination 173
right of the first night 260
right to travel 215
Río de la Plata 065
Rio Negro 057
Rio Rico 075
RIP 268
Riparia 310
Riparia paludicola 310
riparial 310
riparian 310
riparious 310
ripicola 310
ripicolic 310
ripicoline 310
ripicolous 310
risk management 300
rivage 310
river 310
River of Sacred King and Great Chief 084
River of the Plata 065
riverain 310
riveret 310
riverine 310
rivulet 310
road network 241
robber baron 105
Robert De Niro 111
Robert Gascoyne Cecil Shrewsbury 061
robustious 164
Rochester 072
Rocky Port 075
Roman Castle 085
Romanesque 023
Romania 016
Romanization 015
romanticism 014
Ronald Reagan 301
rosary 264
Rotterdam 071
Roxburgh 052
royal 107
Royal Academy of Arts 107
Royal Armoured Corps 107

索引

Royal Artillery 107
royal autocracy 107
Royal Bahraini Air Force 107
Royal Bhutan Army 107
royal binding 107
royal dynasty 107
royal family 107
royal house 107
royal line 107
Royal Navy 107
royal purple 107
royal road 107
royal standard 107
Royal Sultanate of Sulu Dar al-Islam 102
Royal Thai Marine Corps 107
royalism 107
royalist 107
royalty 107
RPI 293
rule by the wise 118
Rumkale 085
runoff election 179
Russia 016, 019, 175
Russian 019
Russian cuisine 019
Russian Empire 106
Russian Federation 175
Rus-sianise 019
Russianize 019
Russianized 030
Russify 019
Russland 019
Russo Turkish Wars 034
Russo-American 019
Russo-British 019
Russocentric 151
Russo-Chinese 019
Russo-Japanese 019
Russomanic 019
Russophilic 019
Russophobic 019
Russophone 019
Russophonism 019
Russorama 018
Russosphere 012, 019
Russo-Turkish 019
rustproof 197
Rwandan 028

S

Saarbrücken 070
Saarland 068
sacrament of penance 263
Sacred Cross 077
sacred prostitute 186
Sacred Savior 078
sacrificeable 198
Saddam Hussein 192
Saint Andrew 077
Saint Benedict 079
Saint Lucy 077
Saint Michael 078
Saint Peter 052
Saint Peter's (Basilica) 052
Saint Petersburg 051, 052, 055
Saint Thomas and Prince 077
salariat 116
sales manager 300
sales representative 130
Salford 074
Salicaceae 031
Salim bin Waral 082
Salim's Medina 082
Salisbury 061
sally 228
sally port 228
salmon 304
saltate 229
saltato 229
saltatorial 229
saltatory 229
saltatory evolution 229
saltatory insects 229

Salus mundi 025
salvageable 264
Salzbourg 052
Salzburg 052
SAM 195
Sam Houston 069
San Antonio 078
San Benedetto 079
San Diego 077
San Francisco 078
San Jose 078
San Jose, California 078
San Jose, Costa Rica 078
San Juan 078
San Mateo 078
San Miguel 078
San Miguel Beer 078
San Pablo 078
San Salvador 078
sanctify 077
sanctimonious 077
sanctimony 266
sanctitude 077
sanctorium 077
sanctuary 077
Sanctus 077
Sandu Shui Autonomous County 173
Santa Cruz 077
Santa Fe 077
Santa Lucia 077
Santiago 073, 076
Santiago de Chile 076
Santiago de Compostela 076
Santiago de Cuba 076
Santo André 077
Santo Angelo 077
Santo Domingo 077
São Miguel 078
São Paulo 073, 077
São Tiago 078
São Tomé e Príncipe 077
sarcoid 021
Sardinia 023, 076
Sarrebruck 070
satellite tracking station 231
saturation bombing 197
saurian 018
Saurischia 018
saurophagous 018
sauropod 018
Savage Coast 076
saxophone 013
say nothing 234
Scapharca satowi nipponensis 030
scarcely populated 104
Scarus arabicus 023
Schwein 074
Schweinfurt 074
science 177
scientist 177
Scincella formosensis 028
scitum 177
Scotland 025
Scotlish 035
scratchproof 197
scribal 214
scribble 214
scribe 214
script 214
scriptomania 214
scriptophobia 214
scrumptious 164
sealed verdict 262
seat belt legislation 169
Sebastopol 087
secede 134
seceder 134
secessional 133
secessionism 133
secessionist 128, 133
seclude 134
second degree murder 261
Second Opium War 227
second strike capability 213
secondary sector of economic activity 299
secret d'etat 168

secretariat 116
Secretary of the Navy 199
Secretary of the Treasury 307
secularized 198
securable 294
secure 294
securement 294
Securities & Exchange Commission 294
securities 291, 293
securities analyst 294
securities and exchange act 294
securities firm 294
securities gains and losses 294
securities house 294
securities industry 294
securities market 294
securities transaction tax 294
securitization 294
security 294
Security and Intelligence Division (SID) 294
security check 294
Security Council of the United Nations 294
security measure 294
securocrat 119
sedate 129
sedative 129, 223
sedentary 129
sediment 129
Sedirea japonica 018
seditious libel 274
seduce 134
seed investment 318
Seeland 068
segregation 133
segregationist 133
Seii Taishōgun 110
select 133
selective distribution 314
selenolatry 302
self infliction 206
self-annihilation 234
self-destruction 238
self-destructive 238
self-financing ratio 311
self-propelled artillery 196, 225
self-repair 229
semantic proximity 249
semicomplete 152
semi-deciduous 273
semidestructive 238
semi-presidential government 129
Semmel 113
senarchy 143
senate 143
Senate of Canada 143
senator 140, 143
senatorial 143
senatorian 143
senatorship 143
senectitude 143
senesce 143
senescent 143
senile 143
senility 143
senior 143
Seoul Frog 031
separate 133
septilateral 309
sequacious 164
sequence 182
sequency 182
sequent 182
sequential 182
sequitur 182
Serbia 016, 085
Serbian 085
serf 119
serfage 119
serf-dom 119
serfhood 109, 119
serfism 119

serflike 119
serious crime 257
servant 119
serve 119
service 119, 237
service innovation 303
service-disabled veteran 214
serviceman 119
servicewoman 119
servile 119
servile war 119
servility 119
servitor 119
servitress 119
servitude 119
servor 119
servorsystem 119
Sesamum indicum 032
Setaria italica 037
Sevastopol 087
sex crime 257
sex equality 148
sex offender 223
sex tourism 185
sexual abstention 276
sexual assault 228
sexual conquest 243
sexual equality 148
sexual intercourse 246
sexual maturity 313
sexual offence 246
sexual offense recidivism rate 273
sexual penetration 246
sexual revolution 136
Seychelles 105
Seychellois 105
shahdom 117
Shanghai Communiqué 184
Shanghainese 031
Sheikh Hamad bin Khalifa Al Thani 082
shell corporation 321
shell fuse 224
shelter for battered women 202
Shire of Kent 060
Shogun: Total War 110
shogunal 110
shogunate 109, 110, 111
shopping addiction 225
shopping center 151
shopping center tycoon 111
short-range ballistic missile 195
shoulder-launched missile 195
shrine prostitute 185
Siamensis 026, 029
Siamese algae eater (Crossocheilus oblongus) 029
Siamese cat 029
Siamese crocodile 029
Siamese fighting fish(Betta splendens) 029
Siamese giant carp 029
Siamese twins 029
Siamophilia 027
Siamosaurus 018
Siamotyrannus 029
Siberian 028
Siberian tigerr 083
Silver Port 075
Sinai Peninsula 161
Sinensis 029
Sinfonia 035
single combat 202
single-issue party 141
single-party state 141
single-use camera 147
Sinicisation 015
Sinicise 015
Sinicised 015
Sinicism 015
Sinicization 012, 015
Sinicize 015
Sinicized 015, 030
sinistropedal 228
Sino-American 014

Sino-American relations 014
Sino-British 014
Sinocentric 151
Sinocentrism 012, 014
Sino-French 014
Sino-German 014
Sino-Indian War 032
Sino-Japanese 014
Sinological 014
Sinologist 014
Sinology 014
Sinomania 014
Sinomaniac 014
Sinomanic 014
Sinophile 014
Sinophilia 014, 027
Sinophilic 014
Sinophilous 014
Sinophobe 014
Sinophobia 014
Sinophobic 014
Sinopoli 088
Sinorama 018
Sino-Russian 014
Sinosauropteryx 018
Sinosaurus 018
Sinosphere 019
Sino-Tibetan 014
Sino-Tibetan language family 014
Siraitia siamensis 029
ski resort tycoon 111
Sky Blue Coast 076
slave revolt 136
Slavic 022
Slavicise 022
Slavicism 022
Slavicize 022
Slavism 022
slavocracy 118
Slavonize 022
Slavophile 022
Slavophobe 022
slight negligence 283
slightest negligence 284
slit trench 204
Sliver City 087
Sliver Coast 076
Slovakia 016
Slovenia 016
slow motion 196
small bourgeoisie 105
smart bomb 197
smartphone 013
smoke bomb 197
snowmobile 215
social democracy 178
social innovation 303
social justice 259
social legislation 169
social mobility 215
social network 241
socialism 014
socialist 104
socialist 177
Socialist Classicism 055
socially irresponsible investing 319
socially responsible investing 319
Society of Friends 265
sociology 020
Sofi de la Warr 168
Sofi of the Warr 168
solarolatry 302
solidify 192
solstice 237
solstitial 237
Somali 038
Somalia 016
somnifuge 200
somnifugous 200
somnivolent 248
son of 100
Son of Amir 098
Son of Emir 098
Sophocles 099
Sopravento 079
Sotavento 079

Sottovento 079
soul of world 025
source 292
source bed 292
source code 292
source language 292
source of income 292
source of information 292
South America 039
South Carolina 069
South Korea 027
south wind 079
Southbank Sinfonia 035
sovereign 099
sovereignty 099
Soviet Allies 020
Soviet Anthem 020
Soviet Russia 020
Soviet Union 020
Soviet War in Afghanistan 038
Soviet Zone 020
Sovietise 020
Sovietism 020
Sovietization 020
Sovietize 020
Sovietologic 020
Sovietologist 020
Sovietology 012, 020
Sovietophere 020
Spain 039
Spaniard 039
Spanish 035, 039
Spanish Colonization of the Americas 242
Spanish Conquest 242
Sparta 087
special verdict 262
specialist 177
speeded adjudication 258
sphragistics 298
spinsterhood 119
spiritual 175
spirometer 232
spot promote 196
spy network 241
Squalidus japonicus coreanus 027
square dance 037
SRBM 195
Sri Lankan 028
SSM 195
St Anthony 078
St Francis 078
St Jacob of Chile 076
St John 078
St Joseph 078
St Lawrence 077
St Louis 077
St Lucia 077
St Lucy 077
St Matthew 078
St Michael 078
St Paul 078
St Valentin's Day 067
St Valentine 067
stablize 166
stadium 138
stagflation 317
Stalin 055
Stalin Society 055
Stalinabad 055
Stalingrad 051, 055
Stalinism 055
Stalinist architecture 055
Stamford 074
Stanford 074
Stantsiya Vostok 080
stasis 237
state affair 168
State Council 163
state enterprise 162, 321
state government 162
state monopoly 296
state penitentiary 263
state prison 263
state terrorism 177
state-owned company 162, 321
state-owned entity 162

索引

state-sponsored terrorism 177
static 237
station 237
Station East 080
Station Vostok 080
statism 168
statistics 298
statue 237
Statue of Liberty 145
statuesque 024
status 237
status quo 237
statute 237
statutory 237
statutory crime 237
statutory offence 237
Stegosaurus 018
Stein 074
Steinfurt 074
Stephanodrilus chosen 031
steroid 021
stock fund 325
stock index 315
stock market index 315
stockade 203
stone 074
stop 194
storable resource 292
storage disease 307
storm surge 210
Strait of Tartar 036
Strait of Tartary 036
Strasbourg 052
Strasbourgeois 105
Strasburg 052
stratagem 210
strategic 210
strategic management 300
strategic missile 195
strategic resource 292
strategical 210
strategically untenable 197
strategics 210
strategist 205, 210
strategize 210
strategos 210
strategus 210
strategy 210
stratocracy 210
stratocrat 210
stratocratic 210
Stravinsky 099
street dance 037
street prostitution 185
stress-free 146
strike of mercy 167
strike of the state 167
struct 238
structural 238
structural analysis 238
structural steel 238
structure 238
structured 238
structured investment 318
student union 171
stylistics 298
subconscious 177
subjugate 236, 249
subjugated ghost 249
subjugated knowledge 249
subjugated mentality 249
subjugated peoples 249
subjugation 249
sublibrarian 274
submarine 205, 211
submarine cable 211
submarine canyon 211
submarine earthquake 211
submarine escape 211
submarine sandwich 211
submarine tunnel 211
submarine warfare 211
submarine-launched missile 195, 211
submariner 211
submerge 324
submerged 324
submergence 324
submergible 324

submerse 324
submersed 324
submersible 324
submit 196
subpotent 152
Sub-Saharan Africa 057
subscribe 214
substruct 238
substructure 238
subterfuge 200
subterraneal 165
subterranean 165
subterraneous 165
subtract 231
subtractive manufacturing 299
subversion 137
subversive 137
subvert 128, 137
subverter 137
Sudamerica 039
Sudanese 031
Suffolk Sinfonia 035
suggest 194
suicide 025
Sulawesi 058
Sultana 102
Sultanate 095, 102
Sultanate of Brunei 102
Sultanate of Johor 102
Sultanate of Malacca 102
Sultanate of Oman 102
Sultaness 102
Sultanic 102
Sultanry 102
Sultanship 102
Sulu Sultanate 102
summarized 198
summary court martial 230
summer solstice 237
summit 054
Sun City 088
Sunny Coast 076
superambitious 163
superdestructive 238
superpose 308
superstructure 238
Suphan Buri 061
Suphan Buri City 061
Suphan Buri Province 061
supplement 152
suppleme-ntal 152
supplementary 152
supplementary pages 152
supplementary school 152
supplicate 137
support 137
suppose 308
suppress 128, 136
suppressant 137
suppressed 137
suppresser 137
suppressible 137
suppressive 137
suppressor 137
surface-to-air missile 195
surface-to-surface missile 195
surge 210, 292
surgeless 210, 292
surgent 210
surgy 210
surmount 213
surpass 213
surreal 213
surrender 205, 212
surrender a province 212
surrender all opportunities 212
surrender himself to the police 212
surrender luggage to the counter 212
surrender of Germany to the Allied 212
surrender of Qing to Anglo-French Expedition 212
surrender to bail 212
surrender to sexual seduction 212

索引

surrender value 212
surrenderee 212
surrenderor 212
surrogate 135
sustain 183, 277
sustainable 183, 277
sustainable development 277
sustained 277
sustained bombardment 277
sustaining 277
sustaining member 277
sustaining power 277
sustaining program 277
sustenance 277
sustentation 276
sustentation fund 276
sustentative 276
sustention 276
sustentive 276
suzerain 099
suzerainty 099
swan 200
Swedish 035
swim across the lake with impunity 264
swine 074
Swiss Confederation 175
Switzerland 025, 175
swordmanship 119
symbiotic 232
symmetric 232
symmetric warfare 232
symmetrical 232
symmetrical distribution 232
symmetry 232
symmetry in biology 232
sympathetic 232
sympathetic detonation 208
Symphony 035, 232
symposium 232
synagogue 178
Syria 016

T

T-90 202
tabloid tycoon 111
tactical missile 195
Tai Lake 112
taigu 112
taiko 112
taimei 112
taipan 112
taiping 112
Taiping Heavenly Kingdom 112
taishi 112
Taisho University 112
taishōgun 112
Taiwan High Speed Rail (THSR) 030
Taiwan issue 030
Taiwan Strait 030
Taiwan Strait Crisis 030
Taiwanensis 029
Taiwanese 026, 030
Taiwanese aborigines 030
Taiwanese American 030
Taiwanese cuisine 030
Taiwanese hot springs 030
Taiwanese opera 030
Taiwanese puppetry 030
Taiwania cryptomerioides 030
Taiwania flousiana 030
Taiwanomania 030
Taiwanophilia 030
Taiwanophobia 030
Taiwanorama 030
Taiwan's identity crisis 030
taiyang 112
taiyo 112
taizi 112
Tajikstan 033
talent 129
talkative 131
Tamerlane 096

tangible resource 292
tank warfare 202
Tanzania 016
tap dance 037
Tapirus indicus 032
Taratarised 036
Taraxacum indicum 032
target language 292
Tartar Strait 036
tartarean 036
Tartaria 036
Tartarian 036
Tartaricus 031
Tartarise 036
Tartarize 036
Tartarized 036
tartarly 036
Tartarmania 036
Tartarologist 036
Tartarology 036
Tartarphilia 036
Tartarphobe 036
Tartarphobia 026, 036
Tartarphobic 036
Tartarstan 036
Tartarus 036
Tartary 036
taurolatry 302
tax penalty 263
tax-free 146
taxonomy 301
teahouse 081
teargas bomb 197
teatamentary 266
technique 185
technological innovation 303
Tehran 098
telecommunication 184
teleoperate 239
telephone 013
temperate broad-leaf forest 273
temperate deciduous forest 273
temple prostitute 185
temporary injunction 284
tempt 280
temptable 280
temptation 280
tempter 280
tempting 280
temptress 280
tempus fugit 200
tenable 197
tenacious 197
tenant 197
tenement 198
tenemental 198
tenet 198
Tengri Khan 096
Tengri Qaghan 096
tentative 131
term 138
term insurance 138
term life insurance 294
term of office 138
term policy 138
terminable 138
terminal 138
terminal building 138
terminal market 138
terminate 138
termination 138
terminator 138
termini 138
terminus 138
termless 138
terra 165
terra cotta 165
terra cotta warrior 165
terra incognita 165
terrace 165
terraculture 165
terraqueous 165
terrarium 165
terrible 177, 235
terribly 235
terricolous 165
terriculture 165

索引

terrific 235
terrified 177
terrify 177, 235
terrifying 177
terrigenous 165
terriginous 165
territorial 165
territorial airspace 165
territorial animal 165
territorial dispute 165
territorial waters 165
territorialism 165
territoriality 165
territorialize 165
territory 160, 165
terror 176
terror blanco 081
terrorise 176
terrorism 176
terrorist 172, 176
terrorist 234
terrorist atrocities 226
terroristic 176
terroristical 176
terrorize 176
terror-stricken 234
testacy 266
testament 266
testamental 266
testamentary 314
testamur 266
testate 266
testator 266
testatrix 266
testifier 266
testify 266
testimonial 266
testimonialize 266
testimony 256, 265
testimony of God's grace 265
Testudovolva nipponensis 030
tetrarchy 108
Texas 069
Thailand 025, 068
thalassocratic 104
The Canterbury Tales 062
the City of God's Apostle 081
the Commonwealth of Nations 185
the Dryland 065
the Economist 301
The Emirates Group 097
the enlightened city 081
the Flowers 065
the Free Sea 145
the Guard 065
The Last Tycoon 111
the Leeward Islands 079
the Line 065
the Little Town 105
the Look 065
The Love of The Last Tycoon: A Western 111
the Madinah Province 082
the Meadows 065
the Medina Province 082
the Office of the United Nations High Commissioner for Refugees 200
the one who owes nothing is happy 234
the Palm 065
the Palmtrees 065
the Pauline Epistles 078
the Plata River 065
The Prince and the Pauper 117
the radiant city 081
the ratio of the incarcerated women to men 265
The Republic 086
the Roses 065
the Silver 065
the Spanish Island 039
the Union Theological Seminary 263
the United States 168

the Windward Islands 079
thearchy 120
theater missile 195
theocracy 120
theocrat 104
theodemocracy 178
thermometer 232
thermopenetration 246
thermostat 237
thesaural 307
thesauri 307
thesaurismosis 307
thesauromania 307
thesaurosis 307
thesaurosis of metal dust 307
thesaurus 307
thoracic pain 264
thrombostasis 237
Thuja koraiensis 027
Thymus mongolicus 021
thyroid 021
Tibet Autonomous Region 173
timarchy 115
time 211
time bomb 197
time deposit 308
time flies 200
time fuse 224
time savings deposit 308
time to maturity 313
timidity 227
timocracy 115
Timur Khan 096
Timur Sultan 096
Timur the Lame 096
Timurid dynasty 096
Timurid Khanate 096
timus 211
Tina 067
titillation 162
Titograd 055
to defeat 244
to find 244
To seek 244
Tokugawa Shogunate 110
tonitrate 208
tonitrophobia 208
tonitrous 208
Tonlé Sap 084
tooth attrition 230
topless dance 037
Topolovgrad 055
total quality management 300
tout le monde 025
toward victory 244
Town 105
TQM 300
trace 231
traceable 231
track 231
tracked 231
tracked armored fighting vehicle 231
tracking 231
tractable 231
tractile 231
traction 231
tractor 231
trade libel 274
trade union 171
tradition 275
traditional 275
traditional investment 319
traditionalism 275
traditionalist 275
traditionary 275
traditionist 275
traditor 275
traffic adjudication office 258
tragematopolist 297
tragematopoly 297
trail 231
trailer 231
trailerist 231
train 232
trainee 200

tram 232
tranquil 268
tranquilise 269
tranquiliser 269
tranquility 268
tranquilize 269
tranquilizer 269
tranquillise 269
tranquilliser 269
tranquillity 268
tranquillize 269
Transamerica 039
transcendental meditation 262
transcribe 214
transcript 214
transgress 176
transilience 228
transiliency 228
transit 164
transitional government 162
translate 170
transmarine 211
transmit 196
transmundane 025
transmutation 283
transmute 282
transnational crime 257
transportation network 241
transpose 308
transsexual 175
transverse 143
transvestite 319
tratranquillizer 269
travel insurance 294
traverse 137
trawl 231
trawler 232
treasurable 307
treasure 307
treasure cave 307
treasure chest 307
treasure house 307
treasure hunter 307
Treasure Island 307
treasurer 307
Treasurer of the United States 307
treasure-trove 307
treasury 306, 307
treasury bill 307
treasury bond 307
Treasury Department 307
treasury note 307
Treasury Secretary 307
treasury security 307
treasury share 307
treasury stock 307
treasury yield 307
Treebridge 071
trench 204
trench war 201
trench warfare 204
trenchant 204
trenched 204
trenching spade 203
triarchy 108
tribology 231
triboluminescent 231
tribometer 231
tribophysics 231
tribulate 231
tribulation 231
tributary 120, 314
tribute 314
tricameral parliament 144
triflorous 058
Trigonotis coreana 027
trilateral 309
Trinidad and Tobago 075
Trinitapoli 088
trinomial 174
triopoly 296
triopsony 297
triplicate 279
Tripoli 087
trite 231
tritish 231
triturable 231
tritural 231

索引

triturate 231
trituration 231
triumph 245
Triumph des Willens 245
Triumph of the Will 245
triumphal 245
Triumphal Arch 245
triumphal reception 245
triumphalism 245
triumphalist 245
triumphant 236, 245
triumphant general 245
triumphant march 245
triumphant parade 245
triumphant procession 245
Triumphator 245
Triumphbogen 245
triumpher 245
Triumphzug 245
Trivento 079
Trowbridge 071
Truth 263
Truth conquers everything 244
tsar 106
Tsargrad 055
Tsarist period 106
Tsarist regime 106
TSMC 299
Tunisia 016
turbidimetry 232
turbulent 272
Turcia 034
Turco-Italian War 037
Turcologist 034
Turcology 034
Turcomania 034
Turcophilia 034
Turcophobia 034
Turk 034
Turkestan 033, 034
Turkey 034
Turkey red 034
Turki 034
Turkic 034
Turkic Languages 034
Turkic migrations 034
Turkic speaking 034
Turkish 026, 034
Turkish American 034
Turkish bath 034
Turkish carpet 034
Turkish cuisine 034
Turkish Cypriot 034
Turkish Empire 034, 102
Turkism 034
Turkistan 034
Turkmanistan 033
Turko German Alliance 034
Turko Greek Conflict 034
Turko Russian Wars 034
Turkologist 034
Turkology 020, 034
Turkomania 034
Turkophilia 034
Turkophobia 034
Turkophone 013
Turquie 034
turret 106
TV tycoon 111
two round election 179
two-party system 141
tycoon 109, 111
tycoon games 111
tycoonate 111
tycoonery 111
tycooness 111
tycoonship 111
Type 99 202
Tyrannosaurus 018
Tyrannosaurus rex 099
Tyre 082

U

UAE 097, 171
ubiquitous resource 292
Uca formosensis 028
UK 171

Ukrainophone 013
Ulica Stalina 055
ultima ratio regum 138
ultimacy 138
ultimate 138
ultimate concern 138
ultimate pleasure 138
ultimatism 138
ultimatum 128, 138
ultimogeniture 138
ultimomense 138
ultrademocratic 178
ultrafiltration 224
ultramilitant 198
Umayyad Caliphate 099
UN 171
una señora muy rica 076
unaffordable 198, 264
unambiguous 164
unambitious 163
unarmed 209
unarmed civilians 209
unassailable 228
unattackable 198
uncomfortable 192
unconditional surrender 212
unconfined explosion 193
unconquerable 243
unconscious 177
unconstitutional 172, 185
uncontrite 231
uncontroversial 143
uncorrupt 169
uncorrupted 169
undefeated 242
undeliberate 261
undemocratic 178
undemonstrable 179
undercover operation 239
underdevelop 241
underdeveloped mines 241
underdeveloped rainforest 241
underinvest 319
undestroyable 239
undestructive 238
undetermined 138
undeveloped 241
undeveloped oil reserve 241
unemployment insurance 295
unequivocal 135
UNESCO 085
unethical investing 319
unethical investment 319
unexploded 191, 193
unfree labor 214
ungovernable 163
ungregarious 133
UNHCR 200
unicameral 144
unicameral parliament 144
unicentric 151
uniflorous 058
uniform 171
unify 171
unilateral 309
unilateralism 171, 309
unimpeded 228
uninterrupted 169
uninvestable 319
union 171
Union of Soviet Socialist Republics 020, 171
unionise 171
unionist 171
unionize 171
unipartite 141
unique 171
unison 171
unit 171
unitary 120, 171
unitary state 171
Unitas 263
unite 171
united 171
United Arab Emirates 097, 171
united front 207
United Kingdom 171

索引

United Kingdom of Great Britain and Northern Ireland 171
United Mexican States 171
United Nations 171
United states of America 039, 171
United States Senate Committee on Foreign Relations 143
United States Senate Committee on the Judiciary 182
Unity 263
universal 142
universe 143
university 142
unjustice 260
unlawful combatant 194
unleaded 146
unmeditated 262
unmerged 324
unmilitary 198
unnavigable 199
unnecessary 166
unoffensive 223
unplausible 194
unplausive 194
unprecedented 134
unpremeditated 261
unpremeditated murder 261
unprivileged belligerent 194
unprivileged combatant 194
unprovoked aggression 207
unreal 295
unrealist 295
unrealistic 295
unreality 295
unrealizable 295
unrealize 295
unrealized 291, 295
unrealized appreciation 295
unrealized gain 295
unrealized loss 295
unreparable 229
unsinkable 198
unstructured 238
Untamed Coast 076
untenable 191, 197
untenable alliance 197
untenable argument 197
untenable position 197
untenable relationship 197
untenable siege 197
unviable 198
unwearable 264
upgrade 208
uphill 054
upsurge 292
urban renewal 303
urban renovation 303
urban warfare 202
urinary incontinence 277
Ursus americanus 017
Ursus thibetanus japonicus 018
US 171
USA 171
USS Arizona 202
USS Iowa 202
USS Missouri 202
USSR 020
usurarious 312
usurer 312
usuress 312
usurial 312
usurious 312
usurp 312
usurpant 312
usurpation 312
usurpative 312
usurpatory 312
usurper 312
usury 306, 312
usury ceiling 312
usury law 312
Uttar Pradesh 062
Uyghuristan 033
Uzbekistan 033

V

vaccine 212
vacuous balme 284
vacuum 099
vade 192
vade mecum 192
vaillant 066
Valenca 066
Valence 066
Valencia 051, 066, 067, 076
Valencian 066
Valenciana 066
Valenciano 066
valens 066
valente 066
valentia 066
Valentin 067
Valentina 067
Valentine 067
Valentine's Day 067
Valentinius 067
Valentino 067
Valentinus 067
Valenza 066
valiant 066
valiente 066
vassal 113
vassal state 113
vassalage 109, 113
vassaled 113
vassalic 113
vassalize 113
vassalry 113
vasslise 113
vavasor 113
vavasory 113
vavasour 113
vavasoury 113
vavassor 113
vavassory 113
vehicle registration plate 277
Veliky Novgorod 085
velocipede 228
velocipedist 228
velocity 227
Velvet Castle 085
Veni 244
Venimus 244
venous network 241
vent 079
venthole 079
ventiduct 079
ventilate 079, 170
ventilator 079
ventipipe 079
ventless 079
vento del sud 079
ventose 079
Ventôse 079
ventosity 079
ventrilocution 284
ventriloquist 285
venue 162
Venusberg 054
veracious 262
veracity 262
verdict 256, 262
verdict for the defendant 262
verdict for the plaintiff 262
verdict for the prosecutor 262
verdict of guilty 262
verdict of not guilty 262
verdict of the history 262
verdict of the people on the president 262
verdictive 262
verdictless 262
veridical 263
veridicalness 263
verifiable 262
verified 262
verify 262
veriloquent 263
verisimilar 262
veritable 262

索引

veritas 263
Veritas 263
verity 263
vermifuge 200
versicolor 142
versicolour 142
verso 143
versus 137
vertical envelopment 241
vertigines 143
vertiginous 143
vertigo 143
vertigoes 143
vertigos 143
very 262
vest 319
vested 319
vested interest 319
vestiary 319
vestimentary 319
vestiphobia 319
vestiture 319
vestment 319
vesture 319
veteran 205, 214
Veteran Affairs Commission 214
veterancy 214
veteraness 214
veteranize 214
Veteran's Day 214
veterans' preference 214
veterans' home 214
vexatious litigation 259
Via Triumphalis 245
vicariate 100
vice admiral 107
vice governor 107
vice president 107
vice versa 137
vicegeral 194
vicegerent 194, 107
vicereine 107
viceroy 095, 107
viceroy butterfly 107
viceroyalty 107
viceroyship 107
Vici 244
victor 244
victor nation 244
victorious 244
victory 244
Victory to India 063
Vidi 244
Vidimus 244
Vienna roll 113
Vienna sausage 074
Viennois 105
Vietnamese 031
villeinage 113
vincere 244
vincible 244
Vincit omnia veritas 244
Viola mongolica 021
Virginian 028
virulent 272
viscometric 232
viscount 107
viscountcy 107
viscountess 107
viscountship 107
viscounty 107
visitor center 151
vitilitigation 259
Viverricula indica 032
vizierate 164
Vladikavkaz 079
Vladimir 080
Vladivostok 073, 079
vocable 150
vocal 135
vocal chords 135
vocal cords 135
vocal music 135
vocation 135
vocational 135
vocationalism 135
vociferate 135
vociferous 135
Voice of America(VOA)

索引

039
voice of the people 104
voiced alveolar implosive 193
voiced bilabial implosive 193
voiceprint 150
volatile 196
Volgograd 055
volitient 248
volition 248
volitional 248
volitive 248
Volkskrieg 201
Voltaire 101
voluntary 120, 248
voluntary army 248
voluntary association 248
voluntary minority 248
voluntaryism 248
volunteer 236, 247
volunteer army 248
volunteer corps 248
volunteer fire department 248
volunteer firefighter 248
volunteer military 248
volunteer navy 248
volunteer nurse in a field hospital 248
volunteer travel 248
volunteer vacation 248
volunteering 248
volute 136
vortex 137
vortical 137
vow of poverty 117
Vox populi 104
vox populi, vox Dei 150
vriendin 114

waitress 110
Wales 061
wanted 167
war 138, 206
war against terror 234
war atrocities 226
war czar 106
war dance 037
War in Afghanistan 038
war in the air 201
war indemnity 229
war of aggression 207
war of conquest 207
war of liberation 145
war of life and death 201
war on land 201
war on terorism 234
war on terror 234
war on water 201
war plane 202
war refugee 200
war reparations 229
war ship 202
warm front 207
Warrington 069
Wasabia japonica 018
wasei-eigo 029
Washington 069
Wassa 069
water filter 224
waterbridge 071
waterproof 197
We come 244
We see 244
wealthy oligarchy 118
weapons of mass destruction 238
web filtering software 224
web fraud 272
welfare economics 301
welfare of world 025
Wellington 069
Weorgoran ceaster 072
Western Front 207
Western Liao 096
White Cape 081

White City 086
White Coast 076, 081
white collar crime 257
White Mountain 057
white race 081
white rose 314
white terror 081, 176
White Town 086
White Water 081
white-thighed surili 029
whole business securitization 294
wholesale price index 293
whoredom 146
widowhood 119
Wiener 074
Wiener little sausage 074
Wiener Würstchen 074
Wild Coast 076
Wild East 080
Wilhelm I 113
Willemsbrug 071
William III 052, 068, 071
William Pitt the Elder 068
William the Conqueror 243
William's Bridge 071
Williamsburg 052
Winchester 071
windproof 197
winter solstice 237
wire fraud 272
wisdom 146
withme 192
without fault 284
Wittenberg 054
WMD 238
women's liberation 145
woodblock 203
Worcester 072
Work overcomes all 244
World War I reparations 229
worry-free 146
WPI 293
wrinkleproof 197
wrongful imprisonment 265
wrongful incarceration 265
wrongfully incarcerated 265
wrongly convicted 281

X

xanthine derivatives 310
Xinjiang 033
Xinjiang Uyghur Autonomous Region 173
xylophone 013
xylopolist 297
xylopoly 297

Y

Yakutskr 083
Yale University 263
Yanbian Korean Autonomous Prefecture 173
yellow peril 234
yellow terror 234
Yeni Bazar 085
Yeni Cami 085
Yeni Lira 085
Yeñi Qale 085
Yeni Türkiye Partisi 085
Yenicari 085
Yeniceri 085
Yenikale 073, 084, 085
Yeni-Kale 085
yenilik 085
Yenimahalle 085
Yerofey Pavlovich Khabarovr 083
yield to maturity 313
York 061
Yorkshire 051, 060
Yorktown 061
YTM 313
Yukon Territory 165
Yunanensis 029

yuppiedom 117

Z

Zambia 016
Zealand 068
Zeeland Bridge 071
Zeelandbrug 071
Zilkale 085
Zimbabwe 061
Zlatograd 055
Zolaesque 023
zoodetritus 231
Zunghar Khanate 096

暈。

得意。
Help...

暈。

得意。

Help...

暈。
得意。
Help...

暈。

得意。

Help...

暈。

得意。

Help...

暈。
得意。
Help...

國家圖書館出版品預行編目資料

WOW!字彙源來如此——社會篇／丁連財著.--初版.--臺北市：書泉，2013.11

面；　公分

ISBN 978-986-121-866-3（平裝）

1.英語　2.詞彙

805.12　　　102019550

3AA8

WOW！字彙源來如此——社會篇

作　　者— 丁連財

發 行 人— 楊榮川

總 編 輯— 王翠華

主　　編— 溫小瑩　朱曉蘋

文字編輯— 吳雨潔

封面設計— 吳佳臻

內頁插畫— 吳佳臻

出 版 者— 書泉出版社

地　　址：106台北市大安區和平東路二段339號4樓

電　　話：(02)2705-5066　　傳　　真：(02)2706-6100

網　　址：http://www.wunan.com.tw

電子郵件：shuchuan@shuchuan.com.tw

劃撥帳號：01303853

戶　　名：書泉出版社

經 銷 商：朝日文化

進退貨地址：新北市中和區橋安街15巷1號7樓

TEL：(02)2249-7714　　FAX：(02)2249-8715

法律顧問　林勝安律師事務所　林勝安律師

出版日期　2013年11月初版一刷

定　　價　新臺幣480元